AS FILHAS
DE
RASHI

Maggie Anton

AS FILHAS DE RASHI

Amor e judaísmo
na França medieval

LIVRO II: MIRIAM

Tradução de Márcia Frazão

Título original
RASHI'S DAUGHTERS
BOOK II: MIRIAM

Copyright © Maggie Anton, 2007
Todos os direitos reservados.

Ilustração do mapa: D. G. PARKHURST

Nenhuma parte desta publicação pode ser reproduzida ou transmitida por meio eletrônico, mecânico, fotocópia ou de outra forma sem a prévia autorização do editor.

Direitos para a língua portuguesa reservados
com exclusividade para o Brasil à
EDITORA ROCCO LTDA.
Av. Presidente Wilson, 231 – 8º andar
20030-021 – Rio de Janeiro, RJ
Tel.: (21) 3525-2000 – Fax: (21) 3525-2001
rocco@rocco.com.br
www.rocco.com.br

Printed in Brazil/Impresso no Brasil

preparação de originais
HELIETE VAITSMAN

CIP-Brasil. Catalogação na fonte.
Sindicato Nacional dos Editores de Livros, RJ.

A638f	Anton, Maggie As filhas de Rashi: amor e judaísmo na França medieval, livro II: Miriam / Maggie Anton; tradução de Márcia Frazão. – Rio de Janeiro: Rocco, 2010. Tradução de: Rashi's daughters, book II: Miriam ISBN 978-85-325-2589-5 1. Rashi, 1040-1105 – Ficção. 2. Judias – Ficção. 3. Judeus – França – Ficção. 4. França – História – Período medieval, 987-1515 – Ficção. 5. Ficção norte-americana. I. Frazão, Márcia. II. Título. III. Título: Amor e judaísmo na França medieval. IV. Título: Miriam.
10-2884	CDD-813 CDU-821.111(73)-3

Para Aaron,
para Ray
e para todos os outros Judás modernos.

Agradecimentos

xatamente como no primeiro volume da minha trilogia *As filhas de Rashi*, a maioria dos personagens de *Miriam* é constituída de figuras históricas reais. Pesquisei novamente por anos a fio os costumes dos judeus e das mulheres na França medieval para poder compartilhar meu conhecimento com os leitores. A história estará de novo repleta de tramas talmúdicas, tal como foi ensinado pelo próprio mestre, Rashi.

No que diz respeito ao Talmud, quero agradecer à dra. Rachel Adler, do HUC-JIR, por me ter introduzido neste surpreendente texto sagrado cerca de quinze anos atrás e por ter sugerido o que mais tarde se tornou o tema deste volume sobre Miriam. Eu me apaixonei à primeira vista pelo Talmud e desde então o estudo com paixão.

Isso me leva a um segundo agradecimento, ao rabino Aaron Katz, da Academia de Religião Judaica. Querido amigo e parceiro de estudo, Aaron tem me ensinado tanto que não existem palavras para agradecer-lhe. Este livro não seria possível sem a assistência dele. Tenho ainda que agradecer ao rabino Tsafreer Lev, a Zachary Hepner e ao cantor Philip Sherman, que cederam seu tempo para me explicar cada detalhe dos procedimentos da circuncisão e da formação necessária para alguém se tornar um *mohel*.

Quero agradecer a minha agente, Susanna Einstein, e ao meu editor na Plume, Ali Bothwell Mancini, pelo entusiasmo e o encorajamento que fizeram *As filhas de Rashi* passar para o estágio seguinte. Também devo muitos agradecimentos a Beth Lieberman, cujos conselhos editoriais tornaram o livro o que eu esperava que fosse, e a Sharon Goldinger, que me transformou de autora ingênua em autora de sucesso.

Ray Eelsing, meu amigo, e Emily, minha filha, se dispuseram a fazer muitas críticas aos meus primeiros esboços. Cada qual dedicou seus singulares talentos a esse trabalho com comentários de inestimável valor. Por último, mas nem por isso menos importante, Dave, o meu marido, a quem ofereço meu amor e minha gratidão pelos excelentes conselhos sobre como aperfeiçoar os primeiros esboços e por sempre achar a palavra certa quando eu não achava. Sem o apoio dele eu já teria desistido há muito tempo.

Linha do tempo

1040 Salomão ben Isaac (Rashi) nasce no dia 22 de fevereiro, em
(4800) Troyes, França.

1047 O conde Etienne morre; seu filho Eudes III herda Champagne.

1050 A invenção da ferradura e do arreio torna o cavalo mais eficiente que o boi para arar a terra.

1054 Salomão se dirige a Mayence para estudar com o tio, Simon haZaken.
Sob a regência do papa Leão IX, abre-se uma fissura entre a Igreja Bizantina oriental e a Igreja Romana ocidental.

1057 Salomão se casa com Rivka, irmã de Isaac ben Judá. Sai de Mayence e vai estudar em Worms.

1059 Joheved, filha de Salomão e Rivka, nasce em Troyes.

1060 Filipe I torna-se rei da França; Henrique IV é imperador da Alemanha, Nicolau II é o papa e Benedito X, o antipapa.

1062 Miriam, filha de Salomão e Rivka, nasce em Troyes.
O conde Eudes III é acusado de ter assassinado um nobre; seu tio Thibault ocupa Champagne e força Eudes a fugir e a se refugiar com o primo, duque Guilherme (o bastardo) da Normandia.

1066 Salomão estuda em Mayence com Isaac ben Judá.
O duque Guilherme da Normandia torna-se rei da Inglaterra e passa a ser chamado de o Conquistador.

1068 Salomão retorna para Troyes.

1069 Raquel, filha de Salomão e Rivka, nasce em Troyes.
Joheved fica noiva de Meir ben Samuel, de Ramerupt.
Isaac (*parnas* de Troyes) torna-se sócio de Salomão na fabricação de vinho.

1070 O conde Thibault casa-se pela segunda vez com Adelaide de
(4830) Bar, uma jovem viúva.
Salomão funda uma *yeshivá* em Troyes.

1071 O rei Filipe casa-se com Berta.
Eudes IV, primeiro filho do conde Thibault e Adelaide, nasce em Troyes.

1073 Hildebrando, monge da abadia de Cluny, é eleito papa Gregório XII.

1075 O papa Gregório anuncia a excomunhão dos sacerdotes casados, suspende os bispos alemães que se opõem ao celibato do clero e ameaça excomungar o rei Filipe.

1076 Nascimento de Hugo, o terceiro filho de Thibault e Adelaide.
O papa Gregório excomunga o rei Henrique, da Alemanha, e indica Rodolfo como novo rei.

1077 Isaac ben Meir nasce em Troyes.

1078 Nascimento de Constança, filha do rei Filipe e Berta.

1080 Samuel ben Meir (Rashbam) nasce em Ramerupt.
O arcebispo Manasse, de Reims, é deposto pelo papa Gregório; um golpe para o rei Filipe.
O rei Henrique da Alemanha nomeia o antipapa Clemente III.

1081 Nascimento de Luis VI, filho do rei Filipe e Berta.

1083 O rei Henrique ataca Roma, os sarracenos saqueiam a cidade e o papa Gregório foge.

1084 Um incêndio em Mayence é atribuído aos judeus; muitos se mudam para Speyer.
Étienne-Henri, de Blois, filho mais velho do conde Thibault, casa-se com Adèle, filha de Guilherme, o Conquistador.

1085 O papa Gregório morre em Salerno.

1087 Morre o rei Guilherme, da Inglaterra.

1088 O inverno traz uma epidemia de varíola.
O conde Thibault adoece, seu filho Eudes IV assume o controle de Champagne.

1089 Morrem Isaac haParnas e o conde Thibault, atingidos pela epidemia.
Champagne passa às mãos de Eudes IV. Blois é assumida por Étienne-Henri.

1092 Troyes é assolada por uma epidemia de meningite infantil.
O rei Filipe repudia a rainha Berta e casa-se com Bertrada, esposa do conde Fulk, de Anjou, irritando o papa Urbano II.

1093 Eudes IV morre no dia 1º de janeiro.
Hugo, filho de Thibault, torna-se conde de Champagne.
O conde Erard, de Brienne, inicia uma guerra contra Hugo.
O eclipse solar de 23 de setembro na Alemanha é seguido pela fome.

1094 O papa Urbano II excomunga o rei Filipe e Bertrada.
Champagne sofre uma terrível estiagem no verão.

1095 O conde Hugo casa-se com Constança, filha de Filipe e Bertrada.
No começo de abril, avista-se uma chuva espetacular de meteoros.

1096 Iniciam-se as Cruzadas: quatro comunidades judaicas das terras do Reno são atacadas entre Pessach e *Shavuot*: Speyer, em 3 de maio; Worms, em 18 de maio; Mayence, em 27 de maio; Colônia, em 30 de maio. São mortos mais de dez mil judeus.
Ocorre um eclipse lunar no início de agosto.

1097 Os judeus convertidos durante as Cruzadas obtêm permissão para retornar ao judaísmo.
Um cometa é avistado durante as sete primeiras noites de outubro.

1098 Robert de Molesme funda a abadia de Citeaux e a Ordem Cisterciana.

1099 Os cruzados tomam Jerusalém.

1100 Os judeus retornam a Mayence.
(4860) Luis VI é escolhido rei da França.
Pascoal II é papa e Teodorico, antipapa.
O álcool é destilado pela primeira vez na Escola Médica de Salerno.

1104 Tentativa de assassinato do conde Hugo.

1105 Salomão ben Isaac morre em 17 de julho; Samuel ben Meir assume o comando da *yeshivá* de Troyes.

TROYES

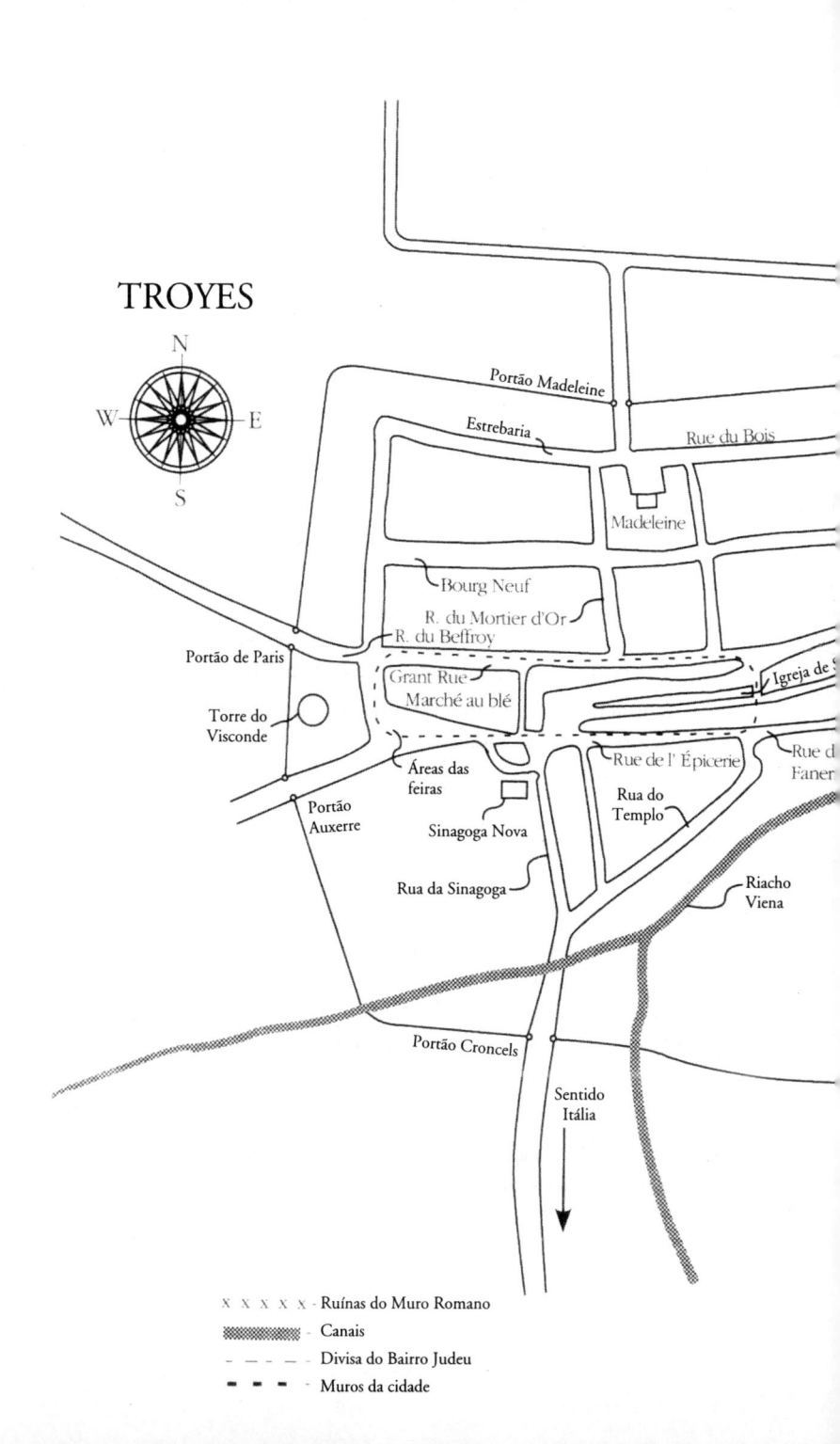

N W E S

Portão Madeleine
Estrebaria
Rue du Bois
Madeleine
Bourg Neuf
R. du Mortier d'Or
R. du Beffroy
Portão de Paris
Grant Rue
Marché au blé
Igreja de S
Torre do Visconde
Áreas das feiras
Rue de l'Épicerie
Rue d Faner
Portão Auxerre
Rua do Templo
Sinagoga Nova
Rua da Sinagoga
Riacho Viena
Portão Croncels
Sentido Itália

x x x x x - Ruínas do Muro Romano
▓▓▓▓▓ - Canais
- - - - - Divisa do Bairro Judeu
▬ ▬ ▬ - Muros da cidade

Bairro Judeu

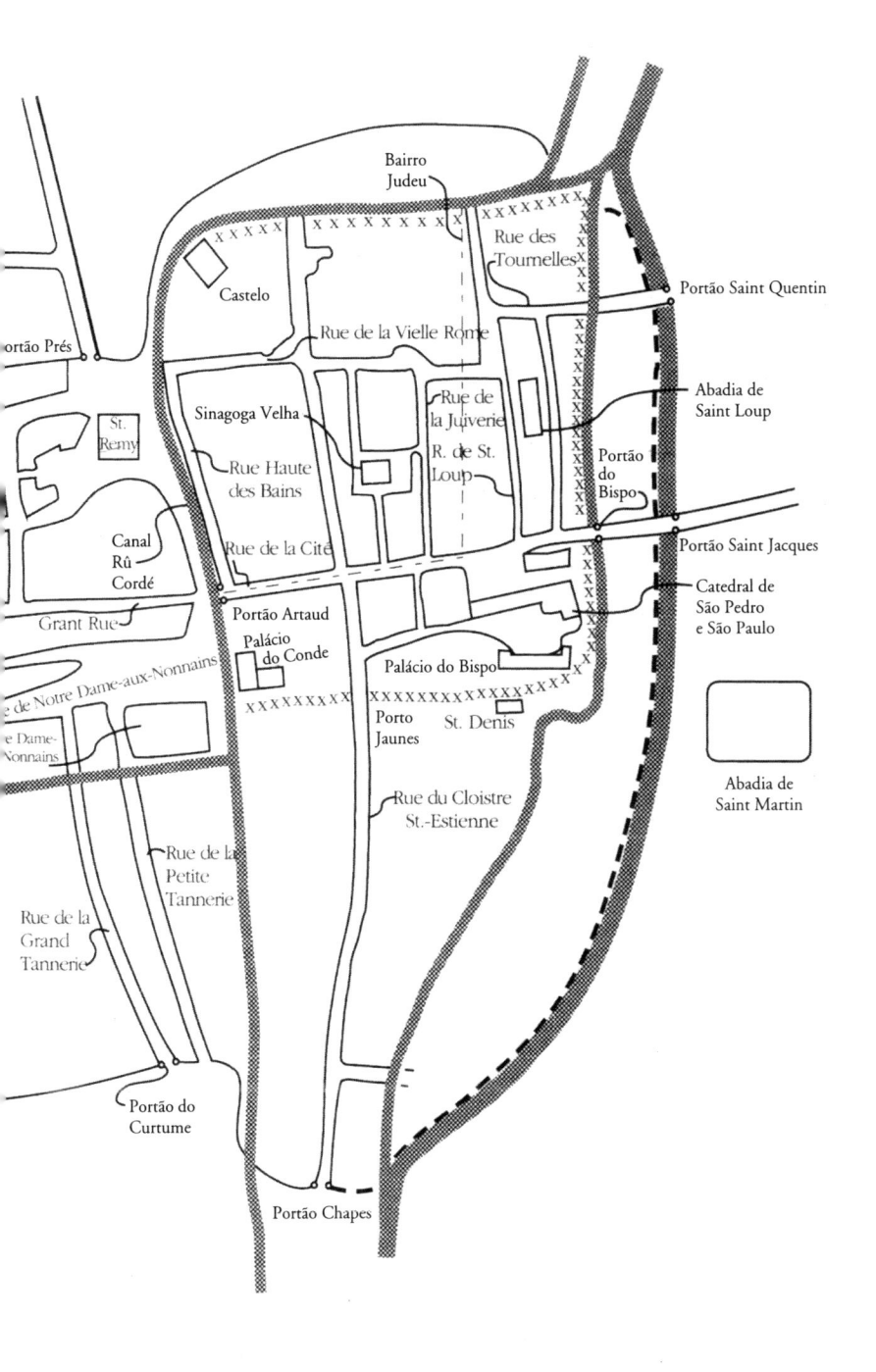

Rue des Tournelles

Castelo

Portão Saint Quentin

Portão Prés

Rue de la Vielle Rome

St. Remy

Sinagoga Velha

Rue de la Juiverie

Abadia de Saint Loup

Rue Haute des Bains

R. de St. Loup

Portão do Bispo

Canal Rû Cordé

Rue de la Cité

Portão Saint Jacques

Grant Rue

Portão Artaud

Catedral de São Pedro e São Paulo

Palácio do Conde

Rue de Notre Dame-aux-Nonnains

Palácio do Bispo

Rue Dame-Nonnains

Porto Jaunes

St. Denis

Abadia de Saint Martin

Rue du Cloistre St.-Estienne

Rue de la Petite Tannerie

Rue de la Grand Tannerie

Portão do Curtume

Portão Chapes

Diz Ben Zoma: *quem é sábio? Aquele que aprende com todos. Conforme está escrito (Salmos 119:99): "Dos meus mestres ganhei o conhecimento." Quem é forte? Aquele que domina o seu* ietzer. *Conforme está escrito (Provérbios 16:32): "Aquele que é bondoso, é melhor que o poderoso, e aquele que conquista o seu espírito, é melhor que aquele que conquista uma cidade." Quem é rico? Aquele que se contenta com o que tem. Conforme está escrito (Salmos 128:2): "O trabalho de suas mãos lhe dará comida; você será feliz."*

– Mishna, tratado *Avot*, capítulo 4

As filhas de Rashi

Livro II: Miriam

Prólogo

Para os judeus do Norte da França, os tempos nunca foram tão bons como na segunda metade do século XI. As relações com os vizinhos cristãos eram tolerantes e até mesmo amáveis, já que a Igreja estava ocupada em seitas heréticas e em implementar as controversas reformas do papa Gregório e não tinha tempo para se preocupar com os judeus. A sociedade europeia iniciava um avanço de 150 anos tanto na organização política e na economia como na pesquisa científica e na educação, um período que hoje é chamado de Renascimento do século XII.

Os judeus ocupavam sob o sistema feudal uma posição de destaque igual à dos cavaleiros. O mercador judeu era um visitante bem acolhido nas terras francesas, pois era quem trazia as novidades do resto do mundo, comprava os excedentes da colheita e vendia os produtos importados. Os judeus davam crédito como hoje o fazem as lojas de departamento e postos de gasolina: se os clientes, por exemplo, só recebessem o principal da sua renda por ocasião da colheita, os mercadores estendiam o crédito até esse momento.

À medida que os recursos dos cristãos da Europa se acumulavam, os judeus compravam trigo, lã, vinho e espadas e transportavam essas mercadorias para o Oriente muçulmano, onde as revendiam com lucro. Em troca, adquiriam seda, algodão, especiarias e joias e os levavam para o Ocidente, onde também os vendiam com lucro, e reiniciavam o círculo. Todos prosperavam.

Os judeus de Troyes se beneficiaram demais com esse êxito comercial. As grandes feiras de Champagne, sob a soberania iluminada do conde Thibault, atraíam mercadores de diversas regiões, muitos deles versados na Lei Judaica. O crédito se estendia de uma feira a outra, um esboço do sistema bancário moderno. Os intermediários locais recebiam uma porcentagem em cada venda e, com isso, os judeus de Troyes prosperaram tanto que até as famílias pobres dispunham de criadagem.

Em 1068, uma dessas famílias era a do rabino Salomão ben Isaac, de vinte e oito anos, que séculos depois seria reverenciado como Rashi, um dos maiores pensadores judeus. Depois de ter estudado nas melhores academias talmúdicas da Alemanha durante quinze anos, viu-se forçado a voltar para casa a fim de assumir a vinícola da família, que entrara em declínio devido à senilidade da sua mãe. Sem filhos homens e desesperado por ter sido obrigado a abandonar os estudos na *yeshivá*, Salomão rompeu com a tradição e secretamente começou a ensinar o Talmud às filhas, Joheved e Miriam. Contudo, ele não ficou sem alunos homens por muito tempo.

Isaac haParnas, o líder da comunidade judaica, vislumbrou uma oportunidade de atrair ainda mais mercadores para as feiras de Troyes, estabelecendo ali uma academia de estudos do Talmud. Ofereceu um salário generoso a Salomão para que ensinasse aos netos dele e algum tempo depois outros meninos se juntaram ao grupo, formando o núcleo de uma nova *yeshivá*.

Para assegurar que Salomão tivesse tempo suficiente para ensinar, Isaac haParnas tornou-se sócio no negócio de vinho, o que tirou a família do vinicultor da pobreza.

Salomão também tinha tempo de sobra para escrever comentários sobre a Bíblia e o Talmud. Seu comentário da Bíblia revestiu-se de tanta autoridade que até hoje é estudado em toda escola rabínica. Mas sua obra-prima é o extraordinário e conciso comentário do Talmud. Suas palavras povoam as colunas das páginas de cada exemplar do Talmud desde que este foi impresso pela primeira vez no século XV. Atualmente, as palavras de Rashi são mais lidas que as de qualquer outro pensador judeu.

Não é de surpreender que as filhas de Salomão tenham encontrado seus noivos entre os alunos dele. Primeiro Joheved ficou noiva de Meir ben Samuel, filho de um castelão que vivia nas proximidades, em Ramerupt. Miriam desfrutou um par romântico com Benjamin ben Reuben, filho de um fabricante de vinho em Reims. A compaixão inicial pelo jovem nostálgico de casa desabrochou em um intenso sentimento quando os dois passaram a trabalhar na vinícola de Salomão. Joheved se apavorou com a ideia de que Meir viesse a descobrir que ela conhecia o Talmud e tentou esconder isso dele.

Miriam, no entanto, não experimentava esse medo porque frequentemente estudava as lições de Salomão junto a Benjamin.

Nos anos seguintes, a *yeshivá* de Salomão passou a ser cada vez mais procurada pelos mercadores estrangeiros que desejavam estudar com ele durante as feiras semestrais e que em seguida enviavam os filhos para fazer o mesmo por um ano inteiro. A família também cresceu com o nascimento de Raquel, outra filha de Rivka. Miriam mostrou-se tão eficiente no parto da mãe que a parteira, sua tia Sara, começou a treiná-la como aprendiz.

Além de ter aprendido a cultivar as ervas mais apropriadas para os partos e a identificar na floresta local outras ervas que lhe eram necessárias, Miriam ajudou a trazer ao mundo o filho da condessa Adelaide, um parto complicado, que no fim deixou mãe e bebê a salvo, e também preparou e administrou uma poção abortiva para Catarina, uma amiga solteira de infância, e fez o parto do primeiro filho de Joheved.

Miriam e Joheved continuaram estudando o Talmud com o pai durante todo esse tempo. Assumiram a função de condutoras dos serviços femininos na sinagoga quando a avó morreu e assim estavam a meio caminho de assumir a liderança na comunidade das mulheres judias, mesmo sem pensar nisso. Acontece que Miriam não estava interessada nem no futuro dos judeus de Troyes nem no seu possível papel nele. Aos dezessete anos, se concentrava no seu próprio futuro, ansiosa para se casar com Benjamin.

Parte Um

Um

Troyes, França
Final do verão, 4838 (1078 da Era Comum, E.C.)

em fazer alarde, Miriam assumiu seu lugar no banco que partilhava com Benjamin. Tão logo o pai terminou de abençoar o pão, deixou a mão pender com displicência para debaixo da mesa de maneira que o noivo pudesse pegá-la. Já estavam noivos havia cinco anos, desde que ela completara doze, e agora faltavam menos de três meses para o casamento. Ela não cabia em si de felicidade e seus olhos se enchiam de lágrimas. Logo poderia ficar a sós com ele onde bem entendessem, e poderiam se beijar sem se preocupar com a presença dos outros. Olhou pensativa para Joheved, a irmã mais velha, que estava sentada do outro lado da mesa com o filho Isaac no colo, e carinhosamente apertou a mão de Benjamin. No ano seguinte, também estaria segurando o seu bebê, se o *Bon Dieu* assim quisesse.

Benjamin voltou-se para Miriam e sorriu. Ela ergueu a mão para ajeitar o cabelo e se deu conta de que havia deixado o véu no andar de cima. Mas era um dia de sorte, nenhum dos eruditos presentes à mesa era estranho e ela não precisava cobrir o cabelo. A mãe, é claro, sempre cobria a cabeça e o pescoço, fizesse o tempo que fizesse, mesmo quando tomava o café da manhã com a família.

Miriam suspirou aliviada quando tia Sara chegou depois de uma visita que tinha feito a Yvette, que dois dias antes dera à luz. Mas o alívio se foi quando a tia sussurrou alguma coisa para a mãe, que logo franziu a testa.

Em seguida, Sara voltou-se para Miriam.

– Acho que não irei a Ramerupt hoje, querida. Yvette pode ficar com febre e quero observá-la de hora em hora.

– Estava bem quando a examinei na noite passada – disse Miriam, elevando-se ligeiramente do assento.

– E pode ser que ainda esteja. Tomara que o suor tenha sido pelo calor que está fazendo esta tarde, mas nós sabemos que todo cuidado é pouco quando o demônio da Lilit está envolvido.

Miriam assentiu com a cabeça.

– Talvez eu possa colher algumas folhas de alcana.

Salomão ben Isaac interrompeu a discussão acalorada que travava com os homens no extremo da mesa.

– Absolutamente, não. – Sacudiu um pedaço de pão, olhando para a filha. – Enquanto o conde Thibault não pegar os bandoleiros que assaltam as pessoas que estão vindo para a feira de Troyes, minha filha não vai cavalgar sozinha na floresta.

– Mas, papai, aqueles mercadores foram assaltados no início da Feira de Verão. A essa altura os ladrões já devem ter levado as mercadorias roubadas para bem longe. – Já não era mais uma garotinha que precisava da proteção do pai. – As mães que acabaram de dar à luz estão precisando muito do unguento de alcana, papai, e é melhor colher antes que o tempo esfrie. – Se queria ser uma parteira como tia Sara, teria que ser capaz de encontrar as ervas medicinais quando estivessem disponíveis.

– *Non, ma fille*. Sozinha, não. – Salomão notou a peculiar expressão de obediência da filha... parte desapontada, parte ressentida. – Se você precisa realmente dessas ervas, talvez sua irmã possa acompanhá-la.

Raquel, a irmã de nove anos de idade, empinou-se de pronto, e ele acrescentou.

– Sua irmã mais velha.

Joheved bocejou.

– Hoje, não, por favor. Os dentinhos molares do pequeno Isaac estão nascendo e passei a maior parte da noite tentando confortá-lo. Mamãe generosamente se ofereceu para dar uma olhadela nele por algum tempo enquanto eu cochilo um pouco. – Passou o bebê para as mãos de Meir, seu marido que estava sentado ao lado, e cortou fatias de pão para eles.

Benjamin engoliu apressado o pedaço de galinha ensopada que tinha à boca. Em poucos dias, estaria de volta a Reims para ajudar a família na colheita da uva. A próxima vez que veria Miriam seria no dia do casamento deles, após o festival de *Sucot*.

– *Rabbenu*, se você me dispensar da vinícola hoje, irei com ela.

– Mas você não consegue distinguir um pé de alcana de uma dedaleira. – Rivka apertou os olhos com um ar de suspeita.

Benjamin virou-se para falar com a futura sogra.

– Tenho certeza de que serei uma proteção melhor contra os ladrões que Joheved – disse. – E se Miriam mostrar como é um pé de alcana, poderei colher as folhas como qualquer outro.

– Pode pegar meu cavalo, Benjamin, não vou precisar dele – disse Meir, dando uma piscadela. Não fazia muito tempo também ele ansiara por ficar a sós com a noiva antes do casamento.

Sara descansou o copo de vinho na mesa e olhou para a cunhada.

– A alcana brota ali por perto do castelo do conde de Ramerupt – disse. – Não creio que criminosos fiquem de tocaia num lugar tão bem-patrulhado.

Salomão alisou a barba por alguns segundos enquanto os outros à mesa esperavam para ouvi-lo.

– Eu também acho – finalmente se pronunciou. Depois, apontou o dedo para Benjamin. – Não perca Miriam de vista de jeito nenhum.

– Não se preocupe, papai. Vamos revisar a aula de hoje sobre o Talmud enquanto estivermos cavalgando – disse Miriam, irradiando tanta felicidade que apagou a ruga de desaprovação na testa da mãe.

Rivka nunca perdoara Salomão por ensinar o Talmud às filhas. Não ligava para o fato de que o marido era o dirigente da academia talmúdica de Troyes e que por isso nenhum judeu da comunidade ousaria contestá-lo. Assim como não se importava com o fato de que tanto Joheved como Miriam tinham encontrado excelentes pares entre os alunos, se bem que havia insistido que homem algum se casaria com uma mulher que soubesse mais que ele. Galinhas não eram corvos e mulheres não estudavam o Talmud; isso só traria problemas.

Rivka encontrou um jeito de espantar o desapontamento. Puxou uma das tranças de Miriam quando seus olhos se encontraram.

– E pouco importa o calor que esteja fazendo, uma mulher comprometida não pode sair sem o véu.

Uma hora depois, o casal cavalgava pela floresta ao norte de Troyes. Era um lindo dia de final de verão. Grande parte da vegetação ainda estava verde, mas as folhas que avermelhavam e douravam aqui e ali indicavam o esplendor do outono que se aproximava. Os passarinhos que trinavam no alto pareciam acrescentar uma opinião própria à discussão que Miriam e Benjamin travavam a respeito do Talmud.

Ele meneou a cabeça, empolgado com o argumento que acabara de ouvir, e ela suspirou de prazer quando os cachos dourados dele balançaram.

– Benjamin, você se importaria em só cortar o cabelo depois do nosso casamento? – Sorriu para ele. – Sei que pode parecer bobagem, mas quero passar meus dedos pelos seus cachos.

– Desde aquela manhã em que você me livrou da saudade que eu estava sentindo, meu único desejo é ficar com você o máximo que posso.

Ela deu um risinho de satisfação.

– Joheved ficava muito zangada quando me levava lá na vinícola na hora em que você estava trabalhando. Achava que poderia acontecer alguma coisa terrível.

– E tinha razão. Você acabou ficando noiva do filho de um pobre taberneiro e não de um estudante do Talmud rico como Meir. – O sorriso dele a fez soltar uma risada. Ele não era exatamente o que os outros chamavam de bonito, mas sempre a fazia rir.

– Lembre-se daquilo que Ben Zoma ensina no *Pirkei Avot* – ela disse.

"*Quem é rico? Aquele que se contenta com o que tem.*"

Ela retribuiu o sorriso.

– Então, sou a mulher mais rica de Troyes.

– E depois que nos casarmos, serei o homem mais rico do mundo. – Desta vez a voz de Benjamin soou séria.

Miriam se sentiu feliz demais para dizer alguma coisa. Seu coração parecia pular pela boca só de pensar que a data do casamento estava cada vez mais próxima.

Algum tempo depois, ela ouviu o balido de uma ovelha ao longe, o que significava que estavam se aproximando das terras da família de Meir. De repente, a montaria de Benjamin refugou. Diminuíram a marcha para ver o que havia assustado a égua e sentiram que a brisa trazia um cheiro podre. Logo à frente se depararam com a carcaça de uma ovelha que bloqueava o caminho.

– Será que precisamos avisar a família de Meir que o rebanho está sendo atacado por uma raposa? – ela perguntou enquanto eles faziam um longo contorno.

Ele travou a rédea para que o cavalo dela emparelhasse com o dele.

– Não sei. Se apearmos lá, insistirão em nos oferecer hospitalidade e isso só vai nos atrasar.

– Não só isso – ela disse, com um sorriso tímido iluminando-lhe o rosto.

– Se Marona souber que vamos colher alcana, é bem provável que queira nos acompanhar.

Entreolharam-se.

– Talvez a gente possa passar por lá na volta – ele disse, com o assentimento dela.

Mais tarde se depararam com uma moita de alcana e Miriam começou a colocar as folhas dentro de um saco.

– Estranho, parece que diminuiu a quantidade de pés de alcana. Você pode ver se acha mais?

– Verei o que posso fazer. – Benjamin saiu andando pelo caminho por onde tinham passado. Havia alguma coisa estranha naquela ovelha morta e ele queria olhar mais de perto.

Fez um amplo círculo pelo terreno, memorizando o ponto exato das diversas moitas de alcana por onde atravessava, até que se aproximou do animal abatido. *Que estranho, não há sinal de mordida na carcaça.* Tapou o nariz devido ao fedor, desceu e examinou o corpo.

Aquela ovelha não tinha sido morta pelas raposas. A garganta estava cortada e lhe faltava uma perna já decepada. Aparentemente, quem tinha feito aquilo não pudera carregar o animal sozinho e limitara-se a carregar apenas uma perna, talvez com a intenção de voltar com ajuda.

Mon Dieu, eles podem voltar a qualquer momento e deixei a Miriam sozinha. Benjamin montou às pressas a égua de Meir. Um segundo depois ouviu um grito de Miriam.

O tempo que levou para chegar até ela pareceu uma eternidade. Mesmo que vivesse para sempre, não conseguiria tirar da mente o quadro que viu à frente. Um rapaz muito magro e muito sujo que obviamente não se alimentava direito nem tomava banho com regularidade avançava de encontro a Miriam com uma faca na mão direita. Olhava-a com uma indisfarçável lascívia.

Benjamin foi tomado pela fúria e o primeiro pensamento que teve foi arremeter o cavalo de Meir contra o infame. Mas logo se deu conta de que a égua poderia refugar e a prudência equilibrou a fúria. Puxou então a própria faca e saltou do cavalo.

– Afaste-se dela, seu vagabundo imundo! – Colocou-se à frente de Miriam e gritou para ela: – Rápido, cavalgue até o castelo em Ramerupt e alerte os guardas.

– Mas, Benjamin, esse homem tem uma faca – ela argumentou enquanto montava no cavalo de Sara. – Ele não me machucou. Por favor, cavalgue comigo. Ele não vai nos pegar.

– Quer dizer que o irmãozinho da menina veio salvá-la – ironizou o vagabundo, mostrando dentes podres e amarelecidos. – Saia daqui, garotinho, escute sua irmã e cavalgue de volta para casa, para sua mamãe.

Benjamin explodiu de raiva. Aquele tipo era mesmo um idiota. Poderia ter roubado o cavalo de Sara com tal tranquilidade e deixado Miriam para trás. Mas não, ele se deixara dominar pela luxúria. E o pior é que quando se preparavam para sair dali, depois que já tinham permitido que o estúpido escapasse, o sujeito preferia insultá-lo e desafiá-lo para uma luta que implicaria a sua prisão em caso de derrota.

– Eu também tenho uma faca – disse Benjamin. – Na verdade, tenho duas facas. – Abaixou e tirou uma das facas do pai de dentro de um compartimento secreto da bota.

Miriam percebeu que qualquer argumento que saísse de sua boca seria em vão. Fez o cavalo se aprumar e saiu a galope pela floresta. Pouquíssimos cavalos eram tão velozes como o da tia Sara e ela rezou para chegar no castelo a tempo.

Benjamin e seu oponente posicionaram-se para a luta, rodeando um ao outro. Surpreso com sua calma, ele pensou que logo descobriria o quanto assimilara das aulas de luta com faca que tivera com Samson, um romeno convertido. O vagabundo mostrou-se surpreendentemente cauteloso e de repente correu na direção da égua de Meir. Mas Benjamin colocou-se à frente, deu uma palmada na anca do animal e se viu acometido por uma saraivada de palavrões.

Agora, os dois sabiam que ao vilão não restava outra opção senão o ataque, ou então eles ficariam se encarando até que os guardas do castelo chegassem. Benjamin tentou se lembrar de como deveria se desviar e aparar a espada do inimigo, conforme Samson lhe ensinara. Não precisava atingi-lo, só tinha que se manter na defesa até a chegada do socorro.

– Você sabe o que o espera, talvez seja enforcado por ter matado uma ovelha do amo. – Uma conversa poderia retardar o inevitável confronto.

– Sem chance, garotinho. – O sorriso do homem mostrou que faltavam muitos dentes, além dos que estavam estragados. – Primeiro te mato e depois estarei a salvo com meus amigos.

– Você está certo; não será enforcado. Será entregue aos homens do conde Thibault, que irão torturá-lo até você confessar onde estão se escondendo. E depois será jogado em alguma vala para o seu corpo apodrecer.

Será que aquele homem integrava o bando que tinha atacado os mercadores da feira? A essa altura Benjamin se dava conta do perigo que estava correndo. E se os outros bandidos estivessem pelas imediações? Certamente seriam necessários dois homens para carregar a carcaça da ovelha.

O oponente o atacou. Notou que já estava com a manga rasgada e resolveu prestar mais atenção. Fez-se um breve silêncio entre os dois, pontuado por uma respiração pesada. O sujeito investiu novamente, mas dessa vez Benjamin aparou o golpe e o esfaqueou na coxa.

Isso deu autoconfiança a Benjamin; tinha apenas um arranhão enquanto o adversário mancava com um ferimento na perna que sangrava abundantemente. De repente, o bandoleiro amarrou a cara e investiu em sua direção. Ele se esquivou, mas não foi rápido o bastante. A testa foi pega de raspão pela faca e o ferimento começou a verter sangue para o olho esquerdo. Agora mal conseguia enxergar. Amaldiçoando a falta de sorte, começou a afastar o sangue dos olhos ao mesmo tempo em que aparava os golpes do oponente.

Já estava pensando que a qualquer momento receberia um golpe mais sério quando surgiram dois jovens de cabelos castanhos que, munidos de espadas, desarmaram o inimigo. Já com uma atadura de linho macia amarrada em volta da testa, Benjamin ergueu os olhos e se viu diante do lorde Samuel, o pai de Meir, que o olhava ansiosamente de cima da montaria do filho. Ele se envolvera tanto com a luta que nem os tinha notado.

Samuel desmontou da égua e começou a examinar os ferimentos de Benjamin.

– Está tudo bem? – perguntou. Benjamin limitou-se a balançar a cabeça, porque estava muito abalado e mal conseguia falar.

Aparentemente satisfeito, Samuel desviou o olhar para os dois jovens.
– Depois que amarrarem esse sujeito muito bem-amarrado, procurem os comparsas dele pela floresta.

Em seguida, pôs o braço em volta dos ombros ainda trêmulos de Benjamin.
– É claro que tememos pelo pior quando a égua do meu filho apareceu sem cavaleiro no portão. Montei nela na mesma hora, chamei os guardas para me acompanharem e segui o rastro até aqui.

Benjamin já ia expressar sua gratidão quando ouviu um cavaleiro se aproximando. Estava na expectativa de que fosse Miriam e se surpreendeu quando viu Marona, a mãe de Meir, entrando pela clareira com uma caixa de medicamentos no lombo do cavalo. O véu tinha escorregado da cabeça e deixava à vista duas tranças longas e grisalhas que pendiam oscilantes no colo. A fisionomia assustada converteu-se em horror quando ela viu o sangue no corpo de Benjamin.

– Onde está o Meir? O que houve aqui? – Percorreu a clareira com olhos frenéticos.

– Meir está a salvo em Troyes – disse Samuel, ajudando-a a desmontar do cavalo. – Era o Benjamin que estava montando a égua dele.

O terror de Marona se dissipou quando ela percebeu que os ferimentos de Benjamin não eram graves. Ajeitou o cabelo debaixo do véu e limpou os ferimentos de Benjamin com muito cuidado, aplicando um unguento em cima. Enquanto ela fazia o curativo, ele contava os eventos daquela tarde e gemeu quando a atadura da testa foi retirada para a limpeza e a aplicação do remédio.

Enquanto esperavam, Benjamim começou a se preocupar com Miriam.

– Tomara que ela tenha chegado bem no castelo.

Samuel sorriu, autoconfiante.

– Devemos contar com algum atraso. Afinal, uma mulher desconhecida não entraria a cavalo pelos portões em busca de ajuda e sairia imediatamente com alguns homens a tiracolo – disse. – Se ela mencionar que mantemos relações estreitas, é claro que os meus cavaleiros irão ajudá-la na mesma hora, mas se isso não acontecer, talvez o sargento queira interrogá-la.

– Seus cavaleiros? – Benjamin arregalou os olhos.

Samuel olhou para Marona e balançou a cabeça.

– Parece que Salomão não aborda alguns assuntos lá na *yeshivá* dele. – Voltou-se para Benjamin e suspirou. – Como leal vassalo do conde André de Ramerupt, sou obrigado a fornecer dois cavaleiros para guardar o castelo dele. Claro que não me apresentaria para o cargo nem mandaria meus filhos, por isso contratei alguns cavaleiros sem terra. Se lhes forneço armas, montaria e uma soma modesta de dinheiro, eles me substituem com o maior prazer.
– Seus escudeiros estão recebendo treinamento para se tornar cavaleiros? – Benjamin se sentia melhor por poder conversar enquanto Marona cuidava dos seus ferimentos.
– Não exatamente – retrucou Samuel. – Alain e Pierre... desculpe por não ter apresentado meus escudeiros, não queria atrasá-los na busca que fariam. Como estava dizendo, os dois me foram enviados pelos pais para ser treinados como cavaleiros. Viverão comigo por alguns anos para aprender a se comportar socialmente, ao mesmo tempo em que recebem um treinamento físico. Se mostrarem aptidão, poderão ser mordomos de alguma família de posses e com isso ganharão o direito de se casar.
Benjamin ficou de queixo caído.
– Os cavaleiros não se casam? Eu achava que só os monges continuavam solteiros.
Samuel balançou a cabeça em negativa, com um ar simpático.
– *Non*, a maioria dos cavaleiros nunca se casa. Só o filho mais velho, que herda as terras do pai, pode se casar. Uma vez ou outra um filho mais novo encontra uma herdeira com quem acaba se casando, sobretudo quando as habilidades dele impressionam a família dela. Mas geralmente ele termina em alguma igreja, onde continua solteiro até a velhice, ou entre os guardas de algum castelão quando tem a sorte de passar dos trinta.
– E obviamente isso deixa algumas jovens solteiras – argumentou Marona. – Acho que a única opção que resta a elas é ser solteirona ou então freira.
Benjamin ponderou sobre a nova informação que recebia. Como os nobres edomitas podiam ser pecadores a ponto de impedir que um certo número de seus pares frutificasse e se multiplicasse? Não era à toa que os cavaleiros tinham a reputação de libertinos. Nenhum homem sem esposa seria capaz de resistir à tentação.
– Prontinho. – Marona ergueu-se e esfregou as mãos em sinal de serviço terminado, tirando-o dos devaneios. – Você já está muito

bem-enfaixado. Trate então de encaminhar sua bênção de *gomel* nos serviços de amanhã... teve muita sorte de só ter recebido ferimentos leves.

De repente, Benjamin ouviu um tropel de cavalos que se aproximavam. Seria Miriam, finalmente, ou seriam apenas os escudeiros de Samuel? O coração dele acelerou quando ela surgiu acompanhada de dois cavaleiros munidos de espadas. Ela saltou do cavalo de Sara, ansiosa para ver se ele estava bem. Os cavaleiros também desmontaram, embora de maneira mais digna, e foram na direção de Samuel.

– Meu senhor – o rapaz que tinha uma cicatriz no rosto fez uma reverência. – Peço desculpas pela demora. Esta dama chegou muito nervosa no castelo e houve um certo contratempo, mas viemos tão logo soubemos que era alguém de suas relações.

– Tudo bem, rapazes. Alain e Pierre conseguiram capturar aquele velhaco antes que fizesse um estrago mais sério. – Samuel apontou para o homem no chão. Em seguida, apresentou os cavaleiros; o da cicatriz era Colon e o outro, Faubert.

– Já tínhamos encontrado Alain e Pierre, meu senhor, e eles é que nos indicaram o caminho até aqui – disse Faubert. – E nos disseram que haviam encontrado e capturado somente um bandoleiro.

O cavaleiro mal acabara de falar quando os dois escudeiros adentraram pela clareira, com um sujeito imundo amarrado atrás do cavalo de Alain. Ao ver o comparsa, o outro homem começou a xingá-lo e acusá-lo de traição.

Miriam fez um grande esforço para conter o ímpeto de liberar a afeição que sentia por Benjamin. Assistiu à discussão travada pelos dois ladrões e a frustração juntou-se à fúria contra o velhaco que a tinha ameaçado, fazendo-a descontar tais sentimentos no forte chute que deu na perna ensanguentada do sujeito. Ele soltou um grito de dor e logo despejou uma saraivada de obscenidades.

– Tirem esses pérfidos filhos de prostitutas da minha vista – ordenou Samuel para os cavaleiros. – Leve-os para o castelo e que os homens de André os façam confessar tudo o que ele quiser saber. Se Thibault oferecer alguma recompensa, que seja dividida entre vocês quatro.

– O conde Thibault vai ficar furioso quando souber que os bandidos que vinham atacando os mercadores viviam bem debaixo do nariz de um dos seus vassalos, o conde André – disse Marona. – E a melhor maneira de contrabalançar esse desprazer será André entregar o bando inteiro para Thibault antes que a Feira de Verão termine.

Eles amarraram o homem ferido atrás do cavalo de Colon, e o cúmplice, atrás do cavalo de Faubert. Os dois cavaleiros partiram em trote ligeiro, visivelmente contentes pelo desconforto dos prisioneiros. Samuel ordenou aos escudeiros que descartassem a carcaça e, já que Miriam e Benjamin insistiram em permanecer no local para colher mais alcana, montou na garupa do cavalo da esposa. Enlaçou-a pela cintura e os dois trocaram olhares que sugeriam o desejo de uma cavalgada com uma intensidade de prazer proporcional ao desconforto dos criminosos.

Como despertando de um sonho, Miriam e Benjamin se viram novamente a sós na floresta. A luz do sol atravessava as árvores e uma brisa suave farfalhava as folhas embaladas pelos últimos acordes do canto dos pássaros. Se não fosse pela pequena atadura em cima da sobrancelha esquerda de Benjamin, tudo estaria igual ao momento em que tinham encontrado as moitas de alcana, horas antes. Ficaram em silêncio até que o barulho dos cavalos de Samuel desvaneceu. Depois, se abraçaram.

– Oh, Benjamin. – Miriam o abraçou com força, e começou a chorar. – Tive tanto medo.

– Já está tudo bem. – Aninhando-a no peito, ele afagou-lhe os cabelos. – Ainda bem que você não saiu ferida.

– Eu temi por você. – Ela o apertou ainda mais forte e começou a alisar os braços e as costas dele, como para se certificar de que realmente não estava machucado. – Morri de medo de não chegar a tempo e... – Não conseguiu pronunciar o seu medo mais fundo.

– Não se preocupe... estou ótimo. Marona me colocou novinho em folha. – Ele estava mais que ótimo. As carícias de Miriam traziam um efeito mais que saudável.

– Você nem imagina o que senti quando cheguei e o vi sentado ali, conversando com os pais de Meir como se nada tivesse acontecido. E o que senti quando vi aquele homem horroroso amarrado ali no chão. – À medida que falava ela sentia que a tensão se despejava nas palavras. – Eu quis sair correndo para beijá-lo.

– E o que a impediu? – o *ietzer hara* de Benjamin falou por ele.

– O quê? – Miriam tinha falado tanto que não se lembrava exatamente do quê.

– O que a impediu de me beijar? – A voz dele se impregnou de desejo.

Ela o olhou e se perdeu dentro dos olhos dele. Em seguida, fechou os olhos e lentamente aproximou o rosto do rosto dele. Ele a beijou com ardor e ela retribuiu com igual ardor. Até então ela havia mantido as manifestações amorosas sob um cuidadoso controle (exceto na festa de *Purim*, quando ambos estavam muito bêbados para se lembrar do que tinham feito). Na ocasião, ele pôde beijá-la o quanto quis, uma vez que ninguém os via. E quando se viram sozinhos o bastante para deixar a respiração de Miriam acelerada, ele se insinuou por debaixo da blusa dela e sentiu os mamilos enrijecendo ao contato de suas mãos. Mas agora não havia limites. Ela permitia e até encorajava que as mãos de Benjamin se insinuassem por debaixo de sua blusa enquanto gemia livremente nos seus braços. Não se cansava dos beijos e das carícias que recebia; precisava disso para comprovar que ele estava vivo. Os dois caíram enlaçados na terra macia da floresta.

– Quero que me possua, Benjamim. Vamos ser um só corpo – ela sussurrou com um gemido doce. Faça de mim sua mulher, agora.

Ele lutou para se livrar da calça enquanto ela erguia as saias e comprimia os quadris contra os dele. Depois, ela ouviu um farfalhar que vinha das moitas. Os escudeiros tinham dito que haviam vasculhado toda a área, mas e se algum bandoleiro tivesse passado despercebido?

Dois

Foi como se alguém tivesse jogado um copo de água fria em cima de Miriam. Ela abaixou os olhos e se viu deitada junto a Benjamin sobre um amontoado de folhas, ambos nus da cintura para baixo. Desviou os olhos do corpo desnudo dele e puxou a blusa para baixo ao mesmo tempo em que uma ovelha entrava na clareira com dois carneirinhos. Eles olharam para a ovelha e começaram a rir.

– Desculpe, Miriam. Eu devia ser punido por tudo que aconteceu hoje.

– Não precisa se desculpar, eu também tive culpa.

Ela não se importou com o fato de que quase tinham consumado a união antes do casamento. Os rabinos costumavam dizer que a mulher não engravida na primeira vez, mas se porventura viesse a engravidar, em poucas semanas eles seriam cônjuges e ninguém saberia o que houve. Ela conhecia perfeitamente a forma de Salomão reagir e observara o parto de muitas mulheres para saber que outros casais de noivos já tinham feito aquilo. E além do mais, desde que o homem e a mulher estivessem comprometidos, somente a morte ou o divórcio poderiam romper a união.

De volta a Troyes, eles tiveram que contar todos os detalhes da aventura para uma audiência hipnotizada, omitindo, é claro, a parte final do episódio. No dia seguinte, o recinto da feira fervilhava com os rumores de que os bandoleiros tinham sido capturados em Ramerupt, mas que o conde Thibault continuava à procura do receptador que os ajudara a se descartar das mercadorias roubadas. Uns tantos edomitas suspeitavam que pudesse ser algum judeu, já que os mercadores judeus capturados tinham sido soltos enquanto os não judeus tinham sido mortos.

Salomão estava convicto de que não havia judeus envolvidos.
— Sabemos que os mercadores judeus foram poupados — explicou para a família na refeição do meio-dia. — Qualquer ladrão bem-informado que quisesse fugir do cerco dos homens de Thibault saberia que os judeus sempre se ajudam. Por que então mataria um judeu quando seria mais proveitoso libertá-lo?

Miriam o apoiou.

— Além disso, nenhum judeu em Troyes receptaria mercadorias roubadas de um outro judeu — disse enquanto fatiava um pedaço de carne de carneiro para colocar no pão.

— Se fosse apenas uma violação da Lei Judaica, talvez houvesse disposição para isso — disse Salomão. — Mas a penalidade do *herem*, a possibilidade de ser expulso da comunidade judaica, é um risco muito grande. Vocês verão. O receptador não é um judeu.

Benjamin tinha lá suas dúvidas, mas Salomão estava certo. O comerciante que negociava com os bandidos era um edomita de Burgundy. Depois, Benjamin foi para casa com os mercadores de Reyms e, quando passou pelos cadafalsos da cidade, onde dez outros homens jaziam dependurados, viu o cadáver do homem que atacara a ele e a Miriam.

— Você não imagina o quanto me sinto feliz por ver esses ladrões executados — confidenciou-lhe um dos mercadores. — Eu e meu irmão fomos capturados quando íamos para a feira e tive que voltar para casa com eles ainda à solta.

— Espere! — gritou um companheiro dele. — Cocheiro, pare as carroças.

Diversos mercadores saíram para cuspir nos cadáveres dos que os haviam assaltado. Logo a caravana se pôs outra vez em movimento e Benjamin começou a suspirar à medida que os muros da cidade diminuíam lá atrás. A vindima daquele ano seria a última em que ajudaria a família. Mas esse pensamento triste foi prontamente substituído por um outro, exultante: a próxima vez que visse aqueles muros seria no dia do seu casamento.

— Se você sentir uma pequena vertigem — disse Salomão com um tom severo — saia do tonel na mesma hora e respire fundo até a sensação passar.

A colheita tinha começado logo após o fim da feira. Mas o pisoteio das uvas durante a *bouillage*, a forte fermentação das uvas, era geralmente perigoso. Toda manhã, Salomão recomendava aos trabalhadores que se mantivessem em constante vigilância tanto de si mesmos como dos companheiros que trabalhavam nos tonéis.

– Quero que estejam sempre conversando, atentos à resposta do outro. – Ele fez uma pausa até que todos assentissem com a cabeça.
– Nunca deixem ninguém sozinho no tonel.
– Precisamos mesmo ficar falando, papai? – perguntou Raquel de olhos atentos. – Eu posso cantar em vez de falar?
– *Oui, ma fille.* Você pode cantar. – A voz dele soou cheia de afeição pela filha mais nova. – Mas, no tonel, fique perto de mim para que eu possa vigiá-la.

A primeira reação de Salomão quando se deu conta de que o clima quente se prolongaria por todo o período da *bouillage* foi a de proibir Raquel de pisotear as uvas. Mas ela já estava quase da mesma altura de Miriam e se mostrava muito ansiosa com sua primeira vindima.

Salomão balançou a cabeça e suspirou. Não cansava de se admirar diante de toda aquela beleza que ele e Rivka tinham colocado no mundo. Joheved e Miriam também eram atraentes, mas se pareciam muito com ele. Enquanto Raquel, com seus cachos castanho-escuros e uma face perfeitamente oval, com olhos verdes e intensos, aprimorara um refinamento a partir das feições comuns dos pais.

Os pais não deviam ter preferência por nenhum filho, mas ele não conseguia evitá-lo. Joheved e Miriam eram filhas obedientes, além de muito eficientes na maceração de uvas e excelentes alunas, isso sem falar no neto que ganhara de Joheved, mas ele ainda era um estudante durante o crescimento das duas. Com Raquel tinha sido diferente; ele voltou de Mayence pouco antes do nascimento dela e desde então se estabeleceu um elo especial entre ambos. A primeira palavra dela foi *papa*.

O ar da tarde estava abafado e, vestida num velho camisolão da irmã, Raquel mal podia esperar para se refrescar no tonel de sumo de uva. Salomão e Miriam já estavam lá dentro e Rivka a fez subir no tonel. Raquel olhou para baixo ainda relutante. O bolor das uvas fermentadas lhe pareceu vivo enquanto espumava e chiava, e isso a fez imaginar que estava entrando numa panela de sopa. Mas Salomão pegou-a pela mão e amparou-a, fazendo-a pular nos braços dele.

Era difícil se manter de pé naquele líquido em constante movimento. A cada passo que dava, os talos pareciam se elevar e se enrolar nas pernas de Raquel, que por sua vez fazia força para não pensar em serpentes. Mas Salomão segurou-a com força pela mão enquanto ela pisoteava as frutas e Miriam começava a cantar uma animada canção. Em meio à excitação de fazer o vinho, Raquel logo se esqueceu dos seus temores e, já relaxada, passou a desfrutar da prazerosa sensação das bolhas que subiam pelas pernas e se pôs a cantar junto com a irmã.

A certa altura, Miriam interrompeu a canção.

– Papai, eu acho que estou ficando tonta. – Ela afastou-se de forma desajeitada para a lateral do tonel. – Posso ficar aqui na borda ou sair?

– Fique sentada ali no alto até se sentir melhor. – Ajudou-a a subir e em seguida virou-se para Raquel. – Como está se sentindo, *ma fille*?

– Estou bem, papai. – Para provar isso, voltou a cantar.

Mas logo depois ela começou a oscilar e Miriam se horrorizou quando a viu cambalear e mergulhar no tonel. Salomão abaixou-se imediatamente, puxou a filha de dentro do líquido, colocou-a no ombro e saiu do tonel. Já a salvo no pátio, Raquel começou a tossir, inspirou várias golfadas de ar e caiu em prantos.

Rivka saiu em disparada da cozinha e encontrou a filha mais jovem coberta de bagaços de uva e chorando nos braços do pai.

– O que houve? – perguntou, olhando fixo para Salomão.

– Não se preocupe, Rivka – ele explicou tudo, sem mentir. – Não está ferida, só está assustada. Desequilibrou-se e caiu dentro do vinho.

Raquel parou de soluçar.

– Estou bem, mamãe. De verdade. – Aconchegou-se em Salomão. – Posso voltar para o tanque com o senhor, papai?

– Você passou tempo suficiente na vindima este ano – disse Rivka. Pegou Raquel pelo braço e tentou levá-la para o poço, mas ela não se desgrudou do pai.

– Farei com que se lave – ele disse para Rivka. Ergueu o queixo de Raquel e olhou-a minuciosamente. – Vá se limpar e amanhã veremos se você pode ajudar nos tonéis.

Miriam não pôde deixar de notar a amargura no rosto da mãe enquanto o pai e Raquel se dirigiam para o poço, nem o carinho com que Salomão retirava os pequenos talos de uva dos cabelos da filha. A relação dos pais não era lá essas coisas, talvez porque não tivessem se conhecido antes de se casar, afora o fato de que tinham vivido separados por dez anos, em cidades diferentes. Miriam agradeceu ao Eterno por ter sido abençoada com um casamento por amor.

O período de *bouillage* terminou sem acidentes, sob o olhar vigilante de Salomão, e o vinho foi deixado de lado para completar a fermentação durante um período que abrangeria *Rosh Hashaná* e *Iom Kipur*. E já estava devidamente estocado na adega quando finalmente chegou *Sucot*. Miriam não cabia em si de felicidade; as roupas do casamento estavam prontas e um dos quartos de tia Sara fora decorado novamente para os recém-casados. Reconhecendo a maturidade da sobrinha, Sara resolveu que ela podia assumir os partos mais simples que ocorressem depois do anoitecer. A visão de Sara à noite já não era como antes.

A primeira oportunidade de Miriam começou, como de costume, com um criado batendo ansiosamente à porta no início da noite. Muriel, a parturiente, já tinha tido alguns filhos sem apresentar qualquer problema e Miriam então pegou o cesto de parteira, despediu-se da tia Sara com um beijo e saiu, certa de que estaria de volta antes da meia-noite.

Mas pouco antes do amanhecer o galo cantava no quintal quando Sara acordou e viu que Miriam ainda não tinha retornado. Deixou o café de lado e saiu apressada em direção à casa da parturiente. Logo que entrou no quarto de Muriel, viu que ela estava fazendo muita força para parir o bebê.

– Não estou entendendo – sussurrou Miriam com um ar sério e fatigado. – O bebê está na posição certa, mas se recusa a nascer. Já tentei pimenta, agrimônia e outras ervas, mas nenhuma delas fez diferença alguma.

Ao mesmo tempo que Miriam explicava, Sara examinava Muriel.

– Já fiz massagem na barriga e até introduzi a mão para puxar o bebê, mas nada adiantou. – Miriam estava quase chorando. – Não sei mais ao que recorrer, há horas que essa pobre mulher está fazendo muita força.

– O cordão deve estar enrolado no bebê, impedindo-o de sair. – O tom calmo de Sara mascarou sua preocupação.

Sob a orientação da tia, Miriam alcançou o útero de Muriel e topou com o cordão enrolado em várias voltas em torno do pescoço do bebê. Uma vez resolvido o problema, o bebê saiu com facilidade. Mas já estava morto, estrangulado pelo cordão umbilical.

Miriam cuidou da placenta com mãos trêmulas e olhos marejados de lágrimas de tristeza e vergonha. Sara apressou-se em lhe sussurrar.

– Sei que você não queria me incomodar, mas precisa pedir ajuda toda vez que for necessário.

– Meu bebê, meu pobre filhinho – soluçou a mulher.

Sara acariciou o ombro da mãe em desespero.

– Sinto muito. Sinto muito.

Embora quisesse estar em outro lugar, Miriam limpou o corpo do bebê e o embrulhou num pano limpo de linho. A tia continuou confortando a mãe, fazendo questão de frisar que sua presença ali não teria mudado nada e que aquilo aconteceria mesmo se tivesse sido chamada mais cedo. Miriam, no entanto, sabia. Sua incompetência é que tinha feito a criança morrer.

O céu estava clareando quando as duas parteiras caminharam em silêncio de volta para casa, e tudo que Miriam queria era ser repreendida por tia Sara para que pudesse se desculpar e ser perdoada. Os sinos anunciavam a alvorada quando Miriam galgou os degraus que levavam ao seu quarto, fez as preces matinais e foi para a cama. Só depois que os sinos emudeceram é que ela se permitiu chorar até adormecer.

Joheved acompanhou o pai e o marido até a sinagoga sem fazer ideia do ocorrido e sabendo apenas que Miriam tinha passado a noite toda com Muriel. À medida que subia os degraus que davam no setor feminino da sinagoga, ouvia as mulheres comentando sobre o natimorto, e muitas atribuíam a culpa a Miriam. A conversa cessou abruptamente quando Joheved surgiu, mas ela já tinha ouvido o bastante.

Pobre Miriam, isso será difícil para ela. Mas natimortos ocorriam o tempo todo e não necessariamente por um erro da parteira.

Joheved tentou focar sua *kavaná* nas orações e, quando os serviços terminaram, saiu o mais rápido possível para escapar das fofocas. Salomão e Meir, por outro lado, estavam envolvidos numa conversa com dois estranhos. Ela se deteve com relutância ao pé da escada, já que não queria interromper uma conversa que era visivelmente séria, mas Meir chamou-a para se juntar ao grupo.

Foi somente quando chegou mais perto que ela viu os olhos do pai cheios de lágrimas e, quando Salomão apresentou Simeon e Ezra

como irmãos de Benjamin, lançou um olhar questionador para Meir, o qual por sua vez balançou a cabeça com tristeza. Para Joheved só haveria uma razão para que os irmãos de Benjamin fizessem uma viagem até Troyes: comunicar um falecimento.
Ela apertou a mão de Meir.
– Não pode ser, não antes do casamento. – Voltou-se para um dos irmãos e depois para o outro, mas só obteve um doloroso silêncio. – *Baruch Dayan Emet* (Abençoado seja o Verdadeiro Juiz), expressão usada pelos judeus quando tomam conhecimento de uma morte.
Mon Dieu, Miriam ficará arrasada. E como se a morte de Benjamin não bastasse, agora ela era uma viúva sem filhos e pela Lei Judaica teria que se casar com um dos irmãos dele para colocar no mundo um filho que carregasse o seu nome. Mas Simeon e Ezra já eram casados, e isso os obrigava a realizar um ritual especial, *halitzá*, para que Miriam ficasse livre para se casar com outro.
– Não sei o que aconteceu – sussurrou Meir enquanto caminhavam solenemente pela casa. – Deve ter sido um acidente. Seu pai achou que seria melhor que eles explicassem apenas uma vez, na presença de Miriam.
Entraram na cozinha e Joheved começou a temer pela reação da irmã. Sabendo de suas responsabilidades paternas, Rivka e Salomão subiram a escada para acordar a filha, e logo depois ela chegou na sala, aterrorizada e com os olhos remelosos. Com um horror crescente, ouviu o relato dos homens.
– Lamentamos pela notícia que trazemos – Simeon começou a falar. Deu uma pausa para secar as lágrimas. – Nosso irmão Benjamin faleceu mais ou menos um mês atrás. – O queixo começou a tremer e ele não conseguiu prosseguir.
Ezra colocou o braço ao redor dos ombros de Simeon, mas antes que qualquer um deles conseguisse falar, Miriam soltou um grito de lamento.
– *Non!* Não antes do casamento. – Começou a tremer toda e teria tombado no chão se os pais não a tivessem amparado. – Como é que isso foi acontecer? – perguntou.
– Era tarde da noite e fazia dias que toda a nossa família já estava trabalhando na colheita sem descanso. – Simeon hesitou e logo acrescentou: – Lá em Reims não temos tantos judeus para ajudar como vocês têm aqui em Troyes. Às vezes só há uma pessoa no tonel.
– Isso é hora de falar de fabricação de vinho? Diga logo o que aconteceu com Benjamin – disse Miriam, praticamente aos gritos.

Simeon olhou desconsolado para Ezra, que por sua vez respirou fundo antes de falar.

– Benjamin insistia em fazer o pisoteio das uvas sozinho, mesmo quando a fermentação estava mais forte. Uma noite ele ficou muito tempo no tonel, intoxicou-se com o vapor e afogou-se.

A família de Miriam entreolhou-se horrorizada. Depois, com lágrimas rolando pelo rosto, Miriam fez a pergunta que todos estavam se fazendo.

– Você está dizendo que ninguém atentou para o perigo, que ninguém o estava vigiando naquela família de vinicultores experientes?

– É claro que sabíamos do perigo, e somos muito cuidadosos quanto a isso. Mas Benjamin não ligava para o perigo; ele queria terminar o mais rápido possível. – Ezra parecia furioso, apertando os punhos seguidamente enquanto falava. – Tentamos ficar de olho uns nos outros, mas já era tarde demais. Eu lhe disse que estava exausto e que devíamos dormir, mas ele alegou que não estava cansado e que trabalharia um pouco mais. Já era tarde demais quando me dei conta de que ele não tinha voltado para dormir.

Miriam lembrou-se das noites que Benjamin tinha passado sozinho na floresta e de como havia enfrentado o bandoleiro ao invés de fugir.

– *Oui*, Benjamin nunca ligou para o perigo.

Salomão acariciou a mão dela.

– Não devemos nos culpar. – Miriam não devia pensar que Benjamin se descuidara de si pela pressa de retornar a Troyes, da mesma forma que o irmão dele não devia se sentir culpado por não ter estado presente para salvá-lo.

Simeon lançou um olhar agradecido para Salomão.

– Foi um acidente terrível.

Discretamente, Rivka mandou que Anna, a criada da casa, fizesse uma tisana de camomila e artemísia bem forte para Miriam. Quando a criada voltou com a bebida, Miriam ainda estava fazendo perguntas.

– Qual foi o dia em que Benjamin morreu? Quem o encontrou?

– Já basta sabermos que ele morreu. – A voz de Rivka soou suavemente, como uma advertência. – Não precisamos saber dos detalhes.

– Mas eu preciso saber – insistiu Miriam.

– Ele morreu alguns dias depois de *Selichot* – disse Simeon, desviando o olhar. – Nosso pai encontrou o corpo no começo da madrugada.

– Foi num dia ruim, terça-feira do vigésimo quarto dia do mês de Elul. – Ezra encolheu os ombros. Como se não bastasse a má sorte dos números dois e quatro, a terça-feira, dia regido por Marte, tinha sido particularmente maléfica.
– Papai, o senhor acha que a morte de Benjamin foi dolorosa? – perguntou Miriam enquanto se esforçava para se lembrar do que fizera no dia vinte e quatro de Elul. Talvez estivesse trabalhando, mas a essa altura os dias se confundiam em um grande borrão.
– *Non, ma fille*. Ele já estava inconsciente quando afundou.
– Só posso dizer que os últimos dias de Benjamin foram provavelmente os melhores da vida dele. Estava sonhando com a chegada do casamento... – Simeon calou-se quando Miriam voltou a soluçar.
Ainda estavam secando as lágrimas e assoando o nariz quando Salomão fez um sinal para Meir se aproximar.
– Uma viúva sem filhos é proibida de realizar a *halitzá* antes que se completem três meses do falecimento do marido.
Meir mostrou-se surpreso.
– Mas por quê? Miriam enviuvou em *erusin*; não suspeitamos que esteja grávida.
– Mas é a lei – replicou Salomão.
Meir olhou atentamente para os dois homens enlutados.
– Espero que para eles não seja um transtorno ter que voltar aqui em dois meses.
A tisana sedativa de Rivka estava fazendo efeito, e ela e Joheved ajudaram a Miriam, cada vez mais entorpecida, a subir a escada.
– Deve haver algum engano, mamãe. Benjamin não pode estar morto – balbuciou Miriam. – Quando ele saiu... à luz da lua... no ano passado, depois que *Sucot* acabou... a sombra dele estava decapitada... foi ele que me disse. – Estava tão sonolenta que mal conseguia falar.
– *Ma fille*, eu não sei. – Rivka balançou a cabeça e suspirou. O Livro da Vida era selado na última noite de *Sukot* e, para aqueles em cujas sombras a cabeça faltasse ao luar, o ano seguinte seria o último.
Joheved ajudou a irmã a se despir. Talvez Benjamin tivesse recebido um aviso em *Iom Kipur*, o que também implicava augúrio de morte no ano seguinte. Mas ela preferiu dizer outra coisa.
– Que você encontre conforto entre os enlutados de Jerusalém. – Em tais ocasiões as palavras tradicionais eram as melhores.

Nos dois meses seguintes, a família de Salomão procurou ser solidária e paciente com Miriam. Rivka se controlava para não reclamar do desperdício de comida quando a filha deixava o prato de lado. Joheved segurou a língua e decidiu não deixar mais a irmã tomar conta do filho quando soube que o pequeno Isaac subira a escada inteira no momento em que Miriam estava sentada à mesa de jantar no andar de baixo.

Salomão se limitava a suspirar quando a consternada filha se recusava a ingerir qualquer tipo de vinho, argumentando que a bebida a fazia se lembrar da morte de Benjamin. Até Raquel, que tinha razões de sobra para reclamar, já que durante a noite tinha o sono interrompido diversas vezes pelos soluços da irmã, mantinha-se em silêncio, pensando que as noites eram mais longas naquela época do ano e que por isso teria mais tempo para descansar. A expectativa de todos é que a melancolia de Miriam diminuísse depois da cerimônia de *halitzá*.

Para alívio de Salomão e terror de Miriam, Ezra e Simeon retornaram no dia marcado. Levando em conta que o *beit din* para a *halitzá* requeria cinco juízes que não fossem parentes nem do homem nem da mulher, Meir saiu à procura de Isaac haParnas e seu filho, Joseph, e de três outros líderes da comunidade, ao passo que Baruch, o marido de Anna, reuniu um *minian* de dez homens para se juntarem aos demais na sinagoga. Aos prantos, Miriam se refugiou nos braços da mãe enquanto os irmãos de Benjamin se sentaram num banco, apertando as mãos com nervosismo. Ezra se levantou imediatamente quando todos os homens entraram e os juízes anunciaram.

– Estamos reunidos aqui para realizar a *halitzá*.

Instigado por Salomão, Isaac perguntou aos dois irmãos se Benjamin realmente tinha falecido três meses antes, se haviam testemunhado a morte e se eram os únicos irmãos dele. Após a resposta afirmativa de ambos, o próprio Isaac atestou que Miriam tinha mais de doze anos de idade e que Benjamin tinha falecido com mais de treze anos.

Depois, ele perguntou a Ezra.

– Você deseja realizar a *halitzá* ou prefere tomar a viúva em casamento por levirato?

– *Halitzá* – disse Ezra. Joseph examinou o sapato de couro ao lado e pediu que ele o calçasse.

Era o sinal para que Miriam iniciasse o diálogo legal do capítulo vinte e cinco do Deuteronômio. Atordoada, ela recitou as palavras hebraicas.

"O irmão do meu marido se recusa a estabelecer um nome para o irmão em Israel. Ele não realizará o dever do *levir*."

Ezra levantou-se e reiterou.

– Eu não posso me casar com ela.

Chegou então a parte que Miriam temia. Ela se agachou e desamarrou o sapato de Ezra, cuidando de usar apenas a mão direita. Com alguma dificuldade tentou reunir um pouco de saliva para o próximo passo, mas a boca estava seca porque passara a manhã inteira em jejum, uma vez que a Lei Judaica exigia que a saliva estivesse pura e sem restos de comida.

Por fim, começou a tirar o sapato de Ezra e, depois disso, cuspiu no chão à frente dele e declarou.

– Que assim seja para o homem que se recusa a erguer a casa do próprio irmão.

– *Halutz annal* – disseram três vezes os homens do *minian*, e a cerimônia foi encerrada. Os irmãos de Benjamin tinham cumprido seu dever, liberando a viúva do irmão para se casar outra vez.

Após a *halitzá*, a família de Miriam começou a perder a paciência com aquele fantasma magro e pálido que podia irromper em prantos a qualquer momento. O resto de Troyes celebrava, dificultando o trânsito entre a casa enlutada e as ruas em festa. Depois de sete anos de infertilidade, a rainha Berta, esposa de Filipe, dera à luz uma menina. Ao mesmo tempo em que o orgulho regional atingia o ápice, os habitantes de Champagne fofocavam a respeito da virilidade, ou melhor, da falta de virilidade do rei que ganhara a fama de passar mais tempo na cama do amante, John, do que na cama da rainha, sem falar que tinha precisado de sete anos de casamento para ser pai de uma filha.

Por outro lado, o conde Thibault, com o dobro da idade do rei, já tinha gerado três meninos saudáveis no mesmo período. Em Troyes, a população se perguntava alegremente se Thibault conseguiria unir a nova princesa a um dos seus filhos.

As conversas à mesa de Salomão também estavam voltadas para o tópico do matrimônio, o que aumentava ainda mais o sofrimento de Miriam.

– Vou me casar com um homem que não tenha irmãos – disse Raquel enquanto dava uma boa mordida numa maçã. – Assim não precisarei me preocupar com a *halitzá*.

– Você também pode se casar com alguém que já tenha filhos – disse Joheved.

– Raquel, não fale de boca cheia – disse Rivka antes de se voltar para a outra filha.

– Para uma viúva não é tão terrível assim se casar com o cunhado. Sara fez isso.

Sara colocou o copo de vinho em cima da mesa e refletiu por alguns segundos.

– Talvez seja melhor do que se casar com um estranho. Embora a tradição obrigue a viúva sem filhos a se casar novamente três meses depois, nós dois ainda estávamos de luto e não celebramos o nosso casamento de maneira adequada.

– Será que daria para mudarmos de assunto? – disse Miriam, com os olhos rasos d'água.

Acontece que Rivka não queria mudar de assunto.

– Eu estava lá na padaria quando Fleur me perguntou se já tínhamos encontrado um novo marido para Miriam, pois faz três meses que ela enviuvou.

Fez-se silêncio à mesa enquanto Rivka seguia em frente.

– E aí perguntou se ainda não havia um pretendente e indicou Leontin, um primo dela, cujo ano de luto pela finada esposa já está quase no fim.

Miriam engasgou e seu rosto, já pálido, embranqueceu de vez. O pai, por sua vez, enrubesceu enquanto lutava para controlar a raiva.

– Ela acha que estamos tão desesperdos que chegou até a imaginar que eu aceitaria tal *am haaretz* como genro? – Salomão levantou-se de forma ameaçadora. – Esse Leontin mal sabe ler a Torá e não saberia o que fazer se o Talmud caísse em seu colo. Minha filha não se casará com esse grosseirão, por mais rico que seja! – acrescentou, dando um soco na mesa.

Rivka ergueu-se e pôs as mãos nos quadris.

– Eu não disse que achava que Leontin seria um bom parceiro para Miriam, mas é preciso que se diga que a melhor cura para a infelicidade dela seria se casar o mais rápido possível. – Lançou um olhar desafiador para o marido. – Pelo menos me preocupo com o futuro de nossa filha, enquanto você fica com o nariz enterrado em seus livros.

Meir viu que se formavam nuvens de tempestade. Pegou o pequeno Isaac e perguntou a Sara se não era hora de ver se as galinhas já estavam no galinheiro. Ela assentiu rapidamente e, tão logo saíram, Salomão explodiu.

– Como você se atreve a insinuar que estou negligenciando a minha filha!
– *Oh, non...* você é um pai generoso. – As palavras de Rivka soaram sarcásticas. – Ensina o Talmud a elas e mostra como se reza com os *tefilin*. Bem, quero que você encontre um marido para Miriam logo que começar a Feira de Inverno – ela disse com um tom seguro.
– Não vou me apressar quanto a isso – disse Salomão com uma voz igualmente firme.
– Você está achando que um noivo vai chegar aqui de mão beijada, como aconteceu antes – replicou Rivka. – Não se esqueça que agora a nossa filha é uma viúva; não será tão fácil.
Miriam já tinha presenciado briga demais, como se tivessem esquecido que ela estava presente.
– Está bem, mamãe, deixei de ser uma criança e me tornei uma viúva, por isso nem a senhora nem o papai podem me obrigar a casar se eu não quiser. – O resto da família olhou-a com assombro. – E não tenho a menor intenção de me casar agora; portanto, parem de brigar.
– Ótimo – disse Rivka, com dificuldade. Virou-se e apontou o dedo para Salomão. – É sua culpa. Elas são iguais a você. E me pergunto de que serve ler tanto sobre aspectos legais insignificantes se não se tem consideração pelo que é realmente importante. Já estou cheia! – Saiu da sala, batendo a porta.
Salomão levantou-se e gritou.
– Não se vire de costas para mim. – Ergueu o copo de vinho e as filhas olharam aterrorizadas para ele, achando que o arremessaria na porta fechada. Mas ele logo se controlou e pôs o copo na mesa, citando uma máxima do capítulo quatro do *Pirkei Avot*.

"Diz Ben Zoma: quem é forte? Aquele que domina o seu *ietzer hara*. Quem é rico? Aquele que se contenta com o que tem."

– Agora, o homem forte não é apenas aquele que domina seu *ietzer hara*, sua inclinação para o mal, mas também aquele que domina sua raiva. O homem que mesmo com raiva refreia as palavras iradas e não responde de imediato... essa é a verdadeira força. – Salomão saiu da sala com essas palavras.
– Papai pode ter dominado o *ietzer hara* dele, mas decididamente não estou contente com a parte que me cabe nisso. – Miriam encaminhou-se para a porta. – Vou me deitar.

Meir deu uma espiada e, vendo que tudo estava calmo, colocou o filho adormecido no colo de Joheved.
— Talvez seja uma boa hora para todos nós dormirmos.
— E a mamãe? — perguntou Raquel. — Não quero ir para a cama antes que volte.
Meir olhou-a, intrigado.
— Acabei de vê-la subindo a escada enquanto conversava com sua tia Sara. Parece que Sara estava falando sobre como tinha se casado três meses depois da morte do marido e que não recomendava isso.

No café da manhã do dia seguinte, nem Salomão nem Rivka demonstravam qualquer sinal de mau humor. Rivka cantarolava uma canção enquanto servia papa, frutas e queijo, e Salomão sorria enquanto perguntava a todos se tinham dormido bem. Radiante, ele fez questão de frisar que dormira maravilhosamente bem.
— De qualquer forma, Miriam, na noite passada tive uma longa conversa com sua mãe e sua tia. — Fez uma pausa para cortar outra fatia de queijo. — Como bem nos lembrou, você já é uma adulta, mas isso não anula a minha obrigação. Diz o profeta Jeremias:

> Consiga esposas para seus filhos e dê suas filhas para os maridos.

— E no tratado *Kiddushin* (casamento), aprendemos que para casar a filha...

> O pai deve lhe dar um dote, deve vesti-la e adorná-la de maneira que os homens queiram se casar com ela.

Ele sorriu afetuosamente para a filha.
— Pode ver então que encontrar um marido para você é uma *mitsvá* que não posso negligenciar.
— Salomão, se você não tivesse filhos, provavelmente ensinaria a Torá para os gatos — Rivka o interrompeu, amavelmente. — Por favor, fale para Miriam o que pretende fazer.
— *Ma fille*, Sara nos alertou que a dor que você sente é muito recente para pensar em novo marido — disse Salomão. — Achamos que é melhor espalhar a notícia de sua disponibilidade, durante a Feira de Inverno, para que os pretendentes se apresentem durante a Feira de Verão, e aí você poderá considerar as propostas deles.

Sara apertou a mão de Miriam.
– Não tenho dúvidas de que você terá muitos pretendentes e poderá escolher o que mais lhe agradar. – Sara não mencionou como haviam chegado a tal conclusão, não disse que as mortes nos partos faziam os jovens viúvos superar em número as jovens viúvas.
– Vamos ajudá-la a fazer sua escolha, mas você é que irá decidir – concluiu Rivka enquanto enchia outra vez a tigela do neto com o resto da papa que sobrara de Miriam. – Com a vontade do *Bon Dieu*, talvez você esteja casada no próximo verão. – Ela olhou esperançosa para a filha.
– *Merci*, papai. *Merci*, mamãe – disse Miriam com doçura. Agora estava a salvo ao menos por seis meses.

Mas se a família esperava que a disposição de Miriam ficasse melhor depois que a pressão para casá-la terminasse, desapontou-se. Quando Samuel e Marona foram passar o *shabat* em Troyes, o estado lastimável de Miriam não pôde ser ignorado. Seus cabelos, antes do mesmo tom castanho luminoso dos de Joheved, agora estavam com a cor de um toco de madeira velha. Seus olhos cinzentos rodeados de olheiras escuras pareciam embaçados e desbotados, se comparados com os olhos vívidos e azuis de Joheved e com os olhos estonteantes e verdes de Raquel. E além do mais, ela estava muito magra.
– Salomão, não leve nossa interferência a mal, mas você é da família e... – Samuel interrompeu-se, tentando achar a melhor maneira de abordar o assunto. – Eu e minha esposa não conseguimos deixar de notar o quanto Miriam está pálida e esquálida. E se Marona preparasse um tônico para ela? Marona conhece remédios excelentes.
– Se você tiver um tônico para coração partido, eu encomendo mil frascos – respondeu Salomão com tristeza. – Ela não come, não bebe vinho e chora até quando dorme. Procuro mantê-la afastada das facas afiadas porque tenho medo que acabe cometendo uma loucura. – Balançou a cabeça e suspirou. – Raquel me disse que a irmã está temendo o *Hanuká* porque não pode celebrar a nova vindima que matou o Benjamin.
Samuel pôs o braço em torno dos ombros de Salomão.
– Deixe-a passar *Hanuká* conosco. Marona ficará feliz por ter um rosto jovem por perto. – A voz de Samuel se fez mais suave. – Ela ainda está de luto pela nossa filha Hannah e as duas poderão se confortar mutuamente.

– Não sei – disse Salomão. *Mandar Miriam para longe?*

– Não há nada melhor que a comida da minha mulher para engordar, e se Miriam não quiser vinho, a cerveja de Marona é tão gostosa que é impossível recusá-la. – O entusiasmo de Samuel cresceu. – Um mês lá com a gente e ela ficará novinha em folha.

Rivka não precisou ser convencida.

– Talvez o clima de Troyes esteja aborrecendo Miriam. Passar um tempo no campo e respirar ar puro será uma excelente mudança para nossa filha.

Sara sabia do que Miriam realmente precisava: um lugar distante de Troyes, com novas pessoas para conhecer e coisas diferentes para fazer, sem a presença de gente que a fizesse lembrar de sua perda.

Três

Mayence, Alemanha
Outono, 4839 (1078 E.C.)

Judá ben Natan resolutamente desviou os olhos enquanto uma jovem e roliça criada sorria de forma sedutora e se inclinava para dispor um jarro de cerveja sobre a mesa entre ele e seu irmão mais velho. Mas o irmão deu uma piscadela e, quando ela voltou com uma tigela fumegante de papa de aveia e uma travessa de arenque defumado, passou-lhe algumas moedas. Ela se deteve na metade do caminho até a cozinha, contou o dinheiro e mandou um beijo para o admirador.

Depois de fazer uma careta, Judá esticou-se por cima da mesa e repreendeu o irmão.

– Azariel, seu *ietzer hara* é tão forte que em tudo quanto é hospedaria você precisa levar uma moça para a cama?

Azariel soltou um risinho de satisfação e serviu-se da papa.

– E por que o interesse em quem levo para a cama? Pouco importa quem levo para a cama, ir de Paris a Mayence sempre leva o mesmo tempo. – Um pré-requisito para o mercador que percorria longas distâncias era que houvesse mulheres disponíveis na maioria das hospedarias.

O que Azariel tinha dito era verdade, mas Judá não podia deixar que as coisas ficassem assim.

– Mas você acabou de passar o mês inteiro com sua esposa.

– Escute, irmãozinho, você já foi bem claro em sua opinião. – Azariel estava começando a se aborrecer. Ele e Judá faziam aquela viagem de ida e volta da casa até a *yeshivá*, uma vez para Pessach e outra vez para os Dias de Expiação, e geralmente gostavam de compartilhar a companhia um do outro.

Judá empurrou a tigela para o lado quando Azariel tentou enchê-la novamente.

– Acho que quando o Criador fez a distribuição de *ietzer* em nossa família, você recebeu o *ietzer hara* e eu, o *ietzer tov*.

– Admito que você recebeu bons dotes, mas nenhum *ietzer hara*? Isso é impossível. – Sorriu Azariel, recusando-se a ser pego.

Ambos eram bonitos com seus cabelos pretos, olhos escuros e traços bem marcados, mas o nariz de Judá era um pouco mais reto e o queixo mais quadrado. Pelo menos parecia mais quadrado; o do irmão escondia-se sob a barba. O bigode de Judá começava a crescer.

– Sinto paixão pela Torá e não em seduzir mulheres – ele afirmou com um ar virtuoso.

Azariel pegou a caneca de cerveja e olhou com ceticismo para o irmão.

– Não me diga que você ainda é virgem!

O rubor silencioso de Judá disse tudo e Azariel continuou.

– Mas você já está com quase vinte anos. Deve ter algum *ietzer hara*, todo homem tem. Quer dizer que Lilit não o visita?

– Já que você insiste, admito que sim.

Não havia como negar, Azariel sempre percebia quando o irmão estava mentindo. Na verdade, na noite anterior, Judá tinha recebido a visita de Lilit, a demoníaca. A princípio, suspeitou que Azariel tinha feito o comentário depois de ter visto os lençóis manchados, mas logo relaxou. Os lençóis da hospedaria eram tão encardidos que ninguém poderia distinguir uma mancha da outra.

Bastante confiante, o irmão o interrogou com um ar obsceno.

– E que forma ela assume quando o visita?

– Não é da sua conta! – Tanto em Mayence como em Paris, toda vez que sonhava com Lilit, Judá se banhava no *mikve* pela manhã, mas dessa vez isso não foi possível.

Ele tinha tido um sonho igual ao que costumava ter; mãos invisíveis acariciavam suas coxas e aquilo que havia entre elas. Tentava repelir aquelas mãos, mas se via impossibilitado de se mover. Sem coragem de olhar, sentia o demônio montando em cima dele, a posição favorita de Lilit. Tentava escapar, mas quanto mais se mexia e fazia força, mais Lilit gostava, até que ela finalmente o forçava a ejacular a semente. Ele odiava esses sonhos vis, odiava a ereção que tinha quando se lembrava de tudo, e naquele momento odiou o irmão por ter trazido o tema à baila.

Azariel cruzou os braços e recostou-se na cadeira.

– Você tem estado mal-humorado demais durante esta viagem. O que há de errado?

O que há de errado comigo? Como dizer para Azariel que ele sentia saudades de Daniel, seu velho companheiro de estudos? Esguio, de olhos cinzentos e brilhantes e cabelos castanhos, Daniel chegara dois anos antes para estudar na *yeshivá*. Era um estudante sério e dois anos mais jovem que Judá, e eles logo se tornaram amigos.

Daniel tinha um conhecimento muito vasto do Talmud, mas quando se debruçava sobre um tópico, esmiuçava-o até apreender o significado por inteiro. Ele e Judá se questionavam mutuamente até se certificar de que haviam entendido cada nuance, às vezes dialogando até tarde da noite. Mas Daniel se fora. Voltara a Colônia para se casar e se juntar ao negócio da família.

Os últimos dias que passaram juntos foram antes de *Shavuot*, quando se procuraram um ao outro de maneira febril. Na despedida, Judá não se conteve e, ao abraçar Daniel, implorou para que não partisse. Foi um abraço um tanto desajeitado e Daniel beijou o amigo no rosto. Naquela noite, sozinho no quarto, Judá chorou até adormecer.

Azariel percebeu que a raiva do irmão transformara-se em tristeza.

– Você brigou com sua mãe e com o tio Shimson antes de partirmos? – perguntou, amavelmente.

Judá balançou a cabeça, aliviado pelo fato de Azariel ter colocado um outro assunto em pauta. Na verdade, eles eram meio-irmãos. A mãe de Azariel tinha sido a primeira esposa de Natan, pai de ambos, e morrera no parto. Shimson, o irmão de Natan, apressou-se em encontrar uma nova esposa para o irmão; Alvina, a irmã mais nova de sua própria esposa. Judá ainda era criança quando Natan morreu e Alvina não se casou novamente. Devotou-se à tarefa de aumentar a riqueza de Natan para o filho, o erudito. Depois eles viveram com Shimson e sua esposa, a irmã de Alvina, formando uma família grande e feliz. Mas essa felicidade vinha diminuindo recentemente.

– Brigaram outra vez porque eles continuam insistindo que você se case? – Judá balançou novamente a cabeça e Azariel abaixou a voz em tom conspiratório. – O que havia de errado com a garota dessa vez? – Fisgou um arenque com a ponta da faca e esperou a resposta.

– Dessa vez não houve garota alguma – disse Judá, com o rosto irradiando vergonha. – Tio Shimson não conseguiu encontrar uma garota que se arriscasse a ser rejeitada como as outras.

– Nenhuma garota? – Azariel deixou o peixe no prato e olhou fixamente para o irmão. Judá era rico, bonito e culto. E ninguém queria ter uma filha casada com ele?

– Nenhuma garota. – A humilhação de Judá completou-se.
– Mas qual é o problema? – Por que o irmão complicava tanto as coisas? Certamente porque nenhuma mulher era melhor que Lilit. Mas a procriação era o primeiro mandamento e Judá era bastante devotado.
– Não há qualquer problema comigo – sussurrou Judá, ligeiramente irritado. Os outros hóspedes que se encontravam ao redor olhavam atentamente para os dois. – Ainda não encontrei uma mulher atraente o bastante para me fazer casar.
– O que você quer dizer com atraente? – Azariel tinha visto a maioria das pretendentes e ficaria muito feliz se casasse com qualquer uma delas.
Judá procurou uma parte limpa do guardanapo para limpar a boca. Tudo começara na primeira vez que retornara da *yeshivá* para casa. A cada festival ele era apresentado a uma garota estranha junto aos pais. Era sempre uma jovem rechonchuda, bonita e sem sinal algum de inteligência. Ela e a mãe o olhavam como se ele fosse uma bandeja de guloseimas pronta para ser devorada enquanto o pai o via como um monte de ouro. Ele se apavorava e acabava recusando a pretendente.
E tudo seguiu dessa maneira – a cada festa, uma nova garota. Cada qual mais roliça que a anterior, e ele se nauseava só de pensar em tocar naqueles montes de carne. Os pais delas mais pareciam aves de rapina. As jovens rejeitadas espalhavam a notícia para as amigas e logo Alvina passou a se queixar de que o filho a envergonhava perante a comunidade.
Azariel engoliu em seco e Judá se deu conta de que o irmão esperava uma resposta.
– Todas eram muito gordas. Não gosto de olhar para uma mulher e achar que estou vendo uma porquinha.
Azariel não soube o que dizer. A maioria dos franceses preferia mulheres voluptuosas – com seios fartos e uma promessa de nutrição farta para os filhos e coxas roliças onde se escondia o prazer. As mulheres, por sua vez, vestiam-se de modo a se mostrar o mais roliças e férteis possível. Algumas chegavam até a usar golas apertadas para formar um queixo duplo. Que tipo de homem não desejaria uma mulher roliça como esposa?
– Talvez ele prefira rapazes – disse Azariel bem baixinho.

Não tinha a intenção de ser ouvido pelo irmão, mas Judá ouviu e foi como se tivesse levado um soco.

Mais tarde, enquanto cavalgavam rumo a Mayence, Judá ainda aborrecido com as insinuações do irmão, tentava evocar o debate mais complicado da *halachá* (legal). Concentrou-se no tratado *Bava Metzia*, um texto avançado e repleto de questões que envolviam contratos e indenizações, mas preferiu voltar-se para os aspectos *agádicos* (não legais) do início do sétimo capítulo, um capítulo que estudara com Daniel um ano antes. A parte em questão começava com uma descrição de um rabino excepcionalmente bonito:

> Aquele que deseje ver a beleza de Rav Yohanan deve encher uma taça nova de prata de sementes vermelhas de romã, rodear a borda com uma guirlanda de rosas vermelhas e colocá-la sob os raios do sol. Tal visão é a beleza de Rav Yohanan.

Depois o texto recorria a um catálogo de diversos sábios de rara beleza que retrocedia no tempo até o patriarca Jacob e o primeiro homem, Adão, mas deixava Rav Yohanan de lado. Em seguida, a *Guemará* explicava:

> A beleza de Rav Yohanan não é mencionada porque Rav Yohanan não tinha o esplendor da face (uma barba). Rav Yohanan costumava ficar no portão do *mikve*, onde dizia: "Deixem que as filhas de Israel que vierem para se banhar me conheçam, para que tenham filhos belos e versados na Torá como eu."

Foi exatamente nesta passagem que Daniel tinha suspirado e dito sem olhar diretamente para Judá.

– Rav Yohanan pode ter tido mais estudo que você, mas duvido que tenha sido mais bonito que você. E você também não tem barba.

Surpreendido, Judá mal conseguiu falar. Desde criança tinha consciência de que os outros o julgavam atraente, mas nunca ninguém havia dito que ele era bonito. Sua mãe Alvina tinha muito medo de mau-olhado e sempre impedia que os outros elogiassem a aparência do filho.

– Rav Yohanan pode ter se orgulhado de sua beleza, mas vejo isso como uma maldição – confidenciou Judá com um ar tristonho. – Lá em Paris, enquanto as mulheres me olham com cobiça, os homens me apunhalam com os olhos. É um alívio estar de volta à *yeshivá*.

O devaneio de Judá se dissipou quando eles se aproximaram dos portões da cidade. Na manhã seguinte, o mestre da *yeshivá*, Isaac ben Judá, chamou Judá à sua sala, e este se deu conta de que o retorno à *yeshivá* era tudo menos um alívio. Azariel, encostado na parede, de braços cruzados, parecia inteiramente despreocupado.

– O que está fazendo aqui? – perguntou Judá. Não fazia a menor ideia do ato disciplinador que receberia, mas não precisava da presença de Azariel para aumentar ainda mais sua desonra.

Azariel deu de ombros.

– Tio Shimson me pediu para entregar uma carta para o seu *maître* e esperar pela resposta.

O mestre da *yeshivá* os silenciou.

– Judá, você é um dos meus melhores alunos, mas fico triste em saber que seu tio o considera um filho rebelde. É verdade que seu tio faz de tudo para lhe encontrar uma noiva e que você sempre rejeita as jovens?

Judá se pôs na defensiva, mas Isaac não o deixou falar.

– Seu irmão me disse que você não tem nem defeito nem doença que justifiquem sua transgressão ao mandamento do nosso Criador quanto a procriar.

Judá assentiu com a cabeça e o velho homem continuou.

– Você conhece o texto do tratado *Kiddushin* tão bem quanto eu:

> Até o homem atingir vinte anos de idade o Eterno espera sentado, com expectativas – quando esse homem assumirá uma esposa? Mas quando o jovem chega aos vinte anos sem que tenha se casado, Ele diz...

Judá notou que o mestre esperava que ele terminasse o texto.

> Que os ossos desse homem sejam amaldiçoados.

– E o que Rav Huna diz sobre o assunto?

> Aquele que aos vinte anos de idade ainda não se casou passará todos os seus dias com pensamentos pecaminosos.

Judá não pôde mais se conter.

– Mas passo todos os meus dias estudando a Torá e não tenho pensamentos pecaminosos.
– Sei que você se imagina como um novo Ben Azzai, mas até ele se casou com a filha do rabino Akiva.
– O mestre da *yeshivá* ergueu a mão para indicar que não queria ouvir nenhum outro argumento.
– Não tolerarei o pecado e a desobediência entre os meus alunos. Se não se casar em um ano, decretarei o *herem* para você.
Azariel encolheu-se, já que partilhava a desgraça angustiante de Judá. Mas ao saírem teve uma oportunidade de cair outra vez nas graças do irmão.
– Você disse que nosso tio só lhe arranjou mulheres feias – tentou soar de maneira encorajadora. – Diga o que quer e lhe arranjarei uma noiva ao seu gosto.
Judá não acreditou que realmente poderia ser expulso da *yeshivá* se continuasse solteiro. E percorreu o corredor de punhos fechados, com a vergonha transformando-se em fúria.
– O que eu quero é o que Ben Azzai conseguiu. Não me importo com a aparência dela, desde que seja filha de um erudito. E que não seja apenas a filha de um homem culto, mas também uma mulher culta – proferiu as palavras para Azariel como um desafio. – Encontre uma mulher que tenha estudado Ben Azzai e que conheça as diferenças que existem entre Hilel e Shamai e eu juro que me casarei com ela.
– E se eu não conseguir encontrar uma mulher assim? – Azariel relutou em deixar Judá com falsas esperanças.
– Se não encontrá-la no prazo de um ano, me casarei com qualquer uma que você encontrar, e sem reclamar.
Azariel abriu um sorriso – ele era um especialista em localizar o que havia de melhor e mais raro para os seus clientes e poderia colocar suas aptidões à disposição do irmão. Que desafio!
Despediram-se no alojamento de Judá, e, quando Azariel sumiu de vista, entrou em desespero. Cumprimentou o senhorio do lugar, um velho ourives que estava ocupado à mesa de trabalho, subiu a escada, entrou em seu quarto e se jogou na cama. Tentou se acalmar com a leitura do Talmud, só para recordar a história de Rav Yohanan.

Um dia Rav Yohanan estava nadando no rio Jordão. Reish Lakish (um gladiador que segundo alguns era um fora da lei) avistou-o e (achando que ele era uma linda mulher porque lhe faltava barba) mergulhou no Jordão. Rav Yohanan então lhe disse: "Sua força deveria ser para a Torá", e Lakish replicou: "Sua beleza pertence às mulheres." Rav Yohanan continuou: "Se você se arrepender lhe darei minha irmã em casamento. Ela é muito mais bonita que eu." E Reish Lakish então concordou... Rav Yohanan ensinou-lhe a Escritura e a *Mishna*, e fez dele um grande homem.

Judá lembrou-se então que Daniel tinha suspirado quando eles acabaram de ler esse texto.

– E se pudéssemos casar um com a irmã do outro? Mas isso não vem ao caso porque já estamos noivos.

Foi então que Judá confessou que, embora estivesse no limite da idade de noivar, ainda não tinha feito isso. A princípio, Daniel mostrou-se cético; as pessoas que permaneciam solteiras só podiam ter alguma coisa errada com elas como, por exemplo, lepra. Se não fosse pela grande afeição que nutria por Judá, seguramente Daniel não o olharia com simpatia.

– Que diferença faz com quem você se case? – foi o que disse Daniel. – Só a verá duas vezes por ano e durante algumas semanas. Ela ficará em Paris a maior parte do tempo enquanto você estará estudando aqui.

Azariel argumentava o mesmo. Mas cada vez que Judá conhecia uma pretendente, era como se Deus estivesse endurecendo o coração do faraó lá no Egito. Alguma coisa dentro dele não o deixava aquiescer. Pensar em Daniel só o fazia se sentir pior, mas não conseguia descartar tal pensamento. A comparação com a história de Rav Yohanan e Lakish de nada servia. Era uma história que terminava em tragédia.

– Judá, acorda – uma voz insistente de alguém à porta interrompeu essas reminiscências. – Está na hora das orações da noite.

Era a voz de Samuel, mais conhecido como Shmuli, seu companheiro de quarto e também neto do senhorio. Shmuli era um rapazinho jovial de uns catorze anos cujo pai insistira que devia aprender o Talmud por ser ele o filho mais velho. Shmuli, por sua vez, preferia passar o tempo ajudando o avô no trabalho com metais preciosos. Ele aceitava com bom humor sua incapacidade para se lembrar do que ouvia na sala de aula. Nem todos conseguiam ser tão bons pupilos quanto o seu amigo Judá.

Judá quase fez as malas e abandonou a *yeshivá* quando soube que teria Shmuli como parceiro de estudo. Ser equiparado ao pior aluno era prova mais que cabal de sua condição de pária. Shmuli era afetuoso como um cãozinho e não era tão estúpido como Judá acreditara. Não tinha dificuldade para compreender a *Guemará*, mas não mostrava o menor interesse em memorizá-la.

Judá, no entanto, ansiava por um companheiro de estudo do mesmo nível dele. Um dia tomou coragem para se aproximar de um dos mercadores que frequentavam a *yeshivá*, um homem maduro e confiante que se sentava junto com os eruditos. Infelizmente, o homem só ficaria em Mayence por algumas semanas – seu verdadeiro destino era a Feira de Inverno da cidade francesa de Troyes. Ainda assim, ficou feliz por poder estudar com Judá enquanto a caravana não partia.

Judá ainda não tinha feito a sua escolha quando, em certa ocasião, um homem moreno de nariz aquilino aproximou-se dele.

– *Shalom aleichem*. Creio que nós dois estamos à procura de parceiros de estudo – ele disse com uma ligeira reverência. – Natan ben Abraham, de Praga, ao seu dispor.

A voz de Natan era suavemente acetinada e Judá o examinou com atenção. Ele tinha um corpo de jovem, mas as têmporas grisalhas revelavam o dobro da idade de Judá. Em uma das mãos usava um grosso anel de ouro e esmeralda e na outra, um anel com uma pérola negra. Judá se apresentou. Aquele homem mais velho o deixou intrigado e o fez se sentir hesitante.

– Jante comigo e depois estudaremos o texto de hoje. – Natan mostrou-se seguro de si. – Estou na Gruta de Josef, é a hospedaria preferida dos eruditos; verá que a atmosfera de lá é diferente das tabernas habituais.

Atraído pelo carisma do homem e curioso em relação à taberna, Judá assentiu. Natan vestiu sua capa de pele e os dois se foram. A hospedaria estava apinhada de homens que liam ou conversavam tranquilamente. Natan sugeriu uma mesinha perto da lareira e disse para Judá que pretendia ficar por muitos meses na cidade, a negócios. Acrescentou que costumava fazer negócios durante o inverno de Mayence para poder continuar seus estudos do Talmud.

Natan falou de sua vida em Praga e depois ouviu a história de Judá, que se sentiu agradecido por não lhe ter sido feito qualquer comentário a respeito de sua condição de solteiro. Enquanto conversavam, Judá descobriu que a civilidade de Natan se acompanhava de um ar encantador e, quando a mesa já estava limpa e começaram a estudar, se deu conta de que o outro também era um erudito brilhante. E então os meses se passaram. Durante o dia, Judá estudava com Shmuli, mas boa parte da noite ficava lá na hospedaria dos eruditos com Natan. Às vezes os sócios de Natan se juntavam a eles e Judá se sentia lisonjeado pelo fato de ser aceito como um igual por aqueles homens mais velhos e sofisticados. Ele não dava a menor importância aos comentários que faziam a seu respeito na *yeshivá*.

Certa noite chuvosa de fevereiro, Judá e Natan faziam a refeição habitual. O ruído cortante da chuva sobre o telhado perturbava Judá e também parecia distrair Natan. De repente, viu-se o clarão de um raio seguido quase que imediatamente por uma estrondosa trovoada. Judá deu um salto da cadeira e Natan o pegou pelo braço para acalmá-lo.

Mas em vez de deixar Judá sair quando já tinha se acalmado, Natan sorriu e sussurrou com uma voz acetinada.

– Você não precisa enfrentar essa tempestade. Eu tenho um quarto confortável lá em cima.

De imediato, Judá notou que a mão quente de Natan o prendia pelo pulso. Natan o olhava fixamente, à espera de uma resposta, e naquele olhar penetrante Judá entreviu a mesma expressão gulosa de suas pretendentes e respectivas mães. Para o seu horror, ele sentiu uma excitação nas nádegas.

O mestre da *yeshivá* já o tinha alertado sobre isso, era o que lhe aconteceria se não se casasse aos vinte anos. Ele não se preocupou com a possibilidade de ser atingido por um raio, não passaria a noite com Natan. Enfiou os livros debaixo da capa, deu a desculpa esfarrapada de que não estava se sentindo bem e saiu apressado pela porta.

Sentindo-se abandonado à mesa, o mercador olhou em volta quando um jovem com uma aparência de uns trinta anos, cabelos ruivos e sorriso caloroso aproximou-se e sentou-se no lugar que Judá ocupara e abandonara tão subitamente.

– *Shalom aleichem*, Natan.

– *Aleichem shalom*, Reuben. – O rosto de Natan iluminou-se. – Já estava começando a me preocupar, achando que você não estaria aqui este ano.

– Não me parece preocupado – disse Reuben. Ainda mais com aquela beldade com quem estava flertando.

– Eu não estava flertando com ele. Estávamos estudando o Talmud. – Natan percebeu que Reuben o olhava de um modo cético e continuou. – O nome dele é Judá, é um estudante novo na *yeshivá*. Aliás, um bom estudante.
– Está planejando ensinar o jogo para ele?
– Não agora que você chegou. – Natan sorriu de maneira sedutora. – Mas é uma ideia tentadora.
– Trate de se conter. Senão poderá aborrecer o pobre rapaz e o deixará frustrado.
– Vou tentar – disse Natan, dando uma piscadela.
Reuben suspirou. Natan só deixaria de flertar com homens atraentes no dia que o céu deixasse de ser azul.
– Vou desfazer as malas. Em que quarto você está?
– Vou lhe mostrar. – Natan pegou o prato de Judá que ainda estava com alguma comida. – Pode comê-la, se estiver com fome.
Após os serviços do dia seguinte, Natan perguntou a Judá como estava de saúde e em seguida apresentou-lhe Reuben.
– É meu amigo e parceiro de estudos há muitos anos. Na verdade, o conheci dez anos atrás, quando veio estudar aqui na *yeshivá*. Talvez você queira estudar conosco esta noite.
Judá se viu atordoado em meio a um turbilhão de emoções. Na noite anterior não tinha despachado Natan com a rapidez necessária. E depois orou desesperadamente para que o Piedoso não lhe amaldiçoasse os ossos e para que tivesse forças para dominar seu próprio *ietzer hara*. Mas agora invejava a conversa íntima entre Natan e Reuben e, quando eles saíram juntos para almoçar, foi como se o tivessem apunhalado. Judá sabia que passaria a tarde inteira estudando com Shmuli e que voltaria para a Gruta de Josef naquela noite e em todas as noites que Natan o convidasse.

Nas semanas seguintes, os dias de Judá apresentaram um padrão. Na maioria das noites os três homens estudavam juntos, mas Natan e Reuben passavam algumas noites em outro lugar. Na primeira semana de março, Natan anunciou que seus negócios em Mayence estavam para terminar. Com uma voz acetinada que parecia penetrar no âmago de Judá, ele o convidou para um jantar de despedida especial.
Judá engoliu em seco.
– Reuben também estará presente?
– Não – disse Natan suavemente enquanto chegava mais perto de Judá. Os dois quase se tocaram e Judá pôde sentir o perfume de

Natan. – Achei que apenas nós dois seria melhor, exatamente como quando nos conhecemos.

Judá sentiu-se novamente excitado, mas dessa vez não entrou em pânico. Convenceu-se de que o outro só desejava o que tinha dito: um agradável jantar de despedida. Mas no fundo se perguntava se Natan escondia algo mais que uma refeição e naquela noite orou ao Eterno, outra vez rogando forças para dominar seu *ietzer hara*.

Na tarde seguinte, porém, ele se dirigia para a casa de banho e encontrou Shmuli em um dos becos estreitos de Mayence. O rapaz estava com as roupas rasgadas e o nariz sangrando.

– O que houve com você?

– Oh, Judá, estou muito feliz por vê-lo. – O jovem caiu nos braços de Judá e começou a soluçar.

– Os edomitas o atacaram? – Esse tipo de coisa costumava acontecer durante a semana que antecedia Pessach.

– Não foram os edomitas, não – disse Shmuli.

– Está querendo dizer que os outros alunos fizeram isso? – Judá o olhou fixamente, chocado. – Quem poderia querer machucá-lo?

– Não direi o nome de quem foi, mas tive que lutar com ele. – Shmuli limpou o nariz com a manga da camisa. – Ele disse coisas horríveis a meu respeito.

– Horríveis a ponto de o ferir e rasgar suas roupas? – Judá começou a se sentir perturbado.

Shmuli primeiro sussurrou e depois elevou a voz com um tom acusador.

– Ele disse que você e eu estamos cometendo *mishkav zachur* porque dormimos no mesmo quarto.

Judá estremeceu. Mon Dieu – *fui acusado de me deitar com homens.* Ele se esforçou para falar sem gritar.

– Ele só disse isso porque sou francês.

Os estudantes alemães tinham uma péssima opinião a respeito dos franceses, achavam que estes se entregavam à boa comida, ao bom vinho e a outros prazeres carnais. Os franceses, por sua vez, consideravam os alemães puritanos, gente que preferia ficar numa casa gelada durante o *shabat* a ter um criado para reacender a lareira.

– Não é porque o rei Filipe levou muito tempo para ter filhos que todos os franceses são assim. – Shmuli estreitou os olhos com um ar de suspeita. – Mas ele disse que você passa a maior parte do tempo naquela taverna que é frequentada por homens que querem cometer o *mishkav zachur*.

– A Gruta de Josef não é... esse tipo de lugar. – O próprio Judá não conseguiu enunciar a palavra. – Lá, os eruditos podem estudar com tranquilidade. Shmuli, já convivemos há um ano. Você acha que eu frequentaria esse tipo de lugar?
– Claro que não – disse Shmuli, com lealdade. – Mas ele acha. Foi por isso que tive que lutar com ele.
– Eu estava a caminho dos banhos. – Judá se emocionou com a devoção do seu jovem defensor. – Vem comigo para se limpar.

Na água quente, ao ouvir Shmuli narrar novamente com orgulho como tinha brigado com um rapaz mais velho, Judá convenceu-se de que não jantaria com Natan naquela noite. E que nunca mais voltaria à Gruta de Josef.

Olhou para Shmuli.

– Ouça. Não é porque dois homens são grandes amigos e gostam de estudar juntos que isso significa que estão fazendo...

– *Mishkav zachur* – completou seu jovem companheiro.

– Por exemplo – continuou Judá como se não tivesse ouvido –, na Bíblia, Jonatan e o rei David eram amigos inseparáveis, e o Talmud está repleto de grandes companheiros: Rav Ami e Rav Assi, Rav Yohanan e Reish Lakish.

– Já li sobre Rav Yohanan na *Berachot* – disse Shmuli, empolgado.

– Não era ele o muito bonito que ficava na saída do *mikve* para que as mulheres o vissem e também tivessem filhos bonitos? – Shmuli recitou com altivez uma passagem quase idêntica à do *Bava Metzia*.

– Você se lembrou perfeitamente. – Judá certamente o teria abraçado, se os dois não estivessem nus no banho. – Esta mesma história está em outro tratado do Talmud. Vou contá-la para você.

Judá recitou a história de Rav Yohanan e Reish Lakish até o ponto em que os dois homens se conhecem no rio. Shmuli ficou impressionado com a ideia de que um gladiador quisesse se tornar um rabino.

– Infelizmente a história deles tem um final infeliz – disse Judá.

Rav Yohanan e Lakish travavam uma argumentação na sala de estudos. Uma espada, uma faca, uma adaga – em que momento elas recebem a impureza ritual? Diz Rav Yohanan: "Quando são forjadas no fogo." Diz Reish Lakish: "Quando são polidas na água." Diz Rav Yohanan: "O bandido é um especialista em bandidagem."

Judá deteve-se para explicar.

– Obviamente Rav Yohanan não quis insultar o amigo quando o chamou de bandido. Ele só estava dizendo que acataria a opinião de Reish Lakish porque o treinamento de gladiador fazia deste um especialista em armas.

Shmuli despejou um recipiente de água quente na cabeça para tirar o sabão do cabelo.

– Claro que não. É proibido relembrar para um pecador arrependido os seus pecados passados.

– Seja como for, Reish Lakish achou que Rav Yohanan o havia desmerecido, e de sua parte Rav Yohanan achou que Reish Lakish subestimara os ensinamentos que recebera. Foi um terrível mal-entendido.

Rav Yohanan se sentiu ofendido e Reish Lakish caiu doente. A irmã de Rav Yohanan, lembra, aquela que se casou com Lakish, foi até o irmão e implorou: "Ore pelo meu marido, pelo bem dos meus filhos." Mas ele citou Jeremias para ela: "Deixe os seus órfãos que eu os sustentarei." Reish Lakish morreu e Rav Yohanan sofreu tanto que os sábios perguntaram: "Quem confortará o coração de Rav Yohanan?"

Surgiu então Rav Elazar ben Pedat com afirmações brilhantes. Para tudo que Rav Yohanan dizia, Elazar replicava: "Há um *baraita* que o apoia." Disse então Rav Yohanan: "Quer se equiparar a Lakish? Ele colocava vinte e quatro objeções e eu rebatia vinte e quatro vezes, até a questão se tornar clara. Tudo o que você consegue dizer é que há um *baraita* que me apoia?" Yohanan continuou rasgando as roupas e gritando: "Onde está você, Reish Lakish? Onde está você?" Os sábios fizeram orações, rogando clemência para Yohanan, e ele morreu.

Judá e Shmuli fizeram silêncio no banho, lamentando pelos dois sábios que séculos atrás tinham morrido de uma tristeza mútua. Judá lembrou que Daniel se perguntava se algum dia veria seu querido amigo novamente. Mas o temperamento de Shmuli era agitado demais para lamentar-se por muito tempo pela morte de pessoas que não conhecia.

– Acabei de lembrar de algo que aprendi sobre Reish Lakish na *Berachot* – disse Shmuli com orgulho. – Está quase no início.

Disse Rav Levi bar Hama em nome de Rav Simeon ben Lakish: o homem deve sempre fazer seu *ietzer tov* lutar contra seu *ietzer hara*. Se triunfar, muito bem... se não triunfar, deve estudar a Torá. Se triunfar, muito bem... se não triunfar, deve recitar o *Shemá*. Se então triunfar, muito bem... se não triunfar, deve chamar pelo dia de sua morte.

Depois, apesar da seriedade do texto que acabara de ler, disse animadamente.
– Estou com fome. Podemos ir agora?

Nos serviços dos dias seguintes, Judá mostrou-se ao mesmo tempo desapontado e aliviado quando descobriu que Natan havia partido, como muitos outros mercadores estrangeiros. A maioria dos estudantes da *yeshivá* também se fora para passar Pessach junto às famílias. Judá só permaneceu em Mayence porque Azariel tinha dito em carta que não gostaria de interromper a busca de uma noiva para ele, apenas para escoltá-lo da casa à escola e depois de volta a casa. Judá alimentava a esperança de passar Pessach em Colônia para ficar com Daniel durante a semana do feriado, mas não tinha coragem suficiente para aparecer sem ser convidado.

O tempo nublado e chuvoso aumentou ainda mais o desespero dele. A certa altura, viu um homem de capa preta e lembrou-se da voz acetinada, do perfume e da mão de Natan pegando-o pelo braço. Mas essas lembranças o deixaram excitado e envolvido em uma espiral de culpa. *Como posso esperar merecer uma noiva culta, se me envolvo com pensamentos tão pecaminosos?*

A despeito da recomendação do Talmud, estudar a Torá e recitar o *Shemá* só teve um êxito temporário e ele terminava os dias orando em desespero. Na tentativa de controlar a rebeldia do seu *ietzer hara*, começou a jejuar toda segunda e terça-feira. Mas ainda estava em fase de crescimento e ali pelo meio da tarde sentia-se tão desfalecido que as páginas do Talmud embaralhavam-se.

Certa manhã chuvosa, por volta do final de abril, Judá teve que se valer de toda a força para sair da cama. Não recebia notícias de Azariel desde Pessach e estava angustiado com a demora do irmão. Apesar dos esforços que fazia para repelir os pensamentos pecaminosos, Lilit enviara um dos seus íncubos para atormentá-lo na noite anterior. Sentindo que lhe faltava valor para mergulhar seu depravado corpo no *mikve*, ele despejou uma vasilha de água fria em seu membro rijo e saiu para os serviços sem tomar o café da manhã. Mais tarde, em vez de fazer a refeição do meio-dia, decidiu que faria uma caminhada debaixo da chuva fria para ponderar sobre a parte final do conselho de Reish Lakish.

Deve chamar pelo dia de sua morte.

O inverno se recusou a ser expulso pela primavera e jorrou uma última tempestade sobre as terras do Reno. Não era uma chuva forte, mas alguma coisa a impelia na direção do rio Reno. A água lamacenta corria lá embaixo como se tentando atingir furiosamente a estreita ponte onde estava Judá.

Ele tinha os olhos fixos na água lamacenta e profunda, como se fascinado pelos galhos de árvores e os outros escombros que eram levados pela correnteza. Inclinou-se para ter uma visão melhor e se viu tomado pelo desejo de ir se debruçando cada vez mais. O desejo de se deixar levar pelo rio junto com sua natureza pecadora tornou-se uma compulsão. Em poucos meses, ele faria vinte anos e de qualquer forma o Eterno terminaria por lhe amaldiçoar os ossos. Com as lágrimas misturando-se à chuva que escorria pelo seu rosto, fechou os olhos e ficou à espera da próxima rajada de vento.

Quatro

Ramerupt
Inverno, 4839 (1078-79 E.C.)

Feira de Inverno começou com o tempo gelado e claro e quando Miriam atravessou o portão São Jacques, a entrada mais ao leste da cidade, era como se estivesse deixando um grande fardo para trás. Cavalgou pela floresta limítrofe às terras do conde André na vã tentativa de encontrar alguma coisa familiar na estrada que percorrera poucos meses antes com Benjamin.

Nas semanas seguintes, ela cavalgou diversas vezes na direção de Troyes, em busca daquela clareira fatídica, mas no inverno a silhueta franzina das árvores diferenciava-se em muito da folhagem abundante da qual se lembrava. Até as moitas de alcana já estavam aniquiladas pelo inverno e só brotariam novamente na primavera. Certa manhã, ela cruzou com uma patrulha que saíra do castelo. Os homens estavam à procura de uma jovem que tinha sido vista a cavalgar sozinha pela floresta, mas todos se mostraram cordiais quando ela se apresentou como parente do lorde Samuel.

Por volta do *shabat* seguinte, o sentimento de Miriam era o de quem estava vivendo um sonho. Seu velho mundo, junto com tudo que a fazia se lembrar de Benjamin, fora substituído por um novo. Em Ramerupt, Samuel, Marona e o administrador Étienne aproveitavam a hora das refeições para discutir os assuntos que diziam respeito ao feudo. Lá não se faziam viagens diárias para compras; a propriedade fornecia quase tudo de que os habitantes precisavam. As mulheres raramente frequentavam a pequena sinagoga local, de modo que Miriam e Marona oravam em casa. As noites eram tranquilas e as pessoas iam para a cama tão logo escurecia.

Durante o *shabat*, as conversações de negócios eram proibidas e as refeições tornavam-se mais festivas. Embora os três não cantassem com o entusiasmo das mesas repletas de estudantes da *yeshivá*, as vozes contidas faziam Miriam evocar uma reconfortante lembrança da infância, de quando cantava junto com Joheved, a mãe e a avó Lea. Os anfitriões deleitavam-se com o conhecimento que Miriam tinha da Escritura. Eles não sabiam se o que mais os impressionava eram os comentários da Torá feitos por Salomão ou a aptidão que ela mostrava para memorizá-los e partilhar com os outros.

Certa tarde de *shabat*, Miriam ficou intrigada quando Marona sugeriu uma partida de xadrez. Isto era visto mais como um passatempo erudito e menos como um jogo, mas nem por isso deixavam de rolar as apostas quando dois jogadores experientes se confrontavam. Ela já havia jogado durante feriados, mas nunca em sua casa. O pai achava que o xadrez roubava o tempo de estudo da Torá.

Em Ramerupt não havia muita coisa para se fazer depois da refeição do meio-dia do *shabat*, sobretudo quando o clima desencorajava os passeios. Assim, Marona abriu um armário e tirou de dentro o mais lindo conjunto de xadrez que Miriam já tinha visto. O pai de Marona o havia trazido do Oriente e tornou-se parte do dote dela. O tabuleiro era feito de quadrados alternados de ouro e prata, sem a habitual madeira marchetada. As peças eram de prata e marfim. O rei exibia uma espada, os cavalos eram montados por cavaleiros e, como entre os sarracenos não havia bispos, estes eram substituídos por elefantes. Miriam tinha conhecimento desses animais por ter ouvido dos forasteiros que visitavam o pai e, embora não fizesse a menor ideia da aparência que tinham, sabia que eram maiores que um touro.

Ou porque a habilidade de Marona estava enferrujada pela falta de uso ou porque a mente de Miriam estava afiada pelo estudo da Torá, o fato é que não se via grande disparidade entre as duas. Miriam fazia poses pensativas e silenciosas quando se preparava para mover as peças, tal como Hanna, a filha de Marona, que assumia a mesma posição quando jogava com a mãe. A certa altura, em meio a uma jogada, a concentração de Miriam foi rompida pelos soluços da oponente.

– Desculpe-me – sussurrou Marona, chorando. – Não jogo xadrez desde que minha filha morreu, e de repente me dei conta do quanto você me faz lembrar dela.

Miriam era outra que se derramava em lágrimas com um simples lampejo de lembrança de Benjamin e com isso se viu tomada por uma onda de empatia que a fez se levantar e abraçar Marona. Não demorou muito e as duas mulheres se puseram a chorar e a lamentar as perdas, sem saber o que haviam feito para receber tal castigo do Criador e duvidando da possibilidade de um dia serem de novo felizes. Assim ficaram por algum tempo, até que as últimas lágrimas secaram e se reduziram a pequenas fungadas e suspiros.

Marona assoou o nariz.

– Muito obrigada, querida. Eu estava mesmo precisando chorar.

– Entendo. Lá em casa todos se irritam quando começo a chorar e logo sufoco as lágrimas.

– Sinta-se à vontade para chorar o quanto quiser.

Miriam sorriu.

– *Merci*.

– Acho que antes dessa choradeira toda era sua vez de jogar – disse Marona, retribuindo o sorriso. – Ainda se lembra de sua estratégia ou seria melhor pararmos de jogar?

Miriam sentia-se quase feliz.

– Vamos continuar. Não me importa se perder.

Uma hora depois chegou um mensageiro, dizendo que a condessa Alice e suas damas convidavam Miriam para cavalgar na segunda-feira. A princípio, o homem pareceu relutante, na dúvida de que poderia estar interrompendo alguma atividade no *shabat* da família, mas se sentiu aliviado quando viu que aquelas damas cultivavam o mesmo passatempo tão apreciado pelas damas da corte.

Antes que Miriam pudesse imaginar alguma maneira polida de recusar, Marona comunicou que sua hóspede aceitava a hospitalidade da condessa. Logo ofereceu pão, queijo e cerveja para o mensageiro e, enquanto ele se fartava, ela o questionava sobre o horário em que Miriam deveria estar no castelo e se elas se limitariam a cavalgar ou se também haveria uma caçada. Ficou então sabendo que seria uma simples cavalgada matinal seguida por um lanche.

Quando o homem se retirou, Marona voltou-se para sua consternada hóspede e disse.

– Samuel é vassalo do conde André e se você não cavalgar com a condessa Alice e suas damas, isso poderá ser entendido como um insulto. – Sorriu e acariciou a mão de Miriam, reconfortando-a. – A condessa não deve ter mais que vinte anos. Será bom para você passar um tempo com gente de sua idade.

– Mas o que poderei conversar com damas edomitas? – perguntou Miriam. – O que poderíamos ter em comum?

– Não se preocupe, querida. Se ouvir e fizer perguntas, acharão que você é um interlocutor brilhante.

Marona estava certa. A condessa Alice e suas damas de companhia não eram muito diferentes das mulheres e filhas dos mercadores de Troyes. Enquanto cavalgavam ao longo das alamedas da floresta, a conversa girou em torno das últimas fofocas da corte – quem estava por dentro e quem estava por fora, quem tinha brigado com quem e por quê, qual cavaleiro se apaixonara por qual dama e se o amor dele era retribuído.

A maioria delas, porém, não se esquivou de fazer comentários sobre Gautier, o novo filho da condessa que seria o herdeiro do conde e que acabara de ser batizado. É claro que Miriam era bastante informada sobre bebês, já que estava treinando para ser parteira. E pôde então dominar a conversa com facilidade, chegando até a compartilhar algumas piadas a respeito do seu sobrinho.

O caminho abriu-se para um campo e uma ruiva chamada Rosaline sugeriu uma corrida de ida e volta pelas imediações. As outras deram a largada antes que Miriam tivesse tempo de decidir se participaria, deixando-a para trás junto com o cavalo da tia, mas não por muito tempo, porque antes que tivessem rodeado o campo ela já liderava a corrida. Chegou a cogitar por um instante se devia deixar a condessa vencer, mas logo se entregou ao prazer da corrida, com o chão deslizando sob os pés e o vento fustigando o rosto.

Por fim, a montaria de Miriam diminuiu a marcha, com o coração dela ainda em disparada. As outras se agruparam à sua volta, fazendo elogios ao cavalo, e a condessa perguntou se ela queria vendê-lo e por quanto.

– Não posso vendê-lo – ela disse, ofegante. – Essa égua não é minha, é da minha tia.

A condessa quis saber por que a tia precisava de um cavalo tão veloz e ela respondeu o que tinha ouvido da própria tia.

– Ela é uma parteira que sabe que a vida de qualquer mãe pode depender da velocidade de um cavalo.

A condessa manteve-se em silêncio por um momento e, animando-se, disse em seguida.

– Sua tia deve ser a parteira judia que fez o parto do pequeno Hugo de Troyes. Durante o batizado de Gautier, Adelaide me contou em detalhes como foi o parto. O meu, que cheguei a pensar que me mataria, em comparação com o dela, me pareceu um deleite.

A excitação por ter vencido a corrida soltou a língua de Miriam. Ela admitiu que tinha sido ajudante da tia naquele parto, como aprendiz. Enquanto Alice estava mais curiosa em saber da história sob a perspectiva de uma parteira, as outras damas mostravam-se mais interessadas na descrição do quarto suntuoso de Adelaide. Miriam ainda não tinha esgotado o seu repertório quando elas chegaram a um pequeno prado nas proximidades do rio Aube, onde eram aguardadas pelos criados com um lanche.

Aliviada por perceber que a ingestão de alguns dos alimentos lhe era permitida, Miriam serviu-se de peixe defumado, picles de vegetais, pão e manteiga, e uma colherada de compota de morango. Estava para se decidir entre uma maçã e uma pera quando a dama mais jovem aproximou-se com timidez. Seu cabelo era tão louro que parecia quase branco, os olhos apresentavam um tom pálido de azul e a pele tinha a cor do marfim – uma beleza típica que agradava aos nobres franceses. Mas os lábios eram muito finos e os olhos muito próximos um do outro para que fosse notada como bonita. Miriam lembrou que ela não havia se mostrado confortável na montaria.

– Além de parteira, você é uma exímia amazona.

Miriam agradeceu o elogio da jovem e indicou-lhe um lugar perto dela.

– Oh, me perdoe. Esqueci outra vez das boas maneiras. Eu sou Emeline de Méry-sur-Seine e acabei de chegar na corte. – A voz da moça quase se reduziu a um sussurro. – Eu gostaria de lhe pedir um favor.

– Se estiver ao meu alcance, terei muito prazer em ajudá-la – disse Miriam. O que uma jovem edomita poderia querer dela? Que não fosse nada ligado às habilidades de parteira...

– Estava me perguntando se você faria a gentileza de me ensinar a montar.

Miriam suspirou aliviada.

– Terei o maior prazer em cavalgar amanhã com você, se quiser. Ficarei hospedada durante o inverno na casa do lorde Samuel e de sua esposa Marona. O feudo deles fica ao sul daqui, em Rameruptsur-Aube. – Citou o título completo da propriedade para distinguir o lugar da cidade que abrigava o castelo do conde.

Na manhã seguinte, Miriam já estava do lado de fora da casa de Samuel quando Emeline chegou ao portão. Nevara ligeiramente na noite anterior e o mundo se cobrira de frescor e limpeza. A princípio, cavalgaram juntas e em silêncio, e Miriam então pôde apreciar a quietude do cenário monocromático de inverno. Felizmente, Emeline não se ofendeu por não conversarem.

– Você não imagina o quanto aprecio essa paz e esse silêncio – ela disse suavemente. – As damas da corte nunca param de tagarelar bobagens e eu me acostumei a lidar com mulheres que só falam quando é necessário.

– Não devem ser mulheres comuns.

– Eu vivia num convento – suspirou Emeline. – Espero passar a vida toda lá, orando e estudando.

– E por que saiu de lá? – perguntou Miriam. Era visível que não tinha sido uma escolha de Emeline.

– Meu irmão saiu ferido de um torneio, algo tão sério que terá muita sorte se sobreviver, mas não poderá se casar e não será o pai do próximo barão de Méry-sur-Seine. Rezo todo dia pela saúde dele.

– O queixo da moça começou a tremer e ela fez uma pausa para se recompor. – Ele me fez sua herdeira e iniciou as negociações para o meu casamento com o barão Hugo de Plancy.

– Lamento muito pelo seu irmão – disse Miriam. A pobre jovem tinha sido retirada abruptamente de uma vida sacra para uma vida secular. – Talvez o *Bon Dieu* ouça suas preces e o cure.

– Agora a vida do meu irmão está nas mãos de Deus. – Escorreu uma lágrima pela face de Emeline. Logo ela se empertigou e a fisionomia triste se fez determinada. – Tenho dezesseis anos e não faço a menor ideia de como se administra um feudo. A condessa fará o máximo possível para me ensinar antes do meu casamento.

– Seu marido não vai se incumbir disso?

– Deveria – retrucou Emeline. – Mas os homens estão sempre fora de casa, ora em guerra, ora em visita aos vassalos, ora em torneios. Nunca foi um jovenzinho sem terra que precisasse lutar por glória ou recompensa. Já tinha o seu próprio castelo.

Foi como se Miriam tivesse levado uma facada no peito quando se lembrou de Benjamin e do risco idiota que ele tinha corrido.

– Se as damas tolas conseguem aprender essas coisas, uma aluna séria como você não terá dificuldades.

Durante o mês seguinte, o tempo manteve-se ameno e Miriam pôde cavalgar diariamente com Emeline. Foi encorajda por Marona a continuar se reunindo com as damas de companhia da condessa Alice, tanto para jogar xadrez como para cavalgar. A vida então parecia uma festa contínua, e Miriam se preocupava com o trabalho que devia estar fazendo em Troyes.

Mas quando Joheved e Meir levaram o pequeno Isaac até Ramerupt para celebrar as últimas duas noites de *Hanucá* com os avós, Joheved fez questão de demonstrar que Miriam não precisava voltar para casa.

Logo que viu a irmã, Joheved deu um passo para trás, exibindo um radiante sorriso.

– O ar de Ramerupt está lhe fazendo muito bem, Miriam. Seu cabelo voltou a ter brilho e seu rosto está rosado outra vez. – Deu um abraço apertado na irmã. – E parece que você recuperou o peso.

– Não é o ar. – Meir beijou o rosto de Marona. – Você deve agradecer pela comida e a cerveja de mamãe.

– Seja lá o que haja em Ramerupt, Miriam precisa continuar aqui pelo menos por mais um mês. – Joheved pegou a irmã pelo braço e saiu andando na direção da casa.

– Eu também acho – disse Marona.

– Mas, Joheved... – disse Miriam. – Não posso deixar que vocês assumam todas as tarefas da casa.

– É claro que pode. Essa época do ano é a mais tranquila na vinícola.

– E como estão mamãe e papai? – perguntou Miriam. – E Raquel?

– Estão todos bem, que o Eterno os proteja. Mas agora quero lhe falar da nova família que está morando em Troyes – disse Joheved. – Moisés haCohen e sua esposa Francesca, de Roma... ele é médico.

– Será uma ajuda para o nosso velho médico – disse Meir enquanto passava o filho para os braços abertos de Marona. – Moisés estudou na Escola de Medicina de Salerno e também em Bavel, com médicos sarracenos.

Sentaram-se no salão e Marona fez um sinal para que o criado servisse cerveja para todos.

– Qualquer doutor seria uma ajuda para aquele velho médico de vocês – ela disse, torcendo o nariz.

– Uma das primeiras coisas que tratou de fazer foi chamar a tia Sara – disse Joheved. – Foi tão educado, indagando sobre os mercadores de ervas e as dosagens que ela achava mais adequadas.

Marona ergueu as sobrancelhas, intrigada.

– A conversa girou por algum tempo sobre os estudos médicos que ele fez, sobretudo com os sarracenos. – Meir degustou um longo gole de cerveja e em seguida voltou-se para Marona. – Mamãe, ninguém faz uma cerveja como a sua.

Miriam curvou-se para a frente.

– Ouviu o que ele disse a ela?

– Só ouvi quando ela perguntou se era verdade que eles faziam autópsias por lá – disse Meir. – Tive que voltar logo para os meus alunos. Mas depois que ele saiu, Sara nos disse que estava feliz pela presença de um médico competente na cidade.

– Francesca é muito mais nova que Moisés, deve ter a sua idade – acrescentou Joheved. – Ela vai todo dia à sinagoga, mas raramente fala com os outros; só fala comigo.

– Eles têm filhos? – perguntou Miriam, com a atenção voltada para Marona, que embalava Isaac.

– Ainda não, mas Francesca não vê a hora de conhecer você.

Joheved tentou de todas as maneiras evitar qualquer assunto que fizesse Miriam lembrar de Benjamin, mas ao longo da conversa se viu obrigada a relatar o resultado da última vindima. Miriam, por sua vez, quis que eles compartilhassem a parte do Talmud que os alunos estavam estudando. No geral, foi uma ótima visita. Joheved ficou feliz por ver que Miriam só se abalou uma ou outra vez e que só chorou quando se despediram.

Depois de ter caído em si de que continuaria em Ramerupt, Miriam sentiu-se cansada de não ter nada para fazer.

– Certamente a senhora terá alguma outra coisa para eu fazer além de fiar lã – disse para Marona.

– Essa época do ano também é parada para nós – disse Marona.

– Mas se você esperar mais algumas semanas, estaremos muito mais ocupados do que imagina.

– Ocupados com o quê?

– Logo as ovelhas terão filhotes e algumas vão precisar de assistência. Você é parteira e será de grande ajuda.

– *Moi?* Parteira de ovelhas! – Miriam ficou boquiaberta. – Mas não entendo nada de carneiros, a não ser como cozinhá-los.

Marona riu do embaraço de Miriam.

– Não se preocupe, não é muito diferente do que você já sabe sobre as mulheres, exceto que as ovelhas costumam parir gêmeos.

– Gêmeos? – A voz da jovem parteira mostrou-se hesitante. Muriel tinha sido a última mulher atendida por ela, e acabou sendo um desastre. Se as ovelhas não eram muito diferentes das mulheres, a permanência dela naquele lugar poderia se tornar um pesadelo.
– *Oui*. Geralmente os primeiros carneirinhos nascem antes do Ano-Novo edomita, e quase todos nascem por volta de *Purim*. Durante dois meses, fazemos as refeições às pressas, dormimos pouco e nos vemos em correrias entre o pasto e o celeiro. Acredite em mim, celebramos *Purim* com dez horas de sono ininterrupto – disse Marona. – Mas os carneirinhos são adoráveis e, quando tudo termina, podemos apreciar as brincadeiras que eles fazem no pasto. – Ela suspirou de felicidade.

Miriam engoliu em seco. *Será que consigo enfrentar dois meses com ovelhas dando à luz a cada noite?* Acontece que Marona e os pastores estariam lá para ajudar. Ali pela primavera ela certamente se tornaria uma excelente parteira, mesmo que de mães ovelhas.

No dia seguinte, porém, todos os pensamentos de Miriam a respeito de ovelhas e carneirinhos se dissiparam quando o mensageiro da condessa trouxe-lhe um convite para uma caçada.

– Deixe-me ver – disse Marona enquanto seguia com Miriam para o segundo piso. – Encontraremos algo adequado para você vestir. – Ela começou a remexer roupas dentro de um baú.

– O que há de errado com as roupas que tenho usado?

– Para a caçada, é melhor vestir alguma coisa que as moças ainda não viram – pensou Marona em voz alta. – Alguma coisa colorida e festiva. Minhas roupas são muito grandes, mas talvez você possa vestir uma das roupas de Hannah. Cadê aquele conjunto que sempre me faz lembrar das folhas de outono? Achei.

Retirou do baú uma túnica em dourado tom castanho-amarelado que fazia par com uma blusa em tom amarelo-escuro. O bordado na gola e nas mangas, em laranja e vermelho, evocava a folhagem de outono.

– Isso é bonito demais para ser usado numa cavalgada.

Marona não deu ouvidos à objeção de Miriam.

– Eu e Samuel seríamos desmoralizados se você não se apresentasse bem-vestida para as damas da corte, ainda mais porque você não tem um falcão.

Miriam juntou-se ao grupo que aguardava o início da caçada e pôde comprovar que praticamente toda mulher bem-nascida tinha o seu próprio falcão de caça. Fosse qual fosse a espécie de falcão, tê-lo pousado ao pulso era uma forma de dizer "sou bem-nascida e não preciso fazer trabalhos desagradáveis com as mãos". Emeline estava bastante orgulhosa do seu pequeno esmerilhão e, radiante, deixou que Miriam o admirasse de perto.

Açores, gerifaltes, falconetes... e outros tipos de aves caçadoras que Miriam sequer imaginara. Com a participação das damas na caçada daquela bela manhã, as presas seriam apenas aves e lebres e não animais de porte maior, como cervos e javalis. Era estimulante assistir a cavaleiros e damas vestidos em diversas cores e montados em seus cavalos, cada qual com uma ave pousada no punho protegido por uma luva grossa. Os cachorros aguardaram com muita excitação o início do evento, até que soaram as cornetas e o conde André deu o sinal de largada.

Os cavalos saíram em disparada pelos campos, cruzando riachos, moitas e descampados. Quando a presa – um bando de patos ou de perdizes – era avistada, os falcões tinham os capuzes retirados e eram soltos. Eles se projetavam sobre as presas seguidos por gritarias e gesticulações de alegria. Miriam se fascinou com a graciosa beleza do voo dos falcões e se impressionou por ver que criaturas tão selvagens voltavam de forma obediente para o pulso dos donos.

Algumas horas depois os criados serviram um banquete que era uma exibição luxuosa de alimentos. Não havia *kosher* o bastante, mas havia peixe, ovos, diversos tipos de pães e muitas compotas de frutas.

Miriam já estava com um prato bem servido quando notou que um grupo de crianças saía de trás das árvores e se aproximava. Quando chegaram mais perto, ela mal pôde acreditar no que viu. Olhos arregalados e suplicantes, em rostos cobertos de sujeira escura, encaravam-na. Ela nunca tinha visto crianças tão esquálidas, imundas, descabeladas e esfarrapadas como aquelas, nem mesmo entre os mendigos de Troyes.

Antes de resolver se entregaria um pouco de comida na mão de cada uma ou se a lançaria na direção de todas, um dos homens do conde passou correndo aos berros.

– Saiam daqui, seus miseráveis.

As crianças foram retrocedendo aos poucos e, quando ele gritou novamente, saíram em disparada para a floresta.

– Vou contar até dez; se não forem embora, solto os cachorros em cima de vocês.

Miriam perdeu completamente o apetite e saiu em direção às damas que estavam sentadas, rindo e trocando olhares com os cavaleiros. Rosaline, arrojada, saiu para encontrar-se com um dos jovens atrás da cerca viva. Ao juntar-se outra vez às outras jovens, seu cabelo e suas roupas estavam desarrumados.

– Não sei o que fazer – ela suspirou. – O Faubert está implorando para se encontrar comigo hoje à noite, depois que todos forem para a cama. Ele jura que não consegue viver sem mim – seguiu falando quase sem respirar. – Quero estar com ele mais que qualquer outra coisa, mas...

– Não vai querer engravidar – foi interrompida por uma de suas amigas. As outras soltaram risinhos, com a mão cobrindo a boca.

– Mas existem certas ervas como a arruda e o poejo que resolvem isso – disse uma dama um pouco mais velha, virando-se depois para Miriam. – Não é verdade?

Miriam não via a hora de sair dali; a última coisa que queria era discutir as formas de evitar a gravidez com um bando de jovens solteiras e frívolas. Mas não podia negar o conhecimento que tinha.

– É verdade, mas sem a assistência de um especialista, é difícil identificar a erva fresca ou se o vendedor está vendendo a erva indicada. E o pior é que depois de nove meses, o que é que a mulher enganada pode fazer? Pedir o dinheiro de volta?

– Então, eu teria que consultar um especialista como você? – perguntou Rosaline.

– E se não houver um especialista por perto? – disse uma moreninha. – Existem ervas que podemos cultivar?

A dama mais madura baixou a voz e olhou fixo para Miriam.

– Ouvi dizer que as mulheres judias usam uma coisa chamada *mokh*.

Miriam lançou um olhar de súplica para Emeline.

– Miriam – disse Emeline. – Acho que esqueci o meu saltério em Ramerupt-sur-Aube. Você pode ir lá comigo para pegá-lo?

Enquanto caminhavam até o lugar em que os cavalos estavam amarrados, Miriam estremeceu quando viu os criados jogando os restos da comida para os cachorros. E sentiu-se aliviada na hora em que se despediu da condessa e partiu com Emeline.

– *Merci beaucoup* por ter me resgatado.

Emeline franziu o nariz.

– Notei que você estava tão aborrecida com a conversa quanto eu.

Miriam estava mais preocupada com a rejeição sofrida pelas crianças famintas, mas ainda assim retrucou.

– Os cavaleiros têm fama de serem lascivos, mas eu não sabia que as damas da corte fazem mais do que servir bandejas nas feiras de Troyes.

– É por isso que prefiro sua companhia – disse Emeline. – Já tinha esquecido que você mora em Troyes. Como é a vida na cidade grande?

Como descrever Troyes, com suas ruas agitadas e dez mil habitantes?

– Troyes é tão grande que é preciso um dia inteiro para se chegar até os muros. Lá dentro há tantas casas construídas uma ao lado da outra que você só consegue ver o sol pela tarde. Todos em Troyes vivem ocupados, fabricando, comprando ou vendendo o que nem se pode imaginar, e às vezes a cidade é tão barulhenta que não se consegue ouvir nem o próprio pensamento.

Emeline fixou um longo olhar na serenidade da floresta.

– Parece assustador. Você deve estar feliz por estar aqui.

Miriam não soube o que dizer. Ramerupt era um lugar bem mais tranquilo que Troyes e ali a lembrança de Benjamin não a deixava tão assombrada, mas não era o seu lar.

Naquela noite, Miriam tentou reviver a euforia da caçada, mas o prazer da cavalgada matinal se abalara com um ocorrido. Ela quis saber daquelas crianças de rosto enegrecido e Marona explicou que eram servos fugitivos que viviam na floresta e cuja fonte de renda vinha do carvão que extraíam da madeira queimada. E acrescentou que a propriedade comprava carvão deles, embora fosse autossuficiente.

Deitada na cama, aquecida pelo braseiro de carvão que ardia no quarto, Miriam foi assombrada pelos olhos famintos das crianças. Se ao menos pudesse escapar daquele mundo frívolo e imoral e voltar para o sacrossanto lar. Não conseguiu dormir e acabou lembrando do presente de *Hanucá* que Joheved lhe dera. O pai acabara de escrever um comentário sobre os Salmos e queria que ela opinasse se o texto estava compreensível e conciso. Era exatamente do que precisava para clarear a mente.

Tirou o manuscrito de dentro do baú com seus pertences e abriu no Salmo 1.

> Feliz é o homem que não seguiu o conselho do malvado
> Nem ficou ao lado dos pecadores, nem sentou no banco do insolente, pois se deleita com sua Torá de Adonai e medita dia e noite na sua Torá...
> Pois Adonai conhece o caminho da retidão e o modo como o malvado irá perecer

Miriam leu e releu os versos, deixando-se envolver pelas palavras de conforto. O texto tocava fundo em seu coração apertado, sugerindo-lhe que colocasse de lado os pecadores de cuja companhia desfrutava e retornasse ao caminho da retidão.

Voltou-se para os comentários e viu que primeiro o pai explicava que o autor do salmo engrandecia o homem que evitava o malvado. Isto porque tal homem não caminhava nem ficava junto aos pecadores e, portanto, não se sentava com eles.

Ela se deu conta de que cavalgara com os malvados e, com toda certeza, sentara ao lado deles, ouvindo as conversas infames que travavam.

Unindo o primeiro e segundo versos, o pai concluía: "Aprendemos com isso que as más companhias nos fazem negligenciar o estudo da Torá." Em seguida, ele esclarecia que o pronome possessivo no segundo verso indicava o discípulo diligente e não o Eterno. A princípio, a Lei é a "Torá de Adonai", mas passa a ser do discípulo depois que este se esforça para compreendê-la. O pai enfatizava que o discípulo diligente não deveria apenas recitar as palavras da Torá, mas também meditar profundamente nelas.

Miriam suspirou. *Quantos dias tinham se passado desde que meditara nas palavras da Torá? Muitos.*

Ele concluía com os versos finais: "Como o Eterno conhece os caminhos da retidão, Ele encontra maneiras para que no Dia do Juízo um malvado assim desprezível não tenha o seu nome na congregação dos justos."

Ponderou sobre as palavras do pai. Embora a *yeshivá* ainda a fizesse lembrar de Benjamin, ela necessitava e sentia falta da atividade erudita. Se desperdiçasse mais tempo em companhia da corte de Ramerupt, poderia terminar sem moralidade. O estudo do salmo a fez se dar conta de que deveria partir o mais rápido possível para Troyes.

Mas a determinação esmoreceu quando voltou para a cama. Será que a dor estava curada a ponto de que pudesse rever lugares e atividades ligados a Benjamin sem que a ferida se reabrisse? E o dever assumido com seus hospedeiros? Já tinha prometido a Marona ajuda com as ovelhas. Ficar e fazer o parto de todas aquelas ovelhas poderia ser uma forma de expiar sua culpa em relação ao bebê natimorto de Muriel, e também seria uma forma de evitar Muriel por mais alguns meses.

Tais pensamentos martelaram a cabeça de Miriam, até que ela adormeceu e depois acordou com uma decisão já tomada. O inverno, que durante o mês tinha sido suave, acabara de chegar a todo vapor. Uma chuva de granizo açoitava o telhado e por volta do meio-dia começou a nevar intensamente.

Ela agradeceu ao Todo-Poderoso pela nevasca que resolveria o dilema em que estava. Até a primavera ninguém se atreveria a cavalgar por prazer e isso a deixaria isenta de atividades sociais posteriores na corte do conde André. Por ora não desapontaria Marona com sua partida. E se tudo corresse bem, não a desapontaria mais tarde no seu trabalho como parteira de ovelhas.

Cinco

A pesar do péssimo tempo, os pastores de Samuel continuavam vigiando as ovelhas e, tão logo uma delas dava sinais de que estava entrando em trabalho de parto, era transferida para o celeiro. Miriam tentava manter-se como observadora, mas em dado momento ela era a única que estava desocupada e uma ovelha começou a lutar desesperadamente para parir seus gêmeos.

Marona gritou para lhe dar coragem.

– Faça o que eu disse, e tudo dará certo.

Miriam rememorou as instruções que tinha recebido. Se uma das pernas estiver para fora, primeiro veja se é a perna da frente ou a de trás. Os carneiros nascem ou com a cabeça ou com as pernas traseiras apontadas para fora. Se uma dessas pernas estiver para fora e a outra não, puxe a perna que estiver para dentro para que o resto do corpo saia. Se uma perna dianteira estiver para fora, empurre-a para dentro e veja se a perna certa aparece.

Acontece que não havia perna alguma para fora.

Miriam aproximou-se bem devagar da miserável criatura. Lembrou-se do difícil parto da condessa Adelaide e, enquanto um dos pastores segurava a ovelha que se debatia, deslizou a mão até o útero. Tateando por entre um emaranhado de pernas, ela se viu invadida por uma onda de desespero. *Como posso saber que perna pertence a quem e ainda por cima dizer qual é a da frente e qual é a de trás?* Desesperada, agarrou uma perna e seguiu-a até o resto do corpo. Ainda bem que aquela perna dava para um rabo e que debaixo estava a outra perna traseira. Segurou as duas pernas e começou a puxar, rezando para que o outro carneirinho não se interpusesse no meio do caminho. Para a sorte dela, logo depois de ter puxado o primeiro gêmeo, o segundo saiu rapidamente.

Naquela primeira semana, Miriam atendeu pessoalmente a mais de uma dúzia de ovelhas, e perdeu a conta de quantos partos ajudou a fazer ou simplesmente assistiu. Quase chorou de alívio na primeira vez que fez o parto de um carneirinho cujo cordão umbilical estava enrolado no pescoço. Quando notou que, apesar de estar com a cabeça à mostra, o carneirinho não saía, ela desenrolou o cordão. Depois que ele nasceu, teve de se controlar para não abraçá-lo.

Passado um mês de partos diários de ovelhas em meio a um clima gelado, o entusiasmo de Miriam arrefeceu para dar lugar a uma sólida persistência. Continuava acordada até muito tarde quando era preciso atender alguma ovelha. Depois dormia um pouco e acordava antes do amanhecer, fazia uma rápida refeição de papa de aveia e cerveja quente e retornava ao celeiro. Os carneirinhos não pararam de nascer e com o passar do tempo ela se revelou uma exímia parteira de ovelhas em vez de mera ajudante. E também se mostrou incansável quando cuidou de um carneirinho cuja mãe se recusava a amamentá-lo.

Ao falar do assunto, Marona encolheu os ombros e disse:

– Não faço a mínima ideia do porquê disso, mas o fato é que algumas ovelhas rejeitam as crias. O macho vira ensopado, mas a fêmea merece o esforço de ser salva.

Quando Miriam se viu confrontada por uma ovelha que se recusava a amamentar a cria, teve que aprender com uma criada como alimentar o carneirinho com os dedos e uma vasilha de leite. Mesmo depois que ele aprendeu a beber o leite diretamente da vasilha, continuou a sugar os dedos de Miriam. O carneirinho sempre a recebia com muita alegria e isso só fez aumentar sua afeição por ele.

Na chegada de *Purim*, eles ainda estavam em plena atividade com as crias das ovelhas, de modo que a festa mal interferiu no fluxo de trabalho do feudo. A pequena comunidade judaica de Ramerupt leu a *Meguilá* e banqueteou-se, mas foi uma celebração sem graça, se comparada com a de Troyes, e Miriam só chorou a falta de Benjamin uma vez. Na semana seguinte ao *Purim*, o tempo começou a aquecer e o rebanho voltou para o pasto, onde uma vegetação nova impunha-se à neve derretida.

Miriam esperava voltar para casa no Pessach, mas viu que Marona precisava outra vez de ajuda. Samuel estava gravemente doente. Uma doença que começou com um resfriado inofensivo de final de inverno. Apesar de ter consumido muito caldo de galinha preparado por Marona, ele acabou desenvolvendo febre e tosse. Uma semana depois, não parava mais de tossir, escarrando sangue e respirando com dificuldade, e se viu forçado a dormir sentado, fazendo Marona temer pela vida do marido.

Desesperada, ela enviou cartas aos dois filhos. Para Meshullam, comunicou que Samuel estava doente e que seria bom que passasse Pessach com os pais. Para Meir, informou que o pai estava doente e pediu-lhe que providenciasse uma visita do novo médico.

Meir falou com Joheved, selou o cavalo e foi para a casa de Moisés. Aliviado por encontrar o médico em casa, lhe mostrou a carta de Marona.

– Se minha mãe quer a presença de um médico, é sinal que meu pai está mesmo doente.

Moisés pediu que preparassem o cavalo e começou a empacotar o *kit* médico.

– Sua mãe deu pelo menos uma pista sobre a doença do seu pai? Poderia levar o remédio adequado, se soubesse um pouco mais do estado dele.

– Lamento, ela não disse nada além do que eu disse – respondeu Meir. – E preciso lhe avisar que mamãe não gosta de médicos.

– É uma pena – disse Moisés. – As pessoas que não gostam de médicos geralmente só os procuram quando já é muito tarde, e quando eles fracassam, a desconfiança que elas sentiam antes aumenta ainda mais.

Uma hora depois os dois entravam pelo pátio da propriedade. Dois criados correram para cuidar dos cavalos e Moisés disse para Meir.

– Sei que deve estar ansioso para ver seu pai. Mas preciso urinar e depois entro para examiná-lo.

Meir estava realmente ansioso para entrar na casa e ordenou a um dos criados que mostrasse o sanitário a Moisés.

– Qual é a doença que aflige o seu amo? – perguntou Moisés para o rapaz enquanto caminhavam.

– Pelo que ouvi, ele está ardendo em febre e tosse tanto que mal consegue respirar.

Moisés urinou e aproveitou os segundos livres antes de entrar na casa.

– O que tem sido feito para ele?

– Acho que a esposa está dando caldo de galinha e algumas infusões de ervas – disse o servo com orgulho. – *Lady* Marona é uma excelente curandeira. No último inverno, curou os calafrios que minha mulher sentia e um ano antes fez o meu primo melhorar do resfriado.

Antes mesmo que Moisés tivesse chegado à porta, Marona abriu-a para recebê-lo. Ele sugeriu que ela não dissesse nada até que tivesse examinado o paciente. Ela franziu a testa, mas permaneceu em silêncio enquanto se dirigiam para o quarto de Samuel no andar de cima. Miriam seguia atrás deles. Entraram no quarto e o velho homem cochilava, recostado na cama. Um cabelo ralo e grisalho cobria a maior parte de sua cabeça e a barba em tom cinza-escuro aparentava ser bem-cuidada.

Examinando de perto, Moisés observou os lábios azulados, o olhar perdido e as arfadas típicas de um paciente com dificuldade para respirar. Pegou a mão de Samuel para tomar o pulso e inclinou-se para ouvir o peito. Marona tinha instruído os criados para guardar a última urina do marido para ser examinada pelo médico, e Moisés tirou um frasco da maleta com cuidado e despejou o líquido lá dentro.

Marona, Miriam e Meir olharam impressionados para Moisés. Era um frasco transparente e isso permitia que se visse a urina com nitidez. Observaram de olhos arregalados enquanto o médico agitava levemente o frasco e depois inseria o dedo mindinho lá dentro para provar o gosto da urina.

Em seguida, ele voltou-se para Marona.

– Por favor, descreva a dieta do seu marido desde que adoeceu.

Ela ficou visivelmente surpresa e feliz pelo profissionalismo educado de Moisés.

– Nos últimos dez dias, só tomou caldo de galinha com um pedacinho de pão. Também preparo uma tisana de sálvia e tomilho. – O médico permaneceu em silêncio, e ela continuou: – Ele tem tomado a sopa duas vezes por dia e a tisana diversas vezes por dia.

Em Salerno, Moisés aprendera a recolher o máximo possível de informações sobre a doença do paciente antes de prescrever um tratamento.

– Pelo que parece, seu marido contraiu a doença do suadouro agravada pela presença de catarro nos pulmões. Vou explicar.

Marona estava de pé à soleira da porta e entrou no quarto quando ele continuou.

– A saúde humana é conservada pelo equilíbrio dos quatro humores do corpo: sangue, fleuma, bílis amarela e bílis negra. Estes humores correspondem aos quatro elementos: ar, água, fogo e terra. O sangue é quente e úmido como o ar; a fleuma é fria e úmida como a água; a bílis amarela é quente e seca como o fogo, e a bílis negra é fria e seca como a terra.

Ele se esmerava para reter a atenção de Marona.

– As pessoas mais velhas tornam-se frias e secas com o passar do tempo, e por isso eu recomendaria uma dieta que tendesse na direção do quente e úmido caso lorde Samuel estivesse na posse de uma saúde perfeita. A senhora entendeu?

Marona assentiu, discretamente.

– E como é provável que ele também tenha muito catarro, devo corrigir a dieta dele para o quente e seco?

– Exatamente. E como a sálvia e o tomilho possuem essa característica, sua sopa e suas infusões de ervas são um bom começo. – O rosto de Moisés assumiu uma expressão otimista. – A recuperação será rápida com um tratamento agressivo e a ajuda do Eterno.

Marona pegou Meir pelo braço em sinal de agradecimento, com lágrimas de alívio brotando nos olhos.

– Agradeço aos céus por Troyes ter um novo médico bem-preparado para nos atender quando precisarmos.

Ao chegar no andar de baixo, Moisés adotou um tom mais grave.

– Eu não quis alarmar o paciente, mas foi uma sorte a senhora ter me chamado. Só espero que não seja muito tarde. – Ele foi interrompido pelo ronco do seu próprio estômago.

– Desculpe-me – disse Meir, voltando-se depois para a mãe. – Apressei tanto o doutor para vir que ele saiu de casa sem jantar.

– Então, jante conosco, Moisés. – Marona mandou que os criados preparassem a mesa e pediu que Miriam mostrasse as ervas medicinais ao médico.

Miriam o acompanhou até o porão, onde ele examinou os muitos ramos de ervas secas que estavam dependurados. Quando voltaram, Marona assegurou-lhe que tinha colhido a sálvia e o tomilho antes do florescimento das plantas e que nenhuma delas secara ao sol.

– Isso é muito bom para tratar resfriados simples, mas as ervas precisam ser estocadas em recipientes hermeticamente fechados para doenças como a do seu marido, principalmente o tomilho. Vou pedir ao boticário para preparar uma boa quantidade e trago amanhã.

– Vai precisar voltar amanhã? – O temor de Meir se fez evidente enquanto sentavam-se à mesa. – Mas o senhor pode mandar de manhã pela minha esposa.

– Joheved vem aqui amanhã? – perguntou Miriam, abrindo um largo sorriso.

– Tenho que ficar aqui em Ramerupt, orando pelo restabelecimento de papai, e sugeri que minha esposa viesse para cá porque sei o quanto ela sente falta de você. – Sorriu Meir, acanhado. Não precisou dizer o quanto se sentiria sozinho sem ela.

Miriam voltou-se para o médico.

– Onde o senhor conseguiu aquele frasco transparente que usou lá em cima?

Moisés estendeu o frasco para ela.

– Isso se chama vidro, e para ser feito primeiro se aquece a areia até que derreta. Depois o vidreiro modela a matéria derretida na forma que se quer.

Miriam colocou o vidro contra a luz.

– É espantoso... dá para ver por dentro dele. Deve ser muito caro.

– Comprei em Bavel quando fui para a Escola de Medicina. – Moisés pegou um outro pedaço de carne. – Lá não é caro... todos os médicos têm.

– O senhor estudou em Bavel? – Meir arregalou os olhos. – As grandes *yeshivot* de lá ainda preparam estudantes do Talmud?

– Lamento dizer que as grandes *yeshivot* de Bavel já não são as grandes academias que foram um dia – suspirou o médico. Em seguida, para que a família não pensasse que se esquecera do paciente, disse para um criado que estava por perto. – Por favor, poderia ir lá em cima para ver se o seu amo já tomou toda a tisana?

Quando o criado voltou e anunciou que lorde Samuel tinha esvaziado a xícara, Moisés se dirigiu para Marona.

– Com respeito à alimentação, quero que prepare uma receita especial para o seu marido. Creio que uma sopa feita com pedaços de peito de frango, farinha de arroz e leite de amêndoa o deixará aquecido e umedecido. Ele não pode comer peixe nem qualquer tipo de abóbora, ambos são molhados e frios em segundo grau, e não pode comer cogumelos de jeito nenhum, pois são molhados e frios em terceiro grau.

Em outros lugares onde Moisés tentava falar de alimentos e humores, a maioria dos ouvintes entediava-se rapidamente. No entanto, Miriam e Marona pareciam hipnotizadas pelo assunto, o que incentivou Moisés a continuar falando.

– Se o nosso paciente, com a proteção do Todo-Poderoso, estiver um pouco melhor na próxima semana, poderá começar a comer carne grelhada e beber vinho temperado com canela e cravo-da-índia, ingredientes que são quentes e secos em primeiro grau.

Fez então uma pergunta para as duas mulheres.

– Qual é o alimento que é tanto quente como seco em terceiro grau?

– Gengibre? – arriscou Marona.

– Quase. – Ele sorriu. – O gengibre é quente em terceiro grau, mas por ser uma raiz é considerado molhado em primeiro grau. Mas me refiro a uma especiaria.

– Só pode ser a pimenta. – Miriam não conseguiu lembrar de nenhuma especiaria que fosse mais quente.

– Você está certa – Moisés cumprimentou-a. – Todas as sementes são secas em algum grau, mas a pimenta é a mais quente.

Ele interrompeu-se por alguns instantes e sugeriu que Marona acrescentasse um pouco de pimenta no caldo de galinha de Samuel. Depois, levantou-se para despedir-se.

Marona foi com ele até o portão.

– Estou surpresa que o senhor não tenha sangrado o meu marido. Todos os outros médicos fazem isso.

– Minha boa senhora. – O médico mostrou-se chocado. – É muito perigoso fazer uma sangria durante o mês de Adar. Quando chegar o mês de Nissan, veremos se a condição dele permitirá. Até lá, não vou sangrá-lo, a não ser nos domingos e nas quartas-feiras, que são dias favoráveis.

No dia seguinte, o médico chegou acompanhado de Joheved e do pequeno Isaac. Meir segurou o filho enquanto as duas irmãs se abraçavam.

– Miriam, olhe só você! – Sorriu Joheved quando viu que a aparência da irmã tinha melhorado muito desde o último encontro delas. As bochechas de Miriam já estavam mais rosadas e gordinhas.

– Eu estava certa. A vida no campo combina com você.

– Não sei se estou completamente boa – disse Miriam. – Mas já estou me sentindo melhor. Como estão mamãe e papai?

Joheved riu.

– Papai está trabalhando freneticamente no sermão de pré-Pessach, e mamãe está desesperada de preocupação com a possibilidade de não conseguir limpar a casa a tempo para a festa.

– Papai sempre se preocupa com o sermão dele. – Miriam riu de volta. – Se fizesse mais do que duas pregações por ano, talvez ele ficasse menos nervoso. – A expressão dela se fez séria. – Não seria melhor eu voltar para casa para ajudar mamãe enquanto você está aqui?
– Não agora que tenho a chance de vê-la depois de meses – disse Joheved. – Deixe que Raquel trabalhe um pouco em casa para variar. Ficar de mãos sujas não lhe fará mal algum. – Chegou mais perto da irmã e sussurrou: – Tenho uma coisa para lhe contar sobre ela, mas só quando estivermos sozinhas.

Enquanto as duas jovens se entretinham, Moisés indagou sobre o paciente e suspirou aliviado quando ouviu que estava estável. Além de um pote de tomilho hermeticamente fechado, o médico também tinha levado um grande buquê de margaridas. Entregou tudo para Marona que agradeceu sem jeito pelas lindas flores.

Moisés também sorriu sem jeito.

– Mas essas flores são para o seu marido. Se estivéssemos no auge da primavera, teria procurado por prímula ou por tussilagem, mas nessa época do ano só encontrei margaridas. Pique a planta inteira e misture na coalhada. Use diariamente para purificar o sangue dele; como ainda não podemos sangrá-lo, isso será excelente e também ajudará a soltar o catarro.

– Tenho um pouco de raiz de prímula – disse Marona. – Nós aqui fervemos a raiz com água para banhar as feridas, mas não conheço a tussilagem.

Moisés fez que não com a cabeça.

– Precisamos de folhas e flores de prímula para fazer um bom expectorante. Quanto à tussilagem, talvez a senhora a conheça por um outro nome. A planta se abre em flores amarelas no início da primavera, e as folhas têm um formato de casco de animal e brotam depois que as flores murcham.

– O senhor está falando de unha-de-cavalo? – perguntou Miriam. – Ela tem flores que se fecham à noite e quando o tempo está nublado.

Moisés assentiu.

– Se cresce por aqui, vamos tentar achar algumas.

– Tenho certeza que já vi essa planta por aqui – disse Marona. – Acho que cresce nas encostas ao sul.

Já dentro de casa, Moisés foi ao quarto e examinou novamente o pulso, a respiração e a urina do paciente. Disse que estava satisfeito com o progresso de Samuel e sugeriu que se transferisse o leito dele para um quarto que tivesse uma janela ampla voltada para o sul. Um eventual *mazikin* que estivesse à espreita seria disperso pela luz do sol.

Depois de ter cumprido com seu dever, Moisés reuniu-se aos outros para a refeição do meio-dia. Meir deu ao doutor a oportunidade de comer em paz, descrevendo seus próprios esforços para a melhoria de Samuel.

– De noite sento ao lado da cama dele e estudo a Torá. Para fortalecer ainda mais as minhas preces, começo e termino cada uma delas recitando uma frase dos Números:

> Moisés implorou para Adonai, dizendo: "Oh, Deus, cure-a."

– E do Deuteronômio:

> Adonai o afastará de toda doença; Ele não lançará sobre ti nenhuma das terríveis doenças do Egito.

O doutor assentiu com a cabeça.

– Excelente. Esses versos, em particular, oferecem proteção contra a maioria das febres.

– Tenho me lembrado que "a caridade evita a morte" – continuou Meir, sorrindo para Joheved. – Por isso, para fazer papai melhorar, mamãe doará do nosso celeiro a farinha necessária para a realização da *matsá* em prol das famílias carentes de Troyes e Ramerupt, e também carneiros do nosso rebanho para que sejam servidos por cada uma dessas famílias no *Seder*.

Miriam sentia-se dividida quando a sobremesa foi servida. Estimularia o médico a continuar com a fascinante dissertação sobre os alimentos e os quatro humores ou tentaria apressar a refeição para que pudesse ficar a sós com Joheved? Obviamente, Moisés faria visitas regulares a Ramerupt, e ela então chamou Joheved para procurar unha-de-cavalo.

O pasto ficava no meio do caminho e Miriam levou uma vasilha de leite para um carneirinho que tinha adotado. Joheved arregalou os olhos quando ele correu na direção da irmã e avidamente começou a lamber os dedos dela.

Enternecida pela visível afeição entre os dois, Joheved se conteve para não comentar que a irmã conseguira um bebê sem ajuda de um marido. Preferiu dizer:

– Rezo para que o Eterno lhe dê um marido e filhos.
Para a alegria de Joheved, Miriam completou:
– Amém.
Era a abertura que Joheved esperava.
– Sabe, não é toda mulher que pode dispor de tantos pretendentes a marido como você – começou a falar. – Principalmente quando essa mulher já tem idade suficiente para saber o que quer.
Ficou olhando para o rosto de Miriam à espera de algum sinal de dor, mas a irmã manteve uma expressão serena.
– Não quero com isso fazer alguma queixa em relação a Meir, eu tive muita sorte. Ele poderia ser um homem terrível.
Miriam não estava certa se queria ter esse tipo de conversa.
– Não penso muito a respeito do que quero.
– Mas deveria pensar... como vai saber quem é o homem certo? – Joheved avistou um pequeno campo de margaridas e as duas caminharam naquela direção. Se não conseguissem achar unha-de-cavalo, pelo menos não voltariam de mãos vazias.
– Tem que ser um erudito – disse Miriam. – Papai nunca aceitaria alguém diferente. – Viu que Joheved franzia a testa e rapidamente continuou. – Eu sei, não é o papai que vai se casar com ele. Está bem, então, quero um marido tão instruído quanto eu, mas duvido que alguém que não seja um erudito se predisponha a se casar comigo.
– Isso talvez seja verdade. Mas virão pretendentes de muitas regiões. A que distância de Troyes você pretende morar?
Miriam ficou perturbada quando se deu conta de que seu marido talvez quisesse se mudar.
– Não quero viver longe de Troyes. Afinal, quem seria a parteira da comunidade judaica?
– A tia Sara poderia treinar uma outra pessoa, e pode ser que as mulheres judias precisem de uma parteira no seu novo lar – retrucou Joheved. – Se os negócios do seu marido estiverem distantes de Troyes, você não poderá se recusar a viver com ele.
– Se ele tiver negócios nas feiras de Champagne, poderíamos viver em Troyes durante os meses das feiras e nos outros meses ele poderia viajar – disse Miriam, com resolução. – Muitas mulheres vivem assim.
Especialmente quando não convivem com o marido, pensou Joheved.

– Então, já está resolvido que seu marido erudito terá que viver por perto. E quanto aos traços individuais dele... que tipo de pessoa deve ser?

– Deve ser honesto, gentil, ponderado, pacífico, fiel... – Miriam enumerou as qualidades em voz baixa.

– Você está descrevendo um homem ou repetindo os treze atributos divinos? – brincou Joheved com a irmã. – Não se preocupa com a aparência dele?

– Não muito. Desde que não seja horrível nem deformado.

Joheved lembrou do dia em que Meir chegou pela primeira vez em Troyes e dirigiu-se à adega. Nunca soube se o tinha reconhecido com o coração ou se tinha apenas se interessado por um estranho atraente. Mas sabia que ruborizava e que ficava de coração acelerado com a presença dele. Miriam deveria procurar alguém que mexesse dessa forma com ela?

– Miriam, o que você acha...? – Concentrou-se para encontrar as palavras certas. – O que eu quero dizer é que você podia pensar em um marido que de alguma forma acendesse sua chama.

Joheved se arrependeu de ter dito isso quando os olhos de Miriam se encheram de lágrimas.

– *Non!* Tive isso com Benjamin e veja o que aconteceu. Nunca mais quero sentir isso por outra pessoa. Fique você com sua paixão e seu fogo porque não quero isso. – Miriam virou de costas para Joheved e caminhou até um ponto onde havia flores.

Joheved sabia que não tinha sido uma boa ideia trazer o assunto à baila. Miriam precisava se preparar. Mas também sabia que tinha magoado a irmã e que devia se desculpar.

– Miriam, me desculpe...

– Não precisa se desculpar, você só estava tentando ajudar. Acho que minha ferida ainda está aberta. – Miriam assoou o nariz e acrescentou. – Não dá mais para colher flores, vamos voltar. Uma outra hora a gente procura a unha-de-cavalo.

Saíram andando sem pressa, tomando cuidado para não pisar nas margaridas, e Miriam lembrou-se do que a irmã havia dito logo que chegou.

– Joheved, o que você queria me contar sobre a Raquel?

– Você sabe que todo mundo considera Raquel uma criança adorável... – Ela se deteve. *Acho que estou sendo mesquinha.*

– E ela é isso mesmo, que o Eterno a proteja.

– Sei que pode parecer cruel, mas sempre achei que quando Raquel ficasse mais velha teria as espinhas, os cabelos rebeldes e a mesma falta de jeito que nós tivemos. – Joheved queria mostrar para a irmã o quanto se espantara. – Mas nesses últimos seis meses, da noite para o dia, Raquel ficou ainda mais bonita – acrescentou rapidamente. – Que o Eterno a proteja.

– Mas ela só tem dez anos de idade.

– Sei disso, mas parece ter muito mais – suspirou Joheved. – É uma terrível distração para os alunos da *yeshivá*.

– E o que mamãe e papai estão fazendo?

– Papai não está fazendo nada. Acha que ela ainda é aquela menininha que ele colocava no colo enquanto escrevia os *kuntres*. Mamãe, é claro, faz de tudo para manter Raquel na cozinha ou na horta, bem longe dos rapazes, mas ela também quer aprender a Torá como nós aprendemos.

– Raquel está querendo aprender a Torá? – Miriam balançou a cabeça, impressionada com o que estava acontecendo em sua casa.

Joheved riu.

– Ela não é completamente inocente do que provoca nos rapazes. Parece determinada a provocar o Eliezer.

– Eliezer? O irmão mais novo de Asher? – Miriam piscou os olhos, surpreendida. Asher tinha sido companheiro de estudos de Benjamin e também seu melhor amigo.

– Eliezer não é mais tão pequeno. Já está quase do tamanho de Meir – disse Joheved. – E também é o melhor aluno de papai. Estuda o texto uma ou duas vezes e o memoriza. Mas se envaidece da inteligência que tem. – Enrugou ligeiramente a testa. – Por isso Raquel está determinada a mostrar que ele é ignorante.

– Claro que papai não permite isso.

– Seria bom que Eliezer fosse humilhado por uma garota – disse Joheved. – Papai não se opõe porque Raquel está estudando como uma louca, tentando descobrir textos que Eliezer não conhece.

– A nossa Raquel... uma *talmid chacham*?

Joheved inclinou-se em sinal de aprovação.

– *Oui*. Não se esqueça que ela tem os comentários de papai para ajudá-la.

Miriam abriu um meio sorriso. A vida em Troyes devia estar bem interessante.

– Não vejo a hora de encontrá-la outra vez para estudar junto com ela.

Moisés estava tratando de muitos casos de resfriado em Troyes e só pôde retornar a Ramerupt depois do *shabat,* e na sua chegada a família estava extremamente animada. Marona tinha arrastado o pequeno Isaac para dormir com ela, deixando uma noite inteira de privacidade para Joheved e Meir. A febre de Samuel tinha cedido naquela noite, e isso o fez despertar com vivacidade e exigir a presença do neto. Joheved apresentou Miriam a Francesca, que acompanhava o marido e, enquanto o médico examinava Samuel, Francesca confidenciava alegremente que achava que estava grávida.

Todos se reuniram em volta da mesa de jantar e se sentiram aliviados quando Moisés anunciou que Samuel estava se recuperando a olhos vistos, e que talvez estivesse bem melhor ali pelo Pessach.

– Eu ficaria mais confiante se pudesse tratá-lo com unha-de-cavalo – disse o médico. – Sem esta erva a tosse pode piorar e trazer de volta a febre.

Marona amarrou a cara. E se Samuel tivesse uma recaída durante Pessach?

– Embora não espere que o senhor considere... *Non,* é muito atrevimento fazer essa pergunta.

– Deixe que eu julgue se é ou não atrevimento – retrucou Moisés.

– O senhor se importaria de passar a semana de Pessach aqui em Ramerupt? – ela perguntou. – Junto com sua esposa, é claro.

– Eu e Francesca nos sentiríamos honrados.

Meir voltou-se para a mãe.

– Já que Moisés e Meshullam estarão aqui, a senhora talvez também possa convidar Salomão.

Miriam esticou-se por sobre a mesa.

– Oh, Marona, papai pode vir? Seria maravilhoso estar com minha família. Farei de tudo para ajudá-la. – *E mamãe não precisaria trabalhar tanto para arrumar a casa para o feriado.*

Marona ponderou sobre o que teria que fazer com tantos convidados extras. Limpar a casa, substituir os utensílios e remover todos os vestígios de levedo da casa dariam o mesmo trabalho, fosse qual fosse o número de hóspedes. Preparar pratos *kosher* para Pessach implicava lavá-los com sabão e água, submergi-los na água fervente, enxágua-los na água fria e, por último, mergulhá-los na água fervente. O trabalho maior seria deixar as panelas ferventes prontas; uma vez feito isto, fazer com que alguns itens extras se tornassem *kosher* seria simples. Fazer com que os ganchos de ferro, os tripés e os espetos da lareira se tornassem *kosher* não daria um grande trabalho – era só passá-los pelo fogo. Por que então não convidar mais gente?

– É uma excelente ideia, Meir. Não sei por que não me passou pela cabeça. – Ela sorriu para Miriam. – Agora todos nós passaremos Pessach com nossas famílias.

Seis

Meshullam ben Samuel aproximou-se da propriedade dos pais, cada vez mais apreensivo. Sentiu-se aliviado quando os servos correram para recebê-lo sem indícios de luto na face. Étienne, capataz do feudo desde a infância de Meshullam, saiu em disparada com um rapazinho veloz ao lado para ajudar o jovem amo a desmontar.

– Como está ele? – Meshullam cruzou os dedos enquanto esperava pela resposta.

– Seu pai melhorou há pouco e o doutor acredita que aos poucos ficará completamente curado.

– Mas mamãe tem ojeriza de médicos.

– Esse é diferente. Seu irmão o trouxe de Troyes cerca de duas semanas atrás.

– Meir ainda mora em Troyes? – Soou um tom de desaprovação na voz de Meshullam.

Étienne reagiu à pergunta franzindo a testa.

– *Oui*, meu senhor, ainda mora lá.

– Preciso ter uma conversa com ele. – Meshullam passou por Étienne em direção ao quarto do pai.

– A cama do lorde Samuel foi transferida para o salão – disse Étienne. – Vou receber sua esposa e seus filhos enquanto o senhor o vê.

Meshullam ouviu a voz do irmão a orar baixinho, vez por outra interrompida por uma tosse cortante. Entrou e se deteve, chocado com a visão do pai. O cabelo de Samuel, antes espesso e grisalho, agora estava ralo e quase todo branco, a pele parecia tão frágil quanto um velho pergaminho. Uma outra crise de tosse de Samuel o deixou ainda mais consternado. Mon Dieu, *ele pode morrer a qualquer momento.*

Aparentemente tranquilo, Meir encorajou o pai a beber o conteúdo de uma xícara que estava ao lado. Depois que a xícara esvaziou, caminhou até a porta e teve a passagem barrada.

– Papai, olhe só quem está aqui.
Meir deu um forte abraço no irmão.
Samuel olhou, sorriu e estendeu os braços para o primogênito.
– Chegou em tempo para Pessach.
Meir fez menção de sair para o saguão.
– Vou pegar mais remédio.
– Onde está mamãe? Não devia estar aqui cuidando do papai?
– Ela está lá fora. Todo dia vem gente aqui comprar carneiros para os açougueiros de Troyes.
A frustração de Meshullam aumentou. Ele tinha passado sete dias angustiantes de viagem, esperando pelo pior, e no fim era informado que a mãe negligenciava a saúde do pai para cuidar das tarefas da propriedade que Meir devia ter assumido.
– Um criado pode dar a beberagem para o papai. – Pegou Meir pelo braço e o levou para o quintal. – Nós dois temos que ter uma conversa... a sós.
Meir não quis discutir na frente da família e seguiu o irmão para fora dos muros da propriedade. Seria melhor ouvir o demônio que estava perturbando Meshullam no alto de um monte com vista para o pasto dos carneiros. Ele não sabia que a esposa estava procurando ervas pelos arredores.

– Ah ha... então vocês estão aí. – Joheved abriu caminho em triunfo pelo mato, rumo a uma moita de unha-de-cavalo.
Enfiara na cabeça que também acharia a erva depois que Miriam descobrira uma pequena moita no dia anterior. Justo no momento em que estava se ajoelhando para pegar as pequenas flores, ouviu passos de homens. Uma das vozes era do marido dela. Acocorou-se e procurou não fazer barulho.
Meir estava indignado.
– E por que eu não deveria morar em Troyes?
– Todo mundo diz que você é um erudito brilhante; não pode então ser tão estúpido quanto parece.
Este só podia ser Meshullam. Mal chegara e os dois irmãos já estavam brigando.
– Do que está falando?
Joheved visualizou a expressão frustrada do marido.
– Vou lhe explicar. – A voz de Meshullam soou sarcástica. – Não preciso da lógica talmúdica. Você devia viver aqui em Ramerupt para aprender a administrar a propriedade.

– Eu vivo entre a vinícola de Salomão e a *yeshivá*. Estou muito feliz em Troyes – retrucou Meir. – Como filho mais velho, você é que devia administrar a propriedade.

– Trabalhei muito para me estabelecer entre os fabricantes de roupas de Flandres – argumentou Meshullam. – Já você não tem profissão definida para abandonar.

– Então nenhum de nós administra a propriedade.

– E quem irá ajudá-lo na sua luxuosa vida acadêmica depois que papai morrer e o conde André achar um novo vassalo?

– Não vivo no luxo – disse Meir. – Posso me sustentar com o trabalho na vinícola de Salomão.

Meshullam bateu palmas, com vigor.

– Talvez possa, mas quem vai pagar as roupas e os livros dos seus filhos e os dotes das suas filhas? De onde virão todos os pergaminhos gratuitos da *yeshivá*?

Meir emudeceu e Meshullam se aproveitou disso.

– E o que acontecerá se mamãe não puder mais viver aqui?

– Não sei. – A voz de Meir abaixou tanto que Joheved mal conseguiu ouvi-lo. – Mas não quero abandonar a *yeshivá* para administrar uma propriedade. – Ele pareceu Raquel quando a mãe a mandava parar de ler e fazer as tarefas domésticas.

– Eu também não queria um filho aleijado, mas tive.

Joheved entendeu tudo. Meir tinha um filho saudável e a perspectiva de ter outros, Meshullam não. A propriedade deveria passar às mãos do filho que pudesse gerar futuros herdeiros. Pobre Meir. Amava a vida acadêmica e se sobressaía nesse ambiente, mas teria que fazer como muitos outros homens judeus, inclusive o pai delas, que com tristeza se vira obrigado a abandonar a *yeshivá* para sustentar a família.

Meir deve ter percebido isso.

– Desculpe, Meshullam. Agi como uma criança mimada. – Mostrou-se arrasado, abatido.

Fez-se silêncio do outro lado das moitas e Joheved prendeu a respiração, temendo que pudessem descobri-la. Depois, ouviu a voz de Meshullam vindo do sopé do monte.

– É melhor que essa conversa fique entre nós. Não faz sentido deixar mamãe e papai aborrecidos com o que poderá acontecer depois que ele se for.

– Concordo. – Joheved percebeu que agora era o marido que falava. – Eu também preciso de algum tempo para dar a notícia à minha esposa.

Joheved jogou-se no chão, esquecida dos pés de unha-de-cavalo que estavam logo abaixo. Aquilo não era justo. Meir sofreria muito, enterrado no campo em Ramerupt. O pai dela era um exemplo disso. Já tinham se passado dez anos e, mesmo sendo o líder de uma pequena *yeshivá*, ele ainda sentia falta dos velhos companheiros lá das terras do Reno e lamentava amargamente por ter sido forçado a deixá-los.

A *unha-de-cavalo*. Ela se levantou com um salto e se sentiu aliviada quando viu que as plantinhas estavam intactas. Colheu o máximo que pôde carregar, mas a alegria por tê-las encontrado se dissipara. Teria que arranjar um jeito de dissimular o desespero. Meir não podia desconfiar que tinha escutado a conversa.

Joheved avançou por entre as moitas e deteve-se para contemplar a paisagem bucólica lá embaixo. O verdor do capim novo cobria os montes e o campo estava salpicado de carneiros cujos balidos suaves chegavam aos seus ouvidos. Mais abaixo a sede da propriedade se impunha com serenidade, protegida por muros de pedra e rodeada pelo campo de trigo. Como aquele lugar parecia tranquilo... Ninguém poderia ser infeliz vivendo ali.

Ainda estava admirando a vista quando foi abalada por um novo pensamento. *Eu também terei que me mudar para Ramerupt.* Foi invadida por uma culpa pesada; era bem provável que fosse mais feliz que o marido por viver naquele lugar. Ninguém em Ramerupt saberia que ela já tinha sido pobre. Ali teria tantos servos que seria difícil lembrar o nome de todos, e eles a chamariam de *Lady* Joheved. Ninguém a mandaria tecer ou bordar quando quisesse estudar a Torá, e ainda por cima teria o marido como companheiro de estudos. Mas essa boa vida pagaria o preço da infelicidade dele.

Ela chegou ao portão da sede da propriedade ainda tentando se livrar da emoção. Com a chegada do médico e da família de Meshullam, o pátio estava cheio de gente. Francesca e Miriam conversavam com uma mulher franzina em trajes de viagem que Joheved presumiu ser Matilde, a esposa de Meshullam.

Marona abraçava duas garotinhas tímidas enquanto Moisés falava com um menino magricela. Joheved tentou não demonstrar espanto, mas isso era difícil porque havia alguma coisa errada com as pernas do menino. Ele usava uma espécie de suporte de couro nas pernas e apoiava-se com dificuldade num par de muletas. Como presumira, as meninas Colombina e Iris foram apresentadas como filhas de Meshullam, e o menino aleijado, Jacó, como seu único filho homem.

Joheved foi ao sanitário após a ceia daquela noite que antecedia o início de Pessach e, quando voltou, topou com os homens conduzindo as crianças pela casa em busca de *chamets*. Marona havia escondido migalhas de pão em cômodos diferentes e Joheved podia ouvir os gritinhos de prazer que soltavam à medida que as encontravam. Sentiu-se aliviada por não ter se defrontado com Meir e sentou-se à mesa com as outras mulheres. A conversa girava em torno de partos e, feliz, ela ouviu a irmã e a esposa de Meshullam esgotarem o assunto.

– Foi um milagre eu ter sobrevivido ao parto de Jacó – disse Matilde com a voz entrecortada, como se tivesse dado o menino à luz pouco antes.

Miriam cochichou alguma coisa no ouvido de Matilde e as duas olharam imediatamente para Francesca antes que Matilde continuasse o relato com um ar submisso. Joheved não prestou muita atenção quando a cunhada descreveu o terrível parto que deixara o pobre filho aleijado, seguido pelos esforços que fez para se manter magérrima nas gestações posteriores para que os bebês fossem pequenos e se encaixassem em sua estreita passagem uterina. Foi somente quando Matilde contou que não teria mais filhos que ela voltou a prestar atenção.

Os olhos de Francesca se arregalaram de espanto.

– Mas seu marido não quis se divorciar pela sua recusa em manter relações com ele?

– Quem disse que não tenho relações com meu marido? – retrucou Matilde. – Antes de irmos para a cama, aplico um pouco de sumo de hortelã num *mokh* e no dia seguinte bebo uma caneca de vinho misturado com uma colher de sopa de sementes de cenoura-brava, e *voilà*, nada de bebês.

– Miriam, essa é a mesma poção de esterilização de Yehudit no tratado *Yevamot*? – Joheved esqueceu que havia gente em volta. Ruborizou e titubeou quando viu o espanto nos rostos chocados de Matilde e Francesca e deixou as explicações para Miriam.

– Aprendemos no Talmud que Yehudit, esposa de Rav Chiya, teve gêmeos duas vezes e, como tinha sofrido muito durante os dois partos, um dia se disfarçou e perguntou ao marido se as mulheres eram obrigadas a procriar, assim como os homens.

Joheved não se conteve.

— Rav Chiya respondeu que as mulheres não eram obrigadas a procriar e ela bebeu a poção de esterilização. Ele ficou muito sentido quando descobriu, mas não pôde contestar a decisão dela.

— Não acho que Yehudit tenha usado sementes de cenoura-brava no vinho — disse Miriam, voltando à questão original da irmã. — Usou uma poção que parece ter sido definitiva. Onde conseguiu essa receita, Matilde?

— Minha parteira é que me aconselhou a usá-la.

— Eu sei que a hortelã é contraceptiva, mas não sabia que as sementes de cenoura-brava podem ser usadas depois do coito — continuou Miriam. — Começarei a cultivá-las para as minhas pacientes.

Na manhã seguinte, Salomão, Rivka e Raquel chegaram bem cedo e, da mesma forma que se alegraram por encontrar Miriam saudável, esta também ficou feliz por vê-los. Joheved já tinha comentado a respeito de Raquel, mas Miriam se surpreendeu com a beleza da irmã que não era mais uma criança e entristeceu um pouco quando abraçou o pai e viu que a barba dele estava grisalha. Obviamente, o pai e a mãe também tinham envelhecido. Ainda assim era bom ter a família outra vez reunida.

Cercada pelos amigos e pela família e agradecida porque o marido tinha escapado do Anjo da Morte, Marona cantarolava enquanto pegava a melhor toalha de mesa e os melhores pratos para a refeição da festa. Sem o encargo de arrumar suas próprias casas para a festa, Rivka e Matilde conversavam amistosamente, dizendo como serviriam a refeição ritualística à mesa. Rivka estava especialmente feliz pela boa aparência de Miriam, mas preferiu manter-se calada para evitar o mau-olhado.

Francesca insistiu em ajudar Miriam a preparar o *haroset*, um creme de frutas, vinho, nozes e especiarias que simboliza a argamassa preparada pelos escravos israelitas para fazer os tijolos das construções egípcias.

— E pensar que nunca acreditei nos rumores de que Rav Salomão ensinava o Talmud para você e Joheved — disse Francesca.

Miriam abriu um largo sorriso.

— Agora já pode dizer para todo mundo que isso é verdade. Eu soube que a Raquel também está estudando o Talmud. — Ela dormira sozinha durante alguns meses e agora dividiria novamente a mesma cama com a irmãzinha. Se ao menos tia Sara tivesse ido, mas a parteira não podia ausentar-se de Troyes.

Além das maçãs e das nozes habituais, Matilde acrescentou alguns figos e tâmaras picadas que a mãe tinha mandado de Roma.

Depois, com um sorriso um tanto sem graça, disse:
– Ontem à noite eu quis perguntar o que é *mokh*, mas fiquei com receio de parecer estúpida.
– *Mokh* é um pequeno tampão de lã que a mulher introduz no útero para evitar a gravidez – explicou Miriam. – A maioria das mulheres não o conhece porque querem engravidar.

O *haroset* já estava quase pronto. Miriam misturou canela e gengibre, ingredientes utilizados porque mantinham algumas hastes mesmo depois de pilados e assim se pareciam com a palha que os hebreus misturavam à argila. Ela suspirou de prazer quando Raquel escolheu as *matsás* mais redondinhas da bandeja trazida pela família de Troyes e pôs à mesa com cuidado.

O delicioso aroma que saía do fogo já entrava pela boca de todos quando Salomão entrou na cozinha e anunciou:
– Mulheres, é bom começarem a se vestir, logo iniciaremos as preces da tarde.
– Mas papai, nós deixamos o alho para o senhor. – Raquel estendeu um punhado de dentes de alho para ele.
– Então, vamos a isso. – Ele se aproximou da mesa da copa. – O céu me perdoará por atrasar novamente o *seder*.

Miriam sorriu e o pai sentou-se. Ela não conseguia imaginar uma festa em que o pai não tivesse cortado o alho. Sua técnica especial de picar os dentes de alho não deixava qualquer pedacinho grudado na faca. Ele salpicou sal e azeite sobre o alho e depois começou a picá-los.
– Vejam bem – explicou para as curiosas filhas de Matilde, espantadas com a presença de um erudito na cozinha. – O sal atua como um abrasivo e ajuda a cortar o alho enquanto o azeite evita que os pedacinhos grudem na lâmina.

Quando Joheved e Miriam terminaram as preces e desceram para o andar de baixo, a primeira com um vestido azul de seda que usara no casamento e a segunda com um traje amarelo-escuro que ganhara de Marona, o rosto de Rivka se iluminou de orgulho. Se ela percebeu o olhar de inveja que Raquel lançou para as irmãs, não deixou transparecer. Raquel tinha implorado por uma roupa nova para a data, mas Rivka se mantivera firme na decisão de que a jovem só ganharia roupas novas quando parasse de crescer. Se as velhas vestes cor de vinho da família eram boas para ela e o marido, também seriam boas para a filha.

Depois que todos se sentaram em volta da mesa, Salomão partiu um pedaço de *matsá* e disse enquanto o erguia:

– Eis a *matsá*, este é o pão da aflição, o pão ingerido pelos nossos antepassados no Egito. – Olhou para a filha do meio, agora novamente saudável, e continuou: – A *matsá* também é chamada de pão da pobreza. Alguém sabe por quê?

Miriam estava pronta para responder porque o pai já tinha explicado o significado da *matsá*. Sorriu para ele e disse:

– Comemos pão salgado o ano todo. Mas o sal era muito caro para os escravos e por isso nesta noite comemos *matsá* sem sal, o pão da pobreza. – O que era verdade, uma vez que não havia saleiros à mesa.

Agora era hora de o menino mais novo fazer quatro perguntas cujas respostas encontravam-se na *hagadá*, o texto que narrava a história da redenção dos israelitas da escravidão no Egito. Raquel era quem sempre fazia as perguntas na casa de sua família, e então olhou embirrada para o prato enquanto Jacó se esforçava para enunciá-las.

– Por que esta noite é diferente das outras noites?

As palavras ditadas com muito esforço eram praticamente inaudíveis, mas isso não tinha importância. Todos conheciam as perguntas; eram as mesmas a cada ano. Miriam foi tomada por uma onda de tristeza pela dificuldade do menino em falar. Meshullam e Matilde, por outro lado, mostraram-se orgulhosos.

À medida que continuavam com o *seder*, contando a história de como os israelitas haviam se libertado da escravidão e logo agradecendo e honrando o Eterno pelos milagres recebidos, a melancolia de Meir aumentava. Enquanto todos cantavam a liberdade, ele já se via como um escravo daquela propriedade. Somente um milagre o libertaria.

Na manhã seguinte, Miriam e Joheved estavam colhendo unha-de-cavalo quando a primeira perguntou:

– Você e Meir estão com algum problema? Não os vejo tão deprimidos desde que o demônio amarrou o seu marido.

Joheved relatou o que ouvira e, antes mesmo que a irmã tivesse dito alguma coisa, já estava com a sensação de que tinha tirado um peso dos ombros.

– Pobre Meir, não é de espantar que esteja tão arrasado. – Miriam refletiu por alguns segundos. – Não entendo por que não pode deixar que o capataz administre a fazenda por ele. Afinal de contas, é o trabalho de um capataz.

Joheved disse que desconhecia as responsabilidades de um lorde e de um capataz.

— Fiz muitas cavalgadas com a condessa e suas damas de companhia durante este inverno — continuou Miriam, empolgada. — Fiquei sabendo que raramente os lordes permanecem na terra e administram uma propriedade.

— Eles não fazem isso?

— As damas da nobreza é que administram as propriedades dos maridos quando os homens vão para a guerra ou quando visitam outros lordes. — Miriam segurou Joheved pelos ombros com força. — E você também pode fazer isso.

— *Moi?* — Joheved quase derrubou sua braçada de unha-de-cavalo. — Administrar sozinha esta propriedade?

— Não de imediato. Primeiro se limite a ajudar Samuel e Marona — retrucou Miriam. — Você vai precisar de um bom administrador, mas isso será fácil. Os escudeiros daqui estão sendo treinados para administrar e, quando encontrar um que seja competente, contrate-o.

Enquanto enchiam as sacolas, Joheved ponderava sobre a proposta da irmã. De repente os olhos dela se encheram de lágrimas.

— Qual é o problema? — perguntou Miriam.

— Eu sei que sua solução é boa, mas se Meir ficar na *yeshivá* em Troyes e eu aqui em Ramerupt, não terei ninguém para estudar comigo. — Além disso, ela passaria a maior parte das noites sozinha na cama.

Miriam abraçou Joheved pela cintura. Seria outra perda. As duas tinham estudado a Torá juntas enquanto cresciam.

— Troyes não é tão longe assim e você poderá passar o *shabat* conosco.

Miriam lutava com seus próprios sentimentos quando Salomão sugeriu que a semana do feriado poderia ser uma ótima oportunidade para reverem o tratado *Pesachim*. Ela sentia muita falta de estudar com as irmãs e, se o plano de Joheved funcionasse, talvez fosse a última vez que estudariam juntas. Mas como poderia estudar o *Pesachim* sem pensar em Benjamin? Era o tratado que pesquisavam quando ele a pediu em casamento.

Joheved não via a hora de estudar com Miriam e o pai. Mas a mãe não queria que Meshullam e Samuel a vissem estudando o Talmud e temia pelo que Marona e Matilde pudessem pensar.

Raquel não tinha esse tipo de inibição. Depois da refeição do meio-dia, enquanto Salomão dispunha os *kuntres* sobre a mesa vazia, ela avidamente perguntou que tratado seria estudado, sorriu com a resposta e sentou-se ao lado dele. Depois, chamou Miriam.
— Vem ser minha companheira de estudo.
Miriam sentou-se na mesma hora ao lado de Raquel e Joheved suspirou quando a mãe apertou os lábios em sinal de raiva. Alguns segundos depois Rivka levantou-se e resmungou.
— Com licença. Preciso de um pouco de ar fresco. — Foi seguida por Marona e Francesca.
Matilde percebeu que sua filha mais velha também estava interessada e rapidamente tratou de tirar as duas meninas da sala de jantar. Colombina, no entanto, queixou-se:
— Por que não posso ficar para estudar também? Por que só o Jacó pode?
— Porque estou mandando — respondeu Matilde.
No final, restaram nove, quatro pares e mais Salomão. Meshullam, o único capaz de entender a fala de Jacó, era obviamente o parceiro ideal para o filho, e o médico fez dupla com Samuel. Começaram pelo décimo e último capítulo do tratado *Pesachim,* com a *Mishna* que inicia assim:

> Na véspera de Pessach... nem o mais pobre de Israel poderá
> comer a não ser que se incline, e para ele não se deverá dar
> menos que quatro copos de vinho.

Todos, exceto Jacó, revezaram-se na leitura em voz alta da *Guemará*. Jacó acompanhava o leitor com os olhos e, quando queria fazer uma pergunta, cochichava para o pai, que a transmitia para os outros. Até que chegaram num ponto do texto onde se debate em que momento é preciso inclinar-se durante o *seder*.
Moisés estava recitando:

> A *matsá* requer inclinação,
> mas o *maror* não requer.

Jacó o interrompeu.
— Por quê?
— Uma boa pergunta. — Salomão balançou a cabeça em sinal de aprovação. — Meir, talvez você possa dar a resposta para o seu sobrinho.

– A *matsá* comemora a nossa liberdade e por isso nos inclinamos como homens livres quando a ingerimos. – Meir tentou dissimular seu descontentamento. – Já o *maror* nos faz recordar nossa escravidão e por isso não nos inclinamos quando o ingerimos.

Salomão pediu para Miriam ler o trecho seguinte; ela empertigou-se e pegou o manuscrito com sofreguidão. Já fazia seis meses que não lia o Talmud e não queria errar na frente dos outros. Iniciou então a leitura bem devagar.

> A mulher não precisa inclinar-se em presença do marido.

Foi interrompida pela voz de Raquel.

– Por que a mulher casada estaria isenta dessa *mitsvá*?

– Porque ela é subserviente ao marido e portanto não é livre – disse Moisés.

Meir espantou-se com a serenidade do médico. Se ele estava surpreso ou se desaprovava o estudo do Talmud pelas mulheres, escondia isso muito bem.

– O texto que vi em Mayence não tinha a expressão "em presença do marido". Só dizia...

> A mulher não precisa inclinar-se.

– Então todas as mulheres estão isentas da inclinação? – Os olhos de Raquel faiscaram. – É isso mesmo, papai?

– O que aprendi é que as mulheres estão isentas de inclinar-se porque não costumam comer dessa maneira, inclusive as mulheres livres. – Salomão tentou acalmar a filha. – Mas deixe de ser tão impetuosa e leia a próxima linha.

Raquel atendeu prontamente.

> Mas se ela é uma mulher proeminente, deve inclinar-se.

– E aqui todas nós somos mulheres proeminentes – disse Miriam. Salomão sorriu e a fez passar para o parágrafo seguinte.

> Disse Rav Yehoshua ben Levi: na *mitsvá* as mulheres são obrigadas a beber quatro copos, pois elas também estão no milagre.

Miriam observou que a linha seguinte não explicava isso e perguntou:

– O que Rav Yehoshua quis dizer com isso, papai? Salomão passou a pergunta para o grupo. – O que vocês acham?

– A redenção dos israelitas do Egito se deveu a suas mulheres virtuosas. É isso que afirma o tratado *Sotah* – respondeu Joheved. – Porque toda Israel, tanto homens como mulheres, vivenciaram os milagres que o Eterno realizou no Egito – disse Samuel.

– As mulheres são obrigadas a comer a *matsá* no *seder*, embora normalmente estejam isentas das *mitsvot* que determinam limites positivos de tempo – disse Raquel. – Além disso, elas também deviam ser obrigadas a beber os quatro copos de vinho. Não precisamos mencionar um milagre.

– Mas Rav Yehoshua não faz menção a isso – retrucou Miriam. – Por isso queremos saber por quê.

– Acho que ele quis dizer que as mulheres foram escravizadas da mesma forma que os homens, e que os milagres que redimiram os israelitas libertaram a uns e a outros. – Meir sustentou as palavras do pai.

– Meir está correto – disse Salomão, apontando um *baraita* na página seguinte.

> Todos são obrigados a beber os quatro copos – homens, mulheres, e até mesmo as crianças.

– Isso mostra que o milagre do Êxodo foi realizado para todos os israelitas – concluiu –, não é por outra razão que celebramos juntos Pessach.

Nas manhãs que se seguiram, Miriam, Raquel e Joheved colhiam unha-de-cavalo e margaridas para a tisana de Samuel, e pelas tardes estudavam o Talmud com o pai e os outros homens. Miriam sentia uma ponta de remorso quando via Marona jogando xadrez com Matilde ou com Francesca, mas ainda assim continuava com as irmãs. Toda manhã perguntava para Joheved se Meir já tinha dito que não voltaria para Troyes, e sempre obtinha como resposta um meneio de cabeça em negativa.

O período de Pessach estava quase terminando quando Meir trouxe o assunto à baila.

– Joheved – ele começou, hesitante. – Este mês que passamos aqui me fez pensar no futuro do meu pai e no meu.

– Eu também tenho pensado nisso – ela disse.

– Você pensou nisso? – perguntou Meir, surpreso.

– É óbvio que Jacó jamais será o senhor desta propriedade. Já Isaac, que o Eterno o proteja, é perfeitamente saudável. Sem falar que podemos ser abençoados com mais filhos.

– Isso é verdade – disse Meir. – Papai já é um homem velho, embora aparentemente tenha se recuperado.

– O que significa que mais cedo ou mais tarde a tarefa de administrar a propriedade estará a cargo de nossa família. – Joheved usou as palavras "mais cedo ou mais tarde" e "nossa família" a fim de preparar o marido para a conclusão do raciocínio.

– O que significa que a responsabilidade será minha – corrigiu Meir.

– Você não vai voltar para a *yeshivá*? – Ela teve que perguntar, mesmo já sabendo a resposta.

– *Non* – ele respondeu com firmeza. – Terei que assumir minhas obrigações aqui. Lamento, mas você também terá que sair de Troyes.

– Não lamento por mim, lamento por você. – Ela o pegou pelo braço para consolá-lo. – Ficarei feliz em viver em qualquer lugar em que você esteja, em qualquer lugar onde você queira viver.

Ele puxou o braço.

– Você sabe muito bem onde eu quero viver. Não torne tudo pior com sua piedade.

– Então, fique em Troyes e deixe que um administrador cuide da propriedade – ela implorou. – Você sempre poderá vir aqui para ver como as coisas estão.

– Absolutamente, não – ele a interrompeu quando ela tentou continuar. – Devo cumprir minhas responsabilidades de filho.

No dia seguinte, Meir se viu a sós com Samuel enquanto guardava, um por um, os *tefilin* usados nas preces matinais.

– Meir – disse o pai. – Você tem sido um filho devotado nesses últimos três meses, mas acho que já fez seu papel. Já me recuperei o bastante e você já pode voltar para a *yeshivá*.

Meir respirou fundo.

– Não voltarei para Troyes, papai. Ficarei aqui em Ramerupt para aprender a conduzir a propriedade.

– O quê? – Samuel ficou furioso. – Depois de tudo que fiz por você, é assim que me trata, é esse o respeito que recebo? Marona! Marona, onde está você? – Foi tomado de súbito por um ataque de tosse.

Marona e Joheved vieram correndo da cozinha. Samuel apontava um dedo trêmulo para o filho espantado.

– Seu filho, se tudo que ele me disse for verdade, seguramente não é meu filho, teve a pachorra de me dizer que não voltará para a *yeshivá*. – Ele praticamente se viu impossibilitado de continuar falando porque foi acometido de um acesso de tosse.

– Não vai voltar para a *yeshivá*? – Marona engoliu em seco. – Depois de todo o trabalho que tivemos para mandá-lo para a escola... depois de toda a economia que fizemos... e do sacrifício que fizemos... para que tivéssemos um filho instruído. – As palavras saíram entrecortadas pelos soluços. – Como você pode ser tão ingrato... e tão perverso?

Samuel deu alguns passos e abraçou a esposa em prantos.

– Olhe só o que você fez – ele acusou Meir. – Quero que peça desculpas para sua mãe, agora, e depois faça as malas e volte para Troyes. Eu quero morrer sabendo que o meu filho é um *talmid chacham,* quer você queira ou não.

– Mas, Samuel. – Marona enxugou as lágrimas na manga da roupa. – Não podemos obrigá-lo a estudar, se ele não quiser.

– Sou o pai dele. Se eu digo que ele vai estudar a Torá, ele vai estudar a Torá, e pronto.

Meir estava paralisado de espanto frente à reação dos pais, mas por fim conseguiu falar.

– Tudo o que quero é estudar a Torá. – Olhou para Joheved. – Mas quem irá administrar essa propriedade, se eu não aprender a fazer isso?

– Eu ainda não estou morto e, mesmo se estivesse, sua mãe é uma administradora competente. – Samuel mostrou-se bem zangado.

– Papai, seja razoável – disse Meir. – O senhor e mamãe não viverão para sempre. Como poderei sustentar minha família?

– Sua mãe e eu daremos um jeito. Seu trabalho é estudar a Torá e tornar-se um grande erudito.

Joheved assistia à discussão com admiração. Não sabia o quão importante era para aqueles pais que o filho fosse um erudito, e aparentemente Meir também não sabia. Chegara então a hora de apresentar a solução dada pela irmã.

– Miriam me disse que as damas da nobreza administram as propriedades dos maridos quase o tempo todo – afirmou. – Eu não poderia aprender a fazer isso?

Marona olhou com respeito para a nora.

– É claro que poderia, você é uma jovem inteligente. – Marona olhou para o marido com um ar esperançoso. – Assim, Meir poderia estudar em Troyes enquanto Joheved e o filho residiriam aqui conosco.

Samuel e Marona não deixaram de notar a expressão de abalo que o jovem casal trocou quando ouviu a sugestão. Samuel começou a piscar os olhos à medida que falava.

– Meir pode estudar em Troyes sem fixar residência lá. Veja o doutor. Passou Pessach aqui com a gente e visitava diariamente os pacientes lá em Troyes.

– Acho que não é muito longe para ir a cavalo – disse Meir de forma compassada. Em pouco tempo assumira um tom diferente.

– Mas não é preciso que Meir comece a cavalgar tanto, pelo menos por enquanto. – Marona era sempre prática. – Os dois podem morar em Troyes e Joheved pode vir aqui algumas vezes por semana.

Meir levantou-se e olhou para o pai.

– Não posso colocar minhas obrigações nos ombros de Joheved. Preciso fazer parte da administração deste lugar, se pretendo um dia ser o senhor daqui.

– Está bem, teimoso – Samuel pensou por alguns instantes. – Você pode supervisionar a colheita de trigo e a corte senhorial.

– E os compradores de carneiros que chegarem aqui na primavera – acrescentou Meir.

– Muito bem – disse Samuel. – Mas quando a família de Salomão for embora, você vai junto com eles.

Joheved soltou um suspiro de satisfação. Miriam ficaria feliz quando soubesse que elas voltariam juntas para Troyes.

Sete

Mayence
Primavera, 4839 (1079 E.C.)

Judá tentou secar os olhos, mas a manga estava ensopada de chuva. *O que há de errado comigo?* Era a segunda vez em dois meses que chorava. Pessach com a família de Shmuli tinha sido pior que qualquer *seder* que passara em Paris nos últimos anos. Comida diferente, músicas diferentes... naquela noite tudo havia conspirado para fazê-lo chorar de saudades de casa.

Mas já não era mais bem-vindo em sua casa. Aparentemente, até o irmão o abandonara. Judá olhou para as águas turbulentas do rio lá embaixo e, sentindo-se intensamente sozinho, curvou-se para a frente. Ninguém sentiria falta se ele morresse.

– Cuidado aí. – Soou uma voz familiar enquanto mãos firmes o seguravam pelo braço. – A força e a beleza do Reno são deslumbrantes, mas você pode escorregar da beirada.

Reuben continuou falando.

– Você estava com uma cara tão deprimida que resolvi segui-lo.

Atordoado, Judá se deixou levar por Reuben até a Gruta de Josef, onde o homem mais velho gentilmente tirou-lhe a capa encharcada e dependurou ao lado da lareira. Depois, conduziu Judá pela escada até um quarto. Sem opor resistência, Judá sentou-se na cama em silêncio e tremeu quando Reuben tirou-lhe túnica, meias e botas.

– Vou levar essas roupas molhadas para secar lá embaixo. – Reuben remexeu um baú, pegou algumas peças de roupa e ofereceu-as ao espantado jovem. – Desça o mais rápido possível assim que estiver vestido; pedirei uma sopa bem quente para você.

Judá tremia tanto que mal conseguiu se vestir. Instantes antes ele estava praticamente nu na cama de Reuben. Só conseguiu se lembrar que o outro parecia sua mãe quando ele chegava encharcado em casa e ela se zangava, preocupada com a possibilidade de um resfriado. Quando chegou à mesa de Reuben, seu salvador se pôs a tagarelar sobre as qualidades de uma sopa em relação a um simples caldo quente.

Vendo que Judá não tocava no prato, Reuben se debruçou sobre a mesa e disse suavemente.

– O jejum não vai enfraquecer seu *ietzer hara*, só vai deixá-lo atordoado e incapacitado para o estudo. – Observou com atenção e tristeza o jovem atormentado que o fazia se lembrar de si mesmo dez anos antes. – Acredite em mim, sei o que estou dizendo.

Depois de ter estudado a fisionomia preocupada de Reuben, Judá pegou um pedaço de pão e começou a ingerir a sopa. Estava deliciosa.

– Dizem que quanto maior é o homem, mais poderoso é seu *ietzer hara*. O que não é consolo se ele for poderoso demais para ser dominado. – Reuben fez um sinal para a garçonete, que deixou uma terrina à mesa.

Judá pegou Reuben pelo braço.

– Mas como posso controlar meu *ietzer hara*? Diga-me!

Reuben lembrou de sua própria juventude, de quando conheceu Natan. Época em que o *ietzer hara* dele era muito poderoso... alguma coisa era capaz de controlá-lo?

– Onde você vive? Quer dizer, onde fica sua cidade natal?

– Paris. Por que quer saber?

– Pensei que poderia ser algum lugar distante. – Ele balançou lentamente a cabeça. – A melhor coisa para qualquer homem é estudar numa *yeshivá* perto de casa, de modo que possa viver junto à esposa. Use o seu *ietzer hara* para gerar filhos.

Envergonhado demais para admitir que não tinha esposa, Judá assentiu com a cabeça e voltou-se para o prato de sopa.

Reuben esperava que Judá acatasse o conselho antes que fosse tarde demais, se bem que o mesmo conselho não o impedira de pecar. As relações que mantinha com a esposa eram como papa de aveia quente degustada em manhã fria – boa, saudável e suave. Infelizmente, perto disso a cama de Natan era um refogado picante, fortemente temperado com alho, açafrão e pimenta. Apesar do grande desejo de Reuben de que chegasse *Iom Kipur*, para que pudesse arrepender e se contentar com uma dieta de papa de aveia, o *ietzer hara* não o deixava esquecer que havia alternativas mais apimentadas.

Mas Judá ainda não tinha se deitado com um homem, ainda não tinha jogado o jogo. Reuben começou a falar sobre a dádiva de se deitar com uma mulher – sobre os dois filhos que tinha e o quão adoráveis que eram e a imensa falta que sentia deles quando estava fora a trabalho. Conversaram até que alguém anunciou que tinha parado de chover.

De repente, Judá se deu conta de que o sol estava se pondo.

– Veja, já é bem tarde! Prometi ajudar Shmuli com as lições dele.

– Suas roupas já estão secas. – Reuben recolheu as roupas de Judá e deu para ele. – Vou esperar aqui enquanto você se troca.

Quando Judá voltou, Reuben o acompanhou até a porta e desejou-lhe sorte. Judá agradeceu em voz baixa e tomou o caminho enlameado até sua casa. O dia desaparecia no horizonte e ele se maravilhou com o pôr do sol mais glorioso que já tinha visto na vida. Reuben acabara de lhe salvar a vida, talvez o conselho que tinha recebido o salvasse do pecado.

Acontece que Judá não tinha esposa, e as tentativas de encontrá-la diminuíam com o passar dos dias. Ele suspirou. Logo agora que a ideia de constituir uma família parecia tão atraente... O sol se pôs em meio a um céu nublado e as inquietações de Judá também se dissiparam.

Chegou à casa do ourives sem nenhuma disposição para conversar. Disse a Shmuli que precisava descansar e que não queria ser perturbado por ninguém. Já estava quase adormecendo quando ouviu Shmuli chamar à porta.

– Vai embora – ele resmungou. – Já lhe disse que quero ficar sozinho.

Shmuli abriu a porta para se certificar de que tinha sido ouvido. Escancarou um sorriso de tanta excitação.

– Acorde. Seu irmão está aqui!

Judá vestiu a camisa e lutava para calçar as meias quando a porta do quarto se abriu.

Seu irmão Azariel se pôs em frente.

– O que está fazendo na cama numa hora dessas? Está doente?

– Só um pouco cansado.

Azariel observou atentamente o irmão.

– Não parece nada bem. Você perdeu peso.

– Tenho jejuado e estudado até tarde da noite – retrucou Judá. – Na esperança de que o Generoso note a minha devoção e torne sua busca bem-sucedida.

– Chega de saber o que você fez, o que importa é que funcionou. – Azariel sacudiu triunfantemente os ombros de Judá. – Eu a encontrei.

Judá deu um abraço apertado no irmão.
– Você tem certeza?
Azariel assentiu vigorosamente.
– Ela é o seu *bashert* exato. É tudo que você queria e ainda mais.
– Não consigo acreditar que você esteja aqui. Já estava quase perdendo a esperança. – Judá sentiu que as lágrimas se formavam. – Conte tudo.
– Por favor, conte tudo à mesa – disse Shmuli. – Eu também quero ouvir, mas estou faminto.
Azariel sentiu no ar o aroma de comida recém-saída do fogo.
– Já estou morrendo de fome só de ouvir você falar. – Saiu empurrando Judá escada abaixo. – Vamos. Contarei os detalhes enquanto comemos.
– Que bom! – Shmuli abriu um largo sorriso. – Vovó também gostará de ouvir.
Yosef e Hilda, os avós de Shmuli, já estavam à mesa. Esperaram pacientemente enquanto Azariel satisfazia sua gula inicial com uma tigela de ensopado e alguns pedaços de pão.
– A primeira coisa que pensei quando saí em busca de uma noiva para Judá foi que eu estava em Mayence e poderia muito bem procurá-la na Alemanha. – Azariel fez uma pausa para que Yosef terminasse de fatiar a carne assada. – Procurei em Mayence, Worms, Colônia e em cada cidade onde havia um número razoável de judeus. Raciocinei que talvez fosse mais fácil encontrar uma mulher instruída onde houvesse homens instruídos e então me esmerei em procurar na *yeshivá* de cada cidade, mas não tive êxito.
Serviu-se de mais ensopado.
– Sabendo que tinha um objetivo nebuloso, resolvi que a melhor coisa a fazer era relaxar. Passei a maior parte do inverno na ensolarada Provença e um pouco em Sefarad.
– É verdade que nunca neva em Sefarad? – perguntou Hilda.
– Às vezes neva, mas não tanto quanto neste lugar – respondeu Azariel.
– Vamos deixar de lado essa conversa sobre o clima – disse Yosef.
– E o que aconteceu em Sefarad?
– Não tive dificuldade para encontrar mulheres instruídas – continuou Azariel, com um suspiro. – Mas era inevitável que já estivessem casadas com rabinos. Indômito, voltei a Paris para Pessach.
Judá resmungou.

– Onde presumo que tenha contado para mamãe e para o tio Shimson. Como se eu já não estivesse suficientemente por baixo na avaliação deles.
– Pelo contrário, Alvina ficou empolgada – retrucou Azariel.
Shmuli cutucou Judá.
– Não interrompa. Já estamos chegando na melhor parte.
Azariel balançou a cabeça, pegou o copo de vinho e tomou um longo gole.
– Saí de Paris e fui para o norte. – Voltou-se para Hilda e deu uma piscadela. – Dizem que as flores de primavera são especialmente mais belas em Flandres.
– Vocês, franceses – ela disse, ruborizando e sorrindo. – Continue a história.
– Eu estava numa pequena hospedaria na fronteira franco-flandrense, sem nenhuma expectativa, mas por via das dúvidas contei a história da minha busca. A reação das pessoas foi como a de todas as outras dos lugares em que já tinha estado.
Voltou-se para o irmão e deu de ombros.
– Desculpe-me, Judá, mas primeiro disseram que você não passava de um louco por querer uma mulher assim, e depois acrescentaram que eu também era louco por desperdiçar o meu tempo com esse tipo de procura. – Fez uma expressão de descrédito para os insultos que havia recebido. – Por fim, chegaram à conclusão de que minha busca estava fadada ao fracasso porque nenhum pai permitiria que a filha estudasse o Talmud a ponto de conhecer de Hilel a Shamai e muito menos de saber quem foi Ben Azzai.
Azariel escancarou um sorriso.
– Aposto que a maioria daqueles homens não conhecia Ben Azzai. Então, para minha surpresa, um homem tranquilo e calado que estava sentado perto da lareira interrompeu a todos e disse: "Existem jovens assim, e sei disso porque acabei de passar a semana de Pessach estudando a *Guemará* com três delas, filhas de um rabino da região. Meu irmão é casado com a mais velha."
Azariel continuou:
– Meu espanto não poderia ser maior. O nome do nosso camarada é Meshullam ben Samuel; ele me disse que uma de suas cunhadas tinha enviuvado recentemente e, pelo que sabia, não tinha voltado a noivar. A moça estava passando uns tempos na casa do pai dele lá em Ramerupt-sur-Aube, e ele afirmou que se eu cavalgasse com um bom ritmo poderia chegar na propriedade antes do *shabat*.

Azariel observou a expressão de êxtase dos que estavam à mesa com prazer.

– Que o Eterno me perdoe, mas galopei como se Asmodeu, o rei dos demônios, estivesse no meu encalço, e cheguei na propriedade de Samuel um pouco depois do pôr do sol. – Voltou-se para a anfitriã e pediu mais carne. – Esta carne está deliciosa. Está tão boa que vou querer um outro pedaço.

Hilda estendeu imediatamente a tábua de corte.

– E a moça estava lá?

– Não, já tinha partido com a família. Mas passei um agradável *shabat* com os pais de Meshullam, os quais aliás confirmaram a informação dele e só disseram coisas maravilhosas a respeito dela.

Judá fez a refeição como se estivesse em transe, com medo de que se falasse alguma coisa poderia despertar sozinho em sua cama no andar de cima. A essa altura, no entanto, perguntou:

– E então, quem é ela? Quem é o pai dela?

– O nome dela é Miriam, filha do meio de Salomão ben Isaac, o líder da *yeshivá* de Troyes – disse Azariel. – Ele só tem filhas mulheres e talvez por isso sejam tão instruídas.

Yosef deu uma palmada na própria coxa.

– Isso explica tudo. Um líder de uma *yeshivá* pode ensinar o Talmud para as filhas sem que ninguém se atreva a criticá-lo.

– Miriam tem uns dezessete anos; é uma viúva que não chegou a se casar e, embora tenha realizado a *halitzá* no último outono, após *Sucot*, tem se recusado a considerar um outro parceiro. – Azariel recostou-se na cadeira e cruzou os braços.

O lugar estava aquecido, mas os pelos dos braços de Judá se arrepiaram e ele tremeu.

– Ela estava realizando a *halitzá* quase na mesma época em que o desafiei a encontrá-la... – A voz dele ficou embargada.

Hilda arregalou os olhos.

– Essa moça deve ser mesmo o seu *bashert*, Judá, fadada para você.

– É por isso que você não quis nenhuma outra mulher – disse Shmuli, sorrindo com empolgação.

– Está escrito no tratado *Sotah*:

> Na noite da concepção de um menino, uma voz proclama no céu: "Ele se casará com a filha de 'A'."

Yosef e Hilda entreolharam-se. Embora houvesse um entendimento tácito de que todos os pares são formados no firmamento, com cada alma já ligada a uma outra alma, poucos eram abençoados o bastante para contemplar a obra do Criador.

Nem Azariel estaria isento de fazer parte de um plano muito maior.

– Então, no dia seguinte, cavalguei até Troyes, participei dos serviços e fiquei lá para estudar. Eu me apresentei para Salomão, um homem modesto e gentil, um ótimo professor. Ele me convidou para jantar com a família, mas foi logo me avisando que havia prometido a Miriam que só depois do verão é que ela teria que escolher um novo marido.

Azariel abriu um sorriso para Judá:

– Mas depois ele sorriu e disse que nada o deixaria mais feliz que ver a filha casada o mais breve possível, e que essa alegria estaria completa se o marido fosse um estudante na *yeshivá*.

Sem tirar os olhos do irmão, Judá começou a mastigar um outro pedaço de carne.

– Caminhando pelo pátio, eu sabia que precisava fazer a maior venda da minha vida – continuou Azariel. – Mas me sentia confiante. Afinal de contas, sou um ótimo mercador.

Quando a criada trouxe a sobremesa, compota de frutas e *grimseli* e algumas tiras de massa assada e caramelizada, Azariel recordou consigo mesmo a refeição que desfrutara com a família de Miriam. De fato, uma refeição vibrante, com estudantes que debatiam e levantavam as questões da aula da manhã. Ele sabia que as filhas de Salomão estariam entre os comensais, mas ainda assim estranhou quando ouviu vozes femininas discutindo a Torá com um ar acadêmico. Durante toda a refeição sentiu-se observado e avaliado.

Enquanto isso, ele também inspecionava sub-repticiamente as três filhas do anfitrião. A mais jovem era uma menina linda, se bem que muito novinha. A mais velha estava com um bebê irrequieto no colo e obviamente era casada com o camarada que o encarava com indisfarçável curiosidade. A filha do meio é que era o objeto da busca que fazia.

– O pai dela simplesmente me apresentou como um forasteiro que conhecera durante os serviços e me deixou à vontade para contar a minha história durante a refeição. – Azariel mergulhou um segundo *grimseli* no prato de compota. – Tão logo comecei a falar,

o marido da irmã mais velha me interrompeu e disse: "Já sei. Você é o irmão de Judá ben Natan. Estudei com ele no meu último ano em Worms. Não foi por acaso que você me pareceu familiar."
Meir ben Samuel... só podia ser ele, pensou em voz alta Judá.
– Além de excelente aluno, ele também era muito devoto.
– Você está certo. – Azariel meneou a cabeça, impressionado com a memória do irmão. – Ele disse exatamente o mesmo sobre você. De minha parte acrescentei que você não gosta de jogar, não bebe muito e raramente perde o controle. A esposa dele insistiu que você devia ter algum vício e admiti que você é teimoso como uma mula e que por isso continuava solteiro aos dezenove anos.
– Não interessa quem disse o quê – interferiu Shmuli. – Como é a Miriam?
– Um dia Judá me disse que não gostava de mulheres rechonchudas. – Azariel soltou um risinho. – Pois bem, ele não terá esse tipo de problema com ela. É quase tão magra como ele. Não é uma beldade, mas também não é feia; o cabelo tem um indescritível tom castanho-escuro, a testa é alta, os olhos são acinzentados, o nariz é bem-feito, a boca é larga e o queixo é pequeno. É isso... será que esqueci de algum detalhe. – Pensou por alguns segundos e depois acrescentou: – Ela tem uma voz agradável.
Judá engoliu em seco.
– E o que foi que ela disse? Fez alguma pergunta a meu respeito?
– Não fez nenhuma pergunta. Escutou atentamente, e considerei isso um bom sinal. Quando falei que você queria uma esposa que conhecesse Ben Azzai, ela sorriu e disse: "Ben Azzai, que interessante. Na terceira *Mishna* do tratado *Sotah* ele afirma que os homens devem ensinar a Torá para as filhas, mas Rav Eliezer discorda e diz que ensinar a Torá para a filha é estimulá-la a ser indecente." – Azariel fez uma pausa, tentando lembrar. – Devo admitir que ela é muito atraente quando sorri.
– Foi tudo que disse? – Judá franziu a testa. Ela não tinha perguntado sobre a aparência dele nem como seria sustentada.
– Disse mais uma coisa. – Azariel abriu um sorriso para a audiência. – Quando o pai quis saber o que a filha achava, ela respondeu que poderia se interessar em conhecer um homem que admirava tanto Ben Azzai.
Judá refletiu sobre a resposta de Miriam. Não que fosse contra a posição de Ben Azzai a respeito da instrução para as mulheres, mas sentiu-

se culpado por ter obtido a aprovação de Miriam sob circunstâncias equivocadas. Mas talvez o destino é que tivesse feito com que os dois admirassem o mesmo sábio, mesmo que por razões diferentes.

Azariel mostrou um ar sério.

– Agora, Judá, o que me preocupa é sua aparência. Você está parecendo um camponês. Suas roupas estão cobertas de lama, e quando foi a última vez que aparou a barba?

– Que barba? – Judá mal pôde falar quando o irmão se aproximou e pegou um tufo de barba que crescia no queixo dele. Passou a mão no tufo de pelos desapercebido. – Não faço a menor ideia.

Azariel começou a rir.

– Rápido, tragam um espelho para o meu irmão.

Yosef foi até o cômodo de trabalho e voltou com um grande espelho de prata. Judá mirou sua figura esquálida e as olheiras escuras debaixo dos olhos, mas não conseguiu acreditar quando viu uma barba que irrompia das faces e do queixo.

– Amanhã, sem falta, vou procurar um barbeiro.

– Talvez seja melhor esperar para ir ao barbeiro em Troyes – disse Azariel. – Partiremos ao amanhecer.

– Mas você acabou de chegar – lamentou-se Hilda.

– Já fiquei aqui mais do que esperava – retrucou Azariel. – Temos que chegar em Troyes antes que os mercadores comecem a chegar para a Feira de Verão, antes que algum deles fique noivo de sua eleita. Ela disse que queria conhecê-lo, mas não disse que ficaria à sua espera. Partiremos ao amanhecer.

Judá levantou-se de um salto.

– Não posso partir sem me despedir do *rabbenu* Isaac. – Seria a última noite dele em Mayence, quer Miriam se casasse ou não com ele.

– Contanto que não demore – disse Azariel.

Judá saiu apressado rumo à *yeshivá* e suspirou de alívio quando viu uma luz acesa na janela da sala de estudos do líder. Bateu levemente à porta e logo o professor o atendeu.

– Judá, o que o traz aqui a essa hora da noite?

– Vim me despedir, mestre. Partirei de Mayence amanhã de manhã.

Isaac arqueou as sobrancelhas em sinal de preocupação.

– Judá, talvez eu tenha exagerado quando o ameacei com o *herem*.

– Não estou partindo por causa disso – disse Judá. – Meu irmão voltou e temos que ir imediatamente a Troyes para que eu conheça

o meu *bashert*. – Sorriu. – De qualquer forma, talvez esteja partindo mesmo por causa do *herem*. Muito obrigado.
– Seu *bashert* é de Troyes?
– *Oui*. O pai dela é o líder da *yeshivá* de lá, e meu irmão me assegurou que ela conhece Hilel, Shamai e Ben Azzai.
– Mas as filhas mais velhas de Salomão já estão casadas. E Raquel não tem idade para se casar.
– A filha do meio ficou viúva no último outono, mestre. – *Será que meu professor conhece essas moças?*
– Você vai se casar com a Miriam?
– Por enquanto ela só concordou em me conhecer, mas estou certo de que meu irmão será capaz de negociar um acordo de noivado. – Judá olhou de soslaio para Isaac. – Mas de onde o senhor a conhece? Miriam é minha sobrinha. Rivka, a mãe dela, é minha irmã.
– Então, serei seu sobrinho! – Judá abraçou o professor e caminhou até a porta. – Tudo se torna ainda melhor.
– Espere. – O líder da *yeshivá* o fez se deter. – Preciso escrever umas poucas linhas para o meu cunhado antes de sua partida.
Enquanto Isaac se ocupava com pena e tinta, Judá imaginava como seria estudar numa *yeshivá* francesa. Devia ser por isso que havia tão poucos estudantes franceses ali, talvez estivessem estudando em Troyes. E quanto menos eles eram, mais os germânicos se sentiam à vontade para insultá-los. Em Troyes, não seria mais insultado, ainda mais estando casado com a filha do líder da *yeshivá*.
Quanto mais Judá pensava sobre isso, mais se dava conta de que Miriam era a mulher por quem esperava. Isso o fez lembrar das palavras do *Bereshit Rabbat*, o *midrash* sobre o Gênesis:

> Às vezes é o homem que vai atrás de uma parceira e outras vezes é ela que vai até ele. No caso do patriarca Isaac, Rivka é que foi até ele, conforme está escrito: "Isaac saiu para meditar... e ele ergueu os olhos e viu camelos que se aproximavam (com Rivka)." Mas o nosso patriarca Jacó saiu à procura de sua parceira e então: "Jacó partiu de Bersheva e foi em direção a Haran (onde vivia Raquel)."

Alguns homens então encontram os pares sem dificuldade, como Isaac, que bastou olhar para o alto para se deparar com sua noiva de pé bem na sua frente. Para outros, no entanto, e Judá sabia que devia fazer parte desse rol, o Criador exige um grande esforço, até mesmo sofrimento, antes de encontrar o par que lhe foi preparado no céu. Jacó exilou-se da terra natal e teve que trabalhar anos a fio por sua amada Raquel.

Judá pegou a carta do professor e saiu às pressas pelo pátio até o portão. Depois que estivesse casado com Miriam, deixaria de sofrer com pensamentos pecaminosos e não seria mais tentado por gente como Natan. Seu *bashert* o salvaria.

Judá e Azariel saíram de Mayence e se juntaram a uma multidão de comerciantes que iam para o Oeste, em direção à província de Champagne. Judá se espantou com o grande número de pessoas que aparentemente partilhavam seu destino e, toda vez que via um jovem, não conseguia deixar de imaginá-lo como um possível rival.

Em Troyes, o pensamento de Miriam estava bem longe de Judá e de seus possíveis rivais. Raquel, por outro lado, certa de que Judá seria o herói que poderia secar as lágrimas da irmã, enchia os ouvidos dela com conversas de *amour*. Todo dia Raquel perguntava ao pai quanto tempo faltava para a chegada de Judá.

– Não sei, *ma fille* – ele sempre respondia –, dificilmente Azariel chegaria em Mayence e retornaria em menos de um mês.

Já Miriam fazia um outro tipo de pergunta para Salomão.

– Papai, não é possível que Judá ben Natan seja o meu *bashert*. Se fosse, por que Benjamin queria tanto se casar comigo se não era minha alma gêmea? *E como eu também pude querer tanto me casar com ele?*

Salomão voltou-se para ela e suspirou.

– Aprendemos no tratado *Moed Katan* que um homem pode noivar com uma mulher em Nove de Av, um dia negro de jejum e sofrimento pela destruição de Jerusalém, para que um outro homem não o preceda. Mas segundo a *Guemará*, como pode ser assim se um casal é destinado a se unir quando ainda está no útero de suas mães?

Ele pôs o braço em volta dos ombros da filha.

– A resposta é que embora um homem em particular já esteja fadado no céu a se casar com uma mulher em particular, se um outro homem implorar fervorosamente por ela, o Eterno poderá atendê-lo – ele continuou com um ar triste. – Apesar disso, no fim a sentença original terá que se fazer valer. O homem que implorou com fervor acabará morrendo e o homem originalmente eleito se casará com ela. Talvez o Piedoso tenha se compadecido de Benjamin ao deixá-lo morrer para que não a tivesse visto casada com um outro.

As lágrimas rolaram pelo rosto de Miriam quando ela se lembrou que Benjamin tinha sido feliz em seus últimos dias. O Eterno realmente teria atendido as preces dele e o deixado morrer pensando que ela seria dele? Mas se fosse assim, por que o sofrimento dela? E por que ela não tinha morrido para que Benjamin pudesse se casar com o *bashert* dele?

Salomão abraçou a filha.

– Se o Eterno lhe reservou Judá, você acabará sabendo.

Nas semanas seguintes Miriam sempre lembrava das palavras do pai quando pensava em Benjamin. E alguns pedaços de versos dos Salmos atravessavam seus pensamentos.

> O Senhor é meu Deus, meu destino está em Suas mãos... Não me deixe desapontar quando O chamar. Adonai, no Senhor eu deposito minha esperança; meu Deus, no Senhor eu confio... Para aquele que respeita Adonai será mostrado que caminho escolher. Ele terá uma vida feliz e seus filhos herdarão a terra.

Será que Ele realmente lhe mostraria o caminho a ser escolhido? E será que ela reconheceria esse caminho? *Oui* – se o caminho do Eterno para uma vida feliz e com filhos estivesse à frente, ela o reconheceria.

Acreditar no futuro era ainda mais difícil para Miriam quando ela trabalhava na vinícola. Algumas de suas melhores lembranças eram do tempo em que trabalhava com Benjamin, cuidando das mudas novas e posicionando os galhos de maneira que as folhas tivessem uma exposição melhor ao sol e por horas a fio discutindo os ângulos onde os diversos galhos deveriam crescer. Era como se estivessem planejando o futuro deles. Ainda bem que tinha sido poupada de estar na vinícola quando as videiras floresceram e, por consequência, das lembranças que o perfume das flores lhe evocariam.

Felizmente, ela tratou de se ocupar com as tarefas de parteira e assim lhe sobrava pouco tempo para recordações. Muitos mercadores de Troyes viajavam durante os seis meses entre as feiras de inverno e de verão e, aparentemente, no último verão tinham engravidado as esposas tão logo retornaram de viagem.

– Nunca vi nascer tanto bebê em uma única primavera – reclamou Sara enquanto as duas caminhavam de volta para casa depois do terceiro parto da semana. – Já estou exausta.

— Acho que já posso dar conta dos partos noturnos — disse Miriam. — Claro que irei chamá-la se precisar de ajuda. — Depois de ter feito o parto de centenas de ovelhas durante o inverno, a maioria gêmeos, fazer o parto de uma mulher grávida de uma única criança não seria problema.

— Está bem. Você pode sair à noite até o casamento. — Sara sorriu e olhou-a de maneira significativa. — Depois assumirei para que possa ficar à noite com seu marido.

Meu novo marido. Miriam encheu-se de coragem.

— Como pôde se casar logo após a morte do seu primeiro marido?

Sara se deteve abruptamente, e com isso os vendedores ambulantes se aproximaram para oferecer mercadorias. Ela os repeliu e pegou Miriam pelo braço, puxando-a para perto de si.

— Meu casamento com Eleazar não foi por amor como o seu, mas em pouco tempo passamos a desfrutar uma convivência razoavelmente prazerosa. Mas só tínhamos um mês de casados quando ele partiu para Constantinopla. Ao voltar para casa, a caravana foi atacada por bandidos e ele foi morto.

— Deve ter sido horrível para a senhora.

Sara deu uma pausa.

— Honestamente, ele tinha estado fora por tanto tempo que eu já quase tinha esquecido que era casada.

— Não sofreu por ele?

— Fiquei chocada quando recebi a notícia, é claro, e também fiquei triste por ele ter morrido, mas certamente o irmão dele sofreu mais que eu.

— A senhora também devia gostar muito do irmão de Eleazar — disse Miriam. — Se não fosse assim, poderia ter pedido a *halitzá*.

Sara suspirou.

— Não era tão simples assim. A família de Eleazar não queria perder a *ketubá* dele, e a maioria das pessoas não achava justo que eu herdasse toda aquela propriedade depois de um período tão curto de casamento. Eu não queria causar problemas e, três meses depois da morte de Eleazar, casei com Levi, o irmão mais novo dele.

— Foi difícil se casar com alguém que sempre evocaria a lembrança do seu primeiro marido?

Sara balançou a cabeça em negativa.

— Levi tinha quase quinze anos de idade e ainda estudava na *yeshivá*. Em vez de um marido com barba, arrumei um outro com o rosto cheio de espinhas.

Miriam queria saber mais sobre aquele segundo casamento, mas elas estavam se aproximando do portão da residência e tia Sara disse:

– Estou cansada. Depois que tirar uma soneca, a gente continua a conversa.

Tia Sara deixara transparecer que não gostaria de conversar sobre o segundo casamento. Mas como Joheved havia dito, Miriam pelo menos poderia escolher. Se Judá não lhe despertasse interesse, poderia esperar para tentar encontrar uma outra pessoa interessante durante a Feira de Verão. Ela voltou a se concentrar nos últimos bebês que havia ajudado a nascer, e na ternura que sentia ao lavá-los, salgá-los e enfaixá-los. E também pensou no seu sentimento de perda quando os entregava às mães. Quanto tempo teria que esperar até que pudesse acalentar seus próprios bebês?

Meir também concentrava os pensamentos na procriação, no modo com que Judá debatia o assunto com ele. É claro que isso tinha ocorrido seis anos antes e que há uma grande diferença entre um garoto de treze anos e um homem próximo dos vinte, mas já naquela época Judá era um admirador ferrenho de Ben Azzai e Meir desconfiava que essa admiração não se devia ao fato de que o sábio aprovava a instrução para as mulheres. Muitas vezes Meir se aproximava de Salomão para falar de sua preocupação em relação a Judá, mas acabava hesitando e deixava um outro aluno colocar um outro assunto.

Certa manhã, Meir estava ajudando o pequeno Isaac a empilhar blocos coloridos de madeira na sala quando Salomão sentou-se ao lado.

– Tem lugar para mais um?

– Claro. – Meir empurrou alguns blocos.

Salomão pegou um bloco amarelo e fez uma pausa, como se decidindo onde o colocaria.

– Meir, me parece que você vem martelando alguma coisa na cabeça.

– Judá ben Natan também estava em Worms quando estive lá...
– A consciência de Meir o forçava a partilhar as dúvidas com Salomão, mas lhe parecia errado prejudicar a família de Miriam com base em conversas ocorridas muito tempo antes.

Salomão colocou um bloco no topo da pilha, com cuidado.

– E?

– *Rabbenu*. – A voz de Meir soou com cautela. – Leve em conta que Judá ainda era um garoto quando o conheci.

– Entendo. – Salomão congratulou-se por sua percepção. Meir estava mesmo apreensivo. – Quando o conheceu ele já estava interessado em Ben Azzai?

– *Oui*. Era um grande admirador de Ben Azzai.

Salomão alisou a barba.

– Não é bom que Miriam se case com um adepto da Torá oculta.

– O místico Ben Azzai morrera tentando compreender os mistérios da Torá. – Pode ser perigoso estudar esse tipo de coisa, e ela já enviuvou uma vez.

– Judá ben Natan não estava interessado no oculto – disse Meir com um tom inflexível. – Acredito que quisesse se espelhar na devoção de Ben Azzai pela Torá acima de tudo mais. – Enfatizou as palavras "tudo mais".

Salomão franziu a testa.

– Você quer dizer que Judá partilhava a visão de Ben Azzai de que a devoção à Torá deve ser a única paixão do homem?

Isaac acrescentou um bloco vermelho à pilha e Meir esticou-se para equilibrá-la.

– Logo que fiquei noivo, tive uma polêmica com Judá, aliás, um debate, sobre o casamento e a procriação. Eu citava um texto para legitimá-los, e ele citava um outro para desacreditá-los.

– Será que ele não estava discutindo para o bem da Torá?

– Não acho – retrucou Meir. – Ele parecia não se interessar pelas mulheres ou talvez tivesse medo delas. O último texto citado por ele foi uma justificativa de Ben Azzai para não procriar.

O que posso fazer se minha alma se enternece pela Torá?
Os outros podem multiplicar o mundo.

Salomão balançou a cabeça.

– Claro que observo muitas falhas nos estudantes da Torá, mas não posso permitir que minha filha se case com um homem que acredita que a paixão pela Torá o isenta de ter filhos.

Isaac soltou um gritinho de alegria e explodiu em risos quando a pilha de blocos ruiu.

– Mas já faz seis anos que isso aconteceu – disse Meir enquanto recolhia os blocos espalhados. – Um rapazola pode muito bem achar que será capaz de controlar o *ietzer hara*, ao contrário de um homem mais experiente.

– Veremos. – Salomão começou a coçar a barba, perdido em pensamentos, enquanto Meir e Isaac erguiam uma outra torre.

Um mês depois, o início da Feira de Maio de Provins aumentou a afluência de mercadores no *shabat,* tanto na Sinagoga Velha como na Sinagoga Nova. Enquanto Miriam se ocupava com os partos, Raquel esquadrinhava todo forasteiro que apresentava alguma semelhança com Azariel ben Natan, em vão. Estava frustrada porque só podia frequentar a Sinagoga Velha, onde a família orava, e não a Sinagoga Nova, frequentada pela maioria dos mercadores forasteiros.

Ela também se sentia frustrada porque Miriam não se interessava pelos relatos que fazia.

– Se ouvir mais uma palavra sobre esse sujeito, eu grito – disse Miriam para ela. – Nós o conheceremos quando ele chegar. Quer dizer, se chegar.

A família já estava à mesa para o *souper* quando um funcionário da casa de banhos apareceu com duas cartas. Uma era de Azariel, comunicando que tinha chegado de viagem com Judá e que eles tomariam um banho para se livrar da sujeira, e a outra era do tio Isaac, apresentando o seu brilhante pupilo.

Quando ouviu a notícia, Miriam perdeu o apetite na mesma hora, e teve que fazer força para engolir a comida que estava na boca. Joheved apertou-lhe a mão, transmitindo-lhe confiança, e do seu lado Raquel se serviu da sobremesa que a irmã tinha deixado intacta e suplicou para ser a mensageira de um convite aos dois homens para jantar no dia seguinte.

– Absolutamente, não! – disse Miriam quase aos gritos. – Judá não precisa pensar que estou tão ansiosa para vê-lo, que cheguei a mandar minha irmã como espiã.

O rapaz da casa de banhos saiu com um convite de Salomão e depois voltou com uma resposta de Azariel, sugerindo que Salomão e Meir se juntassem a ele nos serviços na Sinagoga Nova para que pudessem estudar juntos.

Raquel sorriu para o pai.

– Papai, eu posso ir junto com o senhor e o Meir? Prometo que não vou incomodar. Ficarei sentada com as mulheres e depois voltarei para casa.

– Vamos ver. – Salomão alisou a barba por alguns segundos e em seguida despachou o mensageiro com um outro convite, dessa vez para Isaac haParnas e família.

Rivka sabia que o convite do marido ao líder da comunidade não era apenas por amizade.

– Você acha realmente que poderemos iniciar as negociações amanhã?

– Provavelmente. A lua estará crescente por mais alguns dias; portanto, é um momento auspicioso – ele respondeu. – Em todo caso, ele tem contatos em Paris que talvez conheçam a família de Judá.

– O que disse tio Isaac sobre o Judá? – perguntou Joheved para Salomão, olhando a carta que tinha chegado de Mayence.

– Elogios a respeito da iminente parceria... Judá é um excelente aluno, diligente e devoto, e por aí afora. – Salomão balançou a cabeça. – Se Judá tivesse algum defeito, o mestre dele não me diria nada.

Miriam quase não ouvia o que era dito pelos outros. Ela estava com a garganta tão apertada que se concentrava em cortar o pão em minúsculos pedaços. Até aquele dia Judá ben Natan não era mais que um devaneio da família. Agora ele estava em Troyes e no dia seguinte Isaac haParnas também chegaria com a família para jantar.

Ela empertigou-se na cadeira, observando atentamente o entusiasmo familiar. Estavam planejando um noivado, e ela, indiferente... pelo menos até aquele momento. Não dava a mínima se todos em Troyes achavam que Judá era o seu *bashert*. Não se casaria com ele, a menos que também acabasse pensando como os outros.

Oito

Na manhã seguinte, Miriam mal conseguia controlar a irritação enquanto a mãe e as irmãs pensavam na refeição que seria servida. Não estava nem um pouco interessada no cardápio, o mais refinado prato teria o mesmo gosto da *matsá* para ela.

– Serviremos peixe de entrada seguido de tortas de carne – disse Rivka, confiante. – Eu e Anna veremos o que há de melhor entre as ofertas dos vendedores na Rue de l'Épicerie.

– Vocês também podem dar uma parada na Sinagoga Nova para ver o que há de melhor por lá – brincou Raquel. A Rue de l'Épicerie, uma rua de comerciantes de secos e molhados, situava-se a um quarteirão de distância de onde Judá e o irmão estariam por ocasião dos serviços.

Rivka tirou mais uma concha da papa de aveia que estava no fogo para encher as tigelas à mesa.

– Talvez eu faça isso – disse. – Só para ver se você estará se comportando.

Joheved encheu uma pequena colher de papa de aveia, soprou-a e serviu-a para o pequeno Isaac.

– A senhora acha que podemos servir galeto e também galinha? – Galeto era o prato preferido de Meir, mas nas refeições das festas servia-se tradicionalmente galinha.

– Vou comprar os dois – disse Rivka. Que o céu a perdoasse, mas ela serviria um banquete.

Claro que também haveria guisados e sopas, panquecas de ovos, picles de legumes e compotas de frutas.

– Vou pedir para Claire preparar creme de maçã. É um dos pratos preferidos de Miriam – suspirou Rivka, vendo Miriam sentada com a rigidez de uma pedra.

Resolvido o problema do cardápio, Rivka voltou-se então para as roupas das filhas.

– Miriam está esbelta. Aposto que cabe na roupa azul de seda que Johanna nos deu. É uma roupa tão linda – disse Raquel com um tom melancólico. Ela adoraria usar a túnica que a esposa de Isaac haParnas presenteara, mas estava rechonchuda demais para vesti-la.

Era hora de Miriam falar; vestiria qualquer coisa que as outras decidissem.

– É só um dia comum de semana. Se eu me vestir com muita elegância, as mulheres da sinagoga vão desconfiar. – Além do mais, ela não queria usar a roupa do noivado de Joheved.

– Então, vista sua roupa de *shabat* – disse Joheved.

Rivka olhou Miriam de cima abaixo.

– Que tal aquele conjunto de seda dourado que você usou em Pessach?

– Por favor, mamãe, é elegante demais até mesmo para o *shabat*. – Miriam amassou um pedaço da toalha de mesa. Vestir-se com tanto requinte seria um sinal de que aceitara a proposta de Judá.

– Não quer que Judá veja você bem-arrumada? – perguntou Raquel. – Ou prefere usar roupas velhas só para testar o interesse dele?

– Já basta – disse Rivka. – Miriam pode usar o que quiser para ir aos serviços e, quando chegar em casa, veste o conjunto dourado. – No outro extremo da mesa os alunos de Salomão apressavam-se para terminar a refeição, antes que ele começasse com a prece de agradecimento pelo alimento.

Miriam fechou os olhos, assentiu com a cabeça e juntou-se aos outros no agradecimento ao Eterno pelo alimento que tinham acabado de comer. A mãe que se ocupasse com o que ela devia vestir... Afinal, tinha que poupar as forças para opor-se ao pretendente, caso fosse necessário.

Na hospedaria onde estavam alojados, Judá e Azariel travavam uma discussão semelhante. Até então Judá via sua aparência atraente como um fardo, e não queria nem um pouco evidenciá-la. O barbeiro tinha feito um ótimo trabalho e ele quase não se reconheceu no espelho. Depois de ter insistido que seria um crime esconder um maxilar bem-proporcionado, o barbeiro removeu os tufos esparsos nas faces de Judá e aparou a barba apenas para harmonizar o rosto. Em seguida, amarrou os cabelos com um rabo de cavalo para realçar a beleza facial do cliente.

Agora Azariel queria que ele vestisse uma túnica vermelha.

– Odeio vestir vermelho – protestou Judá. Desde criança Alvina o obrigava a vestir esta cor. – Não dá para entender por que uma cor tão espalhafatosa pode proteger alguém do mau-olhado.

– Você pode usar o conjunto de seda roxo sobre uma camisa azul. – Azariel procurou e achou uma fita vermelha entre as coisas do irmão. – Pelo menos amarre o cabelo com isso. Para o bem de sua mãe.

Ele também induziu Judá a tomar um café da manhã substancial.

– Não quero ouvir seu estômago roncando durante os serviços, ou pior, na hora em que for apresentado à sua alma gêmea e à família dela.

Chegaram cedo na sinagoga e sentaram-se nos bancos de trás. Judá conjeturou que Salomão e seus alunos chegariam mais tarde porque fariam as orações em casa, e estava certo, pois o grupo só apareceu quando ele terminava as preces matinais. Ele reconheceu Meir ben Samuel assim que o viu; ganhara um pouco de peso, mas no geral continuava o mesmo.

Aparentando uma segurança maior do que tinha, ele foi ao encontro do velho colega para cumprimentá-lo.

– *Shalom aleichem*, Meir. É bom vê-lo de novo. Está com uma boa aparência.

– Judá, olhe só como você cresceu. – Meir o olhou atentamente antes de dizer a bênção trocada entre os judeus quando se reencontram depois de muito tempo. – *Baruch ata Adonai...* Que ressuscita o morto.

Os estudantes da *yeshivá* agruparam-se em torno deles e Meir, notando que Raquel espiava lá do balcão, tratou de fazer a apresentação.

– *Rabbenu* Salomão Isaac, gostaria de apresentá-lo a Judá ben Natan.

– O que vocês estão estudando? – perguntou Judá para Meir. – Tomara que seja alguma coisa que eu conheça.

– Estamos no sexto capítulo do tratado *Yevamot* – disse Meir com displicência. Aposto que o conhece.

Judá engoliu em seco e sentou-se. Obviamente, Meir tinha contado a Salomão do último debate havido entre eles. Um dos estudantes, que Judá supunha chamar-se Eliezer, começou a entoar trechos do capítulo final da *Mishna*. Faltavam poucas páginas para a parte em que Ben Azzai revela que sua grande paixão pela Torá o impedia de procriar. O texto pesava na cabeça de Judá. Primeiro Ben Azzai afirmava:

> Qualquer um que não se empenha na procriação é um assassino.

Chegara a essa conclusão porque, no Gênesis, o verso "crescei e multiplicai-vos" é precedido pelo verso "quem derrama o sangue do homem pelo homem terá o sangue derramado". Depois, Rav Elazar acusava Ben Azzai de hipocrisia e replicava:

> As palavras são boas quando acompanhadas pela prática. Você interpreta bem, mas não age bem. E Ben Azzai fazia a tréplica: "O que posso fazer? Minha alma deseja a Torá. O mundo pode se multiplicar graças aos esforços de outros."

A garganta de Judá se apertou ao mesmo tempo em que nascia um respeito por Salomão, porque era visível que o *talmid chacham* pretendia testá-lo.

Eliezer estava quase terminando de recitar a *Mishna*.

> Nenhum homem deve evitar a procriação, a não ser que já tenha filhos. Shamai recomenda dois filhos homens, e Hilel, um filho e uma filha, conforme está escrito: "E Ele criou a fêmea e o macho."

Salomão continuou, citando a *Guemará*.

> Diz Shamai: dois filhos homens. Por quê? Eles deduzem isso de Moisés, pois está escrito: os filhos de Moisés, Gershon e Eliezer.

– Quem pode explicar isso? – ele perguntou em seguida.

Judá respirou fundo. Salomão não estava olhando na sua direção, mas era evidente que se dirigia a ele. Aquele era o campo de batalha onde teria que conquistar a alma gêmea. Então, empertigou-se e respondeu:

– Sabemos que Moisés gerou esses dois filhos e que depois se separou da esposa, para permanecer puro quando o Eterno quisesse falar com ele.

Todos os olhos estavam voltados para Judá, mas ninguém estava confuso e ele prosseguiu com outra citação da *Guemará:*

> E Hilel (que recomenda um filho e uma filha)? Eles deduzem isso da Criação do mundo.

E explicou:
— Porque no início o Criador fez exatamente um macho e uma fêmea. — A ansiedade aquietou-se quando ele percebeu que todas as cabeças balançavam em assentimento.

Mas depois o lugar começou a ser tomado pelos homens da Sinagoga Velha que habitualmente estudavam com Salomão e seus alunos. Observaram atentamente o jovem erudito, e Judá elevou a voz quando passou a citar a questão seguinte da *Guemará.*

> E Shamai — por que eles não concordam com Hilel e se originam da Criação? Porque o possível não pode originar-se do que é impossível.

Meir, sentado ao lado de Shemayah, notou que seu parceiro de estudo preparava-se para explicar a resposta crítica do Talmud. Ele o pegou pelo braço.
— Deixemos o palco para Judá.
Suspirou aliviado quando Shemayah recostou-se no banco e sussurrou:
— Está bem. Estou curioso para ver como ele vai explicar essa parte.
Como Judá esperava, a audiência o mirou com um ar confuso e ele seguiu em frente.
— Shamai discorda de Hilel quanto a originar-se da Criação porque um evento em que as alternativas existem não pode originar-se de outro em que não existe alternativa.
— Levante-se — disse Meir —, para que todos possam ouvi-lo. — Ele queria que os outros vissem que Judá não precisava de livro porque dizia tudo de memória.
Judá levantou-se com o coração batendo descompassado e dirigiu-se à grande audiência.
— Na criação, o Eterno não teve outra opção senão criar Eva. Como a humanidade poderia prosseguir sem um macho e uma fêmea? Mas o caso agora não é esse; se um homem tem dois filhos homens, ainda sobram muitas mulheres com quem podem se casar.

Ninguém fez pergunta alguma e a fisionomia de Salomão era insondável quando ele acenou para que Judá continuasse.

> E Hilel – por que eles rejeitam Shamai e não se originam de Moisés?

Judá então explicou.
– Hilel diria que a situação de Moisés era singular, diria que o profeta se absteve da procriação em razão de uma relação especial que mantinha com o Eterno e não porque havia cumprido sua *mitsvá*.
Sorriu e acrescentou:
– Mas não estamos de acordo com Shamai e Hilel. – Sentiu que estava se saindo bem, quase todos os rostos sorriam. Menos o de Salomão.

> Diz um *baraita*: Shamai afirma que são necessários dois machos e duas fêmeas, mas Hilel afirma que bastam um macho e uma fêmea. Pergunta Rav Huna: qual é a razão para tal afirmação de Shamai?

Judá fez uma pausa para que a audiência ponderasse sobre a indagação de Rav Huna.
– Obviamente, temos duas versões para o argumento de Shamai. Já sabemos como Hilel prova o seu ponto de vista, e aqui está a prova para a afirmação alternativa de Shamai, a qual também deduz da criação.

> Depois de Eva dar à luz Caim, está escrito: "E ela deu à luz Caim *et* Abel."

O simples termo hebraico *et* refere-se a uma irmã gêmea. Eva, portanto, teve de fato dois meninos e duas meninas, Abel e sua irmã, e mais Caim e sua irmã.
Judá notou que os homens sorriam de satisfação enquanto trocavam comentários ao pé do ouvido. Como aquilo tudo era diferente de Mayence, onde suas palavras eram geralmente recebidas com ressentimento. Já havia até se esquecido de como era bom expor a Torá numa *yeshivá* receptiva. Só faltava Salomão dar um sinal de aprovação. *O que o erudito estaria esperando?*
– Mas não podemos contestar outra vez que por ocasião da criação a situação era singular e que hoje dois machos e duas fêmeas são mais que adequados? – perguntou um velho.

– Certamente – disse Judá, sentindo-se honrado por ter sido ele e não Salomão a ser questionado. – Mas dispomos de um outro *baraita*, uma versão diferente do argumento de Hilel. – Começou a recitar:

> Shamai diz um macho e uma fêmea, mas Hilel diz ou um macho ou uma fêmea. Rava pergunta: qual é a razão de Hilel? Porque, como está escrito: Ele não criou o mundo para ficar vazio, Ele o formou para ser povoado.

Ele curvou-se ligeiramente para o homem que o havia questionado.

– Então, de acordo com esta visão, até mesmo uma única criança contribui para povoar o mundo.

Voltou-se para Salomão e o viu pensativo.

– Mas discordo de Shamai e de Hilel. Acredito que os eruditos não deveriam cumprir essa *mitsvá*. Deveriam gerar o máximo possível de filhos, pois quem pode saber quantos *talmid chacham* sairiam do útero das esposas? – Judá estava certo de que era o que o *rosh yeshivá* queria ouvir. Era a prova de que ele não era um admirador de Ben Azzai.

De fato, os olhos de Salomão voltaram a piscar com o seguimento dos debates que consideraram se um homem pode ser visto como cumpridor da *mitsvá* da procriação quando seu filho falece enquanto ele ainda está vivo, ou quando ele só tem filhas que lhe dão netos, ou vice-versa.

– Sim – disse Judá. – De acordo com um *baraita* que afirma "netos são como filhos". – Ele estava pronto para seguir explicando quando foi interrompido pelos sinos da *sexta* que badalavam o meio-dia.

Salomão ergueu a mão.

– Isso será a nossa lição para hoje. Depois do almoço os meus alunos estudarão essa parte do Talmud enquanto resolvo alguns assuntos importantes.

– Sua exposição foi muito boa, Judá – sussurrou Meir no ouvido do jovem, sorrindo. – Agora veremos se suas ações estão à altura de suas palavras.

Judá engoliu em seco e agradeceu. Explicar a Torá tinha sido fácil, mas depois conheceria uma jovem estranha e, de alguma maneira, tentaria convencê-la a se casar com ele. Seu estômago revirava de ansiedade. Por favor, que não seja como as outras; que não me olhe com gula e cobiça.

A família de Salomão também estava tensa. Rivka pelo menos tinha tido um dia de antecedência para preparar aquilo que, se dependesse dela, seria um banquete de noivado. Havia percorrido o mercado junto com Anna, em busca de carnes e produtos de qualidade, enquanto Johanna encomendava uma diversidade de pães aromáticos. O pão de pétalas de rosas apresentava uma tonalidade rósea delicada ao lado de pães que exibiam o amarelo do açafrão e o verde da salsa e de outros pães recheados com passas e frutas cristalizadas.

Ao chegar em casa, Raquel fez muitos comentários a respeito da façanha talmúdica de Judá. Mas não deixou de implicar com Miriam quando se referiu à aparência dele. Ficara tão empolgada desde o início que sabia que ninguém acreditaria se dissesse que Judá era o homem mais bonito que já tinha visto. Por isso, mentiu deslavadamente.

– Agora sei por que ele ficou solteiro por tanto tempo. – Meneou a cabeça com um ar de tristeza. – É desfigurado demais; deve ter apanhado muito quando criança, mas no escuro talvez você não note nada. Além do mais, não importa a aparência que ele tem, desde que seja um *talmid chacham,* não é mesmo?

– Pelo que diz, é um homem corcunda e coberto de verrugas. – Joheved deixou claro que não acreditava na irmã caçula.

– *Oui.* Como soube disso? – Raquel teve que se controlar para conter o riso. – E também é careca. Não tem um fio de cabelo na cabeça.

Miriam não acreditou em nada que ela disse, mas por que precisaria mentir? O que estava escondendo? Será que Judá se parecia com Benjamin? Será que era baixo e tinha cabelos castanhos e ondulados?

A garganta de Miriam contraiu-se de medo, e ela teve que fazer força para engolir em seco.

– Por favor, meu Deus. Se Judá ben Natan é o meu *bashert*, não deixe que se pareça com Benjamin; não quero me atormentar toda vez que olhá-lo.

Rivka estendeu os jarros vazios para as filhas.

– Vão agora mesmo para a adega e encham os jarros de vinho, já que não têm nada melhor a fazer que soltar piadas.

– Miriam fica aqui. – Pegou a filha pela manga da roupa de seda amarela e puxou-a de volta. – Poderia parecer que você está ansiosa para ver os convidados. Espere que eles entrem e depois traga o vinho.

A certa altura ouviu-se um rumor de homens no portão. O grupo entrou na sala e se viu frente a uma esplêndida mesa que exalava um delicioso aroma de alimentos. Raquel correu para receber Salomão enquanto Joheved recebia o marido de um modo mais moderado. Os olhos de Judá percorreram ansiosamente a sala inteira em busca da filha ausente, e Miriam saiu da cozinha com um jarro de vinho na mão.

Uma breve espiada em Judá foi o bastante para ver que a irmã caçula tinha brincado com ela sem dó nem piedade. Lançou um olhar fulminante para Raquel e em seguida voltou-se aliviada para Judá. Ele era mesmo muito bonito, mas o mais importante é que não se parecia com Benjamin. Era bem mais alto, magro e moreno, e os cabelos não ondulavam tanto e não tinham cachos. A barba de Benjamin era selvagem e emaranhada, ao passo que Judá quase não tinha pelos no rosto. O Eterno ouvira suas preces.

A expressão de Miriam também deixou Judá aliviado. Finalmente – uma mulher que não o olhava com olhos gulosos. E ela também era esguia, em nada parecida com as mulheres carnudas das quais o irmão tanto gostava. Sentiu um toque familiar que o fez chegar à conclusão de que ela se parecia com o tio de Mayence. Agradeceu em silêncio ao Todo-Poderoso por tê-lo conduzido à sua alma gêmea, àquela mulher que era tudo com que sonhara.

Já confiante, Judá lavou as mãos e sentou-se à mesa. Sem reparar na excelência da refeição, juntou-se a um debate sobre a *mitsvá* referente à procriação feminina. As opiniões ecoavam pela sala.

– No sexto capítulo do *Yevamot*, a *Mishna* é clara quando afirma:

> A *mitsvá* do crescei e multiplicai-vos aplica-se aos homens e não às mulheres.

Mas a Torá se dirige tanto aos homens como às mulheres, conforme está escrito:

> O Todo-Poderoso os abençoou e disse: crescei e multiplicai-vos.

– Mas também está escrito "repovoem a Terra e conquistem-na". A conquista é uma ação masculina e não uma ação feminina. Homens conquistam mulheres, e mulheres não conquistam homens.

– Como a procriação pode ser uma *mitsvá* para o homem e não para a mulher? Ele não pode crescer e multiplicar sem ela.

— A *Toseftá* no *Yevamot* ensina que aos homens é proibido beber poções de esterilização e às mulheres é permitido.

— É só por direito que as mulheres estão isentas de procriar. O Piedoso nunca permitiria um mandamento cuja realização colocasse a vida de alguém em risco com regularidade.

Continuaram debatendo durante a sobremesa. Judá não precisava mais convencer ninguém, mas notou com grande satisfação que Miriam emitia opiniões seguras e com conhecimento de causa igual ao dos estudantes homens. Mas o prazer foi apagado pela ansiedade quando as criadas começaram a tirar a mesa e os convivas se levantaram para sair. Em pouco tempo somente o *parnas*, junto com o filho e a nora, e a família de Salomão estavam sentados ao lado de Judá e Azariel.

Azariel rompeu o silêncio.

— Senhorita Miriam, meu irmão lhe trouxe um presente.

Isaac haParnas franziu a testa, transparecendo contrariedade pela quebra de etiqueta. Até onde ele sabia, os presentes só eram trocados depois que se firmava um acordo; portanto, só depois que Judá tivesse exposto suas intenções e Miriam tivesse aceitado a proposta. Mas a ruga na testa logo se dissipou e deu lugar a um sorriso quando Judá presenteou Miriam com um saquinho de morangos.

— Morangos. — Miriam nem disfarçou o sorriso enquanto inalava o doce aroma dos morangos; eram muito caros para que fossem comprados para toda a *yeshivá*. — Como você sabia? Papai lhe disse alguma coisa?

Judá sentiu uma pontada de culpa pela possibilidade de a ter seduzido.

— Estavam sendo vendidos por um ambulante quando vínhamos para cá e, como gosto muito de morangos, achei que você também poderia gostar.

Salomão tossiu para chamar a atenção de todos.

— Miriam, eu sei que lhe demos licença para só escolher um novo marido durante a Feira de Verão, mas talvez você queira dar um passeio com Judá para ver como se sente com ele.

— Está bem. Nessa época do ano um passeio ao longo do Sena é sempre agradável. — Será que realmente decidiria se casar com ele depois de um curto passeio? Ela voltou-se para a mãe. — Se os tabuleiros de sobras estiverem prontos, posso ajudar a Anna a distribuí-los quando sairmos.

O coração de Judá começou a bater mais forte à medida que se sentia assolado pelas dúvidas. *O que posso dizer para que ela queira se casar comigo?* Nunca tinha estado a sós e nem mesmo conversado com outra mulher senão a mãe.

Calado e sem escolha, foi para o pátio enquanto Miriam vestia a capa e ajeitava o capuz sobre a cabeça. Ele se espantou com o número de mendigos que se aproximaram quando chegaram ao portão, porém com muita calma e paciência Miriam e uma criada distribuíram a comida colocada engenhosamente em pedaços de pão.

– Eles sabem que nossa *yeshivá* é maior que uma família comum e isso garante uma quantidade maior de sobras – ela explicou, levemente angustiada. Um dos laços que a uniam a Benjamin era o fato de que ambos tinham crescido comendo as sobras, já que suas famílias eram muito pobres para se desfazer delas.

Determinada a concentrar-se em Judá, tentou pensar em alguma coisa digna de ser dita. Isso foi fácil a princípio. Partilhando os morangos enquanto caminhavam, Miriam registrou as diversas paisagens pelo caminho do rio. Nem lhe passou pela cabeça que Judá poderia estar mais nervoso que ela.

– Esta é a Sinagoga Velha que minha família costuma frequentar. – Ela diminuiu o passo na frente da construção de pedra. – É mais arejada no verão, mas no inverno é úmida demais e, quando faz muito frio, às vezes nós oramos na Sinagoga Nova. A maioria dos judeus aqui de Troyes frequenta regularmente apenas uma sinagoga, e eles só frequentam a outra quando brigam com alguém.

Judá balançou a cabeça e suspirou. A mãe dele vivia trocando de sinagogas lá em Paris, dependendo da última família que se sentia ultrajada depois que ele se recusava a se casar com uma de suas filhas.

– Por trás da sinagoga, na direção do castelo – Miriam apontou para o norte –, está a Rua de Vieille-Roma, onde residem o *parnas* e outras famílias judias ricas. – Cruzaram em silêncio a grande catedral parcialmente escondida pelos andaimes. – Vovó contou que os bárbaros incendiaram a antiga catedral cerca de duzentos anos atrás e que desde então os bispos tentam reformá-la. Quase não se consegue ver o palácio do bispo atrás dela.

Sem prestar muita atenção no que dizia, Miriam continuou fazendo comentários até que eles chegaram ao Portão de Saint Jacques. Não demorou muito para que os altos muros da cidade ficassem para trás e eles tomaram o caminho de sirga paralelo ao plácido rio

Sena. A garganta de Judá manteve-se paralisada de medo o tempo todo, sem emitir uma única palavra.

A ansiedade tomou conta de Miriam quando ela se lembrou que Judá queria uma esposa que soubesse a diferença entre Hilel e Shamai, e então tentou se lembrar de algum debate interessante entre ambos. É claro... a história no segundo capítulo do tratado *Shabat*, que narrava como Hilel e Shamai lidaram com os convertidos.

Ela se lembrou do tópico dos dois sábios e rapidamente citou a *Guemará*.

> Certa vez um forasteiro se aproximou de Shamai e lhe disse: "Eu me converterei se você for capaz de me ensinar a Torá inteira enquanto ergo um dos meus pés." Indignado, Shamai pediu que ele se retirasse. O homem então foi até Hilel, que o converteu, dizendo: "Aquilo que lhe soa odioso não deve ser seguido; isto é a Torá de cabo a rabo, o resto é comentário. Vá e estude-a."

Seguiu contando histórias a respeito de outros candidatos à conversão que procuraram os dois sábios, mas Judá continuava calado. *Por que ele não diz nada? Será que está me ouvindo? Qual é o problema dele?*

Judá estava perdido em seus próprios pensamentos. Enquanto observavam o rio, ele rememorou a época em que estudava com Daniel na relva, próxima do rio Reno, e de repente lhe ocorreu que a capa que o amigo vestia tinha o mesmo tom verde-escuro da capa de Miriam. Não por acaso ela lhe parecera familiar. Com o cabelo coberto pelo capuz da capa, não se parecia com o tio, se parecia demais com Daniel.

Sem conseguir suportar o silêncio de Judá por mais tempo, ela o olhou e começou a chorar.

– E então, passei no seu teste? Eu soube que você só se interessava por Hilel e Shamai. – Não tentou secar as lágrimas que escorriam pelo rosto. – Por que não me responde?

O aterrorizado pretendente se deu conta de que ela chorava por causa dele, mas não fazia a menor ideia do que dizer.

– Por favor, não chore. Juro que estava prestando atenção. – Desesperou-se e começou a repetir a *Guemará* que ela acabara de citar, mas aparentemente isso não ajudou em nada. Disse então, quase chorando. – Desculpe-me... não tive intenção de ignorá-la... é que nunca fiquei tão perto de nenhuma mulher que não fosse minha mãe.

Em pânico, pegou-a pela mão e suplicou:

– Por favor, não fique aborrecida. É que você se parece demais com meu antigo parceiro de estudos; fiquei encantado só de olhá-la.

Depois, da mesma forma que um chuvisco se transforma em borrasca, ele começou a desabafar. Fez confidências não só a respeito de Daniel, mas também de como seguidamente a mãe e o tio tentavam fazê-lo se casar e de como o líder da *yeshivá* o havia ameaçado com o *herem*. Esta mesma história relatada a Miriam pela boca de Azariel tinha tornado Judá um herói que se recusava corajosamente a ceder, mas ouvir a versão do próprio Judá a fez entender a frustração e o desespero que ele sentia.

As lágrimas de Miriam foram secando à medida que ela simpatizava com ele. Era difícil perder um ser amado.

– Este ano foi terrivelmente vazio para você, não foi?

Ele assentiu com tristeza.

– Ainda está aborrecida comigo? – Viu que ela sorriu, negou com a cabeça e continuou: – Desculpe-me por alguma coisa imprópria que tenha dito, mas sou realmente inexperiente e tímido em relação às mulheres.

Ela não se conteve e fez uma brincadeira.

– Não acredito que seja tímido com as mulheres, já está agarrando a minha mão e mal nos conhecemos.

Como era de se esperar, ele soltou imediatamente a mão dela e ficou tão vermelho quanto a beterraba que tinham comido no almoço.

– Você vai contar para o seu pai? – Ele olhou ao redor com nervosismo.

– Ele não vai se importar – Ela disse, divertindo-se com o constrangimento dele. – Afinal, ele acha que vamos nos casar.

– E vamos nos casar? – De repente Judá se pôs sério.

– Isso depende – retrucou Miriam, mostrando-se a princípio igualmente séria. Depois, com um sorriso nos olhos, acrescentou: – Ainda não mostrei para você o quanto estudei Ben Azzai.

– Não precisa mais recitar o Talmud. Eu soube que você era o meu *bashert* assim que a vi.

O coração de Miriam se acelerou. Ele parecia tão seguro. Mas não era hora de se entregar a devaneios; podia estar equivocada, sem falar nos outros que lhe fariam propostas durante a Feira de Verão.

Judá entreviu a incerteza estampada no rosto dela.

– E quanto a mim? Passei no seu teste?

Miriam hesitou. *Meu teste?* Judá era sem sombra de dúvida muito bonito, mas não acelerava o coração dela como Benjamin. Talvez isso fosse até melhor. Ele era um *talmid chacham*, parecia bastante disposto a agradá-la, e também adorava morangos. Talvez fosse o *bashert* dela. Mas ainda havia algo que ela precisava saber.

– Treinei muito para ser parteira – ela disse. – Isso significa que não posso sair de Troyes. Se quiser estudar nas terras do Reno ou retornar a Paris, não poderei segui-lo.

Ele deu de ombros. Não fazia ideia do que podia ser pior, voltar para as terras do Reno ou viver junto à mãe.

– Claro que vou ficar aqui. Por que me casaria com a filha do *rosh yeshivá* de Troyes e depois estudaria em outro lugar?

Miriam observou uma garça que voava e depois pousou na água. Será que ele tinha passado no teste dela? Lembrou-se da prece que tinha feito antes do almoço e suspirou. Judá certamente era bem diferente de Benjamin e se sentia tão à vontade na *yeshivá* como Benjamin se sentia na vinícola.

Olhou ao longo do caminho que parecia sem fim. Antes havia pedido ao Eterno que lhe mostrasse um caminho a ser seguido e agora estava naquele caminho com Judá. Não teria orado por um sinal e o recebido?

Desta vez foi ela que pegou a mão dele com timidez. Tomado de alegria, ele continuou em silêncio enquanto olhava para o Sena. De repente, o ar se inundou com o tilintar dos sinos.

– *Mon Dieu!* Já está badalando a nona hora. – Ela se virou abruptamente na direção do portão da cidade, ainda segurando a mão dele. – É hora de voltar!

A atmosfera em volta da mesa de jantar estava pesada e impaciente. Azariel ainda não tinha iniciado as negociações e fazia muitas perguntas aos anfitriões sobre as feiras de Champagne.

– Eu soube que atraem mais negócios que as de Colônia.

Isaac saudou o erudito com um copo de vinho.

– Pelos méritos da *yeshivá* de Salomão, são raros os jovens franceses que ainda se dirigem à Alemanha para estudar o Talmud.

– Não desejo competir com meus mestres de Mayence e Worms. – Salomão ergueu a mão em sinal de protesto. – Isso me seria realmente impossível. Eles são muito mais avançados em conhecimento e sabedoria e simplesmente me sinto agradecido por ser capaz de oferecer algum ensinamento da Torá aos estudantes que não podem viajar para tão longe, especialmente em tempos de guerra.

A menção à guerra civil na Alemanha fez a conversa passar para a política. Rivka teria preferido ouvir mais sobre a família de Judá, mas não quis ofender nem a Isaac nem a Azariel. Até porque, se tudo corresse bem, cedo ou tarde o assunto viria à baila.

– Eu soube que o rei Henrique está armando um exército para combater o usurpador Rodolfo. – Isaac haParnas mantinha contatos nas terras do Reno, gente que vivia nas cidades e que apoiava o rei.

– O fato é que o opositor do rei já está tão desesperado atrás de recursos que começou a desapropriar as terras da Igreja.

– E é esse o homem do papa? – Salomão serviu-se de mais galeto, balançando a cabeça em negativa.

Azariel pegou mais galinha e colocou uma colher abundante de compota de marmelo em cima da carne.

– Felizmente, Henrique mantém o papa Gregório ocupado demais para notar que o nosso rei Filipe ignorou a demanda do pontífice de negar aos judeus qualquer posição na corte.

– O conde Thibault é outro que não tem a menor intenção de permitir que a lei papal dite em quem ele pode ou não pode confiar na corte – disse Isaac. – Ele continua a me consultar com a mesma frequência de antes.

Azariel curvou-se para a frente na cadeira.

– E por falar nas fraquezas da nobreza, provavelmente metade das mulheres da corte parisiense tem as joias empenhadas com Alvina, a mãe de Judá.

Depois de ter chamado a atenção da audiência, ele continuou:

– Eu e meu tio Judá somos sócios no negócio, e Alvina aumentou o capital de Judá. Somos uma família muito unida. Alvina é cunhada do meu tio.

– Seu pai e o irmão dele casaram-se com duas irmãs. – Rivka mostrou-se chocada. – Isso não dá sorte.

– Talvez a senhora esteja certa, já que papai morreu pouco depois do nascimento de Judá – disse Azariel com um suspiro. – Mas Alvina investiu sua *ketubá* com sabedoria, e deixou recursos para Judá estudar a Torá pelo tempo que quiser.

– Não precisamos saber dos seus negócios financeiros – disse Salomão. – Depois que Miriam tiver aceitado o seu irmão, aí falaremos de negócios.

Continuaram falando de negócios porque Isaac e Joseph queriam saber que mercadores eles tinham como amigos em comum. Meir compartilhava com Joheved a lição do Talmud dada pela manhã, e os estudantes se preparavam para fazer perguntas.

Por fim, Raquel se ofereceu para ir até o rio.

– Não vou aborrecê-los. Juro que ficarei à distância; só vou espiar.

– Está bem – disse Salomão, com a frustração aumentando.

Fiel ao que tinha dito, Raquel retornou pouco depois. Anunciou com um sorriso largo.

– Podem começar a planejar o casamento.

Rivka apertou os olhos com desconfiança.

– Você disse que não ia perturbá-los.

– E não fiz isso. Atravessei o Portão de Saint Jacques e os vi no caminho do rio, e... – Fez uma pausa teatral. Eles estavam de mãos dadas.

– Eles estavam o *quê*? – Azariel e Meir mostraram-se igualmente incrédulos.

Joheved lembrou das invencionices de Raquel sobre a aparência de Judá.

– Não está inventando, está? Realmente os viu?

– Posso catar a quantidade de aveia que você quiser... eles *estavam* de mãos dadas.

– Vamos esquecer da aveia – interrompeu Salomão. – Acredito em você. – Riu em seguida. – Senhores, já é hora de tratarmos de negócios.

Isaac e Azariel entreolharam-se com um brilho nos olhos, só de pensar nas barganhas que fariam um com o outro. Mas depois a fisionomia de Azariel abrandou-se.

– Eu bem que gostaria de passar alguns dias em negociações aqui, mas não posso. Alvina me recomendou que aceitasse qualquer proposta que me fizessem.

– Sua família pagará todas as despesas do casamento. – Isaac deu de ombros e sorriu para Salomão. – Tenho que fazer algumas demandas.

Azariel assentiu.

– Naturalmente.

– A cada ano roupas novas, por ocasião do *Rosh Hashaná* – disse Johanna.
– E em Pessach – acrescentou Azariel, amistosamente.
– O quarto fica por conta de Judá, e também a mesa tanto para ele como para a esposa – disse Joseph.
Salomão ergueu as mãos em sinal de protesto.
– Minha filha não vai pagar para comer à minha mesa. Miriam receberá um dote igual ao da irmã mais velha, um terço da vinícola por ocasião da minha morte, mais quarto e mesa enquanto ela e o marido frequentarem a *yeshivá* daqui.
– Se sua casa precisar de reformas para abrigar os recém-casados, arcaremos com as despesas – disse Azariel.
– Isso não será necessário – declarou Rivka. – Minha irmã pode dividir a casa dela com Miriam. Ambas são parteiras e os clientes só irão perturbar uma família à noite.
– Então deixe que a gente forneça a mobília de quarto do casal – retrucou Azariel. – A cama, as roupas de cama, os baús e as cadeiras.
Ninguém conseguiu pensar em mais nada para solicitar, de modo que se colocaram à espera. A espera prolongou-se, a impaciência instalou-se outra vez no ambiente e Raquel já estava quase sugerindo sair novamente quando os sinos das três horas começaram a badalar. Depois que todas as igrejas de Troyes tinham acabado de badalar os sinos, Judá e Miriam atravessaram o portão do pátio.
– Aí estão vocês. – Raquel se dirigiu a eles sem qualquer cerimônia. – Por que demoraram tanto?
Judá limitou-se a ruborizar, porém Miriam sorriu e respondeu:
– Leva muito tempo para explicar as diferenças entre Hilel e Shamai.

Nove

A data do casamento era a única pendência que restava.
– Precisamos de tempo suficiente para viajar até Paris e voltar – disse Azariel.
– Você tem pelo menos três semanas – disse Rivka enquanto se dirigiam para os serviços matinais. – É melhor que se casem na lua crescente e não na minguante.
Salomão alisou a barba por alguns segundos e acrescentou:
– Não podemos adiar o casamento para o mês que vem. É proibido haver casamentos durante os nove primeiros dias do mês de Av.
– Esperem... qual é a data mais adequada do mês para minha irmã? – Joheved estava *nidá* novamente, e sabia muito bem que não se poderia marcar o casamento para os dias que coincidissem com a menstruação da irmã.
Miriam ruborizou quando todos se voltaram para ela. Raquel tinha acompanhado o ciclo menstrual dela nos meses que seguiram ao seu retorno de Ramerupt e disse para a irmã embaraçada.
– As flores de Miriam sempre surgem na lua cheia.
– O quê? – Judá reagiu abruptamente e deixou Miriam ainda mais ruborizada.
Salomão aproximou-se de Judá e sussurrou no ouvido dele.
– Essas flores são o "visitante mensal" das mulheres. – Fez uso do eufemismo talmúdico para expressar o mênstruo feminino. – Da mesma forma que primeiro as videiras florescem e depois desenvolvem os frutos, a mulher também precisa florir antes de engravidar.
Quase que simultaneamente, Rivka dirigiu-se a Azariel.
– O casamento pode ser realizado uma semana depois da lua nova, enquanto a lua ainda estiver crescente.
– Um casamento numa tarde de sexta-feira seria auspicioso – disse Meir, sorrindo. – Assim teríamos dois dias para celebrar.

Azariel levou os aspectos práticos em conta.

– Isso permitiria que nossos convidados parisienses ficassem aqui por quase uma semana. Teríamos que fazer uma pausa para esperar pelo *shabat*.

– Então, todos concordamos – disse Salomão. – O segundo *shabat* após a lua nova do próximo mês... o décimo primeiro de Tamuz.

Azariel apertou a mão de Salomão.

– Excelente. Eu e Judá partiremos amanhã de manhã para Paris.

Para a surpresa da família de Salomão, naquela noite Azariel apresentou uma sólida caixa com presentes de noivado de Judá. Abriu-a e as mulheres se colocaram ao redor. Raquel suspirou de admiração. Lá dentro cintilavam metais preciosos, cordões de pérolas e joias cravejadas de gemas de todas as cores do arco-íris.

Azariel explicou o porquê da abundância de joias.

– Para não constranger os clientes, vendendo joias deles a comerciantes parisienses, Alvina me confia algumas peças para que sejam vendidas em outras feiras. – Tirou da caixa um anel masculino com uma grande pedra azul e deu a Salomão. – A safira, a pedra de *Issachar*, está associada ao conhecimento, especialmente da Torá.

Azariel e Judá entreolharam-se felizes quando Salomão experimentou o anel em diversos dedos até optar por deixá-lo no terceiro dedo da mão direita. Os homens mais proeminentes usavam anel. As esmeraldas eram as preferidas, já que a pedra de *Zebulun* era famosa por trazer sucesso aos negócios, enquanto os cavaleiros apreciavam as ágatas, a pedra de *Naftali*, pelo dom de deixar o usuário seguro do seu quinhão.

Depois, Azariel voltou-se para Miriam.

– Alvina foi informada de que você é parteira e sugeriu algo com rubis. – Abrindo uma pequena bolsa de veludo, retirou uma delicada gargantilha de ouro e um par de brincos como complemento. As delicadas peças apresentavam um conjunto de pingentes quadrados de rubis, com um rubi maior ao centro de cada quadrado.

Para a admiração da família, Miriam exibiu-se com o conjunto. A gargantilha fazia um caimento em "V" entre os seios e ela sentiu um certo desconforto quando imaginou a generosa fenda que inspirara o desenho daquele colar. Os brincos quase atingiam os ombros. Todas aquelas joias eram o que permitia a Judá estudar o Talmud pelo tempo que quisesse.

— É um conjunto maravilhoso — disse Miriam enquanto colocava as joias na bolsinha. — Mas não consigo me imaginar com algo tão requintado.

— São para o dia do casamento. — Azariel convenceu-a a aceitar o presente e depois estendeu um corte de tecido.

Miriam se conteve para não fazer uma careta enquanto desembrulhava um vistoso brocado vermelho. Pois se esperavam que ela também vestisse uma preciosidade como aquela, Judá não lhe parecera o tipo de homem que gostava que a mulher exibisse a prosperidade do marido. Será que se enganara?

Por desconhecer o gosto de Rivka, Alvina relutara na escolha de um presente para ela. Em vez disso, instruiu Azariel para que deixasse a própria mulher fazê-lo. Mas Rivka só se interessou por um modesto conjunto de pérolas e gemas.

— Minha boa senhora, talvez pudesse levar em conta este conjunto de pérolas e ametistas. — Ele mostrou um conjunto de broche e brincos sem qualquer ostentação. — A ametista é a pedra de *Gad*, e seu usuário se protege dos espíritos maléficos e fica imune ao enfraquecimento do coração que eles provocam.

— *Merci*, são joias muito bonitas. — Rivka suspirou aliviada e pegou o conjunto de ametistas.

— Estas pedras roxas combinam com seu conjunto cor de vinho — disse Salomão para estimular a esposa.

Até então Raquel não tinha ganhado nada e se alternava entre a excitação nervosa e o medo de que pudesse ficar sem presente.

— Para a minha jovem senhorita, poderemos incrementar alguns cordões vermelhos. — Azariel vasculhou novamente lá dentro da caixa e tirou um colar de pequeninas contas rubras. — Este coral foi achado no mar Vermelho — declarou a todos. — As pedras vermelhas são uma proteção constante contra o mau-olhado.

Raquel fez uma reverência enquanto Rivka prendia o colar e cortava as fitas vermelhas que a garota amarrara aos pulsos.

— *Merci, merci*. Que colar lindo. — Ela o enfiou para dentro da blusa com certa relutância, para que ninguém colocasse o olho na joia.

Uma semana depois Raquel estava brincando com os novos gatinhos em vez de estar capinando. Uma mulher que ela nunca tinha visto entrou pelo pátio e bateu na porta da frente. Ninguém atendeu; Salomão e Baruch estavam ocupados na vinícola, removendo os brotos que haviam se alastrado por tudo quanto é canto, menos nos galhos onde teriam que brotar. Rivka e Miriam faziam compras para o enxoval na Feira de Maio, em Provins. Joheved estava em Ramerupt.

A mulher foi ao encontro de Raquel.

– Talvez você possa me ajudar. Eu gostaria de comprar vinho.

– É melhor a senhora voltar depois – disse Raquel. O pai e Miriam estariam em casa mais tarde.

A cliente cruzou os braços sobre os seios abundantes.

– Preciso comprar esse vinho agora mesmo, senão nada feito. – A voz da mulher soou firme. – Minha barca parte para Paris esta tarde.

Raquel sabia muito bem como negociar vendas de vinho; tinha visto as irmãs fazendo isso muitas vezes. Conduziu a cliente à adega e verteu algumas amostras dos tonéis que não estavam reservados para o casamento de Miriam.

A mulher devia estar com muita pressa, já que não barganhou o preço que as irmãs de Raquel davam de início. Efetuou a compra rapidamente, providenciou um carroceiro para pegar os tonéis e depois tirou um anel de esmeralda do seu dedo médio:

– Fique com isso como garantia para manter o preço do vinho. Pego o anel de volta quando voltar para a Feira de Verão.

– *Merci*, senhora. Desfrute-o com saúde. – Depois de amarrar o anel na blusa, Raquel registrou a venda no livro de contas, orgulhosa por ter vendido o vinho a um excelente preço.

Entregaria o anel para o pai quando ele voltasse, mas a mãe e Miriam chegaram antes e, na excitação de ver o que haviam comprado, acabou se esquecendo do anel. Depois, no tumulto que acompanhou a aproximação da data do casamento de Miriam, a cliente e o anel sumiram da mente de Raquel.

O mês de Tamuz irrompeu de supetão e em todos os cantos do Bairro Judeu pululavam comentários sobre os convidados que chegariam de Paris para o casamento. Mas a tristeza de Miriam crescia a cada vez que recebia congratulações de alguma mulher pelo noivo bonito, culto e rico. Antes, com Benjamin, não via a hora de ir ao *mikve* na véspera do casamento, e não se importava por ele ser feio e pobre... Agora, estava angustiada enquanto era acompanhada pela mãe e Joheved até a sinagoga para o banho ritualístico.

Ela já tinha ouvido algumas clientes reclamando do *mikve*, mas nunca tinha estado lá. O lugar ficava na parte subterrânea do prédio, protegido por uma grande porta de madeira. A mãe acendeu uma tocha que estava na parede ao lado da fechadura e depois destrancou a porta.

Miriam se viu diante de um corredor todo de pedras e sentiu um frio na barriga. Rivka começou a descer e acenou para que a filha a seguisse. Os degraus de pedra faziam uma descida vertiginosa e ela tentou apoiar-se, mas as paredes úmidas e cobertas de limo a fizeram puxar a mão abruptamente. À medida que descia, as gotas provocadas pela umidade pingavam em sua cabeça e rolavam em seu rosto. Por fim, os degraus chegaram à entrada de um pequeno recinto de teto abobadado. Tudo indicava que era o final da escada. Ela então arriscou alguns passos e se deu conta de que os degraus continuavam para dentro de uma piscina de águas escuras.

A mãe colocou a tocha na parede e as duas se apertaram naquele minúsculo espaço. Sem pensar nas muitas pessoas que se banhavam naquele *mikve* e na pouca limpeza que se fazia ali, Miriam se despiu e pendurou as roupas nos ganchos disponíveis para isso. Esticou os braços e os dedos para o alto, tomou fôlego enquanto entrava lá dentro e foi descendo devagar pela água lodosa daquela piscina ritualística.

Aparentemente, a temperatura não variava muito no subterrâneo, já que a água mantinha-se morna. Ela mergulhou o bastante para submergir a cabeça, abriu os braços e as pernas e deixou o corpo flutuando. Com a água cobrindo-lhe o corpo, imaginou que era um bebê dentro do útero, até que se viu forçada a emergir para respirar.

Afundou naquelas águas tépidas por mais duas vezes e em seguida ergueu-se e disse a bênção.

– *Baruch ata Adonai...* Quem nos prescreveu a imersão. – Segundo o Talmud, é a única bênção que os judeus fazem depois e não antes de realizar a *mitsvá*.

O lugar era apertado demais e Miriam não via a hora de tomar ar fresco. A qualquer momento o teto podia cair e seria enterrada viva. Nem os abraços acolhedores da mãe e de Joheved dissiparam seus temores. Como a mãe pôde ter frequentado aquela caverna úmida à noite por tantos anos? Não era de surpreender que Joheved preferisse submergir no Aube.

A ansiedade em relação à noite de núpcias ocupou o lugar da ansiedade em relação ao *mikve,* fazendo Miriam procurar a orientação da mãe.

– Mamãe – começou a falar enquanto Rivka penteava os cabelos –, o que aconteceu na primeira vez que a senhora e o papai dormiram juntos?

Rivka quase deixou a escova cair.

– Isso foi há muito tempo. Acho que Joheved poderá orientá-la melhor.

– Mas o papai era um estranho quando a senhora se casou com ele, isso não aconteceu com Joheved e Meir.

Non, *não aconteceu com Joheved e Meir.* Os dois não sabiam que Rivka sabia, mas ela os via das janelas do segundo pavimento da casa a se abraçar e a se beijar, antes do casamento. Uma vez até notou que o marido virou de costas rapidamente quando os viu se beijando num canto da casa. *Non*, o caso deles não tinha sido nada parecido com o dela. Suspirou.

– Miriam, não posso ajudá-la. Você tem mais idade do que eu tinha naquela época, e há de encontrar alguma coisa interessante em Judá que a faça aceitar a investida dele. – Rivka não podia confidenciar para a filha que sentira medo e dor. – Pense nos filhos maravilhosos que terá com ele.

– *Merci*, mamãe. – Miriam levantou-se e segurou a mão da mãe. Rivka teve que se ver às voltas com o marido e os filhos durante a vida inteira, mas com Miriam seria diferente. Além de ser parteira, tinha estudado o Talmud. Não se deixaria intimidar pelo marido como fizera a mãe.

– Mas posso lhe dar uma sugestão. – Rivka deu um beijo de boa-noite na filha. Beba muito vinho durante o banquete de casamento e tente não se preocupar.

Persuadida de que a primeira noite de núpcias dos pais tinha sido um desastre, Miriam se perguntou o que teria que fazer para não ter um destino igual. Talvez fosse melhor consultar tia Sara, que vivenciara duas noites de núpcias. Mas Sara estava fora, acompanhando o parto de uma mulher, e embora Miriam estivesse acordada quando os sinos badalaram matinas à meia-noite e laudes às três da manhã, não viu a tia retornar. Depois, caiu no sono e só acordou com os sinos anunciando o amanhecer e com todos proclamando alto e bom som:

– Hoje é sexta-feira, dia do seu casamento.

O resto do dia transcorreu confuso. Ela quase não se olhou no espelho de Joheved quando a vestiram com um *bliaut* de seda vermelha sobre uma blusa vermelha com bordados em tom vermelho e dourado, soltaram-lhe os cabelos e colocaram-lhe joias. Na sinagoga, a mente lhe pregou algumas peças e por vezes olhou para Judá para se certificar de que não estava se casando com Benjamin.

À medida que o pôr do sol se aproximava, anunciando o início do *shabat,* Miriam se tornava uma ilha solitária em um oceano de alegria. Será que cometera um erro se casando com Judá tão rapidamente? Por que não esperara até a Feira de Verão para ver se alguém mais queria se casar com ela? Seguindo o conselho da mãe, esvaziou um copo de vinho após o outro durante a dança, a refeição e os cumprimentos. Era como se todas as mulheres de Troyes quisessem conversar e dançar com ela enquanto os homens mantinham Judá igualmente ocupado. Nenhum dos dois fazia o menor esforço para sair da festa, até que os próprios convidados forçaram os recém-casados a atravessar o pátio em direção à casa de tia Sara.

Joheved ajudou-a a se despir das roupas elegantes e das joias no andar de cima enquanto a encorajava com descrições dos prazeres do casamento que ela logo descortinaria. Pouco depois estava apenas de camisolão e, forçando os passos, caminhou até o novo quarto, onde Judá, e sabe-se lá que tipo de experiência, a aguardava.

Já próxima à porta sentiu um perfume familiar e deteve-se consternada. Alguém, sem dúvida imaginando que uma fragrância afrodisíaca produziria um bom efeito, arriscara-se a desafiar a fúria de Salomão, entrando na vinícola e colhendo algumas flores das videiras para decorar o quarto nupcial.

O coração de Miriam apertou quando ela lembrou de um encontro marcado com Benjamin na vinícola alguns anos antes, na mesma época do ano, que terminou com um beijo e um pedido de casamento. O forte odor das flores de videiras trouxe aquele tempo de volta, como se tudo tivesse acontecido na véspera.

Lutando com as lágrimas, entrou no novo quarto e se viu frente ao marido. O doce perfume das flores de videiras ficou ainda mais forte lá dentro, o vinho deixou-a melancólica e tensa, e um traiçoeiro sofrimento começou a ameaçá-la e perturbá-la.

Judá, que até então zanzava de um lado para o outro, finalmente ouviu a porta do quarto se abrir. Levou um susto e estremeceu quando a noiva entrou em passos lentos. No início da manhã daquele dia a sogra lhe suplicara com um sussurro.

– Seja gentil. – Eram as primeiras palavras que ela lhe dizia.

Agora esse pedido o assombrava e ele se lamentava por ter dispensado as instruções que Azariel lhe oferecera, dizendo com arrogância que não precisava aprender como seduzir garçonetes.

Deixando de lado a preocupação, raciocinou. Miriam era uma viúva e saberia o que fazer. Continuou plantado onde estava, esperando que a esposa tomasse a iniciativa, mas ela se limitou a dar alguns passos e fechar a porta atrás de si.

Alguém tinha deixado um prato de morangos no quarto, mas o estômago revirava e ela não aceitaria qualquer alimento, nem mesmo sua fruta predileta. É claro que cairia em prantos se tentasse dizer alguma coisa, só lhe passava pela cabeça que aquele quarto deveria ter sido para ela e Benjamin.

– O que está esperando? – perguntou Judá, desamparado.

O tom desesperado do marido trouxe-a de volta à realidade. Ela respondeu sem pensar.

– Estou esperando por você. Quem mais poderia estar esperando?

– Mas não sei o que fazer. – Ele hesitou e ela o viu ruborizando, mesmo na escuridão do quarto. – Achei que você sabia... afinal, sendo uma viúva...

Tão logo as palavras escapuliram da boca, ele se deu conta de que tinha acabado de falar uma besteira. *Como pude ser tão estúpido a ponto de evocar o falecido marido de minha noiva?* Ela contraiu o rosto e ele estremeceu ao vê-la fazendo força para falar.

– Mas enviuvei em *erusin* e não em *nisuin*. Não ouviu quando eles leram a *ketubá* da virgem? – A menção da viuvez era tudo o que Miriam precisava para perder o controle. A princípio as lágrimas fluíram lentamente, mas depois ela afundou na cama e começou a chorar como uma criança.

A falta de tato de Judá a fazia chorar pela segunda vez, mas ele não soube o que fazer a não ser esperar. Sentou-se na cama e pensou consigo mesmo que também estava destinado a superar muitos obstáculos antes de receber sua *bashert*, tal como o patriarca Jacó.

Por fim, ela aquietou-se e ele disse com doçura.

– Sinto muito pela sua perda. Gostaria de falar dele? – Se o ex-marido dela estava entre eles, era melhor saber tudo logo.

– O nome dele era Benjamin ben Reuben; foi um dos primeiros alunos do meu pai.

Judá resmungou sem jeito. Ela crescera ao lado do outro.

– E sem dúvida também era um dos melhores alunos do seu pai.

– *Non*, não era tão bom quanto você – ela disse. – Benjamin era mais vinicultor que estudante do Talmud. – Era estranho falar do primeiro marido para o segundo, mas precisava desabafar, sobretudo porque ele a ouvia de maneira amistosa.

Judá não se importaria em ouvir. Sua cabeça girava com os possíveis acontecimentos da noite. Uma coisa estava clara... apesar das incontáveis tentativas de reprimir as ereções ao longo dos anos, para se mortificar tão logo surgiam, naquela noite nem mesmo Lilit seria capaz de excitá-lo. Isso lhe deu uma ideia.

– Miriam – interrompeu-a, amavelmente. – Estou vendo que Benjamin foi muito especial para você e... – Hesitou, arrumando palavras adequadas para propor um grande disparate. – Talvez seja melhor a gente esperar até você se sentir pronta, antes de... ahnn... deitarmos juntos na cama.

Miriam apertou as mãos dele com força.

– Tem certeza disso? – A voz dela soou com incredulidade, mas o rosto iluminou-se de tal maneira que ele se convenceu de que tinha tomado a decisão certa.

Ele acariciou a mão dela.

– Absoluta. Não seria certo você ficar pensando em outro homem.

– Mas... e a cama? Se não ficar manchada de sangue, vão nos fazer muitas perguntas constrangedoras.

– Podemos resolver isso facilmente.

Para o espanto da esposa, Judá puxou as cobertas, pegou uma faca, fez um corte na mão e deixou o sangue pingar no lençol.

Ela agradeceu entusiasticamente. E começou a contar que tinha sido difícil para ela quando Benjamin morreu e que todos se impacientavam com isso, e no fim confidenciou que o perfume das flores daquelas videiras lhe era muito doloroso porque a fazia lembrar de sua dor.

– O cheiro é muito forte. – Ele soltou um sorriso de cumplicidade. – Não é melhor jogá-las pela janela?

As flores que a incomodavam sumiram com uma presteza abrupta e ela se sentiu aliviada quando inalou o aroma das ervas que estavam espalhadas pelo chão.

Tinha dormido muito pouco nos últimos dias, mas estava agitada demais para dormir. Foi então que se lembrou do presente de casamento de Marona e Samuel.

– Que tal jogar uma partida de xadrez? Ganhamos um tabuleiro dos pais de Meir.
– Nunca joguei xadrez. – Seria uma noite de muitas primeiras coisas, menos aquilo que ele adiara.
– Posso ensinar para você. – Ela arrumou as peças no tabuleiro antes que ele tivesse tempo para protestar.
Judá aprendeu os fundamentos com rapidez, mas jogou sem entusiasmo. Pelo menos naquela noite alguma coisa combinava naquele quarto, pensou, não mais seguro de que tinha sido uma boa ideia adiar a cópula.
Miriam não demorou muito para perceber que o marido, ao contrário dos jogadores experimentados, não faria objeções se conversassem durante a partida. Ele estava sendo gentil e ela retribuiria a gentileza com um elogio.
– Você está muito bonito hoje. – Será que ele tinha mesmo franzido a testa quando ouviu isso? Ela continuou: – Sei que o vermelho não é a melhor cor para mim, mas o brocado de seda vermelho caiu muito bem em você.
– Pare. – Ele ergueu a mão para silenciá-la. – Você precisa saber uma coisa a meu respeito. Desde que me entendo por gente, minha aparência é uma maldição. E odeio a cor vermelha. Quando eu era pequeno, mamãe me obrigava a usá-la.
– Que tal então também jogarmos nossas roupas pela janela? – ela sugeriu com um sorriso.
Ele suspirou.
– Bem que eu queira fazer isso, mas teremos que usá-las a semana inteira, e talvez quando mamãe nos fizer uma visita durante as festas. Fez muito por mim e não quero ferir os sentimentos dela por algo tão insignificante. – Mexeu uma peça e logo se arrependeu.
Ela se apoderou da peça e depois eles retomaram o silêncio de um jogo de xadrez. Até que ela se lembrou de algo que lhe deixara extremamente curiosa.
– Não sabe mesmo o que fazer com uma mulher? – Ele assentiu com a cabeça e ela acrescentou: – Não estudou as *arayot* na sua antiga *yeshivá*? Papai ensina para os alunos dele antes de se casarem. Chegou até a ensinar alguma coisa para mim e Joheved, mas ela aprendeu a maior parte com Meir e eu, com ela.
De repente, Judá entendeu por que alguns dos seus companheiros recebiam lições privadas.

– Não tive chance de aprender – ele disse. – Não se esqueça que nem noivo eu estava. E parti de Mayence com muita pressa depois que Azariel chegou, tão rápido que nem deu tempo para nada.

Ela suspirou.

– Isso explica.

– Você estudou as *arayot*. Talvez possa me ensinar.

– Oh, *non*, eu não poderia. – Miriam corou. – Ficaria muito constrangida, mesmo porque nós ainda não... quer dizer, ainda não nos conhecemos direito.

– E se eu pedisse para Meir me ensinar? – Judá odiou ter que admitir que não conhecia o assunto, mas era um conhecimento da Torá que precisava ter.

– *Non* – disse Miriam com voz firme. A última coisa que queria era que Meir e, por consequência, Joheved, soubessem das deficiências do seu novo marido.

– Tudo bem – ele disse. – A propósito, você acha que o seu pai se importaria se o chamasse de papai? Meu pai morreu há tanto tempo que nem me lembro de como ele era.

– Oh, Judá, é uma ideia maravilhosa. – Miriam sentiu uma onda de afeição por ele. – Papai sempre quis um filho.

Concentraram-se novamente no jogo e a certa altura ela parou e olhou para ele.

– Seu grande interesse em Ben Azzai levou papai a me dar uma lista dos pontos em que ele é mencionado no Talmud, e tenho estudado essas citações. Mas não consegui entender um trecho no segundo capítulo do tratado *Chagigah,* onde Ben Azaai se depara com a Divina Presença e morre. Papai me disse alguma coisa, mas não teve tempo de explicar com detalhes. Talvez você possa fazer isso.

– Nunca estudei esta seção. – Judá sentiu-se envergonhado por ter sido questionado pela instruída esposa a respeito de duas seções diferentes do Talmud que desconhecia. – Você deve estar colocando minha reputação de erudito em dúvida.

– De jeito nenhum – ela retrucou. – Papai também não ensina este capítulo do *Chagigah*. E também não encoraja estudos esotéricos como o da Divina Carruagem.

– Ele está certo. É um conhecimento perigoso. – Judá balançou a cabeça. – Além do quê, para empregá-lo de maneira apropriada é preciso recitar toda sorte de Nomes Divinos secretos que ninguém mais conhece.

– Papai diz que Ben Azzai conhecia os nomes secretos. – Miriam lembrou do texto e um pensamento lhe passou pela cabeça. – Eu não posso ensinar as *arayot*, mas posso ensinar o que sei do *Chagigah*. E depois você me ajuda a entendê-lo melhor.
– Você faria isso? – Judá deu um salto para abrir as cortinas e se detém em seguida. – Mas já é tarde e está muito escuro para ler, e sabe-se lá o que diriam se vissem luz aqui no quarto.
– Não preciso ler o texto. Sei de cor.
Sem hesitar, Judá sentou-se na cama, ao lado da esposa. A festa lá embaixo fazia muito barulho e ele queria ouvir cada palavra que ela dissesse.
– Pode começar pela parte do Ben Azzai?
– Primeiro vou citar um pouco da *Mishna*, assim você fica sabendo em que parte nós estamos – ela respirou fundo e começou.

> As *arayot* não podem ser explicadas perante três, a Criação, perante dois, e a Divina Carruagem, perante apenas um, a menos que este seja um sábio que extrai o entendimento do seu próprio conhecimento.

Judá concentrou-se melhor à medida que ia se lembrando da *Mishna*.
– Agora – ela continuou –, no trecho da *Guemará* onde eles debatem a Divina Carruagem, há um *baraita* sobre Ben Azzai:

> Quatro entraram no Pomar: Ben Azzai, Ben Zoma, Acher, e Rabi Akiva. Rabi Akiva disse para os outros: quando se acercarem das pedras de puro mármore, não digam... água, água.

Ela fez uma pausa e perguntou:
– Continuo recitando ou paramos nesta parte?
Judá coçou a cabeça.
– Vamos terminar a passagem. Os textos seguintes nos ajudarão a entender o início.
Miriam assentiu.
– Após o alerta de Rav Akiva, diz a *Guemará:*

> Ben Azzai contemplou e morreu. Dele está escrito, "dolorosa aos olhos de Adonai" é a morte dos Seus fiéis. Ben Zoma contemplou e saiu ferido... Acher derrubou as plantas. Rabi Akiva partiu em paz.

Miriam voltou-se para Judá.

– Acho que é um bom trecho para darmos uma parada. As páginas seguintes discorrem principalmente sobre Acher e Rav Meir. – Recostou-se no travesseiro e, pela primeira vez depois de dias, relaxou. – Mas quem era Acher?

– Seu nome verdadeiro era Elisha ben Abuyah; começou como um grande erudito, mas morreu como um herege. A *Mishna* cita o nome verdadeiro dele, mas a *Guemará* só o chama de Acher, o Outro.

– Então, "derrubou as plantas" significa que ele se tornou um apóstata?

Judá concordou.

– É um texto bizarro. Poderia repetir um pouco mais a *Guemará* para que eu possa apreender melhor? Depois tentaremos analisá-lo.

Recitaram os versos juntos até que ele os memorizou.

– Bem, já sei o que todas essas palavras significam, mas isso não quer dizer que tenha compreendido a passagem. – Judá coçou a testa. – O que o seu pai, quer dizer, o nosso pai disse?

– Primeiro disse que o Pomar onde eles entraram era o Jardim do Éden. – Miriam concentrou-se para lembrar da explicação do pai o mais exatamente possível. – Disse ainda que os quatro homens, os mais sábios da geração deles, estavam estudando os segredos da Divina Carruagem, e que se valeram de um Nome Divino para ascender ao Paraíso.

Ela balançou a cabeça em sinal de admiração. Será que a história daqueles quatro sábios teria sido mais bizarra que a história de dois recém-casados que estudavam na noite de núpcias em vez de fazer o que deviam fazer? Mas tinha que admitir que estava se divertindo e que ele também parecia estar gostando.

– Ao que parece, Rabi Akiva já tinha estado lá antes, pois sabia das pedras de mármore e avisou aos outros – disse Judá. – Mas por que todos eles entram no Paraíso?

– Não sei. Você não gostaria de ver o Paraíso? – Ela gostaria de visitar o Paraíso, se isso lhe desse uma chance de rever Benjamin.

– Não com todo esse perigo – ele respondeu, sentindo um arrepio. Quem diria que poucos meses antes ele quase havia se atirado nas águas do Reno? E agora estava casado com uma mulher que conhecia Ben Azzai muito mais que ele. – Rabi Akiva aconselhou a todos a não dizer "água, água", e eles o obedeceram, porém... – Coçou a cabeça novamente.

– É verdade, não fizeram qualquer menção a água – ela disse. – Mas eles olharam.
– Seu pai disse que eles olharam? – ele perguntou, curioso.
– Papai disse que eles olharam diretamente para a Divina Presença e que a alma de Ben Azzai separou-se do corpo e recusou-se a voltar.
– Ben Azzai morreu jovem, antes de ter gerado filhos – disse Judá. – Não à toa os sábios afirmaram que a morte dele foi dolorosa para o Eterno.
– Que triste.
– E quanto a Rabi Akiva? Por que não foi atingido?
– Para o meu pai, existem duas possibilidades. Uma que Rabi Akiva nunca olhou diretamente para a Divina Presença – ela disse. – Papai mostrou um trecho da *Guemará* com o verso em que Akiva explica que não olhou para se livrar do mesmo destino dos outros.

Miriam se viu outra vez espantada com aquela estranha situação. Estar sentada na cama em pleno escuro, conversando a respeito do pai com Judá, era quase como se estivesse estudando o Talmud com Joheved.

– O que disse então Rabi Akiva?

Ela citou a resposta da *Guemará*.

– É a passagem sobre a visão de Elijah, no trecho sobre os primeiros reis:

> Um vento intenso e poderoso que destroçou montanhas e estilhaçou pedras, mas Adonai não estava no vento. Depois do vento, veio um terremoto, mas Adonai não estava no terremoto. Depois do terremoto, veio o fogo, mas Adonai não estava no fogo. E depois do fogo, veio um murmúrio doce... e eis que Adonai passava.

Antes que ela tivesse dito quatro palavras, ele já estava recitando o texto em coro. Ela o olhou e disse, com calma:
– Segundo papai, em vez de Rabi Akiva tentar entender o que o Todo-Poderoso é, concentrou-se no que Ele não é.

Os recém-casados se calaram e, ainda sentados na cama, se perguntaram quais teriam sido os homens que realmente se viram diante da Divina Presença. Ele bocejou e de repente Miriam também se sentiu extenuada. A música lá embaixo já não estava tão alta e eles ouviram os convidados dando boa-noite e *shabat shalom*.

– Comemos os morangos agora ou amanhã de manhã? – perguntou Judá, querendo dizer que já era hora de dormir.

– É melhor comermos agora, senão podem atrair os camundongos – disse Miriam, servindo-se de um bom bocado quando sentiu que o apetite retornava.

Os morangos acabaram e ambos tiveram que enfrentar a traiçoeira tarefa de se despir e ir juntos para a cama. Ela tirou a camisola por debaixo das cobertas e a enfiou sob o travesseiro, pois estava nua e não teve coragem de levantar-se para dependurá-la no gancho da parede. Ele também deve ter feito o mesmo porque não dependurou seu camisolão.

Ela respirou profundamente. Os dois estavam juntos na cama, e nus. Será que o marido ficaria de lado e a deixaria em paz? Será que ela queria que ele fizesse isso?

– *Bonne nuit,* Miriam – sussurrou Judá. – Obrigado por ter me ensinado a *Chagigah.*

– *Bonne nuit,* Judá. – Ela aguardou com nervosismo um possível movimento do lado da cama ocupado por ele, mas nada aconteceu. Ficou escutando a respiração dele e por fim, exaurida pelos dias e dias de insônia e ansiedade, caiu no sono.

Dez

Miriam estava agoniada ao se arrumar para levar a sogra para fazer compras na Feira de Verão. À primeira vista Alvina lhe parecera uma *femme formidable* e até aquele momento não havia notado nada que a fizesse mudar de opinião. Ainda que não fosse uma mulher alta, Alvina tinha uma postura ereta que dava essa impressão. Vestia-se e arrumava-se de acordo com a última moda parisiense e talvez até Judá nunca a tivesse visto sem maquiagem.

Quando a família reuniu-se no pátio externo da casa de Salomão para os serviços matinais, Alvina olhou atentamente para a nora antes de abraçá-la. Miriam quase vislumbrou, na mente da sogra, um ábaco a avaliá-la nos mínimos detalhes.

– Você não é muito bonita, mas o meu filho sempre deixou claro que não se interessava pelas aparências – disse Alvina, segura de si.

– *Oui* – disse Judá, acrescentando um conselho do tratado *Pirkei Avot*:

> Não olhe para o recipiente, mas para o conteúdo. Um jarro novo pode conter vinho velho e um jarro velho pode não conter nem mesmo vinho novo.

Miriam sentiu-se bem consigo mesma por não se ter deixado intimidar pela sogra.

O sorriso de Alvina não foi propriamente um sorriso, mas deixou escapar um brilho de satisfação nos olhos.

No dia seguinte as duas entraram na tenda que vendia roupas, e Alvina olhou ao redor com espanto. Miriam sorriu para si mesma. Era bom saber que até mesmo uma sofisticada joalheira parisiense se impressionava com a Feira de Verão de Troyes.

Passaram pelas bancas dos artigos de lã, mas Miriam queria encontrar Nissim.

– Sei que a senhora quer ver as sedas, mas conheço um mercador que pode nos orientar onde devemos ir primeiro.

– Você tem certeza que não quer um corte de seda?

– *Merci, non.* Já tenho minha roupa de casamento e uma outra que ganhei de Marona. Dois conjuntos de seda são suficientes para mim.

Enquanto caminhavam os mercadores congratulavam a ambas pelo recente casamento e ofereciam descontos nas mercadorias. Miriam, porém, não queria se deter; era um dia de compras para Alvina.

Nissim encontrava-se em sua mesa habitual e acenou para elas.

– Que bom vê-la de novo, Miriam. A que devo a honra da visita?

– Esta é Alvina, minha sogra. Quero que você indique alguns comerciantes de seda para ela.

Nissim e Alvina entreolharam-se como comerciantes espertos.

– A senhora prefere um produto de alta qualidade sem se importar com o preço ou um excelente corte de seda com ligeiras imperfeições e um bom desconto? – ele perguntou.

– Isso vai depender do preço de cada corte e do quão ligeiramente imperfeito é – retrucou Alvina, com cautela.

Nissim assentiu com a cabeça e recomendou diversos mercadores, apontando para as mesas onde estavam.

– Gamliel vende a melhor seda de Troyes, sabe disso e praticamente não aceita barganha. Os outros se igualam de vez em quando à qualidade dos produtos dele e pode-se conseguir um preço melhor com eles. Se a senhora deseja o mínimo possível de imperfeições, Hanina é o homem indicado.

– Você viu Hiyya por aí? – perguntou Miriam. – Alvina trabalha com joias e eu gostaria que se conhecessem.

– Nos serviços da manhã de hoje ele estava na Sinagoga Nova. Eu aviso que você está procurando por ele. – Nissim curvou-se por sobre a mesa e abaixou o tom da voz. – Em todo caso, estou com um corte de lã realmente incomum e não sei o que fazer com ele.

Alvina ficou intrigada.

– Incomum, como?

Nissim olhou em volta para ver se não estavam sendo observados e depois tirou um rolo embrulhado de debaixo da mesa.

– O tintureiro que fez isso deve estar se xingando até agora. – Sacudiu a cabeça. – O pobre sujeito devia estar sem índigo suficiente e tentou maquiar a diferença com uma outra tingidura.

Alvina esfregou o tecido entre os dedos, com ar de desaprovação.

– Ele destruiu uma lã de excelente qualidade e estragou toda a tingidura do índigo.

– Se planejava tingir de índigo, devia ser mesmo uma lã de excelente qualidade – retrucou Nissim.

– Então, ele teve um enorme prejuízo – acrescentou Alvina. – Mas por que o segredo?

– Para preservar sua reputação, a comunidade de fabricantes de lã só permite os melhores tecidos de cada cidade nas feiras de Troyes.

– Para quem dá mais valor ao conforto e à durabilidade e não se importa com aparência – acrescentou Miriam para Alvina –, este tecido serve muito bem. Eu, pessoalmente, acho que a junção de dois tons diferentes de azul é muito interessante. – Talvez o pai apreciasse o tecido porque tinha um traje de lã vinho com dez anos de uso. – Quanto de vinho pagaria por este tecido?

Nissim cobrou pelo tecido bem menos do que Miriam pagaria por um tecido tingido de maneira adequada, e ela concordou.

– Agora Alvina precisa ver algumas sedas – disse. – Voltarei mais tarde e lhe direi de quantos metros preciso. – Judá preferia cores suaves e talvez também comprasse para ele.

As duas se dirigiam para as bancas das sedas quando Alvina segurou o braço de Miriam.

– Poupe o vinho da sua família. Se quiser levar aquela lã para o seu pai, leve, e aproveite para comprar alguma coisa para você e Judá. É por minha conta.

Ignorando o fato de que continuava virgem mesmo depois de um mês de casado, Judá se sentia feliz como nunca se sentira na vida. A alegria que havia sentido na amizade com Daniel era privada. Mas em Troyes o genro do mestre da *yeshivá* recebia aprovação pública. Sentado ao lado de Salomão, passava os dias e a maioria das noites aprendendo o Talmud com alguns dos maiores eruditos que já tinha conhecido.

Na Alemanha, a primeira tarefa que recebia era memorizar o texto e entender o significado de cada palavra e, se fosse diligente, arriscar-se de vez em quando a uma troca de argumentos. Mas agora lidava com homens que, além de conhecer cada argumento, também tinham uma sabedoria singular. De um lado, um mercador de Barcelona se valia de um determinado verso da Torá para sustentar o argumento "A", e de outro um mercador de Narbonne expunha por que um verso em particular tinha sido rejeitado enquanto um erudito de Kairouan demonstrava como um certo verso que deveria sustentar o argumento "B" na verdade sustentava o argumento "C".

Era como se Judá tivesse se alimentado durante anos com algo temperado apenas com sal e de repente recebesse uma refeição temperada com açafrão e pimenta. E não parava por aí. Alvina estava satisfeita com ele. Em vez de se alojar na casa de Sara, ela acabou alugando um quarto de Samuelis, uma viúva cuja casa dava para o pátio de Salomão. A mãe estava tão ocupada em estabelecer relações com os comerciantes de joias da cidade que ele raramente a via. Fazia muitos anos que não a via tão feliz.

O melhor, no entanto, foi ter descoberto os *kuntres* do sogro, comentários que Salomão estava escrevendo sobre o Talmud. Lembrava-se muito bem desse dia, duas semanas após o casamento. A manhã não tinha começado bem. Na noite anterior, com a lua ainda cheia, Miriam vestiu uma *sinar* e avisou que estava *nidá*. Considerando se a esposa poderia ficar *nidá* se os dois tivessem relações mais íntimas, Judá congelou.

Os cochichos das mulheres sobre menstruação lhe vieram à mente: quando a mulher se depara com uma cobra no meio do caminho, basta anunciar "estou *nidá*" para que o réptil se afaste; ao erudito é proibido cumprimentar uma *nidá* porque as palavras que saem dessa mulher são impuras; não se deve caminhar atrás de uma *nidá*, nem pisar nas suas pegadas, porque até a poeira debaixo dos pés dela carrega impurezas; o olhar dela é perigoso porque provoca gotas de sangue que refletem nos espelhos. E agora Miriam estava *nidá*.

Ele afastou-se devagar.

– Não é melhor que eu durma lá embaixo? – disse, assustado.

Ela apertou os olhos, furiosa.

– Se quer dormir com os criados, não o impedirei – retrucou. – Levando em conta que minha *nidá* não lhe traz transtorno, não vejo por que ter maiores cuidados.

Mas ele lembrou de uma história no tratado *Shabat* sobre um estudante que morreu depois de ter dormido com a esposa que estava *nidá*, mesmo sem ter tocado um dedo nela. Judá então montou uma cama de vento no extremo do quarto, afastado do leito conjugal.

Ao acordar no dia seguinte a esposa não estava no quarto e, no café da manhã, ele soube que ela saíra para cuidar de Francesca, a esposa do médico. Ao meio-dia Miriam ainda não tinha voltado e Judá começou a se perguntar o que estaria sentindo a respeito dele. Ele comeu muito pouco no almoço porque estava com náuseas.

Depois da refeição Salomão anunciou que naquele verão comentaria o tratado *Nidá*, deixando-o com a desconfortável suspeita de que a esposa tinha contado alguma coisa ao pai.

Salomão fez uma breve introdução.

– Hoje se sabe que tudo que a *nidá* toca é puro, até para o marido dela. Isto porque os túmulos, as casas dos mortos e os cadáveres nos tornam a todos impuros, e continuaremos assim até o dia do Messias.

Voltou-se para Judá e prosseguiu:

– De qualquer forma, o marido deve se controlar e não comer na mesma tigela que ela come, assim como não deve se sentar na cadeira em que ela senta nem receber nada diretamente da mão dela. É um costume apropriado para evitar o pecado entre o casal.

– Então, se uma *nidá* tiver que dar alguma coisa para o marido, por exemplo, um livro – disse Raquel. – Como deve fazer?

– Deve pedir a uma outra pessoa que entregue a ele – respondeu Salomão. – E também pode deixá-lo em algum canto para que ele pegue.

– E na sinagoga? – perguntou Shemayah. – Pelo que sei, as mulheres são proibidas de entrar durante o período de sangramento, se bem que podem entrar nos seus dias "brancos".

Salomão alisou a barba por alguns segundos.

– Talvez algumas mulheres ajam assim porque pensam que a sinagoga é como o Templo Sagrado. Mas se é essa a razão, o que dizer então de todos nós que nos tornamos impuros porque temos um corpo? E mesmo assim frequentamos a sinagoga. O estado de *nidá* só afeta a relação entre esposa e marido.

Ele enfatizou a palavra "marido".

– Se ela quiser, pode participar dos serviços como de costume, e se estiver acostumada a estudar a Torá, nada a impede de fazer isso como sempre faz.

Foram as palavras finais do mestre. Todos, exceto os pupilos mais novos, seguiram Salomão e Joheved até a vinícola, onde fariam uma revisão da aula do dia enquanto ajudavam nas tarefas externas. Os pupilos mais novos aprenderiam o Talmud com Meir durante o tempo restante, para entender as lições mais avançadas que seriam dadas quando começasse a Feira de Verão.

Embora não tivesse pendor para a vinicultura, Judá sempre acompanhava Miriam e os outros na vinícola. Mas nesse dia ele quis participar das conversas que abordariam a *nidá* e ficou para trás. Já no salão, ouviu Meir e os garotos terminando o nono capítulo do tratado *Berachot*. Aproximou-se para ouvir melhor.

> Aquele que é modesto na sua latrina está a salvo de três coisas: cobras, escorpiões e demônios.

Alguns garotos começaram a rir à medida que o debate sobre como se comportar na latrina seguia em frente, e faziam a leitura com um entusiasmo crescente.

Meir estava a ponto de cair na risada quando percebeu que Judá ouvia.

– Chegou em boa hora. Esta seção tem uma lição do seu velho amigo Ben Azzai. Se quiser ensiná-la, poderei trabalhar na vinícola.

Antes que Judá se recusasse, Meir já tinha atravessado metade do pátio. Tomado pelo riso, quase colidiu com Miriam ao cruzar o portão. A parteira estava bem-humorada porque Francesca tinha dado à luz uma menina pequenina e saudável depois de um parto muito fácil. Mas tão logo entrou no salão se deu conta de que havia alguma coisa diferente. Os estudantes estavam dando risinhos, tapando a boca com as mãos.

– Por que não está na vinícola, Judá?

– Meir pediu que eu assumisse a classe – ele disse. – Estamos no final do tratado *Berachot*, naquela parte das latrinas.

Não era de surpreender que Meir estivesse rindo. Mas ela não deixaria o marido naquela situação embaraçosa.

– Espere um pouco, vou pegar os *kuntres* do papai sobre o *Berachot*.

Ele só entendeu a dimensão do significado das palavras da esposa quando ela pôs sobre a mesa um pequeno volume desgastado pelo uso.

– Verá que lhe será muito útil.

Ele se debruçou no manuscrito com avidez, mas deixou de folheá-lo abruptamente e olhou espantado para ela.

– *Mon Dieu!* Papai escreveu comentários no tratado inteiro.

Miriam fez uma reverência, demonstrando orgulho.

– E não só neste tratado, na maioria dos outros também. Começou a escrevê-los quando ainda era estudante para não esquecer as explicações do professor.

Judá estava tão ansioso para ler os *kuntres* de Salomão que quase pediu a Miriam para assumir a classe. Mas preferiu se concentrar no final do manuscrito, na página do assunto que estava sendo abordado. Depois de ter refletido sobre as explanações de Salomão, ergueu-se com toda confiança para explicar as palavras do Talmud sobre a defecação para uma classe cheia de irrequietos garotos de treze anos de idade.

> Ensinou Isi bar Nassan: você só pode defecar atrás de um muro se seu companheiro não puder ouvir o mais baixo espirro, e, ao ar livre, se seu companheiro não puder vê-lo.

Judá citou o texto e em seguida deu a explicação de Salomão.

– Isso significa que você pode fazer suas necessidades com alguém por perto, mas só se ninguém puder vê-lo ou ouvi-lo, e em campo aberto você tem que se afastar para ficar fora de vista.

– O mais baixo espirro é aquilo que estou pensando? – perguntou um garoto em altos brados enquanto os outros soltavam risinhos.

– Você mesmo pode averiguar o que a *Guemará* quer dizer com "o mais baixo espirro". Alguma outra pergunta?

Os alunos se viram sem ação diante de Judá, que não sorria nem se aborrecia diante das gracinhas deles. Na verdade, estava tão absorto nos *kuntres* de Salomão que nada perturbaria sua concentração.

– Ouçam esse dito de Ben Azzai sobre como se pode usar um pedaço de madeira para aliviar a prisão de ventre.

Certo de que a passagem seguinte deixaria a classe alvoroçada, empertigou-se para recitá-la com o maior autodomínio possível.

> Manipule e depois se sente, mas não se sente para manipular depois; pois aquele que faz isso terá atrás de si até mesmo os feitiços realizados lá na Espanha.

Judá suspirou quando os garotos começaram a rir. Sem fazer qualquer pergunta sobre os prováveis significados. Mas o comentário de Salomão explicava a passagem.

– Isso significa que quem é indecoroso a ponto de se expor assim atrairá para si até mesmo as forças malignas que se encontram na distante Espanha.

Os alunos fizeram uma conexão entre comportamento indecoroso e forças malignas e depois Judá conseguiu terminar o texto de Ben Azzai, sem que nenhum deles soltasse risinhos.

> E se ele esquecer e se sentar para manipular depois? O que poderá salvá-lo? Que ele diga: nem *Tachim* nem *Tachtim*, nem encantamentos de feiticeiro ou feiticeira recairão sobre mim.

Ele assentiu com a cabeça enquanto os alunos recitavam com extrema atenção.

– De acordo com o mestre Salomão, *Tachim* e *Tachtim* são dois encantamentos malignos que os feiticeiros lançam por intermédio de excrementos.

Esperou em vão por alguma pergunta.

– Já que não fizeram perguntas para mim, faço uma para vocês – disse. – O que aprenderam com esse texto?

– Como curar a prisão de ventre? – sugeriu um menino, com irreverência.

– Um encantamento para nos proteger na latrina? – rebateu prontamente um outro menino, de cara feia para o colega que havia feito o comentário.

– As duas respostas são boas e práticas. E quanto à relação que temos com o Criador? – Judá se deu conta de que a explicação cabia a ele quando se viu diante de rostos intrigados. – Os homens devem se comportar de maneira decente, mesmo quando ninguém os está olhando. É assim que o Eterno... abençoado seja... julga o nosso comportamento quando estamos a sós, mesmo em atividades tão corriqueiras como usar a latrina.

Já satisfeito com a aula, recomendou aos alunos que estudassem o texto com seus parceiros, advertindo-os para que pronunciassem corretamente as palavras. Com os comentários do sogro, talvez não fosse complicado dar aulas para os meninos. Lembrou-se de como Salomão explicava o início do capítulo quatro do *Pirkei Avot*.

> Diz Ben Zoma: quem é sábio? Aquele que aprende com todos.

– Isto significa aprender com todos que são menos que ele, tanto em idade como em conhecimento.

Ainda estava imerso nos *kuntres* de Salomão quando surgiu uma mulher anunciando que queria pagar pelo vinho que comprara algum tempo antes. Ele chamou Miriam, pois Salomão e o resto da família já voltavam da vinícola.

– Aqui está o dinheiro que devo. – A mulher colocou uma sacola pesada de dinheiro na mão de Salomão. – Agora gostaria de ter o meu anel de volta.

Confuso, ele a olhou fixamente.

– Que anel?

– O anel de esmeralda que deixei com sua filha como garantia para a transação. – Ela olhou diretamente para Raquel.

Miriam notou que a irmã empalidecia de medo e começou a se preocupar. Raquel verificou as mangas do camisolão e, não encontrando nada, subiu correndo a escada, seguida por Miriam e Joheved.

– *Mon Dieu*. Faça com que o encontre. – Raquel se debulhou em lágrimas enquanto vasculhava o cômodo, procurando dentro de cada baú e depois entre as frestas do assoalho. – É a mulher do anel. Prendi o anel numa das mangas e ele sumiu!

As três irmãs continuaram procurando pelo quarto até que Rivka entrou em cena. Pela fúria que a mãe demonstrava, era óbvio que já estava a par da história toda, e a bronca que ela deu em Raquel fez Miriam se encolher.

– Agora trate de ir lá para baixo, sua irresponsável. – Rivka deu a bronca por terminada. – E ajude o seu pai a sair dessa enrascada.

Se Raquel achava que se livraria discretamente do vexame, enganou-se redondamente, e ficou mortificada quando viu que todos os estudantes estavam reunidos no salão, curiosos para ver como o *rosh yeshivá* lidaria com a situação.

A comerciante ainda estava lá, explodindo de raiva.

– Sua idiota descuidada – explodiu quando viu Raquel ao pé da escada. – Você perdeu meu anel de esmeralda da sorte, o anel que ganhei de minha mãe quando me casei. Por que não o entregou para um adulto? – continuou, resmungando consigo mesma. – Afinal, quem poderia pensar que uma garota desenvolvida como essa ainda não tivesse doze anos de idade?

Com todos os olhares em sua direção, Raquel engoliu em seco e desculpou-se, chorosa.

– Desculpe-me, papai. Sei que devia ter entregado o anel para o senhor, mas isso aconteceu na véspera do casamento de Miriam e com todo aquele alvoroço... acabei esquecendo.

– Já não há mais onde procurar – afirmou Rivka com amargura, depois da longa varredura que os alunos haviam feito em cada fenda do andar de baixo. – Já se passou um mês; deve ter caído em algum lugar fora da casa.

– Obviamente, o anel que esta senhora deixou com Raquel está perdido para sempre – disse Salomão, com solenidade, como se fosse o juiz de um *beit din*. Acenou para que Meir, Judá e Shemayah se aproximassem, e lhes fez uma consulta breve. – Legalmente, não sou responsável por qualquer perda causada pela minha filha caçula, a qual aliás nem atingiu a maioridade.

A mulher começou a reclamar e foi silenciada por Salomão, que continuou falando com um tom de voz mais elevado.

– Mas como sua perda foi causada por um membro da minha família, farei o reembolso do seu anel pelo valor de mercado, isento de qualquer valor sentimental que tenha para a senhora.

– E o senhor acatará minha palavra em relação ao valor do anel? – Ela ergueu as sobrancelhas, com ceticismo.

– A senhora e minha filha me acompanharão até Avram, o joalheiro, onde farão uma descrição do anel para que a gente possa estabelecer um valor justo – disse Salomão. E lá também poderia empenhar o anel de safira dele para arrecadar o dinheiro que indenizaria a mulher.

– Meu pai poderá acompanhá-los – disse Eliezer, inesperadamente. – Ele tem muitas esmeraldas e, se alguma tiver o mesmo tamanho do anel perdido por Raquel, será muito mais fácil determinar o valor.

– Alvina também poderia ir – disse Miriam. – Ela está no negócio de joias.

A presença de Alvina surtiu um efeito inesperado; uma vez no estabelecimento de Avram, Salomão não se sentiu nem um pouco à vontade por ter que empenhar um presente dela. Foi então que Raquel surpreendeu a todos, oferecendo sua joia de coral para que o pai pudesse comprar um novo anel de esmeralda. Mesmo com o colar de coral de Raquel, Salomão ainda ficou devendo uma boa soma em dinheiro para o joalheiro, se bem que a mulher se sentiu recompensada.

Mas em comparação com Rivka, Salomão não se mostrou tão aborrecido. Quando alguém lançou uma pergunta a respeito da perda, ele citou uma das máximas do *Pirkei Avot*.

> Quem é rico? Aquele que se contenta com o que tem.

A única diferença na vida de Miriam depois de dois meses de casada é que ela passara a dividir uma cama com Judá e não com Raquel. Continuava dando assistência à tia Sara nos partos, geralmente uma vez por semana, e ainda alternava a condução dos serviços femininos com Joheved e estudava o Talmud com as irmãs. Passava a maior parte dos dias junto à família na vinícola, onde cada tarefa lhe trazia a lembrança do tempo em que trabalhava ali com Benjamin.

Benjamin também se intrometia nos pensamentos noturnos de Miriam, quando ela contemplava cheia de desejo o corpo adormecido de Judá ao seu lado. Sentira-se aliviada quando visitou o *mikve* pela primeira vez depois de casada, pois o marido lhe permitia honrar a memória de Benjamin. Mas depois de uma segunda visita ao *mikve* na semana anterior, sentiu-se emocionalmente confusa. A sensação de alívio ainda estava presente, mas ao mesmo tempo crescia um sentimento de que era rejeitada.

Como Judá conseguia se deitar desnudo ao seu lado com tanta tranquilidade? Será que não a considerava desejável? Pensava em Ben Azzai e se perguntava se o marido se casara deliberadamente com uma mulher sem atrativos para que pudesse estudar a Torá sem nenhuma perturbação.

Judá, por sua vez, tinha dificuldade para se reprimir. No início dormia sossegado ao lado da esposa, da mesma maneira que dormia ao lado de Shmuli. Mas depois que estudou as *arayot* com Salomão e o tratado *Nidá* com os mercadores, ele se deu conta de que seu vigésimo aniversário se aproximava sem que tivesse consumado o casamento. E o pior é que já estava sentindo atração por alguns eruditos visitantes.

Ao final de uma sessão noturna de estudos, ele começou a maquinar uma forma de comunicar a Miriam que não podia esperar mais. Já tinha guardado os manuscritos quando Levi, um jovem mercador, aproximou-se. Logo o reconheceu como um dos que mais flertavam entre os companheiros. Era mais do que compreensível que um erudito brilhante, com cabelos ruivos cacheados e um sorriso sempre aberto no rosto, fosse tão popular.

– Gostei muito de como você explicou a passagem final do terceiro capítulo. – Levi pôs o braço ao redor dos ombros de Judá e citou a *Guemará*.

> Por que é o homem que procura a mulher e não é a mulher que procura o homem? É como alguém que perde um pertence; quem procura por quem? O proprietário do pertence perdido é quem o procura. Por que o homem se deita de bruços e a mulher se deita voltada para cima? Porque ele se volta para o lugar onde foi gerado e ela se volta para o lugar onde foi gerada.

– Como você esclareceu – continuou Levi –, o homem solteiro procura por uma noiva porque o Eterno fez uso de uma costela do primeiro homem para criar Eva e desde então os homens procuram essa costela perdida de Adão. Quanto à segunda pergunta, até hoje ainda não tinha entendido que se referia à maneira pela qual o homem deve se deitar com uma mulher. O homem se deita então de bruços, voltado para a terra onde foi gerado, e a mulher, feita da costela dele, se deita voltada para ele.

Levi abaixou a voz e sussurrou para Judá.

– Então, quando dois homens se deitam juntos, ambos ficam de bruços.

Judá se viu sem palavras, mas foi traído pelo corpo com uma excitação repentina. Antes que pudesse engendrar uma resposta, Levi percebeu a reação ardorosa no rosto dele e acrescentou de maneira sugestiva.

– Talvez você queira acabar de discutir o tema nos meus aposentos. Poderíamos nos aprofundar em algumas passagens.

A consternação de Judá foi tão óbvia que provocou a risada de um outro mercador.

– Levi, você está perdendo o seu tempo com esse aí. Ele não pode jogar o jogo... ele vive em Troyes. É o novo genro do mestre da *yeshivá*.

Levi esboçou um risinho sem graça e desculpou-se.

– Mil desculpas, *mon ami*. Nunca o tinha visto na feira e presumi que era mais um visitante. Acredito que você não deve ter qualquer oportunidade de viajar, não é mesmo? – disse, esperançoso.

Judá limitou-se a fazer um meneio de cabeça em negativa. Levi tirou o braço dos ombros dele e sorriu.

– Recém-casado, não é? É melhor voltar para a cama da sua esposa para que ela possa apreciar sua beleza.

Judá voltou para casa com a cabeça girando. Miriam ficou surpresa quando o viu chegar tão cedo – mesmo porque, depois que a feira encerrava as atividades, o pai e Meir estudavam até tarde. Pressentiu que havia alguma coisa errada e essa sensação foi confirmada pelas palavras do marido.

– Miriam... humm... preciso falar com você. – Ele tentou de todas as maneiras encontrar as palavras certas. – Sei que prometi que a deixaria viver seu luto o tempo que quisesse, mas... humm... logo terei vinte anos e... não quero ser amaldiçoado por permanecer... celibatário.

– Você quer dizer, esta noite? – ela disse de supetão, sentindo mais medo que necessidade de afeto.

Ele se perguntou pela primeira vez se não teria sido melhor se tivesse se casado com uma daquelas mulheres de Paris que o engoliam com olhos de luxúria.

– Talvez a gente possa esperar alguns dias até o *shabat* – disse. – Tomara que você se lembre daquele trecho do tratado *Ketubot*, onde Rav Yehudah diz que um estudioso da Torá deve procurar pela esposa uma vez por semana, de *erev shabat* a *erev shabat*.

Ela suspirou de alívio.

– Já estudei este texto. Papai costuma dizer que a véspera do *shabat* é a noite apropriada para diversão, relaxamento e prazer físico. Até porque nas outras noites geralmente os eruditos estudam até tarde.

Para Miriam era bom que Judá quisesse desfrutar a cama uma vez por semana, embora soubesse que Meir, erudito fervoroso, ainda assim mantinha relações mais frequentes com Joheved. Não era segredo que Joheved tinha engravidado novamente, antes mesmo que o filho tivesse completado três anos. E se Miriam queria filhos, não podia se esquivar disso.

Antes de ir para a cama, debateram a lição do Talmud daquele dia por algum tempo. Deprimida por não ter recebido um beijo de boa-noite dele, ela se repreendeu por ter vacilado entre o marido morto e o marido vivo. Levou algum tempo para cair no sono, mas depois foi despertada por um rumor.

Tal como outras parteiras, Miriam tinha um sono leve e ouviu vozes lá embaixo. Mas só conseguiu distinguir a voz de Judá que recitava o Salmo 91, um salmo de proteção contra os demônios, e concluiu que ele devia ter tido um pesadelo. Estava tentando relaxar para voltar a dormir quando sentiu a mão dele em seu ombro nu. Era a primeira vez que era tocada por ele desde que haviam se casado.

– Miriam? – A voz dele soou suavemente, embora tomada pela emoção.

– O que há de errado?

– Lilit me visitou esta noite, ainda há pouco.

– Oh, *non*! – ela ficou apavorada e mortificada; apavorada porque qualquer filho demônio que Judá tivesse com Lilit poderia reivindicar uma parte da herança que os filhos humanos teriam direito quando ele morresse, e mortificada porque de alguma forma a relutância dela o deixara vulnerável ao ataque de Lilit. – Ela... como posso dizer... teve relações com você?

– *Non*, eu acordei bem a tempo. – Excitado, prestes a ter um orgasmo e subitamente sensível à maciez da pele da esposa, Judá não sabia como dizer o quanto a queria naquele momento.

– Graças aos céus você foi forte o bastante para resistir a ela – disse Miriam enquanto a mão do marido se insinuava lentamente pelos seus ombros e descia até as costas.

– Foi por pouco. – Ele acariciou as costas da esposa em silêncio enquanto se munia de coragem. – Miriam, não posso esperar até o *shabat*, não do jeito que Lilit me deixou – disse por fim.

– É claro que não. – Ela respirou profundamente. – Tenho sido terrivelmente egoísta, pensando apenas nas minhas necessidades e ignorando as suas.

Ela se virou e o beijou. Não um beijo ardente como dava em Benjamin, mas foi bom. Repreendendo-se por estar pensando em outro homem, tentou reagir com mais ardor aos esforços de Judá.

Ele não queria nada mais que aliviar o próprio desejo, uma simples pressão de pele quente e macia contra o corpo já era mais que suficiente. Sensibilizado com o entusiasmo da esposa e querendo dar mais prazer a ela, retardou a penetração o mais que pôde. Livre pela primeira vez das restrições, o *ietzer hara* dele deixou-se levar pela sensação de ter a parte mais sensível do corpo comprimindo o ventre nu dela. Sem comando, as mãos dele encontraram as nádegas dela, puxando-as contra si. Ela não pôde se manter imóvel depois que o beijou e seus delicados movimentos provocaram uma estranha agitação nele.

De repente ele se deu conta de que estava atingindo o clímax e deitou-a na cama enquanto se beijavam. Afrouxou o abraço por um segundo e murmurou:

– Por favor, não posso esperar mais.

Miriam abriu as pernas e ajeitou os quadris de modo a facilitar as coisas para Judá. Ele tateou levemente à procura de uma abertura por entre as coxas, até que ela sentiu o pênis por entre os lábios vaginais. Lembrando-se da súplica de Rivka para que fosse gentil, ele penetrou um pouco e se deteve na parede da virgindade.

Ela prendeu o fôlego, esperando pela dor que viria em seguida. Mas não houve dor.

Ele estava muito excitado e, quando a ponta de sua masculinidade se viu envolvida pelo calor dela, penetrou um pouco mais. Antes que pudesse decidir se poderia forçar ainda mais, um espasmo de inimaginável prazer o tomou por inteiro e o fez ejacular na entrada do útero da esposa.

– *Merci,* foi maravilhoso – ele sussurrou. Beijou-a levemente e deitou-se ao lado. – Agora estamos realmente casados.

Aninhada nos braços do marido e com a mente agitada, ela não conseguia acreditar que tudo terminara tão rapidamente. Ainda que tivesse gostado dos abraços e dos beijos e se sentisse aliviada pela ausência de dor, pelo que tinha ouvido da irmã mais velha o ato sagrado durava mais tempo. Talvez tenha se afobado porque se excitou demais com Lilit, pensou consigo. Na próxima vez não seria tão apressado. *E na próxima vez haveria dor.*

Onze

Ramerupt
Inverno, 4840 (1079-80 E.C.)

os seis meses seguintes as relações conjugais de Judá e Miriam continuaram quase iguais à primeira. Ele a beijava até não se aguentar mais de excitação e só penetrava até onde a virgindade dela permitia, e logo os lábios internos da vagina se apertavam tanto que ele tinha um orgasmo quase que imediatamente. A ingenuidade o fazia achar que a experiência não passava disso.

Ela não se sentia tão convencida assim e, lembrando-se de um texto do Talmud que descrevia o tempo que um homem passava a sós com a amante para ser considerado suspeito de adultério, procurou o tratado *Sotah* e encontrou na quarta página o que procurava.

> Quanto tempo leva o isolamento deles? O tempo que se leva para coabitar... o tempo que se leva para circular uma palmeira. Rav Yehoshua diz: o tempo de beber uma xícara. Ben Azzai diz: o tempo de fritar um ovo. Rav Akiva diz: o tempo de engolir um ovo. Rav Yehuda diz: o tempo de engolir três ovos.

Certa de que passava a sós com Judá o tempo indicado por Rav Yehoshua (o pai tinha explicado que o tempo dado pelos rabinos era o mesmo que cada um deles passava com a esposa), chegou à conclusão de que seu hímen se rompera com delicadeza e por isso não doera.

Joheved chegou à porta da cozinha e observou o céu nublado de fevereiro.

– Marona, será que eles virão esta noite? Já está parando de nevar.

– Parece que a tempestade acabou, mas não se esqueça que nevou a semana inteira e não sabemos se acumulou muita neve. – Marona notou a decepção da nora e acrescentou: – Mas é provável que o caminho entre Ramerupt e Troyes já esteja aberto para carroças.

– Ainda temos pelo menos uma hora até o pôr do sol – disse Miriam, esperando que Judá tivesse viajado para chegar no *shabat*. Somando o tempo da nevasca e da sua menstruação, ela não o via já fazia quase três semanas.

– Eu e os pastores podemos nos incumbir das poucas ovelhas que entrarão em trabalho de parto esta noite – disse Marona com um sorriso encorajador. – Vocês duas podem subir para se preparar para os seus maridos.

Enquanto elas trocavam de roupa e se ajudavam a pentear os cabelos, Miriam se perguntava se a mãe já tinha perdoado Raquel por tê-las jogado de volta à miséria. Depois de um melancólico *Hanucá*, com uma safra de vinho que não tinha sido das melhores, a atmosfera da casa tornara-se tão desagradável que ela e Joheved trataram de escapar para Ramerupt para ajudar com os carneiros. Miriam procurou tranquilizar Meir, dizendo que não precisava se preocupar com a gravidez de Joheved. Estaria cercada de parteiras experientes, com ela e Marona no controle. Distraída e agora se perguntando pelo dia em que finalmente engravidaria, Miriam não ouviu as vozes dos homens no andar de baixo, até que Joheved saiu correndo para a porta.

Já sentada à mesa de Marona, Joheved procurou focar a mente no funcionamento da vinícola.

– A poda já está sendo feita, Meir? Papai está com trabalhadores experientes? Talvez seja melhor eu voltar para ajudar.

– A poda pode ser feita sem você – interrompeu Miriam. – Você não está em condições de ficar andando de um lado para o outro lá na vinícola, ainda mais com esse frio.

– Não se preocupe – disse Meir. – Tanto Baruch como Raquel estão trabalhando praticamente o dia todo na poda das videiras. E com isso Eliezer também está passando um bom tempo por lá.

– Raquel tem ficado o dia inteiro na vinícola? – perguntou Miriam.

– Ela deve estar evitando a sua mãe – disse Judá. – Seja lá por qual motivo, o fato é que papai está adorando a companhia dela.

Miriam olhou para Joheved; Meir pousou a mão no barrigão da esposa de um modo protetor e suspirou.

– Qual é o problema, querida? – perguntou Marona.

Miriam pensou rapidamente em alguma coisa para dizer.

– Eu estava pensando no pobre Shemayah. Ele está melhor?

– Shemayah? – disse Samuel. – É aquele aluno que caiu de amores pela sua irmãzinha? Não consigo guardar o nome desses garotos na minha cabeça.

– Papai, esse ao qual o senhor se refere é o Eliezer; ele tem o mesmo nome do pai – explicou Meir. – Shemayah é o meu companheiro de estudos.

O que podia dizer de Shemayah? Era uma ótima companhia quando o assunto era Torá, mas no mais não passava de um chato. Tudo o irritava; os alunos que esqueciam as lições o irritavam, os porcos que corriam pelas ruas da cidade o irritavam, o cheiro dos curtumes o irritava, sem falar nos sogros e, sobretudo, na esposa Brunetta, que também o irritavam.

Bem que Meir tentou oferecer conselhos quando Shemayah começou a criticar a esposa, mas logo ficou claro que o amigo não mudaria seu jeito de ser. E quando Meir se exasperou e não conseguiu se conter, perguntando por que não se divorciava, ele se limitou a alegar com amargura que era um pobre coitado. Afinal, como poderia pagar a *ketubá* dela? Depois disso, Meir passou a mudar de assunto toda vez que o amigo se queixava do casamento.

Ele suspirou.

– Pensei que as coisas melhorariam quando a esposa dele engravidou, mas aí o bebê morreu depois de ser circuncidado.

Samuel balançou a cabeça.

– Agora estou me lembrando dele.

Meir voltou-se para Miriam.

– Não acho que tenha melhorado. Não consegue pensar no que fazer; fica zanzando pelos cantos em total apatia. Se Judá não o tivesse convencido a receber ajuda dos *kuntres* de Salomão, duvido que se levantasse da cama de manhã.

Joheved ergueu as sobrancelhas.

– Eu achava que a mania dele de se queixar de tudo era uma chatice, mas essa melancolia é muito pior.

– Ele não é o único homem que viu o primeiro filho morrer. – Miriam se mostrou solidária a Brunetta. – Não há razão para culpar a esposa; não sabia que a família dela estava amaldiçoada.

– O pai dela sabia e podia avisá-los. – Meir começou a explicar para os pais. – Depois que o bebê se esvaiu em sangue, soube-se que tanto a sogra de Shemayah quanto a irmã dela tiveram bebês que morreram do mesmo jeito após a circuncisão.

— Mas é dito no sexto capítulo do tratado *Yevamot* que mesmo com duas mortes na mesma família, deve-se fazer a circuncisão pela terceira vez. — Judá citou a *Guemará*.

> Havia quatro irmãs em Tzippori; a primeira teve o filho morto depois de circuncidado, a segunda também teve o filho morto após a circuncisão, e com a terceira ocorreu o mesmo. Quando a quarta irmã procurou Rabban Gamliel, ele disse: não circuncide.

— Aprendemos então que só depois de três tragédias iguais é que o padrão se torna claro — concluiu Judá.

— Shemayah está livre para se divorciar de Brunetta sem precisar pagar a *ketubá*. — Joheved deixou transparecer inquietude. — Depois de todas as queixas que fez, é de se pensar que devia estar feliz por poder se livrar dela.

— Talvez ele seja aquele tipo de homem que gosta de reclamar, achando que assim afasta o mau-olhado — sugeriu Marona.

— Mamãe dizia que o homem que reclama de problemas triviais está pedindo ao Acusador que lhe dê algo sério do que possa reclamar — disse Samuel. — Por isso procurei criar meus filhos para que fossem otimistas.

Meir sorriu para o pai.

— Shemayah casou por dinheiro e não há garantia de que encontre um outro sogro rico que o banque enquanto estuda a Torá.

— Ele não vê a Brunetta desde que o bebê morreu. — Miriam elevou a voz. — De um jeito ou de outro terá que se decidir.

— Já faz tempo que ela poderia ter insistido em se divorciar — disse Joheved. — Portanto, ela também está esperando.

— E não tem outra coisa a fazer. Quem mais desejaria se casar com ela, sabendo da maldição da família? — Miriam balançou a cabeça, com tristeza. — Se Shemayah quiser o divórcio, talvez ela nunca mais se case.

— Não há nada que eu possa fazer para apressá-lo. — Meir soltou um suspiro. — Ele tem que decidir o que é mais importante: filhos sadios ou dinheiro.

— Acho que Shemayah devia ficar com ela — disse Samuel. — Afinal, a maioria dos homens acaba perdendo filhos. Por que ele acharia que consigo seria diferente? — acrescentou com a triste experiência de quem tinha tido cinco filhos, com dois únicos sobreviventes.

– Vamos parar com isso porque estamos no *shabat* – disse Marona. – É melhor deixar de lado esse acontecimento triste. Meir, por favor, cante algumas canções de *shabat* e nós acompanhamos.

A noite prosseguiu em meio a uma atmosfera agradável, e Joheved concordou em permanecer em Ramerupt durante Pessach para observar a venda dos carneiros. Estava aprendendo com Marona a administrar uma propriedade.

Uma das primeiras coisas que Joheved aprendeu, com grande decepção, é que a senhora da propriedade não podia dormir até tarde. No inverno, Marona levantava antes do amanhecer, vestia-se apressada e fazia as orações matinais antes do café da manhã. Passava o resto da manhã com o administrador, ouvindo relatos dos criados e lidando com problemas que exigiam intervenção. Sempre havia alguma coisa que precisava de reparos, bens a serem inspecionados, criados a serem disciplinados e querelas entre camponeses que demandavam resolução. Samuel preferia orar e estudar de manhã e só mais tarde recebia o sumário das atividades.

Marona visitava os doentes quando sobrava tempo depois do almoço, mas no inverno isso era impossível. Em casa, tratava das finanças, contabilizava os arrendamentos e a renda recebidos dos camponeses, o total de vendas da lã, dos carneiros e do trigo produzido pela propriedade, as despesas da casa, as doações beneficentes e todos os pagamentos para o conde André, incluindo cavaleiros e escudeiros que sustentavam para ele. Ainda havia um fundo pessoal para a compra de coisas como utensílios para a família e livros. Joheved agradeceu aos céus por ter aprendido com sua avó Lea a contabilizar os negócios da vinícola.

Toda tarde Marona reservava um tempo para brincar com o pequeno Isaac, e quando o clima permitia, para passear ou cavalgar pelas terras da propriedade. Quando o clima não permitia, desfrutava uma partida de xadrez com Miriam. Antes do jantar, supervisionava o cardápio e provava o queijo e a cerveja produzidos naquele dia. À noite, quando recebia visitas, verificava se as acomodações estavam de acordo com o conforto e o prazer que o visitante merecia. Nessa época do ano as visitas rareavam, mas durante as feiras sazonais frequentemente hospedavam os mercadores que não teriam tempo de chegar em Troyes antes do anoitecer.

Todo dia Joheved aprendia alguma coisa nova com a sogra, mas ainda assim continuava dividida entre retornar a Troyes ou permanecer em Ramerupt. Da mesma forma que Shemayah, era mais fácil não tomar uma decisão. Foi esse o lampejo que ela teve em relação ao comportamento de Shemayah. Não tinha a menor intenção de se divorciar da esposa; sentia-se confortável em manter-se indefinidamente na *yeshivá* em Troyes enquanto a esposa continuava vivendo na casa do pai em Provins.

A neve caía miúda quando Judá e Meir partiram naquela manhã de domingo. Continuou a nevar pelo resto da semana, o que impediu que Miriam voltasse a Troyes para o *Purim* e que o marido a visitasse no *shabat* seguinte. Até que certa noite ela avistou a lua em meio às nuvens. Será que Judá chegaria antes que ela ficasse outra vez *nidá*?

Já estava se preparando para se deitar quando Joheved apalpou o barrigão com força e gemeu. E foi ao encontro dela.

– É o bebê?

Joheved respirou fundo.

– Como isso é possível? Tia Sara disse que não nasceria antes de Pessach.

Marona voltou-se para Miriam.

– Vamos descobrir.

Juntas, ajudaram Joheved a subir a escada, parando diversas vezes para que ela tomasse fôlego.

– Mas o bebê não sobreviverá se nascer agora. Só tem oito meses.

Tal como os dias da semana, os meses de gravidez eram regidos por planetas específicos, com Saturno regendo o oitavo mês e Júpiter, o nono. Com a influência maléfica de Saturno e a falta de sorte do número oito, uma criança nascida no oitavo mês era inviável para o Talmud. Alguns sábios diziam que uma criança assim não devia ser amamentada a não ser que a retenção do leite constituísse um perigo para a mãe.

– Seja de oito ou de nove meses, o fato é que o bebê está vindo – disse Miriam depois de ter examinado a irmã. – O útero está totalmente aberto e já posso sentir a cabeça do bebê.

Joheved gemeu, sentindo uma outra contração.

– Essa realmente doeu.

– Rápido – disse Miriam para Marona. – Pegue todos os nossos *tefilin*. Não temos tempo para o giz.

Marona correu até a porta.

– Vou pedir para um criado trazer o banco de parto e para Samuel recitar os salmos.

– Meu amuleto de parto... está no baú... perto da minha cama. – Joheved quase não conseguiu falar. – Alguém... pode... avisar o Meir.

Quando Marona voltou, Joheved já estava sentada no banco de parto.

– Tente relaxar entre as contrações – aconselhou Miriam.

– Não consigo... está doendo muito. – Joheved apertou a mão de Marona. – *Mon Dieu*, preciso fazer força.

Miriam nem tinha começado a se preocupar com os possíveis problemas e com a forma de lidar com eles sem os apetrechos de parteira à mão quando a cabeça do bebê surgiu em suas mãos.

– *Mazel tov!* – gritou Marona enquanto Miriam puxava o corpinho do neném.

Meir já tinha partido quando os sogros desceram para o café da manhã. Tão logo um criado do pai o acordou para comunicar a boa-nova, vestiu um manto e montou em seu cavalo. As ruas de Troyes começavam a despertar. Esquivando-se do conteúdo dos pinicos que as pessoas esvaziavam do alto das casas, ele cavalgou por entre as criadas que pegavam água nos poços e os camponeses que se dirigiam para o campo com suas ferramentas. Passou na frente de uma padaria que já estava com uma fila de fregueses à porta e o doce aroma de pão recém-assado entrou pelo seu nariz. Mesmo com o estômago roncando, decidiu que comeria em Ramerupt.

Já fora dos muros da cidade, Meir passou a admirar a paisagem que parecia deslizar à medida que cavalgava. O solo acastanhado contrastava de um modo gritante com a neve sobre as árvores e os arbustos em volta enquanto ele inalava o frescor da terra. Logo encontrou a trilha que era usada pelos servos na floresta e começou a rir quando viu uma corça atravessar o caminho, seguida por dois filhotes.

Um menino, outro menino... é um milagre! E tanto Joheved quanto o bebê estavam bem... um outro milagre. E tudo terminara antes mesmo que ele soubesse que ela estava em trabalho de parto... isto, sim, fora um verdadeiro milagre.

Os portões estavam abertos em Ramerupt-sur-Aube e, tão logo Meir desmontou, um criado serviu-lhe uma bebida quente. Miriam abriu um sorriso largo e lhe disse que tudo estava bem. Ele sentiu uma fisgada de dor quando atravessou a porta do quarto que tinha sido de sua irmã e apressou o passo.

A porta do quarto estava aberta e lá estava Joheved, sentada na cama com três conjuntos de *tefilin* dependurados à cabeceira – um do pai dele, outro da esposa e mais outro de Miriam. Ao lado da esposa, lutou com o desejo de tomá-la nos braços e abraçá-la com força. A maternidade fazia dela uma *nidá* e somente sete dias depois é que poderia tocá-la novamente.

– É tão pequeno – ele disse, segurando o filho no colo. – Isaac também era tão pequeno assim?

– Joheved estava preocupada, achando que seria um bebê de oito meses – disse Miriam. – Mas acho que se enganou. Ele tem muito cabelo e as unhas já estão formadas.

Ela reprimiu as lágrimas quando Meir recitou as bênçãos de agradecimento.

– *Baruch ata Adonai... Shehecheyanu...* Que nos deu a vida e nos manteve e nos fez chegar até esta estação.

Miriam suspirou. *Quanto tempo será preciso até que Judá diga essas palavras com nosso filho nos braços?* O neném esperneou e começou a choramingar e Meir o devolveu à mãe, que o colocou para mamar. Miriam observou o bebê que sugava com avidez e sentiu uma pontada de inveja quase dolorosa.

Ela já estava indo para a cama quando Judá e Salomão chegaram, seguidos pelas carroças com a família, os alunos da *yeshivá* e um grupo enorme de pessoas que ficariam ali até a circuncisão do bebê. Com os alunos da *yeshivá* na residência, Joheved e o bebê estariam continuamente protegidos pelos estudos e as orações.

Um dia antes do *brit milá* os membros da comunidade judaica de Troyes começaram a chegar, inclusive o ourives Avram e seu filho Obadia. Além do ofício de ourives, Avram também era o *mohel* local, e o filho, seu aprendiz em ambos os ofícios. Obadia tinha passado alguns anos na *yeshivá*, aprendendo com Salomão as seções do tratado *Shabat* que tratavam da circuncisão. Miriam se lembrava dele como um aluno medíocre que preferia estar em outro lugar.

Avram juntou-se imediatamente aos outros homens e deixou o filho sozinho à mesa, preparando os instrumentos do *mohel*. Sem saber se sua presença seria vista como uma intromissão ou uma companhia bem-vinda, Miriam se colocou à porta com uma roca e um fuso.

– Posso entrar? – perguntou.
Obadia não desviou os olhos do que estava fazendo.
– Fique à vontade.
Não querendo parecer rude, sentou-se no extremo da mesa e começou a fiar a lã. Enquanto Obadia cortava e enrolava o linho em diversas bandagens, ela o observava em silêncio. Ele tinha unhas compridas e cortadas no formato de um triângulo pontudo. Quando ele desembrulhou a faca do *mohel* e começou a afiá-la, primeiro de um lado e depois do outro, ela fez uma observação seguida por uma pergunta.
– Nunca vi os dois lados afiados. Não é perigoso?
– A *azmil* não é uma faca de cozinha – ele disse com um certo enfado. – Quando o *mohel* a pega, não pode perder tempo verificando qual lado está afiado.
– Deve ser mais perigosa que as outras facas. – Ela lembrou dos acidentes que tinha visto durantes as podas das videiras.
Ele balançou a cabeça, talvez tomando o comentário como um cumprimento, e disse:
– *Oui*. É preciso ter muito cuidado com esta faca.
Miriam já ia perguntar sobre o estranho corte das unhas dele quando Avram entrou.
– Termine de afiar mais tarde, Obadia. Está na hora das orações da tarde.
Meir e Shemmayah passaram apressados e ela ficou apreensiva, achando que a presença do *mohel* poderia deixar Shemayah melancólico, mas no dia seguinte ele se mostrou mais animado que nunca.

Salomão também andava preocupado com Shemayah, mas depois se deu conta de que estava irritado demais para agir de maneira adequada com o aluno. Não gostava de falar em público e agora teria que preparar um sermão para Pessach, e todos esperavam que também fizesse uma *drash* no *brit* do bebê.
Para piorar ainda mais as coisas, ele soube que Samuel tinha convidado o conde André e sua corte para o banquete; caso contrário, seria um insulto ao nobre. Não importava que fosse quaresma e que os *notzrim* deveriam jejuar até Pessach. Étienne, o administrador, assegurara a Marona que os nobres convidados só estavam proibidos de ingerir carne e que comeriam peixes e aves de bom grado.
Salomão estava aborrecido porque teria que ensinar a Torá para não judeus, mas ao mesmo tempo sentia-se culpado porque o destino

o poupara de gastar uma grande soma de dinheiro ao fazer Joheved dar à luz em Ramerupt, esvaziando os cofres de Samuel e não os dele para o banquete.

E que banquete! Ele balançou a cabeça em sinal de aprovação enquanto admirava a sala principal de Samuel: guirlandas de flores decoravam as vigas do teto e circundavam as três imensas janelas arqueadas. O salão era amplamente iluminado por duas lareiras e dezenas de lamparinas. Todas as mesas estavam cobertas de toalhas brancas e as mesas próximas da lareira principal tinham pratos e copos de prata.

Embora os pratos principais estivessem restritos a peixes e aves, seria um banquete esplendoroso, com aves como garça e cegonha, que Salomão nunca tinha provado, bem como um pavão servido de cauda aberta atrás. E afora um leão modelado na cor rosa, feito de gelatina e peito de galinha.

As travessas exibiam pilhas altas de tortas e empanados, recheados de pequenos pássaros como codorniz, perdiz e pombo. Cada prato era mais suculento que o outro, e cada qual acompanhado por uma variedade de entretenimentos. Músicos, malabaristas, acrobatas, trovadores; enfim, todos os artistas que passavam o inverno na corte do conde André esmeravam-se em agradar os convidados do lorde Samuel.

Determinado a fazer uma *drash* memorável que se adequasse aos *notzrim*, Salomão achou por bem discorrer sobre a Arca de Noé. Até mesmo o mais ignorante da corte do conde André conheceria o tema. Foi entrando na narrativa aos poucos, concentrando-se em alguns contrassensos observados por suas filhas e seus alunos.

– Toda aquela gente, inclusive as criancinhas, era tão malvada que merecia ser destruída? – Era uma pergunta que lhe tinha sido feita um dia por Miriam, sua piedosa filha. – Onde quer que haja uma sociedade mergulhada em lascívia, idolatria, roubo e corrupção, advém uma punição que mata indiscriminadamente tanto os culpados como os inocentes.

Salomão sentiu-se gratificado quando notou que inúmeros membros da corte assentiam de maneira compenetrada.

– O Todo-Poderoso poderia recorrer a muitos meios para salvar Noé, por que então Ele o sobrecarregou com a construção da arca? – Lembrou-se que Joheved já tinha feito essa pergunta. – Para que os homens cruéis o assistissem enquanto construía a arca e fizessem perguntas a respeito, pois talvez viessem a se arrepender quando confrontados com sua iminente destruição.

É claro que todos os judeus estavam bem atentos, mas a maioria dos edomitas também se calara para ouvir melhor o que ele dizia.

– Choveu durante quarenta dias e quarenta noites, mas por quanto tempo Noé e todos aqueles animais mantiveram-se juntos na arca? – A pergunta certamente teria sido feita por algum estudante que se dispusesse a refletir sobre o texto. – A chuva começou a cair no décimo sétimo dia do segundo mês e, um ano solar depois, no vigésimo sétimo dia do segundo mês, a terra já estava em condições de receber os habitantes da arca.

– Um ano inteiro! Como aguentaram ficar tanto tempo lá dentro da arca? – perguntou de modo impetuoso o conde André.

Salomão sorriu para o nobre.

– É uma excelente pergunta. Antes do Dilúvio, o Todo-Poderoso fez um acordo com Noé e os animais, no qual se estabeleceu que não haveria desperdício algum dos frutos e grãos que os alimentariam; os animais carnívoros não poderiam se alimentar de animais herbívoros, e os úteros das fêmeas se fechariam para que não houvesse nascimentos de bebês dentro da arca.

Todos os olhos estavam cravados em Salomão.

– E finalmente a pergunta mais difícil. O Criador teria se arrependido de ter criado o homem e este O teria feito sofrer? Será que Ele não sabia que isso poderia acontecer, antes mesmo de ter criado Adão e Eva?

Ele fez uma pequena pausa antes de concluir.

– Todo homem se alegra quando tem um filho e partilha a alegria com os outros, mesmo cogitando que um dia o filho poderá pecar e morrer. Isso também se aplica ao Criador. Embora Ele soubesse que no fim o homem poderia cometer atos cruéis e ser destruído, ainda assim criou a humanidade para o bem dos homens bons e justos.

Com os aplausos de todos os presentes, Salomão sorveu um longo gole de vinho, saudou Samuel e o conde André e sentou-se aliviado para desfrutar a refeição.

Lá fora a neve derretia e os campos esverdeavam com uma vegetação nova. Os alunos da *yeshivá* divertiam-se com os escudeiros do castelo em corridas, jogos de bola e competições de arremessos. Dentro da casa dois homens importantes disputavam uma partida de xadrez no tabuleiro de Marona, rodeados por um grupinho animado que sussurrava apostas. E ainda havia dança. Vestidos nos melhores trajes de lã e de seda e ornados de joias que cintilavam sob a luz, homens e mulheres giravam e rodopiavam ao som da música.

Orgulhosos da paternidade, Meir e Joheved circulavam com os trajes de seda azul do casamento, e ele ria e admitia que sua roupa estava tão apertada quanto a da esposa e que precisava ser alargada. Sem nenhum parente presente, Judá não era obrigado a vestir-se de vermelho, de modo que ele e Miriam estavam com as roupas do noivado; ela vestia o traje de seda dourado que ganhara de Marona e ele estava de roxo. Moisés, o médico, resplandecia com uma veste azul escura e olhava para todos os lados, sugerindo a um sem-número de pacientes o que podiam ou não ingerir de acordo com o diagnóstico de cada um.

De cara embirrada, Raquel trajava a lã mosqueada que Miriam comprara na Feira de Verão para toda a família, mas nem por isso deixava de atrair os olhares masculinos. Eliezer parecia enfurecido com a atenção que os homens reservavam para Raquel e jurava para si mesmo que ali pelo final do verão ela seria legalmente dele.

A manhã seguinte foi de despedidas. Os estudantes da *yeshivá* se preparavam para voltar para casa por ocasião de Pessach, e os que moravam mais longe, como Eliezer, tinham partido ao amanhecer. Presumindo que Miriam já estivesse grávida, Alvina desencorajara Judá de ir a Paris para a festa e ficou de visitá-los no verão. Com a perspectiva da chegada próxima dos compradores de carneiros, Meir e Joheved permaneceriam em Ramerupt.

– Já que este ano foi excelente para nós – disse Marona para Salomão e Moisés –, vocês bem que poderiam passar Pessach de novo conosco.

Shemayah era o único que não demonstrava interesse pela festa. Todos os judeus que podiam passar Pessach em casa se esforçavam para isso, mas ele nem sequer pensava em observar o feriado em Troyes ou em Provins. Estava na expectativa de ter seus recursos cortados e foi tomado pelo remorso quando o prestamista que cuidava das finanças do sogro pagou suas despesas como de costume.

Na volta de Salomão, Shemayah percebeu quando o mestre agitou furiosamente uma folha de pergaminho, com ar indignado. Depois, sem desgrudar o olhar do seu rosto, disse:

– Judá, chame todos os estudantes que ainda estão aqui. E você, Shemayah, é quem deve ouvir isso com mais atenção.

Começou a ler a carta que tinha na mão.

– A esposa de um certo homem o acusa de tê-la colocado para fora de casa e de não ter cumprido seus deveres para com ela. Mas ele alega que agiu dentro da lei porque se casou com ela com suposições equivocadas. Diz que a mulher havia contraído lepra e que isso era evidente no rosto dela. Ele também afirma que antes do casamento ela já sabia que estava com a doença, mas que ao se casar não foi notificado dessa anomalia secreta. Portanto, o casamento torna-se inválido e ela não tem direito a uma *ketubá*.

Salomão certificou-se de que tinha a atenção de todos.

– A esposa, porém, alega que estava perfeitamente saudável por ocasião do casamento e que mesmo no presente momento tem um corpo sem ulcerações, exceto duas verrugas que apareceram no rosto devido aos aborrecimentos causados pelo marido. Alguns membros da comunidade testemunham que conhecem o marido há muitos anos e que nunca ouviram nenhuma queixa dele sobre a pele da esposa, e também afirmam que a alegação do marido de que a esposa tem lepra é uma grande mentira que ele próprio se encarregou de espalhar.

Furioso, Salomão começou a andar de um lado para o outro, resmungando. Shemayah sentiu um nó na garganta; as circunstâncias eram angustiantes. Qual seria a decisão do mestre? Salomão se pronunciou sem fazer consultas aos estudantes mais adiantados.

– Considerando que a mulher não apresentava qualquer sinal quando morava na casa do pai, e que os sinais só começaram a aparecer depois que passou a viver com o marido, ele não pode alegar que ela ocultou as manchas quando se casou.

Salomão respirou fundo e balançou a cabeça, com uma expressão de desgosto.

– Na verdade, o marido tem se mostrado culpado de práticas perversas. Tem dado provas de que não veio da semente do nosso pai Abraão, cuja natureza é ter piedade e amor pelo próximo, especialmente por alguém de sua própria carne com quem se casou. Esse homem devia tentar se aproximar da mulher e não rejeitá-la.

Os estudantes surpreenderam-se com a veemência do mestre, mas Salomão já tinha começado e não se deteria até dizer tudo o que tinha a dizer.

– Existem muitos homens que não desprezam as esposas, mesmo entre aqueles que negam a existência do Todo-Poderoso. Mas esse homem repudiou o sagrado matrimônio, como está evidenciado nas calúnias que lançou contra a esposa de sua juventude. Por isso mesmo, conforme requer a Lei, terá que se divorciar e pagar toda a *ketubá* que ela merece.

Abrandou a voz e a Shemayah não restou mais dúvida de que o mestre falava especialmente para ele.

– Mas seria muito melhor se ele recebesse a esposa de volta com afeição e amor; para depois ter o privilégio de receber a piedade celeste e ser perdoado e ter filhos com ela.

– É uma resposta forte, pai – disse Judá. – Talvez seja melhor esperar para escrever a resposta quando estiver mais calmo.

– Asseguro-lhe que o tempo não amenizará o meu ultraje – retrucou Salomão. – Como ele ousa tratar uma filha de Israel com tanto descaso?

Fez então um aceno para que Shemayah o seguisse.

– Judá, você faria o favor de ajudar os alunos nas lições enquanto tenho uma conversa particular com Shemayah?

A sala esvaziou e Shemayah sentiu um aperto no estômago quando Salomão pegou uma outra folha de pergaminho.

– E como deveríamos resolver o problema dessa mulher? – disse. – A esposa alega que o marido, um *chacham*, estuda numa *yeshivá* distante de casa não mais do que um dia a cavalo e nunca a visita nem mantém qualquer contato com ela, isso desde que o filho deles morreu alguns meses atrás. As testemunhas atestam que ele não está doente nem incapacitado e que continua a receber a ajuda do sogro.

Shemayah mal conseguiu abrir a boca, de tanto que a garganta apertou de pânico.

Salomão seguiu em frente.

– Um marido que age assim com a esposa não merece ser chamado de *chacham*, e seus companheiros de estudo deviam envergonhar-se por associar-se com ele. Da mesma forma que o homem perverso do qual acabamos de falar, se esse marido não é capaz de acolher a esposa com honra e afeto, deveria se divorciar dela.

Ele encheu um copo de vinho.

– Meu filho, você está tremendo. Tome um pouco.

Shemayah começou a tomar o vinho e ele continuou, com um tom mais amistoso.

– Durante os quinze anos em que estudei na Alemanha sempre fiz de tudo para estar em casa na época dos três feriados. Aliás, toda vez que alguém fazia alguma pergunta sobre a liturgia das festas de lá, eu admitia a minha ignorância porque nunca participava delas em Mayence ou Worms.

Alisou a barba com um ar casual.

– E então, Shemayah, quais são seus planos para Pessach?

– Não sei – respondeu o rapaz de voz trêmula.

– Deixe-me dar duas sugestões – disse Salomão. – Você pode voltar para Provins e celebrar com a família ou... – Parou e pôs o pergaminho sobre a mesa. Não havia nada escrito. Os dois se entreolharam e o mestre acrescentou, calmamente: – Ou chamo Judá e você escreve à sua esposa para *pedir* o divórcio, bem aqui na nossa frente.

De repente, era como se Shemayah tivesse se livrado de um enorme peso que carregava.

– Claro que irei para Provins. – Ele fechou o rosto, preocupado. – Se ainda me quiserem por lá.

– Tenho certeza que vão se alegrar muito com sua presença. – Salomão deu uma tapinha no ombro do aluno e acrescentou: – Em todo caso, sugiro que leve um presente para sua esposa, talvez alguma coisa do Avram.

Doze

Troyes
Verão, 4840 (1080 E.C.)

— Asher, não tenho nada contra seu irmão. Eliezer é um dos meus melhores alunos e a oferta do seu pai é tentadora. – Salomão tentou ser diplomático. – Mas não posso dar Raquel em casamento a um homem por quem ela demonstra abertamente não ter afeição.
– Não há nada que eu possa fazer para o senhor mudar de ideia?
Salomão balançou a cabeça em negativa e, educadamente, pediu para que os dois homens saíssem. Rivka ficaria furiosa quando soubesse que ele havia jogado para o alto a oportunidade de saldar todas as dívidas. Suspirou e voltou para o texto que estava preparando.
Tão logo a porta se fechou, Eliezer disse abruptamente.
– A *Belle Assez* não me rejeita. Estou certo disso. – Ainda a chamava pelo apelido que o irmão dele lhe dera muitos anos antes.
– Infelizmente, o pai dela não concorda – retrucou Asher, taciturno. – Devíamos ter esperado papai chegar; quando se trata de fechar um acordo, ele nunca erra.
– Mas quem pode saber quanto tempo vai levar para chegar naquele barco que partiu de Bavel? – Eliezer tinha que descarregar em alguém e o irmão era o único alvo disponível. – Nós tínhamos mesmo que falar com o *rabbenu* Salomão antes que um outro se aproximasse dele.
– Então, trate de ficar tranquilo porque já falamos com ele – disse Asher. – Agora tenho que tratar dos meus negócios.
Eliezer não queria encontrar ninguém e, resoluto, dirigiu-se ao reservado. Aquilo só podia ser coisa da *Belle Assez*. Talvez em algum momento de destempero tivesse dito a Salomão que não gostava dele. Pois bem, não permitiria que aquela bruxinha o torturasse por mais tempo. Logo que o pai dele chegasse, providenciaria um outro encontro para firmar o compromisso o mais rápido possível. Ele mostraria a ela.

Eliezer estava quase chegando ao reservado quando ouviu alguém saindo, e se escondeu atrás da porta da adega. O Criador deve ter mesmo senso de humor, pensou irritado, já que passava por ali a última pessoa que queria ver.

– *Belle Assez,* tenho uma coisa importante para lhe dizer. – Pegou-a pelo braço e levou-a para trás da casa.

– Me solte.

Ele a forçou a encará-lo.

– Que demônio a fez dizer para o seu pai que você não gosta de mim?

– Do que está falando? Nunca disse nada assim. – *Mon Dieu, ele está alucinado.* – Na verdade, nunca falei de você para o meu pai.

Talvez ele tivesse ficado debaixo do sol por muito tempo, e sido possuído por Keteb, o demônio do calor. A mãe sempre a alertava para que ficasse dentro de casa no meio do dia, especialmente no mês de Tamuz, que torna os demônios mais ativos.

– Eliezer, você não está bem. Entre na adega para se refrescar.

– Não há nada de errado comigo... só quero que você responda a minha pergunta.

– Já lhe respondi. Nunca disse nada de ruim de você para o meu pai. Nunca!

Ele soltou o braço dela.

– Então, por que há menos de uma hora ele disse que não consideraria o nosso noivado, alegando que você não sentia qualquer afeição por mim?

– Você acabou de me pedir em casamento e meu pai recusou? – Ela elevou a voz, indignada. – Porque não gosto de você?

Eliezer entrou em choque com a mudança repentina de Raquel e limitou-se a balançar a cabeça. Os dois já tinham brigado muitas vezes e ele achava que conhecia bem a raiva dela, mas naquele momento se deu conta de que não a conhecia tão bem assim. E deu um passo atrás.

– Como o papai teve a ousadia de discutir algo tão importante sem a minha presença? Quem ele pensa que eu sou, um tonel de vinho a ser vendido para o melhor comprador? – Ela bateu o pé no chão com tanta força que se formou uma nuvem de poeira ao redor. – Ele não pode me tratar dessa maneira.

Eliezer aguardou em silêncio enquanto ela atacava o pai com tanta fúria que quase o fez perder o sentido do que era dito.

– Se papai está pensando que sou igual às minhas irmãs, se está pensando que aceitarei passiva como marido qualquer erudito que levar para jantar lá em casa, está redondamente enganado. Eu me casaria imediatamente com você para não me casar com um estranho.

– Então, você se casará comigo – ele disse, com um ar triunfante.

– O quê? – Raquel despejara a raiva com tanta afobação que não se deu conta do que tinha falado.

– Você acabou de dizer que se casaria comigo para não se casar com um estranho. – Ele a fez lembrar. – Disse isso bem claro.

Ela o olhou com um ar assustado, como um pássaro apanhado por uma armadilha. Ele pareceu mais alto que de costume e, de perto, ela pôde notar que as pupilas daqueles olhos castanhos se rodeavam de pequenos raios dourados. As sobrancelhas eram negras, mas os cachos que tinham escapulido do chapéu eram mais castanhos que negros sob a luz do sol. E perguntou-se qual seria a cor da barba dele quando crescesse.

De um jeito ou de outro Raquel concordara em se casar com aquele rapazinho à sua frente e, surpreendentemente, gostou da ideia. De repente, sem que tivesse tempo de reagir, foi abraçada e beijada. Lutou para escapar, mas recebia um abraço de ferro e uma boca se movia com tanta avidez em seus lábios que a qualquer momento poderia devorá-la. Mas suas pernas estavam livres.

Uma explosão de dor entre as coxas fez Eliezer jogar-se ao chão, urrando e agarrando a virilha.

– Eliezer, pare com essa maluquice e levante agora mesmo.

Mas ele não conseguia se levantar... não conseguia nem mesmo se mover. E quase não conseguiu falar.

– Não posso... está doendo demais.

Suspeitando que podia ser um truque, ela se ajoelhou com cautela ao lado. Só quando viu lágrimas nos olhos dele é que se deu conta de que o tinha ferido.

– Como isso pôde acontecer? Os garotos trocam golpes muito mais fortes quando brigam e mesmo assim ninguém sai ferido.

– É diferente... quando se acerta lá.

Ela ruborizou quando entendeu.

– Espere aqui. Já volto com alguma coisa para aliviar a dor.

Entrou na adega e voltou em seguida com um copo na mão.

– Beba isso. É o vinho mais forte que temos.

— Por que me bateu desse jeito? — perguntou Eliezer. — Eu não estava te machucando.

— Você me assustou — ela disse. — Desculpe-me, não queria machucá-lo. — Por que rejeitara os beijos dele? Começou a se sentir culpada por ter agido daquela maneira.

— Eu não queria assustá-la — disse Eliezer, pensando na possibilidade de ter sido possuído por Keteb Meriri. Espero que isso não a faça mudar de ideia.

— Talvez me case com você, mas quero que entenda uma coisa — disse Raquel. — Em primeiro lugar, não volte a falar com papai sobre isso. Você só vai deixá-lo furioso. Eu é que falo com ele.

— Espero até o meu pai chegar para a Feira de Verão.

— Em segundo lugar, não é porque aceitei me casar com você que isso lhe dá o direito de me beijar assim quando quiser. — Dessa vez ela pesou cada palavra que disse. Queria ser beijada novamente de maneira que pudesse desfrutar o beijo, mas não queria que ele pensasse que era dono dela.

— Não se preocupe com isso. — A resposta dele foi rápida. — Depois do que passei, prefiro beijar um cão hidrófobo.

— Mentiroso. — Impotente para resistir ao desafio, ela chegou mais perto e o beijou.

Surpreendido e subjugado pela audácia de Raquel, Eliezer foi relaxando à medida que ela roçava os lábios nos dele e acariciava-lhe a nuca com os dedos. Depois, puxou-a para si e a dor que sentia no membro foi substituída por uma sensação diferente. Já estava achando que morreria de prazer quando se viu repelido por ela.

— Não podemos passar o dia inteiro aqui dessa maneira — ela o repreendeu como se a ideia do segundo beijo tivesse sido dele. — Tenho trabalho na vinícola e sei que você também tem que estudar. — Sacudiu as saias e saiu andando.

— *Non*, não tenho, não. — Ele a pegou e a puxou para si. — Já decorei toda a lição de hoje.

— Então você pode me ajudar na vinícola — ela disse. — Mas nada de beijos até que nossos pais assinem o acordo do noivado.

Ele calou-se e ela entendeu isso como um assentimento. Saíram caminhando lado a lado e ele ria quando imaginava o que Asher diria sobre o surpreendente desfecho daquela tarde. A certa altura, um pensamento o deixou perturbado.

– *Belle Assez,* onde aprendeu a beijar desse jeito?
– Está me acusando de já ter beijado outro homem?
– É claro que não – ele disse, lembrando-se do ataque de fúria que tomara Raquel pouco antes. Mas ela estava com um semblante sereno. – Na verdade, sim – admitiu com um sorriso.
Ela retribuiu o sorriso.
– Tenho aprendido um bocado só de espiar minhas irmãs.
– Suas duas irmãs? – Eliezer tinha ouvido rumores a respeito da virilidade de Meir, algo relacionado com um espelho mágico, mas também tinha visto Joheved e Meir abraçados como dois apaixonados. – Miriam e Judá me parecem um casal de peixes gelados.
– Não me referi a Miriam e Judá e sim a Miriam e Benjamin, o primeiro noivo dela.
– Oh – suspirou Eliezer, lembrando com tristeza do melhor amigo do irmão dele. Mas a tarde tinha sido maravilhosa demais para pensar na morte e, quando sua futura esposa lhe perguntou o que achara da lição do Talmud do dia, respondeu de um modo que ela certamente refutaria.

Certa de que os passos na escada eram do marido, Miriam ajeitou-se na cama para não acordar completamente quando a luz entrasse pela porta aberta. Não se importava por ele voltar tão tarde para casa. Enquanto continuasse *nidá* durante a Feira de Verão, Judá estaria livre para estudar todas as noites. Mas a porta não se abriu e soou uma batida suave.
– Dona Miriam – sussurrou Jeanne, a criada. – Cresslin está aqui. A esposa dele precisa da senhora esta noite.
Já era tempo, pensou, vestindo-se apressada e descendo a escada. A barriga de Muriel estava bem grande e pronta para parir.
– Minha tia ainda está dormindo? – perguntou para Jeanne.
– *Oui.* Devo acordá-la?
– *Non,* deixe-a dormindo. – Pegou a cesta de parteira e caminhou até a porta. – Se precisar dela, mandarei buscá-la.
Cresslin estava esperando do lado de fora com uma lamparina, mas não precisariam disso. Durante as feiras sazonais o conde Thibault mantinha tochas acesas nas ruas da cidade a noite toda. Só tinham percorrido um quarteirão quando Miriam viu que Judá vinha em sua direção, acompanhado de Meir, Shemayah e Salomão.

– Não sei quando estarei de volta – ela disse.

– Entendi – disse Judá. – Se não estiver de volta pela manhã, vou comer com papai e guardarei um silêncio redobrado quando vier da sinagoga para almoçar.

Ela saiu apressada em direção à casa de Muriel, com o rosto em brasa por ter ouvido um comentário à parte de Shemayah.

– Com o ofício de parteira que ela faz a noite toda e os estudos que ele faz fora de casa, esses dois ainda estarão inférteis quando a Feira de Verão terminar.

A porta da casa de Muriel se abriu quando eles chegaram e uma das criadas se apressou para pegar a capa de Miriam. Subindo a escada que levava ao aposento onde haveria o parto, Miriam tentava afastar a lembrança da última vez em que estivera ali. Uma pilha de samambaias esperava do lado de fora da porta e ela viu que o quarto já estava preparado. As paredes tinham sido riscadas de giz para impedir a aproximação de Lilit e tanto o amuleto de parto de Muriel como os *tefilin* do marido estavam dependurados à cabeceira da cama. As folhas de erva-doce espalhadas pelo quarto exalavam um doce perfume.

– A bolsa dela rompeu bem depois de matinas – disse a irmã de Muriel.

Sabendo-se observada por todas as mulheres da família de Muriel, Miriam fez nela um exame minucioso. Será que preferiam que tia Sara fizesse isso?

– O útero ainda não está aberto – disse. – Mas se abre rapidamente quando a mulher já teve outros filhos.

Algo lhe veio à cabeça e de novo ela passou as mãos no barrigão da grávida, apalpando aqui e ali com cuidado. Um nó apertou-lhe a garganta e foi tomada por uma excitação nervosa. Fazendo força para manter-se calma, continuou com o exame para obter uma certeza completa.

Ergueu-se e disse para Muriel:

– Cresslin tem que sair de novo para trazer minha tia. – Sorriu imediatamente para despreocupar a mulher. – Acho que esta noite serão dois bebês.

Ela desviou a mente para o celeiro em Ramerupt, para as centenas de carneirinhos gêmeos que ajudara a nascer. Como nenhum dos bebês estava virado de lado, poderia lidar com aquele parto. E pelo que parecia, uma das cabecinhas já estava posicionada.

Tia Sara chegou quando uma cabecinha se fazia visível e Muriel tinha uma contração. A experiente parteira congratulou Miriam pela perspicácia; eram de fato gêmeos.

– Se não se importar, Miriam, você assume e eu fico assistindo. – Sara recostou-se num banco e fechou os olhos.

Quando os sinos badalaram prima, o útero de Muriel abriu-se por inteiro e as contrações seguiram-se cada vez mais rápidas. Quando Muriel disse com um grito que precisava empurrar o bebê, Miriam jogou um punhado de alecrim no braseiro para harmonizar o ambiente e logo o primeiro bebê estava em suas mãos.

– É uma menina. – Estendeu a criança pequenina e bem-formada para tia Sara prepará-la.

Depois, verificou a posição do outro gêmeo, apalpou um pezinho e respirou fundo. Se fosse um carneiro, simplesmente agarraria o outro pé e puxaria. Mas era o parto de uma mulher e teria que tentar virar o bebê.

Lançou um olhar interrogativo para a tia.

– Tem uma perna aqui.

– Não temos muito tempo – disse Sara. – Tente empurrar de volta para dentro; a primeira criança já saiu e essa outra deve ter espaço suficiente para se virar. Mas se o pé ainda estiver posicionado quando Muriel tiver a próxima contração, aproveite a chance e puxe o neném para fora.

Tia Sara não disse tudo, mas Miriam sabia que tinha que tomar muito cuidado quando virasse o bebê para não provocar uma fratura e não permitir que o cordão umbilical o estrangulasse. Acontece que a sorte estava do lado delas e, embora o segundo bebê tivesse se recusado a se virar, Miriam conseguiu segurar os pezinhos e trazê-lo para o mundo.

Era um menino e de imediato só se ouvia no quarto o choro dos bebês e a tagarelice das mulheres. Miriam aninhou-se nos braços de Sara e soluçou de alívio. Ainda que tivesse pedido ajuda, ela própria é que tinha conduzido o parto.

Depois que a mãe e os bebês já estavam limpos e acomodados, Miriam finalmente desceu para o andar de baixo, surpreendendo-se por ver Judá e um grupo de pessoas estranhas e morenas de turbantes entre os que oravam para Muriel e os gêmeos.

– Cresslin foi pedir ajuda a Sara e, quando soube que eram gêmeos, achei que precisariam de mais preces que de costume – disse

Judá. – Os mercadores orientais que estudam comigo de manhã vieram junto. Eles acordam mesmo muito cedo.

– *Merci*, Judá. Você foi muito diligente. – Ela sabia que ele apreciaria a comparação com Ben Azzai, aquele que é tido pelo Talmud como um exemplo de diligência.

Salomão não suspeitou de nada extraordinário quando um mês depois a esposa anunciou que precisava ter uma conversa com ele. Cogitando se teriam recursos para adquirir roupas novas para o *Rosh Hashaná*, já estava com as respostas na ponta da língua quando Rivka entrou no salão. Mas quando viu que ela era seguida por Raquel, Joheved e Miriam, tornou-se claro que o assunto não era roupas novas.

– Não é estranho que até agora ninguém tenha pedido Raquel em casamento para você? – Rivka apertou os olhos com um ar de desconfiança. – Afinal, Joheved era mais nova quando ficou noiva e isso foi antes de você se tornar *rosh yeshivá*.

– Com Joheved tivemos que agir prontamente. Pois não havia garantia de que a família de Meir esperaria ou se acabaria aceitando alguma outra oferta. Já com Raquel não há necessidade de pressa.

De repente Salomão se deu conta de que queria adiar o acontecimento o máximo possível. Ele simplesmente não suportava a ideia de que alguém pudesse levá-la. Quanto mais postergasse, mais tempo Raquel continuaria sendo a garotinha dele.

Ela deu um passo à frente.

– Mas alguns homens devem ter se interessado por mim durante a Feira de Verão, não é, papai?

– *Oui*. – Ele evitou encará-la e começou a remexer algumas cartas que estavam à frente. – Muitos se interessaram no último verão, mas me recusei a noivar uma filha ao mesmo tempo em que casava outra.

– Foi sensato de sua parte. – Rivka o surpreendeu ao concordar e continuou: – Mas você devia ter me contado.

– E este ano? – perguntou Miriam.

– Raquel ainda é muito jovem. – Por que ele se sentia tão desconfortável quanto um cervo que está sendo caçado?

– E quanto a Eliezer ben Shemiah? – Joheved tentou parecer indiferente. – Meir me disse que foi um dos primeiros a pedir a mão dela no ano passado.

– Sim, Eliezer. – Salomão soltou um suspiro. – Fui procurado pelo irmão dele, mas claro que vocês não esperam que ela se case com ele. Os dois brigam o tempo todo.

— Mas eu adoro brigar com ele, papai. — A voz de Raquel soou doce como o mel. — E acho que também gostaria de me casar com ele.

Foi como se ela o tivesse apunhalado no coração. Meir e Judá estudavam a Torá por amor, mas Eliezer, não. Estudava porque não suportava a ideia de que alguém soubesse mais que ele. E Salomão estava certo de que o rapaz queria se casar com sua filha por pura competição. Não porque gostasse dela.

— Mas Raquel, minha querida filha, não vê que ele só quer se casar com você pela sua beleza e porque seu pai é o *rosh yeshivá*?

— Acho que o senhor está enganado, papai — disse Miriam. — Talvez não perceba porque é o pai dela, mas a maneira com que ele a segue com os olhos, a maneira com que o rosto dele se ilumina quando ela entra na sala...

— A maneira com que prontamente ofereceu a ajuda do pai quando ela perdeu o anel no último verão — acrescentou Rivka.

— Está bem. — Ele tombou os braços em sinal de derrota. — Ela pode se casar com ele. Mas sem noivado legal, apenas um compromisso, e isso só depois que eu chegar a um acordo com Shemiah. Depois do que aconteceu com Miriam, prefiro seguir a tradição italiana... *erusin* e *nisuin* realizados juntos, por ocasião do casamento.

— *Merci*, papai. — Raquel o envolveu com os braços. — Não me importo se é noivado ou compromisso, desde que haja um banquete para celebrar e eu ganhe uma roupa nova de seda.

Joheved sorriu animada.

— Podemos dar o banquete no décimo quinto dia de Av.

— Não seria melhor antes, enquanto a lua estiver crescente? — perguntou Rivka. De acordo com o calendário lunar, fazia sempre lua cheia no décimo quinto dia dos meses judaicos.

— Mas no décimo quinto dia de Av todas as donzelas de Jerusalém se vestem de branco para dançar nas vinícolas e se deixam cortejar pelos rapazes — explicou Joheved.

> Elas lançam olhares para aqueles a quem desejam. Rabban Gamaliel disse: "Nunca houve em Israel dias de tanta alegria como o décimo quinto dia do mês de Av."

— É o que diz o tratado *Taanit*.

— Mas por que o décimo quinto dia de Av, papai? — perguntou Raquel. Ela ainda não tinha estudado o tratado *Taanit*.

– Enquanto os israelitas vagavam pelo deserto, esperando que a geração do Egito morresse para que eles pudessem entrar na Terra Prometida, ninguém adoecia ou morria como acontece hoje em dia – disse Salomão. – Uma vez por ano, no nono dia de Av, todos cavavam um túmulo e dormiam lá dentro. No dia seguinte, descobriam que um quadragésimo deles tinha morrido durante a noite.

– Não é de espantar que o nono dia de Av seja um dia de luto – disse Raquel de olhos arregalados. – E quanto ao décimo quinto dia?

– Depois de vagar durante quarenta anos pelo deserto, os israelitas cavaram os túmulos no nono dia de Av como de costume. Mas na manhã seguinte ninguém estava morto. Achando que haviam calculado o calendário de forma errada, dormiram nos túmulos na noite seguinte e de novo ninguém morreu – explicou Salomão. – Fizeram a mesma coisa até o décimo quinto dia. E como a lua estava cheia, eles se deram conta de que o nefasto nono dia já tinha passado e que finalmente eram merecedores de entrar na Terra Prometida. E assim transformaram o décimo quinto dia em dia festivo.

Salomão voltou-se para a esposa.

– Pelo menos a lua cheia não é lua minguante e certamente Shemiah já terá chegado aqui no décimo quinto dia de Av.

Era incomum preparar banquetes para noivados extraoficiais, sobretudo porque o pai da noiva ainda não tinha dado seu assentimento. Mas Asher estava com as cartas de crédito de Shemiah e ele próprio assumiu os arranjos a serem feitos, tais como saldar a dívida de Salomão no estabelecimento de Avram e adquirir um corte de brocado de seda na tenda de tecidos da feira, no mesmo tom verde esmeralda dos olhos de Raquel.

Miriam tentava compartilhar o mesmo entusiasmo da mãe e das irmãs, mas o amor de Raquel pelo noivo fazia com que se lembrasse de Benjamin. *Como pôde acontecer somente sete anos depois do nosso noivado?* E como se não bastasse o tormento da alma, estava sempre cercada de bebês. Cada parto que assistia era um penoso golpe que lhe trazia à mente o fato de que há quase um ano mantinha relações com Judá e ainda não estava grávida.

Em casa, enquanto Joheved amamentava o pequeno Samuel e Anna embalava a filha, Miriam era tomada por uma onda de amargura que não parava mais; era como se tivesse comido alguma coisa podre. Até mesmo os animais pareciam determinados a zombar dela, já que os gatinhos recém-chegados miavam felizes pelo pátio.

Ela não era a única desapontada com sua infertilidade. Alvina chegou em Troyes e ficou feliz por ver que a nora se mantinha acordada até que Judá e os outros homens voltavam da sala de estudos. Para que a espera não fosse solitária, Alvina jogava xadrez com ela.

Mas à medida que a Feira de Verão passava, Judá chegava cada vez mais tarde em casa e as duas mulheres acabavam desistindo de esperar e se recolhiam à cama. E o pior, Miriam era chamada para examinar as pacientes pelo menos uma vez por semana, frequentemente retornando à casa pela manhã.

Alvina não fazia comentários, mas sua frustração era crescente. Por fim, certa noite os sinos badalaram matinas e, quando Miriam curvou-se para soprar a chama da lamparina, foi impedida pela sogra, que disse com voz firme que esperaria pelo filho, mesmo que ficasse de pé até o sol nascer.

Um pouco depois de laudes, exausto e feliz, Judá deu um boa-noite para Salomão e entrou em silêncio na casa, onde a mãe o aguardava. Zonza de sono, Miriam não tinha ouvido as vozes dos homens lá fora, mas acordou na mesma hora em que ouviu Alvina conversando com o filho.

– O que pretende ao deixar sua esposa sozinha na cama, se ela não está *nidá*? – Alvina tentou falar o mais baixo possível, mas alto o suficiente para Miriam ouvir. – Já estou esperando por um neto há quase um ano e não quero esperar para sempre.

Miriam não conseguiu ouvir a resposta de Judá, mas as palavras seguintes foram perfeitamente audíveis.

– A princípio, coloquei a culpa na constituição franzina e sem curvas da sua esposa, e cheguei até a pensar que teria sido melhor se tivesse casado com uma mulher mais feminina, mas agora vejo que a culpa é sua. – Antes que o filho pudesse esboçar uma reação, continuou: – Se você não consegue dormir com sua esposa, é melhor se divorciar e casar com uma outra que seja mais atraente.

A intimação provocou uma resposta audível.

– Minha esposa é muito atraente, e a verdade é que somos perfeitamente compatíveis. Mas sou um erudito e durante a Feira de Verão... – Ele abaixou a voz e Miriam não conseguiu ouvir o resto da defesa em causa própria. Ela se concentrou para ouvir a ambos, sem saber ao certo a quem devia apoiar.

Aparentemente, nenhuma palavra de Judá modificava a opinião da mãe.

– Meir e Shemayah também chegam tarde, e Meir está com um recém-nascido e a mulher de Shemayah está grávida.

A discussão abaixou o tom novamente e quase não se ouvia nada, até que Alvina deu um ultimato ao filho.

– Está bem, então espere até o fim da Feira de Verão para descansar um pouco. Mas insisto que faça uma consulta com Azariel. Ele não teve problema algum para engravidar a esposa.

Judá já estava no meio da escada e por isso Miriam ouviu claramente a réplica irritada que fez.

– Já que a senhora insiste, falarei com ele. Agora, *bonne nuite*, mamãe!

Miriam sentiu que ele tremia ao se deitar, mas não pôde distinguir se era um tremor de raiva ou de humilhação. Embaraçado pelas canções e histórias vulgares que agradavam a maioria dos franceses, é claro que era terrível ter que discutir a intimidade conjugal com alguém, mesmo com o próprio irmão.

Se o marido teria que consultar Azariel, talvez ela também pudesse consultar tia Sara. Afinal, quem sabia mais sobre gravidez? Mas pela manhã Miriam resolveu esperar mais uns dias, até que chegasse a menstruação. Além do mais, se já estivesse grávida, por que incomodar a tia por nada?

Judá, por outro lado, apressou-se em cercar o irmão depois do almoço. Quanto mais cedo tivesse aquele diálogo desagradável, mais rapidamente a mãe teria uma satisfação e ele poderia retornar aos estudos.

Azariel não estava disposto a dar conselhos a quem não demonstrava interesse em ouvir e foi direto ao ponto.

– Quantas vezes você se deita com ela?

Judá já esperava pela pergunta.

– Nas noites de sexta-feira e depois que Miriam volta do *mikve*, como recomenda o Talmud.

Azariel suspirou.

– Uma vez por semana é o mínimo para os eruditos. E se você quiser ter filhos homens, os sábios aconselham duas vezes por noite.

– Talvez a gente possa usar a cama com mais frequência – disse Judá. Isso não seria tão difícil.

Um pouco mais tarde, porém, já não estava tão convicto assim. Àquela altura ele já não precisava fazer nada de especial para seduzir a esposa; já estava combinado entre eles que teriam relações a cada *erev shabat*. Relações mais frequentes exigiriam que ele tomasse a iniciativa. E ainda havia um outro problema. Miriam era uma mulher recatada e devota; e se não quisesse ter relações com tanta frequência?

Judá achou que seria melhor esperar, não só até o final da Feira de Verão como também até o final de Elul. Isto porque dificilmente teria energias para manter relações com a esposa duas vezes por noite enquanto estivesse se levantando à meia-noite para fazer as orações de penitência antes do amanhecer, sem falar nos dias que teria que pisotear uvas para a produção de vinho de Salomão. Seria melhor deixar tudo para depois do *Iom Kipur*.

Quando a menstruação de Miriam chegou no décimo segundo dia de Av, ela optou por adiar o assunto. Esperaria até o mês de Elul para falar com tia Sara, mesmo porque toda a família estava muito ocupada com os preparativos do banquete de comprometimento de Raquel.

Treze

Eliezer ficou furioso quando soube que só assumiria um compromisso com Raquel, e não um noivado no sentido estrito. Ele queria um tipo de união que não fosse rompido caso a noiva tivesse um ataque temperamental. Mas o pai dele, Shemiah, chegou com um presente para Salomão, que garantia a solidez do contrato. Os estudantes se aglomeraram excitados enquanto Shemiah desamarrava as cordas, soltava as trancas e, por fim, abria o primeiro baú. Fizeram-se apostas discretas em torno do possível conteúdo, mas ninguém estava preparado para o que estava por vir.

O baú estava abarrotado de livros encapados, com letras hebraicas em relevo. Salomão pegou um dos livros, abriu com cuidado e soltou um suspiro de admiração. Era um tratado do Talmud escrito por um exímio escriba, e certamente as outras caixas continham os outros tratados que formariam uma coleção. Eram baús que não teriam mais valor se estivessem cheios de ouro e pimenta.

– São de Bavel – disse Shemiah com uma reverência orgulhosa enquanto Meir e Judá se aproximavam para ver os livros.

Joheved notou que os olhos do pai faiscavam de desejo.

– Acho que papai sente por esses livros a mesma coisa que Eliezer sente por nossa irmã – sussurrou para Miriam.

A irmã assentiu.

– Papai nunca permitirá que Raquel mude de ideia. Se fizer isso, ele terá que devolver os livros.

Os sentimentos de Raquel travaram uma luta dentro dela. Como não se sentir lisonjeada com um presente de noivado tão valioso? Depois, ela notou o olhar presunçoso de Eliezer e de novo se viu invadida pela mesma sensação de ter sido aprisionada numa armadilha como a da primeira vez que ele a beijou. Sabia o que ele estava pensando – agora, era o dono dela, o pai a tinha vendido por uma coleção do Talmud.

Eliezer notou que Raquel estava embirrada e leu o que se passava na mente dela, da mesma forma que ela lera sua mente. Com um sorriso, tirou uma sacola de dentro da manga e ofereceu-a. O que ela queria era atirar a sacola na cara dele, mas preferiu sorrir com graça enquanto investigava o conteúdo. O sorriso assumiu um calor intenso ao tirar da sacola o colar de coral do qual se vira forçada a se desfazer no último verão.

– Me permite. – Ele ajeitou o colar em volta do pescoço ao mesmo tempo em que acariciava a pele, fazendo-a sentir um arrepio na espinha. E perguntou em seguida, antes que ela deixasse o saquinho de lado: – Será que não há mais nada aí dentro?

De fato, havia alguma coisa lá no fundo, um maravilhoso broche de esmeraldas e diamantes.

– Pode usá-lo no nosso banquete de comprometimento, junto com esses aqui. – Ele mostrou um outro saquinho que continha um par de brincos de esmeralda e diamantes.

Joias! Ele está dando joias para mim!

Ela relutou em beijar a palma da mão dele em agradecimento, e ficou em silêncio até que Rivka sussurrou.

– Raquel, onde é que está sua educação?

– Oh, *non*, eu é que devo agradecer a ela – retrucou Eliezer, da forma mais encantadora possível.

Curvou-se para beijar a mão de Raquel, que estremeceu novamente com o toque dele. *Não me submeterei a ele. No final veremos quem será o dono de quem.*

Miriam estava de novo *nidá* e procurou tia Sara, que rapidamente lhe prestou esclarecimentos.

– Continuo intacta? – perguntou Miriam, confusa. – Mas como pode ser? Eu e Judá temos relações toda semana, isso quando não estou menstruada.

– Não há dúvida, minha querida. Apesar do que estão fazendo, você continua virgem. – Sara sorriu pela inocência da sobrinha. – Não se preocupe, posso resolver isso com uma faca afiada.

Miriam desviou os olhos de Sara.

– Eu me sinto tão estúpida.

– Você não é a primeira a ter esse problema. Os alunos mais fervorosos da *yeshivá* parecem pensar que tudo o que precisam saber está no Talmud. – Sara esperou pelo olhar de Miriam. – Está arrependida de ter se casado com Judá? Se for o caso, não terá problema algum para conseguir o divórcio.

Miriam engoliu em seco. Pedir o divórcio a Judá?

– Embora não seja o Benjamin, não me arrependo de ter casado com ele.

– Pois é – disse Sara, hesitando. – Só depois de três anos é que me arrependi de ter casado com Levi.

– O que havia de errado com ele? – Talvez também tivesse demorado a engravidar a tia.

– Sempre que tinha uma chance, ficava na rua até tarde, jogando e perdendo. – Sara fez uma careta ao se lembrar. – Se eu não fosse uma parteira popular, teríamos passado fome.

– Judá também fica fora até tarde, mas estudando – disse Miriam. Segundo o balanço familiar, raramente ele gastava dinheiro.

– Seja lá o que ele faça à noite, o fato é que não precisa disso para engravidá-la.

– O que devo fazer então?

– Toda vez que uma mulher reclama comigo que o ardor do marido enfraqueceu, eu recomendo uma poção que fortalece o *ietzer hara* masculino.

– É mesmo? E o que tem nessa poção?

– Essa poção se chama pó de cantáridas. É feita de um besouro que vive perto do mar Mediterrâneo, e o efeito é tão poderoso para os homens como para as mulheres – disse Sara. – Coloque uma pequena dose no copo de vinho do seu marido, porque uma dose maior é perigosa; ele pode beber na hora de se deitar.

– E depois? – perguntou Miriam de olhos arregalados.

– Ele será arrebatado por um intenso desejo e realizará o ato sagrado muitas vezes. – Sorriu Sara, com complacência. A sobrinha não continuaria infértil por falta de tentativas. – Sob o efeito dessa poção nem mesmo um grande erudito é capaz de controlar seu *ietzer*.

Miriam não conseguia imaginar Judá em tal estado. Assim como não conseguia imaginar como ela própria reagiria.

– A mulher também não tem que beber um pouco para retribuir a paixão do homem?

– Talvez um pouquinho só – disse Sara.

Miriam engoliu em seco.

– Digamos, por suposição, apenas por suposição, que eu aprove esse tratamento. Qual seria a melhor ocasião para isso? – Talvez fosse melhor deixar Sara cortar o hímen dela e pronto.

– Para cortar o hímen, é melhor durante a menstruação. Você nem notaria um pouco mais de sangue e ainda sobraria tempo para cicatrizar – respondeu Sara. – Quanto à poção, aconselho que use quando voltar do *mikve*.

– Bem, eu estou *nidá*. – Miriam calculou quando estaria limpa.

– Irei ao *mikve* novamente um pouco antes das *Selichot*. Mas não quero fazer isso enquanto estivermos nos preparando para os Dias de Expiação.

Selichot – a palavra significa literalmente oração de arrependimento – era o apogeu do mês de penitência de Elul. Todo mês os fiéis se levantavam à meia-noite e antes do amanhecer para confessar os pecados e pedir perdão ao Todo-Poderoso. Os judeus comuns se contentavam com o serviço de *Selichot* à meia-noite do sábado que precedia o *Rosh Hashaná*.

Somente umas poucas mulheres saíam de suas casas no meio da noite para comparecer ao serviço na sinagoga. Depois do seu casamento, Joheved tinha ido algumas vezes, mas depois do nascimento de Isaac passou a ficar em casa e Miriam juntava-se a ela no salão para as orações de penitência. Mas agora Miriam estava casada e decidida a acompanhar Judá nas *Selichot*. Queria tirar proveito do benefício de não ter filhos.

Agasalhada por uma pesada capa, posicionou-se entre o pai e o marido e esperou Meir acender a tocha. Judá fechou o portão do pátio e muitos vizinhos juntaram-se ao grupo. Eles cruzaram lentamente o silêncio das ruas, onde encontraram outros grupos que portavam tochas acesas e faziam um trajeto sombrio até a Sinagoga Velha de pedras. Tiras de neblina flutuavam pelo ar e isso fez Miriam imaginar que os *mazikim* retornariam para a *Geena* depois do *shabat*. Não por acaso a mãe não deixara Raquel acompanhá-los.

No interior da sinagoga, faltava o calor habitual das vozes. Iluminada apenas pelas tochas lá de baixo, a galeria das mulheres estava escura e sombria, e tanto Miriam como as outras mulheres voltaram em completo silêncio para o andar de baixo, onde assumiram seus lugares nas laterais. Quando os sinos de matinas terminaram de badalar, o pai dela subiu na *bimá* situada ao centro e iniciou-se o serviço, como é dito nos salmos.

> À meia-noite eu me levantarei para vos agradecer.

Em outras ocasiões os homens proeminentes teriam disputado o privilégio de ser o orador da sinagoga, mas naquela noite a comunidade voltou-se para o seu membro mais devoto e instruído, aquele que advogaria a causa de todos. Inicialmente, ele citou o tratado *Taanit* da *Mishna*, uma litania na qual se faz uma listagem de homens importantes da Escritura, que vão de Abraão a Ezra, como exemplos da compaixão do Eterno.

> Ele, que respondeu a Abraão no monte Moriá, que Ele nos responda e ouça nossas preces deste dia... Ele, que respondeu a José no calabouço, que Ele nos responda... Ele, que respondeu a Moisés no mar Vermelho, que Ele nos responda...

Miriam refletiu a respeito do seu próprio dilema. Deveria limitar-se ao corte do hímen ou também daria a poção para Judá? E se assim fizesse, beberia um pouco também? Uma poção com tal poder podia ser perigosa. E se afetasse apenas a ela e não a ele?

Concentrou-se novamente nas *Selichot* durante a réplica da congregação, que recitou os treze atributos divinos revelados por Moisés depois que os israelitas pecaram com o bezerro de ouro. Moisés rogou por eles – "Mostre a Vossa glória" – e o Todo-Poderoso os perdoou, proclamando:

> Adonai, Adonai, Deus compassivo e gracioso, paciente, repleto de compaixão e confiança, que distribui gentileza para milhares de gerações, perdoando a iniquidade, a transgressão e o pecado, e absolvendo...

Miriam sorriu para si mesma ao se lembrar que tinha debatido com Joheved sobre quais seriam realmente os atributos e como se poderiam alcançar os treze da lista.

O pai fez um alerta à congregação.

– Frequentemente nós recitamos os treze atributos divinos nas preces de *Selichot* porque no tratado *Rosh Hashaná,*

Disse Rav Yohanan: o Eterno – Abençoado seja – disse para Moisés: "A qualquer hora que Israel pecar, faça com que eles digam esta prece diante de Mim que os perdoarei."

– Repetimos então a mesma súplica de Moisés na esperança de que nossas preces possam ser igualmente eficazes.

Mas as preces de penitência sem remorso não têm valor, e por isso a congregação seguia a recitação dos treze atributos divinos junto a uma confissão dos pecados. Nos anos anteriores, raramente Miriam prestava atenção nas palavras que ecoavam em seu peito quando cada pecado era admitido, mas dessa vez sentiu-se profundamente perturbada ao declarar:

– Nós agimos de maneira perversa... nós fomos presunçosos... nós desviamos os outros do caminho.

Será que cometeria tais pecados se fizesse Judá ingerir a poção sem que ele soubesse? Mas o primeiro mandamento do Eterno para o homem depois de o ter criado foi o de crescer e multiplicar-se, e assim ela estaria isenta de pecado pelo que fizesse. Não teria que se valer de cada meio disponível para engravidar? E quanto ao perigo? Ao término do serviço, ela tomou uma decisão. Os dois tomariam a poção, e que o Eterno lhe garantisse o perdão.

No *Iom Kipur* Miriam pediu e recebeu o perdão de Judá por tudo que lhe tinha causado. Ele retribuiu, chegando a pedir perdão por não ter cumprido suas obrigações conjugais, mas em seguida praticamente implorou para que tivessem relações com mais frequência.

Sem deixar transparecer o que reservava para o marido, ela concordou em realizar o ato sagrado com ele na noite da terça-feira seguinte, depois que voltasse do *mikve*, e também no *erev shabat*. Seria uma ocasião propícia porque numa terça-feira o Eterno terminou a Criação e manifestou duas vezes Seu regozijo. Além disso, era de conhecimento de todos que uma criança concebida no domingo ou na segunda-feira nascia durante o *shabat*, o que seria uma profanação ao dia santo.

A menstruação de Miriam começou um dia após o *Iom Kipur* e nessa noite ela soltou um único grito quando tia Sara cortou-lhe a recalcitrante membrana com uma faca afiada. Mas três dias depois, na véspera de *Sucot*, algumas novidades ameaçaram os planos de ambos. As mulheres estavam para terminar os preparativos do jantar na *sucá* quando Meir entrou pelo portão, ergueu o pequeno Isaac e começou a girá-lo no ar.

– Adivinhe quem serão o Noivo da Lei e o Noivo do Início em *Simchat Torá*? – ele gritou.

– Quem? – perguntou o filho com alegria.

– Seu tio Judá e eu.

– E o que é um noivo da Torá? – quis saber o menino.

Meir tentou explicar de maneira bem simples.

– *Simchat Torá* significa "alegria da Torá", e nessa época nós lemos os últimos versos do Deuteronômio. Mas não terminamos aí, porque o estudo da Torá nunca termina, depois continua com a leitura do primeiro capítulo do Gênesis.

– Mas o que isso tem a ver com o casamento?

– Não é um casamento de verdade. – Sorriu Meir quando percebeu a confusão do filho. Em *Simchat Torá* nós honramos dois homens, escolhendo um deles para abençoar a leitura final da Torá e o outro para abençoar o início da Torá; quem lê o final é o Noivo da Lei, e quem lê o início é o quê?

– Noivo do Início – gritou Isaac, entusiasmado.

Meir rodopiou Isaac no ar outra vez.

– E oferecemos uma grande festa para os dois e as esposas, com a mesma alegria de um casamento de verdade.

Joheved enrugou a testa de preocupação.

– E temos recursos para isso? – Fazia tempo que nenhum homem se oferecia para as honras de *Simchat Torá*, mas esperava-se dos que eram escolhidos que fizessem uma contribuição substancial para o fundo de caridade. Ela suspeitava que o nome de Salomão nunca tivesse sido ventilado por essa razão.

– Com a excelente safra de trigo que tivemos, os rendimentos da propriedade serão suficientes. – Sorriu Meir para Miriam, acrescentando: – E se não forem, Judá cobrirá a diferença.

– É bem provável – ela disse, tentando esconder a frustração. – Alvina fez bons negócios na Feira de Verão depois que recebeu garantia de residência aqui. Ela nem precisou dividir os lucros com o intermediário local.

Meir abriu um largo sorriso.

– Não me surpreenderia se escolhessem Judá para ter esse dinheiro de volta.

A comunidade judaica de Troyes era muito seletiva em relação a quem aceitava como residente. Ninguém podia simplesmente se mudar para a cidade e estabelecer um negócio lá; mesmo um forasteiro casado com um membro de uma família judaica da cidade tinha que esperar alguns anos até ser considerado residente. Em respeito a Salomão, Meir tornara-se residente por conta do seu casamento com Joheved, mas os negócios da família nas feiras eram limitados e só de vez em quando o casal comercializava o gado no mercado.

Judá recebeu o mesmo benefício, mas quando Alvina insistiu que o privilégio devia se estender a ela, muitos protestaram com o argumento de que eles eram parisienses e não cidadãos de Troyes. Enfim estabeleceu-se um compromisso no qual ela foi autorizada a fazer negócios como residente, desde que os lucros obtidos na feira permanecessem em Troyes sob a forma de carta de crédito para o filho e para Miriam.

– O que devo fazer? – disse Miriam com uma voz desesperada para a tia depois que soube da notícia. – *Simchat Torá* será na noite em que estarei pronta para ir ao *mikve*. O que farei se Judá for o Noivo da Lei?

– Seu marido estará num clima festivo – retrucou Sara. – Sorte sua ele ser o Noivo da Lei. Ele deve terminar a leitura na hora de vocês irem para a cama, e de manhã só terá que recitar um pouco antes de Meir assumir.

– Se surgir qualquer dificuldade nessa noite não darei a poção para ele.

– Deixe de ser pessimista. – Sara abraçou a sobrinha. – Não se esqueça que é uma honra ser a Noiva da Lei.

Miriam sorriu. *Será como casar novamente... só que dessa vez nós dois teremos uma verdadeira noite de núpcias.*

À medida que o feriado de *Sucot* se aproximava do fim, com *Simchat Torá* como clímax, Miriam assumia os excitantes preparativos. Rivka mal conseguia conter o júbilo enquanto ajudava as duas filhas com os vestidos de casamento. Para alívio de Miriam, Judá encarnou o papel de noivo e vestiu o traje vermelho de casamento sem reclamar. Chegou até a esboçar um sorriso quando ela sussurrou que tinha visitado o *mikve* enquanto ele e Meir estavam na casa de banho.

O céu escurecia quando os ajudantes de Meir e Judá chegaram ao pátio da casa. Oito homens portando estandartes e tochas escoltariam os noivos até a sinagoga. Além disso, quatro damas fariam a escolta de Joheved e Miriam. Depois de muitos brindes com o melhor vinho de Salomão, o entusiasmado grupo se foi.

A noite fez Miriam lembrar do seu casamento. Mais uma vez Judá era o herói. Ao chegar à sinagoga, ele foi saudado por hinos especiais e aspergido com água de cheiro enquanto se dirigia para o assento de honra, onde recebeu o rolo da Torá. Iniciou a recitação e ela notou que ele fazia um grande esforço para ler o texto sagrado, mesmo o sabendo de cor.

> Então, Moisés, o servo do Eterno, morreu em Moab, de acordo com as palavras do Eterno. O Eterno o enterrou no vale, na terra de Moab, próximo a Beth-peor; e desde esse dia ninguém mais soube onde está o seu túmulo.

Miriam sorriu ao recordar que o comentário do seu pai sobre esses versos antecipava a pergunta dos estudantes.

– Como é possível que Moisés tenha morrido e escrito posteriormente: "Então, Moisés, morreu lá"? – Alguns dizem que Josué escreveu depois, mas o nosso texto diz que Moisés morreu, de acordo com as palavras do Eterno, o que nos faz compreender que o Eterno (Abençoado seja) ditou essa passagem para Moisés, que a escreveu banhado em lágrimas.

Judá terminou as bênçãos que seguiam a leitura da Torá e teve início a festança. Canções divertidas ecoaram pelo ar à medida que os homens vestidos em suas melhores roupas se aglomeraram numa dança em torno de Judá e Meir. Um por um, cada qual dançava com um rolo da Torá na mão enquanto o resto mantinha os dois noivos no centro daquela massa em rodopios. Na galeria feminina, no andar de cima, as mulheres cantavam e dançavam ao redor de Joheved e Miriam.

Algum tempo depois, Meir terminou a parte dele e a celebração transferiu-se para o pátio da sinagoga. As bandeiras e as tochas agitaram-se ao ar, conduzindo a multidão até a rua. Os músicos surgiram inesperadamente e a cantoria tornou-se mais alta enquanto os homens e as mulheres se reuniam.

De volta a casa, Miriam e Judá eram esperados por uma refeição festiva. Ela nem precisou persuadi-lo com o vinho; os homens que dançavam e erguiam seguidamente as taças de vinho ofereceram uma taça para ele. Ela também participou da dança e quanto mais bebia, mais se dava conta de como ele era atraente. De onde estava, Miriam pôde reparar que uma das muitas mulheres olhava atentamente para Judá, para sua forma de dançar, seus cabelos negros e soltos sobre os ombros e sua túnica de seda vermelha que cintilava sob a luz das tochas. E também não lhe passou despercebido que ele já não se aguentava mais sobre as pernas, o que a fez lembrar que ainda tinha uma longa noite pela frente.

– Judá, está ficando tarde. – Ela o puxou da roda de homens que estavam dançando, e fez de tudo para se mostrar sedutora quando disse: – Uma taça de vinho nos aguarda lá em cima, antes de irmos para a cama.

Os companheiros de Judá o despacharam com piadinhas e comentários que se referiam ao seu papel de noivo e, quando Miriam o conduziu em direção a casa, eles começaram a cantar para o casal.

> Divirta-se, ó noivo, com a esposa da sua mocidade
> Que seu coração seja feliz agora, pois quando envelhecer
> Você verá seus netos coroando a sua idade...

Judá estava bem mais bêbado do que Miriam imaginava, e ela teve que fazer muita força para guiá-lo pela escada. Ele tentava cantar os outros versos da música, mas se atrapalhava e recomeçava tudo outra vez.

Quando finalmente conseguiu levá-lo para dentro do quarto, ele ainda estava na terceira linha:

– Você verá seus netos coroando a sua idade.

Ela pegou o copo de vinho, com mãos trêmulas.

– Reservei o melhor vinho da safra do meu pai especialmente para esta noite. – Bebeu um longo gole com avidez e esperou ansiosamente que ele acabasse de beber o resto.

Ele sentou-se na cama com todo o peso, e tentou livrar-se das botas.

– Ajude-me a descalçá-las; estou exausto. – Curvou-se para trás e suspendeu os pés para que ela pudesse alcançá-los.

A primeira bota exigiu algum esforço e, quando ela acabou de tirar a segunda e caiu sem forças na cama, ele já estava roncando a sono solto ao lado. *Mon Dieu, e o que faço agora?*

Ela precisou de um tempo para se despojar de todos os adornos e, quando se levantou para tirar a túnica, sentiu uma espécie de ardência, um tremor na região entre as pernas. Envolvida por essa sensação, aproximou-se do prostrado marido para despi-lo. Ele começou a resmungar quando ela abaixou suas ceroulas e apagou a lamparina.

Aquele sonho de novo, não, nesta noite, não. Judá sentia as mãos de Miriam despindo-o, acariciando-lhe as partes íntimas, mas quanto mais tentava manter-se impassível, mais ardia de desejo. Abriu os olhos ou sonhou que abriu os olhos, mas estava muito escuro e só pôde ver uma silhueta feminina de cabelos longos e soltos por cima dele. Quis combater essa figura demoníaca e impedi-la de montar em cima dele, mas o traiçoeiro membro latejante o deixou indefeso demais e o fez erguer o quadril e cooperar quando se viu envolvido de forma viscosa. De um jeito ou de outro, ela o tinha enfeitiçado, e a ele só restou se contorcer em doce agonia, até que se viu forçado a despejar sua semente dentro dela.

Ainda ofegante, Miriam rolou o corpo e estirou-se na cama. Mas o coito só a deixou serena por um tempo. O calor tomou-lhe as veias e dessa vez mais forte. Sem poder resistir, voltou-se para Judá. Mas ele foi mais rápido. Antes que pudesse beijá-lo, ele já estava em cima dela, penetrando-a com fúria. Sensações que ela nunca imaginara possíveis emergiam do útero e espalhavam-se por todo o corpo. Ela gemia, gritava... consumida internamente por uma furiosa paixão. E quando se viu inundada pelo prazer final, se deu conta de que os movimentos frenéticos por cima dela eram ao mesmo tempo combustível e extintor daquele fogo.

– Quem é você, demônia? – perguntou Judá depois que recuperou o fôlego. – Qual é seu nome?

– Miriam, sua esposa. – *Como ele não sabe quem sou eu?*

– É impossível. – Ele nunca tinha experimentado nada igual durante um ano de relações com ela. Nunca! Sentiu o desejo pulsando outra vez por todo o corpo. – O que fez comigo, demônia? Já não lhe dei o bastante?

A melhor resposta para tais perguntas foi calá-lo com um beijo. Os seios e o útero latejavam e ela não precisava esperar muito. A cada cópula diminuía o tempo necessário para levá-la ao clímax, ao passo que ele levava mais tempo. Ela estava tão concentrada nas ondas da paixão que a invadiam por inteiro que quase não notou os sinos que badalaram para anunciar matinas.

Algumas horas depois, Judá ainda golpeava a carne intumescida de Miriam, e a ela só restava rezar para que aquele misto de prazer e tormento se acabasse. Será que tinha colocado muita poção no copo? E se ele ainda estivesse possuído pela poção na hora dos serviços matinais? De todo modo, ela é que tinha feito aquilo e teria que continuar enquanto ele precisasse.

Passado algum tempo, o apetite de Judá começou a esmorecer. Depois do que pareceu uma série interminável de estocadas, ele soltou um grito e estirou-se exausto em cima de Miriam. Ela estava enfraquecida demais para se mexer, mas encontrou um jeito de tirá-lo de cima. Totalmente exaurida, antes de sucumbir ao sono ouviu o badalo dos sinos que anunciavam laudes.

Catorze

Ramerupt
Inverno, 4841 (1081 E.C.)

— Por favor, Miriam, considere o convite de Samuel e Marona – disse suavemente Judá, tentando não perturbá-la. – O clima agradável de Ramerupt vai ajudá-la a se sentir melhor.

Ela voltou-se lentamente para ele, disfarçando a onda de náusea que a invadiu quando ergueu a cabeça do travesseiro. Por que não tinha uma gravidez normal? As outras mulheres vomitavam pela manhã, mas se recuperavam rapidamente e às vezes sentiam náuseas pela tarde por pouco tempo. Logo ela, a parteira, tinha que ser diferente. Vomitava ao acordar e enjoava quase o dia inteiro. Somente à noitinha é que dispunha de algumas horas de conforto. Mas a essa altura já estava tão cansada que mal conseguia comer.

Nem infusão de endro nem chá de capim-limão pareciam ajudá-la, se bem que era obediente e tomava tudo. Seu consolo era a afirmação da tia Sara de que quanto mais uma grávida enjoava, menos chance tinha de abortar. Pelo menos as beberagens de endro e capim-limão eram gostosas.

— Acho que não poderia me sentir pior – ela disse, com um suspiro. – Mas posso ir a cavalo. – O estômago embrulhava só de pensar em viajar com o sacolejo de uma carroça.

— Podemos cavalgar juntos, assim que parar de chover – disse Judá.

Alguns dias depois o tempo clareou e, já em Ramerupt, Miriam ainda não tinha se recobrado, mas admitia que o ar puro do campo era bem melhor que o ar esfumaçado e fedorento de Troyes. Marona tentava persuadi-la a caminhar fora de casa pelo menos uma vez por dia, limitando-se a uma voltinha pelo pátio. O ar gelado queimava os pulmões, mas desanuviava a cabeça.

Com o passar dos dias, recuperou-se o bastante para ultrapassar os limites do pátio e observar os camponeses que aravam os campos.

Sua atenção voltou-se para um casal de camponeses que trabalhava a terra, sulcando-a e revolvendo-a com um arado pesado. Não é de espantar que os campos sejam tão vastos e os canteiros, tão estreitos, pensou Miriam enquanto a mulher lutava para virar os quatro bois que tinham puxado o arado até o final de um dos canteiros. Olhando-a de perfil, notou que a camponesa estava grávida. Foi tomada por uma onda de simpatia e apressou-se em direção à vila.

Ramerupt-sur-Aube estava praticamente vazia. Não se via ninguém por perto do forno comunitário e o estoque de alimentos da vila estava livre de malfeitores. As únicas pessoas que viu eram alguns homens que faziam reparos no telhado de uma cabana antes que a próxima tempestade chegasse e outros que trabalhavam na moagem de grãos nas proximidades da cervejaria. O forte cheiro de cevada fermentada impeliu-a de volta à casa principal, onde já devia estar a pessoa que ela aguardava.

Miriam estava à espera de Joheved, que chegaria com os filhos para passar o inverno longe de Troyes, onde se disseminava um surto de varíola. Mas Emeline também se encontrava na casa. Como estava diferente! Vestia uma elegante túnica que lhe realçava a pele sem deixá-la pálida e seus olhos azuis cintilavam de alegria.

— Você mudou desde a última vez que a vi – disse Miriam.

Emeline abriu um amplo sorriso.

— Eu já ia dizer o mesmo para você. *Lady* Marona disse que você se casou com o homem mais bonito da França, e que está esperando um bebê que deve nascer antes do início da Feira de Verão.

Miriam também sorriu. Era tão bom rever a amiga.

— O que está fazendo em Ramerupt? Pensei que a essa altura já estaria casada. – Teve receio de perguntar pelo irmão de Emeline.

— Meu casamento com Hugo de Plancy está marcado para primeiro de maio. – O tom da voz não demonstrou entusiasmo. – Depois da morte do meu irmão o conde Thibault tornou-se meu tutor e demorou meses para aprovar as negociações.

— Lamento muito – murmurou Miriam. – No último inverno, perguntei por você lá na corte e me disseram que tinha ido embora para sua terra.

Joheved e Marona também expressaram solidariedade.

— Muito obrigada, já faz seis meses que ele faleceu. – Emeline fez uma pausa enquanto olhava pela janela. – Já aconteceu tanta coisa desde a última vez que nos vimos...

– Então é melhor você ficar e nos contar tudo – disse Marona.

– Sua comida está com um cheirinho tentador – retrucou Emeline.

Miriam reparou que alguma coisa exalava realmente um cheirinho tentador. Seu estômago roncou em resposta, e Marona deu um risinho de satisfação.

– Parece que o passeio pelos arredores abriu seu apetite. – Voltou-se para Emeline e disse: – Mesmo com essa moça comendo por dois, temos comida o bastante para as visitas.

Samuel e o administrador Étienne ouviram atentamente quando Emeline contou os detalhes do acidente sofrido pelo irmão e de como a tinha retirado do convento para torná-la herdeira de Méry-sur-Seine.

– Hugo deve ser um excelente parceiro – disse Samuel em sinal de aprovação. – Os Plancy também são da velha aristocracia e será fácil administrar dois feudos tão próximos.

Quando as criadas trouxeram a sobremesa e Joheved segurou o pequeno Samuel no colo, Emeline olhou-a espantada.

– Você está amamentando o seu filho? Mas só as camponesas fazem isso, as mulheres nobres não fazem. – Tapou a própria boca e acrescentou em seguida: – Eu não queria insultá-la.

Joheved sorriu com o menino nos braços.

– Prefiro amamentar o meu filho. Quero que se alimente do meu leite e não do leite de alguma camponesa ignorante.

Depois de ter visto tantas mães amamentando os filhos recém-nascidos, Miriam era outra que também não deixaria que uma mulher desconhecida amamentasse o filho dela. Sentiu um movimento na barriga que definitivamente não vinha do estômago e engoliu em seco.

– Algum problema? – perguntou Marona.

– Acho que o bebê se mexeu. – Concentrou-se na barriga. – *Oui*, lá vem ele de novo.

Com medo de despertar o mau-olhado, ninguém na mesa congratulou Miriam. Mas as três mulheres sorriram.

Ela não sentiu mais nada se mexendo na barriga até a hora de ir para a cama à noite, e quando sentiu, isso lhe trouxe à mente os aldeões que tinha visto mais cedo.

– Vocês não têm outras pessoas para arar a terra que não sejam mulheres grávidas? – ela perguntou a Joheved.

– Não entendo por que você se preocupa tanto com eles. Afinal, é o *Bon Dieu* que decide quem deve nascer nobre e quem deve nascer camponês. – Joheved se apercebeu da própria rispidez, mas depois de ter amamentado o pequeno Samuel, cuidado de Isaac e terminado as orações, tudo o que queria quando ia para a cama era um bom sono. – Além do mais, a mulher que você viu devia estar nas terras da própria família. Só começaremos a arar nossas terras na próxima semana.

– As terras da família dela? – repetiu Miriam, confusa. – Pensei que todas as terras da propriedade pertenciam a Samuel.

– Não é tão simples assim – disse Joheved. Todas as terras de Champagne pertencem ao conde Thibault, que garante os feudos para seus vassalos como o conde André, o qual por sua vez divide sua parte entre os seus próprios lordes. E o mesmo acontece com a propriedade. A parte que cabe a Samuel é a possessão, mas ele garante pequenos lotes aos seus aldeões.

– Mas se isso significa mais trabalho e um custo mais alto do arrendamento, por que algum aldeão haveria de querer mais terras? – retrucou Miriam.

Joheved tentou reprimir um bocejo.

– Ele pode ter mais que um filho homem e querer que cada um herde o suficiente para sustentar a família. Além disso, um aldeão inteligente pode obter um bom lucro do seu pedaço adicional de terra, e com isso contratar homens que trabalhem para ele.

– E se ele não tiver filhos homens?

– A terra dele será reintegrada à possessão e Samuel poderá ficar com ela ou arrendá-la para um outro homem – respondeu Joheved. – Da mesma forma que as terras de Samuel voltariam para as mãos do conde André se ele não deixasse herdeiros.

– Entendo. – Miriam decidiu que a partir daquele dia, toda vez que dissesse as bênçãos matinais, acrescentaria uma terceira com renovada diligência: "Abençoado seja, Adonai, nosso Deus, Rei do mundo, por não ter feito de mim uma escrava."

Nos dois meses seguintes, a náusea de Miriam diminuiu tanto que ela pôde ajudar nos partos do rebanho e, para a surpresa dela, Joheved passava todas as noites junto às ovelhas em trabalho de parto. Um dia fez uma brincadeira, relembrando que a irmã mais velha tinha muitos melindres com isso, e Joheved disse que ajudar a fazer o parto dos carneirinhos não era nada se comparado com as fraldas sujas que vinha trocando há quatro anos.

Emeline visitava a casa diversas vezes por semana e, junto a ela e Marona, a educação de Joheved progrediu com muita rapidez. Marona era muito experiente, mas tinha passado toda a fase adulta em Ramerupt. Emeline, por sua vez, em poucos anos conhecera várias propriedades, algumas mal administradas e outras bem-administradas, e havia aprendido muito mais que Marona. Miriam não se interessava pelas discussões que as três mulheres travavam, mas era melhor ficar na companhia delas que sozinha.

– É melhor ficar bem atenta para uma possível corrupção entre os que trabalham para você – disse Emeline certa tarde para Joheved enquanto as quatro mulheres caminhavam pela propriedade. – Você pode tolerar o moedor que surrupia alguns grãos para uso próprio ou o pescador que omite alguns peixes pescados nos seus riachos porque não são ladrões de peso. Mas o administrador que enche os bolsos às suas custas, ou o guarda que aceita suborno dos larápios que caçam na sua floresta, esses devem ser imediatamente substituídos por gente honesta.

– Joheved não terá esse tipo de problema no nosso pequeno feudo – disse Marona.

– Quantos funcionários vocês têm? – perguntou Emeline.

– Temos o Étienne, nosso administrador. – Joheved começou a balbuciar uma resposta enquanto tentava se lembrar dos diferentes deveres desempenhados pelos trabalhadores subalternos. – Abaixo dele vem o Jean Paul, o capataz que supervisiona o trabalho dos aldeões e trata das substituições deles. Ele também coleta os aluguéis dos aldeões e as multas eventuais impostas a eles.

Joheved tinha confidenciado a Miriam sua surpresa ao tomar conhecimento do montante de dinheiro que a propriedade gerava a cada semestre. Havia multas por negligência no trabalho, por extravios no rebanho, por casas que se arruinavam com falta de manutenção e por toda e qualquer disputa entre os aldeões que envolviam maldições, roubos e assaltos. Todo casal pagava uma multa quando se casava sem a permissão de lorde Samuel, assim como eram punidos os adúlteros e os que tinham filhos fora do casamento. Mas a multa mais comum referia-se a violações dos cervejeiros, quando uma cervejeira enfraquecia a cerveja na fabricação ou quando a vendia antes de ser provada oficialmente por Marona.

– O bedel, o substituto do capataz, se chama Pierre – continuou Joheved. – Ele se responsabiliza pelas sementes da colheita do ano anterior e inspeciona os campos para ver se foram arados corretamente. No verão recebe ajuda de dois outros capatazes na supervisão da colheita. A prova da cerveja fica por conta de Marona.

– Vocês não têm um intendente? – Emeline mostrou-se surpresa.

– *Non* – respondeu Marona quando Joheved voltou-se desconcertada para ela. – Somos muito pequenos para dispor de um intendente e um administrador.

– Quem cuida da vinícola? – perguntou Emeline. – Eu soube que sua família produz um vinho maravilhoso.

Finalmente, Miriam teve a chance de dizer alguma coisa.

– É nosso pai que tem uma vinícola em Troyes.

Joheved olhou timidamente para Marona.

– Mas talvez seja interessante implantarmos uma em Ramerupt qualquer dia desses.

Depois de ouvir isso, Emeline acompanhou-as pelos arredores até que Joheved e Miriam anuíram que o melhor lugar para a empreitada seria um monte voltado para o sul.

– Seus aldeões já poderiam começar a limpar o terreno – disse Emeline.

– Mas estamos em fevereiro – retrucou Joheved. – Precisamos de todos para a aragem de primavera.

– Não se preocupe em sobrecarregar os aldeões – disse Emeline. – Em troca de proteção, eles são obrigados a realizar qualquer tarefa que o lorde exija. E comparado com o que já vi por aí, os aldeões daqui têm uma vida fácil.

– Verdade? – Miriam custou a acreditar.

– Absoluta. A maioria dos camponeses é requisitada para manutenção de castelos, abertura de estradas, construção de pontes e dragagem de canais. Conheço um barão que obriga os aldeões a bater na água do fosso do castelo para calar os sapos quando ele está de ressaca.

Emeline sorriu para Marona.

– Mas a grande vantagem daqui é que Samuel é muito caseiro. Os aldeões não precisam contribuir para ele sair em peregrinação ou participar de torneios, assim como não precisam pagar resgate porque ele não corre o risco de ser capturado no campo de batalha, o que seria mais caro ainda.

Miriam não disse uma única palavra. Embora os aldeões tivessem sido criados à imagem do Criador, como todos os homens, era óbvio que Emeline e, quanto a isso, também Joheved, via a todos só um pouco acima dos bois e dos cavalos que eram usados no campo.

Emeline e Joheved também estavam interessadas nas novidades do mundo externo e bombardearam Judá e Meir com perguntas quando eles chegaram para uma visita. Judá não mostrava a menor curiosidade pelos assuntos que não diziam respeito à Torá, mas era Meir que costumava trazer tais informações para Joheved. Já que a Feira de Inverno terminara e os dois filhos do casal haviam escapado do surto de varíola, as notícias se limitaram sobretudo a como as outras crianças estavam lutando contra a doença. Felizmente, a epidemia tinha abrandado, mas isso não consolava a família de Salomão, porque a filhinha de Baruch falecera.

Emeline partiria naquela semana para passar Pessach em casa, e durante o almoço Meir continuou a relatar as novidades.

– Os mercadores parisienses e alemães de vinho estão na região para adquirir vinho para Pessach.

Miriam suspirou e quis saber de Judá sobre os *kuntres* do pai. Ela também não se interessava pelos acontecimentos mundanos de Troyes.

Samuel, no entanto, debruçou-se na mesa com curiosidade.

– E o que estão dizendo sobre a Alemanha?

– Não há rumores. O papa do rei Rodolfo teve um ferimento mortal no último outono – respondeu Meir. – Em posição favorável, o rei Henrique ordenou Clemente como seu próprio papa e arregimentou um exército para marchar até Roma.

– Como eu previ. – Samuel voltou-se para Joheved. – Foi para alimentar os cavalos na guerra que ordenei que o plantio da primavera fosse de aveia.

– Se a guerra entre o rei e o papa piorar – disse Marona –, o trigo será mais rentável no outono.

– Ai, meu Deus – suspirou Emeline. – O que os parisienses estão dizendo sobre o arcebispo Manasses? Existe alguma possibilidade de reconciliação entre ele e o papa Gregório?

Em 1077, o arcebispo de Reims se valera do pretexto de que temia sofrer uma emboscada dos inimigos para se recusar a aceitar as ordens do núncio papal. Em resposta, o ultrajado núncio o excomungou. Muitas cartas circularam de Reims para Roma na tentativa de recolocar Manasses no seu posto.

– Evidentemente, o papa impôs muitas condições para que o arcebispo aceitasse – disse Meir, balançando a cabeça.
– Que golpe terrível para o rei Filipe – disse Emeline. – Você acha que tudo isso foi realmente pelo insulto ao núncio papal, ou a intenção do papa Gregório era afastar um dos vassalos mais fiéis do rei para substituí-lo por outro mais leal à Igreja?
– Não sei – retrucou Meir. – Mas nem tudo vai mal para o rei Filipe. Fontes confiáveis de Paris afirmam que a rainha Berta engravidou novamente e que a criança deve nascer em pleno verão. – A fonte confiável era Alvina, a mãe de Judá, que soube da notícia por uma das damas de companhia da rainha.
– Pelo menos o nosso rei não passa todas as noites na cama de John – comentou Samuel.
Miriam e Judá entreolharam-se e pediram licença para retirar-se da mesa. Que os outros ficassem com as fofocas; o debate que travavam em torno do Talmud continuaria de forma privada.

– Papai me pediu para ajudá-lo a revisar o comentário sobre o tratado *Nidá* – disse Judá quando os dois já estavam sozinhos no quarto. – Eu então, hum... achei a parte sobre a gravidez do terceiro capítulo, hum... particularmente interessante.
– E como é? – ela perguntou. *Por que ele está tão nervoso?*
Com a gravidez de Miriam, as relações conjugais entre ambos haviam cessado. O retorno de Judá ao celibato significava uma batalha torturante travada com seu próprio *ietzer hara*, especialmente durante as intensas sessões de estudo na Feira de Inverno, com diversos mercadores jovens que eram bem mais atraentes que os da Feira de Verão. Judá se sentira extremamente atraído por um jovem ruivo e vivaz chamado Levi, uma atração tão forte que foi quase um alívio quando a feira terminou. Fazia força para lembrar que a maioria dos eruditos evitava a coabitação no início da gravidez, sobretudo pela afirmação dos Sábios segundo a qual isso colocava a mulher e o feto em risco. Mas o ato sagrado era recomendado após os primeiros meses.
Sem saber ao certo se Miriam estava se sentindo bem, não se aproximou dela mesmo estando no período de *shabat*. Mas agora ela parecia perfeitamente saudável. Se tudo desse certo, depois que tivessem acabado de estudar a seção do tratado *Nidá*, talvez ela mesma sugerisse que continuassem a realizar o ato sagrado, pelo menos para o bem do bebê. Aborrecido com a própria ansiedade e covardia, ele mostrou o texto.

Tentando não parecer óbvio, começou a recitar um trecho que antecedia a seção sobre as relações conjugais durante a gravidez.

> Disseram os rabinos: nos três primeiros meses da gravidez, a criança ocupa a câmara mais baixa do útero da mulher; nos três meses seguintes, ocupa a câmara do meio; nos três últimos meses, a câmara superior. Na hora de sair, a criança se vira e sai, e é isso que provoca dor na mulher. Diz-se ainda: as contrações são mais intensas no parto das meninas que no dos meninos... por quê? Porque a menina emerge de acordo com a posição feminina durante a coabitação. Por isso precisa dar uma reviravolta para assumir a posição dela, e o menino, não.

Judá observou a expressão intrigada da esposa e ruborizou quando repetiu a explicação de Salomão.

– De acordo com papai, da mesma forma que o homem olha para baixo e a mulher olha para cima durante as relações conjugais, eles também assumem no parto as mesmas posições... o menino vem ao mundo olhando para baixo e a menina, para cima.

– Mas sendo assim – o tom de Miriam deixou transparecer ceticismo – não há uma contradição entre o primeiro *baraita*, que afirma que todos os bebês se viram, e o segundo, que afirma que somente as meninas fazem isso?

– No primeiro eles querem dizer que a criança vira de cabeça para baixo. – Ele achou estranho ter que explicar isso para uma parteira. – Ou seja, a cabeça do bebê se mantém voltada para cima durante a gravidez, até chegar o momento do nascimento, quando ele se vira para que a cabeça seja a primeira a sair.

– Isso é verdade. Mas mesmo com pouco tempo de parteira, posso afirmar que não é o gênero que faz o bebê nascer com o rosto voltado para cima ou para baixo.

Judá não queria iniciar uma discussão naquela hora.

– Talvez os Sábios queiram dizer que os meninos e as meninas só olham em diferentes direções enquanto estão no útero e que por isso as meninas precisam se virar mais para sair, e assim provocam mais dor.

Miriam tentou imaginar de onde os rabinos teriam obtido tal informação.

– O que eu digo é que a intensidade de dor sentida pela mulher no parto não tem nada a ver com o fato de o bebê ser menina ou menino.

Já vi mulheres sofrendo muito tanto no parto de meninos como no de meninas.

– Você devia dizer isso ao papai quando sua família chegar aqui para Pessach – disse Judá com rapidez, não querendo aborrecer a esposa. – Por ora, que tal continuarmos?

> Segundo os rabinos, nos três primeiros meses, a coabitação é danosa para a mulher e danosa para a criança; nos três meses medianos, é danosa para a mulher e benéfica para a criança; nos três últimos meses, é benéfica para a mulher e benéfica para a criança – já resulta numa criança bem-formada e forte.

– O que papai diz sobre o texto? – Miriam lembrou que Joheved lhe ensinara a mesma passagem, e também lembrou que os Sábios não davam explicação alguma para as opiniões que emitiam.

– Ele diz que no início da gravidez, quando a criança encontra-se na câmara mais baixa do útero, a pressão da coabitação é dolorosa, mas não faz ideia de por que isso seria danoso para a mãe.

– Talvez porque a mulher também possa sentir dor, sofrendo pressão tanto da criança como do marido. – Miriam, no entanto, não lembrava de ter ouvido qualquer mulher reclamando de uma dor como essa.

– Nos meses medianos da gravidez, quando a criança se move para o alto o suficiente para não ser afetada, por vezes a mãe ainda sente uma pressão a mais – disse Judá. – Quando é que a esposa perceberia que o debate não era hipotético?

– E durante os últimos meses o bebê já está bem alto, de modo que nem ele nem a mãe sentem a pressão – concluiu Miriam, enrugando a testa em seguida. – Mas ausência de dor não implica benefício. Como o papai explica isso?

– Ele diz que o sêmen atua como um purificador do fluido que envolve a criança – disse Judá. – Mas não me pergunte como sabe disso. Ele não explica por que é benéfico para a mulher.

– Claro que aprendeu isso com os professores dele na Alemanha. – Ela pensou por alguns segundos. – Se um bebê é forte e vigoroso, o mais provável é que o parto seja mais rápido e mais fácil. Talvez por isso seja benéfico para ela.

– Deve ser por isso. – E sentou-se ao lado dela, na esperança de que ela pensasse o mesmo em relação a eles.

Mas ela continuou com o texto.
– O próximo *baraita* é ótimo.

> Segundo os rabinos, existem três parceiros na criação de uma criança: o Eterno – Abençoado seja –, o pai e a mãe. A semente branca do pai forma os ossos, os tendões, as unhas, o cérebro e a parte branca dos olhos; a semente vermelha da mãe forma a pele, a carne, o cabelo, o sangue e a parte negra dos olhos; e o Eterno – Abençoado seja – concebe o fôlego e a alma, os traços da face, a visão, a audição, a fala e o entendimento. Quando ela parte deste mundo, o Ser Sagrado pega de volta a Sua parte e deixa as partes do pai e da mãe.

Judá acercou-se um pouco mais, para partilhar os *kuntres* de Salomão com Miriam.
– Papai diz que no sentido literal é "o olhar dos olhos, o ouvir dos ouvidos, o falar da boca". Olhos, ouvidos e boca vêm dos pais da criança, mas a capacidade de ver, ouvir e falar é uma dádiva do Criador. Pois os cadáveres continuam com tudo isso, mas não podem ver, ouvir e falar porque o Eterno pega de volta a Sua contribuição.

Judá manteve-se calado e não passou desapercebido para Miriam que ele mandava uma mensagem sutil. Sentindo-se bem pela primeira vez em meses e divertindo-se com a timidez do marido face ao tema das relações conjugais, ela começou a provocá-lo.

– Judá – disse suavemente enquanto segurava a mão dele. – Já estou no sexto mês, não é mesmo? Sua preocupação é que nosso bebê não esteja forte e bem-formado como deveria estar?

Como previra, ele ruborizou quando percebeu aonde as perguntas chegariam.

– Estou mais preocupado com você. – Engoliu em seco. – Tem se sentido tão mal...

– Mas agora estou ótima.

– Não que eu estivesse pensando nisso – ele continuou. Ainda assim, afastou-se um pouco.

Miriam teve que se conter para não rir, quando viu que Judá tentava se esquivar dela.

– Ben Azzai não diz que se deve ter pressa para realizar uma *mitsvá*? – Ela se esfregou nele. – Que tal agora, já que ainda estamos no *shabat*?

– O quê? Na metade do dia? Com toda essa luz?
– Bem, se você não quer...
– *Non*, não é isso. – Será que ele não queria fazer amor com ela? Exatamente o oposto do que planejara?
– Quer que o ajude a se despir?
– Vou fechar as venezianas.

Ela praticamente teve que despi-lo. Ele se manteve de olhos fechados até um pouco antes de começar, e já estava preparado para penetrá-la quando ela se afastou, fazendo-o abrir os olhos para saber o que ia acontecer. Ela estava de joelhos, apoiada nas mãos, com as nádegas viradas para ele, e era óbvio o que pretendia dele. Ele se concentrou no bebê, no bebezinho que precisava do sêmen dele, e isso o deixou mais calmo para penetrá-la. Mas uma vez lá dentro, nada o acalmaria.

Passado algum tempo, Miriam sentiu a respiração de Judá se estabilizando em seus ouvidos e se perguntou quando poderia se levantar. Toda vez que tinham relações à noite, eles caíam no sono assim que terminavam e só acordavam de manhã. Mas por ora era um deleite estar aninhada naqueles braços que mais pareciam duas colheres. De fato, era uma sensação que lhe dava mais prazer que o ato que a precedera.

Seus pensamentos se voltaram para aquele dia de *Simchat Torá*, quando a luxúria queimara suas veias e seu ventre ardera de desejo. O efêmero prazer do clímax teria valido mais que o tormento que o precedeu? Se essa era a experiência de Joheved, Miriam renunciaria a isso. Que outras mulheres sofressem a maldição de Eva.

> Seu desejo será pelo seu marido...

Assim acontecendo, o homem exerce um grande poder sobre a esposa. Miriam se satisfazia com os beijos que antecediam o ato e o abraço que o sucedia. Carinhosamente, apertou o braço de Judá que repousava na sua barriga.

O bebê deu um chute e o susto o fez retirar a mão.
– *Mon Dieu!* Foi o bebê?

Miriam abriu um sorriso.
– Foi ele, sim, para mostrar que está tudo bem.
– Ele? Você acha que é um menino?
– Se a repetição do ato sagrado assegura um menino – ela disse –, então teremos um pelo que fizemos em *Simchat Torá*.

– Ah. – Na expectativa de sentir o bebezinho se mexendo outra vez, Judá colocou de novo o braço na barriga de Miriam.

Fazia meses que ele vinha conjeturando sobre o que acontecera em *Simchat Torá,* mas apesar de sua excelente memória não conseguia se lembrar dos fatos depois dos serviços. Até as criadas de Sara recordavam bem aquela noite. Ouvira as fofocas que elas trocaram depois que a gravidez de Miriam tornou-se pública.

A cozinheira chegou a comentar com um ar indecente que não era surpresa a jovem patroa estar grávida, não depois do que a patroa e o patrão tinham feito na noite da festa. Jeanne, a empregada, passou a noite toda torcendo para que aqueles gritos que mais pareciam de gatos no cio tivessem um fim, mas de nada adiantou. Na ocasião, a cozinheira cochichou que nunca imaginara que o patrão fosse tão lascivo, ainda mais sendo tão religioso como era, mas Jeanne declarou solenemente que uma bebida forte faz o diabo vencer até o mais devoto dos homens.

Enfim, a tal da noite era um mistério, mas Judá lembrava muito bem do que acontecera no resto da semana e na semana seguinte. Até aquele momento, ainda se espantava do quanto tinha sido ingênuo. Pois era óbvio que a porta de Miriam (eufemismo talmúdico para a virgindade) estava fechada antes de *Simchat Torá* e que se abrira depois dessa data. O que significava que talvez ela estivesse sangrando quando ele a abriu, até porque naquela noite tiveram inúmeras relações.

Será que aquela criança tinha sido concebida em pecado enquanto Miriam estava *nidá*? Mesmo que a esposa achasse isso uma tolice, ele teria que perguntar.

– E aquela noite de *Simchat Torá*?

Miriam gelou.

– O que você quer saber?

– É que quando tento lembrar me dá um branco na cabeça; de qualquer forma, me desculpe se a machuquei. – Ele respirou fundo. – Você sangrou muito?

– Você não me machucou – ela disse. – E não sangrei. *Graças aos céus ele não se lembra do que houve.*

– Não sangrou? Como assim? – O alívio na voz dele era flagrante, mas ainda restava uma dúvida.

Alguns segundos depois, Miriam se deu conta de que a preocupação de Judá a respeito da noite de *Simchat Torá* era se tinham tido relações durante a menstruação dela. Ela deu umas batidinhas no braço dele para tranquilizá-lo.

– Não sangrei porque duas semanas antes eu estava *nidá* e tia Sara me abriu com uma faca afiada. Em *Simchat Torá* já estava completamente curada. Não se preocupe; nosso filho foi concebido na pureza.

Judá sentiu-se envergonhado demais para reconhecer a própria incompetência. De um jeito ou de outro, Miriam tinha procurado ajuda com a tia e isso significava que ela notara a incompetência dele. Ele precisava falar alguma coisa.

– Desculpe-me pela minha incompetência. Morro de vergonha só de pensar no que você teria pensado de mim.

– Não se atormente. – Ela apertou a mão dele. – Minha porta estava tão estreitamente fechada que foi preciso uma faca para abri-la; agradeço aos céus por você não ter usado muita força nem me machucado. – Se havia alguém incompetente, esse alguém era ela. Que tipo de parteira era ela que não tinha sido capaz de perceber que continuava virgem depois de um ano de casada?

Mas nem todas as preocupações de Judá estavam resolvidas. Um simples feriado regado a muito vinho fizera com que o *ietzer hara* dele escapasse totalmente do controle. Daquela vez a consequência fora apenas a gravidez da esposa, e na próxima vez...? *Non*, disse com firmeza para si mesmo, não haveria próxima vez.

Quinze

Troyes
Final da primavera, 4841 (1081 E.C.)

Era a primeira vez que Miriam trocava de posição no banco desde que tinha se sentado para tomar o café da manhã. Se tentasse se debruçar sobre o prato, a barriga atrapalharia, se tentasse trazer a colher à boca, correria o risco de derramar tudo. O único jeito foi se ajeitar da melhor maneira possível, pegar a tigela de papa de aveia como um desafio e bebê-la como uma xícara de caldo quente.

Mas se tentar comer era um tormento, tentar dormir era pior ainda. Tão logo se deitava, o bebê começava a chutá-la. A noite anterior tinha sido particularmente incômoda, a tal ponto que acordou com uma dor intensa, porque um dos membros do bebê pressionava bem abaixo das costelas.

Quando é que essa criança vai nascer? Isso levaria algum tempo; o bebê ainda estava na parte alta do útero. Perdida em seus pensamentos, não notou que lá no pátio os gansos grasnavam em sinal de alarme. De repente, Josef, o filho do *parnas,* estava na sala de jantar...

– Josef, a que devemos o prazer... – Salomão ergueu-se para cumprimentá-lo e, percebendo a consternação estampada no rosto do amigo, acrescentou: – O que houve?

Rivka pegou um copo de vinho para acalmá-lo, mas Josef o ignorou, dirigindo-se para Miriam e Sara.

– Vocês têm que vir comigo. Johanna precisa de vocês.

Sara ergueu as sobrancelhas, surpreendida.

– Johanna? Tem certeza disso?

– Não tem se sentido bem desde Pessach, mas não quis se consultar com o médico – disse Josef. – Na noite passada, ela sentiu tanta dor na barriga que nenhum de nós conseguiu dormir, e hoje de manhã a agonia era tanta que tive que correr até a casa de Moisés e trazê-lo imediatamente. Ele ficou no quarto com Johanna por algum

tempo e depois saiu com um sorriso estúpido na cara, dizendo: "Sua esposa não precisa de um médico; precisa de uma parteira!"
– Ela está esperando um bebê? – Miriam não conseguiu acreditar no que estava ouvindo. – Mas os filhos de vocês já estão...
– Adultos, e quase pais – ele acrescentou, sacudindo a cabeça. – Eu também não consigo acreditar. Achamos que ela já passara pela mudança quando as flores dela pararam.

Sara fez um sinal para que Miriam pegasse os instrumentos de parteira e, depois de espantar as aves de Samuelis, os três correram para o portão. Foram seguidos por Salomão, Judá e os estudantes da *yeshivá*. A porta azul da casa mais rica da Rue de Vieille-Rome abriu-se quando eles se aproximaram e as duas parteiras subiram apressadas para o andar de cima. Johanna estava sentada na cama com o suor escorrendo pelo rosto e, de pé, Moisés tomava-lhe o pulso.

– Vocês chegaram bem na hora – ele cumprimentou as duas e de repente Johanna soltou um grito de dor. – Vou esperar lá embaixo. – Foi para o andar de baixo, onde os homens já começavam a orar por Johanna e pela saúde do bebê, e disse para todos: – Alguém trouxe um berço?

Sara levantou a camisola da paciente e começou a apalpar um abdômen dilatado. Em seguida, Miriam esticou a mão por entre coxas grossas e tocou na passagem da vagina, para ver o quanto estava aberta. Captou uma contração enquanto examinava e logo a cabeça do bebê forçou caminho, pressionando-lhe os dedos.

Elas tiveram que receber ajuda de duas mulheres para ajeitar o corpanzil de Johanna no banco de parto. Até então Miriam nunca acompanhara o parto de uma mulher tão gorda – não por acaso ninguém suspeitara que estava grávida. E apesar da sua preocupação em relação às dobras de carne, que a fizeram pensar que a gordura impediria a saída do bebê, algum tempo depois Johanna pariu o maior bebê que ela já tinha visto.

– *Mazel tov!* Você acabou de ter um filho – disse Miriam em altos brados. – E que filho... olhe só o tamanho dele! É um gigante. – Deu uma palmada suave no bebê e foi recompensada com um ressoante berro.

Impressionadas, as criadas limparam o bebê enquanto a mãe a tudo assistia ainda mais impressionada, e Miriam então pôde observar o ambiente em volta. Sem deixar transparecer a admiração, examinou discretamente o intrincado entalhe de madeira da cama, os baús marchetados com esmero, as brilhantes tapeçarias na parede e as peles macias que serviam de cobertor. Não havia esteiras estendidas no chão e sim pesados tapetes tecidos com requinte. Judá tinha fornecido alguns móveis elegantes para o quarto do casal, mas o quarto de Johanna era quase tão opulento quanto o da condessa Adelaide.

Relutando em sair daquele maravilhoso quarto, Miriam continuou por lá até que Josef chegou, fazendo-a se sentir desnecessária. Desceu até o andar de baixo da casa e lá encontrou Isaac haParnas servindo vinho para Salomão, Shemayah e Meir. Judá estava sentado à mesa de jantar, absorvido por um manuscrito, como de costume. Do outro lado da sala, Sara travava uma conversa séria com o médico.

– Miriam. – Sara acenou para que se juntasse aos dois.

– Prove isso. – Moisés não estava com um copo de vinho na mão, mas com o recipiente de vidro para urina contendo um líquido amarelo-claro que certamente era de Johanna.

Miriam o olhou com espanto.

– Como assim?

– Não é para bebê-lo – disse Sara com um sorriso. – É só mergulhar a ponta do dedo e depois provar.

Sem saber o que pensar daquilo, Miriam seguiu as instruções da tia.

– É doce, quase tão doce quanto o mel. – Mergulhou a ponta do dedo outra vez para se certificar.

Antes que pudesse acrescentar mais alguma coisa, o doutor começou a cochichar.

– Johanna tem diabete, por isso a urina é doce. E levando em conta o peso que tem, a doença não surpreende nem um pouco. – Ele balançou a cabeça, com uma expressão de lástima. – O máximo que posso fazer por ela é aconselhá-la a mudar de dieta para emagrecer.

Sara franziu a testa.

– Não seja tão pessimista. Não é raro uma mulher madura e gorda como Johanna desenvolver diabete na gravidez, e eu é que devia estar me recriminando por não ter notado e não ter examinado isso desde o início.

Ela voltou-se para Miriam.

– Em geral, o primeiro sinal de diabete na mulher é o parto de um bebê muito grande. Toda vez que assistir a um parto assim, você deve provar a urina da mãe. Se a urina tiver esse mesmo gosto doce, informe ao médico.

Miriam nunca tinha ouvido falar de diabete.
– Essa doença pode ser tratada?
– Já se sabe que a doença tem origem na grande quantidade de açúcar consumida pelo paciente – disse Moisés. – Mesmo que a urina não tenha um gosto doce, a paciente deve evitar sobremesas como cremes, bolos e tortas e também tortas de frutas e compotas.

Naquela tarde, Meir cavalgou de volta a Ramerupt, ansioso para contar para Joheved os surpreendentes acontecimentos do dia. A esposa nunca reclamava de estar isolada na propriedade rural da família dele, mas devia se sentir solitária longe da sua família e dos amigos. Todo dia ele lhe levava notícias, tanto do que acontecia na aula matinal do Talmud como das coisas que envolviam os pais e as irmãs dela. Raramente eram assuntos excitantes, e Meir sorria consigo mesmo só de imaginar a reação de Joheved depois que soubesse da inusitada gravidez de Johanna e do final feliz.

Ele estava enganado em achar que a esposa sentia falta da vida urbana de Troyes. Ela nunca fora muito social e se sentia feliz com o pequeno círculo social que estabelecera em Ramerupt. O que sentia falta era da *yeshivá* de Troyes, dos argumentos e debates dos quais se alimentava como uma refeição, das lições que eventualmente ouvia na vinícola e da atmosfera erudita que permeava o Bairro Judeu com o seu odor habitual.

Nem por isso se exilara de sua cidade natal. Passava quase todo o *shabat* em Troyes e voltava no início da Feira de Verão para mais uma temporada. No primeiro caso, tomava o seu lugar junto a Meir e os filhos no velho quarto do segundo andar da casa dos pais dela, até o término da safra de vinho e da festa de *Sucot*. Passava muitos dias de verão em Ramerupt, especialmente durante a colheita. Mas agora havia descoberto algo maravilhoso que a manteria ocupada na propriedade durante o verão, algo que mal podia esperar para contar ao marido.

Naquela manhã, uma velha empregada da casa que lavava as roupas aproximou-se de Joheved.
– É verdade que estão ceifando aquele matagal para abrir espaço para uma vinícola?
– *Oui* – respondeu Joheved.
A mulher escancarou um sorriso desdentado.

– Quando eu era menininha – sussurrou como se fosse partilhar um grande segredo –, costumava brincar com meu irmão nas moitas de uma escarpa que fica mais além do pasto dos carneiros. Ficávamos agachados e passávamos debaixo daquelas moitas parecidas com túneis que eram como passagens secretas.

Joheved não entendeu por que a velha criada achou que estaria interessada em suas memórias de infância. Esperando que a mulher não estivesse senil, dispôs-se a ouvir com paciência.

– Nunca falamos daquelas moitas para ninguém, só eu e ele sabíamos. Aquele lugar era um esconderijo muito divertido; ali ninguém encontrava a gente. No outono, brincávamos sem parar e nos empanturrávamos de frutas. Nunca provei nada tão doce em toda a minha vida.

Pouco depois Joheved compreendeu.

– A senhora está dizendo que já existe uma vinha em nossas terras, e que costumava brincar lá?

– *Oui* – disse a lavadeira. – Se quiser, vamos lá agora mesmo, enquanto as roupas estão de molho.

Elas atingiram o final do pasto dos carneiros e Joheved olhou ansiosamente para a escarpa à frente. Embora fosse verdade que não havia árvores no local, a escarpa estava tão tomada pelo mato que era impossível distinguir uma única videira em meio a tantas plantas imprestáveis. Somente quando começou a abrir caminho por entre a vegetação é que reconheceu as conhecidas folhas e as ramas cacheadas. Ficou aflita para voltar à propriedade e apressou o passo, quase deixando a velha para trás.

– Mesmo que as outras plantas sejam removidas – disse Joheved para os sogros –, não faço a menor ideia se essas antigas videiras poderão produzir frutas que valham a pena.

– Claro que teremos que capinar o morro – retrucou Samuel enquanto balançava a cabeça em sinal de admiração. – Quem diria que tínhamos um vinhedo escondido durante tantos anos na propriedade?

– Como saberemos se as uvas são boas? – perguntou Marona.

– Estou pensando no assunto. – Joheved também estava pensando em algo mais. – Poderíamos remover o mato de uma pequena área do vinhedo, podar as videiras de lá, orientar a direção das ramas e cuidar delas durante todo o verão. No outono, papai e eu testaríamos a qualidade das uvas.

Marona soltou um suspiro de desânimo.

– Achei que íamos remover todo o mato agora, antes que os camponeses comecem a fazer a colheita. – Deu de ombros, resignada. – Mas seria um tremendo desperdício se fizéssemos tudo isso e as uvas não valessem tanto esforço.

– Esse velho vinhedo deve ter esperado centenas de anos para começar a produzir. – Samuel fez um carinho na mão da esposa. – Se há vinho para sair dele, pode esperar um pouco mais.

Será que Samuel ainda terá alguns anos pela frente? Joheved tentou espantar o pensamento sinistro. Talvez o desejo de provar o vinho da sua própria vinícola mantivesse o pai de Meir, que o Eterno o protegesse, vivo até lá. Logo o entusiasmo suplantou a preocupação de Joheved com a saúde de Samuel.

– Imaginem só a surpresa de Meir quando chegar aqui – disse.

Como um pretexto para manter-se fora de casa, Joheved foi se ocupar com os canteiros de ervas e temperos. Certamente Emeline desaprovaria, mas o sol estava agradavelmente morno e a terra fofa e úmida lhe fazia bem. Sentindo a gratificante sensação de dever cumprido, olhava a grande pilha de ervas daninhas retiradas da horta quando ouviu o portão principal da propriedade abrir-se. Ergueu-se com um salto para receber o marido e notou que estava com as mãos sujas. Inclinava-se sobre o poço para lavar as mãos quando foi saudada por Meir.

Os olhos dele brilharam de excitação.

– Hoje aconteceu a coisa mais surpreendente que já vi. Mal pude acreditar quando soube.

– Não é mesmo maravilhoso? – Ela achou que ele já tinha recebido a notícia do vinhedo secreto. – Quem poderia imaginar que tal coisa pudesse ficar escondida por tanto tempo?

Certo de que alguma pessoa de Troyes havia falado do bebê de Johanna para ela, ele tentou dissimular a decepção.

– Fiquei tão surpreso quando cheguei na *yeshivá* e soube que todos tinham corrido para a casa do *parnas*.

Ela olhou realmente surpresa.

– Por que está falando do *parnas*? – *O que o homem teria a ver com a vinha?*

– Estou falando sobre o que houve hoje na casa do *parnas*. – Ele não entendeu o que a deixava confusa, até que fez a pergunta óbvia.
– Do que você acha que estou falando?
– Da coisa surpreendente que aconteceu aqui – ela disse. – Aqui, bem aqui em nossas terras.
– Pode ser que seja, mas aposto que não foi tão maravilhoso e surpreendente como o que aconteceu em Troyes.
Joheved fez uma reverência confiante.
– Pois eu cubro a sua aposta.
– Está bem, então me fale dessa coisa maravilhosa e surpreendente que aconteceu aqui.
Ela contou o que havia descoberto naquela manhã e ele balançou a cabeça em sinal de satisfação, mas logo abriu um sorriso e disse que mesmo assim ganharia a aposta.
– *Mon Dieu, mon Dieu* – repetia Joheved enquanto ele relatava os detalhes. A descoberta de um vinhedo abandonado por centenas de anos em Ramerupt era decerto espantosa, mas o que acontecera com Johanna em Troyes era um verdadeiro milagre.
– Reconheço que a sua história venceu. – Ela continuou balançando a cabeça, sem conseguir acreditar. Depois, perguntou com um ar sedutor. – E então, qual é o prêmio que devo?
Ele riu e beijou-a.
– Que tal um tonel de vinho da nossa própria vinícola?
Antes que ela respondesse, foram interrompidos pelos gritos do filho mais velho que corria na direção de ambos.
– Papai, papai.
Como de costume, os gritos de fome do pequeno Samuel que vinham de dentro da casa fizeram com que Joheved saísse correndo para atendê-lo. Ah, delícias da vida familiar, pensou Meir, satisfeito, ao mesmo tempo em que pensava em Josef e Johanna já quase avós tendo que começar tudo de novo com um recém-nascido.

Quase um mês depois, no final de uma tarde morna de sexta-feira, Meir andava de um lado para o outro no pátio da casa de Salomão à espera da esposa e dos filhos que chegariam para o *shabat*. O sol declinava no horizonte e ele já estava a ponto de montar no cavalo para ir ao encontro da família quando a voz de Joheved soou do lado de fora do portão, desejando um bom *shabat* ao mercador que a acompanhara. Para a surpresa dele, também ouviu a voz dos pais se despedindo do mercador.

– Desculpe-me se lhe causamos alguma preocupação. – Joheved estendeu o bebê que estava dormindo para o marido, tentando dissimular a irritação. Esperou que os sogros se afastassem e acrescentou: – Seu pai resolveu de última hora que queria celebrar *Shavuot* em Troyes, e sua mãe não conseguiu dissuadi-lo.

Meir suspirou.

– É claro que você e os meninos tiveram que esperar por eles.

Ele estava ajudando Samuel a desmontar quando Salomão irrompeu porta afora e passou direto pelos dois.

– Isaac, você chegou a tempo. – Salomão colocou o neto nos ombros, sem aparentar esforço algum. – Vamos comer e depois iremos para a sinagoga.

– Vamos parar na padaria quando formos para a sinagoga, vovô? – Apesar da tentativa de Isaac em manter segredo, o cochicho foi perfeitamente audível. – Ou não teremos tempo porque chegamos muito tarde?

– Shh. – Salomão fez um sinal para que o menino se calasse enquanto Meir e Joheved fingiam não ouvir.

Depois que os homens saíram para os serviços, Joheved pôde fazer comentários sobre a gravidez de Miriam.

– Com toda certeza o bebê está mais para baixo da barriga desde a semana passada. Pode nascer a qualquer hora.

– Nem diga isso, Judá ficaria muito aborrecido se o nascimento do bebê profanasse o *shabat*.

Em compensação, Miriam morava com a parteira e ninguém teria que transportar nada de fora em pleno *shabat*. Mesmo assim, se o bebê resolvesse nascer naquele dia, isso acarretaria algum trabalho, o que era proibido no *shabat*. E obviamente se o menino nascesse no sábado só poderia ser circuncidado no *shabat* seguinte, o que de novo exigiria uma atividade habitualmente proibida. Mas por baixo de todas essas preocupações estava a crença dos judeus, tão arraigada quanto à dos seus vizinhos *notzrim*, de que toda criança sob a influência de Saturno podia ser devastada pela pobreza, por ferimentos, doenças e até mesmo pela morte prematura.

– Você está usando a faca no cinto – disse Marona. Nos dias que antecediam o parto, as mulheres eram aconselhadas a manter uma faca junto ao corpo quando estavam sozinhas, para proteger-se dos *mazikim*.

– É mais cômodo mantê-la no cinto que ficar tirando e colocando de volta – disse Miriam, com um suspiro.

– E também é bem melhor que toda hora ouvir mamãe lembrando que você deve usá-la – acrescentou Joheved.

De repente, Miriam apertou a barriga.

Marona pegou-a pelo braço.

– É o bebê?

– É o meu estômago – respondeu Miriam. – O que eu preciso agora é da latrina. – Saiu apressada para o reservado, resmungando. – Devo ter comido muita compota de morangos.

– Miriam... muita compota – retrucou Joheved em tom de chacota, achando que o bebê estava a caminho. – Parece que é outra coisa.

Quando Miriam se recusou a comparecer aos serviços do segundo dia de *Shavuot*, alegando que continuava com diarreia, Joheved aceitou com relutância que a irmã estava sofrendo de indigestão. Mas quando todos chegaram em casa para servir o banquete da festa e souberam que as cólicas de Miriam estavam tão intensas que a impediam de sair do próprio quarto, Sara decidiu investigar.

Seguida de perto por Rivka, Marona e Joheved, a parteira abriu apressada a porta do quarto de Miriam.

– De noite eu levanto menos da cama. Mas de manhã faço isso muitas vezes.

– Tem saído sangue?

– *Non*. Na realidade não está saindo mais nada. Agora só sinto cólicas. – Miriam ouviu o cochicho das mulheres do lado de fora da porta e, engolindo em seco, fez a pergunta cuja resposta pareceu subitamente óbvia: – Será que o bebê está chegando?

– Eu diria que é bem possível – retrucou tia Sara com um sorriso. – É melhor examiná-la para me certificar.

– Mas quase não sinto dor – protestou Miriam quando teve seu trabalho de parto confirmado.

– Shh. – Rivka olhou em volta, com nervosismo. – Cuidado para não atrair mau-olhado.

Tia Sara se pôs em ação.

– Rivka, vá lá embaixo e pegue duas panelas de água fervente. Uma para fazer uma infusão de artemísia, e a outra fica de reserva caso ela precise de uma infusão de tasneira e sementes de aquilégia para apressar o parto. Depois você pode trazer os *tefilin* do Salomão.

– Vou pegar o amuleto de parto que ganhei de Judá na Feira de Inverno – disse Miriam. Na ocasião, Rivka se aborreceu porque eles tinham comprado um amuleto no início da gravidez, mas Judá alegou que os melhores escribas só permaneciam em Troyes durante as feiras e que se esperassem pela Feira de Verão talvez fosse muito tarde.

– Posso avisar logo o Judá? – Raquel estava quase totalmente tomada pela excitação. Ela também tinha acompanhado as outras mulheres até o andar de cima da casa.

– Pegue o giz que guardei na despensa e trate de proteger este quarto. Você se lembra do que deve fazer?

– *Oui*, tia Sara. – Raquel se lembrava com toda clareza, mesmo já tendo passado quatro anos desde que riscara o quarto de Joheved para o parto de Isaac. – Primeiro risco um círculo ao redor da cama e depois escrevo na porta "Sanvi, Sansanvi e Semangelaf, Adão e Eva"; Lilit nem pensar. – Ela olhou para as paredes cobertas de valiosas tapeçarias e hesitou antes de perguntar: – Também devo riscar as paredes?

– Só risque a que fica perto da janela – disse Miriam, também relutante em estragar o belo tecido.

– Também posso pegar meus *tefilin*? – perguntou Raquel. Orgulhava-se das ritualísticas caixas pretas e das fitas que o pai lhe dera de presente quando completara doze anos. – Não sei se mamãe vai trazer os dela.

– Por que não acaba primeiro com o giz? – retrucou Sara, dirigindo-se para Miriam e Joheved depois que Raquel saiu. – Posso não ser tão crítica quanto minha irmã, mas não tolero que vocês, meninas, usem os *tefilin*. Mas admito que isso não fez mal algum a nenhuma das três e que vocês fizeram excelentes acordos de casamento.

Sara pousou o braço nos ombros de Joheved, e saiu com ela até a escada.

– Vá até a sinagoga e chame os homens. Peça que um deles traga um rolo da Torá. – Parou, sem saber o que sugerir para a mãe de Meir. – Marona, você pode começar soltando os cabelos de Miriam... não a deixe sozinha um só momento. Vou pegar meus instrumentos de parteira.

– Miriam – ela gritou do andar de baixo –, você já pode vestir agora uma das roupas do Judá.

Miriam saltou da cama e começou a vasculhar o baú que estava ao lado.

– Vamos jogar xadrez? – Tirou do baú uma camisa masculina, dois conjuntos de *tefilin* e, por fim, o tabuleiro de xadrez. – Aqui está uma parte do presente de casamento que vocês me deram. Mas onde estão as peças?

– Não está com muita dor, está?

– Realmente, não. – Balançou a cabeça como se não estivesse acreditando. – É como se eu estivesse com muita, muita vontade de usar a latrina. Só que não sai nada. É tão estranho.

Miriam começou a jogar xadrez com Marona enquanto Raquel fazia atentamente o seu trabalho com o giz. Não demorou muito e o pátio encheu-se de vozes altas e excitadas. Para a frustração de Miriam, Rivka não deixou que ela olhasse pela janela.

– Vieram não sei quantos homens com Judá lá da congregação – informou Joheved. – Isso porque os alunos insistiram em apoiá-lo, e depois os pais deles se sentiram na obrigação de juntar-se ao grupo e em seguida também os tios. Logo as esposas perceberam que os banquetes que já estavam prontos seriam desperdiçados e anunciaram que viriam junto, e já nos solicitaram muitas mesas para servir a comida que vão trazer.

Uma hora depois, um grande número de mulheres deixou uma grande quantidade de pratos na cozinha de Sara, e depois tomaram o rumo do andar de cima para ver se tudo estava correndo bem com Miriam, a jovem parteira. Lá do salão Judá assistia com inveja à afluência de mulheres visitantes, até que Raquel sentiu pena dele e o levou para ver a esposa. Mas quando ele a viu despenteada e vestida com uma de suas camisas velhas, jogando xadrez serenamente no meio de um quarto abarrotado de mulheres tagarelas, imediatamente deu um passo atrás.

– Judá, está tudo bem – disse Miriam. – Pode entrar. – As mulheres encontraram desculpas para retirar-se e logo restavam apenas Joheved e Raquel junto a ele e Miriam.

– Cadê a Sara? – A voz de Judá soou alta e nervosa. – E sua mãe não devia estar aqui? – *Como essas mulheres podem ficar tagarelando sentadas aqui enquanto minha mulher está correndo risco?*

– Judá, eu estou ótima. – Miriam saiu andando e o pegou pela mão. – Mamãe foi com tia Sara até o pátio para ver se a comida será bem servida. Não se preocupe. Estarão aqui quando for preciso.

Isso teria acalmado Judá se a certa altura ela não tivesse sentido uma forte cólica parecida com vontade de defecar, que a fez agarrar a mão dele com toda força até passar. Judá empalideceu e praticamente estirou-se na cama.

– Raquel, você pode ir até a cozinha e trazer uma xícara de chá de artemísia para o Judá? – Miriam ajudou o atordoado marido a sentar-se. – Os nervos dele precisam se acalmar bem mais que os meus.

Dezesseis

À medida que a tarde avançava, o intervalo entre os espasmos de Miriam diminuía e, cada vez que vinham, a sensação de querer defecar se tornava mais forte. No pátio, a aglomeração e o festejo aumentavam cada vez mais. Um trio de músicos itinerantes que tinha parado em Troyes a caminho de Provins para a Feira de Maio soube da festa e ofereceu serviços em troca de alojamento.

Os alunos de Judá oscilavam entre a preocupação e a alegria, já que a concentração do devoto professor se dispersava seguidamente. Ele os ajudava a rever o tratado do Talmud que os eruditos estavam estudando quando a Feira de Verão começou, mas parava de falar toda vez que Sara subia a escada.

Por fim, Rivka entrou correndo pela cozinha, gritando para que as criadas se apressassem e preparassem as infusões de ervas que Sara solicitava, e Judá começou a recitar a passagem bíblica do sexto capítulo do Êxodo ao qual os judeus sempre recorrem quando estão em perigo.

> Por isso, diga ao povo de Israel; eu sou Adonai. Eu os livrarei do trabalho imposto pelos egípcios e os libertarei da escravidão. Eu os resgatarei com braço forte e com poderosos atos de juízo. Eu os tomarei para ser meu povo, e serei seu Deus.

Os versos continham quatro nomes sagrados do Eterno, os quais eram termos hebraicos designativos de "Eu os livrarei", "Eu os libertarei", "Eu os resgatarei" e "Eu os tomarei". O texto era tido como um dos mais poderosos encantamentos de proteção.

No andar de cima, depois que a bolsa de Miriam rompeu e as contrações tornaram-se insuportáveis, Salomão tentou confortá-la.

– Sei que você deve estar pensando que vai fazer bobagem. Mas acredite em mim, você vai expelir um bebê e não um pedaço gigantesco de cocô. – Como Sara previra, a palavra fez a paciente rir e com isso diminuiu a tensão dentro do quarto.

Uma vez acomodada no banco de parto, Miriam se deu conta de que a sensação de que ia evacuar se dissipava e que a necessidade de empurrar o bebê para fora se tornava mais forte.

Joheved percebeu a intensa concentração estampada no rosto da irmã e iniciou a primeira recitação do Salmo 20. Miriam sorriu ligeiramente em sinal de aprovação e logo o sorriso virou uma careta. Desde os tempos talmúdicos, todo parto difícil ficava mais fácil com nove recitações dessa prece. E como a mulher em trabalho de parto teria que ouvir os versos, estes eram ditos por outra mulher que estivesse ao lado dela.

> Que Adonai lhe atenda em tempos difíceis, que o nome do
> Deus de Jacó possa mantê-la a salvo.
> Que Ele lhe envie ajuda do santuário e a apoie lá do Sião...
> Que possamos exultar pela sua vitória... juntar e recolher
> forças. Adonai, afiance a vitória, atenda ao nosso chamado.

Joheved estava na quinta recitação quando Miriam soltou um grunhido forte e seu rosto se afogueou. Ela queria desesperadamente descansar, mas o corpo não permitia. Mas por mais terríveis que fossem as contrações que a faziam forçar ainda mais a saída do bebê, ela sabia que não estava passando pelo sofrimento a que constantemente assistia como parteira.

Por fim, durante a oitava recitação, no instante em que Joheved dizia "juntar e recolher forças", Miriam teve a sensação de que estava expelindo o maior pedaço de cocô nunca imaginado. Fechou os olhos, reuniu todas as forças para que aquela coisa enorme saísse lá de dentro e em seguida se deu conta de que a irmã deixara de recitar a prece e que um bebê estava chorando.

– É menino! – ecoaram as vozes femininas. – *Mazel tov!*

Rivka e Sara se abraçaram, com uma trouxinha comprimida entre elas, e Joheved e Marona fizeram o mesmo. Raquel saiu correndo porta afora, ansiosa para compartilhar a notícia com os homens que esperavam angustiados no andar de baixo. Miriam assistiu a tudo de um modo difuso, sentindo-se exaurida pela força que tinha feito e aliviada porque enfim o corpo não lhe pedia mais que forçasse o bebê para fora. Deixou-se ser lavada e carregada de volta para a cama, onde o filho, lavado e de cueiro, foi colocado em seus braços.

Feliz por não estar mais com vontade de usar o reservado, efetuou a bênção que os pais dizem quando nasce um filho.

– *Baruch ata Adonai...* Que é bom e faz o bem.

Lá embaixo, os músicos iniciaram uma canção festiva e depois a porta se abriu.

– Que *iom tov* tivemos hoje. – Salomão irradiava prazer ao conduzir o genro para dentro do quarto. Nunca duvidara de que Meir lhe daria netos, mas era uma surpresa que Judá, que parecia ultrapassar os limites da inibição, também tivesse sido pai.

– Já terminou *Shavuot*? – perguntou Miriam enquanto erguia o bebê para que os homens o admirassem. – Ele nasceu antes do pôr do sol?

Embora a segunda-feira fosse um dia desfavorável para novos empreendimentos, as crianças que nasciam nesse dia sob a influência da lua tenderiam ao equilíbrio. Graças aos céus tinha dado à luz antes da terça-feira, quando a influência de Marte atraía guerra, inimigos, inveja e destruição.

– Acredito que sim. – Salomão olhou pela veneziana. – O sol já está se pondo. – Deu um ligeiro tapa nos ombros de Judá. – E então, o que acha do seu filho? Não é bonito?

Judá, que durante uma circuncisão olhara para outro lado, nunca tinha visto um recém-nascido tão de perto. A verdade é que aquele bebê de rosto vermelho e cabeça engraçada não era para ele nem um pouco bonito. A tradição judaica que ditava as palavras que o pai tinha que dizer ao ver o filho recém-nascido o salvou de dar uma resposta ao sogro.

– *Barach ata Adonai...* Que nos mantém vivos e nos ampara e nos traz as estações. – A voz de Judá tremeu e uma pequena tontura o fez sentar-se num banco próximo ao berço. Como Miriam podia estar tão bem-disposta, se presumira que estaria sentindo dor ou com uma aparência doentia ou, pior ainda, furiosa por ele a ter feito sofrer tanto.

– Judá, quando é que você se alimentou pela última vez? – A natureza simpática de Miriam aliada ao instinto materno colocava-se em ação, e ele teve que admitir que não tinha comido nada desde que havia recebido notícias dela e interrompido o café da manhã.

– Papai, sobrou alguma coisa do banquete de hoje para mim e o Judá? – Ela também se deu conta de que estava com fome.

– Você está realmente bem? – O ceticismo de Judá a fez sorrir e ele retribuiu o sorriso.

Miriam ria de felicidade porque tudo tinha terminado e ela estava a salvo.

– Nunca me senti tão bem. Já pensou em algum nome para ele?

– Eu tinha pensado em Alvina, se fosse menina.

– Então, que tal chamá-lo pelo nome do seu pai? – Será que Judá estava sendo sutil ao não mencionar o nome escolhido?

– *Non*, Natan, não. – Ele estremeceu ao lembrar do mercador de Praga, mas tratou de se acalmar quando notou a inquietude dela e acrescentou. – Meu irmão mais velho já tem o nome dele.

– Talvez a gente possa dar o nome do meu pai.

E usar o nome de Salomão antes que Joheved o fizesse.

– Mamãe poderia se sentir ofendida se ignorássemos o meu pai em favor do seu.

Estariam chegando a um impasse? Seria doloroso para ela se ele sugerisse o nome de Benjamin?

– Veja, mamãe e papai estão chegando, e olhe só quanta comida estão trazendo. – Miriam pegou um punhado de morangos e a polêmica foi deixada de lado.

Na manhã seguinte, a família de Miriam acotovelou-se em volta da mesa de jantar de Sara para tomar o café da manhã. Apesar do clima agradável do final de maio, Miriam e o bebê ficariam confinados na casa de Sara até que ele fosse circuncidado. Samuel e Marona já tinham retornado a Ramerupt, mas Joheved não viu sentido em fazer isso e ter que voltar para o *shabat* e para o *brit milá* do sobrinho alguns dias depois. Além do mais, Miriam poderia precisar de sua ajuda.

Salomão não cabia em si de felicidade enquanto olhava os três netos. Isaac sentadinho ao seu lado e o pequeno Samuel no colo de Joheved. No outro extremo da mesa, Rivka embalava o mais novo neto no colo.

– Que bebezinho *iom tov* você é – disse carinhosamente para o bebê. – Em um mês terá tido quatro banquetes em sua homenagem.

Isaac olhou-a com uma expressão interrogativa e ela fez uma contagem com os dedos.

– O banquete de ontem, dia do nascimento dele, dois durante o *brit milá,* um na noite anterior à cerimônia e outro depois da cerimônia, e mais outro para o *pidion-ha-ben* no mês que vem.

– Mas vovó, o banquete de ontem foi para *Shavuot* e não para o aniversário dele.

Salomão despenteou o cabelo do garoto com carinho.

– Ah, mas não teríamos o banquete de *iom tov* aqui em casa se ele não tivesse nascido, isso quer dizer que foi em homenagem a ele.

Isaac manteve-se calado por alguns segundos.

– O que é *pidion-ha-ben*?

Todos na mesa sabiam a resposta, mas esperaram pela explicação de Salomão.

– De acordo com a Torá, cada primogênito masculino, seja humano ou animal, pertence ao Eterno. Quando o Templo Sagrado foi erguido, os meninos primogênitos trabalhavam para os sacerdotes, que se alimentavam de animais machos também primogênitos. Se um pai quisesse ficar com o filho, tinha que resgatá-lo dando dinheiro aos sacerdotes. É isso que significa *pidion-ha-ben*, "resgate do filho". Hoje em dia, quando queremos resgatar um filho primogênito, damos dinheiro para caridade.

Isaac olhou para o irmão caçula com um ar presunçoso.

– Só o primogênito tem *pidion-ha-ben*? Como eu e esse bebê *iom tov*? – disse todo prosa.

Salomão, Meir e Joheved trocaram olhares preocupados. Joheved tinha sofrido um aborto na primeira gravidez, de modo que Isaac não era considerado filho primogênito porque não fora o primeiro a ser gerado no útero dela. Deveriam explicar tais distinções para um menininho de quatro anos?

Meir pôs o braço ao redor dos ombros do filho.

– Sua mãe teve um outro bebê antes de você, mas ele morreu – disse com suavidade.

Isaac ficou calado por alguns segundos.

– Então, se esse bebê Iom Tov é o primeiro a ter o *pidion-ha-ben*, eu fui o primeiro a ter o *brit milá*.

– O bebê não se chama Iom Tov – disse Joheved. Só terá um nome depois do *brit* dele.

– Mas por enquanto podemos chamá-lo de Iom Tov – disse Raquel. – Os *mazikim* se confundirão muito mais com um outro nome do que com o nome certo.

– Mas bem que poderiam chamá-lo de Iom Tov. – Meir deu uma piscadela para Isaac.

Miriam estava entorpecida, mas arregalou os olhos com o comentário de Meir. *Chamá-lo de Iom Tov? Por que não?*

Desviou os olhos para Judá, que por sua vez olhou-a com um ar de interrogação; ambos anuíram com a cabeça de maneira quase imperceptível. O nome do bebê seria então Iom Tov. Ela sorriu ao pensar que o nascimento e a concepção do filho tinham acontecido em dias de festa.

– Por enquanto só vamos chamá-lo de "bebê", está bem? – ela disse.

Uma semana se passara sem que tivesse notado e Miriam estava tentando decidir o que vestir para o *brit milá* do filho naquela manhã.

– Não precisamos nos vestir de vermelho – disse para Judá.

Ele estava por merecer um prêmio. Só deixava a esposa e o filho sozinhos quando ia ao reservado. Juntos, haviam estudado algumas seções do Talmud que se referiam às leis do *brit milá*, e Miriam era obrigada a admitir que o marido era um bom professor. E também estava se tornando um excelente pai, que segurava o bebê durante o estudo e o levava à noite até a esposa para que ela não precisasse se levantar da cama.

– Não me importo se tivermos que vestir as roupas de casamento – ele retrucou. – É a tradição. Sua mãe não fez uma roupinha vermelha para o bebê, só para combinar?

– *Oui*.

– Pois é, hoje teremos uma proteção extra.

Miriam achou melhor amamentar antes de sair para a sinagoga. Ajeitou o filho no seio e sentiu-se inundada de afeição quando ele começou a mamar. A amamentação era um prazer inesperado propiciado pela maternidade. A sensação de ter o corpo desoprimido enquanto o leite era sugado tornara-se uma das mais prazerosas que já tinha vivido, uma sensação que irradiava dos seios e espalhava-se por todo o corpo. Não era à toa que Joheved preferia ela mesma amamentar os filhos.

Já na sinagoga, ouviu as outras mulheres dizendo que tinham fechado os olhos durante a circuncisão dos filhos e resolveu que assistiria ao procedimento. Afinal, sangue e gritos de bebês não eram uma novidade para uma parteira. E se os outros filhos que viessem depois fossem meninas, nunca mais teria a chance de ver aquilo.

Tal como no *brit* de Samuel, quem carregava os instrumentos do *mohel* era Obadia. Ele estendeu a *azmil* para o pai, e para Miriam, um pano embebido em vinho para o bebê sugar. Ela reparou que os dois homens tinham as mesmas unhas estranhamente pontudas, sendo que as de Avram eram duras e amarelas e as de Obadia pálidas e finas como as unhas comuns. Pouco tempo depois, saberia por que as unhas do *mohel* eram cortadas daquela maneira.

Avram fez um movimento delicado com o dedo polegar sob o prepúcio do bebê, esticando-o e cortando a pele excedente. Em seguida, valeu-se das unhas afiadas para puxar a membrana interna para baixo, deixando a coroa exposta. Judá encostou-se pesadamente no ombro de Miriam quando o bebê chorou e por um momento ela achou que o marido teria um desmaio. Mas ele logo se recompôs.

Viu de soslaio que o pai subia na *bimá* e desviou a atenção do *mohel* para pegar a caneca de vinho que lhe era estendida e receber as bênçãos pela saúde dela e do filho. Salomão fez uma cara de espanto quando Judá sussurrou-lhe no ouvido o nome escolhido para o bebê e, de sorriso aberto, recitou a bênção que anunciou o nome de Iom Tov para a congregação. Quando ela abaixou os olhos para voltar a observar, Obadia já tinha terminado o curativo, e então se sentou feliz da vida com o filho no colo enquanto os homens congratulavam Judá.

Obadia continuou ao lado de Avram e perguntou com um ar petulante:

– Quando é que o senhor me deixará fazer o corte, papai? Já estou pronto.

O pai abaixou a voz.

– Você acha que eu o deixaria fazer seu primeiro *milá* no neto do *parnas* ou no neto do líder da *yeshivá*? Além do mais, os últimos bebês foram meninas.

– Então, quando vai ser? O próximo bebê só deverá nascer daqui a um mês.

– Não adianta apressar as coisas, estará pronto quando chegar sua hora. – Avram notou que Miriam os observava e puxou o filho para um canto.

Duas semanas depois, Alvina chegou em Troyes, aborrecida porque perdera o parto e o *brit milá* do neto. Mas a irritação aumentou ainda mais quando soube que o neto não tinha recebido o nome do seu finado marido.

Presumindo que Salomão era um aliado, encheu os ouvidos dele de reclamações no percurso até a sinagoga.

– Por que tinham que se inspirar numa festa para dar um nome ao bebê? Como se não tivessem boas famílias de onde tirar um nome.
Judá balançou a cabeça, exasperado.
– Mamãe, nós já decidimos. O nome do meu filho é Iom Tov e nada vai mudar isso.
– Talvez nossos filhos não quisessem escolher um nome na família – disse Salomão em tom conciliador. – Talvez não quisessem favorecer um avô em detrimento do outro.
Miriam deteve-se abruptamente no meio do caminho.
– Desculpe-me, Alvina, deve ter uma pedra no meu pé. Pode segurar o Iom Tov enquanto sacudo o sapato? – Como previra, Alvina pegou o bebê na mesma hora e começou a mimá-lo.
Salomão sorriu, percebendo o subterfúgio da filha.
– Quando eu nasci, meus pais não conseguiram entrar em acordo quanto ao meu nome. Até o dia do meu *brit* ainda não tinham um nome para mim.
– O que aconteceu? – perguntou Raquel, bastante curiosa. A voz dela soou como se o pai fosse contar uma história.
– Papai, que o mérito dele nos proteja, recusava-se a me chamar de Isaac porque esse nome era do pai da minha mãe, e mamãe, que ela descanse em paz, não queria me chamar de Jacó porque era o nome do pai do meu pai e também do primeiro marido dela.
Raquel ouviu uma janela se abrindo lá no alto e apressou-se em sair do caminho para que nada desagradável lhe caísse na cabeça.
– Eles tinham então algum parente chamado Salomão?
Ele soltou um risinho.
– *Non*, ninguém nas famílias tinha o meu nome.
Aparentemente, o ocupante da casa onde se abrira uma janela só estava interessado em um pouco de ar fresco, já que não choveu nada em cima deles. Raquel deu um passo atrás e segurou o pai pelo braço.
– Papai, pare de brincar com a gente e diga logo quem inspirou seu nome.
– O rei Salomão.
– *Non*, verdade?
Miriam e Judá voltaram-se para ouvir a resposta de Salomão.
– Verdade. – Ele ergueu a mão para Raquel se calar. – Nasci no último *shabat* de Shevat, e por isso na *haftará* do meu *brit milá* leu-se o texto dos Primeiros Reis.

Esperou para ver quem se lembraria do texto primeiro. Raquel, Miriam e Judá o citaram quase ao mesmo tempo.

E Adonai deu sabedoria a Salomão, como havia prometido.

Depois, cada um deles acrescentou o que pensava.

– Só lhe deram um nome no dia que o senhor foi circuncidado – disse Miriam, com um suspiro de alívio. Iom Tov não seria o único da família a não ter o nome de um parente.

– O senhor nasceu durante o *shabat*? – perguntou Judá, mal podendo acreditar.

– Seu pai teve a ideia do seu nome quando ouviu a *haftará* sendo entoada? – disse Raquel, arregalando os olhos de espanto. – Vovó Lea não sabia que nome lhe dar?

– *Oui*, para tudo que vocês disseram – disse Salomão quando chegaram na sinagoga.

– Sua mãe deve ter ficado muito zangada – comentou Alvina.

Quando as mulheres tomaram a direção da escada, Salomão voltou-se para ela.

– Mamãe não ficou zangada. Ela sabia que eu seria um erudito e ficou muito feliz com o nome que papai escolheu.

Miriam inclinou-se da escada e sussurrou no ouvido dele.

– Não está me parecendo a vovó Lea que conheço.

– Foi assim que meu pai me contou. – Ele deu de ombros. – Eu era muito pequeno para poder me lembrar.

O ressentimento de Alvina foi se dissipando na medida em que ficava mais tempo com o neto. E no fim estava radiante, ocupando-se com Rivka dos preparativos de um suntuoso banquete em honra do *pidion-ha-ben* do bebê que se daria no primeiro dia da Feira de Verão de Troyes, o dia mais longo do ano.

A única exigência de Miriam foi que o ofício ficasse sob o encargo de Moisés haCohen. Na Feira de Verão de Troyes, havia outros Cohen mais velhos e mais instruídos que descendiam da antiga tribo de sacerdotes, mas o médico era amigo dela e de Judá. Ela já estava habituada a receber convites para *pidion-ha-ben* de pais agradecidos pelo seu trabalho, de modo que conhecia bem o ritual. O papel do sacerdote que fazia o resgate era meramente cerimonial; qualquer Cohen do sexo masculino poderia desempenhá-lo.

No dia mais longo do ano, Miriam e Judá acharam que seria melhor vestir os sofisticados trajes do casamento para agradar a mãe dele. Com a túnica vermelha protegida por um paninho, Judá ergueu o pequeno Iom Tov à altura do ombro e saudou os últimos convidados que chegavam. Miriam o viu saudar Johanna e ficou de coração apertado.

Caminhava com dificuldade e apoiava-se pesadamente no braço de Josef. Parecia ter envelhecido dez anos nos últimos meses. Circulavam rumores de que ela estava com a saúde arruinada, pois desde o *brit* do filho Sansão, um bebê cujo nome combinava muito bem com seu tamanho, só havia aparecido na sinagoga em *Shavuot*. Miriam suspirou com tristeza; Johanna era uma amiga muito querida da família e doía vê-la tão doente.

– É verdade o que estão falando de Obadia? – perguntou Johanna para as outras mulheres. Avram, o *mohel*, estava presente, sem o filho ao lado.

Francesca fez um sinal para que se aproximassem.

– Moisés me disse que ele se queimou gravemente – sussurrou. – Corre o risco de perder a mão.

– E como foi isso? – perguntou Joheved.

O círculo de mulheres entreolhou-se, todas esperando pela resposta de quem tinha mais notícias. Por fim, respondeu Francesca.

– Não sei dos detalhes, mas sei que foi um acidente na loja... parece que foi atingido por metal derretido.

A conversa foi interrompida quando o grupo se dispersou para abrir espaço para que Judá pudesse se juntar a Miriam. Ele estendeu Iom Tov para Moisés haCohen, dizendo que aquele era seu filho, o primeiro filho gerado no útero de sua esposa, e Miriam não pôde deixar de pensar no quanto sua vida tinha mudado. É claro que a maternidade mudava a vida de toda mulher, mas o que ela sentia era diferente.

Depois da morte de Benjamin, se convencera de que sua capacidade de amar novamente tinha morrido junto com ele. Judá era um ótimo marido e ela sentia grande afeição por ele, mas não a paixão que sentia por Benjamin. Mas em um único mês Iom Tov despertara um amor tão intenso nela que isso a assustava.

Judá contou cinco *deniers*.

– Clamo pelo meu primeiro filho; aqui estão cinco centavos de prata – disse ao mesmo tempo que dava as moedas para Moisés. Depois, estendeu Iom Tov para a esposa.

Era a vez de Miriam falar.

– Este é meu primeiro filho, pois com ele o Eterno, Abençoado seja, abriu as portas do meu útero – continuou, acompanhada por Judá. – Já que nosso primeiro filho merece a redenção, que também mereça a Torá, um casamento e boas atitudes. *Baruch ata Adonai...* Aquele que santifica os primeiros filhos de Israel em suas redenções.

Já com Iom Tov de volta aos seus braços, ela suspirou aliviada e voltou o pensamento para a bíblica Hanna. Aquela que depois de ter desmamado o profeta Samuel, seu primeiro filho, entregou-o aos sacerdotes. *Como Hanna pôde ter feito isso?* Ela preferia morrer a deixar que alguém lhe tirasse Iom Tov. Sem falar que lutaria com unhas e dentes e, se preciso fosse, chegaria a matar para resguardá-lo de qualquer perigo.

Lá pelo final da tarde, a maioria dos convidados, inclusive Alvina, já tinha ido para a feira. Salomão e Avram travavam um diálogo intenso debaixo da macieira, cercados pelos estudantes. Miriam quis ajudar a mãe e as irmãs na limpeza, mas tia Sara enxotou-a para casa.

– Você teve um dia exaustivo – disse Sara. – É melhor tirar uma soneca antes do jantar.

A mãe e Joheved assentiram, mas tão logo Miriam chegou à porta de Sara, o pai acenou, chamando-a.

– Temos que discutir um assunto importante – ele disse. – Quero saber a opinião de nossas parteiras.

Os homens abriram espaço para que ela se sentasse, e depois olharam para Avram em expectativa.

– Como muitos de vocês já sabem – a voz de Avram tremeu de emoção –, Obadia sofreu recentemente um grave acidente. Moisés disse que talvez ele não perca a mão, mas... – Parou para secar uma lágrima. – Mas o metal em brasa o queimou de tal maneira que...

Salomão viu que Avram estava muito emocionado para prosseguir e continuou falando pelo amigo.

– Talvez possa trabalhar como ourives quando recuperar a saúde, mas nunca mais poderá cumprir a função de *mohel*.

– Por isso, preciso treinar um novo aprendiz – acrescentou Avram.

Miriam reprimiu um bocejo. Por que precisavam da presença dela? Obviamente, um dos alunos do pai assumiria o lugar de Obadia.

– Mas, quem? – perguntou Salomão. – O *mohel* tem que ser alguém que esteja em Troyes o ano todo, o que exclui a maioria dos mercadores.

– E tem que ser devoto e instruído na Lei Judaica – acrescentou Judá.
– Com um conhecimento especial das leis referentes à circuncisão.
– E deve ser jovem – disse Joheved. – Caso contrário, papai seria um excelente *mohel*; é muito habilidoso com as facas.
– Isso me exclui – disse Meir, com um suspiro. – Com dez anos de prática, ainda não consigo cortar um carneiro ou os cachos das uvas sem me cortar.
– É verdade, são coisas importantes. – A voz de Avram recuperou a força. – Mas é imperativo que o novo aprendiz aprecie a seriedade e a delicadeza do procedimento do *milá*. Trata-se de realizar uma *mitsvá* vital que não pode ser adiada nem interrompida.
– Você é capaz de fazer isso, Judá? – perguntou Miriam.
– Eu passo mal só de pensar em cortar. – Ele encolheu os ombros. – Quase desmaiei durante o *brit milá* do Iom Tov.
Avram balançou a cabeça.
– O homem que não consegue lidar com uma *kavaná* necessária não deve aceitar a posição.
Miriam olhou para Shemayah, que estava a ponto de chorar. É claro que ninguém o indicou como candidato, porque era um homem cujo filho se esvaíra em sangue após o *brit* e cujos futuros filhos não poderiam ser circuncidados.
– E que tal um dos nossos estudantes mais novos como o Eliezer, por exemplo? – sugeriu Rivka.
– Já falei com o pai dele, assim como falei com os outros pais – disse Avram. – E todos disseram que talvez viessem a precisar dos filhos para ajudar nos seus próprios negócios.
– Acontece que precisamos ter um *mohel* em Troyes – disse Meir, elevando a voz. – Se tivermos que nos deslocar até Paris atrás de um *mohel*, não conseguiremos circuncidar nossos filhos no oitavo dia.
Sara e Salomão entreolharam-se, e Sara tossiu para chamar a atenção de todos.
– Até agora só ouvi dizerem "ele". Mas há uma mulher em Mayence que faz circuncisão, uma parteira amiga minha.
Todos se voltaram para Miriam. Com o coração disparado ela percorreu com os olhos cada um dos rostos e engoliu em seco, com nervosismo.
– É claro. – Joheved abriu um sorriso. – Miriam seria perfeita. Encaixa-se como uma luva.

– Nem tanto – retrucou Avram, com uma expressão carrancuda.
– Ela é mulher, o que significa que está isenta da *mitsvá* do *milá*, e portanto não pode substituir a quem cabe fazer isso por obrigação.
– A *Mishna* do *Kiddushin* desobriga as mães dessas *mitsvot* porque cabe aos pais realizá-las para seus filhos, tanto o *brit milá* como o *pidion-ha-ben* – explicou Joheved. – Mas se o pai indica um agente para substituí-lo na circuncisão, entende-se que ele próprio cumpriu a *mitsvá* do *milá*. Sendo assim, pouco importa quem é o agente.

Miriam rompeu o mutismo.

– Há um *baraita* no tratado *Avoda Zarah* que diz o seguinte:

> Nas cidades em que não haja um médico israelita, mas onde haja um médico idólatra, o idólatra pode fazer a circuncisão.

Joheved interferiu a favor de Miriam.

– No mesmo tratado, Rav Yohanan e Rav discordam quanto à realização do *milá* por parte das mulheres:

> Rav é contra porque a mulher não se enquadra na circuncisão, uma vez que não é objeto da circuncisão. Mas para Rav Yohanan a mulher se enquadra porque deve ser considerada circuncidada.

Miriam sorriu em triunfo para Joheved, e prosseguiu.

– E o debate entre eles se encerra quando a *Guemará* faz uma pergunta.

> Alguém aqui pode afirmar que a mulher não é adequada para fazer a circuncisão? Pois está escrito (no Êxodo): e então Zippora pegou uma lâmina de sílex e cortou o prepúcio do próprio filho.

Meir e Judá permaneceram em silêncio enquanto as duas esposas refutavam a objeção de Avram, mas os olhos deles não dissimulavam o orgulho que sentiam delas. Salomão também parecia deleitado, já que esperou que as filhas terminassem para só então se dirigir a Avram.

– A lei é clara para o caso de não haver algum homem competente disponível; de acordo com Rav Yohanan, em tal circunstância a mulher é adequada para operar a circuncisão.

Shemayah tossiu discretamente.

– Não é porque a lei assegura que uma mulher se encaixa na função que os homens de Troyes permitirão que Miriam faça a circuncisão. Acho que alguns ficarão furiosos. Vocês querem ter o antagonismo de toda a comunidade?

– Se os homens de Troyes ficarem furiosos, então que um dos filhos deles seja o aprendiz de Avram – disse Judá. – Era visível que ele nem considerava essa possibilidade.

– Já que não tenho outra opção, o jeito é treiná-la. – Era como se Avram tivesse comido alguma coisa estragada e quisesse vomitar. – Pelo menos até que encontre um aprendiz homem.

Salomão virou-se para Miriam.

– Sabemos que você tem permissão para circuncidar e que Avram se dispõe a lhe ensinar, mas não sabemos se você quer ser uma *mohelet*. – Sorriu com doçura quando utilizou a forma feminina da palavra.

Será que ela queria? Com um professor tão relutante seria uma tarefa complicada. E quanto a Obadia, que por certo se ressentiria de ter o seu lugar tomado por ela? Shemayah colocara uma questão a ser considerada; muitos membros da comunidade, não só os homens como as mulheres, não aceitariam que uma mulher fizesse circuncisões. Como enfrentaria essa oposição?

De todo modo, o *milá* era uma *mitsvá* vital e não havia homem algum disponível. Se ela não aceitasse, provavelmente Troyes ficaria sem um *mohel*. E quem circuncidaria os filhos e os sobrinhos dela? *Mon Dieu, eu teria que circuncidar meus próprios filhos.*

Judá notou que Miriam hesitava.

– É melhor você não fazer isso, a menos que seja sua própria *kavaná* – ele disse. – Mas não é preciso decidir agora. Pense um pouco.

– Judá está certo – disse Salomão. – Deixe para decidir depois. Mas acho que você seria uma excelente *mohelet*. É a única mãe que conheço que não fechou os olhos na hora do *brit* do filho. Você ficou observando o tempo todo.

Se viesse a ser aprendiz de Avram, pensou Miriam, todos na cidade estariam de olho nela. Seria bem diferente de estudar o Talmud e usar os *tefilin*.

Parte Dois

Dezessete

Troyes
Primavera, 4844 (1084 E.C.)

Miriam sorriu para o bebê em seu seio. Faltava pouco para o amanhecer – a hora do dia que mais apreciava. Tudo era silêncio e paz; Judá estava encolhido ao lado e Iom Tov, que o Eterno o proteja, dormia no berço como um anjinho. Como pôde ter pensado que o imenso amor que sentia por Iom Tov a impediria de amar o irmãozinho dele?

Foi um parto tão fácil quanto o de Iom Tov. Ela teve aquela mesma sensação de querer defecar e o novo neném nasceu antes que os sinos de Troyes tivessem dado uma segunda badalada. Mas foi uma gravidez difícil e os enjoos a atormentaram por meses a fio. Sentiu-se tão mal que nem pôde ir ao funeral de Johanna.

Ainda se culpava por essa morte. Será que ela e tia Sara não teriam mudado isso se tivessem detectado a gravidez no início? Moisés haCohen insistia que a diabete era praticamente incurável e que ela devia se preocupar com sua própria gravidez. Graças aos céus recuperara a saúde no meio do inverno, e assim pôde continuar o treinamento para *mohelet*.

Miriam suspirou. Avram era um professor diligente e ela estava aprendendo muita coisa, mas a cada *brit* ele anunciava a plenos pulmões que continuava à procura de um aprendiz, e perguntava se alguém conhecia algum rapaz interessado no ofício. No primeiro ano, ela também torceu para que se encontrasse alguém que a substituísse. Observar as circuncisões de perto era fascinante, mas não podia ignorar as caras chocadas e iradas que as pessoas faziam quando a viam com os instrumentos do *mohel* por trás de Avram.

Ele admitia que ela conhecia bem o Talmud e que só se concentrariam nos aspectos práticos do *milá*. A primeira coisa que lhe ensinou foi como costurar o curativo especial de linho, o *haluk*. O curativo tinha o formato de um dedo com ambas as extremidades abertas e, depois de costurado, virava-se o *haluk* pelo avesso para que a parte mais macia do tecido ficasse em contato com a pele do bebê. Nenhuma linha podia ficar solta porque qualquer fiapo poderia agravar o ferimento. Graças aos anos de bordado supervisionados à exaustão pelo perfeccionismo da mãe, ela não poderia ter começado melhor.

Afiar as duas lâminas da *azmil* era como preparar a faca que usava para cortar o cordão umbilical do bebê. Pilar cominho e misturá-lo com azeite era uma tarefa simples para uma parteira que empregava o mesmo unguento curativo para cicatrizar o cordão. Mas nenhum desses procedimentos essenciais para um *milá* requeria tocar no bebê, o que Miriam desejava cada vez mais.

Foram precisos dois anos para que conseguisse isso. Dois anos de observação apurada de cada *milá* operado por Avram, dois anos preparando *haluk* e unguentos que ele utilizava, dois anos examinando os bebês três dias antes. Sem falar que durante esse tempo teve que conviver com uma comunidade dividida por causa dela. Não que alguém lhe tenha dito alguma coisa, mas a cada *brit* tinha que encarar as fisionomias, poucas de aprovação e muitas de rejeição e hostilidade. Talvez por isso Avram tivesse esperado tanto para permitir que Miriam realmente participasse do ritual.

Na primavera anterior, depois de um sem-número de perguntas sobre como aplicar o *haluk* e o unguento que ela havia feito, de repente ele se virou tão logo acabou de realizar o *brit* e pediu que ela fizesse o curativo do bebê. Aparentemente, ficou satisfeito com o trabalho dela, pois apesar de não ter emitido um único elogio, depois disso permitiu que ela fizesse os curativos de todos os bebês.

Ela também ficou incumbida da odiosa empreitada de circuncidar os bebês natimortos e os que acabavam falecendo antes do *brit*.

– Devo lhe avisar que não é nada parecido com o *milá* de um bebê vivo – ele disse na primeira vez em que se juntaram aos que faziam a *tahará*, preparando um bebê ainda não circuncidado para o funeral.

– Como assim? – ela perguntou.

– A pele de um bebê morto é dura e rígida, e é óbvio que não se mexe nem sangra quando se faz o corte.

Miriam balançou a cabeça.

– Mas por que circuncidar um neném morto? As *mitsvot* são para os vivos.

– O pai de Abraão foi o primeiro a ser circuncidado – ele respondeu. – Por isso ele fica à entrada do *Gan Eden*, onde só permite que entrem os que também foram circuncidados.

– Devo esperar pela *tahará* ou posso circuncidar um natimorto logo após o nascimento? – Talvez fosse a vantagem de ser parteira e também *mohelet*.

Avram deu de ombros.

– Como preferir. Isso é um costume e não um mandamento.

Miriam estremeceu só de pensar nos bebês natimortos e pôs seu bebê no outro seio. Parecia bem sadio e após o *brit milá* no dia seguinte estaria protegido contra Lilit e seus demônios. Ela sorriu, cheia de expectativa. Talvez no *milá* do seu próprio filho, Avram a deixasse fazer mais que um curativo.

Do outro lado do pátio, sozinha em sua cama, Raquel também não conseguia dormir. Os seios estavam inchados e era doloroso deitar de barriga para baixo, o que significava que as flores dela estavam por vir. E quando viessem, sofreria de cólicas e dores nas costas durante uma semana. Miriam lhe prepararia poções de aipo-bravo e alforva e banhos quentes para aliviar as dores, deixando-lhe bem claro que quando esse problema afligia uma virgem em idade de se casar era porque havia sementes corruptas dentro dela, sementes que seriam extraídas pelo marido nas relações conjugais.

Não era justo. As mulheres padeciam quando expeliam o excesso de sementes, ao passo que os homens se sentiam bem ao expelir as suas nas emissões noturnas. E se os homens podiam liberar suas sementes com as prostitutas, a ela só restava esperar até se casar. Raquel suspirou. Só faltavam três meses.

Por ora, só teria que aguentar alguns poucos meses de flores, até que a gravidez e a amamentação tornassem isso um mero incômodo ocasional. Bastava olhar para Joheved, que só tinha menstruado uma vez depois da gravidez de Isaac, isso oito anos e três filhos atrás.

Raquel se virou de lado, o que também trouxe desconforto. Depois do início de suas flores no ano anterior, ela achou que se casaria com Eliezer naquele verão. Mas o pai se esquecera de informar a família de Eliezer em Provence, de modo que eles chegaram à Feira de Verão despreparados para dar conta de uma festa de casamento. Só de pensar nisso ela ainda ficava furiosa.

Na ocasião, a comunidade judaica estava ocupada com a aproximação do casamento de Josef, filho do *parnas*, com uma mulher que podia ser a filha dele, enquanto toda a Troyes celebrava o casamento de Étienne-Henri, o filho mais velho do conde Thibault, com Adèle da Inglaterra, a única filha do rei bastardo Guillaume. Tanto o adegueiro de Thibault como o de Isaac haParnas tinham requisitado o melhor vinho do pai dela para os banquetes, e ainda os produtos mais refinados que havia na cidade. Eliezer implorara ao pai para que não adiasse tanto o casamento, mas Shemiah combinara com o pai dela que era melhor esperar até que os estabelecimentos da cidade se reabastecessem.

Eliezer... ela nutria sentimentos estranhos em relação a ele. Tanto ele quanto o pai dela eram capazes de enfurecê-la como ninguém. Mesmo assim sempre queria estar com ele e, quando se separavam, sempre imaginava o que ele estaria fazendo.

O verão anterior não tinha sido tão ruim. Enquanto Eliezer ocupava-se em estudar o Talmud e conhecer os clientes de Shemiah, Raquel ajudava Alvina no negócio de joias. Que ironia acabar trabalhando com a mãe de Judá. Era fascinada por joias e, no verão que se seguiu ao casamento de Miriam, tentava espiar todas as vezes que Alvina estava com um cliente. No ano seguinte, Alvina permitiu abertamente a presença dela e por fim chamou-a para ser aprendiz. Já não era mais aquela menina que havia perdido o anel de esmeralda de uma mercadora e no momento cuidava da contabilidade de Alvina.

Depois a Feira de Verão terminou e Eliezer voltou para casa para os Dias de Expiação, e ela não parou mais de se preocupar com ele. Havia tantos perigos na estrada... tempestades, ladrões de estrada, pontes caindo aos pedaços, estalajadeiros desonestos aliados a gatunos. E se o ferissem ou, pior ainda, e se sofresse um acidente? Afinal, isso tinha acontecido com o noivo de Miriam. Ela entrou em pânico quando a Feira de Inverno começou sem que a família de Eliezer tivesse voltado.

Mas chegaram antes do fim da semana e a forma com que Eliezer a olhou acabou compensando a separação. Ela queria muito ficar a sós com ele, mas os dois nunca conseguiam mais que uns poucos minutos antes de serem interrompidos pela mãe ou pelo pai. Isso até Meir interferir em socorro deles.

Durante o *disner* aproximou-se do pai dela com um ar preocupado.

– Salomão, eu preciso de um favor seu.

Salomão o olhou atentamente e assentiu com a cabeça.

– Mamãe adoeceu de fluxo e muita gente na propriedade também está doente, inclusive o administrador e o homem que contratamos para podar as videiras – disse ele. – Com a morte do papai, que o mérito dele nos proteja, Joheved está tentando conduzir a propriedade ao mesmo tempo em que cuida dos doentes e amamenta a pequena Hanna. Ficaríamos imensamente gratos se você liberasse Eliezer e Raquel para que podassem nossas videiras. O novo vinhedo é pequeno e eles darão conta do serviço em poucas semanas.

Salomão alisou a barba. Afinal, já estavam quase na metade de fevereiro e a poda das videiras teria que estar terminada no final de março. Raquel e Eliezer prenderam o fôlego e evitaram se olhar. Ela nunca rezara tanto para alguma coisa desde que Eliezer retornara são e salvo a Troyes. Mas Meir não deixara outra escolha ao pai dela. Joheved estava precisando da ajuda de algumas pessoas. Miriam não podia ir devido à sua condição e nenhum outro estudante era tão hábil quanto Eliezer para podar.

Talvez por ter captado o que estava fazendo Salomão vacilar, Meir disse de supetão.

– Garanto que os dois serão cuidadosamente vigiados por alguém.

– Muito bem – disse por fim Salomão. – Mas só até que o homem contratado por vocês fique bom.

Somente duas semanas depois o tal homem recuperou a saúde, mas uma nevasca deteve Raquel e Eliezer em Ramerupt por mais tempo. Foi maravilhoso. Eles já tinham terminado de podar as videiras e podiam se esconder atrás das moitas para se beijar à vontade. Ao final da tarde, Meir compartilhava a lição do Talmud do dia com eles e Joheved. Pobre Joheved... exalava tanta saudade quando estudavam em grupo.

Raquel sorriu com a lembrança, e levantou-se da cama para pegar o urinol. O sangue ainda não tinha descido, mas isso aconteceria mais dia menos dia.

Quando Hanna começou a choramingar, Meir acordou sonolento ainda no escuro e puxou a coberta para cobrir a cabeça. Joheved argumentou que os molares do bebê estavam despontando, mas sempre havia uma desculpa. Desde o nascimento a criança não tinha dado uma noite de descanso aos dois. Alguns minutos depois ela trazia Hanna para a cama do casal. Ele resmungou desconcertado quando viu que tinha ido por água abaixo a chance de ter relações com a esposa naquela manhã. Embora quase nunca tivessem tempo para fazer amor pela manhã.

Tentou relaxar e ignorar a movimentação ao lado, mas já tinha perdido o sono. Qual seria o melhor momento para contar para Joheved o que decidira sobre Zipporah, a filha de Shemayah? Depois que a esposa de Shemayah dera à luz um outro menino no ano anterior, Avram se recusara a circuncidá-lo. Mas quase seis meses depois a criança teve um pequeno corte que a fez sangrar até a morte. Shemayah ficou fora de si. E não só porque tinha perdido um outro filho.

– Não sei o que será de Zippora – ele confidenciou para Meir. – Quem poderá se casar com ela? Com essa morte não me resta qualquer dúvida de que as mulheres da minha família são amaldiçoadas.

– Com a instrução que você tem e a riqueza do seu sogro, é claro que vai aparecer alguém para se casar com ela.

– Quem? – A palavra soou como um desafio. – Na certa alguém que não quero como genro.

O desapontamento de Shemayah era tanto que Meir disse sem pensar:

– Não se preocupe. Ela pode se casar com o Isaac.

O efeito dessas palavras sobre o seu companheiro de estudos foi extraordinário. Ele lhe deu um abraço, de rosto iluminado.

– Você faria isso por mim? – Apertou o braço do amigo.

– É claro que sim. – Meir retribuiu o abraço. – E depois que Isaac se casar com Zippora, você não terá dificuldade para encontrar maridos do mesmo porte para as irmãs dela.

Foi só depois que Meir se deu conta do problema que tinha arranjado para si. Sabendo que Joheved ficaria furiosa, pediu para que Shemayah guardasse segredo até que conversasse com ela.

Mas depois o pai de Meir morreu e ele achou melhor esperar até o fim do luto. Logo Hanna nasceu e ele não quis perturbar o bom humor de Joheved. E em seguida ela se dividiu entre a poda do novo vinhedo, o auxílio à sogra na administração e na contabilidade da propriedade e as aulas de escrita e leitura que dava para Isaac e Samuel... e ficou tão ocupada que ele não quis desperdiçar o pouco tempo que passavam juntos com uma notícia que por certo desencadearia uma discussão.

Por fim, Hanna aquietou-se e Joheved comprimiu o corpo contra o de Meir. Automaticamente, ele puxou-a para mais perto de si.

Ela estava com as costas e o peito quentes e ele sentia o prazer de ter aquelas nádegas roçando em suas coxas. Viu-se envolvido por uma onda de ternura. Se não fosse por ela, estaria grudado em Ramerupt em vez de estar ensinando o Talmud na *yeshivá* de Troyes.

No dia seguinte haveria o *brit milá* do novo filho de Miriam e Judá. Talvez Joheved estivesse de bom humor e ele pudesse contar-lhe tudo. Aliviado por ter tomado uma resolução, voltou a dormir e acordou mais tarde com a zoeira da mãe que tentava abafar a gritaria dos meninos no início do dia. Joheved e Hanna ainda estavam dormindo e ele foi se vestir, tentando não fazer barulho. Não era recomendável acordá-las de um sono profundo. Suas almas poderiam ter dificuldades para voltar ao corpo.

O choramingar da filha acabou despertando Joheved, que pelos raios do sol que entravam nas frestas das venezianas se deu conta de que o dia havia amanhecido há muito. Espreguiçou-se e levantou-se para trocar a fralda de Hanna. Desde a morte do pai de Meir não lhe sobrava mais tempo para um verdadeiro descanso. Depois disso, o trabalho era tanto que o cansaço habitual do início da gravidez nunca mais a deixou.

Logo que comprovaram a boa qualidade dos frutos das velhas videiras, ela fez questão de que o resto do vinhedo fosse capinado e se pôs a podar as videiras de maneira a mantê-las produtivas. Pouco lhe importou que isso se tornasse um trabalho a mais em meio às muitas tarefas cotidianas. Graças aos céus Meir requisitara um dos empregados de Salomão, um homem casado com dois filhos adolescentes grandalhões que se mudou para Ramerupt e passou a ajudar no trabalho da nova vinícola.

Joheved acabou de cuidar de Hanna, vestiu-se e foi para o andar de baixo, onde os livros de contabilidade da propriedade esperavam por ela em cima da mesa, junto a pão, queijo e frutas. Os outros já tinham terminado o café da manhã. Fazia um dia maravilhoso de primavera e o mais provável é que Meir estivesse dando aulas para os filhos lá no pátio.

Ela se viu tomada pela tristeza. Antes do nascimento de Hanna, ensinara Isaac a escrever as primeiras letras hebraicas e a ler a Torá, e nessas ocasiões Samuel sentava-se no seu colo ou ficava brincando por perto. Passado algum tempo, ele começou a dizer e a perguntar coisas que indicavam que também estava aprendendo durante as aulas do irmão. Orgulhosa com isso, apressou-se a contar para Meir que o filho era muito inteligente. Mas agora raramente os via.

Ficou ofendida quando Meir decidiu que os filhos estudariam com ele e Salomão. Ela era tão capaz de ensinar a Torá para os meninos quanto o pai, mas agora as muitas demandas tomavam quase todo o seu tempo, e Hanna era a mais importante. Mesmo tendo reconhecido que Isaac já estava pronto, achava que Samuel era novinho demais para ficar longe dela.

Ela chorou quando os viu partir a cavalo no primeiro dia, com Samuel montado à frente de Meir naquele cavalo cinza gigantesco, e Isaac, no pônei malhado. E chorou não só porque seus bebês estavam crescendo e a deixavam. Chorou porque partiam para estudar a Torá, e ela, não. Seus olhos se encheram de lágrimas só de lembrar daquele dia. Ela pestanejou, afastou as lágrimas e pôs Hanna sentadinha no chão, com um cordão de contas coloridas para se distrair. Logo que colocasse a contabilidade da propriedade em dia, poderia seguir com a família para Troyes.

Ainda bem que tinha desistido da *yeshivá* por vontade própria, isso pelo bem de Meir. Uma decisão bem diferente do que havia acontecido com a pobre Emeline, que se viu forçada a abandonar o convento em troca de uma vida que lhe causava desgosto. As duas passaram a se corresponder assiduamente depois que se conheceram em Ramerupt, por meio de um mercador judeu que fazia negócios em Plancy e servia de carteiro. Emeline dera um herdeiro para Hugo de Plancy, um menino que recebeu o nome de Hugo, o Jovem, mas pouco escrevia de sua vida pessoal.

Foi somente no batizado do filho caçula do conde André, cerca de dois anos antes, que Joheved descobriu o porquê do silêncio da amiga. Não queria ir ao batizado, já que este ocorrera logo após o falecimento de Samuel, o que impedia que Meir e Marona pudessem participar de eventos sociais.

Emeline foi a primeira a vê-la, e correu para abraçá-la.

– Rezei tanto para que você ou Miriam viessem. Você está linda; essa seda azul cai tão bem...

– *Merci*, também é ótimo te ver. – Joheved pegou Emeline pelo braço e sussurrou: – Estava com medo que a roupa não entrasse. Estou grávida de novo.

– Eu também – disse Emeline, com um tom mais baixo ainda.

– Vamos encontrar um lugar para nos sentarmos. – Não era por acaso que Emeline estava tão pálida.

– Ninguém sabe aqui em Plancy. Se soubessem, não me teriam deixado vir. – O queixo de Emeline começou a tremer. – Eu tinha que escapar.

As lágrimas começaram a escorrer pelo rosto dela e Joheved levou-a para um banco atrás de uma cerca viva.

– Quem não deixaria você vir? Seu marido?

Emeline limitou-se a negar com a cabeça. Depois que os soluços abrandaram, respirou fundo.

– A mãe dele, Gila... que Deus a faça queimar no fogo do inferno. Não me deixou ir nem ao batizado do príncipe Luis no ano passado.

– Você foi convidada para honrar o novo filho do rei Filipe e sua sogra não a deixou ir! – Joheved elevou a voz, indignada. – Que poder essa mulher tem sobre você? Agora você é a baronesa de Plancy. Você deu à luz um herdeiro sadio.

– Oh, Joheved, minha vida está uma miséria total. – Emeline se levantou, secou o nariz na manga da roupa e contou sua história. – Gila diz que ela é que é a baronesa de Plancy. Mantém as chaves e administra a propriedade como fazia antes, e, pelo que tenho visto, muito mal. Você nem imagina como ela tolera a preguiça e a corrupção. Tudo o que aprendi em Ramerupt, inclusive cavalgar, tornou-se um verdadeiro desperdício.

A voz de Emeline endureceu quando começou a descrever o que a torturadora fazia.

– Pegou todos os meus livros e escritos, alegando que as palavras é que tinham feito Eva persuadir Adão a comer a maçã e que tinham trazido os infortúnios ao mundo e que as mulheres tinham que falar o mínimo possível e não deveriam ler nem escrever. Você não faz ideia de como é difícil escrever para você. Passo os meus dias no ócio, zanzando de um lado para o outro, e o meu único conforto são os momentos que tenho com o meu pequeno Hugo. De noite o meu marido tem relações comigo e depois vai farrear com a amante dele.

Joheved ficou de queixo caído.

– Amante dele?

– *Oui*, faz três anos que ela mora lá. Os dois têm até um filho.

Joheved não soube o que dizer. Tão logo terminara a *shivá* para o lorde Samuel, recebera as chaves e os livros de contabilidade da propriedade de Marona. Ela tentou devolver tudo, mas a sogra insistiu. E agora Meir era o senhor da propriedade, e isso significava que a esposa dele era a senhora.

Emeline voltou a chorar.

– Só a morte poderá me libertar.

– Essa melancolia não é boa nem para você nem para o bebê. Você precisa ingerir mais alimentos apimentados, carne grelhada e outras coisas quentes e secas. Evite as frutas frescas. – Joheved retirou uma pera do prato da amiga. – Você já está úmida e fria o suficiente.

Emeline prometeu que se alimentaria melhor, e elas se despediram ali pelo final do dia. Mas Joheved só teve notícias de Plancy no verão seguinte, quando o mercador que fazia o trabalho de correio deu uma parada na propriedade a caminho da Feira de Verão. O homem relatou que o bebê de Emeline tinha nascido morto, e que ela estava muito abalada para escrever.

Joheved suspirou, voltando-se para os livros. A venda de carneiros tinha sido excelente e, com a guerra entre o rei Henrique e o papa Gregório ainda em curso, seguira o exemplo de Samuel, fazendo um novo plantio de aveia. No primeiro ano após a morte do sogro, muitos açougueiros e mercadores de grãos tentaram tapeá-la. Mas o que eles não sabiam é que ela havia lidado com o comércio de vinho durante muitos anos, e com orgulho pôde assistir às expressões de astúcia dos tais mercadores sendo substituídas pelo respeito. Ela só não havia assumido duas tarefas financeiras. Duas vezes por ano Meir presidia o conselho da propriedade e Meshullam, o irmão dele, continuava a vender a lã que a propriedade produzia.

Joheved verificou os números apresentados pelo administrador e, satisfeita com o que tinha visto, fechou o livro. Agora teria que escolher e colocar na mala as roupas que seriam usadas pela família no *brit* que se daria no dia seguinte.

Judá mergulhou a pena de ganso no tinteiro feito de chifre de vaca. O tinteiro já estava quase vazio. O pote de tinta na mesa também estava vazio. Ele não queria perturbar Miriam e o recém-nascido que dormiam no andar de cima, e saiu na ponta dos pés até o armário onde guardava os suprimentos de escrita. Embora houvesse diversos potes de tinta, todos estavam vazios.

Era só o que faltava: sem nenhuma tinta, e isso dois meses após o término da Feira de Verão. Talvez um dos amigos mercadores de

Eliezer pudesse trazer alguns potes da Feira de Maio de Provins. Salomão é que tinha sugerido que os dois estudassem juntos e, apesar da diferença de estilos, a dupla mostrou-se excelente. Judá sempre queria entender tudo e Eliezer sempre queria saber tudo.

Se não fosse por Eliezer, Judá se manteria perpetuamente no mesmo lugar, mergulhado nas profundezas, e se não fosse por Judá, Eliezer continuaria passando apressado por cada capítulo, memorizando apenas os significados mais superficiais. A impaciência com os menos dotados de inteligência era um traço comum entre ambos. E assim a dupla se poupava de um bom número de afrontas, e também poupava os outros estudantes menos inteligentes de serem desdenhados.

Ao contrário de muitas outras parcerias de estudo, eles pouco falavam de suas vidas privadas. Judá se recusava a ensinar as *arayot* para o companheiro, alegando que Meir era mais qualificado. Relações conjugais era o último assunto que debateria com seus alunos.

O destino, porém, conspirou contra ele. Para celebrar as núpcias da filha caçula, Salomão fez questão de dar uma aula sobre o tratado *Kiddushin*.

E dessa maneira Judá confrontou-se com o seguinte verso:

> Disse Rav Hisda: eu sou superior aos meus colegas porque me casei com dezesseis anos. Se eu tivesse casado com catorze, poderia ter dito para Satã: "Flechas nos seus olhos."

Segundo o que Salomão tinha escrito, ainda que Rav Hisda tivesse se casado mais cedo, teria agrilhoado o *ietzer hara* dele e não seria tentado a pecar. Embora Judá estivesse convencido de que Rav Hisda se tornara um erudito por não ter permitido que os pensamentos pecaminosos interferissem nos estudos da Torá, fez uma nota dizendo que Salomão devia explicar tanto a primeira linha como a segunda.

Judá pensou. O destino o levara a se casar com quase vinte anos, deixando-o à mercê do *ietzer hara* por anos a fio, em meio a um contexto onde os únicos companheiros eram os outros alunos da *yeshivá*. E o fato é que mesmo agora os estudos intensos com outros homens ainda o excitavam tanto física como mentalmente; graças aos céus isso não acontecia com Eliezer. Se já tivesse estado antes com outras mulheres, os homens sentiriam a mesma atração por ele?

Durante a última Feira de Verão, depois de uma animada discussão sobre o Talmud, acontecera de novo. Quando se deitou na cama, tentou esconder de Miriam a excitação que o havia tomado, mas tão logo se virou para o outro lado se viu inquirido por ela.

– Judá, está aborrecido comigo?

– *Non,* claro que não. Desculpe se a fiz acordar.

– Tudo bem, toda parteira tem o sono leve. – Ela fez uma longa pausa, e disse em seguida: – Você acha que não sou mais atraente?

– Claro que não acho isso. Por que está me perguntando?

– Judá, já faz cinco anos que partilhamos a mesma cama. Acha que não sei quando você está com uma ereção?

– Não quis perturbá-la tão tarde. Posso esperar até *erev shabat*.

– Rava diz que os eruditos que estudam nas próprias cidades e moram nas próprias casas devem ter relações com a esposa todos os dias – ela disse.

Para ele não parecia certo ter relações com ela quando uma outra pessoa o tinha excitado, e certamente não toda noite.

– Ben Azzai ensina que os eruditos não devem parecer galos para suas esposas.

Miriam também conhecia o texto.

– E dizem que Ben Azzai se preocupava com a possível negligência dos eruditos em relação à *mitsvá* da procriação. Mas uma vez por dia não é muito. Os galos fazem isso muito mais vezes por dia.

– Fazem mesmo? – Como é que ele podia saber com que frequência os galos faziam isso?

A voz de Miriam aveludou, sedutoramente.

– Iom Tov já fez dois anos. Eu quero ter um outro bebê.

Ele se viu sem nenhum outro argumento.

Ali pelo final da Feira de Verão ela estava grávida e no início da Feira de Inverno estava tão mal que as relações conjugais eram praticamente impossíveis. Assim, o *ietzer hara* o fazia levar uma vida realmente miserável. Os outros eruditos lhe pareciam mais atraentes que nunca, e até mesmo alguns dos alunos começaram a mexer com ele. Graças aos céus havia a água fria; o santo remédio era especialmente eficaz no inverno, se bem que ele ia para a cama tremendo e batendo os dentes de tanto frio.

Talvez pudesse ter contratado uma prostituta, o que Eliezer andou fazendo antes do casamento. Mas sabe-se lá com quantos homens as prostitutas se deitam, sem higiene e sem se preocupar se estão *nidá*. Sentiu náuseas só de pensar em tocar numa delas.

Seus pensamentos foram interrompidos quando Miriam desceu com o bebê no colo.

– Cadê o Iom Tov? E onde está o resto do pessoal? – O dia que antecedia o *brit* era o mais perigoso de todos. A maioria dos alunos ainda não tinha voltado depois do Pessach, mas devia haver mais homens estudando ali com Judá.

– Eliezer e os outros estão lá com sua mãe, esperando alguma sobra do que ela está preparando para a ceia desta noite – ele disse.

– Papai acabou de levar Iom Tov até a latrina.

Ela sentou-se ao lado dele, mas não tão perto a ponto de se tocarem.

– Sei que você é devoto o bastante para manter os demônios afastados até que todos retornem.

– Você sabe se alguém irá a Provins esta semana? Estamos completamente sem tinta.

Miriam vasculhou os armários.

– Não se preocupe; tem muita tinta no armário do papai. Amanhã, depois do *brit*, abasteço nossos potes de tinta.

– Por falar em *brit*... – Judá olhou lá para fora para ver se alguém se aproximava. – Será que Avram deixará que você faça alguma coisa a mais?

– Tomara que me deixe cuidar da *priah*. – Ela ergueu os polegares com as unhas pontudas. – Se consigo descascar uma uva sem deixar o sumo escapar, então já estou pronta.

Priah era a fina membrana que ficava entre o prepúcio e o pênis do bebê. Logo após a remoção do prepúcio, o *mohel* cortava a *priah* com as unhas afiadas dos polegares, e dobrava-a sobre a base do pênis de modo a deixar exposta a coroa.

– Esse ofício deve ser mais difícil para os aprendizes que não são vinicultores.

Ela o olhou com um ar de súplica.

– Judá, o que devo fazer para que os homens passem a me aceitar?

Ele não acreditava que houvesse alguma coisa que Miriam pudesse fazer. Alguns homens continuariam reclamando mesmo que ela tivesse quinze anos de prática, com milhares de circuncisões já feitas.

– Esqueça da aprovação dos homens. Preste atenção nas esposas e elas certamente lhe darão apoio.

– Acho que você está certo – ela disse, suavemente. – Mas às vezes as mulheres são mais tradicionais que os homens. Um exemplo disso é mamãe, que sempre se aborreceu porque eu e Joheved estudamos o Talmud.

– Mas você é a parteira delas. Já confiam em você.

A conversa terminou quando a porta se abriu e Iom Tov entrou correndo, com Salomão atrás dele.

– Mamãe, mamãe. – Iom Tov ergueu os braços para que ela o pegasse no colo.

Aparentemente sem fazer força, Miriam passou o bebê para um lado das ancas e encaixou Iom Tov no outro. Judá não pôde conter o sorriso. Que esposa maravilhosa ele tinha... e dois filhos lindos. Valera a pena ter esperado pelo seu *bashert*, mesmo com todos os tormentos que o *ietzer hara* o fez passar durante aqueles anos a mais. Em cinco semanas, os dois poderiam retomar as relações conjugais e, embora talvez não quisesse dizer a Satã "flechas nos seus olhos" quando a Feira de Verão abrisse, sentia-se razoavelmente seguro de que os mercadores não lhe pareceriam tão atraentes como tinham sido na Feira de Inverno.

Dezoito

A mão de Miriam tremia enquanto costurava no próprio corpo de Judá a camisa que ele tinha usado no casamento.

– Estou nervosíssima. E se hoje Avram me fizer realizar todo o *milá*?

– Fique sossegada porque ele não fará isso, com sua mão tremendo desse jeito.

– Judá. – A voz de Miriam soou suplicante.

– Ele não lhe avisaria se quisesse que você realizasse o corte? – perguntou Judá.

– *Non*. O *mohel* mais experiente que estiver presente é quem realiza a circuncisão... o que significa que o aprendiz pode ser pego de surpresa, caso o *mohel* esteja doente ou incapacitado.

Ele a olhou, com uma expressão de entendido.

– Ou alegue que esteja.

– *Oui* – ela assentiu. – Assim ninguém se aborrece quando o filho é escolhido para uma primeira tentativa do aprendiz.

– Mas você nunca fez trabalho algum com *priah* – ele disse. – Avram não lhe faria dar um passo de cada vez?

– Talvez ele ache que circuncidar meu próprio filho seja um privilégio para mim. E tem me treinado muito. Tem me sabatinado a respeito de cada detalhe.

– Miriam, se hoje Avram caísse doente, para mim seria uma honra se você circuncidasse nosso filho.

Alguém bateu levemente à porta e logo Salomão surgiu à soleira.

– Judá, já está pronto? Precisamos sair para os serviços.

– *Oui*, papai – Judá vestiu a túnica vermelha e fez um rabo de cavalo no cabelo. E saiu.

Miriam ajeitou-se para amamentar o bebê, agradecida pela calma que a amamentação lhe trazia.

Naquela manhã, à medida que a hora do *brit milá* se aproximava, ela se sentia cada vez mais ansiosa. Avram nunca lhe pareceu tão bem. Se ele planejava deixar que ela fizesse o corte, teria que arranjar uma desculpa naquele momento. Ela só conseguiu relaxar quando ele recitou a bênção do *mohel* para a circuncisão.

Mas essa tranquilidade não duraria muito tempo. Tão logo terminou o corte, ele estendeu-lhe um pequeno frasco de vinho e disse:

– Hoje você pode se incumbir de *motzitzin* e de *priah*.

Miriam engoliu em seco. Embora tivesse treinado para lidar com *priah*, praticando ao longo dos meses, achava que não teria que lidar tão cedo com *motzitzin*, a drenagem do sangue. Felizmente, Shimson, o nome que tinham escolhido para o bebê, estava ocupado em sugar o paninho embebido em vinho que lhe foi dado; ele praticamente não se esquivou quando ela segurou o pênis com uma das mãos enquanto cortava a membrana com a outra. Graças aos céus, dobrar a membrana do filho foi de fato mais fácil que tirar a pele de uma uva. Talvez o procedimento de *motzitzin* fosse mais fácil ainda.

Como tinha aprendido, inicialmente ela tomou um gole do vinho mais forte do pai. Em seguida, veio a parte mais delicada. Ainda com a boca cheia de vinho, inclinou-se e sugou o sangue do ferimento do filho ao mesmo tempo em que aplicava o vinho em volta. Avram a observara nas muitas vezes em que se servira desses goles de vinho, aconselhando-a a não engolir uma única gota enquanto os sugava. Se o *brit* fosse realizado ao ar livre, ela teria que cuspir a mistura de vinho e sangue na terra, mas dentro da sinagoga havia um recipiente com terra para esse fim.

Quando Avram descreveu pela primeira vez a operação de *motzitzin*, Miriam se esforçou para dissimular o mal-estar que sentiu. A ingestão de sangue era proibida pela Lei Judaica. Apesar disso, estava escrito no tratado *Shabat*:

> Diz Rav Papa: o *mohel* que não drena o sangue é perigoso e nós o dispensamos... Drenar o sangue é igual a aplicar o cominho e enfaixar. Ele também coloca o bebê em perigo quando não aplica o curativo de cominho e não suga o sangue (*motzitzin*).

Agora que realmente tinha realizado o ato, ela se deu conta de que era como sugar um corte acidental no dedo de alguém. Fazer isso com o filho tinha sido quase como um beijo. É claro que havia beijado muitas vezes os dedinhos dele e os do outro filho. E provavelmente aconteceria o mesmo com os outros bebês.

Mais tarde, naquela mesma semana, o tema do sangue surgiu outra vez no Talmud; nas *arayot* que Raquel estudava com as irmãs. Raquel olhou para o texto, desanimada.

– Por favor, Joheved, o que diz o tratado *Nidá* sobre o que é permitido na noite de núpcias?

Joheved deu uma palmada afetuosa no braço da irmã. A *Mishna* dizia:

> Se uma virgem começou a sangrar quando ainda estava na casa do pai, diz Shamai: a ela só é permitido o início do coito conjugal. Diz Hilel: a noite inteira.

– Eu sei que a lei geralmente segue Hilel, mas aqui ela segue Shamai: o noivo inicia uma penetração e sai fora de imediato – disse Joheved. – Se lhe serve de consolo, Meir disse que Eliezer também ficou aborrecido quando leu esta parte.

– Mas o sangue da virgindade é puro, diferente do sangue da *nidá*. Como poderemos celebrar nosso casamento por sete dias, se temos que esperar sete dias limpos para só depois nos tocarmos, sentarmos no mesmo banco e comermos da mesma travessa? – A voz de Raquel elevou-se de tanta frustração. – A essa altura já estarei *nidá*.

– A preocupação dos sábios é que o sangue menstrual acabe se misturando com o sangue da virgindade – retrucou Miriam.

Joheved sorriu com o desapontamento da irmã caçula.

– Mas papai não é tão rígido assim. Ele também acha que o sangue da virgindade é diferente do sangue da *nidá*. Ele diz que mesmo que seja proibido manter relações conjugais durante esse período, depois da primeira vez, vocês já podem se tocar, comer do mesmo prato e até dormir na mesma cama.

– De noite pode-se fazer qualquer coisa, salvo, é claro, o ato sagrado – disse Miriam. – E isso lhe dará uma semana para se curar.

O medo fez uma sombra no rosto de Raquel.

– A primeira vez é tão dolorosa assim, a ponto de se precisar de uma semana para sarar?

– Não faço a menor ideia. – Sorriu Joheved ao lembrar-se. – Graças a muitas cavalgadas minha porta já estava quase aberta. Por isso não sangrei na minha noite de núpcias.

– Isso não é justo; vocês tiveram sorte. – Raquel voltou-se para Miriam. – E você?

– Minha experiência não ajuda em nada. – Rapidamente Miriam procurou uma explicação que não fosse embaraçosa. – Minha porta estava tão fortemente fechada que Judá não conseguiu abri-la.

Joheved ergueu as sobrancelhas, com um ar cético.

– Mas havia manchas de sangue nos lençóis.

– Foi Judá que fez um corte na própria mão. Não quis fazer muita força para não me machucar. Tia Sara cortou o meu hímen mais tarde.

– Então você também não sentiu dor – disse Raquel quase em tom acusatório para a irmã.

– É verdade, mas mamãe sentiu. Não disse nada antes do meu casamento, provavelmente para não me assustar. Mas depois me contou. – Miriam começou a sussurrar, e as irmãs acercaram-se para ouvir. – Ela me disse que também tinha uma porta muito fechada e que quando papai conseguiu abri-la, sentiu a pior dor que já tinha sentido na vida, até dar à luz, é claro.

As três irmãs ficaram em silêncio naquele quarto que um dia haviam compartilhado. Por fim, Raquel rompeu o silêncio.

– Vocês acham que tia Sara também abriria a minha porta?

Miriam pôs o braço ao redor dos ombros dela.

– Eu mesma cortarei seu hímen na sua próxima floração. Assim não terá que se preocupar com o sangue ou com a dor na noite de núpcias.

– E Eliezer também – acrescentou Joheved, com um sorriso.

O bom humor de Raquel não durou uma semana. Na tarde da quinta-feira, ela saiu da cozinha como um raio, batendo a porta atrás de si. Agarrou uma enxada com mãos trêmulas, e começou a capinar a horta da mãe.

O pai não tinha levado em conta a felicidade dela. Em três dias Eliezer estaria de volta à casa para *Shavuot*. Desde que ele chegara depois de Pessach, os dois mal tinham tido tempo de ficar sozinhos, e agora é que não sobraria mais tempo algum. Ela capinou um pé de mato com tanta raiva que acabou arrancando um pé de alface que brotava ao lado.

– Oi! – soou uma voz feminina atrás dela.

Raquel deu meia-volta já preparada para enfrentar a ira da mãe, mas era a viúva Samuelis, cuja casa partilhava o mesmo pátio com eles.

– *Shalom aleichem*, Samuelis. – Raquel procurou não demonstrar surpresa.

Samuelis sempre se limitava ao eventual *bonjour* e se mantinha a distância, cuidando das aves domésticas e das mulheres que chegavam para comprá-las. Não costumava conversar nem com a mãe de Raquel nem com Sara nem com as outras mulheres da sinagoga. Levava uma vida solitária, mas na Feira de Verão recebia o filho, e agora hospedava Alvina.

– *Aleichem shalom* – Samuelis retribuiu a saudação. – Eu gostaria que você e Eliezer se juntassem a mim para o *souper* dessa noite.

– *Merci*. – Sorriu Raquel. Enfim desfrutaria uma refeição com Eliezer longe dos olhos atentos do pai.

– *Bien*; espero vocês quando badalar vésperas.

Raquel observou a saída de Samuelis e depois tratou de replantar o pé de alface; continuou capinando o terreno, só que dessa vez com mais cuidado. *O que essa velha está querendo de nós?*

Duas horas depois, ela e Eliezer estavam sentados à pequena mesa de jantar de Samuelis, acabando de comer uma galinha ensopada. Já era hora da sobremesa e logo Samuelis voltava da cozinha com uma bandeja cheia de biscoitos de amêndoas, entregando em seguida um papel enrolado para Raquel.

– Não posso deixar de lado as minhas pobres freguesas. – Ela sorriu.

O que teria querido dizer? Raquel se perguntou enquanto esquadrinhava o documento hebraico. Ficou de queixo caído e olhou fixo para Eliezer, de olhos arregalados e confusos. O documento passava a casa e a mobília de Samuelis para Raquel bat Salomão, desde que concordasse em manter o negócio de Samuelis.

Eliezer riu quando notou que ela estava boquiaberta.

– É meu presente de casamento para vocês. Eu quis fazer isso antes de partir, para que tivessem tempo de decorar a casa.

– Mas... mas – balbuciou Raquel. *Minha própria casa, só minha.* Voltou-se para Samuelis. – Mas onde é que você vai morar?

– Meu filho acabou me convencendo a morar com ele lá em Colônia – disse Samuelis. – Achei que você gostaria de ter uma casa perto da sua família, e depois procurei seu noivo e propus a venda.

– Oh, que bom! Mas por que terei que criar galinhas? Já existem muitos galinheiros em Troyes.

Samuelis soltou um risinho.

– Alvina não lhe disse que na verdade o meu negócio é emprestar dinheiro para as outras mulheres? – Raquel balançou a cabeça em negativa, e ela continuou: – As galinhas são apenas um pretexto para que minhas clientes possam me visitar sem levantar suspeitas, se bem que são úteis porque em troca dos ovos o confeiteiro me traz muitas gostosuras.

Raquel olhou para Samuelis, agora de maneira respeitosa.

– Durante todos esses anos nunca fiz a menor ideia disso.

– Sua avó sempre soube e sua mãe também. – Ela estendeu um biscoito no formato de pássaro para Raquel. – Mas não empresto dinheiro para sua mãe desde a época do seu noivado.

Raquel fez uma careta. Obviamente, tinha emprestado antes, quando havia perdido aquele anel de esmeralda. Levantou-se e beijou a palma da mão de Samuelis.

– Sinto-me honrada por merecer sua confiança e por assumir seu negócio.

– Eu tenho reparado que você não perde tempo conversando com as outras moças e, pelo que Alvina me diz, tem se saído muito bem no aprendizado do comércio. – Chamou a criada para limpar a mesa. Depois, pegou uma lamparina e levou Raquel e Eliezer até a escada. – Eliezer, você pode mostrar o andar de cima para sua noiva? Meus joelhos doem muito quando subo essa escada.

Raquel tentou não demonstrar pressa, mas logo se viram diante de uma porta e Eliezer empurrou-a para dentro do cômodo. Um cômodo que estaria vazio não fosse por uma cama sem colchão. Ele tomou-a nos braços.

– Oh, Eliezer. *Merci, merci beaucoup* – ela sussurrou entre beijos. – Minha própria casa, não consigo acreditar.

– Eu estava torcendo para que você gostasse. – Envolveu-a novamente com os braços.

Alguns segundos depois, ela se desprendeu do abraço.

– Não é melhor dar uma olhada nos outros cômodos?

O cômodo seguinte estava tão vazio quanto o primeiro, e os dois desfrutaram da privacidade oferecida. Quando entraram no último cômodo, Raquel não conteve a surpresa.

– Oh.

Um grande espaço do quarto era ocupado por uma cama, com quatro hastes altas de madeira nas quatro extremidades que sustentavam um dossel e um cortinado para resguardá-la de insetos. Eles olharam abismados para a cama, e depois se entreolharam com pensamentos quase idênticos. A casa deles... já não precisariam dormir num quarto próximo ao quarto dos pais dela (se bem que *dormir* era a última coisa que Eliezer pensaria).

— Eu também tenho um presente para você, Eliezer. — Ela sorriu timidamente, cravando o olhar no chão. Queria falar, mas era um assunto tão embaraçoso... — Depois que você sair em viagem, Miriam vai cortar... — Deteve-se, ruborizando. — Miriam vai abrir minha porta com uma faca.

A expressão de Eliezer oscilou entre a descrença, o alívio e o êxtase. Depois, ergueu-a do solo e abraçou-a com tanta força que ela mal pôde respirar. Ao abraço seguiram-se beijos ardentes e o clima só foi rompido quando Samuelis os chamou do pé da escada, perguntando se estavam bem. Um chamado providencial. Ainda nem tinham chegado no térreo quando Salomão bateu à porta, dizendo que já era hora de a filha voltar para casa.

Eliezer partiu ao amanhecer de domingo, juntando-se a um grande grupo que se dirigia para o sul. Na despedida, Raquel não conseguiu dissimular a ansiedade e implorou para que o noivo retornasse são e salvo, mas ele não estava preocupado. O domingo era um bom dia para iniciar uma viagem, quase tão auspicioso quanto a quinta-feira. O retorno ao lar para *Shavuot* era a viagem mais tranquila entre as três que ele fazia anualmente até Arles. O tempo ameno era uma garantia de caravanas de peregrinos e peticionários em direção a Roma, e a rota de Eliezer coincidia com a primeira etapa da viagem desses homens.

Nesse ano, porém, tudo havia mudado. Em março, o rei Henrique entrara em Roma e tomara a cidade, forçando a fuga do papa Gregório para a Sicília. Assim, Clemente, o novo papa indicado por Henrique, regia Roma enquanto Gregório articulava sua vingança em Salerno. Eliezer mantinha-se otimista. A guerra entre Henrique e Gregório já havia terminado e fosse qual fosse o papa que aqueles homens quisessem visitar, o fato é que ele tinha que viajar até Arles.

Raquel e outros judeus seguiam a contagem do *omer,* o período entre Pessach e o dia da entrega da Torá em *Shavuot,* e, como era esperado, toda noite ela voltava os pensamentos para Eliezer. A família de Joheved chegaria em Troyes na sexta-feira anterior à festa.

Raquel mal conseguia esperar, porque a irmã tinha prometido que estudaria as *arayot* com ela diariamente.

Isso não queria dizer que Miriam não conhecia as *arayot*, mas aparentemente absorvera o fervor religioso de Judá e encarava as relações conjugais como "ato sagrado" e não como fonte de prazer. Além disso, como estava dividida entre as atividades de parteira, aprendiz de *mohel* e mãe de um novo bebê, muitas vezes deixava Raquel esperando sentada ou adiava os estudos para mais tarde. Na realidade, a primeira sessão de Raquel e Joheved estava a ponto de começar quando Miriam entrou apressada na sala da casa de Samuelis, com o pequeno Shimson no colo.

Sentou-se e ajeitou a blusa para que Shimson pudesse encontrar o seio dela.

– Desculpem pelo atraso. Qual é o tratado que vocês querem estudar?

– Achei que devíamos estudar o *baraita* do final do capítulo dois do *Nedarim*, aquele sobre os anjos protetores – disse Joheved. – Como papai não escreveu comentários sobre ele, seria interessante que nós três pudéssemos estudá-lo.

Estendeu o manuscrito para Raquel e apontou o trecho de onde deveriam começar.

> Disse Rav Yohanan ben Dahavai: os anjos protetores me disseram quatro coisas: Por que há coxos? Porque eles tombam sobre a mesa. Por que há mudos? Porque eles beijam "aquele lugar"! Por que há surdos? Porque eles conversam durante as relações conjugais. Por que há cegos? Porque eles olham para "aquele lugar".

Raquel abaixou a página e disse para as irmãs:

– Coxos, mudos? Ele está falando de quê?

Miriam preparou-se para responder, mas Raquel seguiu em frente.

– Claro que o texto refere-se ao uso da cama, mas ele está querendo dizer que os pais ou os filhos tornam-se coxos? E o que significa "tombar sobre a mesa"?

Miriam lembrou como havia seduzido Judá em *Simchat Torá*.

– Talvez seja a mulher por cima do homem. – Parou alguns segundos. – Mas isso não pode estar certo. Às vezes os casais fazem dessa maneira quando a mulher está grávida, e não se tornam coxos.

Raquel lembrou de ter ouvido algo a respeito de como Joheved se valera da imagem da cópula das cabras para curar Meir da impotência.

– Talvez seja como os animais fazem, por trás. Dessa maneira a mulher tomba sobre...

– Mas essa é uma outra posição usada pelas mulheres durante a gravidez – retrucou Miriam, balançando a cabeça em negativa.

– Para Meir, esse "tombar sobre a mesa" se refere a *biah shelo kedarkah*... ou seja, como os homens fazem com outros homens – disse Joheved.

– Mas não se engravida dessa maneira – objetou Miriam.

– E também não se pode engravidar quando se "beija aquele lugar" – acrescentou Joheved. Depois, descontraiu e voltou-se para Raquel. – Por falar naquele lugar, como foi a cirurgia?

– Doeu demais quando Miriam me cortou, e tremo só de pensar em como seria minha noite de núpcias se não tivesse feito isso. Mas, como de costume, minhas flores terminaram em cinco dias e já estou quase chegando aos meus dias limpos, graças aos céus.

Esticou-se para alcançar a mão de Miriam e apertou-a.

– Seu toque é tão delicado que eu quero que você faça o *brit milá* quando meu primeiro filho nascer.

– Mesmo que seja minha primeira vez?

– Principalmente se for sua primeira vez – disse Raquel.

– Quem melhor para honrar o *brit milá* do seu filho senão alguém da própria família? – perguntou Joheved, afirmando.

– Não consigo imaginar um homem fazendo tudo aquilo com meu bebê no meu colo – disse Raquel. – É constrangedor.

Joheved estremeceu.

– Não diga isso. Tem gente que dá essa desculpa para argumentar que a circuncisão não deve ser feita no colo da mãe.

– Claro que a mãe é quem deve segurar o filho num momento desses; ele precisa do conforto dela – continuou Raquel. – O que estou dizendo é que as mulheres é que devem fazer a circuncisão.

– O *mohel* só se concentra no bebê – disse Miriam. – Posso afirmar com certeza que não presto a menor atenção em quem o tem no colo.

– Eu nunca confiaria em Obadia fazendo o *milá* do meu filho no meu colo – disse Raquel. – Ainda lembro de como ele me olhava de soslaio quando era estudante.

– Não vamos falar mal de Obadia – retrucou Miriam. – Ainda mais depois de tudo o que aconteceu com ele.

Raquel e Joheved fizeram uma careta. Obadia já não estava mais com a bandagem, mas sua mão direita deformada e seus dedos queimados e grudados como uma barbatana de peixe eram um interminável lembrete das esquisitices da vida.

Joheved pegou o manuscrito.

– Voltemos ao nosso texto.

– Por que não é bom conversar durante as relações conjugais? – perguntou Raquel. Ela não concebia fazer uso da cama sem uma conversa preliminar.

– Parece que a *Guemará* também faz a mesma pergunta – retrucou Joheved. – Escutem só o que é dito a seguir:

> Nós desafiamos tal tradição. Eles quiseram saber de Ima Shalom por que os filhos dela eram tão lindos. Ela respondeu: ele não conversa comigo no início da noite nem no final da noite, mas no meio da noite.

– Ima Shalom era a esposa de Rav Eliezer, é bom que se esclareça – acrescentou. – Ah ha, eis aqui a resposta. Não há contradição. As palavras da conversa de Ima Shalom se referem à relação conjugal, ao passo que as de Yohanan ben Dahavai se referem a outros assuntos.

Miriam colocou Shimson no ombro, e delicadamente deu algumas palmadas nas costas do bebê para que arrotasse.

– Agora sabemos que Yohanan ben Dahavai falava sobre como os filhos são afetados pelo comportamento do casal e não sobre o casal propriamente dito.

– Esperem um pouco. – Raquel prosseguiu a leitura do texto. – Ouçam isso.

> Os sábios dizem que a *halachá* difere de Yohanan ben Dahavai. Pelo contrário, o homem pode fazer com sua esposa tudo o que quiser fazer, tal como faz com a carne que vem do açougue. Se quiser comê-la com sal, ele come; se quiser comê-la assada, ele come; se quiser comê-la ensopada, ele come.

Lançou um olhar interrogador para Joheved.

– Então, todos os atos desaprovados por Yohanan são permitidos?

– Se o marido e a esposa os fazem. – Joheved meneou a cabeça afirmativamente, e apontou para a passagem seguinte.

> Uma mulher chegou diante do Rabbi e lhe disse: pus a mesa para o meu marido e ele tombou em cima. O Rabbi disse à mulher: minha filha, a Torá permite que você faça isso para ele.

Voltou-se para Raquel.
– Portanto, é permitido tombar sobre a mesa, desde que a mulher deseje.
– O texto segue dizendo que os filhos são prejudicados quando não se respeita o desejo da mulher. – Miriam se debruçou no manuscrito para consultar a página.

> Rebeldes e descrentes – esses são os filhos do medo, filhos do estupro, filhos do ódio... filhos da raiva, filhos da bebedeira, filhos da indecência.

Empertigou-se e sorriu.
– Veja, Joheved, aqui Rav Shmuel faz uma alusão a você.

> Indecência... o que é isso? Disse Rav Shmuel em nome de Rabbi: todo homem cuja mulher o solicita para o ato sagrado terá filhos que nem mesmo a geração de Moisés conheceu.

Joheved sentou-se ao lado de Miriam e ambas terminaram a passagem entre risinhos.

> Pois é dito a respeito da geração de Moisés: "Sejam homens inteligentes, sábios e renomados." Depois, está escrito: "E eu escolho homens renomados e inteligentes para líderes das tribos." Ele não conseguiu encontrar homens sábios. Mas a respeito de Lea está escrito: Lea foi até ele (seu marido, Jacó) e disse: "Esta noite você deve dormir comigo, pois o contratei"; e em seguida é dito: "Os filhos de Issachar (filho concebido por aquela união) conheceram a Sabedoria."

– O que é tão engraçado? – perguntou Raquel.
Joheved e Miriam se entreolharam, como se perguntando o quanto poderia ser dito à irmã caçula. Depois, Joheved pegou o livro e o fechou.
– Esse texto também consta do tratado *Eruvin*. Foi uma das primeiras *arayot* que eu estudei com Miriam quando estava grávida de Isaac.

É verdade, você pode dizer que o meu Isaac é um filho da indecência. – Joheved ergueu a mão, em sinal de que não estava mais disposta a outras perguntas. – Falarei disso quando estudarmos o *Eruvin*.

Embora ao longo daqueles dias Raquel sempre tivesse a sensação de que o sol nunca se punha, o mês se foi. Eliezer e família chegaram na segunda semana de junho e acomodaram-se nos quartos vazios da casa de Samuelis. Para proteger-se dos demônios, ele dormiu com os sobrinhos na mesma cama enquanto Raquel dormia com as sobrinhas.

Depois de terem discutido por algum tempo, Meir e Joheved concordaram que Eliezer transcreveria a cópia do tratado *Kallah* do pai dele, e ela por sua vez emprestaria a cópia dele para Raquel. Afinal, por que Raquel não teria o direito de saber o que estava para acontecer?

Mas a princípio Eliezer rejeitou.

– Você não precisa me ensinar essas *arayot* porque já as conheço.

Meir sorriu.

– Você está pensando que é o tratado *Kallah*, de Yehuda Gaon. Mas esse outro é totalmente diferente. – Abriu o manuscrito em uma das passagens mais picantes. – Acho que seria interessante dar uma olhada, mesmo que não queira a sua própria cópia. Sobretudo porque Joheved já emprestou uma outra cópia para sua noiva.

Ruborizado, Eliezer juntou o livro à bagagem. Ouviu vozes de mulheres lá fora e tratou de se esconder na janela para espiar.

– Elas vão se banhar. – Permaneceu na janela até que as vozes silenciaram. – Não vão demorar muito no *mikve*, mas talvez seja melhor procurar os meus irmãos.

– Eu o acompanho. – Meir estendeu o braço nos ombros de Eliezer. – Você não deve ficar sozinho nem mesmo durante o dia.

Raquel tinha visto um ligeiro movimento atrás da janela de Samuelis e não lhe passou despercebido que Eliezer estava observando. Jogou-lhe um beijo e depois, cercada pelas irmãs, a mãe, a sogra e as cunhadas, atravessou as alamedas de Broce aux Juifs rumo à casa de banho no canal Rû Cordé. Lá, elas desembrulharam um pequeno farnel e se prepararam para celebrar a primeira imersão da noiva. Antes de entrar na ampla e elevada banheira, Raquel demorou algum tempo para se despir, de modo que as parentes de Eliezer tivessem tempo de inspecionar o corpo dela em busca de imperfeições.

Obviamente, não se viu imperfeição alguma e Raquel ficou feliz com os olhares de admiração despertados pelo seu corpo nu. Inclinou-se para trás de modo que Joheved pudesse lavar e pentear seus cabelos cacheados enquanto Miriam cortava suas unhas. Ela teria que estar totalmente asseada antes de entrar no *mikve*. Foram passados copos de vinho e tortas de carne em meio ao vapor ambiente e logo as mulheres estavam descontraídas e trocando histórias a respeito dos próprios casamentos, cada qual mais engraçada que a outra. Por fim, foram consumidos bolos e frutas e, quando escureceu, o grupo saiu em direção à sinagoga.

Tão logo imergiu, Raquel apressou-se em subir os degraus o mais rápido que podia, sem escorregar. Na antecâmara os membros de sua família conversavam com Fleur, a nova esposa de Josef, que esperava a vez dela no *mikve*. A decisão do filho do *parnas* de se casar novamente, passadas apenas três festas após a morte de Johanna, o mínimo de tempo permitido, tornou-se um tremendo escândalo. E a escolha de uma noiva virgem só fez aumentar o fuxico do povo. Salomão o tinha aconselhado a se casar com uma mulher de mais idade, mas não foi ouvido.

É claro que Fleur não esperava encontrar tanta gente, e Miriam tentava colocá-la à vontade, mas era evidente que a jovem estava casada havia um ano e ainda não tinha engravidado. Raquel não se fez simpática – antes mesmo da morte de Johanna, a família de Fleur planejara durante meses para que ela se casasse com Josef e colocasse as mãos na riqueza do *parnas*. Seria bem feito para eles se Fleur continuasse estéril.

Raquel tremeu só de pensar na possibilidade de se casar com um velho. Graças aos céus havia Eliezer. Ele a engravidaria da maneira certa, isso ela sabia muito bem, e assim não teria que frequentar o *mikve* por um bom tempo.

Dezenove

Raquel foi acordada pelo canto dos galos de Samuelis. Na manhã seguinte, despertaria numa cama diferente, numa casa diferente, e aqueles galos barulhentos lhe pertenceriam. Na manhã seguinte, Eliezer estaria deitado ao seu lado e não as duas sobrinhas dele. Ela ficou de estômago apertado, e respirou profundamente para se acalmar. Saiu da cama para pegar o penico, tomando cuidado para não despertar as meninas. Pela veneziana entreviu um céu que amanhecia manchado de nuvens cinzentas, tingidas de cor-de-rosa.

Voltou para a cama, mas não conseguiu pegar no sono. *Eu bem que poderia ter me casado durante as noites longas da Feira de Inverno, e não hoje, o dia mais longo do ano!* A cerimônia de *erusin* se daria ao meio-dia, seguida pelo banquete de noivado. Depois, antes do pôr do sol, as pessoas leriam e testemunhariam a *ketubá* de Raquel, e recitariam as sete bênçãos nupciais para que ela e Eliezer entrassem no *shabat* como esposo e esposa.

Ela podia ouvir o movimento lá no térreo. Splash... alguém tirava água do poço. Esticou a mão para debaixo do colchão e puxou sua cópia do tratado *Kallah*. Tinha terminado a primeira página quando se viu alarmada com um pensamento repentino.

Será que Eliezer sabia que ela estava lendo aquilo? Ele sabia que ela havia estudado as *arayot*, mas esse outro texto era bem mais explícito. Será que ela devia se fingir de inocente e se deixar seduzir? Ou seria melhor ser desavergonhada como Lea tinha sido com Jacó?

Passou superficialmente pelas partes sobre os amuletos do amor e os alimentos apropriados para incrementar o desejo, e concentrou-se na descrição das carícias para excitar noivas virgens. Já com tudo memorizado, recolocou o tratado *Kallah* debaixo do colchão e depois deixou que as meninas pensassem que a tinham acordado.

A manhã transcorreu mais devagar que o habitual. Ela não foi deixada um só momento a sós, nem mesmo na hora de usar o penico. Era terminantemente proibido aventurar-se a sair e utilizar a latrina infestada de demônios. Cinco pessoas se ofereceram para escovar o cabelo dela, para desfazer os nós que tinham sido feitos em seus cachos na noite anterior pelo demônio Feltrech.

Por fim, a mãe avisou que já era hora de Raquel se vestir e as sobrinhas de Eliezer imploraram para continuar no quarto a fim de ajudá-la. Quando a mãe mostrou as roupas, as meninas sorriram de admiração.

– Olhem só como os fios dourados brilham sob a luz. – A menina mais nova não resistiu ao impulso de tocar no brocado verde-esmeralda. – Vai cintilar quando você dançar.

– O bordado foi feito com fios de ouro de verdade – disse a irmã da menina.

Rivka ergueu o camisolão para Raquel enfiar a cabeça.

– A túnica é de seda da melhor qualidade – disse enquanto puxava as mangas até os punhos da filha. – Mas esse camisolão é extraordinário. Não é de seda, mas o tecido é leve e sutil. E absorve bem a tingidura.

– O tecido se chama algodão e vem do Egito – disse a menina mais velha. – Papai só começou a negociá-lo no ano passado. É muito caro.

Raquel continuou calada enquanto a mãe costurava as mangas do camisolão. O tecido de algodão era tão macio que quase não se sentia na pele. Que diferença das roupas íntimas de linho cru que usava com frequência sem nunca o considerar áspero...

Rivka ajudou a filha a vestir a túnica de seda verde e, com um brilho de orgulho no rosto, afastou-se um pouco para examinar o resultado.

– Que o Eterno a proteja, Raquel, você está linda!

– A senhora também está muito bonita, mamãe.

Depois ter se recusado a aceitar uma túnica nova tanto para o casamento de Joheved como para o de Miriam, finalmente Rivka cedera. Ela e Raquel tinham comprado uma peça de seda cor de malva para combinar com as ametistas de suas joias.

A menina mais nova olhou atentamente para Raquel.

– Seus olhos são da mesma cor da sua túnica.

– Silêncio – a menina mais velha interrompeu a mais nova. – Acho que ouvi os músicos. – Em meio ao silêncio ecoaram acordes musicais ao longe.

Rivka estendeu para Raquel o conjunto de broche e brincos de esmeralda que a filha ganhara de Eliezer no dia do noivado.

– Vamos, coloque logo essas joias. Ajeitaremos o véu lá embaixo.

No pátio, Raquel montou no cavalo branco à espera e depois foi conduzida até a sinagoga, cercada pelos músicos e pela família, com tochas acesas nas mãos. *Por que precisam de tochas no meio do dia?* Fez uma breve parada na galeria das mulheres para receber o cinturão de casamento e o ornamento da cabeça – de novo ouro e esmeraldas, mas estranhamente não ficou tão empolgada com os presentes como ficara com os de noivado – e em seguida recebeu uma ligeira aplicação de perfume de Joheved. *Como fazem isso? Tem o mesmo odor das rosas!*

Já no pátio da sinagoga, se viu envolvida pelos olhares e cochichos sobre a beleza dela. A certa altura Eliezer se enfiou sob o véu de Raquel. Parecia tão sério e não demonstrava qualquer entusiasmo. Estaria pensando em quê?

Abençoaram a taça do vinho de *erusin* e ele colocou o anel no dedo dela, recitando antigas palavras hebraicas que os uniam:

– Olhe, com este anel eu a consagro para mim, de acordo com a lei de Moisés e de Israel – ele sussurrou sem olhar nos olhos dela. *O que há de errado?*

Antes que ela pudesse apertar a mão dele em sinal de confiança, os dois foram atingidos por uma chuva de grãos de trigo que vinham de todas as direções, acompanhada de gritos.

– Crescei e multiplicai-vos.

Os músicos começaram a tocar e logo Eliezer era arrastado por uma fileira de homens que dançavam, enquanto ela era cercada por um círculo de mulheres.

Foram conduzidos pelos dançarinos até a rua ocupada por mesas, bancos e tendas abarrotadas de comida que fechavam o trânsito. No centro, sob um dossel que os protegeria do sol, uma mesa com duas cadeiras magnificamente entalhadas que geralmente eram usadas no *brit milá*. Raquel sentou-se à direita de Eliezer, onde eram aguardados por uma bandeja com pão, sal, dois ovos cozidos e uma galinha cozida. Os pais de ambos sentaram-se ao lado. Eliezer abençoou o pão, e teve início o banquete.

Foram trazidos os mais suculentos pratos. Raquel comeu com avidez, mas Eliezer quase não tocou na comida. *Será que ele está preocupado com a noite de hoje? Não seria melhor eu ser mais ousada?*

Algum tempo depois, o sol se pôs e todos começaram a caminhar de volta ao pátio da sinagoga. Abriu-se um caminho entre os presentes para que Raquel fosse conduzida pela mãe e o pai até uma plataforma erguida ao centro. Ela ouviu algumas fungadas atrás de si, mas para sua surpresa não era a mãe e sim o pai que chorava. Esticou-se para pegá-lo pela mão e ele apertou a mão dela até que chegaram aos degraus. Ele então se inclinou, beijou-a e entregou-a a Eliezer.

Logo o casal estaria a sós. O coração de Raquel começou a bater mais rápido. *Eu não devia ter comido tanto.* Ela sabia que devia ouvir atentamente a leitura de sua *ketubá*, mas não conseguia se concentrar nas palavras hebraicas. O pai prestaria atenção para ver se a *ketubá* estava correta. O *hazan* cantou as sete bênçãos conjugais após as quais Eliezer quebraria o copo de vinho e... *Eu não posso entrar em pânico.* Mas já estava na sexta bênção.

– Oh; dai alegria abundante a este casal apaixonado, a mesma que destes a Vossa criação no Jardim do Éden. *Baruch ata Adonai,* Vós que dais alegria ao noivo e à noiva.

Mon Dieu, me ajude hoje à noite. Por favor, faça com que tudo corra bem. Não permita que eu faça algo errado e me envergonhe. Ela quase não prestou atenção no final da última bênção, no som do copo de vinho que se estilhaçou contra a parede da sinagoga, nas saudações que recebeu enquanto era carregada pelas ruas até o pátio da casa do pai, na passagem pela porta de entrada da sua casa nova e, por fim, na entrada do velho quarto de Samuelis, onde era aguardada por Joheved.

O quarto cheirava a rosas, sem dúvida um aroma que exalava das guirlandas de rosas dependuradas à cabeceira da cama. Joheved ajudou-a a despir-se da túnica de casamento, e depois pegou uma pequena agulha e começou a retirar os pontos que tinham sido dados nas mangas do camisolão.

– Como é que está se sentindo? Quer saber de mais alguma coisa?
– Oh, Joheved, estou com tanto medo.
– Mas sua porta já está aberta. Não vai doer.
– Não estou com medo disso. Estou com medo de... sei lá. – Raquel tremia dos pés à cabeça.

Joheved retirou os últimos pontos e abraçou a irmã caçula.
– Sei que é apavorante não saber o que vai acontecer, e eu gostaria de poder dizer alguma coisa para tirar sua preocupação. Mas

confie em mim. Será maravilhoso, você verá. Agora coloque um pouco de perfume e tente relaxar.

Raquel fez força para respirar fundo algumas vezes. Depois, vestiu um velho camisolão de linho, tomando cuidado para não amarrar as fitas, deu boa-noite para a irmã e levou-a para fora do quarto.

Antes mesmo que pudesse dar meia-volta, uma batida leve à porta foi seguida quase imediatamente pela entrada de Eliezer. Ele também só estava de camisolão, e ela se viu a olhar para os pés descalços dele. A pele era bem mais pálida que a das mãos.

Ele dependurou as roupas novas, e ela achou que seria abraçada. Mas ele manteve-se de pé do outro lado da cama, olhando-a. *Bem, se devo ser ousada, a hora é essa.* Ela respirou profundamente, afrouxou a gola do camisolão e deixou a roupa escorregar pelos ombros até cair no chão.

Algumas horas depois, Raquel abriu os olhos e já era tarde da noite, os sinos da igreja badalavam. Estava envolvida pelo braço de Eliezer deitado ao lado. *Será que já é meia-noite? Ou será mais tarde ainda?* Engoliu em seco e virou-se para olhá-lo.

– Algum problema, *Belle Assez*? – ele sussurrou, chamando-a pelo mesmo apelido com que o irmão dele a chamava anos atrás.

– Que horas são? Dormi muito?

Ele captou ansiedade na voz dela.

– Só deu uma cochilada. Ainda não passou de completas.

Soaram algumas vozes no corredor do lado de fora do quarto, dizendo bem baixinho *"bonne nuit"* e *"shabat shalom"*.

– Está vendo – ele disse. – Meus pais e minhas irmãs vão se deitar agora. – Notou que ela relaxava em seus braços. – Mas por que a preocupação com a hora?

– Lembra daquela *arayot* no décimo capítulo do *Eruvin*, onde Rava diz que quem quiser ter filhos meninos deve realizar o ato sagrado e depois repeti-lo?

Claro que ele se lembrava.

– E daí?

– Será que Rava diz quanto tempo deve transcorrer entre a primeira e a segunda vez, de modo que a segunda vez seja uma repetição e não um novo ato?

Ele sorriu e puxou-a para mais perto de si.

– *Non*, não diz. Nem Rava nem os colegas dele. – O cheiro do corpo de Raquel mesclado ao perfume de rosas despertaram os sentidos de Eliezer e ele usufruiu os seios nus que lhe pressionavam o peito.

– Então não sabemos se já é tarde ou não. – A voz dela era um misto de ansiedade e desapontamento.

– Acho que não passou muito tempo desde a primeira vez – ele sussurrou entre beijos. – De qualquer forma, podemos fazer agora e de novo depois. Isso a fará se sentir melhor, *Belle Assez*?

Ela pensou em pedir para não ser chamada de *Belle Assez* porque isso podia trazer mau-olhado. Mas os beijos tornaram-se mais insistentes e as mãos começaram a passar pelo corpo dela, e com isso a vontade enfraqueceu e ela se rendeu às doces carícias.

Na noite seguinte, Miriam tentou, em vão, localizar Judá e Iom Tov no meio das pessoas. Eles tinham estado perto dela durante a *havdalá*, cerimônia que marca o final do *shabat*, mas tão logo mergulharam o pavio da vela na taça de vinho os músicos começaram a tocar uma animada canção nupcial e os que não estavam dançando dirigiram-se às pressas para as mesas abarrotadas de comida.

E se Iom Tov tivesse se separado de Judá? E se ele estivesse chorando sozinho, desorientado e perdido, pequeno demais para enxergar o rosto dos adultos? Ela respirou bem fundo e fez o possível para superar o pânico. Iom Tov não devia ter saído do pátio e, obviamente, se alguém o visse chorando o levaria até a mesa reservada para a família da noiva. Ajeitou Shimson no colo e saiu na direção da mesa.

Raquel e Eliezer já estavam sentados, trocando sorrisos apaixonados enquanto comiam um no prato do outro. Em dado momento, a compota de frutas sobre o pão que Raquel levou à boca escorreu pelos dedos e Eliezer os lambeu até ficarem limpos, mas sem tirar os olhos dos olhos da esposa.

Miriam secou uma lágrima. Fazia cinco anos que ela e Judá fingiam desfrutar a intimidade que Raquel e Eliezer desfrutavam com visível prazer. Afastou uma outra lágrima. Se ao menos tivesse desfrutado aquela intimidade com Benjamin...

– É duro vê-las dançando sem também chorar – disse Joheved com a atenção voltada para o centro do pátio enquanto se sentava na cadeira vazia ao lado da irmã.

Miriam olhou na mesma direção, onde a mãe dela e a mãe de Eliezer dançavam juntas uma comovente canção em respeito ao casamento dos filhos caçulas. As lágrimas escorriam nas faces das duas mulheres e nas de todas as outras que assistiam à cena. De novo os pensamentos de Miriam voltaram para o passado; Benjamin também era o filho caçula. De repente, deixou de reprimir as lágrimas e se enterneceu com sua velha ferida.

Como se captando as emoções que ela sentia, Shimson começou a agitar-se em seu colo e a tristeza teve que ser deixada de lado para que o bebê fosse amamentado. Depois que finalmente conseguiu fazê-lo arrotar, Joheved acercou-se um pouco mais e sussurrou:

– Miriam, eu preciso de um conselho seu.

Ela olhou para a irmã mais velha, surpreendida. Quando Joheved lhe teria pedido algum conselho?

– Não é melhor entrarmos para conversar com mais privacidade?

– Com todo esse barulho ninguém vai nos ouvir – suspirou Joheved. – É sobre uma briga que tive com Meir. Não sei o que fazer e a única pessoa que pode me ajudar é você.

Miriam não pôde evitar a apreensão.

– Qual é o problema?

– Meir está preocupado com Shemayah e Zippora, pois mesmo com toda a erudição e riqueza da família, parece que Shemayah não está conseguindo encontrar um bom marido para a filha.

– Ele está certo em ficar preocupado – disse Miriam. – A família da pobre menina é amaldiçoada e não acredito que alguém queira ver os filhos homens morrerem muito jovens.

Os olhos de Joheved se apertaram de raiva.

– Meu marido achou que resolveria o problema de Shemayah oferecendo Isaac para se casar com a filha dele.

– Ele fez um trato com Shemayah sem consultá-la? – Miriam mostrou-se chocada, mesmo sabendo o quão estreitos podiam ser os laços entre companheiros de estudo.

– Ele alegou que como pai a obrigação de tratar do casamento de Isaac é dele. E me fez lembrar que papai concordou com nosso noivado sem consultar mamãe, como você e Judá também fizeram – disse Joheved. – Acredite, minha irmã, a voz dele soou fria como gelo.

– E o que você disse?

– Claro que tentei demovê-lo da ideia. Eu lhe lembrei que Isaac é o herdeiro das nossas terras. Argumentei que, se Isaac não tiver filhos homens, as terras voltarão para as mãos do conde André.

– Mas não é bem assim, Joheved. Se Isaac não tiver um filho homem, um dos filhos de Samuel herdará a propriedade, ou então algum neto dele. – Miriam já começava a sentir pena de Shemayah e Meir. – Além do quê, não sabemos se Zippora é amaldiçoada e, mesmo que seja, nem todo bebê menino é atingido pela maldição.

Joheved apertou os punhos.

– Como ele pôde fazer isso com Isaac, como pôde fazer isso conosco? Como pôde nos condenar ao sofrimento a cada gravidez, ansiosos para saber se será um menino ou não, e depois, em caso afirmativo, obrigando-nos a assistir à morte do pobrezinho se esvaindo em sangue? – Ela estava a ponto de chorar. – E isso não só com os filhos homens de Isaac, mas também com os filhos das filhas dele.

– Você falou isso tudo para ele?

– *Oui*; e Meir argumentou que Shemayah é como um irmão e que não podia ver um amigo sofrendo por não conseguir um marido para a filha quando ele próprio podia evitar esse sofrimento.

Miriam não soube o que dizer. Ela também entendia as razões de Joheved.

– Ele coloca Shemayah acima da própria família – sibilou Joheved.

– Sei que você não morre de amores por Shemayah, mas será que não o está condenando junto com a menina por algo que ele disse no passado quando estava bêbado?

– Eu o perdoei depois que ele se desculpou. – *Será que eu seria mais generosa se tivesse mais simpatia por ele?* – A ironia é que Shemayah pensa que ensinar a Torá às filhas é o mesmo que ensinar-lhes libertinagem, e no fim só poderá ensinar para filhas que nunca terão filhos homens. Eu me pergunto o que papai vai achar da ideia de ter o seu primeiro neto casando com uma moça assim.

– Já contou para a Marona?

– Meir me pediu que não contasse a ninguém. Prefere que o assunto leve algum tempo para se tornar público. Mas se nem eu consigo trazê-lo à razão, duvido que a mãe dele consiga, e além disso, se contasse para ela, só complicaria o problema. – Joheved estava em dúvida se Meir realmente a enfrentaria para contradizê-la ou apenas para tornar a existência dela miserável.

– Talvez não seja necessário fazê-lo mudar de ideia – retrucou Miriam. – Se Meir ainda não comunicou nada, por que não esperar até que Zippora cresça para ver o que acontece quando ela sofrer algum ferimento?

Joheved olhou para a irmã com admiração.

— Você está certa. A menina ainda é praticamente um bebê. Quem garante que sobreviverá à infância e chegará à idade de se casar?

— Antes de chegar a essa idade ainda há o risco da varíola — acrescentou Miriam.

Joheved sorriu.

— Não tocarei mais no assunto com ele. Mas tratarei de assegurar uma coisa... Isaac não se casará com a filha de Shemayah até que ela tenha florido em segurança.

Miriam já ia dizer para a irmã que não havia motivo para se preocupar tanto com os filhos quando Iom Tov apareceu correndo.

— Mamãe, mamãe, olhe só o que a gente trouxe para a senhora.

E lá estava Judá seguido por Alvina, cada qual com uma bandeja repleta de guloseimas na mão.

— Papai trouxe um pote de morangos para a senhora — disse Iom Tov todo prosa enquanto se jogava nos braços da mãe.

— *Merci*, Judá. — Miriam sorriu para o marido. Depois, com um braço amparou o pequeno Shimson no seio e com o outro envolveu os ombros de Iom Tov com vigor, agradecendo ao céu em silêncio e com os olhos cheios de lágrimas pelo amor que recebia. *Que vergonha... enlutada no casamento da minha irmã.*

Sara juntou-se ao grupo com uma fisionomia que deixava transparecer que alguma coisa estava errada.

— Meu filho escreveu dizendo que houve um incêndio terrível em Mayence e que começou no Bairro Judeu. — Arqueou as sobrancelhas de preocupação. — Poucas pessoas se feriram, mas o bairro foi destruído e grande parte da cidade também foi consumida pelo fogo.

— Que horror! — Miriam encolheu-se e apertou Shimson contra o seio. Com todos aqueles telhados de sapé uns grudados nos outros, a ameaça de incêndio era uma presença constante. Geralmente os incêndios eram debelados na mesma hora com baldes de areia, o que restringia o estrago a umas poucas casas ou a um único quarteirão. Mas quando o tempo estava seco e com ventos, o máximo que se podia fazer era rezar.

— Foi um acidente? — perguntou Alvina. — Ou foram os edomitas que atearam fogo deliberadamente?

— Meu filho acha que foi um acidente. Mas muitos judeus temem que os moradores dos burgos os culpem pelo prejuízo.

Joheved franziu a testa.

– Eles querem que os judeus paguem a reconstrução da cidade? Estão achando que os judeus têm mais dinheiro que o bispo?

– Eleazar falou que as coisas estão tão ruins em Mayence que o bispo Rudiger de Speyer convidou os judeus para viver na cidade dele – continuou Sara. – Os ministros de Rudiger estão prometendo segurança para todos que se instalarem lá, e também os direitos necessários para ganhar a vida e praticar a própria religião.

– Certamente o bispo de Mayence reconstruirá a cidade – disse Judá. Era horrível imaginar todo o Bairro Judeu com as casas, as lojas, as tavernas e a *yeshivá* em cinzas.

Sara suspirou bem fundo.

– Tomara que sim. Mas Eleazar terá minha bênção se quiser se mudar com a família para Speyer.

Anna, que carregava uma bandeja de pratos sujos para a cozinha, deteve-se.

– Baruch recebeu uma carta do meu tio. Ele disse nessa carta que o novo bebê está bem e que pretendem permanecer em Mayence.

Raramente a família de Salomão mencionava o nome de Catarina. Convertida ao judaísmo, ela era considerada uma herege pela Igreja. Para segurança tanto dela como da comunidade de Troyes, Catarina saíra de sua cidade natal quando se casara com Sansão, o tio de Anna.

– Eu não partiria se a Cidade Velha se incendiasse – disse Miriam. – Não enquanto o nosso vinhedo continuasse de pé.

Joheved fez que sim com a cabeça.

– Nossos cidadãos não ficariam tão irados; eles sabem perfeitamente bem que os judeus trazem muitos negócios para Troyes.

– E quem pode garantir que as coisas em Speyer serão melhores que em Mayence? – perguntou Alvina. – O bispo só está querendo o comércio que será fomentado pelos judeus.

– Pode ser que Speyer seja melhor, pode ser que não seja – retrucou Sara. – Mas se meu filho tem que construir uma casa nova, é melhor que a construa numa cidade nova. Se os demônios amaldiçoaram o Bairro Judeu de Mayence, Eleazar estará a salvo em Speyer.

As cinco noites seguintes propiciaram à família de Salomão mais cinco banquetes em homenagem ao casamento de sua filha, cada qual oferecido por um anfitrião diferente. Com os mercadores ainda chegando à cidade, não era difícil encontrar um hóspede que não tivesse estado em um dos primeiros banquetes, o que permitia que as sete bênçãos fossem recitadas novamente em proveito do novo hóspede.

Foram banquetes animados. Além de falar dos próprios negócios, os mercadores debatiam sobre a lição do Talmud ministrada no dia, ponderavam se era prudente para os judeus reconstruir as casas ou se mudar para Speyer e ainda declaravam que papa prefeririam, se Clemente, o papa do rei Henrique, ou se Gregório, o exilado. Mas aos olhos de Miriam tudo se acirrava quando se discutia se as mulheres deviam ou não fazer circuncisão.

Após o nascimento de Shimson, nasceram outros meninos judeus em Troyes, e em todos Miriam fez *priah* ou *motzitzin*, e ainda a bandagem do ferimento. O último *brit* ocorrera na véspera da abertura da Feira de Verão, e por conta disso muitos mercadores estrangeiros estavam presentes. Ela ainda guardava nos ouvidos o silêncio constrangedor com que fora recebida, seguido pelos cochichos que se alastraram pela congregação. Só depois de ter colocado o *haluk* é que ela se deu conta de que pela primeira vez Avram não havia perguntado se alguém sabia de algum rapaz que quisesse ser aprendiz de *mohel*.

Explodiu um debate na mesma hora. Muitos mercadores estrangeiros se irritaram e, como Rav, argumentaram que as mulheres não eram adequadas para fazer o *milá*. Quando confrontados com a opinião de Rav Yohanan segundo a qual as mulheres se adequavam a esse ofício, e com a regra talmúdica que, na disputa entre Rav e Rav Yohanan, coloca a *halachá* de acordo com o último, eles declararam que nesse caso a opinião de Rav era a correta.

Cerca de uma semana depois do casamento de Raquel até mesmo os mercadores que visitavam Troyes pela primeira vez ficaram sabendo que a *mohelet* em treinamento era filha do líder da *yeshivá*, e com isso os que estudavam com Salomão se viram obrigados a mudar de tática. Desafiaram a comunidade local: como era possível que em Troyes, com centenas de famílias judias e uma *yeshivá*, o *mohel* não conseguisse encontrar um único aprendiz homem?

Judá, em particular, tornou-se objeto de críticas. A falta de jeito de Meir era um obstáculo intransponível, mas um erudito fervoroso como Judá devia deixar de lado os melindres e não permitir que a esposa envergonhasse a cidade, provando que nenhum homem do lugar queria assumir uma *mitsvá* tão essencial. Se a Lei Judaica autorizava a mulher a realizar o *milá* quando não houvesse homens disponíveis, para a tradição a circuncisão era um dever masculino.

Três semanas depois, Raquel rompia a tradição, anunciando para a família que estava muito feliz porque suas flores não tinham voltado para perturbá-la. Durante o *Rosh Hashaná*, ela fez questão de que toda a galeria feminina, especialmente Fleur, ouvisse sua queixa de que toda tarde se sentia muito enjoada.

Miriam agradeceu em silêncio pelo fato de que a irmã caçula não provocara o mau-olhado, pois não anunciara que seria ela que faria a circuncisão se o bebê fosse menino.

Vinte

Ramerupt
Início da Primavera, 4845 (1085 E.C.)

Joheved recostou-se no amontoado de palha, tirando uma mecha de cabelos de cima dos olhos.

– Muito obrigada por ter desistido do *Purim* em Troyes para vir nos ajudar com as ovelhas, Miriam. A cada ano fica mais difícil para Marona.

– Não precisa agradecer. Afinal, Judá também não gosta do *Purim*.

Miriam viu que o celeiro estava cheio de ovelhas e carneirinhos recém-nascidos e sorriu satisfeita. Só restavam umas poucas ovelhas prenhes e naquele momento nenhuma precisava de atenção. Joheved acenou para uma mulher que fazia o trabalho de ordenha, que em seguida trouxe-lhe uma bandeja com pão, queijo e um jarro de cerveja.

Ela bebeu tudo, e bocejou.

– Não entendo por que tenho andado tão cansada. – Bocejou de novo. – Só se passou uma hora depois do pôr do sol, e graças a você consegui dormir essa noite.

– Talvez esteja grávida novamente.

– Como pode ser? – Joheved olhou fixamente para a irmã, sem conseguir acreditar. – Hanna ainda está mamando e minhas flores ainda não voltaram.

– Se você estiver grávida novamente, posso lhe dar algumas ervas para trazer suas flores de volta.

Miriam lembrou com tristeza de uma dama de companhia de Ramerupt que a procurara durante a Feira de Inverno a fim de uma erva igual. Chegou a pensar em alertar Rosaline que podia ser muito tarde para que as ervas surtissem efeito e que um pessário seria a medida a ser adotada, mas dinheiro nenhum do mundo valeria o risco de induzir um aborto numa edomita proeminente.

Joheved parou para pesar a situação.

— *Non*, eu posso dar conta de dois bebês com uma pequena diferença de idade entre eles — disse, esboçando um sorriso. — E por falar em gravidez, parece que Raquel está para dar à luz.

Miriam fez que não com a cabeça.

— Acho que é para o mês que vem.

Joheved serviu-se de pão.

— Desde que não dê à luz na semana que antecede Pessach.

— Quer dizer, desde que não seja um menino na semana que antecede Pessach — corrigiu Miriam. Ninguém gostaria de um banquete de *brit milá* no período em que se proibiam pães e bolos.

As duas mulheres fizeram silêncio, tentando lembrar se tinham comparecido a algum banquete assim durante Pessach.

— Se for menino você vai mesmo fazer a circuncisão? — perguntou Joheved. — É o que Raquel quer, com certeza, e Eliezer não ousa contrariá-la.

Miriam respirou fundo.

— Não sei se estou pronta.

— Mas eu a vi na colheita das uvas. Conseguia cortar a pele de uma uva sem deixar pingar uma só gota de sumo — retrucou Joheved. — E não há quem tenha um corte tão rápido e certeiro para decepar uma galinha como você.

— Ainda preciso praticar o corte das tiras.

— Tiras?

— Se tivesse observado o *milá* com mais atenção, o que a maioria das pessoas não faz — Miriam escancarou um sorriso —, saberia que nem sempre o *mohel* retira a pele inteira com um único corte. Às vezes, depois é preciso remover as pequenas tiras de pele que restam.

— É uma das tarefas do aprendiz? — perguntou Joheved.

Miriam assentiu com a cabeça.

— Uma tarefa que ainda não fiz. Depois do fim da Feira de Verão nasceram poucos meninos e quase não houve casos de tiras que precisavam ser removidas.

— Talvez Avram não tenha achado conveniente que você fizesse seu primeiro corte durante a Feira de Inverno.

— Isso foi bom para mim. — Miriam mordiscou um pedaço de queijo. — Foi possível manter o segredo depois que começamos a estudar o Talmud. Até hoje muita gente não sabe que somos instruídas e que usamos o *tefilin*. Mas ser *mohelet* é diferente. O *milá* é feito em público, e até o treinamento é público.

– Você deve ter ficado chateada quando toda aquela gente que a apoiou durante as feiras mudou de opinião – disse Joheved. – Saiba que eu fiquei.

– Fiquei um pouco desapontada, mas não foi uma surpresa – disse Miriam. – Se em Troyes discutimos abertamente se posso ou não fazer o *milá*, isso sempre fica entre nós. Mas toda vez que os mercadores estrangeiros ousam me rejeitar, todos os judeus daqui acorrem em minha defesa.

Joheved mordeu os lábios.

– E reassumem as opiniões que tinham quando os mercadores se vão.

– Felizmente, existem alguns que me apoiam.

Fez-se um novo silêncio enquanto cogitavam consigo mesmas quando é que os judeus de Troyes aceitariam uma mulher no ofício de *mohel*, se é que um dia aceitariam.

– E por falar na Feira de Inverno, você viu o elegante amuleto de parto de Raquel? – disse Joheved. – Ela me disse que foi feito por um novo escriba chamado Mordecai.

– *Oui*, eu estava com ela quando ele escreveu – disse Miriam. – Ele me pareceu um conhecedor profundo. Fez questão que voltássemos quando os astros estivessem propícios, o que só acontece por poucas horas durante a semana e só então os amuletos podem ser escritos.

Além de citar o Salmo 126, o amuleto incluía o nome de Adonai Zevaot, o Deus poderoso e aterrador de grandes proporções, e o nome dos três anjos, Sanvi, Sansanvi e Semangelaf, e rogava em nome de Shaddai, Criador do Céu e da Terra, que protegesse Raquel, filha de Rivka, em todos os seus 248 órgãos, ajudando-a, libertando-a, salvando-a e resgatando-a dos maus espíritos; no amuleto redigiu-se ainda que todos os que quisessem fazer mal a ela seriam humilhados, destruídos, afligidos e derrotados. O verso do amuleto era decorado com pentagramas, hexagramas e outras figuras geométricas.

Joheved encheu um outro copo de cerveja.

– Eu me pergunto como se aprende a fazer amuletos.

– Provavelmente é como se tornar *mohel* – disse Miriam. – É preciso treinar com um perito.

– Será que a mulher pode fazer isso?

– Se for como redigir uma *mezuzá* ou um rolo da Torá, talvez não. – Miriam tomou um longo gole de cerveja e estendeu o copo para Joheved. – Nunca soube de uma mulher que tenha redigido um amuleto.

Joheved nem tinha acabado de beber quando Meir entrou abruptamente, esbaforido e olhando para todos os cantos. Sentiu-se aliviado quando notou a presença de Joheved e Miriam, e o ar de ansiedade atenuou-se.

– Graças aos céus vocês estão aqui. – Ele engoliu em seco. Estava com o rosto brilhando e a camisa ensopada de suor. – Vocês têm que voltar imediatamente comigo para Troyes.

Miriam empertigou-se.

– Qual é o problema? É Raquel?

– Fique tranquila que o bebê não está nascendo. – Fez as duas saírem apressadas até o pátio, onde dois cavalos eram selados. – Sansão, o tio de Anna, chegou no início desta tarde, tão exausto que mal se aguentava nas pernas. Manteve-se consciente a tempo de entregar uma carta para Eliezer e lamentar pelas notícias tristes que trazia.

Meir fez uma pausa para recompor as emoções.

– A carta do *parnas* de Praga dizia que a barca que transportava Shemiah e Asher tinha naufragado ao sul da cidade durante uma forte tempestade e que os dois tinham se afogado. Os judeus de Praga conseguiram resgatar os corpos de ambos e de quase todos os mercadores. *Oui* – respondeu a pergunta que não fora feita. – Os dois foram identificados positivamente antes de serem enterrados.

Joheved e Miriam entoaram em uníssono.

– *Baruch Dayan Emet.*

– Eliezer deve estar arrasado – acrescentou Miriam.

Joheved fez um aceno para deter o criado que a ajudaria a montar.

– Não quero parecer insensível, mas o pai e o irmão dele devem ter morrido há mais de um mês. – Olhou para Meir que já estava montado no cavalo. – Por que não podemos esperar até de manhã?

– Porque o idiota do Eliezer insiste em ir para Praga amanhã bem cedo e a teimosa da sua irmã insiste que ele tem que esperar até o bebê nascer. Ela jura que irá junto se ele partir!

– Oh. – Joheved revirou os olhos e o criado ajudou-a a montar.

– E tem mais – continuou Meir quando o portão principal fechou-se atrás deles. – Enquanto seu pai proibia Raquel de partir, sua mãe o culpava de tê-la mimado tanto que agora ela não dá ouvidos nem a ele nem ao marido, e no fim todos eles ficaram quase histéricos. Eu e Judá tentamos acalmá-los, mas... – suspirou desanimado.

– Raquel não tem a menor condição de viajar até Praga. – A voz de Miriam soou com firmeza. – Não se preocupe porque vamos encontrar um jeito de fazer com que ela e Eliezer voltem à razão.

Ao entrar em casa, Miriam topou com Raquel e Eliezer de olhos vermelhos na mesa de jantar, entreolhando-se com um ar taciturno. Sentado entre os dois com uma expressão de desânimo, Judá olhou-a esperançoso quando a viu.
– Graças aos céus você voltou. Talvez consiga enfiar um pouco de juízo...
Foi interrompido, antes de concluir, por Elieser, que disse com voz rouca:
– *Oui*, talvez consiga enfiar um pouco de juízo na cabecinha louca da minha esposa que quer sair por aí, atravessando a França e a Alemanha, pouco antes de dar à luz.
– É você que quer sair por aí, pela França e a Alemanha, sem dar a mínima para a péssima condição do tempo e para o perigo nas estradas – replicou Raquel antes de cair novamente em prantos.
– Meu pai e meu irmão morreram – gritou Eliezer. – Não posso ficar aqui sentado, esperando por um dia ensolarado. Tenho que averiguar o que houve. Tenho que trazer as coisas deles para minha mãe.
– Antes de dizer "minha mãe", ele caiu novamente em prantos.
Meir voltou-se para Miriam e suspirou.
– Agora você está vendo o que eu disse.
– Estou tentando trazê-los à razão desde que Meir saiu – disse Judá. – Seus pais desistiram e faz tempo que já foram se deitar.
Eliezer pôs as mãos à cintura.
– Sugiro que use seu poder de persuasão com minha esposa, porque *eu* partirei para Praga antes do amanhecer.
Raquel o encarou.
– E irei atrás de você.
– Você vai ficar em casa! Eu estou mandando.
Soou uma batida à porta antes que Raquel pudesse intervir. Ela se recompôs rapidamente para se mostrar calma enquanto Eliezer chegava mais perto de Judá e abria um manuscrito à frente de ambos. Afinal, ninguém que estivesse em busca de uma parteira precisaria vê-los às turras. Os dois evitaram olhar um para o outro enquanto Miriam se apressava em receber o visitante tardio.

Mas foi Sansão quem apareceu à frente, de olhos inchados pela falta de sono.

– Não pude deixar de ouvir que Eliezer quer partir para Praga ao amanhecer. – Voltou-se para o enlutado. – Desculpe-me, mas isso será impossível.

– Você não precisa me acompanhar – disse Eliezer. – Encontrarei outra pessoa ou então irei sozinho.

– *Será* impossível viajar para Praga amanhã. – Sansão aproximou-se de Eliezer e o segurou pelos ombros. – Só consegui chegar aqui por milagre. As pontes foram carregadas pelas águas, as estradas ficaram enlameadas demais para as carroças e os que estão a pé não sabem quando irão topar com areias movediças.

Sansão voltou-se para todos.

– Eu me agarrei numa corda amarrada em árvores nas duas margens e estava atravessando um rio quando de repente o nível da água começou a subir. Já estava com água pelo queixo e pronto para enunciar o meu último *Shemá* quando a água parou de subir. Um homem mais baixo certamente teria se afogado.

Raquel soltou um gemido. Eliezer era um pouco mais baixo que Sansão.

– Posso pagar o que você quiser – Eliezer começou a falar.

– Nenhum dinheiro vale mais que minha vida – retrucou Sansão. – Nada me fará partir para Mayence antes que eu tenha certeza que os rios baixaram. E isso talvez aconteça daqui a um mês ou até mais.

O rosto de Eliezer ficou crispado e Sansão o envolveu com o braço.

– Mas depois o levarei até Praga, sem que você precise me pagar.

Todos os olhos voltaram-se para Eliezer. Será que se resignaria? Judá consolou o amigo, esfregando o ombro dele.

– Meu parceiro de estudo pode ser impetuoso e teimoso, mas não é tolo. Sabe muito bem que seria uma estupidez alguém inexperiente como ele viajar sozinho para Praga com um tempo desse.

Miriam tossiu, levemente.

– Eliezer, nem quero pensar que posso atrair o mau-olhado, mas e se houver algum problema com Raquel ou com o bebê sem que você esteja por perto?

Eliezer e Raquel empalideceram quando ouviram as palavras de Miriam. Ele hesitou, dividido entre as obrigações para com os vivos e para com os mortos. E depois suspirou, longamente.

– Acho que posso esperar até o bebê nascer.

Alguns dias depois, Miriam estava pedindo à mãe que cuidasse dos filhos enquanto tirava um cochilo quando foi interrompida por Jeanne, a criada.

– Com sua licença, patroa, tem uma cliente à porta que só quer falar com a senhora.

Miriam estava exausta demais depois de ter passado grande parte dos últimos dias e noites garantindo para Raquel que por mais desconfortáveis que fossem as dores que estava sentindo, tudo não passava de um falso alarme de parto. Cada vez que Raquel a chamava, certa de que era realmente a hora, ela se deparava com um útero ainda fechado.

– Que estranho – disse Miriam. – Nenhuma das outras pacientes está para dar à luz. – Quem estaria procurando por ela e não por tia Sara?

– Não se preocupe com as crianças – disse Rivka. – Tomo conta delas até você voltar para casa, e depois espero até descansar um pouco.

Miriam abraçou a mãe e seguiu a mulher desconhecida até uma hospedaria próxima do palácio do conde. A mulher não fazia a menor ideia das condições da paciente e limitava-se a dizer que uma dama chamada Rosaline a incumbira de encontrar uma jovem parteira judia.

Logo que abriu a porta, Miriam notou que alguma coisa estava errada. Fazendo de tudo para não enjoar com o fedor, caminhou até a janela e abriu as cortinas. Rosaline gemeu debilmente e virou o rosto para evitar a luminosidade repentina, mas a tempo de Miriam dar uma boa olhada nela. Se não tivesse o nome e os cabelos ruivos gravados na memória, não teria reconhecido a dama de companhia de Ramerupt. O corpo de Rosaline estava depauperado, a pele, amarelada, e os olhos, sem vida e sem foco.

Com a horrível sensação de que sabia o que estava errado, Miriam curvou-se e sussurrou:

– Rosaline, o que aconteceu?

– Suas ervas não funcionaram e procurei uma mulher que sabe interromper a gravidez – disse Rosaline, com o corpo trêmulo. – A princípio tudo correu bem, mas não parei mais de sangrar e minha barriga começou a doer. E fui piorando a cada dia.

Miriam pôs a mão na testa de Rosaline e a quentura lhe trouxe a confirmação: febre puerperal!

Os olhos da parteira encheram-se de lágrimas. Restava muito pouca esperança para qualquer mulher quando os demônios faziam com que tivesse febre após um aborto ou um parto. Geralmente essa mulher, mais uma entre as muitas vítimas de Lilit, não sobrevivia por mais de uma semana.

Em cima de um baú havia uma toalha e uma bacia com água, e ainda uma tigela com caldo de galinha pela metade. Pelo menos alguém estava cuidando de Rosaline. Miriam molhou a toalha e torceu-a.

– Vou lavar seu rosto e suas mãos. Talvez depois se sinta melhor e tome um pouco de sopa.

Rosaline deixou que Miriam lhe secasse o suor, mas recusou a sopa.

– É inútil me alimentar – sussurrou. – Pela sua cara posso ver que vou morrer.

– Não diga isso. – Miriam ficou mortificada pelas suas lágrimas evidentes.

– É a punição de Deus para o meu pecado.

– E qual é a punição de Deus para Faubert ou qualquer outro que seja o pai? – Antes que Rosaline respondesse, desculpou-se: – Desculpe, isso não é da minha conta.

Mas Rosaline não parecia indignada como Miriam.

– Meu pecado foi me livrar do meu bebê.

Miriam secou novamente o rosto suado de Rosaline.

– É melhor tomar um pouco de sopa. Se você se mantiver forte, poderá se recuperar.

Rosaline fechou os olhos e virou de costas. Antes que Miriam pudesse decidir o que fazer, soou uma batida à porta e uma voz feminina chamando.

– Rosaline, você está aí?

A porta rangeu, mas Miriam a tinha trancado.

– Rosaline, é a Beatrice. – Do lado de fora a voz tornou-se mais forte e ansiosa. – Abra a porta.

Rosaline voltou-se para Miriam e sussurrou:

– Deixe-a entrar, é minha irmã, mas não conte o que fiz.

Para a surpresa de Miriam, uma freira entrou esbaforida pelo quarto.

– Recebi sua mensagem e vim o mais rápido possível... – Ela calou-se e olhou fixamente para Miriam.

– Eu sou Miriam, a *femme sage*. – Teve que justificar a presença dela ali. – Sua irmã não quer um médico.

Beatrice sentou-se na cama e pegou a mão de Rosaline.

– Vai comigo para Notre-Dame-aux-Nonnains; vamos cuidar de você em nossa enfermaria. – Era óbvio que ela queria ser obedecida. – Todas as nossas freiras rezarão por você.

Miriam notou que estava sendo inoportuna.

– Se quiserem, posso conseguir uma liteira quando sair.

– *Merci*, seria ótimo – disse Beatrice. Depois, cerrou os olhos e começou a recitar palavras em latim.

Miriam fechou a porta atrás de si e, rezando pela saúde de Rosaline, voltou para casa em passos lentos. Remoendo-se em dúvidas se poderia ter dado alguma ajuda à jovem, adentrou pelo pátio sem notar que tia Sara caminhava em sua direção.

– Raquel estava fazendo tanto estardalhaço que Rivka insistiu que a examinasse. – Pelo tom de Sara, dessa vez não era um alarme falso.

Miriam foi até o poço para se lavar; o quarto de Rosaline estava impregnado de demônios.

– E? – perguntou enquanto ensaboava os braços até os cotovelos.

– O útero está começando a se abrir, mas a bolsa d'água ainda não se rompeu – respondeu Sara.

– Será melhor rompê-la? Isso apressaria as coisas.

– Vamos esperar um pouco. – Sara não precisava alertar a sobrinha de que era muito perigoso para a mulher ficar esperando muito tempo em trabalho de parto após o rompimento da bolsa.

Um grito lancinante ecoou da janela do quarto de Raquel tão logo Eliezer entrou ofegante pelo pátio.

– Salomão e os outros estão vindo lá da sinagoga – ele disse, estremecendo quando olhou para a janela lá em cima.

Miriam secou as mãos e seguiu tia Sara até o andar de cima, onde eram aguardadas por Rivka.

– Tomara que o filho dela nasça rápido – sussurrou Rivka ao mesmo tempo em que Raquel soltava um outro grito lancinante.

Mas não foi o caso. Depois que Miriam e Rivka riscaram o quarto de giz para protegê-lo de Lilit, dependuraram o amuleto de parto de Raquel e ataram os diversos *tefilin* da família à cabeceira da cama, Salomão e Judá chegaram com o rolo da Torá. Mais tarde, Meir retornou de Ramerupt com Joheved, que se juntou imediatamente às mulheres da família. Foi uma ceia penosa, pontuada pelos gritos que ecoavam do andar de cima, e cada relato que vinha de lá mostrava que o quadro permanecia inalterado.

Apesar das inúmeras xícaras de tasneira e sementes de aquilégia, o progresso de Raquel era aflitivamente lento.

Naquela noite, ninguém dormiu devido aos gritos, mas de manhã a parturiente já mostrava uma abertura de dois dedos. Depois de muitas deliberações, Miriam e Sara resolveram romper a bolsa, e em seguida Miriam foi descansar em casa. A impressão que tinha é que enfrentaria um longo dia... e uma noite mais longa ainda.

Ali pelo anoitecer tia Sara já podia introduzir quatro dedos no canal de Raquel e Miriam assumiu o controle enquanto o resto da família se alimentava. Já estava completamente escuro quando Joheved e a mãe voltaram.

– Olhe aqui, Miriam. – Rivka colocou diversas tigelas fumegantes e um prato de comida sobre um baú ao lado da cama. – Não quero que você passe fome esta noite.

Raquel resmungou quando Miriam cortou um pedaço de pão com as mãos e se serviu com avidez de uma tigela de ensopado.

– Será que posso comer um pouco? Estou faminta.

– Não pode ingerir nada além de líquidos até o bebê nascer – disse Miriam. *Por que as coisas estão indo tão lentamente?* Geralmente as infusões de tasneira e sementes de aquilégia apressavam o processo. – É melhor você tomar um chá de artemísia para relaxar.

– Essa beberagem de tasneira é um horror, e aposto que o sabor da artemísia é pior. – Raquel começou a pôr a língua para fora e de repente congelou o rosto. Apertou as mãos de Joheved e Miriam e soltou um grito. A contração cedeu e de novo ela se recostou nos travesseiros para recuperar o ritmo da respiração.

Miriam levantou-se e alongou os membros.

– Mamãe, é melhor a senhora ir dormir. Acho que esse bebê não nasce tão cedo. E a senhora poderia adicionar um punhado de folhas de artemísia na panela que está no fogo quando chegar lá embaixo?

Rivka beijou a testa da filha.

– Raquel, tudo ficará melhor se você procurar relaxar quando não estiver sentindo dor.

– Como posso relaxar, se eu sei que a dor voltará a qualquer momento? – Raquel resmungou novamente quando a mãe saiu do quarto. Depois, voltou-se para Joheved. – Não consigo entender. Você e Miriam já tiveram ao todo cinco bebês e não deram um só pio durante o parto. Como é que vocês conseguiram aguentar a dor?

Joheved e Miriam se entreolharam, para ver quem responderia primeiro. E Joheved suspirou.

– É difícil lembrar da dor depois que tudo passa. O que lembro é que o parto de Isaac doeu mais que os outros, mas tentei não gritar para não deixar Meir preocupado. Não se esqueça que a irmã dele tinha acabado de morrer ao dar à luz.

– Não ligo para a preocupação de Eliezer. Já é hora de se preocupar com alguém que não seja ele mesmo – retrucou Raquel de modo rude, suavizando o rosto em seguida. – E você, Miriam? Não gritou nem no parto de Iom Tov. E ainda tinha dito para Joheved que se esgoelaria durante o parto porque é o único momento em que uma mulher pode berrar sem ser vista como maluca.

– Você estava bisbilhotando a gente naquela noite? – perguntou Joheved em tom acusatório.

Raquel escancarou um sorriso.

– É claro que estava... e em outras noites também. Não fazem ideia do quanto aprendi espionando vocês duas.

– Voltemos à pergunta que você fez, está bem? – disse Miriam antes que a irmã mais velha, que já enrubescia de indignação, esquentasse os ânimos. – Não gritei porque não precisei gritar. Não foi um parto doloroso. – O tom de sua voz tornou-se mais profissional. – Já assisti muitos partos e algumas mulheres gritam mais enquanto outras gritam menos e outras nem chegam a gritar. Mas não acho que as que gritam estão necessariamente sofrendo mais que as que se limitam a gemer.

– Talvez seja como no tratado *Bava Kamma* – disse Joheved. – Você sabe, quando a *Mishna* diz:

> Quem fere o outro se torna responsável por cinco coisas:
> dano, dor, cura, perda de tempo e desgraça.

– Depois o debate dos sábios avalia a dor.
– É isso mesmo. Eu lembro do texto. – Miriam balançou a cabeça com um ar pensativo. – Papai disse que o pagamento pela dor depende do quão delicada é a pessoa. Na *Guemará* é dito:

> Às vezes a pessoa é mais sensível, e então sente mais dor.
> Outras vezes a pessoa é insensível, e então não sente dor.

Joheved notou a expressão intrigada de Raquel e acrescentou:
– São pessoas diferentes com ferimentos idênticos.
– Nunca estudei o *Bava Kamma* – admitiu Raquel.
Joheved mostrou-se surpresa.
– Você está querendo dizer que papai devia ensinar essa seção com mais frequência. É interessante como os rabinos interpretam o verso da Torá "olho por olho, dente por dente", fazendo o agressor pagar pelos danos monetários.
– Como eles conseguem fazer isso? – perguntou Raquel. – A Torá é explícita.

> Se alguém prejudicar seu camarada, deve ser feito o mesmo com ele: quebra por quebra, olho por olho, dente por dente.

– Se diz em dobro. – Ela começou a fazer caretas e a respirar com mais rapidez à medida que as contrações se sucediam, mas deixou de gritar.
– Isso é uma discussão complicada – comentou Miriam. – Não acho que seja o momento adequado para estudá-la.
– Por que não? – Raquel ergueu-se sobre os cotovelos. – Mamãe já foi dormir e não temos mais nada a fazer.
– Acho que é uma excelente ideia – disse Joheved. Certamente era muito melhor que ficar sentada ali enquanto ouvia os gritos da irmã. – Veja só o que a *Mishna* diz sobre a dor:

> Mesmo que um homem seja queimado ou ferido na unha, onde não pode haver ferimento, deve-se considerar quanto (em dinheiro) um homem similar deverá receber por sofrer tal dor.

– Pense um pouco a respeito enquanto pego sua tisana e os *kuntres* do papai.

Elas continuaram estudando por horas a fio e, como esperava Joheved, Raquel ficou tão absorvida pelo estudo que se limitava a um pequeno gemido a cada contração.

– Sei que papai entende esse "similar" como o quão sensível se é à dor, mas também pode ser similar em riqueza – sugeriu Miriam. – Afinal, um homem rico não poderia pagar mais que um homem pobre para evitar a dor?

Raquel agarrou as mãos das irmãs com força ao ser abalada por uma outra contração.

– Eu ficaria muito feliz em pagar cem *dinares* para evitar essa dor.

– Você tem cem *dinares*? – Joheved olhou-a com espanto.

– Claro que não. Mas se tivesse, pagaria.

– É por isso que eu acho que a visão de Miriam está errada – disse Joheved. – A quantia que se deve pagar para evitar a dor depende do quão intensa é a dor e não do quão rico se é.

– Mas quem pode saber o quanto outra pessoa está sofrendo, mesmo que seja alguém que participe do mesmo sofrimento? – disse Miriam.

– É como diz a *Guemará*; alguns são mais sensíveis à dor e outros, não. – Raquel apertou a mão de Miriam com força e gemeu alto. – Claro que eu tinha que ser mais sensível.

Miriam assentiu com a cabeça.

– Acho que sim. Lembra como você sofria todo mês com suas flores?

Para Joheved, as queixas de Raquel em relação às cólicas menstruais eram para chamar a atenção do pai e de Eliezer, mas se manteve calada. Talvez a irmã fosse mesmo mais sensível e, de qualquer forma, toda mulher em trabalho de parto devia ser vista com bons olhos. Os pensamentos foram interrompidos quando Raquel apertou outra vez a mão dela.

– *Mon Dieu!* Acho que a dor está piorando.

– Os intervalos entre as contrações estão diminuindo. – Miriam lavou as mãos numa bacia ao lado da cama. – Deixe-me ver.

Foi um exame breve e ela nem tinha terminado quando Raquel gritou novamente. Antes que pudesse dizer em que pé estavam as coisas para a irmã, soou uma batida insistente à porta. Joheved abriu-a o suficiente para identificar o pai e Eliezer atrás dele.

– Está tudo bem? – perguntou Salomão. – As coisas ficaram tão quietas por tanto tempo que acabamos cochilando.

– Afinal, já faz quase dois dias que estamos sem dormir – disse Eliezer, esfregando os olhos.

Joheved não achava possível que alguém pudesse gritar como Raquel, mas mesmo em meio a tantos gritos todos entenderam quando Miriam disse:

– O útero está totalmente aberto. Um de vocês pode chamar mamãe e tia Sara?

Nem foi preciso chamá-las. Os gritos de Raquel já tinham acordado a vizinhança inteira, e naquele mesmo instante as duas mulheres entravam pela porta da casa, seguidas por Meir e diversos estudantes. De alguma forma todos reconheceram uma diferença nos gritos de Raquel e logo um grupo ansioso enchia o salão lá embaixo.

– A senhora acha que já devemos pegar a prímula e a pimenta? – perguntou Miriam enquanto tia Sara examinava Raquel.

– A cabeça do bebê já está posicionada e sua irmã parece estar bem. Acho que podemos esperar. – A pimenta era muito cara e não havia necessidade de fazer Raquel espirrar para expelir o bebê. Além do mais, a pimenta podia ser perigosa, especialmente no primeiro parto. Se a mulher empurrasse o bebê com muita força, a carne dela poderia se rasgar. – Mas Joheved já pode começar a recitar o Êxodo.

Desde os primórdios, toda vez que uma judia entrava em trabalho de parto, uma outra mulher, de preferência que já tivesse passado pela maternidade, recitava baixinho o oitavo verso do décimo primeiro capítulo no ouvido da parturiente que se preparava para dar o bebê à luz.

Sai tu e todo o povo que te segue, e depois eu sairei.

Agora os gritos de Raquel eram pontuados por expressões tais como "*Mon Dieu,* não aguento isso", até que de repente ela gritou:

– Eu preciso empurrar isso para fora!

Foi ajudada a instalar-se no banco de parto enquanto Joheved recitava o verso do Êxodo a cada contração, e as coisas chegaram rapidamente a bom termo.

– É um menino! – anunciou Miriam naquele quarto subitamente silencioso.

Ela ergueu o bebê, deu um tapinha no bumbum dele e, quando o mais novo sobrinho começou a berrar, virou-se para Raquel, sorrindo.

– *Mazel tov*, você tem um filho homem.

Quando a mais nova mãe começou a dizer a prece que as mães diziam depois do nascimento do filho, Miriam deixou-a sob os cuidados de tia Sara e escapuliu até o corredor.

Foi olhada pelos homens com ansiedade e comunicou a boa-nova. Em seguida, Joheved desceu a escada aos bocejos e amparando-se pesadamente no corrimão. Abraçadas e apoiando-se uma na outra, as duas irmãs atravessaram o pátio em passos lentos. A estrela da manhã brilhava no céu e já estava quase amanhecendo quando elas pegaram os *tefilin* e começaram as preces matinais.

Faltavam nove dias para Pessach, o que deixava um único dia para que Rivka e Salomão dessem o banquete do *brit milá* do mais novo neto antes que toda a comida fosse retirada da casa por causa da festa. Mas o único pensamento na cabeça de Miriam era se deveria ou não realizar sua primeira circuncisão naquele dia.

Vinte e um

Troyes
Primavera, 4846 (1086 E.C.)

Miriam deixou o livro de contabilidade de lado e esfregou os olhos. Uma vez terminada aquela página, as contas do pai referentes ao vinho estariam em dia até Pessach. Restariam apenas os livros de Raquel e Alvina, mas sobraria tempo até a Feira de Verão para terminá-los, a menos que a irmã retornasse mais cedo.

No ano anterior, quando Raquel e Eliezer partiram com o filhinho para Praga, Miriam ficou de cuidar do negócio das "galinhas" por dois meses para a irmã. Não era uma tarefa difícil e lhe dava uma desculpa para não sair de casa, esquivando-se da vinícola e das lembranças de Benjamin.

Embora Avram tivesse chegado à conclusão de que Miriam ainda não estava preparada para circuncidar o filho de Raquel, permitiu que cortasse as tiras de pele que restavam. Judá sabia que isso fora um alívio para a esposa, mas para os outros Miriam fingiu desapontamento. A partir daí ela continuou fazendo de tudo, menos remover o prepúcio. Mas Avram também precisava praticar e nem sempre ela fazia de tudo.

Quando Raquel e Eliezer voltaram para Troyes, toparam com uma carta da mãe dele, instruindo-o a vender os bens de Shemiah na Feira de Verão e comprar mercadorias novas que seriam levadas para casa, em Arles. É claro que Raquel não o deixaria partir sozinho, de modo que, quando Alvina voltou para Pessach em agosto, Miriam encarregou-se de manter a clientela de ambas. Durante a Feira de Inverno, chegou uma mensagem que relatava que Raquel e Eliezer estavam cruzando o Mediterrâneo e que queriam ganhar a confiança dos velhos sócios de Shemiah. Eles só retornariam na Feira de Verão.

Miriam ficou furiosa pelo fato de Raquel ter presumido que ela poderia continuar administrando o negócio das "galinhas", mas não podia abandonar as pobres mulheres que dependiam de empréstimos. Especialmente naquele inverno, com tanta gente precisando desesperadamente de dinheiro.

Étienne-Henri, o filho mais velho do conde Thibault, atacara o rei Filipe de um modo estúpido e deixou-se capturar de um modo ainda mais estúpido, obrigando Thibault a pagar um resgate considerável para libertá-lo. Com isso os impostos aumentaram terrivelmente e a maioria das famílias só teria o resultado dos seus lucros no verão.

Os livros de contabilidade voltaram à mente de Miriam e ela fez uma rápida prece de graças. Felizmente, o pai vendera o vinho a um preço superior à qualidade da safra. Desde que Moisés haCohen curara um rico normando de uma doença intestinal com doses regulares do vinho judeu, parecia que todo nobre da França também queria um pouco do mesmo vinho. Mas ela estava gostando de ficar em casa para lidar com uma clientela variada, sem falar que isso lhe dava a oportunidade de ensinar a Torá para Iom Tov.

Só de pensar no filho, o humor de Miriam iluminou-se. Iom Tov, o pequeno erudito da mãe, estava exultante por poder estudar com seu primo Shmuel, e com Sansão, o neto de Isaac haParnas. Shmuel, que tinha preferido a versão hebraica do seu nome à versão francesa, protestou quando foi separado do seu irmão Isaac, que junto aos meninos mais velhos estava aprendendo a *Mishna* com Meir.

Miriam então decidiu que ensinaria a *Mishna* aos meninos. Redigida em língua hebraica, a *Mishna* não devia ser mais difícil de ler que a Escritura. Já era fim de outono, e agora os três meninos, cuja diferença de idade era inferior a três anos, eram inseparáveis. Fazê-los aprender era um trabalho de amor e ela quase se desmanchava em lágrimas de tanto orgulho quando Iom Tov lia um novo texto com facilidade.

Ela, no entanto, sentia falta de estudar com as irmãs. Raquel estava longe e Joheved ocupava-se em atenções para Lea, sua filhinha recém-nascida. Judá tinha se oferecido para estudar o Talmud com ela, mas o único tempo que sobrava para isso era no *shabat*. Nesse momento, Judá estava sentado do outro lado da mesa, debruçado em cima de alguns *kuntres*. Com Eliezer em viagem, ele preferia se voltar para os comentários de Salomão a procurar um novo parceiro de estudos.

– Que tratado você está estudando? – ela perguntou.

Ele pestanejou por alguns segundos e depois olhou para ela. Sorriu como um cordeirinho.

— Desculpe-me, eu não estava prestando atenção.

Miriam retribuiu o sorriso e repetiu a pergunta.

— *Bava Kamma*. Papai quer ensiná-lo nesse verão.

Ela já ia pedir para compartilhar a seção que ele estava preparando quando ouviu uma batida à porta, seguida pela voz do pai.

— Eu vi pela luz que vocês ainda estavam acordados. — Já dentro da sala, Salomão puxou um pergaminho. — Eu gostaria de saber a opinião de vocês a respeito disso.

Judá pegou a carta e Salomão acrescentou:

— Não me diga o que achou até que Miriam também tenha lido.

A princípio Judá deixou transparecer uma ligeira curiosidade. Mas à medida que prosseguia a leitura, o rosto ruborizava e ele começou a franzir o cenho. Leu duas vezes e depois estendeu a carta para Miriam, como se estivesse entregando uma carniça.

Estranhamente, não havia destinatário, e no final do texto também não havia assinatura. Aparentemente, eram palavras hebraicas, mas, depois de algumas linhas confusas, Miriam se deu conta de que era uma carta escrita em aramaico. Quem quer que tivesse sido o autor, o fato é que a tinha escrito com muita atenção.

"Meu querido irmão", assim começava a carta. "Peço-lhe que hospede um antigo aluno que logo estará chegando em Troyes. Além de ser um excelente aluno, o pai dele é um proeminente mercador em Worms, mas *E* não pode continuar estudando aqui. Parece que ele tem uma relação de natureza carnal com o parceiro de estudos. Esse parceiro de estudos foi questionado, mostrou-se arrependido do pecado e assumiu a responsabilidade, admitindo que era mais velho e que tinha levado seu jovem amigo à perdição. Concordou em deixar a *yeshivá*, mas implorou que *E* não fosse expulso por causa dele. Infelizmente, o escândalo impede que *E* frequente uma outra *yeshivá* em Ashkenaz, mas não deve haver a mesma dificuldade aí em Troyes. Enfim, peço-lhe que acolha sob sua custódia esse jovem que não fala francês."

O autor continuava: "Dê lembranças à minha irmã e às minhas sobrinhas, bem como aos seus filhos, dois dos meus melhores alunos dos quais até hoje me lembro com apreço."

Era como se Judá tivesse acabado de ver um demônio.

— Rav Isaac está mandando pra cá um estudante que se deita com outros homens! E espera que o aceitemos só porque o pai dele é rico.

Salomão suspirou profundamente.

– Na verdade, a carta foi escrita pela esposa do meu irmão, mas não estou certo de que a outra conclusão sua esteja certa. Não sabemos qual foi o pecado que o rapaz cometeu.

– Mas está óbvio.

– *Non*, não está! – Miriam deixou os dois surpresos pela veemência. – Se houvesse alguma testemunha, tio Isaac teria dito. O que há de óbvio é que o parceiro de estudos de *E* tem tanto carinho por ele que assumiu toda a culpa para protegê-lo. Isso não significa que eles... – Não conseguiu terminar a frase.

Recorreu em silêncio aos olhos do marido agora cheios de dor. *Será que ele se esqueceu de Daniel e do grande sofrimento que passou pela estreita amizade deles?*

Aparentemente, não, pois ele voltou-se para Salomão e disse:

– Eu fui precipitado. Temos que reconhecer que o estudante agiu de forma adequada, por mais que o comportamento dele tenha parecido pecaminoso.

– Se *E* é um estudante tão bom assim, talvez os colegas o tenham acusado injustamente por inveja – disse Miriam.

Salomão olhou para os dois enquanto alisava a barba.

– Talvez a gente possa presumir que *E* e seu parceiro de estudos cresceram juntos, e que alguém tenha ouvido alguma coisa que soou inapropriada.

– Mas ser humilhado publicamente dessa maneira... é ultrajante – protestou Judá. – É comum que os parceiros de estudos sejam muito ligados afetivamente, e muitos partilham as mesmas cobertas quando a noite está fria.

– Judá, não estou afirmando que o rapaz fez alguma coisa errada – retrucou Salomão em tom conciliador. – Mas o Isaac não me mandaria essa carta se tudo não passasse de fofoca. A carta é um aviso.

– Contra o quê? – perguntou Judá em tom amargo. – Será que devemos mantê-lo a distância dos outros rapazes e colocá-lo para dormir separado?

– Se *E* e o parceiro de estudos eram muito próximos, o mais provável é que esteja sofrendo com a separação. Sem falar na vergonha que teve que enfrentar – disse Miriam. – Nós temos que ser gentis com ele.

– A infelicidade do rapaz será maior ainda, já que estará longe de sua terra e sem saber falar nossa língua. – A voz de Salomão soou sombria. – Não podemos deixar que fique muito melancólico.

Judá assentiu com a cabeça, lembrando-se do próprio desespero na ponte sobre o Reno naquela noite chuvosa muitos anos antes.

– Ele poderia ficar conosco – disse Miriam. – Eu praticaria o alemão que mamãe nos ensinou quando éramos pequenas.

Judá não pareceu feliz com a ideia, mas concordou.

– Nós dois ficaremos de olho nele.

– É uma excelente ideia. – Salomão deu uma tapinha no ombro do genro. – Ele poderá estudar com você até encontrarmos um parceiro de estudos apropriado.

Judá ficou de estômago gelado quando o *ietzer tov* dele pressentiu o perigo, mas era tarde. Já tinha se comprometido a ajudar o rapaz.

– Mas não devemos separá-lo dos outros estudantes. – Miriam balançou a cabeça.

Salomão alisou a barba novamente.

– Sugiro que chamem alguns estudantes mais velhos para também morar com vocês. Assim, durante a Feira de Verão, poderão estudar até altas horas, sem incendiar o sótão ou perturbar os outros.

– Não se preocupe, papai – disse Miriam. – Vamos tomar conta do nosso primeiro aluno alemão com muito carinho.

Judá fez força para descontrair. Se perdesse o controle do *ietzer hara*, Miriam poderia salvá-lo.

Para o alívio de Miriam, Raquel e Eliezer chegaram em Troyes na mesma semana em que o misterioso *E* e o pai rico também chegaram. Sentindo-se mais leve, largou de lado o negócio das "galinhas" e voltou-se para a tarefa de deixar o hóspede confortavelmente instalado.

E, ou melhor, Elisha, era pequeno para sua idade e tinha um rosto de bebê e grandes olhos castanhos que pareciam que a qualquer momento romperiam em lágrimas. Era difícil avaliar o intelecto dele porque se encolhia e se calava toda vez que o pai o olhava.

Salomão deve ter notado isso porque alguns dias depois ele tratou de afastar o homem.

– Sinto-me honrado com sua presença à minha mesa, mas sei que você está aqui em Troyes a negócios que em grande parte são feitos em jantares com os mercadores, e não me sentiria nem um pouco bem se negligenciasse seu meio de vida por minha causa. Mas gostaria muito que passasse o *shabat* conosco.

– Papai foi tão diplomático – disse mais tarde Judá, naquela mesma noite. – Talvez agora a gente possa ouvir um pouco mais o que o rapazinho tem a dizer.

– O que achou de Elisha? É mesmo o bom aluno que tio Isaac disse, ou isso foi apenas para se livrar dele?

– Parece acompanhar os debates e as poucas questões que já colocou me pareceram inteligentes.

Miriam suspirou.

– Ele não é nada parecido com o que eu esperava. Parece tão frágil...

– Não se preocupe. – Judá alisou a mão dela. – Não deixaremos que nada de ruim aconteça com ele.

– Faremos dele um erudito tão bom que o povo de Mayence se sentirá envergonhado por tê-lo tratado tão mal.

Judá se animou com a determinação na voz da esposa. Oito anos antes saíra de Mayence em desgraça e depois o Eterno o abençoara. Agora, podia retribuir a dádiva ajudando Elisha a prosperar em Troyes, exatamente como ele.

– *Bonne nuit*. – Acercou-se dela e beijou-a. – Amanhã terei que acordar bem cedo porque vou estudar com os intelectuais de Bizâncio.

Miriam se aconchegou no ombro dele.

– Por que não leva o Elisha? As criadas disseram que ele costuma levantar antes do amanhecer.

– Boa ideia. – Ele ficou em dúvida se era seu *ietzer tov* ou seu *ietzer hara* que estava falando. – No café da manhã lhe contaremos o que aprendemos.

Dois meses depois, com a aproximação da Feira de Verão, Miriam teve que se disciplinar para acordar na mesma hora que Judá. Fazia as preces de *Selichot* e em seguida tirava Shimson do berço para amamentá-lo. Depois que acordava, ele sempre ficava impaciente para começar logo o dia, mas antes do amanhecer ainda estava sonolento e ela podia persuadi-lo a fazer uma alimentação matinal que se somava à que recebia pela noite.

O sol já se espraiava pelos muros do pátio como de costume quando ela ouviu Judá e Elisha atravessando o portão; colocou Shimson no colo e foi até a janela para saudá-los. Os dois conversavam animadamente, Judá tinha o braço nos ombros de Elisha e as duas cabeças se inclinavam juntinhas enquanto caminhavam.

Sorrindo de satisfação, Miriam trocou a fralda do filho e desceu até o térreo para recebê-los. Mas no café da manhã daquele dia, Elisha estava estranhamente silencioso, e Judá é que acabou explicando o que tinham aprendido pela manhã. E o rapaz estava tão taciturno quando eles se dirigiram para a sinagoga que ela se viu obrigada a perguntar o que o estava perturbando.

– Espero que você não tenha se aborrecido com alguma coisa – disse Miriam com a testa franzida.

– Estou bem – ele disse em alemão. – Perfeitamente bem.

Ela se convenceu de que havia mesmo alguma coisa errada. Geralmente Elisha preferia se comunicar em francês, e só recorria ao alemão quando estava cansado ou frustrado.

– Judá, essa carga de estudos não está deixando Elisha dormir direito – ela disse com um misto de brincadeira e seriedade. – Ainda bem que está voltando para poder descansar em casa.

– Não culpe o Judá... eu até gostaria de estudar mais. – O jovem estava a ponto de chorar.

Miriam se deteve e o olhou fixamente.

– Qual é o problema, Elisha? Pode me contar.

Judá o abraçou com amabilidade.

– Nosso novo pupilo não está muito feliz em voltar para casa.

É claro que não, pensou Miriam. Era óbvio que ele não queria voltar para todo aquele clima de fofocas e calúnias.

– Mas você deve estar querendo rever sua mãe e suas irmãs.

– Estou, mas... não os outros.

– Elisha, você não pode se deixar atingir pelas calúnias. – Ela elevou a voz, indignada. – Qualquer um que continue a espalhar mentiras sobre você tão próximo do *Iom Kipur* devia se envergonhar.

Sem que Elisha visse, Judá fez um sinal para que Miriam se calasse. *Como pude ter sido tão desastrada assim, mencionando os problemas de Elisha na frente dele? Agora tenho mais um pecado para me arrepender.*

Após os serviços, Elisha saiu andando vagarosamente e Judá se deu conta de que chegariam atrasados para o almoço. Quando entraram na rua de Salomão, Elisha se deteve.

– Judá, antes de partir, tenho que lhe contar uma coisa – disse, abaixando os olhos para as pedras que cobriam a rua.

– Se é sobre o que Miriam falou...

Judá foi interrompido antes de se desculpar.

– Eu vi a carta que *rabbenu* Isaac escreveu a meu respeito.
Judá o levou para um canto.
– Não se preocupe com isso; só foi lida por mim, papai e Miriam.
– Judá, eu tenho que lhe contar a verdade antes do *Iom Kipur*.
– Não precisa confessar nada para mim. Você não fez mal algum.
– Mas não posso deixar que pense que sou inocente quando não sou.
Judá sentiu um nó na garganta.
– O que você quer dizer?
Elisha calou-se por um bom tempo, e Judá começou a pensar se não seria melhor retomar o passo. Mas ficou pasmo quando Elisha se pronunciou.
– Não foi apenas um rumor. Eu e meu parceiro de estudos... – Fez uma pausa, como se não estivesse encontrando as palavras certas. – Nossa amizade era carnal – continuou, com rapidez. – Não que a gente tenha deitado juntos, mas nos beijamos e nos tocamos...
– Não quero saber o que você e seu parceiro fizeram. – Judá tentou falar baixinho. – Se arrependa dos seus pecados para o Eterno e não para mim.
– Ficou com raiva de mim. – O queixo de Elisha começou a tremer. – Eu não devia ter dito nada.
Judá respirou fundo, tentando se acalmar.
– Não estou zangado com você, Elisha. As relações entre os parceiros de estudo podem se tornar muito estreitas, e às vezes o *ietzer* do homem é forte demais para ser controlado.
Agora era Judá que se calava. Será que devia falar de Daniel? Será que teria pecado se as circunstâncias fossem diferentes, se Daniel tivesse sido mais ousado? E o que dizer sobre Natan? Tudo isso o fez lembrar do que ouvira de Reuben anos antes.
– Elisha, você tem uma noiva lá na sua terra?
– Não sei. Meu pai estava negociando com a família de uma moça, na verdade com um dos primos dele, mas tudo gorou – hesitou –, quando começaram os rumores. Mas por que está perguntando isso?
– Acho que o melhor seria se casar o mais rapidamente possível, para que seu *ietzer hara* se dedique a fazer filhos. – Judá tentou levantar o ânimo. – Tenho certeza de que quando esse primo souber que você passou todo o verão estudando a Torá, virá correndo atrás de você, querendo que se case com a filha dele.

– Acha isso mesmo?
– Com toda certeza – retrucou Judá. – Vou escrever uma carta para Worms, contando que você é um ótimo estudante e que é de grande valia para nossa *yeshivá*. Melhor ainda, pedirei para papai escrever a carta. Isso vai convencer o pai da moça a aceitá-lo.
Os grandes olhos castanhos de Elisha cravaram-se cheios de esperança em Judá.
– Você faria isso por mim?
– Claro que farei. Você é um ótimo aluno, um trunfo para nossa *yeshivá*. Não pense que não reparamos na discussão que você teve com os mercadores que acham que Miriam não deve fazer circuncisão; nós vimos como a defendeu.
– Se Troyes está feliz com uma *mohelet* no lugar de um *mohel*, as opiniões dos mercadores não têm a menor importância.
– Eu não diria que Troyes está feliz com isso. – Judá abriu um sorriso triste. – Mas a maioria está resignada com a situação.
– Apoiar a posição de Miriam é o mínimo que posso fazer depois de tudo que vocês fizeram por mim.
Antes que pudesse responder, Judá se viu abraçado por Elisha. Retribuiu o abraço e logo deu umas palmadas no ombro do rapaz para afastá-lo.
– Vou sentir saudades de você... de vocês dois – acrescentou rapidamente Elisha quando eles retomaram o passo.
– Nós também vamos sentir sua falta. – Judá tomou cuidado para dizer "nós" e não "eu".

Na manhã seguinte, Miriam acabara de se despedir de Elisha quando Raquel irrompeu pela casa, jogando os livros contábeis na mesa.
– Achei que nunca terminaria esses livros em tempo, mas aqui estão... todas as contas de Alvina e as minhas para a Feira de Verão. – Tirou o broche que prendia as chaves e entregou-as para Miriam. – Mesmo com as taxas extras do conde Thibault, você e Judá terão o suficiente para viver até o próximo verão.
– Não me diga que você também está partindo. – Miriam pegou a irmã pela mão. – E quanto aos Dias de Expiação e sua ajuda na safra?
– Se eu e Eliezer partirmos agora, chegaremos em Arles a tempo de passar o *Rosh Hashaná* com a mãe dele – disse Raquel tão apressada quanto todo o corpo dela. – E quanto ao vinho papai terá muita ajuda dos mercadores orientais que estão passando as festas em Troyes.

Miriam sentiu um nó se formando em sua garganta. Pensara que com Elisha e Eliezer fora, as duas passariam o verão juntas, com tempo de sobra para estudar e conversar.

– Papai não vai gostar nem um pouco disso.

– Eu sei. – As linhas do rosto de Raquel se suavizaram. – Vou sentir falta dele, mas não posso ficar aqui. Eliezer prefere discutir as leis do comércio judeu a praticá-lo. Aqui entre nós, eu é que tenho lidado com a maioria dos negócios. Ainda bem que aprendi muito com Alvina.

– Você fala como se gostasse disso.

– E gosto. Adoro conhecer gente nova, visitar lugares novos, ver paisagens novas. – Os olhos de Raquel faiscaram. – Já cruzamos rios tão caudalosos e largos que fazem nosso rio Sena parecer um riacho, e passamos por montanhas nevadas que de tão altas parecem tocar o céu. Você nem imagina o que é viajar de barco no meio do mar: águas que se perdem de vista em todos as direções, e de noite, um céu cheio de estrelas.

As duas mulheres suspiraram. Miriam levantou-se e deu um abraço apertado em Raquel.

– Rezarei para que faça uma viagem segura e bem-sucedida.

– Não se preocupe, dessa vez não ficaremos fora por muito tempo. Quero voltar para casa em Pessach. – Raquel retribuiu o abraço apertado da irmã. – Aposto que seu primeiro *brit milá* será na primavera, e quero estar aqui para testemunhá-lo.

No final da Feira de Inverno, Miriam se deu conta de que já dominava os procedimentos de *priah*, *motzitzin* e *haluk*, e do corte das tiras de pele. Mas só restavam duas mulheres que dariam à luz antes de Pessach e Avram fazia questão de pelo menos realizar um *milá* a cada quatro meses. Sendo assim, Raquel talvez estivesse certa na aposta feita na primavera. Miriam colocou Shimson no berço e se enfiou rapidamente debaixo das cobertas, aninhando-se no corpo aquecido do marido. O quarto estava gelado, mesmo com o braseiro aceso desde a hora do almoço.

– Miriam – ele sussurrou. – Amanhã, papai, Shemaya, Meir e eu almoçaremos com o *parnas*.

– Pensei que Josef estava mal.

– E está, mas papai disse que era importante que eu fosse com ele.

Miriam olhou surpreendida para Judá. *Então, papai quer fazer um* beit din *lá*.

— Fiquei sabendo que Josef quer passar adiante a propriedade dele antes de morrer, e que pretende tirar a *ketubá* da Fleur.

— Só vou almoçar lá e ouvirei o que Josef tem a dizer, se é que tem algo a dizer — ele sussurrou mais alto.

— Eu gostaria que não nos metêssemos nisso. As pessoas já estão suficientemente aborrecidas com o meu treinamento para *mohelet*.

— Miriam, se papai quer que eu testemunhe alguma coisa, não posso me recusar.

— Eu sei. — O suspiro dela se fez bocejo. — Talvez esteja me preocupando por nada.

— É o que espero. — Ele abraçou-a.

Miriam se manteve quieta nos braços de Judá, à espera do que viria em seguida. Já tinha passado o tempo em que o marido se excitava com o estudo do Talmud e isso respingava no leito conjugal, se bem que até recentemente ele se limitava a duas relações por semana. Mas depois ele começou a estudar com Elisha e passou a usar o leito quase toda noite.

Talvez porque a lição do dia não tinha sido estimulante ou porque estivesse preocupado com os possíveis problemas do dia seguinte ou por outra razão desconhecida, ele a deixou de lado e se virou para dormir. Bem mais aliviada que desapontada, ela tentou relaxar e não se preocupar com a situação desagradável de Josef e Fleur.

Nervoso demais para degustar a excelente refeição que as criadas de Isaac haParnas colocaram à mesa, Judá se deu conta de que talvez Miriam estivesse certa. Josef estava muito doente para descer até o primeiro andar e Fleur, por conveniência, tinha saído para visitar algumas amigas. Além de Salomão, Meir e Shemaya, o doutor Moisés haCohen também participava do almoço, compondo os cinco juízes para o caso de se necessitar de um *beit din*.

A conversa à mesa não era esclarecedora. Pelo que parecia, o papa tinha falecido recentemente e até mesmo Salomão se mostrava ávido para debater o significado disso.

— Então, apesar de todos os esforços para impor sua autoridade sobre o rei Henrique, Gregório morre no exílio enquanto Clemente, o papa de Henrique, rege Roma — disse Isaac haParnas, com satisfação.

— Não que tenha sobrado muita coisa em Roma para reger — retrucou o doutor, com um ar de tristeza. — Não depois que os sarracenos tomaram a cidade.

– Os sarracenos? – Meir estava muito espantado para se preocupar em não parecer ignorante. – Achei que o exército normando tinha incendiado Roma.

– Os normandos atearam fogo – explicou Salomão. – E depois os sarracenos se juntaram para saquear Roma.

– Gregório teve sorte em escapar com vida – acrescentou Moisés.

Judá ouvia tudo apenas por polidez. Naturalmente Isaac e Moisés sabiam de tudo a respeito de política. O doutor era então o médico da corte do conde de Ramerupt, e todos esperavam que o *parnas* estivesse a par das últimas novidades. Mas e Salomão?

Moisés já estava quase acabando de narrar a derrocada de Gregório.

– Henrique declarou Gregório culpado de alta traição e indicou o arcebispo de Ravena para substituí-lo.

Isaac haParnas soltou um risinho de satisfação.

– E depois havia dois papas, Gregório e Clemente, cada qual buscando apoio dos bispos e dos nobres franceses.

– Dois papas? – disse Judá, espantado. – Como puderam ter dois papas? É o mesmo que ter dois reis.

– *Oui* – disse Salomão, amavelmente. – E por um certo período a Alemanha teve dois reis, Henrique e Rodolfo, o homem do papa Gregório.

Isso mesmo... teve, sim. Judá sentiu-se um tolo por ter esquecido de tal informação e resolveu manter-se de boca fechada até que o tema da conversa fosse a Torá.

Meir ergueu a taça de vinho em direção ao anfitrião.

– Então, Isaac, agora que Gregório está morto, o que acha que acontecerá com a reforma deles? Será que os vassalos dos lordes desistirão dos seus direitos de indicar os bispos?

– E ainda menos provável – interferiu Moisés, rindo –, será que o clero desistirá de suas esposas e amantes?

Isaac encolheu os ombros.

– Pelo que ouvi, tanto o rei Filipe como o rei Guilherme aceitaram oficialmente a autoridade do papa, mas continuam escolhendo seus próprios bispos e abades.

– O papa é sábio o bastante para não desafiá-los – comentou Meir. – Já que cabe ao soberano o controle das terras da Igreja e do dinheiro liberado para o novo bispo.

– Mas o clero não pode servir a dois mestres – disse Moisés. – Ou é fiel ao papa ou aos seus lordes.

– E se os clérigos só forem fiéis ao papa... – Salomão fez uma pausa, alisando a barba. – Teriam que renunciar aos feudos, mandar os vassalos que os protegem de volta aos lordes e viver dos dízimos dos fiéis.

Isaac balançou a cabeça em negativa.

– O clero nunca faria isso.

Judá já estava saturado de tanta conversa sobre política. Fazia tempo que tinham acabado de comer. Imaginou que Elisha e os outros estudantes estariam recitando a Torá em casa enquanto ele desperdiçava o tempo naquele lugar.

– Alguém poderia me dizer o que isso importa para os judeus? – perguntou subitamente.

Fez-se silêncio até que Isaac levantou-se e pediu que fossem ver seu filho por alguns minutos.

Enquanto subiam a escada, Salomão pôs o braço em torno dos ombros de Judá.

– Você pode pensar que as palavras e os atos do papa não nos importam – sussurrou. – Mas se o papa começar a reinar sobre os príncipes, temo que um dia isso seja importante para os judeus. Um dia isso poderá ser um grande problema.

Vinte e dois

Judá ficou de coração gelado com o aviso de Salomão, e a inquietude aumentou quando entrou no quarto do doente. A primeira impressão foi que Josef estava morto e eles tinham chegado tarde demais. O homem robusto de outrora se reduzira a pele e osso, salvo uma barriga dilatada, e a pele apresentava um bizarro sombreado em amarelo. Quando os homens se reuniram em volta da cama e Josef abriu os olhos, Judá fez de tudo para não olhar fixamente. Pois aquilo que antes era a parte branca dos olhos do moribundo – Judá não tinha qualquer dúvida de que o homem estava morrendo – agora estava amarelo como um girassol.

Isaac haParnas pigarreou.

– Agradeço pelo tempo que dispensaram ao meu filho durante esses dias curtos e ocupados de inverno.

Com a ajuda de Moisés, Josef fez força para sentar e se recostar nos travesseiros.

– Salomão, bem que você avisou que seria melhor eu me casar com uma mulher da minha idade e não com uma jovem virgem, e eu devia ter seguido o seu conselho – ele suspirou. – O pior é que depois da minha morte não haverá o suficiente para pagar a *ketubá* da minha esposa, nem para deixar alguma coisa para o meu filho Sansão.

– A maior parte do capital da família me pertence – disse Isaac rapidamente. – Eu e Josef dividimos os lucros, mas o espólio do meu filho não terá as cem libras que serão exigidas para pagar a *ketubá* de Fleur. – Os olhos de Isaac se encheram de lágrimas quando ele disse "espólio".

Para Judá, era evidente que Isaac não queria que as cem libras saíssem do seu bolso, e por isso eles estavam ali. Pelo menos Josef estava em condições de explicar claramente o seu problema; fosse qual fosse a decisão que tomasse, Judá poderia declarar com honestidade que o homem estava na completa posse do seu juízo.

– Preciso da ajuda de vocês – disse Josef. – Não posso permitir que Fleur receba tudo o que tenho sem deixar um único centavo para o meu filhinho.

– Por que uma mulher que só ficou casada com você durante dois anos tiraria o fruto do seu trabalho de um órfão desamparado? – perguntou Shemaya. – É claro que uma jovem sem filhos como Fleur vai se casar de novo, e terá a garantia do pagamento de uma outra *ketubá*.

Meir rebateu o argumento.

– Nada disso importa. A lei é clara. A *ketubá* é o que ampara a mulher quando o marido morre ou se divorcia dela. Ela sempre tem o direito a ser a primeira a reivindicar o espólio dele.

Judá teve que admitir o mérito das duas visões.

Salomão parou de alisar a barba e dirigiu-se a todos.

– Apenas os bens reais do marido servem como pagamento da *ketubá* da esposa. É claro que ele pode presentear quem quer que seja com seus bens pessoais.

– Mesmo que isso deixe a viúva na pobreza? – perguntou Meir.

– Fleur não ficará na pobreza – disse Josef, com amargura. – Mesmo que eu desse todos os objetos que possuo, ainda assim ela é a herdeira da minha casa.

Estava claro que Josef queria isso.

– Acredito que todos concordem que as joias e os outros pertences de Johanna devem ser dados para o filho dela – disse Judá, bem devagar. – E que os livros de Josef também devem ficar com o pequeno Sansão.

Shemaya franziu a testa.

– Ele também deve dar suas roupas, seus sapatos e suas peles para o menino. Não é justo que o próximo marido de Fleur fique com isso tudo.

– Acho que seria sensato deixar alguns bens pessoais para Fleur, a mobília da casa, talvez – sugeriu Meir. – Não queremos que falem que ela foi roubada por Sansão.

Josef já estava quase exaurido quando acabou de nomear os bens que ficariam para Sansão, uma perda que deixaria a família de Fleur enfurecida. Mas ele acenou para que todos permanecessem no quarto.

– Só mais uma coisa. – Olhou para Salomão, com os olhos cheios de lágrimas. – Era desejo da minha falecida esposa que nossas famílias formassem laços de parentesco. Deixe que uma de suas netas seja esposa do meu filho. Estou certo de que meu pai fará um arranjo valioso. Quero morrer sabendo que o futuro do meu filho está garantido.

Salomão aproximou-se de Josef e tocou-lhe afetuosamente no ombro.

– Desculpe, meu amigo, mas não posso noivar minhas netas. Só o pai delas pode fazer isso.

Todos os olhos voltaram-se para Meir, que por sua vez procurou com os olhos um ponto de fuga no quarto.

– Não posso tomar esse tipo de decisão agora. Nossos filhos ainda são muito pequenos.

– Mas minha filha Zippora era praticamente um bebê quando você concordou que Isaac se casaria com ela – disse Shemaya.

A cor sumiu da face de Meir.

– Nossa situação é diferente, Shemaya, completamente diferente. – Olhou com pesar para o moribundo. – Josef, você precisa levar em conta que minha filha deve se casar com um *chacham talmúdico*. Sansão parece uma criança capaz, mas...

Josef afundou na cama.

– Compreendo. – A esperança voltou a faiscar nos olhos dele. – E se fosse um compromisso provisório, no qual você consideraria Sansão como um provável genro, caso ele prove que vale a pena?

– Não posso jurar. – Meir fez uma pausa para escolher as palavras. – Mas garanto que levarei Sansão em muita consideração quando chegar o momento de escolher maridos para minhas filhas.

Moisés haCohen se aproximou.

– Meu paciente já teve excitação demais por hoje. – Deixando transparecer que queria que todos se retirassem, pegou no pulso de Josef e se concentrou nas pulsações.

Nas semanas seguintes, Meir passou a sentir um nó no estômago toda vez que voltava para Ramerupt, esperando a reação de Joheved pelo anúncio público de Shemaya sobre o futuro casamento dos filhos deles. Ele sabia que tinha sido um covarde pelo fato de só ter relatado a Joheved o desejo de Josef de um noivado entre o pequeno Sansão e Hanna ou Lea. E logo tratou de esclarecer que não firmara acordo algum.

Só quando Josef morreu, um mês depois, é que Meir suspirou aliviado. Com a família de Fleur reclamando em altos brados das doações que ele fizera no leito de morte, a população de Troyes teria uma outra coisa para comentar. Afinal, se até então as palavras de Shemaya ainda não tinham chegado aos ouvidos de Joheved, cada dia que passava diminuía a chance de que ela ficasse sabendo.

E assim, quando Meir desmontou do cavalo em Ramerupt e Joheved não aceitou o beijo habitual, ele achou que ela estava zangada porque Isaac e Shmuel tinham ficado em Troyes.

– Não fique zangada pelos garotos – disse Meir enquanto caminhavam para o celeiro. – Todos estão querendo celebrar com Elisha e os amigos antes que ele parta amanhã para Worms. – Não conteve o sorriso quando imaginou Judá acompanhando os alunos alvoroçados pelo casamento do colega.

Mas o sorriso congelou no rosto quando Joheved retrucou, com uma voz dura como o aço.

– Hoje Francesca veio aqui e me congratulou pelos excelentes noivados selados com nossos filhos... Sansão com Hanna e Isaac com Zippora.

O coração de Meir disparou.

– Mas não há nada definido entre o filho de Josef e qualquer de nossas filhas. Você sabe disso. Eu lhe contei exatamente o que falei para ele.

– Não estou falando de nossas filhas. – Os olhos de Joheved se apertaram. – Fui levada a acreditar que vocês manteriam o acordo que fizeram em segredo, e agora sou informada de que metade da cidade já sabe.

Ele não pôde negar o que ela disse.

– As únicas pessoas que ouviram Shemaya foram Moisés, Judá, seu pai, Josef e Isaac haParnas. Não metade da cidade.

– Justamente os homens mais influentes da cidade.

– Somente membros de nossa família e nossos amigos mais chegados, gente que tem direito de saber o que decidimos.

Joheved pôs as mãos à cintura e o fuzilou com os olhos.

– O que decidimos, não, o que você decidiu.

– E não vou mudar o que foi decidido.

– Ainda mais você que é uma importante testemunha do *beit din*.

Meir pegou-a pelos braços, fazendo-a olhar para ele.

– Pensei que você aceitaria minha autoridade marital em relação a esse assunto.

A raiva dele aumentou enquanto ela o encarava de maneira desafiadora.

– Você vem arquitetando um plano para impedir isso desde que lhe contei? – Puxou-a para si, tão perto que os rostos quase se colaram. – Bem, não quero lhe dar mais explicações. Isaac se casará com Zippora, e você não fará nada para impedir. E posso até querer que Shmuel seja o noivo da outra filha de Shemaya.

Ela se desvencilhou dele.

– Se você ama tanto o Shemaya, por que não vai dormir com ele?

– O que você disse?

– Já que você é tão apegado ao Shemaya, pegue seu cavalo e cavalgue agora mesmo ao encontro do seu precioso parceiro de estudos. – Joheved praticamente cuspiu as palavras para Meir.

– Está bem... eu vou! – Ele agarrou o cabresto do cavalo e foi para a porta do celeiro. – Não espere que eu volte rastejando para você. – Suma da minha vista. – Ela pegou uma ferradura de cavalo e atirou-a na direção dele, mas ele já estava lá fora e não foi atingido.

Naquela noite, Joheved estava furiosa demais para conseguir dormir, e na noite seguinte, solitária e rejeitada demais, mesmo com Hanna e Lea em sua cama... Depois de muito esforço, pregou os olhos, mas acordou de madrugada com uma umidade já conhecida entre as pernas.

– *Oh, non.* – Começou a chorar quando viu os lençóis manchados.

– O que foi, mamãe? – Hanna olhou apavorada para o sangue que escorria pelas pernas da mãe. – A senhora está ferida?

– Eu estou perfeitamente bem. – Joheved pegou algumas fraldas de Lea e pôs entre as pernas enquanto andava até o baú. *Onde está a droga da minha sinar?*

– Mas a senhora está sangrando – insistiu Hanna.

– Isso não é nada. Todas as mulheres sangram de tempo em tempo. Também vai acontecer com vocês quando crescerem. – Limpou-se e sentou-se para amamentar a filha caçula. Como as flores teriam voltado tão cedo? Lea só estava com dezoito meses.

No dia seguinte, Miriam chegou com Iom Tov e Shimson para ajudar no trabalho com as ovelhas, e Joheved, apesar da menstruação, ficou desapontada quando o sol se pôs na sexta-feira sem nenhum sinal de Meir e dos filhos. Miriam não comentou a ausência dele, mas deve ter percebido que faltava alguma coisa.

A ansiedade de Joheved aumentou à medida que a semana passava. Meir nunca ficara tanto tempo fora de casa, a não ser quando o clima o impedia de cavalgar. Mas se tivesse acontecido alguma coisa com ele ou com qualquer dos meninos, seguramente alguém já teria avisado. Será que ainda estaria zangado pela briga que tiveram? Será que teria anunciado na sinagoga que ela era uma *moredet*, uma mulher rebelde que se recusava a dormir com o marido? *Non,* isso não era possível... o pai lhe teria contado.

De vez em quando ela sentia o olhar penetrante de Miriam e, mesmo precisando muito de um conselho, morria de vergonha de falar com a irmã. Só depois que Meir não voltou para casa no segundo *shabat* é que o desespero de Joheved superou seus melindres. Ainda assim Miriam teve que dar o primeiro passo.

– Embora ele esteja fora de casa há muito tempo, ainda não sabemos de nada – disse Miriam enquanto as duas inspecionavam o vinhedo cuidadosamente podado.

– Oh, Miriam, nós tivemos uma briga horrorosa. – As lágrimas jorraram dos olhos de Joheved. – Você deve ter sabido que Shemaya anunciou o noivado de Isaac e Zippora.

Miriam assentiu com a cabeça. *Então é isso.*

– Francesca me contou.

– Agora mesmo é que ele está mais convicto que nunca dessa união – disse Joheved, fungando. – É um equívoco terrível, mas não há nada que eu possa fazer.

Foi abraçada por Miriam quando começou a soluçar. Talvez Joheved não gostasse, mas havia algo que a irmã podia fazer.

– Você sabe que a mulher tem a obrigação de obedecer ao marido.

– Sei que uma das punições de Eva foi a de ser submissa a Adão, e isso se estende para todas as outras mulheres. Eu não tenho escolha.

– Você tem uma escolha.

Joheved olhou surpresa para Miriam.

– Tenho?

– Você pode se aceitar do jeito que o Eterno a criou, contar as muitas bênçãos que recebeu e se mostrar agradecida. Ou pode continuar contestando a vontade do seu marido e se tornar cada vez mais infeliz e amarga. – A maioria das clientes de Miriam optara pela segunda alternativa.

Joheved sabia que a irmã estava certa. Além isso, não aguentava mais se perguntar se Meir chegaria ou não.

— Amanhã é o meu sétimo dia limpo – disse, ruborizando. – Se partirmos depois que Hanna cochilar, estaremos em Troyes antes do pôr do sol.

O dia seguinte amanheceu nublado e frio, e ali pelo meio-dia o cheiro de neve já estava no ar. Miriam e Joheved se apressaram em agasalhar os filhos com as peles e partiram rumo a Troyes.

— Quer dizer que Francesca contou as novidades para você – disse Joheved quando os cavalos entraram no bosque. – Fiquei surpresa por Judá não ter contado.

Miriam puxou os braços de Iom Tov para que ficassem bem apertados ao redor da cintura dela. Ficaria mais fácil com ele sentado na garupa e com Shimson no colo, mas ela queria poder olhar para Iom Tov.

— Ele tinha tanta coisa a fazer antes de partir para Worms que talvez tenha esquecido.

— Ele não vai passar Pessach em casa? – perguntou Joheved, surpreendida. O pai nunca deixara de passar as festas em Troyes, mesmo quando tinha estudado na Alemanha.

— Ele ficou muito próximo de Elisha depois que o rapaz voltou na Feira de Inverno – disse Miriam. – Quando soubemos do noivado de Elisha, sugeri que Judá fosse a Worms para o casamento. Mas em Pessach, Judá estará com o tio Isaac em Mayence, e pedi que fizesse uma visita à família de Catarina enquanto estivesse por lá.

Joheved olhou para as nuvens escuras no céu, e apressou o passo do cavalo.

— Espero que Judá tenha dado um *guet* condicional para você.

— Claro que fez isso. Depois do que aconteceu com o pai e o irmão de Eliezer, papai insistiu que ele me desse.

Os maridos judeus que saíam em viagem deixavam um documento de divórcio condicional com a esposa; isso impedia que a mulher se tornasse *aguná*, "presa ao marido", o que a impossibilitava de se casar novamente caso ele viesse a desaparecer ou falecer sem testemunhas. De acordo com a cláusula habitual, conforme estava no *guet* que Judá redigira antes de partir, a mulher poderia assumir o divórcio se o marido não voltasse em seis meses.

Miriam sorriu.

— Judá está muito feliz por ter um amigo aqui. Acho que sente inveja do relacionamento especial que há entre Meir e Shemaya.

Joheved fez uma careta pelo problema que esse relacionamento especial lhe causara.

– Eu não sabia que Judá e Elisha eram tão próximos.

– Eu gosto de sentar com eles quando estão estudando – disse Miriam. – Dá para sentir a afeição que há entre os dois.

– Você fala como se estivesse caída de amores pelo Elisha.

– *Oui*, é um doce de rapaz. – Miriam lembrou do quanto havia se preocupado com ele no último verão. Mas agora eles não precisavam mais temer que ele se suicidasse.

– Afora o fato de que Judá e Elisha se tornaram grandes amigos, o que mais perdi nesse inverno? – perguntou Joheved.

– O caso da morte de Josef, que partiu sem deixar para Fleur o suficiente para pagar a *ketubá* dela.

– Já sei, Francesca me contou. Até que enfim nossa cidade tem um outro assunto para discutir que não seja se você pode ou não fazer circuncisão.

Miriam segurou Shimson com firmeza quando o cavalo acelerou o passo para acompanhar o de Joheved.

– Acho que Avram me deixará fazer um *brit milá* inteirinho nessa primavera. Muitas pacientes minhas querem que eu faça a circuncisão se tiverem meninos.

– Você parece empolgada.

– E estou mesmo. Venho me preparando há tanto tempo. Já estou pronta.

Joheved soltou um risinho.

– Pelo visto terei que ir à cidade para cada *brit milá* que houver, independentemente de quantos compradores de ovelhas aparecerem. Eu é que não vou perder o seu primeiro *brit milá*.

O riso se apagou e ela se calou depois que saíram da floresta e atravessaram os campos recém-semeados rumo aos muros da cidade. *O que direi para Meir quando vê-lo?*

A mãe correu pelo pátio quando as duas irmãs entraram pelo portão.

– Joheved, o que está fazendo aqui? Está tudo bem em Ramerupt?

– Não há nada errado em Ramerupt. – Joheved trocou olhares com Miriam. – Eu preciso ir ao *mikve*.

Rivka levou os netos para dentro da casa aquecida.

– É melhor trocar os lençóis de sua cama.

– Joheved, é você? – gritou Sara lá da escada. – Deve ser você.

– *Oui,* tia Sara. Acabei de chegar.
– Mas não é cedo para estar aqui?
Joheved tentou não franzir o cenho. *Será que terei que explicar para todo mundo por que estou aqui?*
– As ovelhas já deram cria e já terminamos de podar as videiras, e pensei em passar alguns dias na cidade antes de Pessach.
– Onde estão os outros? – perguntou Miriam.
– Seu pai está no vinhedo com todos eles, terminando a poda das videiras antes que comece a nevar – disse Rivka.
– Não com todos – interrompeu Sara. – Shmuel está tirando uma soneca.
– Sei que vocês me desculparão por ir ver meu filho. – Joheved deu um beijo apressado na mãe e foi para a escada.
Mas Shmuel já tinha ouvido a voz da mãe.
– Mamãe! – Correu e pulou nos braços dela. – Papai disse que a gente só veria você em Pessach.
Joheved sorriu para Miriam. Pelo menos Meir planejara voltar para Ramerupt durante a festa. Mas o que diria quando a visse? Ela tentou reprimir o pânico quando ouviu vozes masculinas do lado de fora da casa. Depois seu coração disparou quando Shmuel correu até a porta aos gritos.
– Papai, papai! Mamãe está aqui.
Antes que Joheved tivesse tempo de se recompor, Meir já estava à porta.
– Aconteceu alguma coisa errada lá em casa? – ele perguntou enquanto seguia na direção dela. – Minha mãe...
– Marona está bem e nossas filhas também. Aliás, elas vieram comigo.
Ele se aproximou e ela não teve outra opção senão dar um passo atrás. Ainda estava *nidá*.
Meir não conseguiu dissimular a decepção quando se sentiu rejeitado.
– Então, o que traz você a Troyes? – disse, bastante intrigado.
Joheved engoliu em seco para tentar desfazer o nó na garganta.
– Preciso ir ao *mikve* esta noite, e está muito frio para entrar no rio. – Embora o *mikve* não fosse mais quente, em Troyes ela poderia tomar um banho quente depois.
O rosto dele iluminou-se de imediato.
– Você chegou bem na hora. O sol já está quase se pondo e começou a nevar.

– É melhor ir andando – disse Joheved, sorrindo timidamente para o marido.

– Vou com você – disse Meir. – Eu também poderia tomar um banho.

Os dois caminharam em silêncio até a casa de banhos, em parte porque era maravilhoso assistir à neve caindo com delicadeza e em parte porque ela ainda não sabia como explicar sua mudança.

Continuou calada mesmo após o banho. E já estavam se aproximando da sinagoga quando ele começou a pigarrear.

– Joheved... ahnn. – Meir hesitou e acenou para que ela entrasse pelo portal onde não caía neve.

Ele tossiu algumas vezes enquanto ela o olhava, cheia de expectativa.

– Antes de mergulhar, quero que saiba que por mais que tente me seduzir, não mudarei de ideia em relação a Isaac e Zippora.

– Sei disso – ela disse, com doçura. – Não pretendo fazê-lo mudar de opinião ou algo assim.

– Quer dizer que acata a minha decisão? – Ele arregalou os olhos de espanto. – Você acata a minha autoridade?

Durante o banho, ela tinha pensado com cuidado em como responderia quando Meir fizesse essa pergunta.

– *Oui*, acato – acrescentou rapidamente. – Mas o mais importante é que eu acato a autoridade do Eterno, e sei que você também acata.

Joheved continuou, mantendo a voz firme.

– Se Isaac e Zippora são realmente o *bashert* um do outro, não há nada que eu possa fazer para impedir o casamento deles. E caso não sejam o *bashert* um do outro, não precisarei fazer nada para separá-los.

– Uma resposta digna de um *chacham talmúdico*.

Era elogio ou sarcasmo? Bem, de um jeito ou de outro, se ela queria ser uma esposa devotada, era melhor que se parecesse com uma.

– Meir, eu sinto muito pelo que lhe disse lá no celeiro. Você me perdoa? – Ela deu um passo ao encontro dele, com a neve caindo docemente ao redor. – Senti tanto sua falta.

– Eu também senti sua falta.

Ela diminuiu a distância entre eles, de maneira que quase se tocaram.

– É claro que prefiro sua cama à cama de Shemaya.

Ele inclinou-se para sussurrar no ouvido de Joheved, fazendo-a sentir um hálito quente no pescoço.

– Logo, *chérie*, logo.

Risadas vindas da sala de jantar da hospedaria trouxeram Judá de volta à consciência. Quantas vezes ele despertara naquela mesma noite com a algazarra de despedida de solteiro que acontecia no térreo, bem na hora em que estava quase caindo no sono? Não que invejasse a alegria dos estudantes. O fato é que no dia seguinte eles teriam que cavalgar até Worms, onde a reputação da *yeshivá* de Troyes dependeria do comportamento deles. Ele tinha avisado a todos.

Cobriu os ouvidos com as cobertas.

Quando Miriam disse que seria uma afronta para Elisha se os amigos não estivessem presentes no casamento dele, Judá teve que se controlar para não demonstrar entusiasmo. A ideia de passar várias semanas, dia e noite, na companhia de Elisha, quando já estava resignado com a separação de ambos, fez seu coração disparar. Seu coração ainda se aquecia ao lembrar da expressão de Elisha quando soube que o teria por companhia. Com essas memórias agradáveis, fechou os olhos para pegar no sono.

Pouco depois, não foram os festejos que o acordaram. Alguém se movimentava cautelosamente dentro do quarto.

Judá ergueu-se, em busca de uma faca.

– Quem está aí?

– Desculpe, Judá. – As palavras de Elisha soaram ligeiramente ininteligíveis. – Eu não queria acordá-lo.

Judá encostou-se no travesseiro, relaxado.

– Tudo bem.

O rapaz sentou-se na cama e em seguida ouviram-se dois baques, como se tivessem jogado um par de botas no chão. Seguiu-se uma pequena atividade e logo Elisha estava deitado ao lado de Judá.

– Posso ficar aqui nesse cantinho? – O jovem tremia. – Meu lado da cama está gelado.

Judá fez o favor, com alegria.

– Na próxima vez, você deita antes para esquentar a cama.

Fez-se um silêncio tão longo no quarto que Judá pensou que seu companheiro já tinha dormido. Saboreava essa proximidade com Elisha quando ouviu a voz dele.

– Judá. – O rapaz pareceu preocupado. – Só vamos dividir novamente a mesma cama quando voltarmos. E já estarei casado.

— *Oui*. — O quarto continuou em silêncio, mas agora Judá sabia que o outro estava acordado.
— Judá — sussurrou Elisha. — Estou com medo.
— Não se preocupe com os demônios. É claro que seu pai não o deixará dormir sozinho amanhã, ainda mais na noite que antecede...
— Não estou com medo de dormir sozinho — Elisha interrompeu o amigo. — Estou com medo de... dormir com uma mulher. Quer dizer, não exatamente de dormir com ela. O que eu quero dizer é que... estou com medo de não conseguir... você sabe.
Judá suspirou. *Então o problema é esse.*
— Mas você sabe o que fazer. Já estudamos as *arayot*.
— Isso não significa que sou capaz de fazer aquilo. — A voz de Elisha soou trêmula. — Não sei o que há de errado comigo, mas a ideia de deitar com uma mulher não me excita, pelo contrário, me aterroriza.
— Não há nada de errado com você, Elisha. O nervosismo é perfeitamente normal quando se pensa em deitar com uma mulher pela primeira vez. — Quanto mais Judá sentia vontade de abraçar Elisha, mais ele reprimia os braços e os mantinha paralisados.
— Você acha?
— É claro que acho. Agora preste atenção, se você não quiser, se não se sentir à vontade, não precisa fazer na primeira noite. Pois é provável que sua esposa também fique apavorada, talvez até muito mais que você.
— Mas nem por isso deixará de pensar que tem alguma coisa errada comigo.
— Não se você explicar que vai esperar até que ela se sinta à vontade na sua companhia. — Judá respirou fundo. — Nunca contei isso para ninguém, mas na primeira noite eu e Miriam não fizemos nada na cama.
— Não fizeram nada na cama? — Elisha pareceu mais impressionado que chocado.
— *Non*, Miriam era viúva; ainda estava sofrendo pela morte do marido, e eu não quis que ficasse pensando nele e não em mim. Ela sentiu-se grata pelo adiamento. — Judá soltou um risinho. — Sentiu-se quase tão grata como eu. Como vê, isso não é tão incomum quanto você pensa.
— Pensei que todo mundo fazia uso da cama na noite de núpcias — disse Elisha, bem devagar. Obviamente, tentava digerir a nova informação.

Judá bocejou e calou-se. Com sorte logo estaria dormindo tão profundamente que mesmo se os outros estudantes invadissem a cama, ele não acordaria.

– Judá... – Elisha continuava preocupado. – Daqui a pouco tempo chegaremos em Worms e não estaremos mais juntos, por isso gostaria de lhe dizer que... – Fez-se uma longa pausa antes que as palavras saíssem de supetão. – Sinto muita admiração por você. Eu o tenho como um bom professor e um bom amigo.

Foi preciso um certo autocontrole para que Judá não tomasse Elisha nos braços e lhe desse um longo abraço.

– *Merci*, Elisha. E eu o tenho como um bom aluno e um bom amigo.

– *Bonne nuit,* Judá. – Elisha não fez questão de se virar para o outro lado na cama, e até aconchegou-se no amigo.

Judá quase sentiu o gosto de vinho no hálito de Elisha, e o desejo contra o qual lutara tanto explodiu dentro dele. Com o coração batendo aos saltos dentro do peito, manteve-se deitado e quieto, com o *ietzer tov* morrendo de medo que o outro o abraçasse e o *ietzer hara* ávido por isso. Ele não ousou ficar de frente para Elisha. Se os corpos nus se roçassem frontalmente, Elisha notaria a ereção dele. E ainda mais porque Elisha já sabia o que era ter uma relação carnal com um homem. *Só Satã sabe o que aconteceria.*

– *Bonne nuit,* Elisha. Tente dormir bem esta noite – sussurrou. Era impossível dormir com aquela sensação no estômago e Judá fez de tudo para não esbarrar em Elisha, ajeitando-se na cama de maneira a ficar de costas para o outro.

E manteve-se na expectativa. Todos os sentidos estavam sintonizados com o corpo quente deitado ao lado. O que ele faria se sentisse a mão de Elisha em sua pele? Seu *ietzer tov* seria forte o bastante para resistir? Ou seu *ietzer hara* acabaria assumindo o controle?

Vinte e três

Três noites depois, com mais três banquetes de casamento para comparecer, Judá estava desesperado porque não pregara os olhos desde que chegara em Worms. Sorveu lentamente um bom gole de cerveja e saiu à procura de Elisha pelo salão lotado. Dois estudantes jogavam numa mesa de canto, um outro flertava com a prima da noiva, e o resto dançava. *Mas onde está o noivo?*

Nas últimas setenta e duas horas, Judá não tinha trocado mais que uma dúzia de palavras com o amigo. Nos poucos momentos roubados, ele ficou sabendo enquanto dançavam que Elisha e a noiva eram virgens, mas surgiu alguém e isso o fez retornar ao copo de cerveja.

Judá soltou um suspiro. Estava sendo ignorado por Elisha ou eram os rapazes da família que procuravam mantê-los afastados? Talvez fosse melhor partir para Mayence no dia seguinte. Tio Isaac o esperava para o *seder*, mas não se incomodaria se ele chegasse antes. E depois lhe sobraria tempo para visitar a família de Shmuli e transmitir os cumprimentos de Miriam a Catarina e Sansão.

Já tinha esvaziado o copo e se levantado quando uma voz masculina o chamou.

– Judá.

Talvez estivesse chamando uma outra pessoa, mesmo assim ele se virou.

– Judá ben Natan, é você! – O homem se aproximou. – Que bons ventos o trazem a Worms depois de tantos anos?

Ainda tentava localizar aquela figura no passado quando foi surpreendido por um caloroso abraço.

– Reuben... *Baruch ata Adonai...* quem ressuscita os mortos.

Judá deu um passo atrás, e por alguns segundos os dois homens examinaram um ao outro.

– Você parece bem, Reuben.

– E você parece bem melhor do que quando nos conhecemos. – Os olhos de Reuben cintilaram de desejo à medida que esquadrinhavam o corpo de Judá. Mas ele não foi correspondido nesse olhar, e rapidamente passou a se comportar como um amigo a quem não se vê há muito tempo. – E o que tem feito durante todos esses anos? – Conduziu Judá de volta à mesa e fez um aceno para que lhes servissem bebida.

Uma hora e muitos copos de cerveja depois, Judá concluía a sua história.

– Fui realmente abençoado pelo Eterno.

Reuben escancarou um sorriso.

– Mal posso esperar para contar ao Natan.

– Ele está aqui? – Judá olhou em volta, assustado.

– É claro que não. Ele passa Pessach em Praga. – A música ficou mais animada e Reuben levantou-se.

– Vamos dançar. É o casamento do seu aluno. Você devia estar celebrando.

Judá não encontrou um jeito polido de recusar. Os passos da dança eram simples, mas sentiu-se aliviado quando terminou.

Reuben sentou-se ao lado, enlaçando-o pelos ombros, e sussurrou:

– Quer dizer que você nunca aprendeu a jogar o jogo?

– Não, nunca me deitei com ninguém, a não ser com minha esposa.

Reuben suspirou.

– Eu o invejo. Meu *ietzer hara* me dominou. Nem tento mais combatê-lo.

– O estudo da Torá me mantém muito ocupado para que possa satisfazer meu *ietzer hara* – retrucou Judá. Não havia ninguém sentado por perto, mas ainda assim abaixou a voz e acrescentou: – Embora alguns aqui digam que minha forma de estudar o Talmud é pior que jogar o jogo.

– Como assim?

– Não conte para ninguém, mas o meu sogro, *rabbenu* Salomão, está escrevendo um comentário sobre o Talmud. – Empertigou-se um pouco. – E o tenho ajudado.

Reuben arregalou os olhos.

– Você está dizendo que pode explicar a *Guemará* de modo que não se precise de um professor?

– É claro que sempre se precisa de um professor. – A irritação de Judá tornou-se evidente. – O comentário do meu pai é para que se possa digerir o que foi aprendido com o estudo do Talmud.
– Não estou entendendo.
– Se prometer que não vai contar nada para ninguém, posso mostrar a você. Estou com algumas notas sobre o tratado *Kiddushin* no meu quarto, para ajudar Elisha a preparar a *drash* do casamento.
– Eu quero ver isso. Vamos lá.
– Agora? No meio do banquete?
– O banquete vai se estender por muitas horas. – Reuben puxou Judá pela manga da camisa. – Ninguém sentirá sua falta.

Talvez isso fosse verdade. Judá caminhou para fora do salão, seguido discretamente por Reuben. Os anfitriões de Judá, primos de Elisha, não voltariam para casa tão cedo e ele então abriu os *kuntres* de Salomão sobre a mesa de jantar. Eles começaram com a seguinte *Mishna*.

> Todas as *mitsvot* do filho em relação ao pai são obrigações dos homens e não das mulheres. Todas as *mitsvot* do pai em relação ao filho são obrigações tanto de homens como de mulheres.

– Nunca entendi direito se "todas as *mitsvot* em relação ao pai" significa o que o filho faz pelo pai ou o contrário – disse Reuben, coçando a cabeça.
– A *Guemará* levanta o mesmo problema – retrucou Judá. Veja:

> Se se diz que o filho executa todas as *mitsvot* para o pai, como então as mulheres podem estar isentas? Nós sabemos que quando a Torá afirma "honrareis pai e mãe", quer significar tanto o homem como a mulher, porque o verbo está no plural.

– Isso é incrível. – Reuben correu os dedos pelas palavras, tentando memorizar o que acabara de ler.
– Eis um outro *baraita* que sustenta essa interpretação. – Judá apontou para o texto. – Essas *mitsvot* são claramente cumpridas pelo pai para o filho:

> Todas as *mitsvot* do filho em relação ao pai, são essas que ele deve fazer por um filho; os homens são obrigados a cumpri-las e as mulheres estão isentas... circuncidá-lo, resgatá-lo se

é o primeiro filho, ensinar a Torá para ele, encontrar uma esposa para ele e ensiná-lo a negociar. Alguns dizem ensiná-lo a nadar.

– Acho que quando se diz que as mulheres estão isentas, isso significa que a mãe não é obrigada a cumprir essas *mitsvot* pelo filho, sobretudo porque se menciona a circuncisão – disse Reuben, vagarosamente. – Mas isso também pode significar que os pais não devem cumprir nenhuma delas para as filhas.

– Na verdade, os dois sentidos estão corretos, como veremos. A mãe não é obrigada a realizar essas *mitsvot* para o filho, e nenhum pai as realiza para a filha – disse Judá. – Você devia ter ouvido o Elisha explicar esta seção antes do casamento. O pai dele ficou tão inchado de orgulho que pensei que ia estourar. – Judá também sentiu muito orgulho.

– Você escolheu um bom texto para o casamento. – Reuben folheou algumas páginas. – Eu custo a acreditar. Seu sogro parece adivinhar as perguntas que quero fazer, e responde de forma clara e sucinta.

– Papai era muito pobre quando começou a escrever os *kuntres* e não podia gastar com pergaminhos, e então teve que aprender a escrever de forma sucinta – explicou Judá. – Ele mantém esse hábito até hoje.

– Eu preciso copiar isso. Prometo não mostrar para ninguém.

– Está bem. – Judá não teve como recusar o pedido; afinal, devia a vida àquele homem. – Mas só os textos que estudamos. Preciso saber se os entendeu de forma adequada.

– E o que estamos esperando? Podemos estudar até o sol se pôr. – Reuben soltou um risinho, voltando-se para Judá. – Não é de espantar que não jogue o jogo. Escrevendo esses comentários do Talmud e sendo casado com uma *mohelet*, você tem uma vida escandalosa demais em Troyes.

Eles se debruçaram nos textos e somente quando escureceu a ponto de não se poder ler sem uma lamparina é que voltaram para a festa de casamento. Judá nem tinha acabado de fazer o prato quando do Elisha o pegou pela mão, tirando-o da mesa.

– O *souper* pode esperar. Vem dançar comigo.

Judá o seguiu, surpreendido. Felizmente, era a mesma dança que já tinha dançado com Reuben, de modo que não precisou se preocupar com os passos.

– Já faz três dias que você está casado, Elisha. Como estão as coisas?

– Bem – respondeu Elisha de cenho franzido. – Mas onde você esteve a tarde toda?

– Eu encontrei um velho companheiro de estudo, da minha época de *yeshivá*, e resolvemos estudar um pouco o Talmud.

– Você saiu para estudar o Talmud em pleno banquete de casamento? – Um dos parentes de Elisha tentou se intrometer e foi rechaçado.

– Reuben... é como se chama... queria ver os *kuntres* do papai, e aí fomos estudar nos meus aposentos.

Elisha fechou a cara.

– Eu sei que ele se chama Reuben. É bem conhecido pela prática de *mishkav zachur*, por deitar com outros homens – sibilou. – Não acredito que vocês ficaram sozinhos lá no seu quarto por horas a fio.

Agora era Judá que se enraivecia.

– Não consigo acreditar que logo você repetiria essa espécie de fofoca.

Pelo menos Elisha teve a decência de enrubescer.

– Você e Reuben eram parceiros de estudo?

Antes que Judá pudesse responder, a mãe de Elisha interrompeu.

– Elisha, venha comer. Sua comida está esfriando.

– Espere um pouco, mamãe. Vou terminar a dança.

Depois que a mãe se distanciou o suficiente para não ouvir, Elisha repetiu a pergunta.

– Não éramos parceiros de estudo como nós dois somos – respondeu Judá. – Eu estava na *yeshivá* em Mayence e só estudávamos juntos quando Reuben fazia negócios por lá.

De alguma forma Elisha pareceu aliviado.

– Por favor, não estude sozinho com esse homem, a reputação dele não é boa.

– Nós temos que estudar sozinhos. Não posso correr o risco de estranhos ficarem sabendo dos *kuntres* do papai.

Agora era o pai de Elisha que se metia entre os dois. Ele disse com um tom de quem não queria ouvir desculpas:

– Elisha, sua noiva está lá sozinha, esperando por você. – Pegou o filho pelo braço e o levou, deixando Judá plantado no meio do salão.

De volta à mesa, onde deixara o prato, encontrou Reuben à sua espera.

– Quer dizer que o seu amigo ciumento não podia esperar para dançar com você – disse Reuben, com um sorriso de entendido.

– Ciumento? Você está imaginando coisas.

– Calma, e trate de comer alguma coisa. O peixe está uma delícia. – Judá começou a mastigar, e Reuben continuou: – Notei o olhar de Elisha quando chegamos juntos. Não me diga que não procurou saber de nós!

Elisha com ciúmes? Judá começou a provar os pratos enquanto pensava a respeito do que Reuben acabara de dizer.

– Ele quis saber onde eu tinha estado por tanto tempo.

– Viu como eu estava certo?

– E também disse que você é bem conhecido pela prática de *mishkav zachur*. – Judá esperou pela reação de Reuben.

Surpreendentemente, Reuben começou a rir.

– E ele está certo. Um reconhece o outro.

Judá encarou o outro homem.

– Elisha nunca praticou *mishkav zachur*, e quem quer que diga o contrário é um mentiroso.

– Está bem, talvez o seu aluno não jogue o jogo... ainda, mas o velho parceiro de estudo dele me disse que o relacionamento entre eles dois era mais íntimo que uma simples amizade. – Reuben deu uma piscadela.

Judá não se interessou em saber o quanto Reuben conhecia o velho parceiro de estudos de Elisha.

– Elisha me aconselhou a não ficar sozinho com você.

Reuben suspirou.

– Talvez ele esteja certo sobre isso. Não quero manchar sua reputação.

– Estou mais preocupado com a reputação de *rabbenu* Salomão.

Os dois homens fizeram a refeição em silêncio, até que de repente Reuben deu um soco na mesa.

– Já sei. Aqui perto tem uma sinagoga bem popular entre os estudantes da *yeshivá*. Já que foram passar Pessach com as famílias, o lugar deve estar quase vazio. Nós podemos estudar lá.

– E se alguém nos vir?

– Vão pensar que estamos estudando o Talmud, o que estará acontecendo. Ninguém vai bisbilhotar os textos para ver se são *kosher*.

Os músicos fizeram uma fanfarra quando a noiva e o noivo se levantaram para sair da festa. Judá buscou o olhar de Elisha, mas o rapaz parecia determinado a ignorá-lo.

Tão logo Elisha sumiu de vista, Judá sentou-se e disse a Reuben:
– Muito bem. Diga onde fica esse lugar, e amanhã nos encontramos lá.

O galo do pátio de Salomão cacarejou novamente e Miriam nem se mexeu, saboreando os poucos momentos que tinha antes de começar a náusea. Os sinos da catedral começaram a badalar, e ela esticou o braço para pegar a *matsá* que estava em cima do baú ao lado da cama. O pão sem fermento era um dos únicos alimentos que conseguia ingerir naqueles dias. Ergueu-se na cama e deu uma mordiscada. Sentiu uma ânsia de vômito, mas nada aconteceu. Foi comendo com muita cautela e, quando terminou, levantou e vestiu-se.

O café da manhã foi um prato de papa de aveia quente sem passas e um chá de erva-cidreira, ao lado de tia Sara, que comeu apressada porque faria um atendimento com Elizabeth, sua parteira preferida entre as edomitas. Sara frequentemente se afligia pensando em como Miriam se viraria sozinha no futuro. Até a última gravidez, que a deixara prostrada, ela achava que lidaria bem com o ofício, mas agora se sentia aliviada porque tia Sara estava consultando outras parteiras *notzrim*.

Olhou com tristeza para a sala vazia enquanto bebia a segunda xícara de chá. Naturalmente Iom Tov e Shimson preferiam o farto café da manhã dos avós, cujos alimentos eram muito temperados para o estômago dela. Na sinagoga, ela só tinha a companhia de Shimson, pois o irmão a trocara pelos garotos mais velhos do setor masculino.

Os serviços mal tinham começado quando se viu acossada por um familiar desconforto no estômago. *Por favor*, mon Dieu, *me faça aguentar até o final da tefilá; não me deixe passar vergonha, vomitando aqui.* Mas algum tempo depois já não se aguentava em pé e só conseguiu terminar a prece porque se apoiou na balaustrada do balcão. Engolia em seco para ver se afastava o gosto amargo na garganta quando Rivka lhe sussurrou:

– Miriam, você está branca como a neve. – A mãe pegou-a pelo cotovelo. – Vem, vamos para casa.

– Podem ir – disse Francesca, com um tom doce e compassivo. – Nós acompanharemos o resto dos serviços.

Levantaram-se outras vozes de simpatia e, enquanto Rivka segurava Shimson, Miriam fazia força para conseguir descer a escada. Lá fora, teve uma tonteira e apoiou-se no muro, mas o estômago reteve o que guardava e, recostada no braço da mãe, percorreu devagar o caminho de volta para casa.

Já tinham ultrapassado alguns quarteirões quando Shimson começou a gritar para descer do colo da avó. Apontava para a rua aos gritos.

– Olha lá o papai.

Rivka o manteve preso, fechando a cara.

– Não pode ser o seu pai. É muito cedo para que os viajantes já tivessem chegado.

Miriam olhou para a estrada entupida de cavalos, carroças e compradores, sem conseguir distinguir quem quer que fosse. Shimson tentou escapar de novo dos braços da avó, e ela lhe deu uma explicação.

– Qualquer um que estivesse perto de Troyes a noite passada já teria cavalgado essa pequena distância até a cidade para dormir na própria cama.

– Mas é o papai. Eu vi. – Shimson desprendeu-se de repente e, antes que a avó pudesse agarrá-lo, saiu em disparada pela rua.

Rivka saiu correndo atrás enquanto Miriam tentava manter-se de pé, mas estava muito zonza e o estômago incomodava demais. Aproximou-se de uma encruzilhada e deteve-se para olhar os arredores, mas não havia sinal algum nem do filho nem da mãe. Por favor, ela orou, proteja o meu filho, que não seja golpeado por um cavalo ou atropelado por uma carroça. Antes que decidisse que caminho tomar, abriram uma janela no andar de cima de uma casa e jogaram um monte de lixo bem à frente dela. Na mesma hora, um fedor insuportável a fez espalhar o próprio vômito em volta dos pés.

Saiu procurando desesperadamente por um lugar onde pudesse sentar-se. Quando as pernas começavam a dobrar, viu-se amparada na cintura por um braço forte que a levou até uma praça nas imediações.

Empoleirado nos ombros do pai, Shimson disse para Miriam.

– Não falei que papai estava aqui?

Ela agradeceu, afundando num banco próximo a um poço.

– Judá, não o esperava tão cedo.

– Você não devia... sair... de casa – ele disse, recuperando o fôlego. – Você não está bem.

– Sua esposa, que o Céu a proteja, está ótima – disse Rivka, chegando afogueada e quase sem fôlego. – Abaixou a voz. – As náuseas talvez continuem por mais alguns meses. – Enquanto a expressão de Judá passava da confusão à alegria, ela enchia uma caneca de água e a estendia para Miriam. – Beba, para limpar a boca.

Quando atravessaram o portão do pátio, Miriam não tinha mais o gosto amargo na boca e já estava quase se sentindo normal. Rivka lembrou que precisava fazer algumas compras e deixou o casal a sós.

– Você tem certeza que não precisa descansar? – perguntou Judá. – Posso levar o Shimson comigo para a sinagoga.

– *Non*, já estou me sentindo bem melhor – disse Miriam. O marido relutou em sair e ela perguntou: – Fez uma boa viagem? Como foi o casamento? Cadê o Elisha?

– Foi tudo bem com a viagem e o casamento. – Ele ruborizou-se sem motivo aparente. – Talvez Elisha e os outros ainda estejam dormindo na hospedaria onde passamos a noite. Eles queriam celebrar por mais uma noite, mas eu...

– Sentiu falta da família e quis voltar logo para casa – completou ela a frase, sorrindo.

O rosto de Judá cobriu-se de vermelho. Ele podia ter cavalgado de volta à casa no início da noite anterior, e bem que o *ietzer tov* o pressionara para isso, mas o *ietzer hara* o tentara com planos de passar uma última noite com Elisha. E embora estivessem dividindo outra vez a mesma cama, o relacionamento entre eles ainda era platônico. Tal como acontecera na véspera da chegada em Worms, ele continuou acordado por horas e horas, ora não desejando ora desejando que Elisha o tocasse. Levantou-se de madrugada e sentiu tanta vergonha quando se deu conta de que Elisha podia ter feito mesmo aquilo que resolveu partir imediatamente.

– Você se importa se eu falar de minha viagem mais tarde, quando papai também estiver aqui? – disse.

– Claro que não. De qualquer forma teríamos que esperar pela chegada dos estudantes. – Ela sorriu novamente. Era tão bom quando a náusea sumia... – Viu a Catarina lá em Mayence? – sussurrou.

– *Oui*, ela está bem – ele respondeu. – Seu trabalho com pergaminhos tem sido tão reconhecido que até a *yeshivá* do tio Isaac manda manuscritos para ela restaurar. – Sorriu. – Já está esperando outro filho.

Miriam agradeceu em silêncio pelo fato de Catarina não ter perdido a fertilidade depois do aborto que sofrera.

– Por falar em filhos, faz três dias que houve o *brit milá* do filho de Ivette. Estou pensando em dar uma olhada nos dois.

– Você vai sair de novo? – Judá olhou-a, chocado.

– Não se preocupe, já estou me sentindo bem – ela disse. – O Shimson pode ir com você para a sinagoga? Sei que está ansioso para ver Iom Tov e papai.

– Está bem, mas antes vou acompanhá-la até a casa de Ivette. – Ele não entendia como as mulheres conseguiam melhorar logo depois de ter vomitado, como sempre acontecia com Miriam. – Espere um pouco, você fez o seu primeiro *brit milá* sem que eu estivesse presente?

Ela mostrou um ar de pesar.

– Naquela manhã eu estava me sentindo muito mal para ir.

– Mas seus enjoos matinais só acabam depois de meses.

– Eu sei. Isso é tão frustrante – ela disse – Eles terão mais uma razão para argumentar que as mulheres não podem fazer circuncisão, logo agora que eu já estava achando que todos tinham parado de tocar no assunto.

Shimson choramingou para sair do colo e, com cuidado, Judá o pôs para caminhar entre os dois.

– Já estão aceitando você?

– Todos estão tão ocupados em tomar partido ou de Josef ou de Fleur que pararam de falar de mim – disse Miriam.

Judá balançou a cabeça em desalento.

– Papai não previa isso. Estou com uma carta dele para entregar ao seu tio que expõe o caso.

– E o que diz tio Isaac?

– Concorda plenamente com papai, é claro. Somente a propriedade imóvel do marido é hipotecada para a *ketubá* da esposa; ele pode dar os bens pessoais para quem quiser e na hora que quiser, seja no leito de morte ou não. – Fez uma pausa e acrescentou: – O que posso dizer é que tio Isaac não ficou feliz em dar a resposta, mas não teve escolha. Lei é lei.

– A família da Fleur não ficará nada satisfeita com a resposta dele – ela disse quando se aproximavam da casa de Ivette.

– Talvez essa carta dê motivos para mais comentários. – Judá ergueu o filho para que beijasse a mãe, e depois os dois seguiram para a sinagoga.

Miriam ficou observando enquanto Shimson acenava. Já dentro da casa de Ivette, muito parecida com a dela, isto é, uma entre três outras casas cercadas por um pátio espaçoso, trocou o *haluk* do bebê e tratou de ver se mãe e filho estavam se recuperando bem.

– Seu filho continua molhando a fralda sem dificuldade? – perguntou Miriam. Passadas três ou quatro horas após a circuncisão, era preciso observar se o bebê estava urinando, e a mesma observação era feita por vários dias.

Ivette riu.

– E como ele molha! – Ofereceu pão e queijo para Miriam, que recusou com relutância. – Fiquei preocupada quando não a vi no *brit*. Eu preferia que fosse você a fazer.

– *Merci*, é bom saber que alguém que não é da minha família confia em mim.

Ivette suspirou.

– A maioria das mulheres confia em você, mas não é fácil convencer os maridos.

– De qualquer forma, duvido que possa fazer circuncisão nos próximos meses. – Sorriu Miriam. Os outros já estavam sabendo a razão de suas náuseas constantes. Talvez Ivette também soubesse. – Não enquanto estiver enjoando tanto pela manhã.

– Isso é horrível. – Ivette calou-se por alguns segundos. – Oh, desculpe, eu quis dizer parabéns.

Refletindo sobre o retorno de Judá, Miriam fez uma comparação entre os casamentos das três irmãs. Joheved tinha tido uma briga feia com Meir, mas seguiu-se a isso uma reconciliação visivelmente carinhosa. E quanto a Raquel, que se recusava a ficar para trás quando Eliezer viajava?

Mesmo tendo sentido saudade quando Judá partiu, sentira falta exatamente do quê? Das conversas? Do estudo do Talmud? Da cama? Ou apenas dos carinhos e beijos? Será que era saudade mesmo ou ela simplesmente estava se sentindo sozinha? Será que teria sentido saudade dele se Joheved e Raquel estivessem por perto? E onde é que estava Raquel? Ela não tinha dito que voltaria para Pessach?

Quanto mais ponderava a respeito do próprio casamento, menos respostas ela encontrava. De repente, ocorreu-lhe que teria sentido saudade de Benjamin se ele ficasse distante por muito tempo. *Por que ele tinha que morrer naquele estúpido acidente?* Ela reprimiu as lágrimas e apressou o passo ainda mais. Já fazia dez anos que ele tinha morrido, por que então não deixava de pensar nele?

Até mesmo quando colocava a pergunta, não era nada fácil encontrar a resposta. Faltavam poucas semanas para o florescimento das videiras, o que trazia lembranças amargas que se aderiam ao doce perfume das flores. Era difícil trabalhar no vinhedo sem lembrar dele. Mas isso piorava no outono, pois era impossível amassar as uvas sem visualizar o rosto de Benjamin afundando lentamente no sumo fermentado, até que um último cacho castanho desaparecia.

Pare com isso! Judá era um excelente marido; eles tinham dois filhos lindos e um outro bebê a caminho. Por que então não sentia por ele o mesmo que sentira por Benjamin?

Uma semana depois, Raquel atravessou o portão aos gritos espalhafatosos.

– Mamãe, Miriam, cheguei! – Os gritos foram recebidos pelo silêncio e, aborrecida, ela gritou mais forte: – Cadê todo mundo?

Miriam estava descansando na cama enquanto os homens não voltavam dos serviços da tarde e levantou-se. Deu uma mordida na *matsá* e esperou o estômago se acalmar. Depois, foi à janela e saudou a irmã.

– Bem-vinda à casa. Já vou descer.

Raquel deu um passo atrás, examinando a irmã de cima abaixo, e logo as duas se abraçaram.

– Deus do céu. Você sempre foi magra, mas agora está pele e osso.

Miriam apertou a túnica de modo que a irmã pudesse ver o inconfundível barrigão.

– Ultimamente, ergo as mãos para o céu quando encontro um alimento que não me faça vomitar.

– Estou vendo. Quando vai ser o parto?

– Depois de *Sucot*, acredito.

– É uma pena que não venha se sentindo bem, mas logo estará melhor.

Antes que Miriam pudesse informar que Joheved também estava grávida, chegou uma carroça com a bagagem de Raquel e Eliezer.

– Olhe só para isso. – Raquel pegou algumas facas pequeninas cujos cabos cintilavam com pedras preciosas. – Não são elegantes? Você nem imagina como ficaram baratas. Olhe, compramos as lâminas aqui em Troyes porque todo mundo sabe que o aço daqui é de melhor qualidade, e depois mandamos fazer os cabos no Cairo. Quando a condessa Adelaide cortar a carne servida à mesa com uma dessas belezinhas, todos os nobres de Champagne também vão querer algumas.

Depois das facas, Raquel mostrou alguns colares, seguidos por um bom número de broches e brincos. Miriam viu tudo o que lhe foi mostrado e ainda teve que ouvir o que a irmã tinha a dizer dos tecelões de Palermo, de uma tempestade que quase tinha afundado o barco na costa bérbere e das visitas às magníficas sinagogas de Toledo, além de muitas outras aventuras vividas nos últimos seis meses.

– Para ser honesta, eu passaria a vida viajando, se não sentisse tanta falta de estudar o Talmud com vocês. Ver lugares novos, descobrir clientelas novas, conhecer pessoas novas e fazer negócios com elas... adoro isso. – O rosto de Raquel faiscou de excitação. – E você precisava ver a cara das pessoas quando ficavam sabendo que eu conheço o Talmud.

Miriam pensou que afora os lugares novos, tudo o mais podia ser feito em Troyes.

– Já ia esquecendo – disse a irmã. – Eu trouxe algumas especiarias para você. Por que comprá-las aqui, se posso obtê-las por um preço bem menor?

– O que trouxe? – Miriam não conseguiu dissimular o ceticismo. Raquel sabia quais eram as ervas usadas pelas parteiras?

– Pimenta, é claro. – Raquel tirou um tablete de cera de dentro de um pequeno baú e o examinou. – Olhe só: noz-moscada para misturar com matricária na cerveja contra febre puerperal, espicanardo para os fluxos do útero... ou seja lá para o que for, cominho para o cordão umbilical e para o *haluk*. – Sorriu com um ar matreiro frente ao olhar de admiração de Miriam.

– *Merci beaucoup*. – Miriam envolveu a irmã com os braços e abraçou-a novamente. – Como soube o que devia comprar?

– Uma parteira local fez uma lista para mim, e também pedi orientações aos mercadores de especiarias – ela respondeu. – Ah, talvez você também queira isso aqui, gengibre. Dizem que o chá dessa raiz é excelente para os transtornos do estômago.

– Gengibre? – Miriam engoliu em seco. – Mas gengibre é muito quente e seco para as mulheres grávidas.

– Mas todos me disseram que cura até a náusea mais persistente da gravidez.

– Bem, vou tomar uma xícara para ver o que acontece, para ver se ajuda. Qual é a quantidade que se usa?

Raquel deu de ombros.

– Achei que você sabia. E então, qual é o tratado que papai pretende ensinar neste verão?

– O *Kiddushin*. Judá está trabalhando nele há meses.

Os sinos da catedral badalaram a primeira nota de vésperas. A catedral, igreja do bispo, tinha o direito de ser a primeira a badalar, antes da capela do conde e do convento de Notre-Dame-aux-Nonnains – um privilégio concedido ao bispo Hugues após um áspero debate. Os homens deviam estar então no final das preces da noite e logo estariam em casa.

A porta da frente abriu-se e Rivka entrou esbaforida.

– Raquel! Anna me disse que você estava aqui. – Olhou para o alto e começou a falar com o teto. – Como posso ter criado uma filha com tanta falta de consideração pela mãe? Faz uma viagem de mais de seis meses e depois fica aqui sentada batendo papo sabe-se lá por quanto tempo, deixando a pobre mãe de lado como se não soubesse que está em casa.

Raquel abraçou a mãe.

– Desculpe, mamãe. Chamei a senhora quando cheguei, mas não houve resposta e presumi que estava nos serviços com papai; eu cheguei há pouco, exatamente quando os sinos começaram a badalar.

– Se tivesse avisado antes, eu teria preparado uma refeição melhor. – Antes que Rivka continuasse a ralhar com a filha, ouviram-se vozes masculinas no portão e Raquel saiu correndo porta afora.

Miriam seguiu-a devagar para apreciar a cena lá de fora. Até parecia que a mãe tinha acabado de beber uma xícara de vinagre quando viu Salomão abraçando a filha e girando-a no ar como se fosse uma criança. Judá e Eliezer caminhavam lado a lado, seguidos por Elisha, de cara amarrada, e os outros estudantes.

Miriam suspirou. Elisha se sentiria melhor quando retornasse a Worms para o *Shavuot* e passasse um tempo com a esposa, mas a mãe sempre se ressentiria pela afeição de Salomão por Raquel.

Vinte e quatro

Troyes
Início do Verão, 4847 (1087 E.C.)

Miriam e Judá se preparavam para deitar quando ouviram batidas insistentes na porta que dava para a rua.

Ela vestiu rapidamente a túnica e desceu apressada pela escada.

– Quem está aí? – perguntou, tentando adivinhar qual das pacientes estaria precisando dela.

– Sou eu, Elisha.

Judá desceu na mesma hora, e alguns segundos depois os dois se abraçavam como se fossem irmãos.

– Eu precisava vê-los. – Elisha abriu um sorriso, mantendo o braço nos ombros de Judá. – Não podia esperar para contar as novidades.

Ela se aproximou um pouco mais.

– O que houve?

– Minha esposa está grávida, que o Eterno proteja a ela e ao bebê. – Ele se afastou um pouco para usufruir a alegria nas feições dos amigos.

Miriam foi a primeira a reagir.

– Que notícia maravilhosa!

Judá ficou de queixo caído. Obviamente, Elisha tinha engravidado a esposa na semana do casamento, mas na viagem de volta a Troyes fora tão reticente em relação ao assunto que Judá não soube ao certo se o casal realizara o ato sagrado.

Miriam e Elisha esperavam por sua reação, e ele pigarreou enquanto dava uma palmada nas costas do amigo.

– Viu, você estava preocupado por nada.

Elisha deu um passo atrás. E uma fisionomia séria substituiu a de felicidade.

– Acontece que meu pai disse que agora devo sustentar minha própria família. – O queixo de rapaz começou a tremer. – Esse será o meu último ano na *yeshivá*.

– Oh, querido – disse Miriam enquanto Judá emudecia, mais abismado do que na hora em que o amigo anunciou a gravidez da esposa.

– Durante a Feira de Verão terei que passar boa parte das tardes e talvez até das noites com outros mercadores para encontrar um sócio – disse Elisha.

Ele vai deixar a yeshivá... não, isso não pode estar acontecendo. Por fim, Judá recuperou a voz.

– Está dizendo que o próximo ano será o seu último ano aqui?

– *Non*, este ano. – Elisha encolheu-se quando sentiu o olhar de Judá. – A decisão não foi minha.

Miriam se interpôs entre os dois.

– Judá, nenhum aluno fica na *yeshivá* para sempre. – Pousou a mão no braço dele. – A menos que se case com a filha do *rosh yeshivá*.

– Isso não quer dizer que nunca mais nos veremos – disse Elisha. – Duas vezes por ano voltarei aqui para as feiras.

– Graças aos céus – disse Judá.

Os olhos do rapaz se encheram de lágrimas.

– Devo tanto a vocês... – Fez uma pausa, e em seguida disse solenemente. – Se meu filho for menino, quero chamá-lo de Judá, e se for menina, de Miriam.

Ela também começou a chorar.

– É muita honra. Seria melhor dar o nome de alguém da sua família para o seu primeiro filho.

– Minhas irmãs já fizeram isso. Eu quero dar a essa criança o nome de um de vocês que me trataram tão bem para selar nossa amizade.

– Toda amizade é uma relação mútua – retrucou Judá. – Se nosso filho for menino, nós o chamaremos de Elisha.

Miriam olhou para Judá com surpresa. Os dois já tinham três filhos e nenhum havia recebido o nome nem do pai dele nem do pai dela. Mas se era isso que ele queria... ela foi assentindo aos poucos.

Judá olhou-a agradecido e, quando Elisha se deu conta de que ela concordara, enlaçou os ombros de Judá com mais entusiasmo do que tinha feito em sua chegada.

– Você daria o meu nome para o seu filho? – A voz dele era puro espanto.

– Você tem sido como um irmão mais novo para nós – disse Miriam com a voz embargada. – Mas basta desse assunto. Não queremos atrair o mau-olhado.

As duas semanas seguintes foram como nos velhos tempos. Judá e Elisha se levantavam cedo para estudar com os mercadores orientais, compartilhavam as refeições e estudavam até tarde da noite com Eliezer. Enquanto Elisha e o pai tratavam de negócios após o almoço, Judá trabalhava a lição do dia com os alunos mais jovens.

A família de Joheved chegou para o verão, e finalmente as três irmãs podiam estudar juntas outra vez. Da mesma forma que os maridos, elas estavam debatendo o tratado *Kiddushin*; a diferença é que ao mesmo tempo enrolavam a lã.

– Essa *Mishna* no quarto capítulo não me parece correta – disse Joheved, com uma ruga na testa.

> Os homens solteiros não devem ensinar as crianças, e as mulheres não devem ensinar as crianças.

– Mas a Miriam ensina nossos filhos quase todo dia, e Meir ensinou os netos da tia Sara quando esteve em Mayence.

Raquel apontou para o texto com o fuso.

– Em um dos *kuntres* papai diz que a *Guemará* explica isso.

– A *Mishna* é curta – retrucou Miriam. – Vamos acabar isso e depois consultamos a *Guemará*.

> Diz Rav Yehuda: dois homens solteiros não podem dormir sob o mesmo cobertor. Os Sábios permitem isso.

Ela fez uma pausa para encontrar os comentários do pai.

– Papai diz que esses dois homens correm o risco de praticar *mishkav zachur*.

– É possível. – Raquel deu de ombros. – Sobretudo quando são jovens e estão nus debaixo do cobertor.

– Mas todo mundo dorme nu e não vemos todos os alunos da *yeshivá* fazendo isso – contestou Joheved.

– Claro que você não os vê – retrucou Raquel, com sarcasmo.

– Basta – interveio Miriam. – Eu quero saber o que diz a *Guemará* sobre mulheres que lecionam. – Continuou a ler.

> Qual é a razão? Se você alega que é por causa dos meninos, eis o que ensina um *baraita*: Israel não é suspeito de *mishkav zachur*. Pelo contrário, no homem solteiro é por causa das mães, e na mulher é por causa dos pais.

Joheved assentiu com a cabeça.

– Então, é por isso que os Sábios permitem que os homens solteiros durmam juntos... não suspeitam que possam praticar *mishkav zachur*.

– Papai diz que o homem solteiro pode se sentir atraído pelas mães que diariamente vão com os filhos até ele. – Raquel enrugou a testa. – O autor dessa *Mishna* mostra claramente que os solteiros não são capazes de se controlar, que eles podem pecar com os alunos e com as mães dos alunos.

Joheved balançou a cabeça.

– Você também pensaria isso se soubesse um pouco mais a respeito dos cavaleiros e escudeiros do conde André.

– Não que os homens casados sejam melhores – retrucou Raquel.

Miriam conjeturou que a beleza da irmã devia despertar uma atenção indesejada durante as viagens.

– Se a mulher não pode lecionar para crianças pequenas por causa dos pais delas, eu não poderia ensinar para as crianças da minha família, não é o caso?

– Você pode ensinar o Sansão – disse Joheved enquanto colocava mais lã na roca. – Ele é órfão.

– É claro que você pode ensiná-las. Se não pudesse, papai já teria impedido – objetou Raquel. – O que me pergunto é por que os Sábios não colocam Israel como suspeito de *mishkav zachur*. Papai pulou esse trecho.

– Os judeus não deitam um com o outro porque isso é um pecado grave – argumentou Joheved.

Raquel olhou com uma expressão de descrédito.

– Da mesma forma que também não cometem adultério.

– Não é dito que os judeus não se deitam com outros homens – relembrou Miriam para as irmãs. – O que se diz é que não se suspeita que façam isso. E certamente a *Mishna* os coloca como suspeitos de adultério.

– Talvez nós, os judeus, não nos coloquemos sob suspeita de cometer *mishkav zachur* porque não nos permitimos nem mesmo pensar nisso – disse Joheved.

Raquel meneou a cabeça em assentimento.

– O homem que vive se perguntando quem faz ou não faz *mishkav zachur* pode estar inclinado a buscar alguém que também faça com ele.

– Não suspeitamos que os judeus pratiquem *mishkav zachur*, especialmente os solteiros, porque sempre queremos acreditar no melhor deles – ponderou Miriam, lembrando de Elisha. – Nós presumimos que eles são cumpridores da lei.

A feira de roupas já estava aberta havia uma semana quando Eliezer chegou atrasado para o almoço, acompanhado de um jovem moreno com um bigode cuja espessura quase não o deixava falar.

– Este aqui é o Giuseppe. – Eliezer abriu um espaço na mesa ao lado de Elisha. – Ele é de Lucca, onde sua família possui alguns barcos mercantes. Veio aqui em busca de uma oportunidade de negócios para eles. – Eliezer deu uma cutucada em Elisha quando disse "oportunidade de negócios".

– Bem-vindo a Troyes, Giuseppe – disse Elisha. – Ou prefere ser chamado de Josef?

– Giuseppe é o nome pelo qual costumo... – Ele hesitou quando Miriam serviu-lhe um copo de vinho. – Não precisa me honrar com um copo de vinho. Não sou um *chacham* talmúdico como os outros mercadores que almoçam aqui.

– Você devia juntar-se ao meu marido e aos alunos dele para estudar o Talmud enquanto está em Troyes – disse Miriam. Lucca era conhecida por sua academia talmúdica; provavelmente o jovem estava sendo modesto.

– Oh, não. – Giuseppe ruborizou. – Só estudei um pouco a *Mishna*.

Elisha sorriu para o forasteiro.

– Então pode nos ouvir enquanto estudamos.

Judá não gostou da insistência de Elisha, até que se deu conta de que quanto mais cedo o amigo encontrasse um sócio para os negócios, mais cedo ele próprio deixaria de perder tempo à procura de um.

– *Oui*, pode ouvir e fazer perguntas – acrescentou Judá. – Papai diz que os estudantes iniciantes são os que têm as melhores perguntas.

Salomão confirmou as palavras de Judá.
— Como é dito no *Pirkei Avot*,

Quem é sábio? Aquele que aprende com todos.

— E especialmente com quem que lhe é inferior, tanto em idade como em conhecimento.

Apesar do encorajamento, Giuseppe permaneceu calado enquanto os outros debatiam a lição da manhã. Mas seu rosto refletia o que ele sentia... alegria quando Judá ajudava os estudantes a escolher os argumentos, assombro quando Elisha e Eliezer discutiam uma passagem particularmente intrincada, e espanto quando uma das filhas de Salomão fazia uma pergunta ou acrescentava sua própria interpretação.

Durante a refeição, Miriam reparou que Giuseppe parecia confuso e, dando uma cutucada na irmã, perguntou-lhe:

— Quais são as mercadorias que você trouxe para vender? — *Talvez tenha trazido joias.*

Raquel entendeu a cutucada como um aviso de que também devia fazer o convidado participar da conversa.

— Se não me engano, Lucca importa seda de Palermo. Estou certa, Giuseppe?

O jovem ficou surpreso com a abordagem, mas recuperou-se rapidamente.

— A família da minha esposa tem comércio de seda lá — respondeu. — Mas nessa primeira viagem eu só trouxe pimenta e canela, e já vendi tudo.

— Então, o que vai fazer na feira daqui por diante? — perguntou Raquel.

— Fiz planos de passar meu tempo percorrendo a feira, observando os procedimentos e tentando conhecer os mercadores de Ashkenazi. E depois que encontrar um sócio para os negócios, nós dois decidiremos o que levar para colocar no mercado de Lucca. — Ele olhou ao redor, com um ar inseguro. — Mas eu não sabia que aqui se passa o tempo estudando a Torá. Comparado a todos, devo parecer um ignorante.

Miriam pensou em dizer alguma coisa para consolá-lo, mas ele estava certo. A maioria dos mercadores preferia lidar com um *cha-*

cham. Os eruditos talmúdicos versados no comércio e na lei eram considerados inteligentes e confiáveis.

– Mais uma razão para se juntar a nós – disse Eliezer.

Joheved retornou a Ramerupt para a colheita do trigo enquanto Miriam e Raquel continuaram estudando juntas, de manhã e ao anoitecer. Ali pela tarde a náusea de Miriam arrefecia e as duas negociavam com inúmeras mulheres que queriam comprar, vender e empenhar joias, ou alguma outra combinação disso. Alvina mandara um recado dizendo que não chegaria para a Feira de Verão e sim para a Feira de Inverno, pois assim poderia conhecer o neto que estava a caminho.

Certa manhã, Miriam e Raquel arrancavam as ervas daninhas da horta e ao mesmo tempo conversavam, memorizavam o último trecho da *Guemará* e vigiavam os filhos que brincavam na lama próxima à fonte. Miriam não esperava visitas e ficou surpresa quando viu um homem vestido de manto branco entrar pelo pátio com um ar hesitante. Ele tinha um cabelo louro muito curto e estava sem barba, o que era uma pena porque poderia disfarçar uma quase ausência de queixo.

Logo que as viu, a indecisão do homem se foi.

– *Bonjour,* sou Guy de Dampierre. Eu gostaria de comprar um pouco do melhor vinho de vocês para o meu tio Hugues, bispo de Troyes.

Miriam sabia que o pai não ficaria nem um pouco satisfeito se o vinho dele fosse usado nos ritos idólatras da catedral.

– Desculpe-me, mas nosso vinho já está reservado para os fregueses judeus até a colheita de outono. – Ela precisava de uma desculpa plausível para recusar a venda; o bispo de Troyes era um lorde poderoso.

– Por que está vestindo um manto branco? – perguntou Raquel. – O senhor é monge? – Elas conheciam o manto marrom dos beneditinos. Os monges de Montier-la-Celle entregavam uva a cada outono e de vez em quando um deles dava uma parada ali para deixar uma carta de Robert, abade de Molesme e velho amigo de Salomão.

– Sou cônego na escola da catedral. – Guy não deu a mínima para a recusa das irmãs. – Nós, cônegos, somos os intelectuais da Igreja e, ao contrário dos monges, não praticamos nem a pobreza nem a castidade. Mas a maior diferença é que acreditamos que a instrução é tão importante quanto a contemplação e a prece.

Continuou falando, com um sorriso tímido.

– Se o melhor vinho de vocês não está disponível, que tal se eu provasse um outro para ver se atende os padrões do meu tio?

Miriam e Raquel se entreolharam com um ar preocupado, como se perguntando como poderiam se livrar do clérigo sem insultá-lo. Não fizeram um único movimento na direção da adega.

Raquel rompeu o silêncio. Olhou para o cônego com o olhar mais doce que tinha, fingindo desapontamento.

– Por favor, não se ofenda, a verdade é que não podemos vender nosso vinho para o bispo. Papai ficaria muito aborrecido se o vinho dele fosse usado nas cerimônias da igreja.

Miriam esperava por uma reação furiosa de Guy, mas ele começou a rir.

– Desperdiçar esse vinho maravilhoso de vocês na igreja? Seria melhor regar a horta com ele. – Soltou um risinho e acrescentou: – Já vi que não estão se lembrando de mim, mas eu estive no banquete do sobrinho de vocês lá em Ramerupt alguns anos atrás. Ainda lembro do excelente vinho que foi servido.

Em seguida, Guy fez uma oferta inacreditável.

– Como pagamento pelo vinho destinado ao uso pessoal, meu tio Hugues suprirá a família de vocês com o pão dos moinhos dele.

Miriam respirou fundo, sem conseguir acreditar. Todo o trigo cultivado em Champagne tinha que ser moído nos moinhos do conde Thibault, um dízimo ia para o regente. Muitas igrejas e abadias também eram abastecidas pelos produtos desses moinhos e, obviamente, a catedral de Pedro e Paulo, igreja pessoal do conde, recebia o mesmo benefício.

– Nossa família é muito grande – disse Raquel, lentamente. – A academia do papai tem vinte alunos que se alimentam conosco.

Miriam levantou-se, limpando a terra das mãos.

– Por que não leva o cônego para provar nosso vinho enquanto dou um banho no Shimson? – disse. – Depois transmitiremos a oferta ao nosso pai e ele decide.

Sem entender por que Miriam teria que dar banho em Shimson quando havia criadas para fazer isso, Raquel chamou por Jeanne quando a irmã saiu em direção à fonte.

Mesmo sabendo que Raquel a via como uma tola por cuidar de tal tarefa, Miriam ajeitou Shimson na banheira que já estava cheia para que a água gelada pudesse aquecer um pouco antes de ser usada. O menino fez uma tremenda algazarra enquanto era banhado, e com relutância ela acabou cedendo o seu lugar na banheira quando Jeanne chegou com as toalhas.

Logo Raquel saiu da adega e olhou indignada para Miriam quando a viu molhada da cabeça aos pés. Guy, por sua vez, sorriu ao observá-la secando o menino que não parava quieto.

– Ainda lembro de uma aula do seu pai sobre a arca de Noé – ele disse. – Não esperava tanta erudição num banquete. Desde então tenho muita vontade de conhecê-lo.

Além de ter convencido Salomão a vender o vinho ao bispo, Guy também foi convidado para o almoço. Durante a refeição, ele fez uma explanação meritória no debate de um trecho da Torá estudado naquele dia. A certa altura, Salomão descobriu que o cônego tinha sido indicado para melhorar a qualidade na escola da catedral de Troyes depois de ter estudado em Paris, e a conversa voltou-se para os métodos de ensino e a motivação dos estudantes.

Depois desse dia, Guy passou a almoçar com a família uma vez por semana, e de quando em quando acompanhava Salomão até a vinícola, onde continuavam os debates intelectuais. Como poderiam reconciliar a revelação e a razão de maneira a fortalecer a fé? A culpa não teria que refletir a intenção e não os efeitos do pecado, para que a contrição e a confissão se tornassem mais importantes que a expiação? O que fazer para que o sentido profundo ou místico da Escritura fosse entendido sem apagar o sentido pleno do texto?

Às vezes Salomão se ocupava com os afazeres da vinícola enquanto Guy demonstrava como a gramática, a retórica e a lógica eram ensinadas nas escolas das catedrais, mas geralmente era Guy quem ouvia enquanto Salomão explicava as complexidades interpretativas da Escritura. Em qualquer dos casos, era claro para Miriam que o pai se sentia feliz por ter encontrado um substituto para Robert, o qual não tinha mais tempo para visitá-lo desde que assumira a direção de sua própria abadia.

Se de um lado Guy limitava as visitas a Salomão à segunda ou terça-feira, dias em que a Torá era lida na sinagoga, de outro lado Giuseppe fazia todas as refeições na mesa de Judá, onde o tema girava em torno do Talmud. Giuseppe assentia e sorria enquanto ouvia os debates dos estudantes, mas nunca fazia uma única intervenção. Tratava dos negócios à tarde e na maioria das vezes voltava acompanhado de Elisha.

Em certo anoitecer do início de agosto, os dois jovens entraram esbaforidos pela sala de jantar, com um sorriso de orelha a orelha.

– Estou muito feliz, Judá – disse Elisha. – Eu e Giuseppe negociamos um contrato de sociedade, e hoje ele foi apresentado ao meu pai.

Judá retribuiu o sorriso.

– Não é necessário ser um *talmid chacham* para perceber que seu pai aprovou.

– Trataremos dos detalhes durante a feira, e depois viajaremos para Lucca e apresentaremos a oferta para minha família – disse Giuseppe.

– E o seu bebê, Elisha? – perguntou Miriam. – Não vai querer estar presente quando sua esposa der à luz?

– Não ficaremos por muito tempo em Lucca. – Elisha pousou o braço nos ombros do novo sócio. – Chegaremos a tempo em Worms. E voltaremos depois do nascimento do meu filho para a Feira de Inverno.

Judá teve que lutar contra a inveja que crescia dentro dele enquanto Elisha e Giuseppe traçavam planos para o futuro – navegar juntos de cidade em cidade pelo Mediterrâneo, cada uma mais fascinante que a outra. A inveja amadureceu quando Elisha preferiu não voltar para casa com ele após a sessão noturna do Talmud, e ficou fora com Giuseppe até tarde – tão tarde que ainda não tinha retornado quando ele se levantou antes do amanhecer para estudar com os mercadores orientais. Para piorar ainda mais a situação, uma das clientes grávidas de Miriam precisou dela no meio da noite e Judá ficou sozinho na cama.

E assim Judá não resistiu e deu uma alfinetada em Elisha depois dos serviços matinais.

– Fiquei preocupado quando não o vi no café da manhã.

– Desculpe-me, mas eu e Giuseppe queríamos celebrar – disse Elisha, com um sorriso de carneirinho. – Acabei bebendo tanto que tive que dormir na taberna.

Giuseppe acrescentou, rindo.

– Ele pode parecer pequeno, mas ontem à noite foram precisos dois homens para carregá-lo até a cama.

Os alunos de Judá à mesa juntaram-se ao riso, e Elisha ruborizou como um pimentão. Judá nem se deu ao trabalho de disfarçar a irritação quando repreendeu a classe por desperdiçar o tempo de estudo do Talmud com fofocas.

Envergonhados, os estudantes retomaram os debates sobre o tratado *Kiddushin*. Era uma seção difícil e as coisas ficaram tão complicadas que foram necessárias trinta fases de argumentação. Cada fase sendo minuciosamente destrinchada até que Judá se certificasse de que todos a tinham entendido. Só então passavam para a fase seguinte.

Giuseppe parecia estar acompanhando a polêmica e Judá, embora a contragosto, já estava pensando na possibilidade de pedir para que desenvolvesse uma das fases quando o jovem o interrompeu com um ar indeciso.

– Desculpe-me...

Todas as cabeças voltaram-se para ele.

– *Oui?* – disse Judá. – Alguma pergunta?

– Não compreendi uma coisa – disse Giuseppe, baixinho. – Talvez porque tenha perdido a explicação que você deu mais cedo.

– Ninguém se lembra daquilo que ouve pela primeira vez – disse Judá. Lançou um olhar severo para os outros estudantes, advertindo-os em silêncio para não rir e não ridicularizar a pergunta de Giuseppe.

– Sei que não estudei muito o Talmud, mas não entendo por que a *Guemará* diz que as mulheres estão isentas de estudar a Torá pelo que está escrito no Deuteronômio – disse Giuseppe.

Ensinarás com diligência aos seus *benaichem* (filhos)

Pigarreou.

– Afinal, quando os rabinos discutem na *Mishna* as obrigações do *ben* (filho) e do *av* (pai) para cada um, é claro que *ben* se refere tanto aos filhos como às filhas e que *av* inclui tanto o pai como a mãe.

A voz do rapaz, a princípio baixa e tímida, elevou-se à medida que concluía.

– Segundo o que ouvi nesse verão, o significado geral de *benaichem* se restringe aos "filhos", mas isso exclui as filhas?

Judá olhou fixamente para Giuseppe. Era preciso pensar. Ele tinha aprendido que o significado do texto era esse, mas nunca lhe passara pela cabeça questionar o porquê.

Fez-se silêncio na sala, até que Eliezer deu um soco na mesa e começou a rir.

– Que pergunta! – Deu uma palmada amistosa no braço de Giuseppe. – Só sei a resposta porque minha esposa me disse.

Voltou-se para a classe agora espantada.

– Belle Assez, quer dizer, Raquel, me disse que tinha estudado essa mesma seção com Miriam e que havia feito a mesma pergunta ao pai. – Fez uma pausa para aumentar o suspense. – Elas insistiram tanto que Salomão admitiu que a interpretação de *benaichem* como filhos e não como filhas é na verdade *miSinai*.

– *MiSinai* é aquilo que o Eterno disse a Moisés no monte Sinai quando lhe passou a Lei Oral – esclareceu Judá. *MiSinai* era a explicação dada para qualquer lei inexplicável, a definição que dava fim a todo debate.

– Salomão prometeu a Raquel que acrescentaria isso nos *kuntres*, para o caso de alguém mais fazer a mesma pergunta – disse Eliezer.

Mesmo sem saber ao certo se tinha feito uma pergunta brilhante ou estúpida, Giuseppe sentiu-se mais confiante.

– Isso quer dizer que não existe uma razão lógica, nenhuma prova que sustente o texto – continuou. – O Eterno disse a Moisés que nesse verso *benaichem* significa filhos e não filhos e filhas, e ponto final.

Elisha apertou o ombro de Giuseppe.

– Rav Salomão está certo quando nos diz que os homens sábios aprendem com todos, especialmente com quem tem menos conhecimento.

Jeanne estava tirando os pratos da mesa quando Miriam entrou esbaforida, com o rosto faiscando de alegria.

– Blanche teve um menino – anunciou, abraçando Judá. – Estou tão excitada.

Seis dias depois, Obadia chegou sozinho na sinagoga, informando que Avram não estava se sentindo bem, e o coração de Miriam começou a bater tão forte que quase se ouviam as batidas. Era tudo o que ela havia esperado por muito tempo; no dia seguinte, circuncidaria o filho de Blanche. Na galeria, as mulheres começaram a cochichar e a sorrir para ela, encorajando-a.

Miriam estava tão concentrada na oração do serviço que não percebeu a comoção que se iniciou lá embaixo, no setor masculino. Somente quando Raquel cutucou-lhe o braço é que ela desviou o olhar.

O pai de Fleur estava de pé e de braço levantado.

– Exijo que todos ouçam minha queixa – ele gritou.

– Oh, *non* – gemeu Raquel enquanto as outras mulheres se acotovelavam na balaustrada da galeria para assistir ao que acontecia lá embaixo.

A interrupção dos serviços era uma tradição na comunidade judaica. Qualquer um que tivesse uma queixa não resolvida tinha o privilégio de interromper os serviços, até receber uma promessa pública de reparação. Um privilégio que não podia ser exercido de forma leviana, razão pela qual a maioria das pessoas preferia recorrer ao *beit din* para resolver as querelas a correr o risco de se contrapor à comunidade com tal recurso.

– Só fomos tolerantes quando uma mulher começou a treinar para fazer o *brit milá* porque nenhum homem se apresentou, mas não é mais o caso agora. – O homem fez um aceno e um jovem que estava próximo levantou-se. – Meu primo Isaías é *mohel*. Se Avram não pode fazer o *brit milá* amanhã, Isaías é o *mohel* mais experiente aqui presente, e isso quer dizer que o *brit* deve ser feito por ele.

Miriam procurou pela mão de Raquel. Quem faria a defesa dela, se é que alguém faria? Para a surpresa de Miriam, esse alguém foi Obadia.

– Como saberemos se esse homem é um *mohel* experiente? – disse. – Eu quero ver as mãos dele.

Isaías ergueu as mãos cujos dedos polegares não apresentavam as unhas pontudas exigidas, mas eram pálidas como as de Miriam e não tinham a firmeza e o amarelo da prática como as de Avram.

– Admito que há muitos meses não faço um *brit* – disse Isaías. – Fiquei algum tempo viajando para Troyes, e tenho me ocupado com a feira.

Leontin, o primo de Fleur, dirigiu-se em seguida a todos.

– Muitos de vocês já me disseram que para Troyes é uma vergonha ter uma mulher no ofício de *mohel*, e não um homem, conforme a vontade do Eterno. Agora nós temos um homem que se dispõe a mudar para Troyes com esse propósito.

O falatório se alastrou de tal maneira que não se pôde mais distinguir nenhuma voz em particular, até que a voz do marido de Blanche se impôs.

– Não quero que meu filho seja circuncidado por um forasteiro com credenciais duvidosas – ele gritou. – Isaías não será o meu agente amanhã.

Muitos reagiram aos gritos, dizendo que somente os homens deviam fazer circuncisão. Depois, Judá levantou-se e começou a falar. Logo se fez silêncio em todo o recinto.

— Em nossa comunidade, que prima pela instrução, não basta que o *mohel* seja apenas tecnicamente competente. — Virou-se para confrontar Isaías. — O capítulo final do tratado *Shabat* aborda o *milá*, na verdade isso está no título do capítulo. Você pode nos dizer o que Rabban Gamliel nos ensina aí?

Isaías não respondeu, e Judá acrescentou.

— Eu lhe darei uma pista. É um *baraita* que segue a primeira *Mishna*.

Isaías continuou em silêncio e Judá olhou para o alto, na direção da galeria das mulheres.

— Acho que minha esposa conhece esse texto.

Raquel engoliu em seco e apertou a mão da irmã, mas Miriam mostrou-se estranhamente calma. É claro que ela conhecia o *baraita*; sempre estudava essa *Guemará* na semana que antecedia o *brit*. Além do quê, todos que estavam lá embaixo e que faziam parte da comunidade sabiam que ela estudava o Talmud.

Ela focou em Judá e recitou o texto.

> Diz Rabban Shimon ben Gamliel: Israel assume todos os mandamentos com alegria, como o *milá* — conforme está escrito nos Salmos: "Eu me regozijo com Tua palavra como alguém que obtém grandes espólios", e eles ainda assumem com alegria. E Israel assume todos os mandamentos com luta, como os casamentos proibidos — conforme está escrito: "Moisés ouviu o povo chorando, cada família", ainda assim Israel luta. Pois não há contrato de casamento onde não haja discussões.

Ela concluiu com a explicação que o pai colocara nos *kuntres*.

— Tua palavra no singular indica o mandamento que é imposto a Israel acima de todos os outros, o primeiro mandamento a ser dado a Abraão, o *milá*.

Antes que alguém fizesse algum comentário, Eliezer começou a rir.

— Muito inteligente de sua parte, Judá. O *baraita* deixa bem claro que a tentativa de nos impingir esse *mohel* forasteiro não foi motivada no amor pelas *mitsvot*, mas por uma vingança da família de Fleur, ainda mais agora que as doações de Josef no leito de morte foram validadas em Mayence.

Soaram comentários em todo o recinto, até que Moisés haCohen ergueu o braço, pedindo a palavra.

– Deixando isso de lado. Qual é a ocupação desse sujeito que o habilita a fazer um *milá* com tanta presteza?

Fez-se silêncio e Isaías respondeu.

– Não se preocupe, eu não sou médico. Sou prestamista. – O vozerio retornou quando ele se sentou.

Miriam ouviu os protestos entre os homens, dizendo que não gostariam que alguém que viesse a residir em Troyes competisse com os residentes, e que alguém que emprestava dinheiro sem vender mercadoria alguma acabaria trazendo uma péssima reputação para eles entre os edomitas. Em seguida, Cresslin disse que Fleur devia se dar por satisfeita por ter ganhado o dinheiro que ganhara porque se casara com um homem muito mais velho, com o único objetivo de lhe arrebatar a fortuna, palavras que fizeram Leontin derrubar vários bancos para arremessar contra ele. Miriam assistiu a tudo de queixo caído, achando que os dois se atracariam, mas surgiram outros de cabeça fria que apaziguaram os ânimos.

Depois, todos pediram uns aos outros que se fizesse silêncio, alegando que os serviços já tinham sido interrompidos o bastante. Foi então que Isaac haParnas levantou-se.

– A decisão de admitir novos residentes em Troyes cabe ao conselho de nossa comunidade – disse com toda calma. – Sugiro que Isaías se candidate à residência como qualquer outro interessado faria.

O *hazan* retomou as preces de onde tinha parado e, para alívio de Miriam, a congregação juntou-se a ele.

Vinte e cinco

Naquela noite, Elisha ficou fora outra vez até tarde, e só voltou quando Judá saía para a sessão matinal de estudos. Durante o café da manhã, ele tinha reclamado para Miriam que a mente de Elisha já não parecia tão concentrada, e ela deu uma palmada na mão dele, relembrando-lhe que era uma hora difícil para os jovens.

– Elisha está começando uma vida nova; logo será pai e mercador e não mais estudante – ela disse, servindo-se de uma outra fatia de queijo. – Provavelmente tem mais dificuldade em nos deixar do que nós em perdê-lo. Afinal, se teremos outros alunos, você será o último professor dele.

Judá suspirou. Sem dúvida alguma Miriam estava certa, mas as palavras dela não o confortaram.

– Eu quero lhe agradecer por ontem. – Ela sorriu. – O que o levou a fazer aquela pergunta sobre o tratado *Shabat* ao Isaías?

– Ele não compareceu a uma só palestra do papai, o que me levou a concluir que não devia conhecer muito bem o Talmud.

– Foi muita esperteza de sua parte – disse Miriam enquanto se servia de um pedaço de pão e de uma porção abundante de geleia de morango.

– Estou contente por ver que você está se alimentando melhor.

– Todo mundo começou a dizer que eu devia tomar bastante chá de gengibre para acalmar o estômago e me alimentar melhor, e acabei seguindo os conselhos.

– Mas você dizia que o gengibre era muito quente e seco e que poderia fazer mal para o bebê?

– Moisés indicou alguns alimentos frios e úmidos que equilibraram o gengibre. – Miriam se serviu de mais pão com geleia. – É por isso que tenho procurado comer mais peixe e menos carne. – Sorriu para o marido e acrescentou: – E é também por isso que estou comendo muita geleia de morango.

– Seja lá o que estiver fazendo, parece que está funcionando. – Ele quase comentou que ela estava com uma aparência muito melhor nos últimos dias, mas se conteve a tempo. Não quis que a esposa pensasse que ele queria dizer que antes ela estava horrível.

– E parece que o chá não afeta o bebê. – Ela pôs a mão na barriga. – Ele, ou ela, está mais ativo do que nunca... que o Eterno proteja a ele ou a ela.

– Eu estava certo de que hoje você faria o seu primeiro *brit milá*, mas talvez esteja escrito que será com nosso próprio filho.

– Ainda bem que Avram me avisou que já está se sentindo melhor nesta manhã – ela disse. – Acredito que não farei o meu primeiro *milá* enquanto Isaías estiver em Troyes.

Judá abriu um largo sorriso.

– Não está pensando que ele vai fixar residência aqui, está?

Ela retribuiu o sorriso.

– Acho que nossos mercadores preferem ter um idólatra fazendo circuncisão aqui a dividir seus clientes com Isaías.

– Depois que terminar de comer, é melhor prepararmos os meninos para os serviços – ele disse. – Talvez você não faça o *milá* de hoje, mas Avram vai querer que faça tudo o mais.

Já de bexiga cheia, Judá calculou que a noite se aproximava do seu fim, o que se confirmou quando olhou pela janela e uma lua quase cheia baixava no céu. Vestiu o camisolão e desceu para ir ao reservado. Era a última semana da Feira de Verão, e com uma noite morna como aquela não havia necessidade de usar o penico e emporcalhar o ar do quarto. Uma rápida olhada quando passou por um dos quartos do andar de cima foi o suficiente para saber que Elisha ainda não tinha chegado em casa.

Ele chegou na varanda e respirou fundo. O mundo parecia tão tranquilo nas horas que antecediam a alvorada. Enquanto caminhava até o reservado, se perguntou outra vez onde estaria Elisha, o que o manteria fora de casa até tarde nos últimos tempos. Obviamente, o reservado estava vazio e com um cheiro relativamente agradável, vantagens de quem era o primeiro a usá-lo pela manhã. A desvantagem é que ninguém tinha coletado o musgo fresco e ele teve que se arranjar com palha.

Já estava quase terminando quando ouviu o portão do pátio se fechar. *Será que finalmente Elisha chegou?* Pela janelinha do reservado, avistou dois homens andando na direção da casa, mas a ultrapassaram e pararam no muro mais adiante. Nenhum morador poderia vê-los naquele ponto, mas Judá tinha uma visão ampla da janelinha do reservado.

Eram Giuseppe e Elisha. Ele esticou o braço para pegar a palha, mas resolveu dar uma outra olhada pela janela e o luar o fez desviar os olhos até o tal ponto. Os dois homens se beijavam... e não como amigos que se despediam à noite. Eles se abraçavam e se beijavam como... enfim, como Eliezer e Raquel.

Judá teve que recuperar o fôlego; era como se estivesse sufocando. O *ietzer hara* o impeliu a sair para confrontá-los, mas ele titubeou e, arrasado, encostou-se de costas na porta fechada. Furtivamente, olhou mais uma vez. Talvez estivesse imaginando coisas; talvez o demônio Sheyd shel haBetkisey é que estivesse mandando a torturante visão.

Elisha e Giuseppe ainda estavam lá. O *ietzer tov* de Judá recomendou que não olhasse, batesse a porta do reservado com toda força, voltasse para casa e recebesse Elisha como de costume, mas o *ietzer hara* não o deixou desgrudar os olhos da cena. E dessa maneira ele testemunhou tudo – a boca faminta de Giuseppe grudada nos lábios de Elisha, as mãos de Elisha agarradas na bunda de Giuseppe, os torsos de ambos retorcendo-se um contra o outro.

Era realmente assombroso que dois homens pudessem se beijar da mesma forma que um homem e uma mulher se beijam. Por alguma razão ele imaginava que, quando dois homens se deitavam juntos, faziam isso apressadamente, sem preliminares, uma cópula rápida com ambos se recompondo em seguida. Mas homens agindo como amantes apaixonados? Impossível... se não fosse pela evidência que tinha frente aos olhos.

Depois de algum tempo, que pareceu uma eternidade, o galo cantou e os dois homens se desgrudaram. Seguiram-se mais uns poucos beijos, obviamente de despedida. Foi somente depois que Giuseppe fechou o portão e saiu, enquanto Elisha se dirigia ao reservado, que Judá se deu conta da situação embaraçosa em que estava. Elisha não poderia encontrá-lo lá fora de jeito nenhum. Judá rodeou o reservado às escondidas, colocando-se no lado oposto de Elisha, e voltou apressado para casa.

Ao entrar na casa, o coração batia de maneira descompassada e ao mesmo tempo em que o *ietzer tov* o aconselhava a não dizer nada e evitar um confronto, ele sabia que ignoraria tal conselho. Preferiu se convencer de que faria um bem para Elisha se o avisasse que devia ser mais circunspecto com Giuseppe no futuro. Esperou até ouvir os passos de Elisha na varanda, e depois abriu a porta e saiu.

O jovem levou um susto, mas logo abriu um sorriso.

– *Bonjour*, Judá, sei que é tarde, mas eu e Giuseppe ainda temos coisas a resolver antes que a feira termine.

Judá ficou enojado quando ouviu a mentira.

– Não diga mais nada, Elisha. Acabei de vê-los juntos, naquele ponto entre a minha casa e a do Eliezer.

Elisha ficou transtornado. Abriu a boca e fechou-a, e por fim esboçou uma palavra.

– Mas...

Foi interrompido por Judá.

– O lugar que vocês escolheram seria perfeito se eu estivesse dentro de casa ou no portão, mas eu estava no reservado.

Elisha fechou os olhos, gemendo.

– Por favor, Judá, eu imploro, não conte para ninguém. – Tentou agarrar o braço de Judá, que se desvencilhou do toque. – Não me expulse. A feira está quase terminando, mas posso deixar a *yeshivá* hoje mesmo. Eu só lhe peço que não conte nada para o meu pai.

Elisha já estava se pondo de joelhos, mas Judá o impediu.

– Não tenho a menor intenção de contar o que acabei de ver para ninguém, e muito menos para o seu pai.

– Não vai contar? – Os olhos de Elisha encheram-se de esperança.

– *Non*. Primeiro porque acusações dessa natureza precisam de duas testemunhas, e segundo porque você já não é mais meu aluno. – O queixo de Elisha começou a tremer quando ele ouviu isso, e Judá soltou um suspiro. – O que estou dizendo é que você já é um mercador e deixou de ser um jovem estudante da *yeshivá*. Você agora é responsável pelas suas atitudes. Mas continua sendo meu amigo, e por isso recomendo que seja cuidadoso. Uma outra pessoa pode ver o que vi e não ser tão discreta quanto eu.

– *Merci*, Judá, *merci*. – Elisha agarrou as mãos dele e começou a beijá-las. – Eu não mereço um amigo tão verdadeiro como você.

Judá puxou as mãos.

– E Giuseppe também é um amigo verdadeiro? – *Que demônio me fez perguntar isso?*

A expressão de Elisha se fez melancólica.
– Como posso falar de Giuseppe?
Judá conduziu Elisha pelo pátio.
– Aqui não é o melhor lugar para falarmos de Giuseppe. Vamos dar uma caminhada.
O céu começava a clarear quando eles chegaram ao caminho de sirga por onde Judá e Miriam passeavam anos atrás. Um bom lugar para confissões, ele pensou enquanto Elisha explicava como se tornara amigo de Giuseppe.
– Eu sei que é uma *averah*, mas não consigo evitar. Meu *ietzer hara* me faz desejar mais os homens que as mulheres. – Elisha respirou fundo. – Desculpe-me, Judá, mas não posso mais ter segredos com você. Nas primeiras poucas vezes que me deitei com minha esposa, só tive uma única ereção porque fiquei imaginando que estava na cama com você.
Judá sabia que devia se sentir insultado, mas não se sentiu assim.
– Você deve estar querendo testar os limites da minha amizade nesta manhã. – Balançou a cabeça em negativa. – E pensar que eu e Miriam estávamos convencidos de que você não tinha cometido *mishkav zachur*, mesmo depois que nos falou do seu velho parceiro de estudo.
– Eu e Giuseppe não fazemos *mishkav zachur*. – Elisha hesitou diante da expressão cética de Judá. – Nós fazemos... outras coisas.
O *ietzer hara* de Judá quis saber o que eram essas "outras coisas", mas em vez disso ele disse:
– Quer vocês façam essas outras coisas ou façam *mishkav zachur*, ainda assim é pecado. Você sabe o que diz o tratado *Sucot*:

> O *ietzer hara* é assim: um dia leva o homem a fazer "isso", e no dia seguinte o leva a fazer "aquilo", e por fim o convence a "cultuar ídolos" e ele os cultua.

– Não vou cultuar ídolos – retrucou Elisha. – Além do mais, não há homem sem pecado e posso lhe assegurar que eu e Giuseppe seremos mercadores honestos e ninguém vai precisar insistir para que a gente faça caridade e celebre escrupulosamente o *shabat* – acrescentou com um sorriso largo. – E posso lhe garantir que nunca cometerei adultério. Vou me esforçar para sentir desejo pela minha esposa, e isso sem pensar em outro homem.

— Os pecados que você não comete não justificam os que você comete — retrucou Judá. — Se você pensa que seu pecado não é sério, lembre-se do que diz Rav Assi:

> A princípio, seu *ietzer hara* é fino como a linha de uma teia de aranha, mas, no fim, torna-se grosso como uma corda.

— Eu sei — disse Elisha com tristeza, citando em seguida um trocadilho do tratado *Berachot*.

> Disse Rav Simeon ben Passi: lamente por mim por Ele ter me formado *(yotzeri)* e lamente por mim pelo meu impulso mau *(yitzri)*.

Pobre Elisha, pensou Judá. Seria punido pelo Eterno por ter caído em tentação, mas o *ietzer hara* o faria sofrer quando ele tentasse reprimi-lo.

— Falta pouco menos de um mês para o *Iom Kipur*. Vai se arrepender?

— Vou orar para que o Eterno me perdoe, e para que Ele entenda que meu *ietzer hara* é poderoso demais para que eu possa combatê-lo.

> Quem é forte? Aquele que domina o seu *ietzer hara*.

Depois de citar o *Pirkei Avot*, Elisha suspirou.

— Não sou forte o bastante para desistir de Giuseppe.

— Você ainda é jovem — disse Judá, lembrando-se de Reuben. — Pense a respeito do que diz Rav Avin.

> Se um homem satisfaz seu *ietzer hara* na juventude, ele será seu mestre na velhice.

— Você não tem que desistir da amizade por Giuseppe, limite-se a deter os atos carnais.

— Não consigo fazer isso. — Elisha pelo menos teve a decência de se mostrar envergonhado. — Eu amo Giuseppe mais que a qualquer outro amigo, mais até que a um irmão.

— Vejo que minha amizade significa muito pouco para você.

— Não se amargure, Judá. Pelo menos fui capaz de lutar contra o meu *ietzer hara* quando o desejei. Você não faz ideia de como foi difícil dormir toda noite na mesma cama com você naquela viagem para o casamento. Nem imagina o quanto o desejei.

– Basta! – Judá ergueu as mãos para silenciá-lo. O sol já tinha nascido e os sinos que badalavam prima ecoaram em torno deles. – Preciso voltar para os meus estudos, e imagino que você precisa de algumas horas de sono.

Os dois caminharam em silêncio pelas ruas que se enchiam de movimento. A colheita de trigo ainda não tinha terminado e os diaristas dirigiam-se para os portões da cidade com ferramentas às costas. Fazendeiros a caminho do mercado passavam em sentido oposto em meio a carroças apinhadas de frutas, verduras, legumes e caixotes com galinhas. Criadas carregavam baldes em direção ao poço, e formava-se uma fila na frente da padaria.

– Tem mais uma coisa que preciso falar – disse Elisha quando se aproximaram do portão de Salomão.

Judá ficou à espera.

– Já estarei em Lucca no próximo *Iom Kipur*, e por isso tenho que lhe perguntar agora. Você me perdoará se o magoei ou ofendi?

– É claro que o perdoarei. – Judá lutou para reprimir as lágrimas. Como poderia não perdoá-lo? É uma *mitsvá* perdoar quem pede perdão durante o *Iom Kipur*. – Você é meu amigo. E teríamos algum amigo se exigíssemos que ele não pecasse?

– Ainda pretendo chamar o meu primeiro filho de Judá, mas o libero de colocar meu nome no filho de vocês dois.

Judá não soube o que dizer. Colocar o nome de um pecador numa criança poderia dar azar, mas como escolher um outro nome sem dar uma explicação para Miriam? Bem, de qualquer forma, não precisava decidir isso agora – talvez o bebê fosse uma menina.

Os dias que se seguiram foram torturantes para Judá. Quanto mais tentava evitar os dois rapazes, mais prestava atenção no par. Eles tinham que ser tão explícitos na demonstração de afeto, sempre juntos e conversando? O que Giuseppe teria dito para provocar em Elisha aquele sorriso? E claro que o lombardo achava Elisha atraente, mas o que Elisha tinha visto naquele homem tão ignorante?

O nó na garganta e o aperto na barriga de Judá pioraram tanto que não conseguia mais dividir a mesma mesa com os dois rapazes. Sonhava com o dia em que não teria mais que se defrontar com eles. Mas depois que Elisha se foi e Judá tentou se concentrar para os Dias de Expiação que se aproximavam, se viu tomado pela tristeza.

A dor que lhe partia o coração era tão intensa quanto a que sentira quando Daniel se foi. E ainda havia um outro sentimento, uma emoção que o mortificava. Mesmo consciente de que estava ouvindo a voz de Satã, ele não conseguia calá-la, sobretudo à noite. Era quando Satã o fazia lembrar daquelas noites em que Elisha o havia desejado, tanto na viagem até Worms como na de volta para Troyes, fazendo-o ter uma ereção contra a própria vontade. Quando se voltava para Miriam a fim de extravasar a excitação, consolava-se dizendo a si mesmo que o ato sagrado nos últimos três meses de gravidez era bom para a mãe e para o bebê, e Satã o fazia ver a imagem da troca de beijos entre Elisha e Giuseppe no muro do pátio. Mas quando tentava sufocar os impulsos, o *ietzer hara* o fazia sentir-se ainda mais miserável.

Ele se identificava com o sofrimento do pobre Rav Simeon ben Passi, e orava repetidamente o Salmo 130 que fazia tempo era associado com os Dias de Expiação.

> Das profundezas eu Vos chamo... ouve o meu pranto.
> Deixai vossos ouvidos abertos para o meu pedido de perdão.
> Se Vós levásseis em conta os pecados, quem poderia ficar de pé?
> Vosso é o poder do perdão... espero por Vossa palavra.

Na chegada de *Rosh Hashaná*, as preces de *vidui* o assolavam repetidamente uma após a outra.

> O que podemos dizer para Vós que habitais as alturas? Vós conheceis os segredos de todos os vivos; Vós penetrais nos mais íntimos recantos dos nossos corações e examinais os nossos pensamentos mais profundos... reprime nosso *ietzer hara*; submetei-nos ao Vosso serviço para que retornemos para Vós.

Nos anos anteriores, Judá orara o *Al Chet*, a grande confissão, com confiança, sabendo que tinha cometido poucos pecados da longa lista de pecados comuns, se é que os tinha cometido. Ele sempre recitava a lista, achando que o resto da congregação ao redor se açoitava pelos pecados cometidos. Mas neste ano a dor do açoite era dele.

> Pelo pecado que cometi contra Vós, abertamente ou em segredo.

> Pelo pecado que cometi contra Vós com os pensamentos
> impuros do coração.
> Pelos pecados que cometi contra Vós, por intermédio do
> *ietzer hara.*
> Por todos esses pecados, Deus do perdão; perdoai-nos,
> Garante-nos a expiação.

Durante toda a semana, Satã o havia tentado à noite e, quando orou o *vidui* na véspera do *Iom Kipur*, Judá sabia exatamente como o Acusador o julgaria perante a Corte Celestial. Mas como alguém poderia defendê-lo perante o Ser que conhecia os pensamentos mais ocultos dele? Será que acordaria no Ano-Novo e veria uma mancha do próprio sêmen na cama, uma prova segura que o condenaria à morte?

Quase chorou de alívio quando acordou e viu a cama imaculada, e na hora em que todos chegaram para o serviço da tarde, com a parte da Torá oriunda do Levítico associada aos pecados sexuais, se deu conta de que teria que se arrepender. Se Judá só estudasse com Miriam ou Eliezer, se nunca mais tivesse como parceiro de estudos um outro aluno da *yeshivá*, não teria mais a oportunidade de se apaixonar por um deles.

Mas isso implicava nunca mais desfrutar um relacionamento especial com um parceiro de estudos. E assim, enquanto o resto da comunidade judaica celebrava o *Sucot*, a estação da alegria, Judá pranteava a sua perda.

Os judeus de Troyes não celebraram apenas o *Sucot*, eles também se juntaram à euforia do resto da cidade devido a um torneio que o conde Thibault realizava em homenagem ao seu filho Eudes, que se tornara cavaleiro. Se bem que alguns comentavam que na verdade ele estava celebrando a morte de Guilherme, o Bastardo, o que elevava Étienne – o filho mais velho casado com Adèle, a filha do rei – a um degrau mais próximo do trono inglês.

– Mamãe, eu posso ir ao torneio amanhã? – A voz dos meninos ressoou na adega. – Ele pode ir com a gente, tia Miriam?

Miriam acabara de abrir as janelas para que o ar frio retardasse o processo de fermentação. Voltou-se para os meninos e não se surpreendeu quando viu Shmuel e Sansão junto aos seus dois filhos e a Isaac.

– Por favor, mamãe, me deixa ir – disse Iom Tov. – Shmuel e Sansão também vão.

– Papai arranjou um lugar seguro para a gente assistir – disse Isaac.

Miriam balançou a cabeça em negativa.

– Duvido que haja um lugar seguro para assistir a um torneio com a plateia tão próxima do combate.

– Estaremos em segurança. – Joheved desceu a escada da adega com muito cuidado. – O conde André mandou erguer uma plataforma atrás das *lices* para as mulheres e as crianças assistirem de lá.

Miriam olhou espantada para a irmã.

– Você vai ao torneio no estado em que está?

– Estou me sentindo muito bem. A verdade é que eu e Meir temos que ir. O campo do torneio está localizado entre Troyes e Ramerupt e André quer que os vassalos prestigiem Thibault e seu filho Eudes. Além disso, Alain estará lutando e queremos torcer para ele.

– Alain? – disse Miriam. *Não era um dos escudeiros que tinham salvado Benjamin na floresta?*

– *Oui*. Alain foi nosso escudeiro por muitos anos, e é um dos cavaleiros que fornecemos agora para o conde André. O mínimo que podemos fazer por ele é gritar frases de encorajamento durante algumas horas.

– Como sabe que estarão seguros atrás das *lices*? – perguntou Miriam. Não perguntou o que eram *lices,* já que não queria deixar transparecer que não era sofisticada para a irmã, mas Sansão não teve tal escrúpulo.

– O que são *lices*? – ele fez a pergunta.

– *Lices* são os campos neutros onde ficam detidos cavaleiros capturados, cavalos e presas de guerra – respondeu Joheved. – Ali estaremos realmente a salvo. Sem falar que os homens de Thibault e o conde Robert de Flandres e seus cavaleiros estarão na guarda das *lices*.

Foi até a janela mais próxima e começou a fechá-la.

– Está muito frio aqui na adega, Miriam. Está tentando fazer algum vinho diabólico?

– Joheved. – Miriam segurou o braço da irmã. – Acabei de abrir as janelas porque está muito quente aqui dentro.

Joheved se deteve e Miriam se perguntou se a irmã iria chamar o pai e Raquel para ver se a adega estava mesmo fria.

Mas Joheved continuou falando do torneio.

– Eu lhe garanto que papai e Meir não deixarão os garotos saírem da plataforma antes do fim da disputa.

– Papai também vai? – Miriam começou a reconsiderar. Talvez assistir a um torneio não fosse tão perigoso como pensava. Mesmo assim, muita gente na cidade se preocupava com o dano que todo aquele exército de homens montados a cavalo poderia causar se lhe fosse permitido perambular à vontade. Campos arrasados, mulheres violentadas, brigas em cada taberna, cavalos em disparada pelas ruas... – Mamãe também vai?

– *Non*, mamãe vai ficar em casa para cuidar de minhas filhas. E também vai tomar conta do pequeno Shemiah para que Raquel e Eliezer possam ir com a gente.

– Por favor, mamãe, me deixa ir com eles – disse Iom Tov. – A gente está em *Sucot*, quando a gente tem que ficar feliz.

Miriam achou difícil resistir aos apelos do filho, até que lembrou do triste destino do irmão de Emeline.

– Você acha que ficará feliz assistindo a um combate de cavaleiros que talvez até se matem?

– Ninguém será morto... ou, pelo menos, é pouco provável que isso aconteça. – Era como se Joheved estivesse falando com uma criança. – O objetivo de um torneio é capturar os cavaleiros do lado adversário e privá-los de movimento para receber o resgate, e obviamente um morto não pode pagar.

Miriam fez força para pensar com lógica e não reter o filho em casa apenas porque se aborrecera com Joheved.

– Se Judá deixar, talvez Iom Tov possa ir. Mas o Shimson é muito novinho para isso.

Já que Salomão também ia, Judá não fez objeção. Concordou sem fazer perguntas. Ele sempre ficava mais sério e taciturno à medida que o *Iom Kipur* se aproximava, mas nesse ano estava mais sombrio do que nunca. Depois que a Feira de Verão terminou, passava quase o tempo todo orando e trabalhando nos *kuntres* de Salomão. Nem mesmo o festival de *Sucot* elevou seu ânimo.

Miriam ficou tentada a passar o dia em companhia de gente animada. E se a irmã com sete meses de gravidez podia ir ao torneio, ela também podia. Afinal, tinha uma dívida de gratidão em relação a Alain. Pouco importava se a ajuda dele tinha dado somente uns poucos meses a mais de vida a Benjamin.

Vinte e seis

O dia seguinte amanheceu ensolarado e vigoroso como só um dia de outono conseguia ser, e Miriam decidiu que Iom Tov estava certo. Era *Sucot,* a estação da alegria. Quanto tempo fazia que não passava um dia de folga com o pai e as irmãs? Mas não se conteve e engoliu em seco de preocupação quando os homens armados de Thibault trancaram os portões da cidade.

– Serão reabertos quando o torneio terminar – disse Meir. – O que se espera é que os combatentes permaneçam no campo do torneio, mas os cavaleiros derrotados que tentarem escapar serão perseguidos pelos vitoriosos, como se fosse uma guerra de verdade.

– Ainda bem que nossa vinícola fica no lado mais extremo de Troyes – acrescentou Salomão.

– Se todos os cavaleiros são de Champagne, como sabem quem são os oponentes? – perguntou Isaac.

– Thibault os divide por geografia – respondeu Meir. – De um lado, os cavaleiros dos castelos ao norte de Troyes, como Ramerupt, Vitry e Meaux, e do outro, os cavaleiros dos castelos ao sul de Troyes, como Ervy e Bar-sur-Aube. Cada lado com suas próprias cores.

Ouviu-se a gritaria do torneio antes mesmo que tivessem atingido uma abertura na floresta por onde se tinha uma panorâmica do campo aberto lá embaixo. Um dos lados da longa arena era orlado de árvores e em cada um dos extremos se via uma plataforma elevada e coberta por um dossel. Em ambos os lados da arena, avistavam-se áreas cercadas, e Miriam logo concluiu que eram as tais *lices*.

O perímetro estava cercado de homens. Obviamente, lá estavam cavaleiros montados em seus cavalos, escudeiros e soldados, mas a maioria era constituída de espectadores, tanto rurais como urbanos. Miriam identificou algumas poucas mulheres, em sua grande maioria vendendo cerveja ou comida pronta.

Iom Tov começou a pular para poder ver melhor.

– Olhe só quanta gente, mamãe. A senhora já viu tanta gente assim reunida num mesmo lugar?

– E esse torneio é tido como pequeno, só tem trinta ou quarenta cavaleiros de cada lado e quase todos são de Champagne – soou uma voz familiar. – Eu soube que os grandes torneios podem envolver centenas de cavaleiros de regiões distantes como a Provença e a Inglaterra.

– Moisés haCohen. – Meir abraçou o médico. – Já esperava encontrá-lo aqui.

Moisés sorriu quando viu Miriam.

– Fico feliz por vê-la tão bem. Está seguindo a dieta que prescrevi?

– A náusea praticamente acabou, e agora só tomo uma xícara de chá de gengibre pela manhã – ela disse. – Mas não consigo resistir às maçãs lá da macieira.

Moisés apontou o dedo em advertência.

– Você não devia ingerir frutas cruas; são muito frias e úmidas, especialmente para a mulher. Prometa que só vai comer maçãs assadas até o bebê nascer. Não quer que seu filho nasça cheio de muco, não é?

Miriam pensou em fazer algumas perguntas ao médico sobre a melancolia de Judá, mas foi interrompida por Joheved.

– Miriam, veja quem está aqui.

Ao lado da irmã, estava uma mulher alta e loura que sorria com timidez. Seus estreitos olhos azuis esmaecidos olharam ansiosamente para Miriam, que logo a reconheceu.

– Emeline, que bom revê-la. Como está?

Ela estava mais velha. E mais gorda, mas o cabelo não escurecera e agora ela mostrava um ar de autoridade e não mais de timidez.

– *Merci*, eu estou muito bem. E você?

– Há muito tempo que não me sinto tão bem. – Miriam agradeceu por não ter aparentado a indisposição que lhe tinha acometido.

– Raramente acompanho o Hugo quando ele compete em torneios – disse Emeline, com uma careta. – Mas Joheved me disse em carta que viria. – Abriu um largo sorriso. – Não esperava encontrar todas vocês aqui.

– Gila está com você? – perguntou Miriam, embora a alegria da outra indicasse que a sogra ficara em Plancy.

Emeline soltou uma risada.

– Oh, *non*. Ultimamente tem se sentido tão incomodada com a coluna que quase não levanta da cama.

Joheved abraçou a amiga quando ouviu a notícia.

– Até que enfim tornou-se a baronesa de Plancy.

– *Oui*. Com o tempo como meu aliado, o declínio dela seria inevitável.

A barulheira da multidão se fez mais alta e Raquel acenou para elas.

– Venham logo, o torneio está começando.

Os cavaleiros alinharam-se nas extremidades opostas do campo recém-colhido de trigo, e os cavalos relincharam com impaciência. Com a face encoberta por um capacete pontiagudo, cada cavaleiro empunhava uma lança com uma das mãos e um escudo com a outra. Miriam já ia pedir para que Joheved apontasse Alain quando os arautos soaram as trombetas e os dois grupos de homens montados a cavalo deram início ao embate.

Foi um pandemônio. Homens berrando, cavalos relinchando, metal batendo contra metal e a plateia urrando. Miriam tentou acompanhar os movimentos de Alain, mas uma nuvem de poeira impediu que o diferenciasse entre os outros cavaleiros. Obviamente, a tática básica era derrubar o oponente da montaria, apossar-se do cavalo e sair a galope até as *lices*, onde o prêmio era entregue para os escudeiros que estavam à espera. Se algum oponente se aturdia ou se machucava, o cavaleiro também o despachava para as *lices* e depois se juntava aos aliados que, no campo, lutavam com espadas e bastões. Mas o oponente também dispunha de soldados e o combate individual prosseguia até ele ser resgatado ou capturado.

Iom Tov acompanhava os golpes de Alain com mais perspicácia que Miriam. Apontava seguidamente para o jovem cavaleiro cuja estratégia era cortar um dos estribos do cavalo do oponente, derrubá-lo e por fim capturar o animal. Ele arrancava gritos de euforia de Iom Tov toda vez que se saía bem.

Alguns outros estratagemas provocavam o alarido da plateia. Emeline observava um audacioso combatente cuja tática era cavalgar o mais rápido possível, emparelhar com o adversário e agarrar as rédeas do cavalo. Depois, ainda com as rédeas do cavalo nas mãos, saía em disparada até que alcançava a espada do outro cavaleiro e o capturava junto com a montaria. Numa dessas investidas, no entanto, aproximou-se demais da entrada da floresta e, para o delírio da plateia, o cativo ergueu-se, agarrou um tronco e dependurou-se, deixando o cavalo seguir sozinho.

Mas esses episódios excitantes eram raros e, por volta do meio-dia, Miriam já tinha visto o bastante. Simpatizara com os cavaleiros abatidos. A maioria era composta de jovens, filhos de pais desprovidos de terra que avidamente colocavam a vida em risco em troca de um prêmio, se bem que os mais bravos e mais afortunados também podiam ganhar a mão de alguma herdeira.

Não lhe agradava assistir àqueles jovens escudeiros enfrentando o perigo no campo de batalha, protegidos apenas pelo couro cru e não pela malha de aros de metal que os cavaleiros vestiam da cabeça até os joelhos. Os cavaleiros sentiam-se relativamente seguros na montaria porque quando recebiam um golpe e caíam do cavalo tinham a armadura como proteção até que montavam novamente. Se fossem capturados, passariam o resto do dia bebendo cerveja e jogando com os amigos dentro das *lices*. Por outro lado, os escudeiros nunca saíam do chão e, toda vez que defendiam um cavaleiro abatido ou investiam contra um oponente lançado ao solo, arriscavam-se a receber um golpe de espada ou uma cacetada.

Miriam ficou agoniada quando viu os escudeiros menores correndo por entre cavalos ariscos para recuperar a montaria dos seus cavaleiros ao mesmo tempo em que vasculhavam o chão em busca de armas deixadas para trás. Alguns não eram mais velhos que seu sobrinho Isaac.

Ela foi salva quando Iom Tov anunciou:

– Já estou cansado de tanta luta, mamãe. Quando voltamos para casa?

Já ia dizer para o filho que era perigoso sair antes do final do torneio quando Salomão os chamou com um aceno.

– Diga, Iom Tov – perguntou Salomão. – O que aconteceu com Moisés naquele trecho da Torá que estamos preparando para ler em *Simchat Torá*?

– Moisés morre, vovô.

– E o que aconteceu com os israelitas depois disso?

Iom Tov respondeu sem hesitação.

– Cruzaram o Jordão rumo a Canaã para assentar a terra que o Eterno havia prometido para eles.

Era visível que o garoto se orgulhava do conhecimento que tinha e que Miriam também se sentia orgulhosa. Ela é que tinha sido a primeira a ensinar a Torá para ele.

– Mas os cananitas permitiram que fizessem isso? – perguntou Salomão.
– *Non*, vovô. Os israelitas tiveram que lutar com eles.
– Aha. – Salomão ergueu as sobrancelhas e assentiu com a cabeça para os netos, já que Shmuel aproximou-se curioso para ouvir o que estavam conversando. – Sabem por que eu quis vir a este torneio em vez de trabalhar nos meus *kuntres*?
Os garotos o olharam sem saber a resposta, mas Miriam sorriu e disse.
– Eu posso imaginar.
– Sempre tive uma vida pacífica, nunca vi uma batalha... graças aos céus. – Salomão alisou a barba, suspirando. – Mas os israelitas não foram tão felizardos. Travaram muitas guerras contra os cananitas, os amorreus, os filisteus e outros mais, como a mãe de vocês tão bem ensinou. E depois que Meir falou a respeito desse torneio, eu achei que poderia assistir a uma batalha de verdade para fazer alguma ideia do que os israelitas passaram.
– Oh. – Iom Tov olhou espantado para o avô. – Então, quando o senhor vê esses cavaleiros, qual é o lado que vê como Israel?
– Nenhum. Observo os homens que ficam no chão; os israelitas não tinham cavalos. Acho que para os que não montam as batalhas de hoje não diferem muito das travadas no tempo de Moisés.
– A diferença é que os israelitas e seus inimigos lutavam até a morte – cochichou Miriam no ouvido do pai depois que os meninos desviaram a atenção para o campo.
– Da mesma forma que acontece hoje quando a batalha não é de brincadeira – ele replicou. – Uma coisa boa desse papa é que a Trégua de Deus parece que está funcionando. Quem poderia imaginar que ele levaria os cavaleiros a restringir os conflitos a três dias por semana?
Salomão se dirigiu ao ponto da plataforma onde estavam os meninos e Miriam foi se juntar a Joheved e Emeline. Os traços das duas eram surpreendentemente similares. Joheved tinha cabelo castanho, e Emeline, louro, mas ambas eram altas e tinham olhos azuis e boca pequena.
À medida que se aproximava, Miriam se dava conta de que o que tinham realmente de similar era a postura. Eram duas mulheres nobres que não se intimidavam com a presença de muitos lordes e cavaleiros, e que em meio a uma conversa sobre os desafios da admi-

nistração de suas propriedades podiam ordenar a um dos servos de André que trouxesse peixe defumado, queijo ou pão com a certeza de que seriam obedecidas imediatamente.

Joheved e Emeline discorriam sobre alguns casos ocorridos nas suas propriedades.

– Não consigo entender – disse Emeline. – Pelo menos metade das minhas cervejarias prefere pagar as multas a esperar pelo provador oficial de cerveja.

Joheved deu de ombros.

– Se já sabem que serão multadas por vender cerveja fraca, também devem saber que serão multadas por vender a cerveja antes de ser testada.

– Você deve estar certa. Mas por que tantos camponeses negligenciam o trabalho de aragem do campo quando sabem que serão multados? Não que sejam preguiçosos, pois trabalham pesado na terra deles.

– Conosco acontece o mesmo – comentou Joheved. – Os camponeses espertos podem conseguir mais dinheiro com suas próprias lavouras, um dinheiro que cobre as multas que nos pagam. Mas o nosso administrador diz que as multas cobrem a contratação dos diaristas.

– Para vocês é fácil contratar diaristas – retrucou Emeline. – Metade dos homens em Troyes é de antigos camponeses que necessitam de trabalho.

Joheved assentiu com a cabeça.

– Talvez seja por isso que nunca tivemos dificuldade para contratar lavradores, mesmo no ápice da colheita de verão.

– Espero que o seu administrador também não tenha problema em coletar *merchet, leirwite, tallage* ou *heriot* – disse Emeline.

Miriam não fazia a menor ideia do significado de tais palavras e dessa vez não havia criança alguma por perto para perguntar, salvando-a de expor sua ignorância. E assim teve que ouvir a conversa em silêncio, impressionada porque Joheved se transformara em uma outra pessoa. Em casa, enquanto ouvia o Talmud ou ajudava na vinícola, até que tentava dar ordens para a irmã caçula, mas no geral não diferia das outras irmãs. Mas ali, junto a Emeline, não se limitava a ser mais uma mulher, ali ela era *Lady* Joheved de Ramerupt-sur-Aube.

Antes que Miriam se atrevesse a fazer a pergunta, Joheved começou a explicar as tais palavras misteriosas.

– São palavras que você não encontra no Talmud. *Tallage* é o aluguel anual que o camponês tem que pagar pela sua terra; *merchet* é a remuneração que ele paga por ocasião do casamento de uma filha; *leirwite* é a soma que essa filha paga se for apanhada deitada com um homem antes de se casar, e *heriot* é o que a família dele paga quando ele morre. Como nossa propriedade é muito pequena, já que não passa de uma aldeia, é impossível esconder essas coisas do nosso administrador e do nosso capataz.

Pobres camponeses, pensou Miriam. Pagar o aluguel era uma coisa, mas os aldeões de Meir também tinham que pagar quando se casavam ou morriam.

– Com todas as aldeias que temos e com todos aqueles incompetentes que Gila colocou para administrá-las, duvido que essas remunerações tenham sido coletadas a nosso favor. – Emeline balançou a cabeça, com um ar de desgosto.

Logo a fisionomia dela se suavizou.

– Mas depois que vocês nos mandaram o Pierre como administrador, nunca mais tive que verificar as coisas em Méry-sur-Seine. Como sei que todos os administradores treinados por vocês são altamente competentes, gostaria de lhes pedir um favor.

Joheved pareceu surpresa, mas respondeu:

– Não imagino que tipo de favor poderia fazer para você, mas se estiver ao meu alcance o farei.

– Já falei para vocês daquele garoto que Hugo teve com a amante dele?

Tanto Joheved como Miriam disseram que sim com a cabeça.

– Ele se chama Milo e praticamente já aprendeu a ler e a escrever – disse Emeline. – Eu queria que continuasse estudando na sua propriedade, Joheved, para se tornar um administrador tão competente quanto Pierre.

Joheved continuou calada e Miriam deu voz ao que certamente se passava na mente da irmã.

– Entendo o seu desejo de afastar o jovem do seu convívio, mas a mãe dele concorda com isso?

Emeline balançou a cabeça em negativa.

– Vocês não me entenderam. A mãe de Milo faleceu alguns anos atrás, ao dar à luz, e comecei a ensinar as letras para Milo por piedade. O interessante é que se revelou surpreendentemente inteligente e acabei me afeiçoando a ele.

– Por que não o manda para a Igreja?

– Meu marido quer que um dos seus filhos mais novos vá para o seminário, já que o filho legítimo de um barão tem mais chance de alçar a um alto posto que um filho ilegítimo.

Joheved sabia que raramente os edomitas educavam mais de um filho na Igreja.

– Já que você recomenda o filho dele, é claro que poderemos educá-lo. Mas precisamos da permissão de Hugo.

– Eu queria primeiro a sua aprovação para depois passar a minha ideia para ele – disse Emeline. – Mas é claro que Hugo vai concordar. Por que não desejaria que o futuro de Milo fosse melhor que o de um jovem sem terra que luta um torneio após o outro?

Enquanto Joheved e Emeline discutiam os detalhes que precisavam ser resolvidos antes que Milo se tornasse um escudeiro, Miriam lembrou que queria consultar Moisés haCohen sobre Judá.

Encontrou o médico ao lado de Meir, próximo à beirada da plataforma.

– Preciso de um conselho médico – disse.

Moisés levou-a para os fundos da plataforma, onde teriam mais privacidade.

– Em que posso ajudá-la?

– Judá, meu marido... – Miriam hesitou, sem saber como descrever o que a preocupava.

O médico ficou à espera, até que ela decidiu dizer simplesmente o que pensava.

– Acho que ele sofre de melancolia.

Para a surpresa dela, Moisés não a questionou sobre os sintomas do marido. Em vez disso, perguntou:

– O temperamento de Judá tende habitualmente para a melancolia?

– *Oui*, mas ele tem estado mais sombrio que de costume.

– O outono é uma estação associada à bílis negra e frequentemente as pessoas se sentem mais tristes nessa época do ano – disse o médico. – Na verdade, uma dose extra de bílis negra no outono pode ser útil para os Dias de Expiação porque estimula a confissão e o arrependimento.

Miriam franziu a testa.

– Então tenho que esperar até a primavera para que ele melhore?

– Não é bem assim – retrucou Moisés. – Às vezes Satã se aproveita da bílis negra para fazer grandes danos como, por exemplo, persuadindo os homens a se enforcarem e a perderem a fé na clemência de Deus, ou então os torturando com ideias estranhas. Não se preocupe, vou conversar com Judá quando voltar a Troyes para *Simchat Torá*. E se ele reclamar da melancolia, prescreverei um regime apropriado para livrá-lo do excesso de bílis negra.

Já tranquilizada, Miriam concentrou-se no interesse que tinha pela medicina.

– Você disse que a bílis negra está associada ao outono, mas eu achava que se adequava mais ao inverno.

Pelo que parecia, Moisés também estava entediado com o torneio, já que passou a descrever alguns aspectos fascinantes dos quatro humores.

– Cada humor se relaciona com uma personalidade em particular, como também com um elemento, um planeta, uma estação do ano e um órgão do corpo. O excesso de bílis negra torna o homem, por exemplo, muito seco e frio, trazendo com isso a melancolia, um termo que em latim significa bílis negra – ele disse. – Quem tem excesso de sangue é quente e úmido, muito sanguíneo, ao passo que o excesso de bílis amarela torna a pessoa colérica, muito quente e seca. Por fim, o excesso de umidade e de muco frio torna o homem fleumático.

Miriam sorriu para o médico.

– Então a fleuma é um humor do inverno.

– Isso mesmo, assim como o sangue é o humor da primavera e a bílis amarela é o humor do verão – ele perguntou e sorriu. – Lembro que lhe dei a relação dos humores com os respectivos elementos, mas você já tem a relação dos humores com os respectivos órgãos?

– Deixe-me pensar – ela disse. – É claro que a fleuma é produzida pelos pulmões, e acredito que o sangue seja produzido pelo fígado.

– Correto – ele disse.

– Mas não sei de onde derivam a bílis amarela e a negra.

– A bílis amarela é produzida na vesícula biliar, e a bílis negra, no baço.

– Não conheço a combinação dos planetas com os humores. – Ela apontou para o campo de batalha atrás deles. – Mas aposto que a colérica bílis amarela está ligada a Marte, planeta que inclina o homem para a raiva e a guerra.

– Outra vez correto. – O médico abriu um largo sorriso. – O sangue está sob influência de Júpiter enquanto a fleuma é influenciada pela Lua, e talvez por isso as pessoas tenham um comportamento estranho durante a lua cheia. A bílis negra é o humor de Saturno... você sabe se Judá nasceu no período de *shabat*? Às vezes isso predispõe o homem à melancolia.

– Acho que não – ela disse. – Sei que papai nasceu nesse dia porque ele nos contou, e nessa ocasião a mãe de Judá estava presente e não comentou que o filho também tinha nascido nesse dia.

– Nunca pensei que Salomão tivesse nascido sob a influência de Saturno, mas talvez um outro planeta dominante na hora do nascimento dele tenha atenuado a influência de Saturno. – Moisés pareceu pensativo. – Certamente essa influência explicaria o hábito que ele tem de deliberar.

Miriam queria saber mais sobre a influência dos planetas nas pessoas, mas de repente a gritaria que vinha do torneio intensificou-se de tal maneira que tornou a conversa impossível. Ela e todos os outros correram até a beira da plataforma para ver a razão de tanta balbúrdia na tarde que já terminava.

Quando Miriam iniciara a conversa com Moisés, parecia que o torneio se arrastaria até que o último homem fosse capturado ou sucumbisse de exaustão. Mas agora novos cavaleiros, cujas cores não eram nem do Norte nem do Sul de Champagne, entravam na batalha.

Ecoaram gritos na multidão.

– São os homens do conde Robert!

– Isso não está certo – protestaram outros homens. – Eles estavam encarregados de guardar as *lices* e não de lutar.

Miriam voltou-se para Emeline.

– Eles podem fazer isso?

– E quem irá detê-los? – Emeline deu de ombros. – A única regra rígida dos torneios é a de que ninguém pode atacar os homens nas *lices*. Não se espera que cavaleiros se cacem uns aos outros pelas ruas da cidade, mas eles fazem isso. E também não se espera que continuem lutando depois do pôr do sol, mas eles fazem isso.

A verdade é que os homens do conde Thibault se limitaram a assistir aos flamengos se espalharem pelo campo, capturando prisioneiros ao acaso. Os poucos cavaleiros da região que permaneciam no campo estavam exaustos demais para o combate e os que tinham um certo juízo fugiram floresta adentro, inclusive Alain. Em menos de uma hora estava tudo terminado.

Para a surpresa de Miriam, quase todos consideraram a manobra dos flamengos uma tática inteligente e não um golpe baixo. Como Salomão a alertara:

– Os torneios são preparativos para a guerra, e faz sentido que os capitães resolvam manter alguns homens na retaguarda para dispor de tropas descansadas que serão usadas mais tarde.

Fiel a sua promessa, Moisés haCohen convidou Miriam e Judá para um almoço de *Simchat Torá* no dia seguinte. Na hora em que Francesca pediu licença e saiu para amamentar o bebê, Miriam trocou um olhar com Moisés e acompanhou-a. Mas nem teve tempo de acabar de contar o caso de Emeline para Francesca porque o médico a chamou de volta ao salão.

Judá começou a falar tão logo a viu.

– É melhor você ouvir o que Moisés me recomendou, já que isso envolve dependurar algumas ervas no nosso quarto e uma dieta especial para mim.

Miriam voltou-se para Moisés.

– O que terei que fazer?

– Judá e eu concordamos que ele na verdade sofre de *tristitia*, uma tristeza temporária, e não de *acedia*, uma melancolia duradoura – disse o médico. – Começará então com uma dieta suave para ver como se sente daqui a dois meses.

Em dois meses Elisha estaria de volta, pensou Judá. Ele se sentiria realmente curado se visse Elisha e Giuseppe juntos todo dia e não chorasse.

– Judá me disse que nunca fez um tratamento com sangria. – A voz do médico refletiu desaprovação. – Por isso o farei sangrar duas vezes por mês, domingo sim, domingo não, no início da nona hora, ocasião em que Saturno está em ascensão. Dessa maneira talvez se dissipe a alta concentração de bílis negra.

Miriam assentiu com a cabeça, e Moisés voltou-se para Judá.

– Mesmo depois que estiver se sentindo melhor, eu gostaria de continuar com a sangria mensal nas tardes de domingo. Os homens precisam remover os humores corruptos do corpo porque não sangram regularmente como as mulheres.

– Você mencionou uma dieta especial – disse Miriam. Esperava não ter dificuldade para encontrar os ingredientes necessários.

– É uma dieta simples e, como os alimentos indicados tendem a despertar a alegria, é recomendável para toda a família. Primeiro, sugiro bolinhos feitos com noz-moscada e canela, já que são especiarias quentes e calorosas. Judá pode ingerir quantos quiser, mas não pode deixar de comer um de manhã e outro à noite.

– Isso é fácil. E o que mais?

– Arruda e funcho também são úteis nesse caso.

– Eu posso acrescentá-los na minha massa de pão – ela sugeriu.

Moisés assentiu com a cabeça, e dirigiu-se outra vez a Judá.

– Você deve evitar peixe e carne assada, a menos que sejam servidos com um molho temperado. Procure ingerir mais carne ensopada, e cozidos de legumes. E lembre-se que a natureza fria e seca da bílis negra ressecou tanto o seu corpo que vai precisar de banhos regulares.

Judá corou de vergonha. Será que Miriam tinha dito para Moisés que ele não ia mais ao banho nas tardes de sexta-feira desde a partida de Elisha? Seu último banho tinha sido na companhia de Salomão após o *Rosh Hashaná*.

– Ele terá que evitar algum outro alimento além do peixe e da carne assada? – perguntou Miriam. Até ali a dieta especial de Judá era bem simples.

– Afora o endro que também reforça a melancolia, não há restrição alguma para outras ervas e especiarias.

Miriam levantou-se para voltar ao quarto de Francesca, mas o doutor ainda tinha algo a dizer.

– Normalmente eu recomendaria que dependurassem ervas perfumadas no quarto de um paciente melancólico, mas não quero levar o seu filho a nascer mais cedo, sob a influência de Saturno.

Como a maioria das parteiras, Miriam sabia que Saturno regia o oitavo mês da gravidez e que os bebês que nasciam nesse período raramente sobreviviam. Mas já estava entrando no nono mês, regido por Júpiter, e seria um alívio se o bebê nascesse nessa ocasião. Ela então dependurou manjericão e erva-cidreira no quarto de dormir, preparou a dieta prescrita para Judá e rezou para que o Clemente o curasse o mais rápido possível.

Três semanas depois, o terceiro filho do casal nasceu com um parto extremamente rápido, e o humor de Judá melhorou. Embora o nascimento do filho o tivesse animado, para Miriam o bom humor do marido não se devia nem à dieta especial, nem às doces especiarias, nem aos banhos, nem às sangrias, mas ao fato de Salomão tê-lo chamado para estudar o tratado *Sanhedrin* como preparativo da Feira de Inverno. É desnecessário mencionar que após cinco anos de treinamento, com a antecipação do parto Miriam finalmente realizaria o seu primeiro *brit milá*... no próprio filho.

Toda vez que trocava a fralda, Miriam esticava cuidadosamente o prepúcio do filho para a frente e para trás enquanto o limpava. As mães judias faziam isso com os recém-nascidos para deixar o prepúcio mais fácil de ser cortado pelo *mohel*. Nos seus dois primeiros filhos, ela fazia a limpeza sem pensar muito nisso, mas com o novo bebê era diferente. Ela própria faria a circuncisão.

Estava absorta, pensando se tinha amaciado bem o prepúcio, quando uma voz familiar chamou-a lá do térreo.

– Miriam, já estou subindo. Estou morrendo de vontade de ver o bebê. – Soou como a voz de Raquel, mas ela não devia estar em Gibraltar?

– O que está fazendo aqui? – disse Miriam quando a irmã entrou. – Alguma coisa errada?

– Está tudo bem. É que não parei de pensar que você faria o seu primeiro *brit milá* se tivesse um menino, e eu não perderia isso por nada nesse mundo. Por isso decidimos viajar com Sansão para comprar peles em Kiev.

– Fico feliz por ter chegado a tempo. – Miriam colocou o filho no berço para poder abraçar a irmã. – Ficará aqui por quanto tempo?

– Uns dois meses, pelo menos. A Feira de Inverno oferece as melhores armaduras e armas, e vamos adquirir algumas para vender na Espanha nessa primavera.

Raquel inclinou-se sobre o berço, olhou o sobrinho e deu uma piscadela para Miriam.

– É feioso, mas o que se podia esperar de um pai como o dele?

Miriam retribuiu o sorriso. *Ele é um bebê lindo.*

– Meu parto foi tão rápido que nem deu tempo para a cabecinha dele deformar.

– Suas gestações são difíceis, mas seus partos são sempre fáceis. – Raquel sentou-se na cama. – E como está Joheved?

– O bebê dela ainda não se virou, e acho que ficará em Troyes depois do *brit*. – O bebê de Joheved estava com as nádegas voltadas para baixo, e seria melhor fazer o parto na cidade com parteiras experientes.

Um esgar de medo cruzou o rosto de Raquel, mas depois o rosto se iluminou.

– É o quinto filho dela. É claro que tudo vai correr bem, como de costume.

– É tão bom ver você. Fico feliz por terem resolvido negociar peles e armas nesse inverno. – Miriam pôs o braço em volta dos ombros da irmã. – Senti tanta saudade de você.

Raquel se derreteu com a inesperada atenção.

– Eu também senti muita falta de você, mas a outra razão para estarmos aqui é o Eliezer – ela suspirou. – Embora esteja se aperfeiçoando no negócio de compra e venda, o coração dele ainda anseia pela *yeshivá*.

– Judá ficará feliz por ter o velho parceiro de estudos de volta – disse Miriam. – E eu ficarei ainda mais.

Raquel ficou com um ar pensativo.

– Mamãe disse que você fará o *brit* amanhã, mas não está me parecendo nervosa.

– Treinei tanto durante todos esses anos que já estou mais do que pronta – disse Miriam, satisfeita por ter escondido a ansiedade.

Vinte e sete

Miriam não se mostrou tão reticente quando Judá ressaltou que ela estava surpreendentemente calma naquela noite.

– Agora entendo a tradição do aprendiz fazer o seu primeiro *milá* em cima da hora, quando o *mohel* está indisposto – ela disse. – É horrível ter que esperar e se preocupar por oito dias.

Judá montou uma cama de vento perto da cama de casal, onde dormiria durante os quarenta dias após o nascimento do bebê.

– Tenho certeza que fará um excelente trabalho.

Ela deu uma outra olhada no bebê que dormia no berço, e apagou a lamparina.

– Você disse que meu *bashert* seria fazer o meu primeiro *milá* com nosso próprio filho.

Naquela noite, ela levantou-se duas vezes para amamentar o bebê, e nas duas vezes Judá sentou-se ao lado para descrever a *Guemará* na qual estava trabalhando com Salomão. O melhor era tentar distrair a esposa, mas nem por isso ela deixou de se preocupar pelo resto da noite.

Quando o dia amanheceu, Miriam deu uma olhada de soslaio no bebê e tratou de ver outra vez se o *kit* de *mohel* estava completo. *Oui*, não havia vazamento no óleo e no cominho preparados no dia anterior, não havia uma única linha pendida no *haluk*, e o pequeno recipiente com o vinho mais forte do pai ainda estava lacrado.

Então, pegou a *azmil* para testar o corte da lâmina dupla. As lâminas de aço formavam uma rebarba natural depois de afiadas e, com muito cuidado, deslizou a ponta de um dedo por toda a extensão da lâmina a fim de detectar uma possível aresta contra a própria pele. Depois, pressionou levemente o fio da lâmina contra a unha do dedo polegar. Se cortasse a unha, estaria bem afiada, se escorregasse, estaria cega e teria que ser afiada no menor ângulo possível. Uma outra razão para aquelas unhas horríveis de todo *mohel* experiente, ela pensou enquanto testava os dois lados da faca.

Já satisfeita, levou a *azmil* para fora da casa, onde o sol se levantava por cima do muro do pátio. Aprendera com Salomão como os bons amoladores enxergavam as pontas cegas. Como teste final, empunhou a faca com as lâminas alinhadas com o sol e começou a fazer movimentos lentos, procurando algum brilho que refletisse um ponto cego ou uma rebarba. Suspirou aliviada por não ter encontrado imperfeições.

Terminado o último teste, o resto da casa já estava de pé e Judá chamou-a para avisar que o bebê estava com fome. Miriam respirou fundo e voltou para o andar de cima. Já deitada na cama, enquanto amamentava o bebê, pensou que a próxima vez que o amamentaria seria depois da circuncisão.

Ainda bem que Joheved liderou as mulheres na sinagoga, porque Miriam não poderia conduzir os serviços. Judá a tinha escolhido como agente para o *brit,* mas como garantia Avram manteve-se em casa, reclamando de uma dor de cabeça. Quando Judá recusou-se a segurar o bebê, temendo que pudesse se mexer num momento crucial, Salomão concordou em ficar com o neto no colo durante a circuncisão.

À medida que se aproximava o momento do *brit milá,* as preces da congregação emudeciam e, quando Miriam desceu com o filho para entregá-lo a Judá, o recinto inteiro estava em silêncio. Depois da invocação paternal, ele estendeu o filho para Salomão e foi como se todos estivessem prendendo a respiração. Miriam pôs um pano embebido em vinho na boca do filho, pegou a *azmil* e disse a bênção do *mohel* pela primeira vez na vida.

– *Baruch ata Adonai...* Aquele que nos guia no *milá.*

Depois, como já tinha visto Avram fazer inúmeras vezes, concentrou a *kavaná* no minúsculo pênis que tinha à frente, puxou o prepúcio e cortou-o. O pequeno Elisha praticamente não chorou, e dessa vez a respiração de centenas de pessoas soou como uma rajada de vento interna. Ela se deu conta de que também prendera a respiração o tempo todo, e suspirou de prazer quando viu que não tinha deixado pequenas tiras de pele para trás, e o corte estava perfeito. As lágrimas escorreram pelo rosto de Miriam enquanto aplicava a bandagem no filho ao mesmo tempo em que Judá fazia a bênção paterna e Salomão conduzia as preces pela saúde tanto da mãe como do bebê.

Com o filho já circundado e radiante nos braços, Miriam retribuiu o sorriso de Judá enquanto ele anunciava:
– Que essa criança nomeada na Casa de Israel, Elisha ben Judá, se torne grande. Da mesma forma que ele se uniu ao pacto, que ele possa se unir à Torá, ao dossel do casamento, e que pratique bons atos.

Três horas depois, o pequeno Elisha já tinha molhado duas fraldas. Três dias mais tarde, Avram apareceu para examinar as condições do menino e oferecer congratulações. E três semanas depois, justo na hora em que a família saía para os serviços matinais, a bolsa de Joheved se rompeu.

O bebê ainda estava virado de bunda e, orando para que o parto de Joheved não se estendesse por muito tempo, Miriam começou a aparar as unhas. E enquanto tentava se lembrar dos muitos carneirinhos também virados de bunda que ajudara a colocar sãos e salvos no mundo, Raquel recolhia todos os *tefilin* da família, espalhava funcho pelo velho quarto do casal e riscava o chão e as paredes com giz para repelir Lilit.

Salomão e Judá chegaram da sinagoga, com um rolo da Torá e um *minian* formado para a leitura dos salmos, na mesma hora em que Meir e Marona chegavam de Ramerupt. Ali pelo final da tarde o útero de Joheved já estava totalmente aberto, mas um imprevisto impediu Miriam de anunciar o nascimento da criança para aquela noite. Em vez disso, ela pediu que Meir levasse o rolo da Torá para o quarto e que os homens voltassem para casa e descansassem. Um outro *minian* viria dos serviços noturnos para substituí-los e ficaria ali a noite toda, caso fosse necessário.

E foi necessário. O bebê continuou virado de bunda e, mesmo com Joheved segurando o rubi da condessa Adelaide com força, Miriam e Sara levaram quase a noite inteira para puxar os pezinhos para fora. O resto do corpinho do bebê teria que sair em seguida, mas isso não aconteceu. Depois de vinte e quatro horas de trabalho de parto, uma parte do corpinho despontou o suficiente para indicar que era um menino, mas a cabeça ainda se mantinha firmemente alojada, por mais que se repetisse inúmeras vezes o verso do Êxodo no ouvido de Joheved.

Sai tu e todo o povo que te segue, e depois eu sairei.

Quando Raquel desceu e disse que sairia em busca de Elizabeth, Meir, que tinha se erguido cheio de esperança ao vê-la na escada, afundou desolado no assento. Gentilmente, Shemaya pousou a mão no ombro dele, sugerindo que talvez fosse melhor descansar um pouco. Ele agitou a cabeça em negativa, e o amigo sentou-se outra vez.

Elizabeth chegou pouco depois, e ficou de rosto sombrio quando soube que o bebê não tinha progredido nem um pouco.

– O funcho e o manjericão são bons, mas precisamos de algo mais forte.

– Raquel vai sair para comprar agrimônia na feira – disse Sara. – Talvez também possa trazer óleo de rosas para as coxas de Joheved; é outra coisa que pode forçar o bebê a sair.

Miriam mal dissimulou a ansiedade.

– Nós duas estamos puxando as perninhas do bebê há horas, e ele não se digna a sair.

Elizabeth começou a examinar a paciente.

– Talvez seja melhor manipular o útero para abri-lo um pouco mais.

– Já fiz isso muitas vezes, mas posso tentar novamente. – Miriam voltou-se para a irmã. – Sei que isso dói, Joheved, mas será mais fácil se relaxar.

Joheved fechou os olhos e sufocou os gemidos enquanto Miriam tentava passar a mão pela cabeça do bebê com muito jeito.

– Ainda é cedo para isso, mas teremos que cortá-lo em pedaços se for necessário – sussurrou Elizabeth.

Miriam fez uma cara feia. Somente duas vezes na vida se vira forçada a desmembrar um bebê que se recusava a nascer. E numa dessas vezes a mãe morreu.

– Não o matem – implorou Joheved. – Ainda tenho forças para expeli-lo.

– O problema não é esse – retrucou Sara. – Se ele estiver preso, seu útero poderá romper de tanto você fazer força.

As parteiras se entreolharam de um modo sombrio. Já tinham tratado de mulheres cujo parto obstruído acabara fazendo uma abertura que ia da vagina à bexiga ou ao reto, deixando-as à mercê de excrementos e de um cheiro insuportável de latrina.

– Tive uma ideia – disse Elizabeth. – Se eu conseguir colocar minhas mãos no alto dos ombros, posso empurrá-lo para baixo enquanto uma de vocês puxa as perninhas, e a outra pode ir dormir um pouco.

Sara assentiu.

– Se fizermos isso devagar e continuamente, talvez a cabeça do bebê se comprima e consiga passar.

– Já dormi um pouco quando fui amamentar Elisha – disse Miriam.

Depois que as coxas de Joheved foram besuntadas com óleo de rosas e atadas com ramos frescos de agrimônia sem raízes, Elizabeth passou óleo nas mãos e introduziu-as no canal vaginal da paciente. Assim, nas contrações seguintes, enquanto Elizabeth empurrava, Miriam puxava. O bebê estava tão desconjuntado e tão melado que as perninhas deslizavam nas mãos de Miriam.

Algumas horas depois, justo quando Miriam já achava que tinham obtido algum progresso, Marona apareceu.

– Seu filho está chorando, Miriam, e você também devia se alimentar. Sara ainda está dormindo; portanto, me mostre o que tenho que fazer.

Lá no andar de baixo, todos os olhares ficaram cravados em Miriam enquanto ela comia um ensopado de galinha com pão. Ela sabia que a família esperava por uma notícia boa e concentrava-se em parecer o mais impassível possível. Não queria ser questionada, mas não se surpreendeu quando se viu seguida por Meir até o andar de cima, onde a mãe andava de um lado para o outro com o pequeno Elisha faminto no colo.

Meir empalideceu, e disse com voz trêmula.

– Sei que já teria falado se houvesse uma notícia boa. Mas você vai ter que me dizer alguma coisa. Pelo menos alguma coisa que me dê um pouco de esperança.

Miriam suspirou. *Devo dar esperanças agora e depois descartá-las, ou será melhor contar logo que há poucas chances?*

– Não sei, Meir. Seu filho está de nádegas e estamos tentando puxá-lo, mas parece que ele não quer nascer.

O rosto de Meir se crispou e seus olhos se encheram de lágrimas.

– Se tiver que decidir entre a vida do bebê e a de Joheved, não pense muito. Salve a vida da minha mulher.

– É claro.

– E se... – A voz dele saiu num sussurro. – Se o pior tiver que acontecer, eu quero vê-la enquanto estiver viva.

– As coisas não estão tão ruins assim – disse Miriam ao chegar no topo da escada. – Afinal, quantas mulheres em trabalho de parto têm a proteção de sete pares de *tefilin*?

Quando a mãe a fez entrar no quarto com o pequeno Elisha, Miriam ouviu os gritos dos outros filhos lá embaixo e a voz de Judá tentando acalmá-los. Depois, a mãe fechou a porta do quarto e tudo ficou em silêncio.

Miriam acordou com o choro do bebê ao lado e o cheiro da fralda que precisava ser trocada, mas quando abriu os olhos não conseguiu ver nada. O sol já tinha se posto algum tempo antes. Ela se levantou, pegou o bebê e saiu em direção ao seu antigo quarto com o coração aos pulos. Lá embaixo o murmúrio contínuo das preces era encorajador.
Abriu a porta e ouviu a voz da mãe.
– Já estou com câimbra na mão, Sara. Eu não aguento mais puxar.
Sara ergueu-se e viu a sobrinha.
– A ideia da Elizabeth está dando certo. É demorada, mas a cabeça do bebê já avançou um pouco mais para fora.
– Graças aos céus. – Miriam sentou-se para amamentar o filho. – Como está se sentindo, Joheved? Ajudarei logo que Elisha acabar de mamar.
Os olhos de Joheved tremeluziram e ela soltou um leve gemido.
– Se a dor matasse, eu já estaria morta... já estou cansada demais para fazer força... só quero que tudo... dor, força, tudo... termine.
Marona enxugou o suor da testa da nora.
– Aguente um pouquinho mais, minha querida.
Enquanto amamentava o filho, Miriam observava a irmã... o olhar perdido, os cabelos despenteados, a pele acinzentada e a respiração ofegante. Quando o bebê terminou, inclinou-se sobre Joheved e tirou o rubi da mão da irmã com delicadeza.
– Mamãe, a senhora pode me trazer uma taça de vinho quente e um pilão?
Raquel engoliu em seco e em seguida ninguém mais esboçou um único ruído quando Miriam pilou o pequeno rubi em minúsculas peças, mergulhou-as no vinho e recitou um encantamento sobre a taça. A gema lhe pertencia e podia dispor dela como quisesse.
– Conjuro-te, Armisael, anjo que governa o útero, que ajudes esta mulher e o filho que tem no ventre a viverem em paz. Amém.
As outras disseram em coro.
– Amém.
Miriam assumiu o lugar de Elizabeth, e a velha parteira estendeu os braços em agradecimento e sacudiu as mãos.

– O que acha? Fizemos algum progresso para que Marona possa descer e dar algum consolo ao filho?
– Você fez um trabalho maravilhoso. Já consigo sentir as orelhas dele. – Miriam teve que fazer força para não chorar de alívio. O filho de Joheved deveria nascer antes do amanhecer.
– Vou trocar a fralda do Elisha e colocá-lo para dormir – disse Rivka. – Depois tentarei convencer o teimoso do meu marido a também ir dormir.

Raquel juntou sua força à das parteiras, mas a cabeça do bebê levou a noite inteira para se encaixar no canal vaginal. A essa altura Joheved estava praticamente inconsciente, mas foi despertada pelo choro do recém-nascido que, mesmo fraco, a fez abrir os olhos para ver se todas as partes dele estavam no lugar.

– Ele tem uma cabeça tão estranha – sussurrou.

Por mais que Miriam tentasse se lembrar, nunca tinha visto um bebê tão grande.

– A cabeça do seu filho foi apertada enquanto o puxávamos para fora – ela disse. – Voltará a uma forma mais normal à medida que for crescendo.

Meir entrou no quarto junto a Salomão, e Sara explicou que com o tempo a cabeça do bebê se arredondaria como a dos outros bebês, mesmo que isso levasse muitos meses. Meir agradeceu de forma enfática, afundou numa poltrona perto da cama e caiu no sono. Salomão sentou-se ao lado e começou a estudar.

Dois dias depois, a temperatura de Joheved se elevou e ela começou a reclamar de dores no ventre. Na manhã seguinte, Miriam viu que a febre não cedia e pediu que Meir chamasse os alunos de volta para rezar pela saúde de Joheved e contratasse uma ama de leite.

– Não existe algum remédio que possa ajudá-la? – ele perguntou.

Miriam balançou a cabeça em negativa, lembrando da pobre Rosaline. Já tinha feito uma visita a Notre-Dame-aux-Nonnains, e as freiras disseram que a jovem havia morrido.

– Ela está sendo medicada com noz-moscada e matricária misturadas à cerveja, pois são ervas indicadas para combater a febre puerperal, mas já ficou claro que não são capazes de derrotar Lilit e seus demônios. Isso requer intervenção e clemência divinas.

– Compreendo – disse Meir. Era hora de preces, jejum e caridade.

Mas na manhã do *brit milá* do pequeno Salomão – o nome que o casal escolheu para o filho – Joheved estava tão mal que o ritual foi realizado novamente no colo do avô e não da mãe, e a ama de leite retirou a criança do recinto quase que imediatamente. Miriam estava tão concentrada no péssimo estado de saúde da irmã que fez a circuncisão num piscar de olhos, como se fosse a centésima que fazia e não a segunda.

Meir não se conteve e foi rapidamente para o segundo andar, onde Joheved estava de cama. Desde o parto estava proibido de tocá-la, mas os oito dias de impureza do parto já tinham terminado. Ele pegou o pano úmido que estava com Anna e começou a enxugar o suor da face e do pescoço da esposa. A cada vez que mergulhava o pano na água fresca e o torcia, recitava um dos versos bíblicos que invocam o Nome Sagrado para combater os demônios da febre. Primeiro, o do Deuteronômio:

> Adonai a deixará livre de toda doença:
> Ele não permitirá que nenhum dos males
> do Egito recaia sobre você.

E depois, o dos Números:

> Moisés clamou por Adonai, dizendo:
> "Ó, Deus, salve-a, por favor."

Exausto, Meir tirou a camisa e deitou-se debaixo das cobertas. Com lágrimas rolando pelo rosto, abraçou o corpo febril de Joheved e repetiu os versos seguidamente. Inerte nos seus braços, ela parecia ausente de tudo, mas a esperança se acendia quando ele sentia os movimentos respiratórios no peito dela.

Soou uma batida leve à porta.

– Meir? – chamou Shemaya no corredor do lado de fora. – Estou com o rolo da Torá que trouxe da sinagoga.

Meir levantou-se com relutância, e abriu a porta. Juntos, eles colocaram o rolo santo ao lado da cama.

– Suponho que não esteja interessado em ir ao banquete – disse Shemaya. – Mesmo sendo você o anfitrião.

Meir fez que não com a cabeça, e ele continuou.

– Pensei a respeito e resolvi trazer a minha cópia do tratado *Sanhedrin*.

Algum tempo depois, os estudos foram interrompidos por outra batida à porta. Dessa vez era Miriam, na companhia de Judá, Salomão, Rivka, Raquel e Eliezer, todos com fisionomias sombrias.

Miriam inalou o ar, atenta a um possível resquício de fedor como o que impregnara o quarto de Rosaline.

– Meir, seus esforços isolados não serão suficientes para salvar Joheved.

– Você sabe como os pares são perigosos – sussurrou Rivka. – É claro que você não podia fazer nada para evitar isso; acontece que duas irmãs parindo um menino com um intervalo de tempo tão curto... certamente isso provocou o mau-olhado.

Judá assentiu com a cabeça.

– Ainda mais sendo elas filhas de um *talmid chacham*, e casadas com eruditos.

– A família inteira precisa de ajuda – disse Miriam. – Papai afirmou que não conhece ninguém que tenha tanta sabedoria quanto Ben Yochai, mas deve haver algum erudito na Feira de Inverno que conheça encantamentos para combater Lilit e o mau-olhado.

– É preciso que todos vocês também tentem se lembrar de tudo o que aprenderam sobre esse tema – disse Salomão.

Miriam voltou-se para Raquel.

– Fale com nossas clientes. Pergunte sobre os métodos que elas conhecem para isso.

– Estou certa de que terão o que dizer. As mulheres sabem coisas sobre o parto que os homens desconhecem.

Rivka engoliu em seco, subitamente.

– Eu e Salomão temos a mesma *mezuzá* desde que nos casamos. Talvez já tenha até ninhos de aranha, ou então já foi despedaçada pelos insetos. – Voltou-se para o marido, com ansiedade. – Quando foi que a examinou pela última vez?

– Quando fiz isso ainda estava intacta. – Salomão se esquivou da pergunta. – Mas de todo modo, já deve estar com algumas letras apagadas e terei que arranjar uma outra.

– Veja se o senhor consegue encontrar o Mordecai – disse Miriam. – Ele fez o amuleto de parto para Raquel dois anos atrás, na Feira de Inverno.

– É melhor o senhor fazer isso amanhã – disse Judá. – Senão terá que esperar até segunda-feira.

– O quê? – Miriam olhou espantada para ele.

– A *mezuzá* tem que ser escrita na quarta hora de uma quarta-feira, momento regido por Vênus e pelo anjo Anael – explicou Judá. – Ou então na quinta hora de uma segunda-feira, quando o sol e o anjo Rafael estão na regência.

– Então, amanhã, na quarta hora. – Salomão levantou-se. – Vou procurá-lo agora mesmo para ver se ele pode fazer.

Judá saiu em seguida.

– Os mercadores orientais que me acompanham no estudo devem ter algum conhecimento esotérico.

– Lembra daqueles dois homens que vieram conosco na caravana que saiu de Arles e conversavam em árabe? – perguntou Raquel a Eliezer. – Ainda estão na cidade; eu os vi nos serviços do *shabat*.

– Eu vou falar com eles.

Na manhã seguinte, Salomão se dirigiu à feira, acompanhado por Raquel e Miriam. Mordecai, o escriba, estava à disposição quando eles chegaram na tenda. O homem olhou atentamente para as duas irmãs por algum tempo, e o rosto dele se iluminou quando as reconheceu.

– Na verdade, eu tinha um outro cliente marcado para hoje, mas o caso de vocês é urgente e pedi para que voltasse na próxima semana – ele disse. – O melhor é que os amuletos sejam escritos ou no décimo dia ou no sexto dia do mês. Por isso, que o céu não permita, se essa mãe não estiver melhor na quinta-feira, escreverei uma nova *mezuzá* para a porta do quarto dela.

Ao ver a expressão de surpresa do grupo, ele explicou.

– Alguns fiéis dependuram uma *mezuzá* em cada porta da casa. Eu conheço um rabino em Rotemburgo que era atormentado por um espírito malévolo a cada vez que tirava um cochilo à tarde, mas isso acabou quando ele dependurou uma *mezuzá* na sala de estudos.

O escriba pegou um pequeno relógio solar e o alinhou.

– Já está quase na hora. Vamos começar. – Abaixou-se para pegar um chifre de vaca com tinta, uma pena de ganso e um pedacinho de pergaminho.

Depois, olhando fixamente para os itens, ele recitou:

– *Baruch ata Adonai*, Rei do Mundo, Vós que santificastes vosso grande nome e que o revelastes para os fiéis, eu invoco Vosso poder e Vossa força por meio do Vosso nome e de Vossas palavras.

Miriam olhou para Raquel, que por sua vez balançou a cabeça em afirmativa. Mordecai recitara a mesma prece antes de escrever o amuleto de parto de Raquel.

Ele ergueu o pergaminho.

– Esse *klaf* é feito de pele de cervo.

– Ele me pareceu diferente do nosso pergaminho de pele de carneiro. – Salomão estendeu a mão. – Posso examiná-lo?

– Não, a menos que nessa manhã tenha se banhado no *mikve* e que me garanta que desde então não tocou em nada impuro – retrucou Mordecai.

Salomão recolheu a mão e se colocou ao lado enquanto o escriba esticava o *klaf* e escrevia "Shaddai" no centro da peça.

– As letras desse nome santo também valem para os "lares de Israel" e, quando eu terminar, enrolarei o *klaf* de modo que se possa ler "Shaddai" por um buraco na caixa da *mezuzá* – explicou Mordecai.

Ele virou o *klaf* e redigiu as estranhas palavras "Kozu Bemochsaz Kozu" em cada extremidade.

– É um nome poderoso e secreto para o Eterno – sussurrou. – Se você substituir as letras de cada palavra hebraica pela próxima letra do alfabeto, terá...

– Adonai Eloheinu Adonai – interrompeu Raquel, admirada. – Os três nomes de Deus no *Shemá*...

– Que é a primeira linha escrita na *mezuzá* – acrescentou Miriam.

– Deve-se escrever Kozu Bemochsaz Kozu exatamente onde "Adonai Eloheinu Adonai" aparece no lado reverso – disse Mordecai enquanto desenhava figuras bizarras na base do *klaf*. Depois, secou lentamente a tinta, virou o *klaf* e riscou vinte e duas linhas paralelas no pergaminho em branco com uma pena sem tinta. – Agora é a vez do verdadeiro texto do Deuteronômio.

Os três observadores chegaram o mais perto possível, tomando cuidado para não bloquear a luz do sol. Miriam entrou em êxtase quando viu que Mordecai redigia bem mais que um mero texto bíblico. No final da primeira linha, ele escreveu "Yah", um dos nomes sagrados, e acima disso um pentagrama. A última letra da terceira linha tinha um pequeno círculo debaixo dela, e sob o pentagrama ele escreveu Micael, o nome do arcanjo.

Até então Miriam pensava que as palavras de toda *mezuzá* eram sempre provenientes da Torá. Obviamente, isso não era totalmente correto; cada linha era seguida por nomes sagrados e símbolos esotéricos. Mas quem havia decidido isso e por quê?

Salomão devia estar pensando a mesma coisa, já que perguntou tão logo Mordecai terminou a sexta linha.

– O que são essas palavras e figuras extras à esquerda?

– E por que você traça esses pequenos círculos entre algumas palavras? – acrescentou Miriam. Aparentemente, era um sacrilégio adicionar aquilo ao texto sagrado.

Mordecai continuou fazendo o trabalho ao mesmo tempo em que respondia a Salomão.

– Aprendi com o meu mestre que os nomes dos sete anjos sagrados de Deus devem ser escritos ao longo do lado esquerdo, bem como os cinco nomes sagrados de Deus. Não conheço o propósito de todas as figuras, mas os dez pentagramas representam os dez mandamentos.

Depois, respondeu a Miriam.

– Alguns dizem que os círculos em número de dez também correspondem aos dez mandamentos, embora outros digam que indicam os dez elementos do corpo humano. Quanto ao uso que fazemos desses nomes e símbolos adicionais e por que devem se posicionar de certa maneira no *klaf*... – Parou alguns instantes para refletir. – O que me ensinaram é que isso torna a *mezuzá* mais poderosa.

Miriam não tinha nada a opor. Os judeus confiavam plenamente que os escribas de *mezuzá* seguiam o procedimento correto.

– As mulheres podem escrever uma *mezuzá*? – perguntou Raquel.

– Não sei de nenhuma que tenha feito isso – admitiu o escriba.

Salomão alisou a barba.

– Já que as mulheres se submetem da mesma forma que os homens às obrigações na *mitsvá* da *mezuzá*, a mim me parece que elas podem escrevê-la, desde que se banhem no *mikve* – ele disse vagarosamente. – No fim das contas, a recompensa da *mezuzá* é aumentar os nossos dias. Se nós desejamos vida longa para os homens, as mulheres também não mereceriam vida longa?

Eles pensaram em silêncio em Joheved, para quem aquela *mezuzá* traria a esperança de vida longa.

Mordecai ergueu a *mezuzá* já terminada para que fosse inspecionada e Raquel não se conteve. As letras estavam cinzentas e não pretas.

– A cor está muito esmaecida – ela reclamou.

O escriba sorriu.

– Uma tinta bem preparada escurece até atingir um intenso tom negro arroxeado, e suas marcas aderem com tanta firmeza ao *klaf* que, ao contrário das outras tintas, não se apagam quando elas são esfregadas ou lavadas, o que só acontece quando a superfície escrita é rasgada. – A voz dele soou cheia de orgulho.

– Onde você consegue essa tinta? – Salomão a cada verão sempre comprava tinta com os mesmos mercadores, mas talvez o escriba tivesse um fornecedor mais em conta.

– Sou eu mesmo que faço. – Mordecai soprou o *klaf* para secá-lo. – Não é difícil. Primeiro coloque um pouco de bolotas de carvalho na água e depois ferva a mistura por muitas horas. Quando esfriar, misture com um pouco de vitríolo e goma-arábica, para a tinta engrossar e fluir com facilidade da pena. Alguns preferem deixar as bolotas fermentar na água por algumas semanas em vez de fervê-las, mas acho que a fervura produz um tom mais intenso de negro.

– Entendo. – Salomão assentiu com a cabeça, decidido a continuar comprando dos vendedores habituais, mesmo com um preço mais alto.

Miriam pegou a *mezuzá* enrolada e colocou-a com cautela na manga, assombrada pelo fato de que uma coisa aparentemente tão inócua tivesse um poder tão grande contra o mal. Caminhou de volta para casa com todo cuidado, para que nenhum passo em falso pudesse danificar o rolinho e trazer má sorte para a família.

Vinte e oito

No jantar daquela noite, Joheved ainda não apresentava melhoras, e a família então partilhou os conselhos que havia recebido para curá-la. Se Meir já não estivesse fazendo isso, passaria a dizer em voz alta o *Shemá* matinal e noturno à cabeceira da cama de Joheved para que ela ouvisse, especialmente o Salmo 91, específico no combate às forças demoníacas.

Salomão dependurou imediatamente a nova *mezuzá* na porta de entrada da casa.

– Na quinta-feira, me banharei no *mikve* e depois ajudarei Mordecai a confeccionar uma outra *mezuzá*. Escreverei as primeiras linhas assim:

> Inscreva-as nos portais e nos portões de sua casa – para que você e seus filhos tenham uma vida longa.

Todos aprovaram. Uma *mezuzá* redigida pelo próprio Salomão daria mais proteção à família que uma outra redigida por um estranho.

Raquel estava ansiosa para contar o que havia aprendido.

– Na Espanha, quando uma mulher sofre de febre puerperal, todo dia na nona hora eles rezam nove vezes o Salmo 20 no ouvido dela.

– Certa vez tia Sara me disse que este salmo ajuda a mulher em trabalho de parto – disse Miriam. – Talvez também cure a mãe que já deu à luz.

Judá tinha consultado os mercadores orientais.

– Eu esperava que recomendassem um dos remédios contra febre do tratado *Shabat*, mas nunca ouviram falar de algum que cure a febre puerperal.

Todos à mesa se mostraram desapontados, e ele continuou:

– Mas um dos homens conhecia um encantamento contra a febre de Ochnotinos, o demônio de Lilit: o devoto que não tenha comido nada pela manhã, deve cuspir três vezes e dizer em seguida: "Ochnotinos, notinos, otinos, tinos, inos, nos, os." O homem afirmou que isso está no Talmud, mas eu nunca soube disso.

Ele olhou intrigado para Salomão, que por sua vez alisou a barba por alguns segundos antes de responder.

– Eu me lembro de algo parecido no tratado *Avodah Zarah*. O mau espírito se encolhe e desaparece enquanto escuta o seu nome se reduzindo.

– Minha esposa estava certa – disse Eliezer, todo prosa. – Um dos homens da nossa caravana que estudou a Torá oculta conhecia um encantamento eficaz contra os demônios da febre.

– E como é? – Meir mostrou-se esperançoso depois que soube que o encantamento de Judá tinha a garantia do Talmud.

– Pegue uma faca virgem e trace por nove vezes um círculo em torno da área atingida pela febre – disse Eliezer. – Faça isso diariamente e em nove dias o paciente será curado ou... – Não precisou terminar.

– A senhora descobriu alguma coisa, mamãe? – perguntou Miriam. A mãe sempre estava em guerra com os maus espíritos; devia saber de algum remédio.

E ela sabia.

– Eu também já ouvi falar desse traçado de círculos com uma faca virgem, mas aprendi que devem ser traçados três círculos e não nove – disse Rivka. – É claro que toda mulher sabe que a melhor cura para a febre é caldo de galinha bem-temperado com alho.

– Eu acho que devemos tentar tudo isso. – Miriam queria ter consultado a tia, mas Sara se deitara cedo, também reclamando de uma febre.

– Já deixei de ingerir alimentos sólidos nas segundas e quintas-feiras – disse Meir. – Mas nos próximos nove dias estarei em abstinência de comida, exceto a do *shabat*.

– Farei o mesmo – acrescentou Salomão.

Judá percebeu que Miriam se juntaria a eles.

– Miriam está amamentando, não pode jejuar – disse. – Farei o jejum no lugar dela.

– O senhor não precisa comprar uma faca nova, papai – disse Raquel, já que seria preciso uma faca nova para realizar os dois encantamentos. – Eu e Eliezer temos várias para o senhor escolher. – Voltou-se para o marido, que assentiu com um olhar. – Nós também vamos jejuar por nove dias.

Como a febre de Joheved não cedia, a família iniciou uma difícil rotina. Normalmente, Salomão, Meir e Judá passavam quase o dia inteiro na sinagoga com os eruditos, ou então ministravam aulas em casa a partir da abertura da Feira de Inverno. Mas agora Salomão acordava bem cedo para realizar os encantamentos, e em seguida se unia à família no salão para que todos orassem juntos no serviço matinal. Só depois os homens se dirigiam à sinagoga. Quando Meir voltava para casa, visitava o filho na casa da ama de leite e após o almoço ia estudar o Talmud com Shemaya no quarto de Joheved, enquanto Salomão e Judá trabalhavam no andar de baixo com os alunos.

Alvina atendia as clientes de Miriam e Raquel, para que ambas pudessem estudar com Joheved enquanto os homens estavam fora e dizer o Salmo 20 por nove vezes no ouvido da irmã quando os sinos badalavam a nona no meio da tarde. Miriam se levantava diversas vezes durante a noite para amamentar e então passou a dormir no seu antigo quarto, para poder recitar o Salmo 20 em laudes, nona hora após o pôr do sol, no ouvido de Joheved. Ela oscilava entre períodos de alívio, quando o único odor no quarto da irmã era o da sopa de galinha temperada com bastante alho que a mãe fazia, e o desespero, quando via que os dias passavam sem que as condições de saúde da irmã apresentassem qualquer melhora.

Certa noite de sábado, Meir fazia força para rezar e estudar até tarde, mas os olhos se fechavam de sono antes mesmo de completar uma página. Na terceira vez em que a cabeça começou a tombar sobre a mesa, Shemaya tirou o manuscrito das mãos dele e o fechou.

– Meir, você está exausto. Vá dormir; vou continuar lá embaixo com os outros.

Meir tentou protestar, mas estava tão sonolento que Shemaya saiu antes que reagisse. Depois, despiu-se e deitou-se na cama com a esposa. Já se iam seis dias desde que haviam iniciado a luta contra os demônios da febre de Lilit, e ainda assim o corpo de Joheved ardia em febre. Nove dias, ele pensou, o encantamento requeria nove dias para funcionar.

– *Shemá Israel Adonai Eloheinu Adonai Echad* – iniciou a oração noturna procurando pronunciar cada palavra alto e bom som. Estava com tanto sono... mas concentrou todas as forças para dizer o Salmo 91 sem bocejar, trocando o "ele" por "ela" na oração.

> De Adonai, eu digo, Ele é meu refúgio e minha fortaleza...
> Ele a deixará livre da peste destruidora...
> A fidelidade Dele é um escudo protetor
> Não temas o terror da noite nem a flecha que voa durante o dia
> Nem a peste que se propaga na escuridão ou que ataca ao meio-dia...
> Porque tomaste Adonai como teu refúgio
> Nenhum mal se abaterá sobre ti; nenhuma doença tocará em tua tenda
> Ele ordenará aos Seus anjos que sejas guardada onde quer que estejas...
> Eu, Adonai, a libertarei, a salvarei
> Estarei com ela no infortúnio e a resgatarei...
> Eu farei com que ela seja honrada, e lhe darei uma vida longa
> E mostrarei para ela a minha salvação.

Já estava amanhecendo quando Meir acordou com tremores, emaranhado nos lençóis úmidos. Entrou em pânico quando sentiu o corpo frio e melado de Joheved, mas sentiu-se aliviado quando notou os movimentos respiratórios dela. *Mon Dieu, será que finalmente a febre se foi?*

Conteve a exaltação e concentrou-se em mover Joheved com cuidado para o outro lado da cama, onde o lençol não estava tão encharcado. Ela reclamou que não queria acordar porque ainda estava escuro lá fora.

Ele tinha que avisar os outros, de modo que vestiu apressado o camisolão e se dirigiu à escada, detendo-se à soleira da porta do quarto para tocar na nova *mezuzá* que estava dependurada ali. Salomão foi o primeiro a se aproximar com uma faca nova na mão, enquanto Miriam surgia à porta do seu quarto com o pequeno Elisha nos braços.

— Joheved suou em bicas a noite toda — disse Meir, com um brilho de alegria nos olhos. — Precisamos trocar os lençóis da cama.

— E a febre? — sussurrou Miriam enquanto se encaminhava para o quarto da doente.

— Acho que foi embora.

— *Baruch ata Adonai...* Aquele que cura o doente — entoou Salomão enquanto os outros se juntavam a ele.

Os sinos já tinham acabado de badalar a prima quando Joheved se recostou nos travesseiros da cama, mergulhando pedaços de pão fresco dentro de uma grande tigela de canja de galinha e perguntando pelo seu bebê.

– Quando poderei vê-lo? – disse, depois de ter sido tranquilizada de que o bebê estava sendo muito bem cuidado pela ama de leite.

– Sua febre só abaixou na noite passada. É melhor esperarmos mais alguns dias até trazê-lo aqui – advertiu Miriam, com carinho. – E não se esqueça de que deve ficar dentro de casa e repousar pelo menos por mais uma semana.

– E durante *Hanucá*? – perguntou Salomão. – Em dez dias estaremos brindando pela nova safra.

– Ainda faltam seis dias para *Erev Hanucá*; até lá veremos como ela estará. – Miriam lançou um olhar compenetrado para todos. – Afinal, nenhum de nós quer uma recaída.

Na semana seguinte, Miriam e Joheved estavam no pátio de Salomão, procurando no céu as três estrelas cujo aparecimento anunciava o término do *shabat*. O clima estava ameno, mesmo sendo final de novembro, e Joheved aproveitava o seu primeiro dia fora da casa do pai. De manhã, levara o filho recém-nascido até a sinagoga, onde proferiu a bênção de *gomel* e agradeceu a Deus por ter escapado do perigo.

De pé, no lado oposto ao dela no círculo da *havdalá*, Miriam não se sentia de todo feliz. Sabia mais do que ninguém, afora tia Sara, que o restabelecimento da irmã era precário e que era preciso muito repouso depois de uma febre puerperal, e isso levaria muitas semanas. Sara ainda estava de cama, com a febre que contraíra durante a doença de Joheved.

– Pense nisso como um longo período de férias extras de *Hanucá* – disse Miriam para Joheved. – Muitas mulheres tiram a semana inteira da festa para descansar, e agora você está sendo recompensada por todos os anos que trabalhou nessa época.

Ela não conteve o riso quando viu o pai tentando apaziguar uma discussão entre Iom Tov e Shmuel sobre quem ficaria com a caixa de especiarias.

– Ficou com Shmuel na semana passada – protestou Iom Tov.

– Mas você mora em Troyes – argumentou o primo. – Você pode ficar o tempo todo com ela.

– Não posso, não. Sua família sempre vem aqui para o *shabat*.

– Não no inverno. Nós ficamos em Ramerupt quando começa a nevar.

Não fazia muitos anos ela e Joheved tinham a mesma discussão, só que a respeito de quem se lavaria primeiro.

Mas Salomão não perdia a paciência.

– Quem de vocês saberia me responder por que cheiramos doces especiarias durante a *havdalá*?

Os dois meninos fincaram os olhos nos próprios pés.

Isaac deu um passo à frente.

– Vovô, isso não teria a ver com os *mazikim*?

Salomão fez que sim e as crianças o rodearam.

– Vocês sabem que somos proibidos de acender o fogo durante o *shabat*?

Ficou à espera até que a audiência assentiu de maneira compenetrada.

– É por isso que as fogueiras de *Geena* se apagam no pôr do sol da sexta-feira e só se acendem novamente na cerimônia de *havdalá*. E o que acham que acontece com todos os maus espíritos quando se apaga o fogo no *shabat*?

– Eles deixam de se queimar? – disse Iom Tov, hesitante.

– Não só isso – retrucou Salomão. – Durante o *shabat* os *mazikim* se libertam completamente do inferno.

– Então, por isso é tão perigoso viajar na noite de sábado – disse Isaac. – Porque eles ainda não voltaram para a *Geena*.

– Não só os *mazikim* ainda estão espalhados pelo nosso mundo, como também ficam furiosos porque têm que voltar para a *Geena*, onde serão queimados outra vez – explicou Salomão. – E isso os torna particularmente sedentos de ataques a viajantes.

– Mas o que tudo isso tem a ver com as especiarias? – Shmuel não poderia deixar que o irmão tivesse toda a atenção voltada para si.

– Você já sentiu o cheiro de cabelo queimado? – disse Salomão, sorrindo. – O cheiro é mil vezes pior quando as fogueiras de *Geena* se acendem novamente na noite de sábado.

– É por isso que precisamos das especiarias de *havdalá*, para amenizar esse fedor terrível – concluiu Isaac haParnas.

Salomão abraçou o sócio.

– Não esperava que viesse tão cedo com o pequeno Sansão; achei que chegariam para a celebração da nova safra. – Abaixou-se e desarrumou o cabelo do órfão. – Mas já que chegou em tempo para a *havdalá*, talvez possa tomar uma taça de vinho enquanto Sansão segura a caixa de especiarias.

Posicionada entre a mãe e a avó, Hanna ergueu a vela de *havdalá* para ser acesa por Salomão, e recuou ligeiramente quando uma gota de cera quente caiu em sua mão. Meir estava feliz da vida, de pé junto à família, amparando Joheved com o braço esquerdo e segurando a filhinha Lea com a mão direita. Joheved aparentava uma melhora significativa, mas Meir insistia em passar as tardes ao lado da cama da esposa enquanto estudava com Shemaya e, embora muitas vezes ela estivesse cochilando, ele sabia que estava acompanhando os debates pelas questões que colocava mais tarde. Ele não se preocupava se estava sendo ou não negligente com os alunos porque todos se saíam muito bem com Judá, o qual, aliás, tinha que fazer malabarismos entre as classes primária e intermediária de Talmud, além dos seus próprios estudos com Eliezer.

Judá tomou um gole de vinho e molhou a ponta do dedo antes de passar a taça para Eliezer, que fez o mesmo. Em seguida, ambos tocaram as próprias pálpebras com a ponta do dedo molhada para obter a visão. Eliezer também apalpou sua bolsa vazia, como Isaac ha-Parnas tinha feito quando a taça voltou de novo a sua mão, para que os negócios de ambos prosperassem na semana seguinte. Encerraram a *havdalá* com um encantamento contra Potach, o Príncipe do Esquecimento, e depois já era hora de acender a *menorá* de *Hanucá*.

Os músicos chegaram quando as cinco pequenas velas já estavam quase derretidas, assinalando que era hora de as crianças menores irem para a cama. Enquanto Miriam verificava o estado da tia Sara, Judá tentava pôr o seu choroso filho do meio na cama.

— Mas eu ainda não estou com sono — resistiu Shimson quando Judá tirou-lhe os sapatos e as meias. — Iom Tov não vai pra cama agora.

— Iom Tov é mais velho — argumentou o pai, com calma. — Quando ele tinha a sua idade nós o colocávamos na cama muito mais cedo, logo que acendíamos a *menorá*.

— Me deixa ficar acordado só esta noite... por favor, papai. Eu juro que amanhã vou mais cedo pra cama.

Impassível diante dos protestos chorosos, Judá tirou a túnica e a camisa do filho.

— Se hoje você dormir sem reclamar, deixarei você ficar acordado com vovó Alvina na oitava noite. — Isso seria muito fácil. Geralmente a mãe dele se recolhia para dormir assim que as chamas da *menorá* se extinguiam.

– Fica comigo enquanto eu durmo – implorou Shimson.

– Ficarei aqui com você e juntos diremos o *Shemá*, mas depois tenho que sair para ajudar o vovô a abrir o novo vinho. Agora use o penico como um bom menino, e depois se cubra com as cobertas.

Quando Judá terminou de dizer as preces noturnas, Shimson já dormia. Desceu a escada sem fazer barulho, e levou um susto quando viu Elisha lá embaixo.

Elisha ainda estava com as roupas de viagem e correu para abraçá-lo.

– Judá, que bom ver você novamente.

Elisha voltava a Troyes como se nada tivesse mudado. Mas para Judá a lâmina que outrora era afiada agora estava cega pela falta de uso. O fogo que no verão passado o consumia agora se reduzia a cinzas.

Ele deu um passo atrás, tratando de não magoar os sentimentos de Elisha.

– Parabéns pelo seu novo filho.

O rapaz sorriu e balançou a cabeça, como se custasse a acreditar.

– No ano passado, quem diria que eu seria o pai de Judá ben Elisha, e você, o pai de Elisha ben Judá?

– Miriam está amamentando o seu xará. Gostaria de vê-lo?

– Antes tenho que comer alguma coisa – disse Elisha. – Não como nada desde o almoço.

– Cavalgaram em pleno *shabat*? – A voz de Judá soou com um tom de severa desaprovação. – Pensei que vocês não cometiam outros pecados.

– Passamos o *shabat* numa hospedaria a leste de Troyes – explicou Elisha. – Deixei Giuseppe lá com nossa mercadoria, tão logo o sol se pôs.

Judá sentiu-se lisonjeado pelo fato de Elisha ter abandonado o novo amante por ele, ao menos por uma noite. Estava tentando encontrar palavras para responder quando ouviu os passos de Miriam à escada.

– Que vergonha, Elisha. Não sabe o quanto é perigoso viajar sozinho na noite de sábado? Especialmente em noites sem lua – ela o repreendeu. – Você agora é pai, não é? Devia ser mais responsável.

Elisha se constrangeu na mesma hora.

– Você tem razão, Miriam. Serei mais cuidadoso de agora em diante.

Judá puxou Elisha pelo braço e o levou até a porta.

– Para quem está faminto, você chegou na hora certa. Lá no pátio tem comida suficiente para alimentar a cidade inteira.

Eles se misturaram ao rebuliço de uma gente que comia, falava e ria. Os meninos corriam em disparada de um lado para o outro, só se detendo para atacar como lobos famintos os alimentos à mesa. Algumas pessoas dançavam, mas a maioria se aglomerava perto das portas da adega, à espera do momento em que Salomão e Isaac haParnas abririam os tonéis de vinho.

– Ainda bem que chegou, Miriam – disse Raquel para a irmã. – Papai está esperando por você.

As irmãs abriram caminho por entre o aglomerado de pessoas em direção ao lugar em que estavam os pais, junto a Isaac haParnas. Joheved estava sentada num banco ao lado, com o filho recém-nascido dormindo em seu colo. Tão logo as viu, Salomão ergueu a taça, abençoou o vinho e sorveu um gole. Depois, sorriu e estendeu a taça para Rivka, que por sua vez provou a bebida e passou-a para Joheved.

– Nada mau – disse Joheved, passando a taça para Miriam. – Mas já tivemos melhores.

– Mas já tivemos piores – retrucou Miriam.

– Não tenho a mesma experiência de vocês duas. – Raquel lambeu os lábios. – Mas para mim está ótimo.

Salomão pareceu satisfeito.

– Não é das melhores safras que tivemos, mas a freguesia ficará contente.

A celebração se tornou mais acalorada à medida que as jarras de vinho eram servidas pelo pátio. Miriam viu quando Judá e Elisha entraram para estudar, e do fundo do coração torceu para que Eliezer e Meir os seguissem. Mas os dois cunhados já se encaminhavam para dançar. Antes que se decidisse se acompanharia ou não o marido nos estudos, Raquel pegou-a pela mão e arrastou-a para um círculo de mulheres que estavam dançando.

– O *brit* do nosso sobrinho foi tão triste... – disse Raquel. Agora finalmente podemos celebrar... e é isso que eu quero fazer.

– Meir deve estar sentindo o mesmo – disse Miriam, assistindo ao cunhado dançar com Salomão.

Raquel segurou a saia e começou a girar.

– Podemos dançar o quanto quisermos. Com toda certeza Judá vai chamá-la quando o bebê chorar de fome.

– Tomara que Joheved não se levante para dançar. – Miriam esticou o pescoço para ver o que a irmã estava fazendo. – Ela não pode fazer nada que a deixe cansada.

Joheved, no entanto, estava feliz em poder ficar sentada com o filho no colo, antes que ele precisasse voltar para a ama de leite. E assim Miriam pegou Raquel pela mão, deixando o corpo fluir com um ritmo saltitante. Ela estava viva, Joheved estava viva, os bebês de ambas estavam vivos – e já os tinha circuncidado com êxito.

A Feira de Inverno encerrou-se numa sexta-feira e no domingo seguinte, dia de Natal, a neve caía, dando a Miriam mais uma semana para desfrutar da companhia da irmã. Isso porque a segunda e a quarta-feira, segundo e quarto dias da semana, eram tidos como dias nefastos para iniciar uma viagem e ninguém se atrevia a partir na terça-feira, dia dominado pela influência maligna de Marte.

Alguns mercadores ignorararam a festa cristã e partiram na manhã do domingo, mas Eliezer preferiu esperar porque o momento mais auspicioso para iniciar uma viagem era o amanhecer de uma quinta-feira, dia e hora regidos pelo planeta Júpiter. Assim, de manhã o pátio de Salomão estava iluminado pelas tochas e Raquel colocou a última bagagem na carroça, despedindo-se chorosa da família.

Abraços, beijos, promessas de um novo encontro na Feira de Verão, e em seguida eles já tinham partido. Uma rajada fria atingiu as pernas de Miriam, que saiu correndo para dentro de casa a fim de pôr o *tefilin* e dizer as preces matinais.

– Antes de voltar para Ramerupt, quero lhe agradecer por tudo que fez por mim durante a minha doença – disse Joheved, segurando a mão da irmã na volta para casa depois dos serviços. – Já providenciei para que arranjem um outro rubi para você, para substituir aquele que eu bebi.

Miriam respirou fundo.

– Talvez não se sinta tão agradecida quando ouvir o que tenho a dizer.

Joheved olhou no fundo dos olhos de Miriam.

– Não posso ter outros filhos, não é? – Sem esperar pela resposta, acrescentou. – Tudo bem; cinco filhos saudáveis, que o Eterno os proteja, isso é mais que suficiente. E com dois meninos e duas meninas, Meir já cumpriu a *mitsvá* de procriar, pouco importa os padrões que tenha usado.

Miriam balançou a cabeça em negativa.

– Mesmo com o parto difícil que você teve, não vejo razões para que não possa ter outros filhos com o tempo. Mas concordo com tia Sara que, para sua segurança, é melhor não engravidar até o próximo ano.
– Então, já que não estou amamentando, terei que fazer alguma coisa para evitar que isso aconteça – disse Joheved.
– O que recomendo é que você comece a usar um *mokh* assim que sarar completamente. – O *mokh* era um tampão embebido em óleo de hortelã para ser inserido na vagina da mulher, e embora fosse o contraceptivo mais eficaz que Miriam conhecia, requeria mais diligência do que simplesmente ingerir um pouco de vinho de ervas. E também era indiscreto e alguns maridos não gostavam dele.
– Eu pensava que o Talmud restringisse o uso do *mokh*.
– Estudei esse *baraita* com atenção – retrucou Miriam. – E a interpretação é ambígua. Olhe o que ele diz.

> Três mulheres usam o *mokh*: uma mais nova, uma grávida e uma que está amamentando. A mais nova porque poderia engravidar e morrer; a grávida porque o feto poderia se deformar; e a que amamenta porque correria o risco de desmamar o filho cedo e ele poderia morrer... Esta é a opinião de Rabbi Meir. Dizem os Sábios: todas elas mantêm relações como de costume, e a clemência virá do Céu.

A testa de Joheved enrugou de preocupação.
– Isso se aplica apenas a essas três mulheres ou a qualquer mulher cuja gravidez a coloca em perigo junto com a criança?
– Isso depende do que o rabino Meir quer dizer – respondeu Miriam. – Será que na opinião dele essas três mulheres *devem* usar o *mokh*? Em que circunstância os Sábios dizem que elas e outras mulheres *devem* usar o *mokh*? Ou então, já que as três mulheres *devem* usá-lo, em que circunstância os Sábios dizem que elas e outras mulheres *não devem* usá-lo?
– Como é que papai explica isso? – perguntou Joheved.
Miriam balançou a cabeça em negativa.
– Para ele, quando se diz "usam o *mokh*", isso significa que as mulheres têm permissão de usá-lo para evitar a gravidez, mas os Sábios proíbem porque o homem desperdiça a semente.
– Mas isso não pode estar certo. – Joheved elevou a voz. – As mulheres não são obrigadas a procriar; é claro que os Sábios não proibiriam se a vida da mulher estivesse em perigo.

– Concordo com você – disse Miriam, com voz firme. – Acredito que o *baraita* envolve essas três mulheres porque nenhuma delas pode engravidar.

Joheved fez uma pausa para pensar nessa interpretação.

– Sendo assim, é claro que elas podem contar com a clemência do Céu.

Miriam assentiu com a cabeça.

– Por isso Rabbi Meir diz que mesmo quando a gravidez é improvável, ou elas precisam ou podem usar o *mokh*, enquanto os Sábios dizem que desde que a gravidez seja improvável, elas não precisam nem devem usá-lo.

– Sendo assim, uma mulher que realmente esteja em perigo pode usar o *mokh*. – Joheved suspirou de alívio.

– E Rabbi Meir poderia até exigir que ela o usasse – acrescentou Miriam.

– Mas, e quanto ao homem desperdiçar a semente? – continuou Joheved. – Se ele desperdiça a semente quando ela usa o *mokh*, ele também não estaria desperdiçando a semente quando ela usa uma poção esterilizante ou quando eles tombam sobre a mesa?

– E mesmo assim as duas coisas são permitidas – Miriam completou o raciocínio da irmã. – Você acha que papai se equivocou?

– Se ele acha que uma mulher comum não deve evitar a gravidez, por mais que isso seja perigoso para ela, para mim ele se equivocou, sim.

– Para mim também – disse Miriam, com determinação. – E eu recomendaria cada opção para minhas pacientes que precisam evitar a gravidez. Por falar nisso... lembrei que tenho algumas ervas para lhe dar.

Joheved abraçou a irmã.

– Continuo agradecendo a você por tudo o que fez. Eu sei que foi muito difícil, com a chegada de Alvina, com a tia Sara doente e com o seu novo bebê. Ainda bem que até a primavera não há qualquer parto previsto.

Miriam ruborizou. Ela não merecia agradecimentos; era parteira e Joheved era sua irmã.

– Foi difícil... às vezes, sobretudo por tia Sara ter levado tanto tempo para se recuperar. Alvina ajuda com as crianças, mas de vez em quando não dá conta delas. Estou pressentindo que a última visita de Alvina a Troyes talvez tenha sido nessa Feira de Inverno.

Joheved encolheu-se.

– Então, você e Judá terão que levar as crianças até Paris para vê-la. Não é tão longe assim.

– É o que espero. Se partirmos no domingo, poderemos chegar lá antes do *shabat*.

– Fiquei feliz pelo fato de Raquel ter esperado até quinta-feira, ainda que o domingo seja o melhor dia para iniciar uma viagem – disse Joheved. – Quando se parte numa quinta-feira, só se deve parar para o *shabat* depois de dois dias de viagem.

– Ainda que o domingo seja mais conveniente, se levarmos em conta que as viagens longas são muito perigosas, talvez seja melhor que as pessoas iniciem as viagens quando os astros são mais favoráveis.

Joheved suspirou.

– O que me pergunto é qual foi o dia em que o pai e o irmão de Eliezer iniciaram a última viagem que fizeram. – Miriam tentou lembrar do dia em que Benjamin partira de Troyes pela última vez. Sabia que não tinha sido numa quinta-feira; ele partira com tempo suficiente para chegar em Reims antes do *shabat*.

Vinte e nove

Troyes
Início do Verão, 4848 (1088 E.C.)

Antes de ter se tornado aprendiz de Avram e assumido a tarefa de examinar os bebês três dias após a circuncisão que ele fazia, Miriam não imaginava quantos judeus viviam nos arredores de Troyes. É claro que as mulheres recorriam a parteiras edomitas da região, mas procuravam pelo *mohel* na cidade.

Geralmente ela passava a cavalo pela vinícola da família sem nenhum pensamento na cabeça, mas agora o vinhedo florescia. Não prestara atenção no aroma das flores quando se dirigia a Payns, mas no caminho de volta se perguntava se já não era hora de testar os próprios sentimentos. Já fazia dez anos que Benjamin tinha falecido, e só quando pudesse sentir o aroma das flores é que as emoções mais profundas viriam à tona. Seria como retirar a casca de uma ferida; uma vez retirada, ou a ferida se abriria de novo ou a pele cicatrizaria.

Assim, quando o vinhedo surgiu à vista, Miriam diminuiu a marcha da égua e se deixou levar pela suave fragrância ao passado. Lágrimas brotaram nos seus olhos quando lembrou daquela tarde morna em que fora beijada por Benjamin pela primeira vez e, com um suspiro de resignação, chegou à conclusão de que a dita ferida nunca se havia curado de todo.

Para a surpresa de Miriam, uma outra lembrança lhe veio à mente – a sua noite de núpcias, quando ela e Judá tiraram as flores de parreira que decoravam o quarto e jogaram pela janela, e depois passaram o resto da noite estudando o Talmud. Teve que admitir que se sentiu orgulhosa por ter se casado com ele. Além de excelente erudito, era um homem bonito e a tratava com respeito e delicadeza. Só o Céu sabia como o casamento com Benjamin poderia ter sido. Talvez os filhos não tivessem sido tão bons alunos ou tão bonitos. Sorriu e suspirou novamente quando pensou neles. Ganhara três filhos maravilhosos de Judá, luzes de sua vida. Só de pensar nos filhos os seios doeram e ela se deu conta de que o sol estava baixo no céu. Já estava quase na hora de amamentar o pequeno Elisha.

Cavalgou de volta para Troyes, ainda vasculhando as emoções. Um estado onírico que foi rompido abruptamente quando um dos guardas do Portão Prés acenou para que se aproximasse.

– *Bonjour*, senhora – ele a cumprimentou. – O seu pai não tem passado mais aqui pelo meu portão. Eu espero que esteja tudo bem com ele.

– Ele está bem – disse Miriam. – O vinhedo está na floração e não temos trabalho nesse período. – *Que estranho o guarda querer conversar comigo de repente*, pensou. Durante anos a família passara por aquele portão a caminho da vinícola e ele nunca se dignara a dizer mais que um bom-dia.

– Já que a senhora passou hoje por aqui, talvez possa nos ajudar com aquele rapaz. – Ele apontou para um jovem de cabelo castanho escuro que se encontrava nas imediações, demostrando nervosismo.

O jovem vestia roupas de talhe elegante que não correspondiam ao estilo da região, e um alforje jazia aos seus pés. A pele morena indicava que era um estrangeiro.

– Não é comum um estranho chegar neste portão, e menos ainda com um alforje e sem montaria – disse o guarda, olhando o prisioneiro. Geralmente os mercadores chegavam em caravanas e entravam pelos portões ao leste ou ao sul, já que ambos levavam à área da feira.

– E ele não tem mercadoria alguma, só as próprias roupas e alguns livros. – O guarda mostrou um dos livros para Miriam.

O jovem protestou energicamente numa língua desconhecida quando ela abriu o livro, e olhou com espanto quando ela se dirigiu a ele em hebraico.

– Não se preocupe, você está a salvo. Eu o levarei até a sinagoga.

Ela voltou-se para o guarda.

– É um dos alunos do meu pai. *Merci*, por tê-lo encontrado para nós.

O guarda fez um sinal, liberando o jovem. Assim que os dois partiram, ela ouviu o guarda dizendo:

– O pai dela, o bodegueiro... você não dá nada por ele quando o conhece, mas chegam mercadores de todos os cantos para estudar com ele.

– *Shalom aleichem*. Como você se chama? – perguntou Miriam ao rapaz estrangeiro enquanto caminhavam.
– *Aleichem shalom*. Eu me chamo Aaron ben Isaac.
– De todo modo, este ano nós estamos estudando o tratado *Sanhedrin*, e não o *Kiddushin*. – Ela esperou pela reação dele.
– Eu também tenho o *Sanhedrin*... – Ele se deteve e olhou fixo para ela. – Você reconheceu o meu livro?
– Eu sou Miriam, filha de Salomão ben Isaac. – Ela sorriu, vendo-o consternado. – Ele ensinou o Talmud para mim e para minhas duas irmãs. Suponho que esteja aqui para estudar com ele, não é?
Aaron olhou para ela com um ar desconfiado.
– De onde venho ninguém ensina o Talmud a mulheres.
– E de onde você vem? – ela perguntou, com frieza.
– Minha família vive em Sefarad, em Córdoba.
– Você percorreu sozinho toda essa distância? Sem falar nossa língua? – A opinião de Miriam sobre o forasteiro abrandou.
– Até Provins viajei com os mercadores, mas eles ficaram lá para a feira – ele disse. – Depois, o meu cavalo começou a mancar e tive que deixá-lo numa aldeia próxima. O ferreiro disse que levaria semanas para se curar.
– Deve ter sido uma jornada e tanto.
Aaron abriu um largo sorriso, deixando à mostra a falta de um dente cujo espaço vazio o fazia parecer uma criança travessa.
– Mas eu me virei.
Miriam começou a rever o julgamento que tinha feito do rapaz. É claro que ficaria surpreso diante de uma mulher que tinha estudado o Talmud; ele era de Sefarad e naquele lugar as pessoas achavam que ensinar o Talmud a uma filha era o mesmo que ensinar a luxúria.
– Já ouviu falar da *yeshivá* do meu pai lá em Córdoba? Ele ficaria feliz.
– Todos me disseram que os mestres do Talmud estavam em Ashkenaz, mas me senti aliviado quando soube que havia uma *yeshivá* em Troyes e que não teria que viajar até Mayence.
Enquanto Aaron discorria e fazia comparações entre as academias onde estudara o Talmud – chegara a passar um ano em Damasco – Miriam o observava de cima a baixo, com discrição. *Será que o clima quente leva os homens do sul a se vestirem de maneira tão vistosa?*
O corte da gola da camisa era tão decotado que deixava os pelos do peito à mostra. E enquanto a maioria dos jovens usava túnicas à

altura dos joelhos, a de Aaron era tão curta que deixava as *braises* bem visíveis. Miriam tentou não olhar muito, mas qual seria o tecido daquela calça?

— Por favor, Aaron. — Teve que falar duas vezes para chamar a atenção dele. — Nunca vi *braises* como as suas. São comuns em Córdoba?

Aaron ergueu a túnica para exibir as *braises* em tom marrom-escuro e preto.

— São feitas de couro, mas é mais macio que o couro usado para fazer sapatos. São bem confortáveis para cavalgar. A maioria dos homens em Córdoba costuma usá-las.

Miriam desviou os olhos abruptamente do tecido que deixava as coxas de Aaron bem-torneadas. *Braises* de couro deviam ser difíceis de limpar, mas talvez os homens de Córdoba usassem *braises* de linho por baixo. É claro que não perguntaria isso para o rapaz, e então preferiu se voltar para assuntos mais práticos. Ele não tinha mencionado o nome de algum conhecido em Troyes, e com a aproximação da Feira de Verão talvez fosse difícil encontrar acomodações. De todo modo, sempre havia lugar no sótão para estudantes.

— Você deve estar faminto — ela disse. — Primeiro vamos lá em casa e depois até a sinagoga.

Quando a Feira de Verão começou, Aaron já se sentia à vontade no sótão e na *yeshivá*. Os outros alunos adoravam as histórias sobre a vida em Sefarad, principalmente as que versavam sobre a vida de casado, já que ele se casara um ano antes. Salomão estava fascinado com o conhecimento que o rapaz tinha do Talmud, e com as interpretações brilhantes que se deviam aos seus anos de estudo com os eruditos *sefaradim*.

Tanto Miriam como sua mãe e suas irmãs tinham Aaron como um galante. Ele elogiava as roupas e as refeições delas, e Raquel gostava das opiniões dele sobre as joias que seriam mais populares entre a clientela. Miriam achava que Aaron seria um companheiro de estudos perfeito para Judá, mas ele a surpreendeu quando quis continuar com Eliezer, mesmo com a diferença de nível de conhecimento entre os dois. Foi então que Salomão pediu para Elisha estudar com o rapaz durante o verão.

Para desalento de Miriam, Judá parecia ter uma aversão gratuita por ele. Não só evitava se sentar perto dele, como se sentava o mais longe possível. Seguindo os passos de Salomão, Judá sempre elogiava os pupilos quando as perguntas eram inteligentes, e fazia questão de respondê-las da melhor maneira possível. Mas agia com displicência frente às perguntas de Aaron, respondendo-as de forma curta e grossa. Se os outros alunos podiam desafiá-lo quando não se satisfaziam com as explicações dadas, Aaron não podia fazer o mesmo porque era repreendido, com a alegação de que devia respeitar o professor.

E dessa maneira Aaron passou a ter uma vida dupla. Junto aos mercadores na grande sala da sinagoga, era honrado com um assento à frente pelo conhecimento e entusiasmo que tinha. Lá, era loquaz nas perguntas e provocava debates, mas no salão da casa se sentia cerceado. Geralmente os estudantes faziam as refeições na mesa de Judá, mas Aaron preferia a mesa de Salomão. Miriam não conseguia entender o que se passava com o marido; certamente não estava com ciúmes das atenções que o pai dava ao recém-chegado.

Judá não se dava conta de que a esposa percebia que ele fazia um enorme esforço para se manter à distância de Aaron. Acontece que Judá pressentiu o perigo logo que eles se conheceram, por ter admitido uma apreciação sincera no olhar do jovem e por ter sentido na própria carne uma atração por ele. Assim, se recusava a aceitá-lo como parceiro de estudos para não correr o risco de sofrer como tinha sofrido por Elisha.

Mas os astros debocharam desse sacrifício, colocando Aaron para estudar com Elisha e negando a Judá a companhia de ambos. E como se não bastasse, o destino conduziu Natan ben Abrahan à *yeshivá* de Troyes.

– *Shalom aleichem*, Judá – soou uma voz aveludada, quase igual à voz de dez anos antes. – Você está ainda mais bonito do que quando o vi pela última vez.

Judá olhou em volta para ver se alguém tinha ouvido, mas os estudantes estavam reunidos ao redor de Salomão.

– *Aleichem shalom*, Natan. Então, nossa Feira de Verão o fez sair de Praga e percorrer toda essa distância...

O cabelo de Natan embranquecera, a barriga avolumara, e ele juntara um anel de safira aos anéis de esmeralda e de pérola negra que usava antes.

– Ouvi falar das feiras de Troyes, e resolvi visitar a cidade quando Reuben disse que tinha estado com você.

Natan não tinha perdido o velho carisma, mas o sorriso lascivo observado por Judá o fez tremer só de pensar que quase tinha pecado com aquele homem.

– Então, ele deve ter dito para você que eu não jogo o jogo.

– Disse, sim. – O tom de Natan soou amistoso, ignorando a frieza de Judá. – Mas aqui há muitos homens que jogam.

Judá mudou de assunto.

– Você estudou em cada *yeshivá* das terras do Reno. A nossa se compara a elas?

– Não sei como a daqui funciona quando os mercadores vão embora, mas por ora é mais do que adequada. É interessante estudar com muitos eruditos estrangeiros. Alguns têm um conhecimento singular.

Eles discutiram os textos que Salomão tinha ensinado em Troyes, compararando-os com os que Natan estudara recentemente em Mayence e Worms. Judá já estava quase descontraindo quando Aaron passou ao lado, deteve-se e logo retomou o passo.

Natan jogou o braço ao redor dos ombros dele, e começou a rir.

– Você não me engana. Talvez não jogue o jogo, mas isso não significa que não deseje. Esse camarada *sefaradin* estaria na sua cama tão logo você estalasse o dedo.

Judá desvencilhou-se do abraço do outro.

– Como se atreve?

Natan balançou a cabeça, ainda rindo.

– Muito bem, talvez a sua perda seja o meu ganho.

Com horror, Judá o viu se apressar atrás de Aaron. Durante o almoço, cada vez que alguém entrava e Judá via que não era Aaron, a ansiedade e a raiva aumentavam. O jovem chegou junto com Elisha no final da refeição, com muitas palavras e muitos sorrisos, o que deixou Judá sem saber se queria espancá-lo ou beijá-lo. Constrangido, bateu a caneca de vinho com força na mesa, e em troca recebeu um olhar penetrante de Miriam.

Ah, Miriam. O que ela pensaria se soubesse que o marido dormia aterrorizado, temendo uma visita de Lilit sob a forma de Aaron? Ou se soubesse que de noite ele a procurava com uma louca excitação, imaginando Natan e Aaron juntos? Será que a esposa suspeitava de alguma coisa? Ela adorava Aaron, todas as mulheres o adoravam. E Judá também.

* * *

Assim, aquele miserável verão passou. Judá estudava até tarde e acordava cedo para continuar o estudo, discutindo furiosamente com Eliezer a cada interpretação das passagens lidas e ralhando com os filhos toda vez que lhe pediam ajuda. Mantinha uma vigilância discreta sobre o vaivém de Aaron, mas o evitava sempre que possível, restringindo ao máximo a relação entre professor e aluno. Quer dizer, isso aconteceu até o período da colheita da uva, quando certa noite ele se viu pisoteando as uvas no mesmo tonel onde estava Aaron.

Era o início do processo, período em que as uvas precisavam ser pisoteadas continuamente. Como de costume, Miriam, Joheved e Raquel passavam as manhãs e as tardes dentro de um tonel, enquanto os membros da congregação faziam um rodízio entre eles. A maioria dos mercadores e alunos tinha voltado para suas terras de origem a fim de passar o *Rosh Hashaná*, e Judá então participava dos turnos noturnos e diurnos até que terminasse a fase inicial de fermentação.

Na comunidade, muitos gostavam do clima de camaradagem que havia nos tonéis, mas Judá vivia uma provação quando ficava seminu para pisotear em círculos o sumo efervescente das uvas, com os galhos embaralhando em suas pernas. Ele então levantou de mau humor quando Salomão o acordou à meia-noite para um outro turno nos tonéis. Zonzo pela falta de sono e com ferimentos nos braços e nas pernas, vestiu uma camisa manchada e desceu vacilante até o pátio enluarado. Amarrou as botas de linho e mergulhou metade do corpo no vinho efervescente, e quase soltou um palavrão quando aquele líquido ácido penetrou por um corte que tivera na perna um pouco mais cedo. Depois, ergueu os olhos, e ficou de queixo caído.

De pé no outro lado do tonel, Aaron lutava para virar um aglomerado de uvas e galhos com a pá... inteiramente nu.

Judá desviou os olhos de imediato, mas gravou na memória a visão do sumo de uva escorrendo nos pelos do peito e nas costas do rapaz. De noite quase todos os estudantes preferiam trabalhar nos tonéis completamente nus, o que para Judá era mais uma razão para que o pisoteio das uvas fosse uma experiência penosa. Mas não podia recriminá-los. Afinal, por que arruinariam as roupas quando nenhuma mulher estava presente e o lugar era tão escuro que ninguém poderia vê-los?

Resignado com o fato de que devia essa obrigação a Salomão, Judá ergueu a pá. As canções picantes e as risadas que vinham dos outros tonéis arrancaram-lhe uma careta. O pisoteio das uvas durante a noite era uma grande festa para os estudantes, e Salomão encorajava o divertimento desde que continuassem pisoteando as uvas.

Judá fez força para se concentrar e enfiar a pá o mais fundo que podia, para assim puxar um emaranhado de uvas e galhos até a superfície, virá-los e depois afundá-los. Cada hora seria uma eternidade, mas ele resistiria, e dali em diante tomaria o cuidado de ver quem estava no tonel antes de entrar lá dentro.

– Judá. – A voz de Aaron quebrou a concentração dele.
– O quê? – Ele não tentou dissimular a irritação.
– O que fiz nesse verão para deixá-lo tão aborrecido?
– Não estou aborrecido com você. – *Por que Aaron escolheu esse momento para saber dos meus sentimentos?*
– Por que então tem agido tão mal comigo?
– Ajo com você da mesma maneira que ajo com todos os meus alunos – respondeu Judá, já preocupado com o rumo da conversa.
– *Non*, não tem agido assim. Geralmente ignora minhas perguntas e quando se digna a respondê-las, age como se eu tivesse dito algo estúpido ou obsceno.
– Você é muito sensível; está imaginando coisas. – *Será que tenho sido tão grosseiro assim?* No fim das contas, ele não queria magoar Aaron.

Continuaram a pisotear as uvas em silêncio, com Judá torcendo para que seu turno acabasse logo e a conversa se encerrasse.

– Eu nem me dei conta de uma coisa – disse Aaron. – Você nunca me olha quando fala comigo.

Era verdade. Quando o olhava se enchia de um doloroso desejo. Mas naquela hora não tinha outra opção senão encará-lo, deixando que as emoções assumissem as consequências.

– Agora eu estou olhando para você. E se houver questões do Talmud que não respondi de maneira adequada, sinta-se à vontade para fazê-las. – Judá continuou olhando fixo para Aaron, determinado a não ser ele a desviar os olhos.

– Preciso de um tempo para pensar nessas questões – disse Aaron, com os olhos pregados nos de Judá.

Continuaram se olhando enquanto se moviam em círculos dentro do tonel, até que de repente Aaron pareceu embaraçado. Desviou os olhos, deu uma volta e manteve-se de costas tanto quanto pôde. Judá não atinou a que se devia esse comportamento furtivo, até que o jovem ergueu a pá cheia de uvas e galhos e fez o líquido escorrer.

Aaron tinha tido uma ereção.

Na mesma hora, Judá pegou uma grande quantidade de uvas e galhos com a pá, deixando-os boiar entre os dois. Aquela ereção de Aaron não era incomum, era uma constante quando os outros alunos estavam nos tonéis e sempre desencadeava uma rodada de piadas e provocações

Mas para o horror de Judá, ele também começou a ter uma ereção. Tinha sido pego numa armadilha. A qualquer momento o emaranhado de uvas e galhos que se interpunha entre os dois poderia mudar de posição e deixá-lo exposto. Mas se tentasse sair do tonel, estaria visível para Aaron e talvez até para os estudantes mais próximos. Desesperado, golpeou a perna machucada com a pá. A dor foi tanta que Judá perdeu o equilíbrio e Aaron correu para ampará-lo antes que se afogasse. Eles ficaram cara a cara, com os rostos quase colados.

– Agora já sabe o que sinto por você – disse Aaron com os olhos cheios de culpa. – Eu gostaria que as coisas tivessem sido diferentes entre nós.

Antes que Judá tivesse tempo de responder, os sinos da igreja começaram a badalar a nona, assinalando o fim do turno deles. Os outros homens saíram dos tonéis e se dirigiram ao poço para se lavar. Se corressem para a cama, teriam três horas de sono antes que a madrugada trouxesse mais um dia de trabalho na vinícola.

– Acorda, Judá.
– O que houve?

Miriam não o estaria acordando, a menos que houvesse uma emergência.

– Você tem que falar com o Aaron. Ele está partindo.

Judá estava sonolento demais para entender.

– Para onde está indo?

– Não sei se está indo para Mayence ou se está voltando para Sefarad. Ele disse que não pode mais estudar o Talmud em Troyes. – Miriam estava quase chorando. – Você precisa impedi-lo. É o nosso primeiro aluno de Sefarad. Não podemos deixar que vá embora, para depois espalhar que nossa *yeshivá* é péssima.

– Papai é que devia falar com ele, não eu.

A essa altura Judá já estava inteiramente desperto.

– O que está querendo dizer?

– Não sei por que você não gosta de Aaron, mas tenho certeza que ele não merece isso. – Miriam pegou Judá pelo braço e o puxou para fora da cama. – Impedir alguém de estudar a Torá é pecado. Se ele então aparecer na sua frente, peça para que lhe perdoe porque talvez nunca mais o veja, e aí nem *Iom Kipur* será capaz de expiar o dano que você fez.

Judá se vestiu e saiu apressado para a porta de entrada, com Miriam atrás. Talvez Aaron ainda estivesse no pátio.

Ela correu até o portão e tentou enxergar em meio à penumbra que antecede o amanhecer.

– Ele se foi. – Miriam encostou-se no portão e começou a chorar.

– *Non* – gritou Judá. – Ele tem que pegar o cavalo lá nas estrebarias.

– Leve a manta se for sair pela rua – gritou ela atrás dele, mas era tarde demais. Já tinha desaparecido numa esquina.

Judá corria tanto que não dava para se preocupar com o frio. Ele disparou pelas ruas lamacentas, deixando um rastro de xingamentos dos criados para trás, e por fim chegou à entrada onde se localizavam as estrebarias. O sol começava a nascer, mas havia luz suficiente para que se tivesse uma visão clara da rua, uma rua deserta, sem ninguém a cavalo.

Ele suspirou de alívio e diminuiu o passo enquanto os sinos da igreja badalavam. A maioria dos homens não acordava antes da prima, de modo que os cavaleiros que estavam de partida avisavam os cavalariços que trabalhavam nas estrebarias com antecedência, para que os cavalos fossem preparados na véspera, porque isso demandava muito tempo. Talvez Aaron ainda estivesse esperando ali mesmo. Mas o que lhe diria? A verdade?

O rumor de vozes que reclamavam dentro da estrebaria calou-se quando ele entrou. Dois garotos tentavam selar um cavalo agitado que obviamente preferia se alimentar a ser selado, mas não havia sinal algum de Aaron.

– Por favor – disse Judá para o garoto mais velho. – Você pode me dizer onde está o dono deste cavalo? Ele esqueceu uns pertences dele...

– Está na hospedaria aqui ao lado – respondeu o garoto, rispidamente. – Não me admira que ele tenha esquecido alguma coisa; está muito apressado. Mas os cavalos não podem ser apressados, meu senhor. Quem quer partir ao amanhecer, tem que nos avisar com antecedência. – A ladainha de reclamações seguiu em frente, até que Judá tomou o rumo do portão de entrada.

De repente, o portão se abriu e Aaron entrou apressado.

– Quanto tempo falta para meu cavalo ficar pronto? – perguntou.

– Estará pronto quando estiver pronto – disse o garoto. Aaron virou-se para sair, e praticamente correu até Judá quando o viu. Eles se olharam sem dizer uma só palavra, até que Aaron quebrou o silêncio.

– Que diabo está fazendo aqui?

– Vim pedir para você ficar. – Aaron amarrou a cara, e Judá acrescentou rapidamente: – Quero me desculpar. Você estava certo. Eu o tenho tratado mal.

– Chegou tarde demais. Partirei tão logo meu cavalo esteja selado.

Judá lutou para controlar o pânico.

– Já estamos próximos de *Iom Kipur*. Pelo menos me ouça.

– Estou ouvindo. – Aaron colocou as mãos na cintura.

Judá olhou no fundo dos olhos dele.

– Eu não quero que você vá. Eu quero que fique e estude comigo... quero muito. – Depois, prendeu a respiração e esperou que os astros selassem o destino. O calor provocado pela correria se dissipara e ele começou a tremer de frio.

– Afinal, o senhor vai ou não vai partir nessa manhã? – gritou o cavalariço.

A fisionomia de Aaron se descontraiu. Ele abriu a manta e acolheu Judá.

– É melhor se desculpar lá dentro; lá está mais quentinho. – Ele deu uma moeda para o garoto. – Por enquanto você só precisa alimentar o meu cavalo. Se o quiser selado, eu o avisarei.

– Fica a seu critério, meu senhor.

Tão logo entraram na hospedaria o aroma pungente de toucinho na fritura fez Judá voltar aos velhos tempos de *yeshivá*, quando pernoitava em hospedarias como aquela junto com Azariel.

Aaron o levou para a mesa próxima da lareira, onde receberam uma bandeja de comida e duas canecas de cerveja espumante do estalajadeiro.

– Nada de toucinho para nós – disse Aaron, recusando a bandeja. Mas queremos ovos e queijo.

O aroma do pão fresco fez Judá se dar conta de que estava faminto depois de todo o trabalho feito na vinícola. Mas seria impossível relaxar e se alimentar enquanto não ouvisse o perdão de Aaron.

– Nunca deixei de simpatizar com você – disse Judá. – Na verdade, sempre gostei muito de você.

Aaron sorriu.

– E demonstrou isso de uma forma muito estranha.

– Eu não tinha intenção de ser cruel com você, mas estava tão concentrado em combater o meu *ietzer hara* que não pensei que poderia afetá-lo com minha forma de agir. Espero que me desculpe.

– Você estava em combate com seu *ietzer hara*? – Aaron olhou intrigado para ele. – Não estou entendendo.

Judá respirou fundo, e soltou a respiração aos poucos.

– Por favor, não conte para ninguém, mas já faz alguns anos que me apaixonei por um dos meus alunos. Ele acabou saindo da *yeshivá* como todos os alunos fazem, e minha dor quando o perdi foi insuportável. – As lágrimas começaram a brotar.

– Sinto muito. – Aaron debruçou na mesa, pegou a mão de Judá e apertou-a.

Judá não puxou a mão.

– Prometi que nunca mais deixaria isso acontecer de novo comigo, mas depois você chegou. Inteligente, galante, e me fez lutar o verão inteiro contra o meu *ietzer hara*.

– E eu pensando que você me odiava.

– Acho que eu odiava o que você me fazia sentir – disse Judá. – E agora que já sabe de tudo, espero que não saia de Troyes. Mas se quiser partir, primeiro me dê o seu perdão.

Aaron começou a rir.

– Depois do que me disse, a última coisa que quero fazer é sair de Troyes. – Assumiu um ar sério. – Não precisa me pedir perdão. Eu queria partir porque pensei que você falaria do meu comportamento no tonel para Rav Salomão. Elisha me contou o que aconteceu com ele em Mayence, e eu não queria esperar para ser expulso.

Judá já ia falar de como tinha reagido lá no tonel, mas se conteve e disse:

– A tentativa de me resguardar não me desculpa pelo que fiz com você. E então, me perdoa?

Aaron apertou novamente a mão de Judá.

– Claro que perdoo. Você é inteligente e encantador – disse, sorrindo. – E não se preocupe. Vai demorar muito tempo até que chegue o dia em que precise escolher entre a *yeshivá* e os negócios da minha família.

Judá se desvencilhou amavelmente do aperto de mão do jovem.

– Aaron, eu vou estudar com você e serei seu amigo, mas precisa entender que nunca terei relações carnais com você. – Abaixou a voz, mas ainda assim soou com firmeza. – Nem pense nessa possibilidade.

O jovem assentiu com a cabeça.

– Seremos como os parceiros de estudo no tratado *Avot*, de Rabbi Natan.

> Todo homem deveria ter um companheiro com quem comer, beber, ler a Torá, estudar a *Mishna*, dormir e compartilhar todos os segredos – segredos da Torá e segredos mundanos.

– Exceto, é claro, que não dormiremos juntos – ele acrescentou em seguida. – Mas não espere que eu não pense nisso.

Judá suspirou. Ele também não poderia jurar que não pensaria nisso.

– Já que compartilhou comigo os seus segredos, eu também tenho um segredo para compartilhar com você – disse Aaron. – Esse estudante de quem você gostou muito era o Elisha, não era?

– Como soube?

– Fui parceiro de estudo dele durante todo o verão. Estudávamos o Talmud, e falávamos de você.

– Elisha sabe do que senti por ele?

– Não se preocupe. Nem desconfia que você o queria tão loucamente como ele o queria.

– Isso é um alívio – suspirou Judá. – Ele agora parece feliz com o compromisso que tem com Giuseppe... se bem que não consigo entender o que ele vê em alguém tão rude.

Aaron deu de ombros.

– Giuseppe adora o Elisha.

– Já comemos, bebemos e compartilhamos segredos o bastante. – Judá limpou a mão na toalha da mesa e levantou-se. – Já é hora de voltar e de começar a estudar a Torá. – Miriam devia estar ansiosa, esperando que ele chegasse com Aaron.

Naquela noite, junto com Aaron no tonel, Judá mal podia acreditar em como as coisas tinham mudado em apenas vinte e quatro horas. Quando eles chegaram, Miriam quase entrou em êxtase de tanto alívio enquanto os abraçava. Quando Salomão soube que Aaron continuaria estudando em Troyes e que Judá seria o seu parceiro de estudos, chamou os dois para trabalhar nos comentários do Talmud, garantindo que tanto a interpretação alemã quanto a espanhola fossem consideradas.

– Isso é uma autêntica partilha dos segredos da Torá! – exclamou Aaron quando viu o número de *kuntres* de Salomão. – Prometa que poderei levar uma cópia comigo quando partir de Troyes, assim nunca esquecerei do que aprendi aqui. – Olhou para Judá, e acrescentou: – Nem de você.

O ânimo de Judá se acendeu.

– Aproveitaremos a paixão que sentimos um pelo outro para estudar a Torá.

– Tal como Rav Yohanan e Reish Lakish. Você pode ser Rav Yohanan, meu lindo professor sem barba...

– E você será Reish Lakish, meu aluno bandido e forte? – disse Judá, envaidecido pela comparação de Aaron. Depois, assumiu um ar sério. – Mas não podemos deixar que algum mal-entendido arruíne nossa amizade.

– Lá em Sefarad existe um ditado sobre homens bonitos como você – sussurrou Aaron. – Na juventude, ele seduz os maridos das mulheres e na maturidade seduz as esposas dos homens.

– Não diga isso nem mesmo sussurrando. Isso pode atrair o mau-olhado. Já basta ser parecido com Rav Yohanan, um grande professor e pai de dez filhos.

Miriam achou que era arriscado Aaron dormir sozinho no sótão, ainda mais agora que os alunos já tinham voltado, e o colocou para dormir no quarto de Iom Tov e Shimson. Isso significava que ele e Judá desfrutavam a companhia um do outro desde que desciam para o térreo de manhã cedinho até tarde da noite, quando se davam *bonne nuit* no corredor e depois cada um entrava no seu próprio quarto. Durante o dia, editavam os comentários de Salomão, entregando-se à intimidade do estudo do Talmud.

O trabalho na vinícola continuou noite após noite, e com isso dividiam as histórias pessoais das famílias, da infância e de como tinha surgido o desejo de um dia se tornarem eruditos. Com o tempo, passaram a abordar temas mais profundos e, por fim, a difícil vida na *yeshivá*, já que o *ietzer hara* os fazia se sentir atraídos pelos outros estudantes.

Aaron raramente falava da esposa (embora tivesse mencionado o nome dela), mas Judá dizia com orgulho que se casara com Miriam, uma mulher exemplar, filha do *rosh yeshivá, mohelet* e excelente erudita.

— É por causa dela que sou capaz de controlar meu *ietzer hara*. — Judá agradeceu em silêncio por ter seguido o conselho que um dia recebera de Reuben. — Para você deve ser difícil; só vê a esposa uma vez por ano, em Pessach.

Aaron deu de ombros.

— Isso é comum em Sefarad; os mercadores que viajam para a Índia ficam fora de casa durante anos.

— Eu e Meir não somos homens comuns — disse Judá, pensando em como Miriam se tornara aprendiz de *mohel*. — No seu tempo de estudante, papai só ficava em casa durante as três festas, e frequentemente os comerciantes de Troyes passam meses viajando.

— Alguns homens não se importam em ficar longe da esposa. Veja o Elisha e o Giuseppe; assumiram um compromisso perfeito.

O tom melancólico da frase deixou Judá convicto de que Aaron era esse tipo de homem. Já ia dizer que gostava de estar todos os dias com a família para acompanhar o crescimento dos filhos e que o pequeno Elisha estava dando os primeiros passinhos e que Miriam estava ensinando Shimson a ler a Torá e que Iom Tov estava mais adiantado na *Mishna* do que ele quando tinha a mesma idade... mas lembrou que Aaron não tinha filhos e que talvez não tivesse a mesma oportunidade, e achou melhor não tocar no assunto.

No início da Feira de Inverno, Salomão estava tão feliz com o progresso que os dois obtinham com os *kuntres* que pediu para Shemaya se encarregar das aulas aos alunos mais adiantados, deixando Judá livre deste encargo para continuar a edição. Judá nem agradeceu de tão feliz que estava, e a felicidade era tanta que teve medo de que os outros descobrissem a razão e o condenassem.

Mercadores como Natan e Levi certamente perceberiam a diferença entre o relacionamento que ele tinha com Aaron e outras parcerias de estudo, como a de Meir e Shemaya. Por mais platônico que fosse o comportamento de ambos, por mais que Judá se resguardasse com toda cautela, alguém poderia ver ou ouvir alguma coisa que os denunciasse. A fofoca se espalharia e, antes que pudesse perceber, os parentes de Fleur estariam interrompendo os serviços na sinagoga para fazer acusações aos dois. A *yeshivá* de Troyes seria abalada pelo escândalo e a reputação de Salomão se arruinaria.

Judá não teve outra escolha senão se afastar de Aaron para não levantar suspeitas, pelo menos durante a Feira de Inverno. Foram precisos muitos dias até que ele tivesse coragem para comentar o assunto com o objeto de sua afeição, mas, para seu alívio, Aaron entendeu. Ambos concordaram que durante a feira, período em que muitos olhos estariam atentos, Aaron passaria as noites com os mercadores *sefaradim* ou com outros alunos das classes mais adiantadas. Para Judá, era fácil ficar na companhia de Salomão à noite, se bem que era difícil não se preocupar com quem Aaron estava e por que chegava em casa tão tarde.

Trinta

Miriam estava preocupada demais com a tia para notar que o humor do marido tinha mudado. Tia Sara, sua conselheira e amiga, a quem considerava como segunda mãe, estava morrendo. Desde o inverno anterior, a idosa parteira não se recuperara de todo da doença que contraíra naquela estação, e depois a Feira de Verão trouxe uma nova pestilência para Troyes. Em *Hanucá*, a família dela já estava consciente do inevitável.

Eles mantinham a lamparina acesa no quarto de Sara e nunca a deixavam sozinha. Quase todas as mulheres judias da cidade faziam visitas a ela, sem levar em conta eventuais querelas que pudessem ter tido um dia, menos aquelas que também se chamavam Sara. Seria um horror se o Anjo da Morte chegasse para a moribunda e chamasse uma outra com o mesmo nome.

Os últimos dias de Sara apresentaram um desafio para a família. Eles queriam que a morte dela fosse tranquila, o que significava evitar uma batalha no momento final entre os *mazikim* e a alma dela. Por outro lado, o Anjo da Morte devia estar livre para realizar sua tarefa, e os espíritos dos mortos recentes deviam receber autorização para saudá-la no outro mundo. Por isso, as pessoas que visitavam Sara tomavam cuidado para manter os membros dela confinados no leito para que não fossem agarrados pelos demônios, mas as habituais orações contra as forças demoníacas, como o Salmo 91, não eram recitadas.

Em vez disso, Miriam recitava duas vezes por dia o *Shemá* do trigésimo capítulo do Êxodo:

> Disse Adonai para Moisés: pegue as ervas mirra, onicha e gálbano, juntas com olíbano... bata até virar pó e coloque-o à frente da Arca, na Tenda do Encontro, onde me encontrarei com você.

Todos sabiam que a mera descrição da preparação do incenso do Templo Sagrado evocava poderes que repeliam os *mazikim* responsáveis pela agonia do moribundo na hora da morte. E com a repetição diária desses versos Miriam aceitou o fato de que a fonte da sabedoria que adquirira como parteira e dos conselhos que recebia partiria em breve.

Rivka e suas convidadas faziam companhia a Sara durante o dia, deixando para Joheved e Miriam a tarefa de ficar com ela à noite enquanto os maridos estudavam na sinagoga. Era uma oportunidade de estudar sem a interrupção dos filhos e, depois que Sara adormecia, de discutir assuntos privados.

– Você acha que é seguro deixar de tomar as ervas esterilizantes? – perguntou Joheved. Puxou um fio de lã da roca sem olhar, esticou e o enrolou no fuso.

– Acho que você já esperou demais – respondeu Miriam. – Desde que não se incomode em usar sua cama.

Joheved balançou a cabeça em negativa.

– No princípio me incomodou, mas agora já está como antes. Há meses que não fazemos na posição inversa.

– Acabamos de estudar um texto interessante do tratado *Sanhedrin* que fala a respeito disso – disse Miriam.

– Pode comentá-lo para mim?

– Faço isso esta noite. Não é muito longo; uma linha da *Mishna*, e depois, a *Guemará* sobre o assunto:

> Esses devem ser apedrejados... aquele que deita com um macho. De onde se origina isso?

– Obviamente, uma das *arayot* do Levítico – disse Joheved, citando a passagem.

> Um homem que se deita com um macho, nas posições de uma mulher... os dois devem ser condenados à morte.

Miriam sorriu.

– Eu também achei que o texto era este, mas não é. – Citou a *Guemará*:

> As posições de uma mulher – o plural indica que há duas maneiras de se deitar com as mulheres. Segundo R. Yishmael,

não se trata de um texto sobre os homens e sim das relações proibidas com as mulheres.

– Verdade? – disse Joheved, surpreendida.

– Papai diz que as duas maneiras de deitar com as mulheres são naturais e não naturais, isto é, trocar de posição. Qualquer um que se deita com uma mulher que lhe é proibida torna-se responsável, a despeito de como se deita com ela.

– Entendo. Um homem que acha que não está cometendo adultério apenas porque os dois trocam de posição... – Joheved começou a falar.

– O pecado é realmente cometido se a mulher for casada com outra pessoa – concluiu Miriam.

– Meir me disse que inverter a posição é permitido, desde que o homem não queira cometer *mishkav zachur* – disse Joheved.

– Talvez. – Miriam deu uma pausa para pensar. – Lembre-se daquilo que Yalta disse para o marido no tratado *Chullin:*

> Para tudo o que o Misericordioso nos proíbe, Ele nos permite algo similar. O sangue é proibido, mas o fígado é permitido. É proibido deitar com uma *nidá*, mas é permitido com uma virgem ou com uma mulher após o parto. O porco é proibido, mas o peixe *shibuta* é permitido. É proibido deitar com uma mulher casada, mas é permitido deitar com uma divorciada, mesmo que o ex-marido esteja vivo.

Joheved sorriu para Miriam.

– Nós somos umas felizardas, já que podemos estudar juntas. Eu sinto tanta falta disso em Ramerupt.

Miriam retribuiu o sorriso.

– Eu também sinto.

– Eu achava que não daria certo, mas Meir e Shemaya já são parceiros de estudo há mais de dez anos – disse Joheved. – Não sei o que seria dele sem o parceiro.

– Eu achava que você não gostava de Shemaya.

– Mudei de opinião. – Joheved soltou um suspiro. – Ele foi incansável durante o tempo em que estive doente no ano passado, noite e dia ao lado de Meir.

– Você também mudou de ideia em relação à filha dele?

Joheved fez que sim com a cabeça.

– Vou lhe dizer o que pretendo fazer em relação a ela. – Inclinou-se para a frente, e abaixou a voz. – Ouvi dizer que muitas crianças morreram de varíola em Praga e que já surgiram alguns casos na Alemanha. Portanto, é só uma questão de tempo para que a doença também se alastre em Troyes.

Miriam encolheu-se.

– Eu também soube disso. – Embora ela tentasse tirar as terríveis imagens da cabeça, vez por outra não se continha e imaginava seus preciosos filhos cobertos de feridas.

– O ar do campo é melhor que o da cidade, por isso resolvi convidar Zippora para ficar conosco. Assim ela aprende a administrar a propriedade, o que terá que fazer quando se casar com Isaac, e tomara que também possa se proteger da varíola. – Joheved pareceu confiante. – Isaac e Shmuel estavam em Ramerupt durante a última epidemia e não pegaram nem mesmo um resfriado.

– Eu também vou mandar meus filhos para sua casa – disse Miriam. *Mas será que o ar do campo é mesmo uma proteção contra a varíola?* O seu temor é que a varíola estivesse se fortalecendo para o próximo ataque depois de algumas epidemias mais fracas. Se isso acontecesse, não haveria qualquer lugar seguro para os filhos dela.

Mas Joheved não estava preocupada com a varíola.

– Vou começar a ensinar a Torá para Zippora, e também como tecer a lã de maneira certa – disse. – Eu tenho tido tempo para ensinar Hanna e Lea a escrever, já que estou impedida de ficar com o meu pequeno Salomão, que está com a ama de leite em Troyes. Zippora pode estudar com minhas filhas; não importa que seja mais velha.

Ela fez uma pausa, franzindo a testa.

– Mas como Zippora estará aqui, terei que pedir a Isaac para tutelar Milo no hebraico. Aquele garoto é bonito e esperto demais para estudar com ela.

– Milo está aprendendo hebraico? Para quê? – perguntou Miriam.

– Ele aprendeu a fazer a contabilidade da nossa propriedade por meio das letras hebraicas, e disse que é bem mais fácil fazer isso do nosso jeito que com números romanos – disse Joheved. – E depois quis aprender a ler e escrever em hebraico para compreender os contratos comerciais dos judeus. Não está sendo difícil ensinar para ele junto com as meninas; já conhece até a Bíblia em latim.

– Então, Milo na função de escudeiro não está sendo um problema.

– De fato. Emeline estava certa quando disse que era um ótimo aluno. O único problema é que algumas garotas da aldeia e algumas damas da corte do conde André não deixam o coitado em paz.
– Não tem medo que ele seja má influência para o Isaac?
Joheved sorriu.
– Isaac será uma boa influência para ele.
As duas irmãs se calaram. Miriam se sentiu constrangida porque não tinha perguntado pelo pequeno Salomão quando Joheved o mencionou, o que raramente fazia. Miriam se sentia culpada porque o seu bebê, apenas um mês mais velho que o primo, estava se desenvolvendo às mil maravilhas. Se para ela era doloroso ver os dois juntos, para Joheved devia ser muito mais. Enquanto Elisha já andava e dava algumas corridinhas, o pequeno Salomão mal se sustentava sentado. Elisha já falava na língua dos bebês enquanto o primo não falava nada.

Ela suspirou por ter perdido uma outra oportunidade. E agora a varíola estava a caminho. Talvez Joheved estivesse certa. Nas duas vezes anteriores em que a varíola surgira em Troyes, o surto não fora tão terrível, e naquele ano esperava-se que não fosse diferente. Mas o ar do campo não protegera os irmãos e os vizinhos de Meir. Ela lembrou da *tahará* da irmã dele, quando Marona disse que cada mulher em Ramerupt tinha enterrado algum filho durante a epidemia de varíola e que algumas tinham perdido todos os filhos.

Muito em breve estariam ocupadas novamente com a *tahará*. As lágrimas brotaram nos olhos quando Miriam pensou na tia Sara e em tudo o que aprendera com ela. Lembrou das muitas andanças que faziam até a floresta, onde catavam ervas e ela conhecia a história da família, mas esses pensamentos foram interrompidos por um cachorro que uivava lá fora, seguido por todos os cachorros da vizinhança.

Joheved enrugou a testa.
– Por que os cães estão uivando todos juntos? – Arregalou os olhos e levantou-se com tanta rapidez que o fuso e a roca tombaram no chão.

Ninguém entendia por que alguns animais eram sensíveis à presença de eventuais *mazikim*, mas o uivo desconsolado de um cão era um sinal certo de que o Anjo da Morte rondava pelas imediações.

Miriam prontamente juntou-se à irmã ao lado de Sara. Enquanto Joheved ouvia o peito da tia, Miriam tomava o pulso, e tão logo notaram que não havia pulsação, Joheved ergueu-se e balançou a cabeça em negativa.

Elas se abraçaram e as lágrimas escorreram em silêncio pelos rostos, até que Joheved soltou-se e disse:

– *Baruch Dayan Emet*. Eu despejo a água ou você quer fazer isso? – Uma delas devia permanecer junto ao cadáver.

– Você faz isso. Não me importo em ficar aqui por algum tempo.

Joheved pegou a vasilha de água que estava perto da cama com muito cuidado. Às vezes o Anjo da Morte mergulhava sua espada envenenada na tigela de água que estava mais próxima depois que cumpria sua missão, mas por precaução elas despejariam cada gota de água que havia na casa. Alguns diziam que a água era descartada para que a alma doente se afogasse nela, enquanto outros diziam que a alma se banhava nessa água depois que partia para o outro mundo.

Miriam não sabia qual das duas versões era verdadeira, mas isso não importava. A mãe veria que toda a água da casa se fora. Tia Sara já estava de olhos fechados, com os membros do corpo próximos à beira da cama, e só faltava ajeitar os dedos do cadáver de modo a formar o nome sagrado Shaddai. Depois, continuou com o trabalho na roca e começou a recitar os salmos, satisfeita porque os esforços da família tinham tornado a partida da tia tão suave que passou desapercebida a ela e a Joheved.

Nos serviços matinais, ninguém se surpreendeu ao saber que o funeral da tia Sara seria naquela tarde. Agora, todo dia havia funerais em Troyes, e alguns coveiros preparavam duas covas simultaneamente para poupar tempo. Mas as covas que permaneciam abertas após o pôr do sol eram uma tentação para o Anjo da Morte enchê-las o mais rápido possível; por isso mesmo, com toda a pestilência que assolava a cidade, eles só cavavam as covas na hora em que eram necessárias.

A posição de Sara como cunhada sem marido do *rosh yeshivá* assegurou o comparecimento da maioria dos mercadores eruditos ao funeral e a pelo menos em um dos sete dias da *shivá*. Judá tentou dissimular o desconforto quando Natan passou a orar diariamente com os enlutados; afinal, o homem estava cumprindo uma *mitsvá*.

Mas Natan tinha que ficar olhando para ele e Aaron? E será que alguma outra pessoa, especialmente da família de Fleur, achava que o rapaz estava se preocupando demais com a perda do professor?

Por mais que quisesse o conforto de Aaron, Judá se esforçava para não deixar transparecer sinais de afeição entre eles.

– Voltarei para as terras do Reno assim que a feira terminar – disse Natan para Miriam. – Ficarei honrado em entregar uma mensagem para o seu primo em Speyer.

– Não será necessário – disse Judá imediatamente.

Miriam olhou para ele, com surpresa. Por que se opunha à gentileza?

Judá se deu conta de que reagira com muita rapidez.

– Sei que você está ansioso para assumir seus negócios em Mayence.

– Fico feliz em adiar um pouco a minha viagem para cumprir essa *mistvá*. – Natan fez uma reverência e saiu na direção de um grupo de mercadores que conversavam em voz baixa, entre os quais Aaron e outros homens que Judá reconheceu como jogadores do jogo.

– Por que foi tão rude com esse homem? – perguntou Miriam em seguida. – Ele está nos fazendo um favor em levar a notícia junto com as coisas da tia Sara para o primo Eleazar.

Sara deixara a casa e a mobília para Miriam e Judá, em agradecimento pelos cuidados recebidos durante a velhice, mas as joias e o dinheiro tinham ficado para o filho. Para alívio de Miriam, não havia dívidas. A tia investira o dinheiro da *ketubá* em diversas parcerias financeiras, fazendo empréstimos para mercadores que compravam mercadorias nas feiras de Troyes para revendê-las em outras feiras com lucros consideráveis. A soma em dinheiro, transformada em cartas de crédito desses mercadores, amenizaria a tristeza de Eleazar quando recebesse a notícia da morte da mãe.

Apesar dos temores de Judá, Miriam soube que Natan era visto como um mercador confiável. E se não conseguia resistir aos homens bonitos, bem, havia coisas piores no mundo. Até Isaac haParnas tecera elogios ao homem.

Então, na primeira quinta-feira depois do final da Feira de Inverno, Judá confiou a Natan uma caixa com as joias de Sara e as cartas de crédito. Quando os dois se cumprimentaram, ele reparou que uma das joias de Natan, o anel de pérola negra, tinha sido substituído por um anel com um topázio laranja berrante. O abraço de despedida de Natan foi longo e apertado, mas ele agradeceu por não ter sentido prazer algum.

Em meio à insistente pestilência que deixara grande parte dos idosos doentes e aos primeiros casos de varíola entre as crianças da cidade, os judeus de Troyes não podiam esperar um *Purim* feliz. E não só Troyes como todas as cidades de Champagne tinham sido atingidas. Marona caiu doente no meio de janeiro e sucumbiu antes do fim do mês, forçando Joheved e Meir a um luto que se prolongou por toda a estação da reprodução dos carneiros.

Judá e Shemaya arregimentaram os alunos de Meir a fim de formar um *minian* para os primeiros sete dias de luto, ao passo que Miriam permaneceu em Troyes. Sentiu-se culpada porque Joheved estava passando pela *shivá* sem a presença dela e dos pais, mas Salomão contraíra uma febre na semana anterior e alguns dias depois Rivka também estava febril. Miriam se ocupava tanto cuidando dos pais que já estava quase arrependida de ter mandado Iom Tov para Ramerupt com os primos; pelo menos ele conseguia manter Shimson entretido.

Na manhã de sábado, acordou determinada a ir à sinagoga pela primeira vez naquela semana. Lá, no entanto, praticamente não havia mulheres para liderar os serviços; a maioria devia estar cuidando dos doentes ou então elas próprias estavam doentes. De repente, se deu conta de que já fazia uma semana que Meir estava fora e se apressou em fazer uma visita ao pequeno Salomão.

A ama de leite começou a chorar tão logo Miriam entrou na pequena casa.

– Graças aos céus a senhora chegou. Eu estava tão preocupada. Já fui duas vezes à casa do lorde Meir, mas disseram que ele estava fora e me pediram para voltar na semana seguinte.

O estômago de Miriam apertou de medo.

– Qual é o problema?

– Veja com seus próprios olhos – disse a mulher, conduzindo Miriam até o berço próximo à lareira.

Ela achou que o coração se partiria quando viu o pobre sobrinho jazendo naquele berço, com o rosto pálido e o corpinho coberto pelas pústulas vermelhas da varíola.

– Oh, *non*. Meir não o tem visitado porque a mãe dele acabou de falecer – explicou, contendo as lágrimas. – Ele e Joheved ficarão arrasados com isso.

A mulher sacudiu a cabeça e assoou o nariz na manga.

– Não há muita esperança para o pobrezinho. As feridas na boquinha estão muito ruins e ele não consegue se alimentar, e é uma vitória quando consigo fazer com que tome um pouco de sopa.

– Hoje é nosso *shabat*, não posso cavalgar até Ramerupt – disse Miriam, tentando não gaguejar.

Mesmo que algum edomita pudesse levar uma mensagem, Joheved e Meir estavam proibidos de interromper a *shivá* para a mãe dele, e a notícia aumentaria ainda mais a dor. Além disso, as crianças muito doentes não podiam ser removidas.

– Eu fui paga para ficar até o final do mês – disse a ama de leite. – Não me incomodo de cuidar do coitadinho por mais tempo.

– Eles completam o luto amanhã, e se Meir não estiver aqui por volta do meio-dia, mandarei uma mensagem para ele.

Em geral, Miriam não era uma pessoa que se impressionava facilmente, mas não via a hora de se afastar daquela terrível cena. Ela se arrastou pela rua com a visão do corpinho do pequeno Salomão coberto de chagas martelando-lhe a cabeça, e acabou vomitando na lama.

Em quanto tempo o seu pequeno Elisha estaria jazendo no berço com o corpo coberto de chagas? Em quanto tempo os seus outros filhos também estariam cobertos de chagas? Quando chegou em casa, ela abraçou o pequeno Elisha com tanta força que ele reclamou que estava doendo.

Na manhã seguinte, Meir chegou para descobrir que o filho mais novo tinha morrido durante a noite, trazendo-lhe a dolorosa tarefa de transportar o corpinho de volta a Ramerupt para um outro funeral e mais sete dias de luto. Durante o funeral, Miriam segurou a irmã pela mão para chorar junto com ela, mas no dia seguinte chegou uma mensagem dizendo que a febre de Rivka se intensificara, o que obrigou Miriam e Judá a voltar às pressas para Troyes. Faltava pouco mais de três semanas para o *Purim*.

À medida que *Purim* se aproximava, Miriam se deu conta de que Meir e Joheved continuavam de luto pela morte de Marona e do pequeno Salomão, e que não iriam a Troyes para o feriado.

Salomão tampouco mostrava entusiasmo pela festa; passara um mês doente e a colheita na vinícola estava atrasada. A mãe, ainda fraca e enlutada pela morte da irmã, não tinha ânimo para receber os convidados para o banquete que geralmente ocorria no seu pátio. Ela se agarrava ao amuleto e rezava para que nenhum dos netos caísse vítima da varíola, mesmo sabendo que os números conspiravam contra.

Para Miriam, os meses seguintes ao *Purim* eram os que mais aterrorizavam. Estava grávida novamente, e isso não era surpresa porque Judá tinha usado a cama com muita frequência durante a Feira de Inverno, mas desta vez as náuseas começaram tão logo a menstruação se foi. Se cada gravidez era pior que a anterior, como poderia aguentar esta última até o outono?

De todo modo, isso era melhor que se preocupar com os filhos. Ela se agoniava cada vez que tocava a *mezuzá* da porta de entrada, só de imaginar quando seriam pegos pela varíola, e o muito que sofreriam, e como poderia cuidar deles se ela própria ficasse doente. A morte do pequeno Salomão deixou-a extremamente culpada, e passou a ter pesadelos com um dos seus filhos ou dos filhos de Joheved morrendo.

Mas quem mais temia o *Purim* era Judá. Essa era uma festa baseada no livro bíblico de Ester, que celebrava a fuga dos judeus persas da destruição nas mãos do perverso Haman – e sobre ela disse o sábio Rava:

> Em *Purim*, os homens devem beber vinho até não saber a diferença entre "abençoado seja Mordecai" e "maldito seja Haman".

Judá tentava lembrar da noite em que Iom Tov fora concebido, a única que não conseguia se recordar. Como poderia controlar o *ietzer hara* durante aquelas vinte e quatro horas, cuja *mitsvá* consistia em se embebedar até não poder mais?

Após o término da Feira de Inverno, apesar do temor que a descoberta causava, ele sempre se via tentado a enlaçar os ombros de Aaron com o braço ou roçar coxa contra coxa enquanto estudavam. E Aaron sempre arranjava um jeito de tocar o corpo de Judá. Cada vez mais Judá se flagrava olhando para o rosto do rapaz em vez de se concentrar no texto à frente.

Quando os dois funerais em Ramerupt e o luto junto à família de Meir deixaram de lhe sufocar as emoções, Judá começou a temer que a queda se aproximava: acabaria pecando com Aaron e alguém os denunciaria. Mas a apreensão atingiu o ápice quando Salomão solicitou um encontro privativo com ele.

– Preciso falar com você. – O rosto de Salomão era então uma máscara indecifrável. – Sobre Aaron.

Judá não disse nada enquanto subia a escada, mas o coração batia aceleradamente. *Quem tinha descoberto e delatado?*

– Um *rosh yeshivá* tem mais responsabilidades com os pupilos que simplesmente ensinar a Torá – disse Salomão, fechando a porta do quarto de dormir atrás deles. – E uma das responsabilidades é a de estar atento a possíveis relacionamentos impróprios, e interferir quando necessário. Os estudantes têm um *ietzer* forte, e isso os deixa vulneráveis com a intimidade da parceria de estudos.

– É verdade – disse Judá, tentando disfarçar o pânico crescente.

– Também é comum que os estudantes se sintam atraídos pelos professores, especialmente os mais brilhantes – continuou Salomão. – Em geral a ligação segue o seu curso sem maiores incidentes, como foi o amor de Elisha por você.

Judá ficou completamente chocado. *Quem mais sabe dos sentimentos de Elisha por mim?*

Salomão balançou a cabeça, com tristeza.

– Mas quando um professor corresponde à afeição do aluno, aí se apresenta o problema. – Alisou a barba, hesitando. – Você acha que está muito apaixonado pelo seu amigo Aaron? Ele demonstra claramente o que sente por você.

Judá tentou de tudo quanto é jeito pensar em alguma coisa, qualquer coisa com que pudesse se defender. Quis negar aos berros, quis protestar inocência, mas isso significaria mentir para Salomão.

Então suspirou, resignado.

– Meu *ietzer hara* se interessa tanto pelos homens como pelas mulheres. – Incluiu a ambos, se bem que não eram as mulheres que causavam problemas.

– E? – Salomão manteve-se à espera.

Judá respirou fundo.

– E pelo meu parceiro de estudos. – *Pronto, admiti. Agora vem minha punição.*

Salomão soltou um suspiro. Era compreensível que Aaron estivesse atraído por Judá. Mas Judá já não era mais um jovenzinho inflamado, estava com quase trinta anos e era casado.

– Tem sido capaz de controlar seu *ietzer hara*?

Judá disse sim com a cabeça, abaixando os olhos de vergonha.

– Eu e Miriam temos usado a cama com mais frequência. Mas em breve o estado dela tornará isso impossível.

– Vamos relembrar o problema de Abaye com o *ietzer hara* dele, conforme está no tratado *Sucot* – disse Salomão.

> Abaye ouviu um homem dizer para uma mulher, "vamos viajar juntos", e decidiu segui-los para os impedir de pecar. Quando o casal se apartou, o homem disse: "A sua companhia foi agradável e agora o caminho é longo." Abaye pensou, se estivesse no lugar dele, eu não me conteria, e caiu em desespero. Um velho (Elijah, o profeta) chegou e lhe disse: quanto maior é o homem, maior é seu *ietzer hara*.

O mestre de Judá não estava zangado nem envergonhado em relação a ele, e até o considerava capaz de grandeza, e isso o fez se sentir bem pior.

– Não sei o que fazer. Ajude-me.

Salomão lembrou de uma conversa que tivera com Robert, o monge, alguns anos antes. Fora no início dos tempos difíceis, quando ele sentia uma certa inveja dos monges, homens que podiam se devotar por inteiro aos assuntos sagrados, sem precisar sustentar uma família.

– Não se incomoda com seu voto de castidade? – perguntou ao monge na ocasião. – O Eterno nos criou para que pudéssemos casar e ter filhos.

– Eu escolhi ser um santo tanto na alma como no corpo; preferi deixar de lado os prazeres carnais em troca dos prazeres espirituais – respondeu Robert. – Pois da mesma forma que Eva corrompeu Adão, a luxúria das mulheres leva os homens a colocar em risco a alma imortal.

– E o que me diz da luxúria que os homens provocam uns nos outros? – Salomão tinha em mente cançonetas e piadas a respeito de monges e noviços indecentes.

– É por isso que seguimos a regra de São Bento de evitar favoritos. Mas quando isso não é possível, os dois devem ser estimulados a assumir o ardor que sentem um pelo outro e transformá-lo em amor a Deus...

Como se estivesse lendo os pensamentos de Salomão, disse Judá abruptamente.

– Nós tentamos canalizar a paixão que sentimos um pelo outro para a paixão pelo estudo da Torá. – Viu que Salomão estava pronto para falar, e acrescentou rapidamente: – Aaron não devia interromper os estudos aqui por causa do meu *ietzer hara*.

Com a lembrança de Robert, Salomão teve uma ideia.

– Antes de pensarmos em Aaron sair de Troyes, quero que você consulte Guy de Dampierre.

– O cônego da escola da catedral? O senhor quer que eu me confidencie com um dos *notzrim*?

– *Oui*. Os *notzrim* esperam que seus monges e cônegos passem a vida estudando com outros homens, mesmo sendo solteiros.

Salomão observou com tristeza enquanto Judá saía e fechava a porta. Ah, quanto maior o erudito, maior o *ietzer hara*. Se ao menos Judá pudesse se conter com Aaron até *Iom Kipur*... certamente a paixão feneceria com o tempo.

Trinta e um

Bastante nervoso, Judá saiu na tarde seguinte para um encontro com Guy na Caverna Pierre, uma taberna próxima da catedral. Tão logo abriu a porta, viu que se tratava de um lugar frequentado por homens que jogavam o jogo. Os olhares transpareciam mais que curiosidade casual, e não havia mulher à vista. Ele quis sair, mas Guy acenou de uma mesa no canto.

– Por que escolheu esta taberna? – Como se não bastasse Salomão querer que ele revelasse um segredo vergonhoso para um estranho, um encontro num lugar como aquele...

– Eu queria ver a sua reação – disse Guy enquanto Judá se sentava, ainda relutante. – Você reconheceu que tipo de homem frequenta este lugar, mas ignorou o interesse que demonstraram por você. Portanto, não é inocente, mas por outro lado não se sente atraído por esses que só querem um encontro amoroso sem muita importância.

– Salomão já lhe falou de mim.

– *Oui*. E também falou que confia muito em você.

Judá não queria contar outra vez a sua história, só queria respostas.

– O que fez quando sentiu pela primeira vez o desejo carnal por outro homem?

Guy sorriu.

– Nada. Nada a não ser me entregar a pensamentos lascivos e chafurdar na culpa.

Judá não conteve o riso.

– E como isso terminou?

– Com o tempo acabei me distraindo com uma pessoa nova, se não me engano uma mulher.

– As mulheres não me distraem. Eu gosto de me deitar com minha esposa, mas isso não diminui meu desejo pelo meu amigo.

– Não sei por que deveria – disse Guy, amistosamente. – O desejo não está sob nosso comando. Alguns são atraídos contra a própria vontade enquanto outros nunca experimentam isso.
– Mas deitar com um homem é pecado.
– Para nós, pecado é deitar com alguém com quem não somos casados.
– Pelo que sei o clero não se casa.
– Isso é o que o papa Gregório quer, o que aliás está causando uma baita confusão na Igreja. – Guy balançou a cabeça. – Os clérigos que se casam reclamam que estão sendo execrados, ao passo que os sacerdotes sodomitas recebem penalidades brandas. Certamente alguns dos reformadores são Ganimedes que querem proibir o clero de se casar porque não se interessam nem um pouco pelo prazer feminino.
– Ganimedes?
Guy olhou surpreso para Judá.
– Não está familiarizado com os deuses romanos?
– Claro que não.
– Mas você sabe o nome dos planetas?
Judá assentiu, e Guy continuou.
– De acordo com os pagãos romanos, alguns dos deuses correspondem aos sete planetas.
– Provavelmente por isso nosso termo para idolatria é *avodá zará*, ou culto dos astros – retrucou Judá.
– O rei dos deuses romanos é Júpiter, e segundo a lenda ele raptou um lindo príncipe chamado Ganimedes. Os dois se amavam tanto que Júpiter reteve Ganimedes no céu para que lhe servisse a taça de néctar por toda a eternidade.
– Então, os homens que se amam são Ganimedes.
– É bem melhor que ser chamado de sodomita – disse Guy. – Nem todos os Ganimedes são sodomitas. Alguns homens se amam sem pecar, sobretudo aqueles que vivem nos mosteiros. Eles são abençoados para desfrutar uma amizade espiritual que é mais íntima e apaixonada que qualquer relação carnal.
– E como conseguem resistir ao pecado? – perguntou Judá.
– A melhor maneira de evitar a tentação é nunca ficarem a sós.
– E quanto a transformar o amor que existe entre eles para servir a Deus?
Guy suspirou, com nostalgia.

— É um grande consolo poder estar tão unido, coração com coração, alma com a alma, e de tal maneira que a doçura do Espírito Santo flua sobre você.

Judá também suspirou. De vez em quando o estudo do Talmud ao lado de Aaron atingia esse ponto, mas agora o *ietzer hara* sempre interferia.

Como se tivesse lido os pensamentos dele, Guy prosseguiu.

— Mas Satã está sempre à espreita para pegá-lo numa armadilha; portanto, para estar a salvo, sempre estude com outras pessoas por perto. E nunca bebam juntos.

Judá olhou assustado. *Como poderei deixar de beber com Aaron no Purim?*

— Foi a minha desgraça. Nós estávamos estudando numa taberna parecida com esta, bebendo e nos tocando debaixo da mesa. Antes que percebêssemos, estávamos juntos num quarto do andar de cima.

— E o que aconteceu?

— Claro que no dia seguinte nos demos conta do que tínhamos feito. Fiquei tão mortificado que saí da escola e fui estudar em outra cidade – disse Guy. – Isso me faz lembrar que, se você perceber que Satã irá vencer, e você pecar, pelo menos seja discreto.

— Os Sábios talmúdicos nos ensinam a mesma coisa – acrescentou Judá.

> Disse Rav Ilai, o Velho: se um homem notar que será suplantado pelo seu desejo mau, ele deve se retirar para um lugar onde ninguém o reconhecerá, vestir uma capa preta e depois fazer o que o coração deseja. Ele não deve profanar o Nome do Paraíso e pecar abertamente.

— Seus Sábios são homens sensatos – comentou Guy.

— Esse tipo de amor costuma durar quanto tempo?

— Um ano, no máximo dois. Se conseguir não pecar durante esse tempo, seu amor se tornará uma grande amizade. – Guy fez uma pausa e sorriu. – Já faz mais de dez anos que eu e Bonidoine, o capelão da condessa Adelaide, somos amigos bem chegados.

— E a amizade sobrevive quando se peca? – A barriga de Judá revirou de medo.

— Isso depende de diversas coisas – retrucou Guy. – Depende do quão culpado você se sente, e se um continua a pecar e o outro não, e se o pecado é ou não mantido em segredo.

A taberna começou a encher à medida que os homens chegavam depois de um dia de trabalho.
– Eu tenho que ir – disse Judá. – E lhe agradeço pelo seu bom conselho.
– Eis um outro conselho que costumo dar aos clérigos cristãos – disse Guy enquanto saíam. – A confissão pode ser poderosa se você realmente quer evitar o pecado.
No caminho de casa, Judá meditou sobre as palavras de Guy. A confissão também era poderosa para os judeus, mas obviamente a confissão diária que ele dirigia ao Eterno perdera eficiência. E a admissão de culpa para Salomão não o ajudara a combater o desejo. Mas ele tinha que fazer alguma coisa. Para a sorte dele, até então Salomão era o único que sabia, da próxima vez podia ser alguém menos compreensivo.
O *ietzer tov* o impelia a se confessar a Miriam, mas o sangue gelava só de pensar nisso. Talvez ela se envergonhasse tanto quanto ele, talvez até ainda mais, e por certo se magoaria. Ele não a fazia chorar desde a noite de núpcias, e não queria repetir a experiência por nada nesse mundo.
Mas havia algo pior: ela podia ficar com raiva. E se pedisse o divórcio?

Purim se aproximava e a vontade de se confessar para Miriam crescia cada vez mais, mas ele não encontrava o momento certo. Ela não estava se sentindo bem e não queria aborrecê-la, se bem que a indisposição dela era uma constante. Mas ele tinha que tomar uma atitude antes que fosse tarde demais.
Aaron vinha insistindo para que fossem juntos aos banhos, e ficava cada vez mais difícil para Judá recusar. Diversas vezes por dia Aaron colocava a mão na coxa de Judá e, quando sua mão era empurrada, às vezes sem muita pressa, sorria e apertava a mão do amigo. E mesmo que isso fosse totalmente estranho ao seu temperamento, Judá acabou concordando com a ideia de Aaron de representar uma paródia perante toda a comunidade, vestindo fantasias idênticas.
Até que Aaron começou a fazer provocações, dizendo que se divertiriam durante o *Purim*, e que deveriam ter cuidado para não beber muito porque do contrário não se lembrariam do que fizessem... e Judá resolveu confessar naquela mesma noite.
– Miriam, eu preciso falar com você – ele disse, depois que ela colocou os filhos para dormir. – É importante.

Ela o seguiu até o quarto, e se deitou na cama enquanto ele andava de um lado para o outro. Ela estava cansada e ansiosa para que a conversa não durasse muito. E ele estava visivelmente nervoso.

Sentou-se na beira da cama.

– De uns tempos pra cá eu tenho andado muito preocupado... – Ele hesitou, e depois se levantou.

– Qual é o problema? – perguntou ela quando o marido começou a zanzar de novo pelo quarto. Ele devia estar preocupado com a possibilidade de os filhos contraírem a varíola. Muitas famílias conhecidas já tinham perdido todos os filhos. Seria melhor mandar os filhos para Ramerupt antes de *Purim*?

Judá respirou fundo.

– Estou preocupado com Aaron.

– Por quê? Ele me parece bem.

– Estou preocupado *comigo* e com Aaron, com o que sinto por ele.

Um nó de medo insinuou-se pela barriga de Miriam, aumentando ainda mais a náusea.

– O que você quer dizer?

Judá sentou-se novamente na cama, mas sem olhar para a esposa.

– Me desculpe, mas estou apaixonado pelo Aaron... e minha paixão é tanta que comecei a sentir uma atração carnal por ele.

As lágrimas escorreram pelo rosto de Miriam, antes que pudessem ser reprimidas.

– Mas não fizemos nada carnal. – Ele agarrou a mão dela. – Eu juro. – *Por que eu tinha que contar para ela? Eu sabia que daria nisso.*

Ela não conteve o pranto.

– Sei muito bem que o estudo do Talmud o deixa excitado. Se eu tivesse me oferecido para trocar de posição com você, talvez o tivesse saciado e você não estaria sentindo desejo por outro homem.

– Isso não tem nada a ver com tomar uma outra posição. O que particularmente eu não desejo nem com você nem com Aaron.

Judá não fazia a menor ideia do que realmente queria com Aaron. Suas fantasias não tinham ido além de uma imagem em que os dois ficavam a sós, e se abraçavam sem medo nem vergonha. Mas as fantasias tinham que parar por aí e nada mais.

– Não entendo. – Miriam pestanejou, debulhada outra vez em lágrimas. Ali estava ela, quase impossibilitada de manter a comida no estômago, aterrorizada com a ideia de que os filhos poderiam contrair a varíola como a filha mais nova de Shemaya ou o filho de Moi-

sés haCohen, e de repente o marido confessa que sentia atração pelo parceiro de estudos. *O que fiz para merecer isso?*
Judá não suportou a visão de Miriam chorando. Uma sufocante necessidade de se confessar o impeliu a contar tudo sobre Aaron e Elisha. Contou até que tinha conversado com Guy de Dampierre.
– Você tem que me ajudar. Eu não quero pecar com Aaron, só quero estudar com ele.
Miriam deitou-se de novo na cama, espantada com as revelações que ouvira. Mas não era hora para recriminações. Afinal, Judá não havia pecado nem traído... ainda. E por que confessaria se não estivesse desesperado? Mas o que ela podia fazer?
A resposta era óbvia.
– Farei de tudo para ficar de olho em você e em Aaron, a menos que minha indisposição piore...
Judá quase gritou de alívio quando o sofrimento de Miriam deu lugar à determinação.
– Você é realmente uma mulher de valor. – Citou os provérbios.
– Não a mereço.
Ela fez um afago na mão dele.
– Você tem que ser forte. Guy não disse que essas paixões geralmente duram um ano?
– *Oui*. Com Elisha foi assim.
– Você ficou muito abalado quando ele partiu no final da Feira de Verão, mas melhorou no início da Feira de Inverno.
Judá ruborizou de vergonha quando a esposa o fez lembrar de um outro segredo doloroso. Mas isso fazia parte da penitência dele.
– Se ao menos já estivéssemos em *Iom Kipur*.
Ela sentou-se empertigada, com um olhar triunfante no rosto.
– Tive uma ideia. Você acha que sua separação de Elisha o ajudou a esquecê-lo?
– Talvez. – A garganta dele apertou de ansiedade.
– Se nossos filhos permanecerem em Troyes, talvez peguem varíola. Mas se forem para longe, talvez a varíola não esteja tão forte por lá. E se você for com eles, talvez os sentimentos por Aaron esfriem com a separação.
– Talvez a gente possa visitar a minha mãe em Pessach – ele disse, sem entusiasmo. – E poderíamos voltar para a Feira de Verão.
– Excelente. – Ela olhou no fundo dos olhos dele. – Se bem que talvez também seja melhor passar o verão em Paris.

Ele sabia que ela estava certa. Mas em vez de pensar no perigo que os filhos corriam, na felicidade que Alvina sentiria com a presença dele e dos netos ou na enorme preocupação que a saúde frágil de Miriam lhe daria enquanto estivesse fora, seu coração praticamente se partiu só de pensar que passaria seis meses sem ver Aaron. E se não voltasse até o outono, Aaron poderia trocá-lo por algum mercador Ganimedes da Feira de Verão, como Elisha tinha feito.

– Partirei um dia depois de *Purim* – ele disse, tentando dissimular o desespero. – É uma quinta-feira.

A dor estampada nos olhos de Judá partiu o coração de Miriam. Agora, mais do que nunca, ficaria de olho nele e em Aaron, como um falcão, até um dia depois de *Purim*.

– Acho que é melhor não anunciar essa viagem a Paris, pelo menos até a véspera de *Purim* – ela disse. – Não queremos atrair os *mazikim* nem excitar as crianças.

Judá penou só de pensar em quando contaria para Aaron, que na mesma hora se sentiria abandonado, e resolveu que só faria isso na véspera de *Purim*. Era um dia em que a comunidade fazia *Taanit Ester*, o jejum em comemoração aos judeus da Pérsia que se abstiveram do alimento em solidariedade à rainha Ester, que suplicou ao rei que salvasse seu povo. Aaron argumentou que *Taanit Ester* não era um jejum de luto, ao contrário dos outros jejuns do calendário judaico. Mas Judá concordou com Salomão que era necessário orar em *Selichot*, tal como Ester quando precisou da ajuda divina antes de arriscar a vida, aproximando-se do rei sem a devida permissão. Acontece que Judá também achava que já tinha esperado demais para confidenciar um assunto de vida e morte.

Assim, esperou até a hora em que voltavam para casa depois dos serviços matinais, e disse a Aaron que levaria os filhos para passar Pessach em Paris e que ficaria na casa da mãe até que a varíola em Troyes terminasse. Já estava preparado para choque, raiva e lágrimas, mas Aaron limitou-se a sorrir e fez a questão seguir em frente, perguntando se *Taanit Ester* era uma obrigação rabínica ou se não passava de um mero costume.

Naquela noite, após a leitura da *Meguilá*, Aaron estava mais afetuoso que nunca e Judá se permitiu retribuir. *Que importa se alguém nos vir? Já é Purim e partirei em dois dias.* Os dois dançaram sob a luz do luar com os outros homens quase a noite toda, e quanto mais

Aaron bebia, mais insinuante ele dançava. Judá tomou precauções para não ficar sozinho com ele, a não ser por alguns instantes no alto da escada, quando se abraçaram longamente antes de cada um entrar em seu quarto.

Na tarde do dia seguinte, Judá bebeu muito vinho e começou a ficar nervoso para a encenação que teria à frente, mas não tinha bebido a ponto de esquecer as falas. Ele recebeu um beijo de boa sorte de Miriam e depois soou um tambor seguido por um menestrel, anunciando que os dois melhores eruditos da *yeshivá* debateriam um assunto importante.

Ela sentou-se, e tomou um outro gole do chá de gengibre. Era a terceira caneca do dia, mas estava determinada a ficar de olho no marido, por mais enjoos que sentisse com o simples odor dos diferentes alimentos. Juntou-se aos aplausos e gritos que saudaram Aaron e Judá quando os dois se colocaram em cima de uma das mesas. Apesar da terrível epidemia que assolava Troyes, ou quem sabe até devido a isso, a assistência parecia mais disposta que nunca a gritar em *Purim*.

Os dois vestiam *braises* de couro preto idênticas e camisas de seda curtas, quase transparentes e muito provocantes de tão apertadas que eram. As roupas certamente pertenciam a Aaron, que tinha menos altura, até porque nenhum alfaiate em Troyes faria um corte tão apertado. Miriam balançou a cabeça. Judá devia estar mesmo apaixonado pelo rapaz, e também inebriado por aquelas roupas escandalosas, se bem que estava bonito nelas.

Judá começou proclamando que provaria que o jogador viola cada um dos dez mandamentos, dizendo em seguida que o adversário poderia refutá-lo. Esperou até que tivesse a atenção de todos, inclusive dos homens que jogavam dados ao fundo.

– Amigos, os dois primeiros mandamentos nos advertem contra a idolatria; no entanto, cada vez que um jogador perde, a culpa pela falta de sorte recai nos astros. No que diz respeito ao terceiro mandamento, "não tomarás o nome de Deus em vão", é evidente que a cada discrepância entre os jogadores, eles juram incontáveis vezes.

A plateia começou a rir, o que fez Miriam pensar que o marido estava se saindo realmente bem na arte de representar.

– E com que facilidade se rompe o mandamento de respeitar o *shabat* – continuou Judá. – Jogando na escuridão da noite que antecede o *shabat*, o perdedor, esperando recuperar o que perdeu, e o vencedor, cuja cobiça nunca se satisfaz, de repente se dão conta de que o *shabat* já vai longe.

As pessoas apontavam umas para as outras, gargalhando de prazer.

– Honrar pai e mãe, isso é igualmente menosprezado. Quando os pais castigam o filho que começou a jogar, ele não os escuta e responde de maneira rude. Além disso, o homem que perde o seu dinheiro fica com muita raiva do vencedor. Ele o chama de patife e recebe um xingamento de volta, e a certa altura os dois sacam as espadas e um deles acaba morrendo. E dessa maneira o sexto mandamento é transgredido.

Ele apontou para os homens que jogavam ao fundo, o que fez Miriam sorrir.

– O jogador se mistura com mulheres imorais, e é claro que a proibição que se refere ao adultério termina por ser transgredida com facilidade. E quando o vício o arruína, ele passa a cogitar uma forma de roubar secretamente para compensar as perdas.

Judá balançou a cabeça em sinal de desaprovação.

– Então, um dia ele e o amigo combinam repartir os lucros do jogo; começa uma disputa e um árbitro tem que intervir. E que fim levou o mandamento de não prestar falso testemunho?

O pátio inteiro estava em transe quando ele fez uma pausa antes da última afirmativa.

– É lógico que o homem que não dá importância à proibição de não roubar termina ignorando o mandamento segundo o qual "não cobiçarás". – Ergueu o punho. – Considerem o mal que há nesse perverso passatempo... certamente quem o pratica não poderá deixar de ser punido!

Fez uma reverência para a calorosa audiência e, com um sorriso largo, abraçou Aaron antes de sentar-se ao lado de Miriam. Aaron bebeu rapidamente o vinho, limpou a boca e saudou a todos com a taça vazia. Uma jarra passou à altura de sua mão e, com sofreguidão, ele a entornou goela abaixo. Ergueu a jarra e deu início à réplica.

– Eu serei breve, minha gente. – Começou a gargalhar, e depois se voltou para Judá. – Você, meu fiel amigo, empregou muitas palavras para condenar esse tipo de esporte, mas tudo o que afirmou talvez também diga respeito a qualquer atividade humana. Eu conheço um comerciante de grãos que fez juras e blasfêmias as mais inomináveis quando soube que o preço do trigo tinha caído. – Colocou as mãos nas orelhas, fingindo desfalecer de horror.

Mesmo com os pés desequilibrados, andou de um lado para o outro em cima de um banco, apontando diferentes homens na plateia.

– E onde encontrar ocasiões para mais profanações senão entre os mercadores, profanações das quais se valem durante o processo de compra e venda? – Enfatizou a palavra "mercadores" como se chocado pela forma com que se comportam, extraindo urros de assentimento na audiência.

– Quanto à violação do *shabat,* isso se aplica ao alfaiate, ao ourives e a todo homem de negócios cujo desejo é aumentar os lucros.
– Dessa vez Aaron apontou para os homens mais ricos da plateia enquanto os demais gargalhavam.

– E há muitas diversões que levam a desonrar os pais ou a cometer o adultério ou o assassinato. O mesmo acontece com o ato de roubar, cujas circunstâncias adversas acabam por justificar qualquer sujeito.

Ele mostrou a bolsa vazia, fingiu procurar alguma coisa dentro das mangas igualmente vazias e sacudiu a cabeça com tristeza.

– Jurar em falso pode ocorrer em qualquer tipo de parceria, e a cobiça reconhecidamente reside no coração do homem. – Pulou do banco e, com um olhar de ganância, puxou a capa de linho de Bonfils como se quisesse tomá-la. Bonfils puxou-a de volta e a plateia caiu na gargalhada.

Aaron bebeu o vinho que restava na taça, e saudou a audiência.

– Em suma: quem é virtuoso será virtuoso em toda atividade que exerça, quer seja esportiva, comercial ou qualquer outra, ao passo que o pecador age de maneira perversa em tudo que faz.

A plateia irrompeu em aplausos, gritando e batendo os pés no chão. Aaron chamou Judá de volta à mesa, e os dois foram ovacionados. Embora deixassem transparecer os efeitos do vinho, Miriam não estava certa se os esforços exagerados que faziam para se manter em cima de uma mesa eram reais ou fingidos. Logo se viu cercada de mulheres que diziam que Judá era inteligente e bonito, e que tinha sido agradável vê-lo tão animado.

O entardecer já era quase noite e Miriam estava exausta. Judá e Aaron continuavam à vista e já era hora de colocar os garotos para dormir naquela última noite em casa. Ela os acompanhou até o andar de cima, com a firme determinação de descer tão logo caíssem no sono. Mas deitar ao lado deles para contar de novo a história de *Purim* também era tentador, e então resolveu se deitar.

Os sinos da igreja terminavam de badalar completas sem que Miriam tivesse voltado quando Aaron pegou Judá pela mão e o levou para fora da festa. Saíram cambaleando juntos em direção aos fundos da casa, fora da vista das pessoas que estavam no pátio.

O *ietzer tov* de Judá estava com medo, e o *ietzer hara*, na expectativa de ser beijado, mas Aaron o abraçou, dizendo:

– Você é mesmo brilhante; eu já estava desesperado, achando que nunca partilharíamos nossa paixão, e agora você vem com essa ideia de irmos para Paris. A cidade é tão grande que é difícil que alguém o reconheça, e lá ninguém me conhece; portanto, estaremos livres para fazer o que bem entendermos e não teremos que usar capas negras.

Judá se concentrava no rosto de Aaron quase colado no dele. A luxúria luzia naqueles olhos e o corpo de Judá reagia a isso. Aaron o agarrou pela bunda e o puxou contra si. Por entre o couro apertado eles se comprimiram um contra o outro.

Por fim, o *ietzer hara* venceu o *ietzer tov* de Judá.

– Como me encontrará em Paris? Você precisa ser discreto.

– Tem uma hospedaria fora do Bairro Judeu que se chama Buraco do Regador de Jacques. – A respiração de Aaron já estava ofegante. – Deixe um bilhete lá pra mim.

Judá começou a rir.

– Qual é a graça?

– Todas essas tabernas e hospedarias para homens que jogam o jogo; acabei de perceber por que todas têm o nome de caverna ou buraco. – Judá não parava de rir. – É um meio para os Ganimedes se encontrarem.

– Quer dizer que você sabe sobre Ganimedes e jogar o jogo. E eu que pensava que você era devoto e inocente.

– Eu sou devoto e inocente. – Mas o riso de Judá negava as palavras.

– Não por muito tempo.

O coração de Judá bateu descompassado, e o corpo doeu de desejo.

– Quando é que você vai chegar em Paris?

– Vou dizer que passarei Pessach em casa. E depois tudo vai depender dos mercadores que me acompanharão na viagem. – Olhou ansioso para Judá. – Se alguns estiverem indo para Sefarad, terei que ir com eles. Pode parecer suspeito se eu não for. – Acariciou as nádegas de Judá e suspirou. – Talvez a gente tenha que esperar até depois das festas.

– Já esperei tanto tempo que posso esperar mais um pouco.

Judá se abandonou nos braços de Aaron, até que ouviram os passos de alguém se aproximando. Eles se separaram rapidamente; Aaron foi para o reservado e Judá voltou para a dança.

Na manhã seguinte, Miriam acordou na cama dos filhos e, na pressa de ver onde Aaron tinha passado a noite, quase deu um tropeção no berço do bebê. Praticamente chorou de alívio quando viu Judá dormindo sozinho na cama de casal, e depois o enjoo habitual explodiu com tanta força que quase não conseguiu pegar o urinol a tempo. Judá dormia alheio a tudo, e ela desceu a escada sem fazer barulho. Aaron roncava no chão da sala, ladeado por outros estudantes cuja bebedeira os impedira de subir até o sótão.

As criadas também estavam dormindo e Miriam tratou de alimentar a fornalha da cozinha, onde preparou a primeira caneca de chá de gengibre do dia. Comprara todo o gengibre estocado da região, mas seu alto nível de consumo podia dar cabo do produto muito antes da chegada dos mercadores de especiarias para a Feira de Verão.

No final daquela tarde, Judá perguntou se ela ainda estava com o *guet* que ele redigira antes de partir para o casamento de Elisha.

– Acho que sim.

– Pode procurá-lo, por favor – ele disse. – Eu quero ver se ainda está intacto.

Ela abriu o baú onde guardava as roupas mais finas e de lá retirou a folha de pergaminho a ser examinada.

– Ótimo, ainda está intacto. – Ele enrolou o *guet* e o deu à esposa com uma expressão de alívio no rosto. – Caso aconteça alguma coisa comigo...

Ela o abraçou.

– Não vai acontecer nada. Vocês chegarão na casa de Alvina em menos de uma semana.

Sentiu-se orgulhosa pela meticulosidade e a preocupação do marido em não deixá-la *aguná,* e desprotegida, caso alguma eventualidade o fizesse desaparecer ou morrer numa viagem curta sem que houvesse testemunhas.

Miriam também ficou impressionada quando o marido preferiu jantar com ela e os filhos enquanto Aaron fazia a refeição com Salomão. Naquela noite ele deu muitos beijos e afagou os cabelos dela por um bom tempo antes de penetrá-la. Ela teria preferido se abster das atenções dele para dormir mais cedo, mas os Sábios diziam que deitar com a esposa antes de uma viagem é uma *mitsá* do homem. Assim, ignorou a indisposição e retribuiu os beijos com um entusiasmo maior do que de fato sentia.

Em dado momento, ela o ouviu chorando baixinho e fez um carinho no ombro dele.

– Eu sei que você vai sentir saudade do Aaron enquanto estiver fora, mas não se preocupe porque poderá revê-lo em breve.

Ele se virou e puxou-a para si.

– *Non*, minha preocupação é a saudade que vou sentir de você.

Ela foi tomada pela culpa, já que só estava pensando na falta que sentiria dos filhos. Inclinou-se para beijá-lo e disse:

– Logo estará de volta; é o desígnio do *Bon Dieu*.

Na manhã seguinte, a família de Miriam partiu em direção ao Portão de Paris depois de muitas lágrimas e abraços, sobretudo quando o pequeno Elisha agarrou-se no pescoço dela e foi puxado por Aaron, que o entregou a Judá. No caminho de volta, ela vomitou na rua, e quando chegou em casa estava tão mal que Jeanne teve que ajudá-la a subir a escada e a deitar na cama.

Alguns dias depois, Miriam estava pior ainda quando Aaron apareceu e se despediu dela. Ele teria preferido viajar com judeus, mas as únicas pessoas que estavam a caminho de Sefarad eram alguns peregrinos localizados por Guy, que fariam o caminho de Santiago de Compostela para Pessach.

– Eu quero lhe agradecer pela hospitalidade – ele disse, sem olhar nos olhos dela.

– Você sempre será bem-vindo – disse Miriam. Era estranho como ele parecia excitado e feliz, e ao mesmo tempo furtivo. *É claro, vai se encontrar com a esposa depois de um ano inteiro longe dela.* – Estou certa de que está ansioso para rever a família.

– E estou mesmo.

Ela tentou olhar nos olhos dele, mas ele desviou o olhar.

– Faça uma boa viagem. Nos veremos daqui a poucos meses.

– Espero que você melhore logo – ele disse, com um sorrisinho.

– Até mais, então.

Miriam começou a pensar no diálogo que acabara de ter com Aaron, enquanto o observava carregar a bagagem pelo pátio. Ele mostrava um ar inadequado, e uma estranha combinação de triunfo e pena.

Ele estava mentindo.

Já tinha lidado demais com mentirosos no negócio de joias, e podia identificá-los com facilidade. Alvina recomendara que ela e Raquel não se limitassem a recusar mercadorias roubadas, sondando a procedência das joias que as mulheres queriam vender ou empenhar. As mulheres da nobreza que faziam dívidas de jogo acabavam vendendo os presentes que ganhavam dos amantes, e para isso contavam uma mentira em primeiro lugar, sem saber que Miriam precisava se informar disso tudo para que não passasse pelo vexame de vender algum objeto para alguém que poderia reconhecer a origem dele.

Por que Aaron mentiu para mim?

O choque da resposta jogou-a de volta aos travesseiros, arrancando-lhe lágrimas dos olhos. Aaron não estava indo para casa, em Sefarad. O destino dele era Paris. Por isso a viagem com os *notzrim*, que não o conheciam e não se importariam se ele abandonasse o grupo.

E Judá estava à espera dele; por isso tinha sido tão gentil na última noite em que estiveram juntos. Ela começou a soluçar desesperadamente.

Mon Dieu, e ainda levou as crianças com ele. Talvez eu nunca mais as veja.

Trinta e dois

Troyes
Final da Primavera, 4849 (1089 E.C.)

iriam ouviu bem ao longe o cantar do galo, e logo sentiu um alvoroço na barriga. De alguma maneira sobrevivera a mais uma noite – agora era hora de encarar um outro dia. O enjoo começou a crescer, competindo com a sede terrível que a atormentava.

Salomão tinha apanhado algumas sobras de *matsá* para que ela comesse, mas isso era muito mais do que o estômago aguentava e o suprimento de gengibre já tinha acabado. Abatida demais para suportar uma viagem de curta distância como a de Ramerupt, tinha passado um Pessach doloroso com Anna e Baruch, que acabaram perdendo as duas filhas para a varíola.

Apesar da enfermidade, não pôde se afastar do quarto das duas meninas doentes. Talvez seus próprios filhos estivessem sofrendo os mesmos sintomas naquele momento. Assim, ficou rezando junto às duas meninas enquanto uma agonizava, e depois, a outra. A mais nova foi a primeira a cair doente, com febre e dor de barriga, sintomas que Anna esperava que fossem de algum alimento contaminado. Mas depois apareceram bolhas no rosto e nas mãos que com o passar dos dias se espalharam pelo resto do corpo, fazendo a menina berrar e apertar a barriga em agonia. Impotente para aliviar esse tormento, Miriam se limitava a oferecer o conforto de sua presença e os gritos das meninas ainda ecoavam nos seus ouvidos por muito tempo depois que voltava para casa.

Quando a mais nova morreu, o corpo da irmã mais velha estava coberto de pequenas bolhas que logo se transformaram em pústulas cheias de pus. Miriam tentou ser otimista; ela e Joheved também tinham passado pelos horrores dessa doença, e no fim sobreviveram. Mas as pústulas da menina nem diminuíam nem secavam, até que começaram a crescer e a se espalhar, fazendo a pele se soltar da carne.

Quando finalmente o Anjo da Morte se fez presente, ela chorou de alívio porque o sofrimento da pobre criança se acabara.

Ramerupt provara não estar imune à varíola; ambas as filhas de Joheved tinham contraído a doença, bem como Zippora e Judita, a filha do médico que também buscara refúgio na região. Joheved não podia cuidar de todas elas sozinha, não enquanto estivesse se recuperando de um aborto, e quando Pessach terminou e Salomão voltou para casa, Rivka foi para a casa da filha.

Agora, Anna e Jeanne é que cuidavam de Miriam, convenciam-na a beber o mínimo que ela podia aguentar e limpavam o que ela não conseguia reter. Miriam tinha muitos sonhos com os filhos, vendo-os cobertos de chagas e chorando por ela. Assombrada pelos pesadelos e aterrorizada pela possibilidade de nunca mais ver os filhos, tudo o que queria era dormir e nunca mais acordar. Mas Anna estava determinada a manter o Anjo da Morte afastado, e aparentemente o bebê que Miriam carregava no ventre tinha a mesma determinação, pois de um jeito ou de outro ela acabava bebendo o suficiente para manter a si mesma e ao bebê.

Com os olhos ainda fechados, esticou o braço para pegar um pedaço de *matsá* e se viu com uma caneca quente na mão. Uma voz feminina soou com firmeza.

– Beba um pouco disso.

Miriam só podia estar sonhando porque a bebida tinha o aroma do chá de gengibre e aquela voz era de sua irmã caçula.

– Raquel?

O quarto estava muito escuro para ver quem a ajudava a se sentar recostada nos travesseiros.

– *Oui;* cheguei bem tarde essa noite. – Raquel pressionou a caneca nos lábios da irmã.

Ela bebeu um pouco. Depois, tomou mais dois goles, dessa vez mais abundantes, junto com um pedaço de *matsá*, antes que a náusea viesse. Mas por milagre, não vomitou.

– O que está fazendo aqui? A Feira de Verão só abre daqui a algumas semanas.

Raquel estendeu um paninho embebido no chá de gengibre para ela chupar.

– Papai mandou um mensageiro até Arles para me chamar.

– Deve ter custado uma fortuna.

– Judá pode pagar isso. Papai me pediu que voltasse imediatamente e que trouxesse um suprimento de gengibre para uns seis meses –

disse Raquel. – Agora me diga, que negócio é esse de Judá ter levado as crianças para Paris?

Miriam caiu em prantos quando ouviu a irmã mencionar os filhos. Tinha mantido a desgraça em segredo por muito tempo e agora era impossível contê-la. Entre soluços e goles de gengibre, despejou tudo o que sabia de Aaron e Judá, todas as suspeitas, todos os temores.

– E agora Judá está lá com meus filhos; nunca mais os verei de novo.

Raquel balançou a cabeça.

– Não consigo acreditar... não o Judá.

Miriam enxugou as lágrimas com o lençol.

– A forma com que falou do meu *guet* condicional me faz temer que ele não pretende voltar.

– No fim das contas, talvez nem tenha ido para Paris. – Raquel se levantou e pôs as mãos à cintura. – Vou até lá para descobrir.

Miriam lutou com as emoções. Embora desesperada para ter notícias dos filhos, não sabia como Judá reagiria à presença da irmã.

– Talvez ele pretenda voltar para casa. Talvez só esteja seguindo o conselho de Rav Ilai de ir para um lugar onde ninguém o conheça para cometer o pecado que o coração deseja.

– Suponho que às vezes até homens devotos como o Judá pecam – disse Raquel. – Mas partirei para Paris depois do *shabat*. Estou com alguns produtos que gostaria que Alvina vendesse, e em troca trarei alguns produtos dela para vender na Feira de Verão.

– Espere um pouco mais, por favor. Você acabou de chegar aqui.

– Está bem. Mas só porque você está doente.

A luz já começava a iluminar o quarto e Raquel ficou estarrecida com a aparência de Miriam. Era preciso ficar em Troyes, ao menos por uma semana. Não suportaria se Miriam morresse e ela estivesse a caminho de Paris. E ficando ali, poderia visitar a mãe e Joheved em Ramerupt.

Raquel esperou a passagem de dois *shabat*. Miriam ainda estava cadavérica, mas pelo menos mantinha no estômago o pouco que ingeria, embora comesse bem menos do que devia. Aparentemente, as filhas de Joheved também estavam fora de perigo, se bem que havia pela frente um longo período de convalescença. Graças aos céus a varíola tinha sido branda em Arles; o pequeno Shemiah passara imune pela doença. Talvez o marido e o filho estivessem esperando por ela em Troyes quando voltasse de Paris.

Sempre havia tráfego nas estradas de Champagne quando começava o ciclo das feiras, e Raquel não teve dificuldade para encontrar alguém que a conduzisse até o Bairro Judeu em Paris. Como previra, os eventos se sucederam quando ela bateu à porta e uma Alvina assustada aceitou as explicações para a visita sem fazer nenhuma pergunta. Judá também ficou surpreso quando a viu enquanto ela dissimulava o alívio por ver que ele estava em casa.

– Judá – sussurrou, preparando o terreno. – Eu queria falar com você em particular.

Visivelmente alarmado, ele a levou para o lado da sala em que Alvina costumava receber a clientela.

– Qual é o problema?

– Miriam está gravemente enferma – disse Raquel, séria. – Essa gravidez está mais difícil que as outras e, para ser franca, não sei quanto tempo mais ela tem de vida. – Não estava mentindo; afinal, quem pode saber quanto tempo alguém viverá?

Judá reagiu como era esperado. Empalideceu e afundou na poltrona mais próxima, como se atingido por um soco.

– O que devo fazer? Você me diz que minha mulher está morrendo, mas não posso voltar para Troyes enquanto Shimson estiver doente.

– O que há de errado com Shimson?

– Ele pegou varíola. Os três pegaram, mas o caso de Shimson é mais grave. – Enterrou a cabeça nas mãos, mas não antes que Raquel visse lágrimas nos olhos dele. – Por que eu tinha que tirá-los de casa?

Raquel gemeu por dentro. Agora, de um jeito ou de outro teria que esperar que Shimson melhorasse. Não podia voltar para Miriam com essa notícia e admitir que partira sem saber como estava o menino.

– Judá, eu posso ficar com os meninos essa noite enquanto você descansa um pouco?

Como ele reagiria à ideia?

– *Merci*, mas não precisa. Eu durmo com eles a noite toda – disse. – É um conforto para eles me ter por perto.

Nenhum dos dois ousou falar, mas ambos tiveram o mesmo pensamento – *se alguma coisa acontecer, ele será o primeiro a saber.*

Alvina voltou nesse momento.

— Elisha está chorando para te ver, Judá, e Raquel deve estar exausta depois de uma longa viagem.

Ela estava de fato cansada, mas também aliviada porque poderia mandar uma mensagem para Miriam, dizendo que Judá e os meninos estavam realmente em Paris. E ela também estava perplexa. Aaron estava ou não em Paris? E se não estivesse, já tinha chegado e partido ou simplesmente adiara a chegada? As suspeitas da irmã teriam sido infundadas? Ela adormeceu, ainda inquieta para encontrar respostas para suas perguntas.

Deitado ao lado do filho tomado pela varíola, Judá se via completamente sem sono. Primeiro, Shimson caíra doente, e agora, Miriam; isso era uma punição do Altíssimo. Como pôde ter deixado Aaron acreditar que eles se encontrariam em Paris? Como o desejo pôde ter passado por cima de tudo o que era adequado para ele?

Aaron... os pensamentos insistiam em se concentrar nesse homem, por mais que tentasse evitá-los. *Onde estará Aaron?* Já fazia um mês que Pessach tinha terminado. Na primeira vez que se aproximara do Buraco de Jacques, Judá deu cinco voltas no quarteirão antes de encontrar coragem para entrar. Mas depois todo dia entrava lá para perguntar sobre os visitantes recentes, e saía desapontado.

Será que Aaron tinha sofrido um acidente? Ou teria encontrado um antigo amor em Sefarad e ficado por lá? A doença de Shimson manteria Judá em Paris pelo menos por mais um mês; se Aaron estivesse a caminho deveria chegar por volta dessa data.

O que estou pensando? Como posso querer prolongar a doença do meu filho para esperar pelo Aaron? Não surpreende que eu seja punido. *Mon Dieu,* me perdoe. Não deixe que minha mulher e meus filhos sofram pelo meu pecado. Não deixe que eles morram, imploro; e se eu encontrar Aaron novamente, vou dispensá-lo na mesma hora. Por favor, cure-os, por favor, juro que nunca mais vou pensar em ter relações carnais com outro homem.

A culpa era tão contundente quanto a paixão que o havia consumido meses a fio.

Na manhã seguinte, Raquel compareceu aos serviços com Judá, e quando soube que ele ficaria lá para ajudar o *rosh yeshivá,* ela também ficou. Não demorou muito para se certificar de que a rotina diária de Judá era essa, e no final do dia já estava certa de que ele era um homem de hábitos regulares que passava o tempo entre a casa da mãe e a *yeshivá* de Paris. A tristeza e a ansiedade dele foram atribuídas à preocupação com a doença do filho, uma preocupação que naqueles dias atormentava todos os pais de Paris. Uma conversa com Iom Tov confirmou para Raquel que nem Aaron nem qualquer outra pessoa conhecida de Troyes tinham estado recentemente em Paris.

Depois que *Shavuot* passou sem nenhum sinal de Aaron, Raquel decidiu voltar para Troyes. Já tinha acertado a contabilidade de Alvina e a Feira de Verão começaria em poucas semanas. Shimson sobrevivera à varíola e, embora estivesse fraquinho, se recuperaria com o tempo e poderia viajar. Ela se ofereceu para levar Iom Tov de volta; com o filho presente, a recuperação de Miriam poderia se acelerar.

– Mas Iom Tov bateu o pé e não quis vir – disse Raquel para Miriam uma semana depois. – Ele alegou que era a primeira vez que podia estudar sozinho com o pai durante um bom tempo.

Miriam fez força para se sentar na cama.

– Quer dizer que eu estava errada a respeito de Judá e Aaron?

– Tudo o que sei é que Aaron não apareceu em Paris. – Raquel estendeu uma caneca de chá de gengibre para a irmã. – Tome mais um pouquinho.

– *Merci*, é o único remédio que atenua a minha náusea.

Raquel não fez qualquer comentário sobre a aparência esquelética de Miriam. Graças aos céus estava viva. E a permanência de Iom Tov em Paris também tinha sido positiva; o garoto não precisava ver a mãe daquele jeito.

– Miriam, enquanto estive fora você comeu outra coisa que não fosse *matsá*?

– Quando o estômago dói o tempo todo, a gente fica cansada demais para erguer uma colher e tudo que come tem gosto de vômito, e por isso não consegue comer quase nada.

Soou uma leve batida à porta.

– Senhora Miriam – disse Jeanne. – Guy de Dampierre deseja vê-la. Falei que a senhora não está recebendo visitas, mas ele diz que é importante.

– Está bem, peça para me esperar.

Raquel ajudou Miriam a descer a escada. Guy aproximou-se para saudá-la, com uma fisionomia sombria.

– Por favor, me desculpe por ter insistido em vê-la. Sei que tem estado doente e por isso adiei o momento de trazer essa mensagem –

ele disse. – Mas seu pai me disse que seu mal-estar talvez persista por todo o verão.

Miriam lançou um sorriso frágil para ele.

– Estou forte o bastante para aguentar qualquer má notícia.

Guy respirou fundo.

– Os peregrinos que acompanhavam Aaron, o amigo de Judá, já voltaram. Lamentaram muito ao me relatar que ele contraiu varíola durante a viagem, e que se viram forçados a deixá-lo num hospital de viajantes. A caminho daqui acabaram sabendo que o rapaz tinha morrido no hospital.

Raquel e Miriam se entreolharam, engoliram em seco e se deram as mãos.

– *Baruch Dayan Emet.*

– Como não conhecem a família do rapaz, trouxeram os pertences dele de volta para cá. – Guy estendeu para Miriam uma folha de pergaminho lacrada. – Entre esses pertences há uma carta para o seu marido.

– Pobre Aaron – sussurrou Miriam depois da saída de Guy. – Foi por isso que ele não chegou a Paris.

– Você vai abrir a carta? – perguntou Raquel. Ela estava com a carta na mão.

– É errado ler a correspondência de uma outra pessoa. O certo é mandá-la para o Judá.

– Todo mundo sabe que as cartas que passam pelas mãos dos viajantes não são privadas. É melhor se certificar se não há nada de vergonhoso nela.

A resolução de Miriam começou a vacilar.

– Talvez seja melhor primeiro ler e depois mandá-la para ele, caso não haja nada de ruim.

– Leia em voz alta. – Raquel aproximou-se da irmã, com os olhos arregalados. – Vou ajudá-la a se decidir.

Miriam abriu o pergaminho e deu uma olhada.

– Pelo menos Guy e os outros viajantes não a leram. Está escrita em aramaico.

– Então, Aaron queria ser discreto.

– Suponho que você já sabe de tudo. – Miriam suspirou com resignação, e começou a ler. – Meu amado Judá...

Fez uma pausa e as duas se entreolharam, inquietas.

"É terrível morrer sozinho. Sim, eu sei que estou morrendo... minha pele está escurecendo e me disseram que a parte branca dos meus olhos está injetada de sangue. Pior que a dor física, no entanto, é saber que nunca nos veremos outra vez. Pois certamente você irá para Gan Eden, e quanto a mim, os meus pecados me encaminham para a Geena. Cometi transgressões com muitos homens e me arrependo. Mas pode acreditar que você foi o único homem que amei de verdade e que nunca me arrependerei disso. Nós cometemos um pecado, se é que amar é pecado, mas Aquele que me criou à Sua imagem me fez amar você."

Miriam engoliu em seco.

– Definitivamente, não posso correr o risco de que outra pessoa leia esta carta.

– Tem mais alguma coisa nela?

Miriam voltou a ler, com os olhos encharcados de lágrimas.

"Morrer sem nunca ter provado o gosto doce dos seus lábios, depois de o ter visto nu nos banhos, e sem nunca ter sentido sua carne contra a minha... arderei para sempre com esse desejo. E pensar que bastariam apenas umas poucas semanas para que você fosse meu de corpo e alma... mas o Sagrado Juiz decretou que você deveria permanecer casto."

– Que alívio! – disse Raquel. – Se bem que tudo isso mostra que suas suspeitas estavam certas.

– Ainda não acabou – disse Miriam.

"Nunca falei para você, meu querido Judá, que tive uma emissão seminal em *Erev Iom Kipur*, e que portanto estava fadado a morrer neste ano. Daí minha impaciência em consumar nosso amor, de pertencermos um ao outro. Deixo para você os meus parcos pertences, como uma recordação de quem o amou como a própria alma, e eu quis muito tê-lo amado melhor."

Fez-se silêncio na sala, ouvia-se apenas a respiração das duas irmãs. Por fim, Raquel sussurrou:

– Você está certa. Não pode deixar esta carta sair de Troyes.

Miriam franziu o nariz por um instante.

– Preciso pensar melhor, mas por enquanto só posso dizer que estou mais triste que zangada.

– Você sempre foi boa demais. Se esta carta fosse para o meu marido, eu pediria o divórcio.

– Mas o Aaron está morto. – E talvez Judá também quisesse estar.

E o que vai acontecer quando um outro Ganimedes aparecer na yeshivá do papai?, foi o que Raquel pensou, mas achou melhor se calar porque Miriam já estava magoada demais.

– E então, vai mandar a notícia para o Judá ou vai esperar até ele voltar para casa?

– Acho que vou esperar. Eu quero estar perto quando ele souber.

– E eu também.

– Preciso comunicar a morte de Aaron para o papai – disse Miriam. – Mas não falarei da carta. E também não direi a Judá que a li.

Raquel segurou as mãos de Miriam.

– Não se preocupe, nunca falarei da carta de Aaron para ninguém.

Por mais que tentasse, Miriam não conseguiu que a raiva suplantasse a afeição que sentia pelo seu desnorteado marido. Mas se viu acossada pelo estranho sentimento da inveja; se ao menos Benjamin tivesse escrito uma carta assim para ela antes de morrer...

Um dia depois da chegada do marido e do filho de Raquel em Troyes, um mercador trouxe de Paris uma mensagem de Judá. Após uma recaída de Shimson, o médico aconselhara mais um mês de repouso. Judá também dizia que esperava que a saúde de Miriam tivesse melhorado, e lhe pedia para dizer a Aaron que não se preocupasse porque eles logo estariam estudando juntos outra vez. A saúde de Miriam ainda não tinha melhorado de todo, e ela se espantou quando leu a parte que se referia a Aaron.

No início da Feira de Verão, Joheved e família se deslocaram até Troyes para passar o verão, junto com Zippora e Judita, que a cada manhã apareciam depois dos serviços para estudar com ela. Após a morte do pai e da filha caçula, a esposa de Shemaya declarou que a casa deles em Provins era amaldiçoada. Brunetta insistiu para que comprassem uma casa em Troyes que tivesse uma *mezuzá* nova escrita por Mordecai, pois ele é que tinha escrito a *mezuzá* que protegera Joheved durante o parto e também que salvara as crianças que estavam sob o teto dela de serem levadas pelo Anjo da Morte.

A mulher de Shemaya não era a única a notar que nenhuma criança tinha morrido de varíola nem na casa de Joheved nem na de Miriam, e Mordecai estava sobrecarregado pelas encomendas de amuletos. A epidemia de varíola se dissipava, mas nem por isso deixava de atingir os idosos de Troyes. Isaac haParnas falecera logo depois de *Shavuot* e o conde Thibault também contraíra a doença, lançando dúvidas quanto ao futuro das feiras de Troyes. Ambos tinham feito muito por elas, trabalhando arduamente para que fizessem o sucesso que fizeram.

Thibault estava tão mal que acabou passando a soberania de Blois para as mãos do filho mais velho, Étienne-Henri, e deu Champagne para Eudes, o filho de Adelaide. Os judeus de Troyes se perguntavam se Bonfils, o sucessor de Isaac, seria igualmente esperto e diplomático e permitiria que continuassem enriquecendo tanto os próprios bolsos como os bolsos do soberano. O novo *parnas* seria forte o bastante para manter a comunidade judaica unida ou as velhas desavenças e invejas seguiriam o seu curso, colocando em risco a recente prosperidade adquirida por eles?

E quanto a Eudes? Desde os seus tempos de cavalaria, o jovem demonstrava mais interesse pela caça, a luta e as mulheres que pela política. As opiniões na cidade divergiam entre os que desejavam que ele continuasse com suas atividades e deixasse o reinado de Champagne nas mãos da mãe e os que achavam que ele colocaria a mãe de lado após a morte de Thibault e dilapidaria a herança em menos tempo que o pai levara para acumulá-la.

O consenso nas barracas dos taberneiros e mercadores de Troyes era que Bonfils cumpriria o seu papel de maneira adequada, mesmo não possuindo a mesma estatura de Isaac. Salomão não demonstrava preferência quanto a quem deveria ser o novo *parnas*, argumentando que todos os homens do conselho da comunidade eram suficientemente ricos e proeminentes.

Notava-se, no entanto, que ele não queria que nenhum dos primos de Fleur assumisse o posto. A desavença entre a família de Fleur e os que apoiavam a doação de Josef a Sansão no leito de morte começou a esfriar a partir do momento em que o conselho votou contra o estabelecimento de Isaías na cidade para cumprir a função de *mohel*, mas ainda fervia em fogo baixo e podia fazer o conselho escolher Bonfils como seu *parnas*. Bonfils não era o judeu mais rico da cidade, mas tinha um traço exemplar, que era o de não ter se indisposto com ninguém.

Com os outros membros da família fora de perigo, Rivka, Joheved e Raquel se voltaram para Miriam. Embora a maioria das mulheres sofresse de náuseas nos primeiros meses de gravidez, ninguém tinha ouvido falar de uma mulher que vomitava diariamente no sétimo mês. Ela devia tolerar outros alimentos além da *matsá*.

Joheved lembrou da doença de Meir e obteve o primeiro êxito com canja de galinha, e Rivka logo descobriu que a filha conseguia ingerir purê de nabo e cenoura cozidos em água e sal. Mas foi Raquel que saiu triunfante quando encorajou uma cervejeira local a preparar uma cerveja com gengibre. Se Miriam bebesse durante as refeições, conseguiria se alimentar de quase tudo com um mínimo de desconforto.

Talvez devido à cerveja de gengibre, o fato é que a quantidade de alimentos que Miriam ingeria aumentava à medida que diminuía o tempo de se encontrar novamente com os filhos. Ela não achava que Judá faria a viagem após os dias de jejum, e ficou chocada quando Jeanne subiu a escada aos gritos um dia depois de *Tishá Be-Av*.

– Senhora Miriam, acorda. O patrão Judá acabou de passar pelo portão.

Miriam correu para abrir a janela, com o coração disparado. Salomão estava com o sonolento Elisha no colo enquanto Iom Tov desmontava de um pônei e Judá ajudava Shimson a descer de outro. Os dois meninos saíram em disparada na direção do reservado, e ela ficou aliviada quando viu que Shimson corria quase tão rápido quanto o irmão. Esperou Salomão enlaçar os ombros de Judá antes de descer para o andar de baixo.

A semana de viagem de Judá tinha sido uma terrível mistura de esperança e medo. Esperança de que dali em diante ele e Aaron pudessem estudar juntos como irmãos, e medo de que tão logo o visse o fogo da paixão ardesse bem mais forte que antes. Ou pior, medo de que Aaron estivesse com Natan ben Abraham, ou com algum Gaminedes que o tinha impedido de ir para Paris.

O que ele não esperava é que Salomão lhe pegasse pelo braço com uma fisionomia pesada de tristeza, dizendo:

– Tenho uma notícia ruim para lhe dar.

Judá fechou os olhos e deixou a cabeça tombar. *Cheguei tarde demais. Miriam está morta.* Abriu os olhos e se deu conta de que nem a túnica nem a camisa de Salomão estavam rasgadas, como de costume entre os enlutados. Então, não era Miriam, mas talvez ela tivesse perdido o bebê.

– O que aconteceu?

– Aaron morreu de varíola a caminho de Sefarad.

Non!

– Impossível. Aaron passou da idade de pegar varíola. – Judá olhou fixo para Salomão, com os olhos implorando para que tudo não passasse de um mal-entendido.

– Os peregrinos que estavam de viagem com ele não têm motivo para mentir – disse Salomão, com tato. – E eu soube que as pessoas que não contraem varíola quando pequenas se tornam mais vulneráveis durante as epidemias.

Salomão esperou que Judá passasse do descrédito à resignação, e que depois fizesse a bênção de aceitação pela morte de Aaron. Esse primeiro passo geralmente era o mais difícil para o enlutado, mais difícil até que o próprio funeral. É claro que não haveria funeral ali para Aaron, e nem o período oficial de luto. A perda de Judá, por mais amarga que fosse, seria algo privado.

Por teimosia, o lado infantil de Judá se recusava a dizer a bênção; se continuasse em silêncio, de alguma forma Aaron continuaria vivo. Mas Salomão pôs o braço ao redor dos ombros dele e ficou à espera, com muita paciência. Judá sabia o que devia fazer, e sabia que só depois que o fizesse Salomão o soltaria para que pudesse se encontrar com Miriam.

Ele respirou fundo, e deixou sair lentamente:
– *Baruch Dayan Emet.* – Abençoado seja o Verdadeiro Juiz. – Foi como se tivesse fechado a tampa do caixão de Aaron.

Salomão começou a andar em direção a casa.
– Venha, vamos ver sua esposa. Esteve muito doente enquanto você estava fora, mas melhorou nos últimos dias, que o Eterno a proteja.

Miriam sempre fora uma mulher esguia e tinha perdido peso durante a gravidez de Elisha, mas Judá não estava preparado para aquela criatura esquálida sentada à mesa de jantar com os filhos. Ela se ergueu tão logo o viu, e caminhou na sua direção com um ar tão simpático que ele mal pôde conter as lágrimas. Ao vê-la de pé com a barriga redonda contrastando brutalmente com o resto do corpo, ele estremeceu quando pensou que era responsável pela condição dela.

– Iom Tov, você pode olhar o Elisha? – ela disse. – Seu pai e eu precisamos de um tempo para nós antes dos serviços.

Depois de fechar a porta do quarto, Miriam entregou a carta para Judá.
– Isto veio junto com as coisas de Aaron.

Judá começou a lê-la, mas teve que se sentar. Não demorou e as mãos tremiam tanto que o impediram de continuar a ler.
– Sinto muito – ela disse.

Ele tinha errado terrivelmente com ela. Ele é que devia estar pedindo perdão, e no entanto era ela que estava fazendo isso. Ele tinha conseguido esconder o sofrimento dos filhos, mas agora não conseguia mais reprimir as lágrimas e, quando ela abriu os braços, encostou a cabeça no peito dela e chorou.

    Miriam embalou o marido como se ele fosse uma criança ferida. Raquel teria se enfurecido com ela, teria dito que era uma boba por confortar o homem que a tinha traído, o homem que só voltara porque o amante não fora ao encontro dele. Mas ela sabia que ele estava sofrendo; ela sabia melhor que ninguém.

Trinta e três

Miriam não conseguia se lembrar de um *Sucot* tão miserável. O conde Thibault tinha morrido no segundo dia de festa, de modo que a dor de Judá juntou-se ao luto da cidade. Ele raramente falava, a menos que alguém lhe dirigisse a palavra, e aos olhos de Miriam o marido perdia peso mais rápido do que ganhava. Ele estava bem mais melancólico do que quando Elisha partira.

Como não percebi que naquela ocasião ele estava apaixonado pelo Elisha? Ela não suspeitara de nada nem mesmo quando ele e Elisha deram os nomes um do outro aos filhos.

À medida que os Dias de Expiação se aproximavam, a expectativa de Miriam de que Judá se desculparia ou daria alguma explicação aumentava, mas no fim ele só fez um apelo generalizado, dizendo que esperava ser perdoado por alguma coisa que a tivesse magoado no último ano. Ela, que planejara pedir desculpas por ter lido a carta, em vez disso simplesmente pediu desculpas por alguma coisa que o tivesse magoado.

Miriam pensou em falar com Raquel, mas o estado da irmã caçula era tão lastimável quanto o de Judá. Somente depois de *Simchat Torá*, quando Eliezer partiu com outros mercadores, deixando Raquel e o filho para trás, é que Miriam soube dos problemas da irmã.

As duas estavam caminhando pela vinícola, desamarrando os brotos das escoras que serviam de apoio desde a primavera.

– Isso não é justo – disse Raquel. – Eu sou a única que gosta de viajar e estou aqui plantada em Troyes, enquanto Eliezer, o único que gosta de estudar na *yeshivá*, tem que viajar para tudo quanto é lugar distante para sustentar nossa família.

– Pensei que vocês iam viajar juntos – retrucou Miriam.

– Foi o que também pensei.

Miriam desamarrou um pequeno barbante de um broto de parreira.

– O que houve?

– Não quis contar enquanto você estivesse doente, mas continuei em Arles quando o mensageiro do papai chegou porque estava me recuperando de um aborto.

– Sinto muito. Você está bem?

– Eu estou ótima. – Raquel jogou um pedaço de barbante dentro da sacola de pano. Os barbantes que prendiam os brotos acumulavam parasitas; tinham que ser removidos e depois queimados. – Na verdade, acho que estou grávida novamente.

– Deve ser difícil viajar grávida.

Raquel assentiu com a cabeça.

– Isso é só uma parte do problema. No ano passado, tivemos que deixar Shemiah com a mãe de Eliezer. Estava sempre com diarreia por causa de todas aquelas comidas estranhas, e era quase impossível fazer qualquer negócio com uma criança irrequieta por perto. – O queixo começou a tremer e ela fez uma pausa para controlar a emoção. – Quando voltei para Arles, ele não me recebeu. Não me reconheceu como mãe dele.

Miriam chegou mais perto, e afagou a mão da irmã.

– Eu sei. Quando o meu Elisha voltou de Paris, ele pedia ao Judá para não deixá-lo sozinho comigo.

Raquel jogou o saco de pano com os barbantes no chão, levantando uma nuvem de poeira.

– Não há nada que eu possa fazer a não ser suportar. Odeio ter que me separar do Eliezer, mesmo que por algumas semanas, e agora ficamos mais separados que juntos.

Miriam tentou pensar em alguma coisa agradável para dizer, mas Raquel continuou:

– Tudo o que posso fazer é esperar que os sobrinhos dele cresçam. Aí poderão viajar enquanto ele fica em casa.

– Pelo menos estará aqui para as feiras e para os Dias de Expiação – disse Miriam.

– Mas terei que celebrar *Purim* e Pessach sozinha. – Raquel pegou a bolsa e se moveu para a fileira seguinte. Cada videira tinha que ser desamarrada antes da época da poda.

Miriam pensou em dizer que Raquel não ficaria sozinha porque estaria com a família. Mas decididamente a irmã não estava em clima de consolo. Miriam também suspeitou que não era um bom momento para reclamar de Judá, pois se ele não era uma boa companhia, estava todo dia com ela.

Quando Miriam deu à luz uma menina saudável com a calma habitual, sua reação foi mais de alívio que de alegria. Elizabeth era uma parteira competente, mas não era a tia Sara. Miriam já tinha assistido muitos partos ao longo dos anos, mas só com o parto da filha é que a morte de Sara tornou-se de fato real.

Judá praticamente ignorou o nascimento da filha. Assentiu sem entusiasmo quando Miriam lhe perguntou se ainda queria que a menina se chamasse Alvina, agradecendo por dentro por não ter que escolher o nome de um menino. *E se quisesse chamar o filho de Aaron?*

Não que ela fosse ter esse problema no futuro.

Alguns dias depois do nascimento de Alvina, Elizabeth acercou-se de Miriam com um ar preocupado.

– Todo mundo acha normal quando uma mulher grávida passa mal do estômago, mas preciso avisá-la que se os enjoos aumentam muito a cada gravidez, com o tempo o mal-estar atinge um ponto que se torna fatal.

Miriam colocou Alvina no ombro e deu uma palmadinha nas costas da menina para que arrotasse.

– Isso acontece depois de quantos partos?

– Só vi alguns casos. Mas consultei outras parteiras e chegamos à conclusão de que a mulher que tem esse problema não sobrevive a quatro partos. A maioria sucumbe na quarta gravidez.

– Se minha irmã não tivesse trazido todo aquele gengibre... – Miriam não precisou terminar a frase.

– Você tem sorte de continuar viva. – Elizabeth abaixou a voz. – Eu tenho diversas misturas de ervas que podem evacuar as flores, mesmo quando estão atrasadas. Por via das dúvidas...

Miriam assentiu com a cabeça enquanto fazia Alvina encontrar o mamilo. Ela conhecia bem as tais ervas. E além disso havia o *mokh*.

– Pelo menos o meu marido já cumpriu o mandamento de procriar.

– O que é isso?

— De acordo com a Lei Judaica, apenas o homem é obrigado a frutificar e multiplicar-se – explicou Miriam. – Depois que se torna pai de um filho e uma filha, é liberado da obrigação.

Essa era a visão de Hilel. Segundo Shamai, eram precisos dois filhos homens, porém Miriam não queria discutir as excentricidades da Lei Judaica. Judá já havia cumprido a *mitsvá*, fosse qual fosse a regra que tinha acatado.

Elizabeth mostrou-se intrigada.

— Só o homem?

— *Oui*, a mulher não é obrigada a procriar. Portanto, somos livres para evitar a gravidez.

Miriam decidiu que não contaria nada para Judá, por ora. Isso só o aborreceria ainda mais, sem falar que ela não teria que se preocupar pelos próximos dois meses. Salomão tinha dito que, de acordo com o que estava escrito na Torá, a mulher que dava à luz uma menina ficava *nidá* durante catorze dias, e depois, mesmo se ainda estivesse sangrando, o sangue dela continuava puro por mais sessenta e seis dias e o marido podia tocá-la. Os de opinião mais rigorosa, como Judá, afirmavam que a mulher devia permanecer separada do marido durante oitenta dias completos.

— Que bom que os seus filhos tenham sobrevivido à varíola, ainda mais agora que não terá mais filhos – disse Elizabeth enquanto se preparava para sair.

— Que o Eterno continue a protegê-los. – Miriam concentrou-se na filha que mamava faminta no seu peito. Ela nunca mais desfrutaria dessa sensação maravilhosa e íntima depois que Alvina fosse desmamada.

Nevou praticamente todos os dias da última semana da Feira de Inverno, e Miriam não demonstrava interesse em ir ao *mikve*. Já tinha se banhado catorze dias depois do nascimento de Alvina, mas Judá insistia que se banhasse novamente no octogésimo dia. Ela tremia só de pensar em entrar naquela água gelada e escura, mas seria injusta com Judá se adiasse; o pobre homem não deitava com ela desde *Purim*.

Talvez ela primeiro desse o prazer de um banho quente, e depois ria ao *mikve*. Algumas mulheres se recusavam a entrar na água quando estava muito fria. Um banho quente já é o bastante, diziam. Miriam tentava mostrar-lhes que a Lei Judaica requeria isso, mas seus esforços eram frequentemente ignorados, porque muitos homens judeus passavam o inverno fora de casa.

Durante a Feira de Inverno, Judá não mencionou o nome de Aaron, e recusou as condolências de Elisha e Giuseppe. Shemaya continuou dando aulas na antiga classe de Judá, e aparentemente Judá e Eliezer eram parceiros de estudo novamente. Eliezer passava a maior parte das noites com Raquel, talvez tentando compensar os seis meses de separação que o casal teria pela frente. Toda vez que Miriam sugeria estudar junto com Judá, invariavelmente ele encontrava uma desculpa.

Ela então estranhou quando o marido lhe pediu que reservasse um tempo depois do jantar. Eliezer já tinha partido e o plano de Miriam era voltar a estudar com Raquel; isso poderia aliviar o espírito da irmã. Mas o tom firme na voz de Judá deixou bem claro que a conversa não podia ser adiada.

A ansiedade de Miriam estava incontrolável. Enquanto amamentava a pequena Alvina, Judá rezava as preces da hora de dormir com os meninos. Quando ele finalmente entrou no quarto do casal e fechou a porta, o estômago dela revolveu de medo.

– Não sei como dizer isso, mas preciso dizer antes que você vá ao *mikve*. – O tom era frio, e ele não a olhava.

O medo era tanto que ela estava em pânico.

– Diga logo, o que é?

Judá respirou fundo, hesitou um pouco e disse.

– Não posso mais viver com você. Eu quero o divórcio.

Não... isso não pode estar acontecendo.

– Fiz alguma coisa errada? Eu o ofendi?

Mon Dieu, se ele se divorciasse dela, levaria os filhos. Os meninos sempre ficavam com o pai.

Miriam se jogou no chão, e se agarrou nos joelhos do marido.

– Judá, não faça isso comigo... eu imploro. Se eu fiz alguma coisa que o deixou aborrecido, juro que não faço nunca mais. Eu prometo.

Ele tentou se desvencilhar, mas ela foi rápida e o agarrou.

– Você não fez nada de errado. Eu é que tenho errado com você. Você merece alguém melhor.

– E se eu não quiser alguém melhor? – Como acharia um outro marido, se não podia mais ter filhos? E o que ela queria era criar os filhos e não uma outra pessoa.

— Miriam, não adianta. — A voz dele soou com um misto de tristeza e resolução. — Eu não posso mais ser um bom marido para você.

— E se eu me recusar a aceitar o divórcio?

— Continuaremos casados somente no nome. Isso não importa para mim. Não pretendo me casar de novo.

— Eu... eu tenho que pensar. — Ela precisava conversar com Raquel no dia seguinte; receberia ajuda da irmã para decidir o que fazer.

— Disponha do tempo que quiser para pensar. Eu só quero que entenda que não pretendo mais deitar com você.

Tremendo, Miriam voltou para a cama e não olhou enquanto Judá se despia. Depois, ele se deitou e virou de costas para ela, como sempre fazia desde o nascimento de Alvina. Dessa vez ela também se afastou dele. Ela queria chorar, mas as lágrimas não vinham. Ele estava fazendo aquilo por causa de Aaron — só podia ser. Mas ela não estava interessada em saber por que ele queria o divórcio; ela nunca deixaria que ele levasse os filhos embora.

Na manhã seguinte, Miriam e a filha ainda estavam dormindo quando Judá acordou, e ele sentiu uma pontada aguda de remorso quando as viu juntas e tão tranquilas. Ela desceu até o térreo a tempo de vê-lo saindo com os meninos para a sinagoga, e era como se nada tivesse acontecido.

Judá já estava começando a achar que o pior tinha passado ao entrar pelo pátio após os serviços, quando Raquel o pegou pelo braço e o conduziu até a sala dela.

Ela fechou a porta e o encarou com as mãos na cintura.

— Você e eu precisamos ter uma conversa.

Judá se sentou e se pôs à espera, se bem que não fazia a menor ideia do teor da conversa.

— Miriam me disse que você quer o divórcio.

— E desde quando isso lhe interessa?

— O futuro da minha irmã me interessa. — Os olhos dela faiscaram. — Caso não lembre, eu que alimentei e cuidei da minha irmã no leito de morte nessa última primavera enquanto você esperava o seu amante em Paris.

Ele se levantou e saiu em direção à porta.

— As minhas razões só interessam a mim. Não tenho que explicá-las nem para você nem para ninguém.

Mas ela bloqueou o caminho dele.

– Acho que você não tem razão alguma para se divorciar de Miriam, e por isso não consegue explicar nem para ela nem para mim. Aposto que não consegue explicar nem para si mesmo.

Judá fechou a cara. Ela não o faria falar de Aaron e do voto que tinha feito.

O rosto de Raquel abrandou enquanto ela o levava de volta à mesa.

– Judá, eu sei que você é um Ganimedes, como costumam chamar. E sei que Aaron também era um deles e que muitos mercadores também são, inclusive Elisha e Giuseppe.

Ele afundou no banco, de olhos arregalados.

– Como você soube?

Raquel sentou-se ao lado dele. *Ele não tentou negar.*

– Não é de hoje que os homens me olham como se me despindo. No início eu achava que você escondia bem mais o seu desejo que a maioria dos homens, mas depois comecei a viajar com outros mercadores e me dei conta de que os homens que não me olham com luxúria geralmente se sentem atraídos por outros homens.

– Entendo.

– Não sei se você já reparou que me sinto mais segura na companhia dos Ganimedes que na dos outros homens, e por isso prefiro negociar e me relacionar com eles. – A voz dela endureceu. – Mas nunca ouvi falar que um deles tenha se divorciado da esposa por causa de um outro homem. Para evitar qualquer suspeita, eles são frequentemente maridos exemplares... como você tem sido até agora.

– Eu entendo o que sente quando os homens olham para você. Eu tive que conviver com homens e mulheres que me olhavam com luxúria.

Ela se surpreendeu com a empatia que sentiu por ele.

– Nós dois sabemos que você não precisa se divorciar para jogar o jogo. Por que então se divorciar de Miriam?

Ele agora não parecia mais estar na defensiva, e talvez dissesse a verdade.

– Jogar o jogo é pecado. Como não quero ser tentado a fazer isso, não posso continuar dando aulas aqui na *yeshivá* do papai. É inevitável que me sinta atraído por um outro aluno e mais outro e mais outro. Isso será uma tortura.

– Então, vai voltar para Paris?

– *Non,* para lá, não. – Voltar para Paris e ouvir a mãe o acusando de tê-la envergonhado com o divórcio? Seria torturante demais.
– Para onde vai então?
– Não sei, talvez Orleans.
– Se quer evitar a tentação, duvido que seja uma cidade boa para você viver. Lá há tantos Ganimedes que até o arcebispo é um deles.
– Você deve achar que estou sendo um idiota. – Ele não olhou para ela; sentiu-se envergonhado.
– Você só não está pensando com clareza. – Talvez a irmã dela estivesse certa em se preocupar com o marido; e se aquela falta de planos significava que ele planejava se suicidar? Não era ético divulgar transações comerciais, mas precisava fazê-lo entender que Aaron não valia um suicídio. – Eu quero lhe mostrar uma coisa.

Raquel tirou um livro de um armário ao lado, e apontou diversas listas. À direita lia-se o nome de Aaron, a data, a quantia que ela adiantara para ele e a descrição do item que ele tinha vendido, inclusive o nome do proprietário anterior. Ele havia empenhado algumas joias durante as feiras de inverno, todas adquiridas de diferentes homens. Destacavam-se um anel de pérola negra, vendido no verão, e um anel de topázio, vendido no inverno – ambos obtidos de Natan ben Abraham.

Judá sabia que Raquel queria que ele sentisse raiva e nojo pela promiscuidade de Aaron, mas o coração dele afundou em desespero e não em raiva, inundando-o. Já não importava o que Aaron tinha feito em todos aqueles dias em que voltava tarde da noite. Os olhos dele se encheram de lágrimas. Todos aqueles homens haviam desfrutado com Aaron os prazeres físicos que ele nunca desfrutara e nem podia imaginar.

Raquel fez um movimento e seus olhos se encontraram com os de Judá.

– Tenha uma outra conversa com Miriam. Diga tudo o que está no seu coração. Deve haver uma solução que seja boa para vocês dois.

Batendo os dentes, Miriam enrolou a toalha nos cabelos molhados, agasalhou-se com a manta de pele e desceu pela rua da sinagoga até a casa de banhos. A atendente estava à espera e, num piscar de olhos, Miriam se viu envolvida pelo vapor da água que fazia da gelada *mikve* uma desagradável lembrança. Uma coisa era Judá não querer se deitar com ela, e outra coisa eram as consequências da *nidá* que sempre complicavam a vida: não dar as coisas diretamente para ele, não partilhar a mesma travessa de alimentos, e não tocá-lo nem mesmo incidentalmente.

Se continuasse se esquivando dessas coisas, os outros poderiam notar e fofocar, dizendo que ela era uma *moredet*, uma mulher rebelde que se recusava a ir à *mikve* para não ter relações com o marido. Assim, no intervalo entre as tempestades de inverno, ela aproveitou a oportunidade para se banhar na *mikve* e acabar logo com aquilo. Com sorte, só voltaria a ficar *nidá* quando Alvina desmamasse.

Miriam afundou na água quente, e de novo se perguntou quanto tempo teria que esperar até que Judá se aproximasse dela. Raquel já tinha contado toda a sua conversa com ele, dizendo que Judá reconsideraria a decisão que tomara. Miriam precisava ser paciente; enquanto continuasse vivendo com os filhos, não tomar uma decisão já era uma decisão.

Não... isso seria impossível. Ela se levantava preocupada a cada manhã, achando que ele partiria naquele dia. Naquela noite ela o faria saber que tinha ido ao *mikve*, e depois os dois poderiam conversar. Ou pelo menos ela poderia.

No jantar, estendeu a bandeja da comida para o marido e, quando se sentou ao lado, ele fez uma cara assustada que deixou claro que havia entendido o significado daqueles gestos. Além disso, ela fez questão de pegar uma colherada do ensopado dele para colocar no pão dela, e quando anunciou que estava indo cedo para cama, ele se mostrou resignado com as expectativas de todos, dizendo que se juntaria a ela em seguida.

– Eu tenho uma confissão a fazer – disse Miriam quando eles ficaram a sós. – Li a carta que Aaron escreveu para você antes de morrer. Foi por isso que não a enviei para Paris. Tive medo que alguém a lesse, desculpe-me. – *Pronto, isso deve fazer com que ele reaja.*

– Então você já sabe que eu e ele nunca... – Judá hesitou, procurando as palavras.

– Mas vocês estavam planejando, tanto que foi esperá-lo em Paris. – A frase era metade interrogativa, metade acusativa.

– Eu sabia o que ele queria fazer em Paris, mas, honestamente, não faço ideia do que eu queria fazer. – Ele se sentiu aliviado por ter conseguido abordar o assunto.

– Não planejava fugir com ele? – Ela o olhou, com surpresa.
– Pensei que tinha sido por isso que você me perguntou pelo *guet* antes de partir.

– Eu não tinha planejado nada para Paris. Eu só queria estar com ele. Eu sei... aquilo era errado, era um pecado, mas... – Ele desviou os olhos para esconder o desconsolo, mas ela viu que estavam cheios de lágrimas.

Miriam suspirou. Como poderia ficar zangada com Judá? Ele apenas tinha amado alguém que não podia ter e que agora estava morto. Lembrou-se das palavras de Aaron: "Nós cometemos um pecado, se é que amar é um pecado, mas Aquele que me criou à Sua imagem me fez amar você."

Ela disse, amavelmente.

– Mas por que isso o faz querer o divórcio?

– Você não entende? – Ele elevou a voz. – Nunca amarei ninguém como amei Aaron, e ele morreu sem que tivéssemos consumado o nosso amor. Eu nunca o beijei, nem pude dizer adeus a ele.

Ela sabia que não devia falar, mas falou.

– Lembre-se que enviuvei em *erusin* de um homem a quem amava mais que tudo na vida, e até hoje sinto saudade dele, e o meu desejo, de coração, é que tivéssemos deitado juntos antes de ele ter morrido, fossem quais fossem as consequências.

Judá olhou-a com admiração.

– E ainda chora por ele depois de todos esses anos?

Ela fez que sim com a cabeça enquanto as lágrimas escorriam pelo rosto.

– Benjamin também morreu sozinho, um mês antes do nosso casamento, e também não pude me despedir dele. Você pelo menos tem uma carta do Aaron; eu daria tudo para ter recebido uma do Benjamin.

Fazia anos que não falava dele, e agora as palavras saíam aos borbotões.

– Ele estava pisoteando as uvas sem ninguém por perto, se intoxicou com os vapores de uma fermentação intensa e se afogou no tonel. Como acha que me sinto quando a cada ano entro num daqueles tonéis para ajudar na vinícola? O trabalho na vinícola me traz muitas lembranças.

– Isso quer dizer que nunca me esquecerei de Aaron – sussurrou a grande descoberta que acabara de fazer. – Não enquanto estudar o Talmud.

Ela assentiu e segurou a mão dele. Ambos seriam enlutados para sempre; poderiam consolar um ao outro.

– Como pode ver, de alguma forma compreendo você muito bem. Só não compreendo por que quer o divórcio.

Depois de tudo o que acabavam de partilhar, ele precisava dizer a verdade.

– Quando Shimson estava doente e Raquel me falou que você estava morrendo, eu prometi ao Eterno que se vocês dois se salvassem nunca mais teria pensamentos carnais em relação a outro homem. – Ele respirou fundo. – Mas não consigo me deitar com você sem pensar em outros homens.

– Mas é por isso que entoamos o *Kol Nidrei* em *Iom Kipur* – ela retrucou. – Para anular os votos que fizemos a Ele e que não podemos manter.

– Mas não um voto com a vida dos próprios filhos em jogo.

– Então peça ao papai para convocar um *beit din*. Eles podem anular qualquer tipo de voto.

– Não posso confessar o meu voto nem para papai nem para Meir e nem para os outros eruditos, talvez nem mesmo para Shemaya.

– Mas... – Ela tentou encontrar uma saída, mas foi interrompida.

– Já que não posso cumprir com minhas obrigações conjugais, você está livre para o divórcio.

– Pretende ser celibatário pelo resto da vida?

– Se os monges conseguem, eu também consigo – ele respondeu. – Você sabe o que está escrito no capítulo quinto do tratado *Sucot*, naquela seção que para o papai se refere ao órgão masculino.

> Disse Rav Yohanan: um homem tem um membro pequeno – quando ele o deixa faminto, o membro se satisfaz, e quando ele o satisfaz, o membro fica faminto.

– O meu esteve faminto por quase um ano, e nunca mais ficou faminto. Você é uma mulher jovem. Precisa de um marido que não tenha feito um voto de celibato.

Acontece que Miriam não tinha lá esse prazer na cama. Na verdade, a castidade era um preço muito pequeno a pagar em troca dos filhos. Ficara muito mais triste ao saber que nunca mais amamentaria um bebê depois do desmame de Alvina do que ao saber que nunca mais se deitaria com um homem. Ele estava de luto por Aaron, mas ela estava de luto por todos os filhos que não teria. De repente, ocorreu-lhe a resposta.

– Judá, eu tenho uma outra confissão a fazer, e peço desculpas por não lhe ter contado mais cedo – disse. – Você notou como essa última gravidez quase me matou?

Ele balançou a cabeça, e ela continuou:

– Mesmo com chá de gengibre eu não sobreviveria a outra gravidez. Lembrei de quando você disse que um erudito devia ter o máximo de filhos possível, e tive medo de lhe contar.

– Você não devia se tornar celibatária, mesmo que não possa mais ter filhos. – Ele não soou tão seguro assim.

– Se as freiras conseguem, eu também consigo – ela repetiu as mesmas palavras dele. – Tia Sara foi celibatária por muitos anos.

– Mas como posso ficar aqui, nesse lugar onde tudo que vejo me faz lembrar de Aaron? – Ele não queria ser como a esposa, que chorou por mais de dez anos pelo amado a cada vez que preparava o vinho.

– E vai sempre se lembrar dele em qualquer lugar em que esteja, a menos que desista do Talmud. Já aqui você não estará sozinho.

– Se eu ficar aqui, não conseguirei dar aulas na *yeshivá*. – O rosto dele ficou carregado de tristeza. – Talvez pudesse trabalhar nos *kuntres* do pai, mas nunca mais teria alguém especial com quem estudar.

– Eu conheço alguém aqui em Troyes que poderia ser o seu novo parceiro de estudos e que é tão erudito quanto você. – Os olhos de Miriam brilharam de excitação. – Alguém com quem você não precisará se preocupar em correr o risco de ter um relacionamento impróprio.

Ele tentou dissimular o desapontamento.

– Agradeço a sua oferta, mas acho que você não conseguiria estudar na *yeshivá* comigo, não com um novo bebê.

Miriam soltou um risinho.

– Não sou eu. Não me igualo a você em conhecimento. Sem falar que a Raquel estará morando o ano inteiro em Troyes e já me comprometi a estudar com ela.

– Então, quem é?

– O papai, é claro. Ele não tem parceiro de estudos há vinte anos porque nunca apareceu ninguém do nível dele. Mas aposto que adoraria estudar com você se fosse convidado.

Estudar com Salomão? Com o *rosh yehivá*? Por que não? Por que o líder da *yeshivá* não poderia ter um parceiro de estudos como todos os outros eruditos? Judá sorriu pela primeira vez depois de *Purim*.

Trinta e quatro

Ramerupt
Primavera, 4890 (1090 E.C.)

Quando o trabalho com as ovelhas deixou Joheved sobrecarregada, Miriam se ofereceu para ajudar. Por que não passar um ou dois meses em Ramerupt se Judá ainda dormia separado como se ela estivesse *nidá*? Ninguém em Troyes esperava um bebê tão cedo.

As semanas que faltavam para Pessach pareciam voar. Agora Alvina dormia a noite inteira, o que para Miriam era um alívio depois de passar um dia exaustivo com as ovelhas em trabalho de parto. Já que tanto a família de Moisés quanto a de Shemaya estavam convidadas para passar a semana do feriado em Ramerupt, Joheved pediu que Zippora e Judita também ajudassem com as ovelhas.

Observando Zippora e Isaac juntos durante as refeições, Miriam lembrou que Joheved e Meir eram tímidos no início. Tal como a provável futura sogra, Zippora ruborizava toda vez que se via perto de Isaac e quase nunca se dirigia a ele, talvez por achar mais fácil conversar com o irmão dele. E Isaac, de sua parte, preferia conversar com Judita a conversar com as irmãs menores dele.

Certa manhã, Miriam entrou no quarto que dividia com as sobrinhas para trocar a fralda de Alvina, e ouviu Meir e Isaac conversando no patamar.

– Você disse que precisava conversar comigo a sós. – Meir parecia impaciente.

A porta se fechou no quarto ao lado, porém Miriam ouvia claramente as duas vozes pela parede.

– Papai, é verdade que quando o senhor e a mamãe me conceberam, o senhor usou um estratagema mágico que lhe deu o *ietzer hara* de um carneiro?

– Quem, diabos, lhe contou isso? – Meir se zangou.

Isaac insistiu.

– Eu devo ter ouvido de um dos alunos mais velhos. É verdade?

Miriam tinha falado para Raquel sobre o espelho mágico de Joheved, e ela devia ter contado a Eliezer. Pelo visto, mesmo muitos anos mais tarde a história ainda circulava.

Meir suspirou.

– *Oui*, é verdade, foi mais ou menos assim.

– Então é por isso que o meu *ietzer hara* é muito forte – disse Isaac. – Talvez eu também tenha ganhado o *ietzer hara* de um carneiro quando fui concebido.

– Quase todos os garotos da sua idade acham o *ietzer hara* deles muito forte.

– O meu é muito forte mesmo. – Isaac pareceu assustado. – Lilit sempre me vê de noite.

– Eu sei que é difícil para você, mas como posso ajudá-lo?

– Rav Hisda disse que se tivesse casado com catorze anos não teria sido dominado por Satã. Vou fazer catorze anos, papai. Posso me casar com essa idade?

Miriam ruborizou-se com esse diálogo supostamente privado, e não ousaria sair do quarto para correr o risco de ser flagrada. Se ao menos Alvina ficasse quieta...

Meir estava rindo.

– Zippora também é jovem, mas já que você está aflito, falarei com Shemaya.

– Ufa, papai. Mas ainda tem uma outra coisa. – Issac pareceu estranhamente mais ansioso que antes. – Olhe só o que estudei no tratado *Kiddushin*:

> Diz Rav Yehuda em nome de Rav: é proibido ao homem noivar com uma mulher até que ele a tenha visto, já que ele pode descobrir que ela não é atraente.

– Está certo. – A voz de Meir soou desconfiada.

As palavras de Isaac saíram tão depressa que Miriam quase não entendeu o que ele disse.

– Então não posso me casar com Zippora. Não acho que ela seja atraente. Eu quero me casar com Judita, filha de Moisés haCohen.

Fez-se um breve silêncio no quarto, até que a porta se abriu.

– Joheved – gritou Meir. – Onde você se meteu, Joheved?

Ouviram-se passos pesados na sacada, e Meir gritou novamente:
– Shmuel. Procure sua mãe e venha com ela para cá agora mesmo. Não me interessa o que esteja fazendo.

Miriam ouviu o sobrinho descendo a escada em disparada e pouco depois ouviu os passos de alguém que se aproximava, e por fim Joheved entrou no quarto, ofegante.

– O que é... tão importante... para... você me chamar... no meio... da contabilidade dos carneiros?

– O Isaac acabou de me dizer que não quer se casar com Zippora porque prefere se casar com a filha do médico. Você está por trás disso, Joheved, eu sei que está.

Mesmo a salvo em seu quarto, Miriam se intimidou com a fúria de Meir.

Joheved não se intimidou. A voz dela soou atrevida.

– Não tenho nada a ver com isso. É verdade. Convidei a Judita para ficar conosco, mas Zippora também está aqui.

A voz de Meir soou igualmente firme.

– Eu fiz um trato com Shemaya e não volto atrás. A filha dele vai se casar com meu filho e ponto final.

Joheved e Isaac responderam quase simultaneamente.

– Meir, seja razoável. Isaac e Zippora serão infelizes se você o forçar a se casar com ela.

– Se o senhor me fizer casar com ela, eu me divorciarei.

Miriam podia jurar que os três se entreolhavam. Foi então que Shmuel disse com uma voz hesitante:

– Se vocês quiserem, eu me caso com a Zippora. Não me importo de ser como o vovô e só ter filhas.

– O que foi que você disse? – Miriam não sabia se Meir estava enfurecido ou abismado.

Agora a voz de Shmuel soou forte:

– Se o senhor prometeu a Shemaya que seu filho se casaria com a filha dele, não estará quebrando sua promessa se eu me casar com ela.

– Você tem certeza? – Isaac ficou espantado com o irmão caçula.

– Toda certeza. – Agora Shmuel soou confiante. – E acho que você vai cometer um erro casando com a filha de um médico quando poderia se casar com a filha de um erudito.

– Isso é obra do Eterno, Meir. – Joheved estava radiante. – Eu lhe falei que se Isaac e Zippora fossem *bashert* um do outro não haveria nada que pudesse impedir o casamento, mas que nem seria preciso fazer nada se não fosse o caso.

Meir sabia quando era derrotado.

– Muito bem, falarei com Shemaya quando ele chegar para Pessach.

– *Merci*, papai. – A voz de Isaac soou agradecida. – E Shmuel, se você precisar de alguma coisa de mim, estarei às ordens.

Mas a última palavra era de Meir.

– Não cante vitória tão cedo, Isaac. Só falarei com Moisés depois que Shemaya concordar, e se Judita já estiver prometida para outro, talvez você acabe sem as duas.

Miriam suspirou de alívio quando a família desceu sem que a tivesse notado. Ela não tinha dúvida de que Shemaya veria em Shmuel, um aluno bem melhor que o irmão, um genro aceitável, da mesma forma que Moisés haCohen veria em Isaac, o herdeiro das terras de Ramerupt-sur-Aube, um genro mais que aceitável.

Era a noite que antecedia o início de Pessach e Salomão observava com orgulho oito dos seus netos em busca de *chamets* pela casa. Seis netos e três netas... obviamente ele tinha cumprido a *mitsvá* de crescer e multiplicar-se. É claro que a esposa e as filhas já tinham removido todos os traços de fermento de dentro da casa, mas havia muitas migalhas de pão escondidas no térreo para serem procuradas pelas crianças, realizando assim o mandamento de procurar e remover todos os *chamets* das moradias antes do Pessach. Os criados que assistiam aos excêntricos hábitos religiosos dos seus senhores através das gerações se resignavam em comer sua própria comida na casa do administrador na semana seguinte.

As crianças tinham achado algumas poucas migalhas quando a família se viu interrompida por uma comoção no pátio. Logo a porta de entrada se abriu e o marido de Raquel surgiu à soleira.

– Eliezer – ela gritou enquanto corria para os braços estendidos dele. – Pensei que só o veria em junho.

Eliezer abraçou-a.

– Quando se é casado com a mulher mais bonita da França não se pode deixá-la sozinha por muito tempo – ele disse, com uma piscadela.

Ela sorriu, lisonjeada.

– Não diga essas coisas, isso pode atrair o mau-olhado.

– O meu negócio em Barcelona terminou mais cedo do que se esperava – disse Eliezer, alisando a barriga de Raquel. – Então, tratei de chegar aqui em tempo para Pessach.

– Judá, isso é para você. – Ele levou a mão à manga e tirou uma carta de dentro. – Encontrei um dos seus amigos parisienses em Troyes e ele me incumbiu de lhe trazer uma mensagem. – Percebeu os olhares de alarme e acrescentou rapidamente: – Não se preocupe, é uma boa notícia. Acho até que requer congratulações.

Iom Tov estendeu para Miriam as migalhas de pão que havia encontrado e correu para o lado do pai.

– O que diz aí, papai?

Judá olhou para Miriam, com os olhos arregalados de espanto.

– É da comunidade de Paris. O *rosh yeshivá* de lá vai se aposentar e eles querem que eu assuma o cargo.

– *Mazel tov,* você merece isso. – Meir apertou a mão de Judá. – Imaginem, meu cunhado vai ser o *rosh yeshivá* de Paris.

– Logo agora que eu estava me acostumando a ter parceiros de estudo novamente depois de todos esses anos – disse Salomão, fingindo desespero.

Mas Raquel e Miriam trocaram olhares ansiosos. Como aquela honra inesperada afetaria a decisão de Judá?

– Me perdoe, Eliezer, mas o homem disse quanto tempo tenho para refletir? – perguntou Judá.

– Acho que não passou pela cabeça dele que você precisaria de tempo para refletir – disse Eliezer. – Mas como ele está em Troyes para a festa, calculo que você tem pelo menos oito dias.

Raquel lançou um olhar apaixonado para o marido.

– Você deve estar exausto de viagem. Que tal irmos já para a cama?

– Que tal o filho de vocês dormir esta noite no quarto dos primos? – disse Joheved, com um sorriso compreensivo.

– Acho que todos nós devíamos ir para a cama – disse Salomão. – Se quisermos nos manter acordados durante todo o *seder* de amanhã, vamos precisar de uma boa noite de sono.

– O que vai fazer, Judá? – sussurrou Miriam enquanto subiam a escada em direção ao quarto.

– Não sei. – Ele balançou a cabeça. – Eu nunca quis viver em Paris, mas isso é uma honra que não posso recusar tão facilmente. Pelo menos tenho uma semana para pensar.

— Eu não quero voltar para Paris — choramingou Shimson. — Não tenho amigos lá, e vovó fica sempre me abraçando e me beijando.

Miriam acariciou os cabelos dele.

— Tenho certeza que poderia ter muitos amigos em Paris, e sua avó só estava agradecida por você ter se recuperado.

Só de pensar em Shimson quase morrendo de varíola a fez querer abraçá-lo e beijá-lo. Não que também quisesse se mudar para Paris. Mas a expectativa de todos é que ela e as crianças fossem com Judá caso ele aceitasse o cargo, mesmo deixando a comunidade sem uma parteira. Logo agora que finalmente começavam a aceitá-la como *mohel* — e sem falar que a decisão de Raquel de permanecer em Troyes significava que ela e a irmã seriam parceiras constantes de estudo... *Mas talvez seja a desculpa de que Judá precisa para se separar de mim.*

Miriam tentou afastar a ansiedade e aproveitar o que poderia ser o último *seder* ao lado dos parentes. As três irmãs e os respectivos maridos só tinham celebrado Pessach em família uma vez, e dificilmente ela chamaria aquilo de celebração porque ocorreu logo depois que Eliezer recebeu a notícia das mortes do pai e do irmão.

Obviamente Meir tinha se entendido com Shemaya e Moisés ao erguer sua primeira taça de vinho para brindar os dois noivados. Joheved, é claro, irradiava felicidade, e Miriam não pôde deixar de pensar que a irmã acabara encontrando um jeito de arranjar as coisas conforme sua vontade.

Quando o pequeno Elisha entoou as quatro perguntas com desenvoltura, foi a vez de Miriam irradiar felicidade. Salomão também devia estar se sentindo orgulhoso da prole, porque a certa altura começou a colocar questões sobre o papel das mulheres no êxodo do Egito, questões cujas respostas estavam no Talmud.

— Como o quatro é um número de azar, raramente bebemos quatro taças de vinho na refeição — ele disse. — Mas como o Eterno protegeu os israelitas do Anjo da Morte no primeiro Pessach no Egito, nesta noite nós estamos protegidos.

As três filhas assentiram. Isso era explicado no décimo capítulo do tratado *Pesachim*.

— Raquel, onde aprendemos que em Pessach as mulheres são obrigadas a cumprir todas as *mitsvot*, inclusive as quatro taças de vinho, embora geralmente estejam isentas dos mandamentos que se referem a confraternizações?

— No primeiro capítulo do tratado *Sota* — ela respondeu.

> Disse Rav Avira: devido à retidão das mulheres daquela geração, Israel foi resgatada do Egito.

— E quem eram essas mulheres? — Salomão encorajou-a a continuar.

— Primeiro, as parteiras Shifra e Pua, que não acataram as ordens do faraó de matar todos os recém-nascidos judeus que fossem meninos. — A voz de Raquel soou confiante. — Depois, Batyah, a própria filha do faraó. Ela estava se banhando no rio porque era leprosa, mas ficou curada tão logo tocou no pequeno Moisés. E ela então o salvou, e mais tarde se converteu ao judaísmo. Por fim, Miriam, aquela que trouxe a verdadeira mãe de Moisés para ser a ama de leite dele. — Olhou para todos à mesa, e acrescentou: — Em honra dessas quatro mulheres valorosas, nós bebemos quatro taças de vinho nesta noite.

Salomão voltou-se para a filha do meio.

— O que este texto nos diz sobre a recompensa que a parteira recebeu quando se recusou a matar os meninos israelitas que ela ajudava a trazer ao mundo?

Miriam sorriu para o pai antes de responder. É claro que ele lhe faria uma pergunta sobre a parteira Miriam.

— Os nossos Sábios nos ensinam que Shifra era realmente o outro nome de Joheved, a mãe de Moisés, e Pua, o outro nome de Miriam.

> Está escrito: porque as parteiras temiam o Eterno, Ele fez casas para elas... casas reais, simbolizando o rei Davi, o qual descendia de Miriam e Caleb.

Salomão voltou-se então para Joheved, que já esperava uma pergunta sobre o seu nome bíblico.

— Está escrito quase no final do Gênesis que setenta descendentes de Jacó foram para o Egito. No entanto, quando contamos todas as pessoas listadas, encontramos apenas sessenta e nove nomes. Como o tratado *Sota* explica isso?

Joheved citou o texto.

Segundo Rav Chama ben Chanina, a pessoa que falta é Joheved, que foi concebida durante a viagem e nasceu no interior dos muros do Egito. Como é dito: "O nome da esposa de Amram era Joheved, filha de Levi, que nasceu para Levi no Egito."

Depois, explicou:
– Reparem que primeiro o nosso verso do Êxodo diz que Joheved era "filha de Levi", e depois que "nasceu para Levi no Egito". Con siderando que não existem palavras supérfluas na Torá, esse aparente desdobramento ensina que, embora Joheved tenha nascido no Egito, não foi concebida lá.
– Portanto, ela estava com cento e trinta anos quando deu Moisés à luz – disse Zippora, deixando o pai dela de queixo caído.
– Claro que nossa geração não carece de mulheres valorosas – disse Meir, saudando-as com a taça de vinho.
Depois do encerramento oficial do *seder*, eles continuaram debatendo a descrição da vida de Moisés no Egito, de acordo com o tratado *Sota*. Raquel e Eliezer foram para a cama quando a conversa passou a girar em torno do tratado *Pessachim*, mas Judá e Miriam continuaram acordados até tarde.

Durante aquela semana, ela se recusou a ir para a cama antes dele na hora de dormir. Ele parecia confortável enquanto conversava a respeito dos filhos ou dos estudos daquele dia, mas no fundo o que ela esperava é que ele tocasse no assunto Paris. Por fim, na sexta noite de Pessach, quando ela deixou a sala para colocar Alvina na cama, ele bocejou e disse que a seguiria.
Miriam sentou na cama para dar de mamar a Alvina. Judá assoprou a luz da lamparina, mas a luz do luar permitia que ela o enxergasse com nitidez. Ele trouxe o assunto à baila de imediato.
– Miriam, você é a única pessoa com quem posso me abrir. Preciso que você me convença do porquê eu não devo me mudar para Paris e me tornar *rosh yeshivá* de lá.
Com o coração pulando de esperança, ela resolveu falar o mais francamente possível.
– Por que *você* não deveria se mudar para Paris ou por que *nós* não deveríamos nos mudar para Paris?

Ele fez uma pausa para refletir.

– Já sei de todas as razões que a impediriam de se mudar para Paris. Convença-me então do porquê eu não deveria ser o *rosh yeshivá* de lá, e depois disso nenhum de nós terá que se preocupar com a mudança.

– As razões óbvias são as seguintes: você nunca ligou para a posição social, você sempre odiou a política e você gosta mais de estudar que de lecionar. Mas o mais importante... – Ela hesitou. – Como *rosh yeshivá* você será continuamente tentado pelos alunos que estarão de olho em você, querendo o seu conselho, querendo que seja o mentor deles. – Ele queria que ela fosse honesta.

– Você está certa. – Ele balançou a cabeça, com tristeza. – Antes de conhecer o Aaron eu achava que era capaz de controlar meu *ietzer hara*. Mas agora eu sei o quanto sou fraco. – Respirou fundo, e olhou nos olhos dela. – E isso me apavora.

Miriam se esticou para alcançar a mão dele.

– Você ficaria terrivelmente vulnerável se fosse um *rosh yeshivá*, até mesmo em Troyes.

– Se você fosse, talvez eu conseguisse me fortalecer; não seria como antes, quando você só soube tarde demais. – Ele se levantou, falando com as paredes. – Como posso recusar? É um reconhecimento do meu aprendizado e uma honra fantástica. Isso deixaria a minha mãe tão feliz!

– E o tornaria tão desgraçado! Você teria que desistir de trabalhar com papai nos *kuntres*. – Ela precisava convencê-lo a ficar em Troyes, e não simplesmente impedir a mudança para Paris.

– *Oui*, eu sentiria muita falta dele – Judá suspirou. A esposa o compreendia e nunca o havia condenado, a despeito de tudo o que ele tinha feito. Como temera falar com ela?

– Papai também sentiria muita falta de você – disse Miriam. – Quando acabou de ler a carta, você ouviu que ele disse que finalmente tinha um parceiro de estudos.

– E continuar aqui é o único jeito de nunca mais haver um novo alguém. – Ele se sentou e se virou para ela. – Mas como recusar a oferta sem ofender a comunidade de Paris?

– Diga que papai está ficando velho e que precisa de você para terminar os comentários da Torá.

Ele balançou a cabeça.

– Afinal, eles podem encontrar um outro *rosh yeshivá*, mas onde papai encontraria alguém com a minha experiência para trabalhar nos *kuntres*?

– E com a sua discrição – ela acrescentou. Os comentários que o pai fazia da Torá não eram sigilosos, mas os *kuntres* do Talmud eram uma outra história.

Miriam estendeu Alvina para Judá, que colocou a filhinha sonolenta no berço. Depois, esperou que ele se despisse e se deitasse. Ainda restava uma ressalva no argumento dela.

– Suas lembranças de Aaron são mais doces aqui em Troyes – disse. – Lá em Paris vai sempre se lembrar de como ficou preocupado ao esperá-lo, e sem saber que ele já estava morto.

Em seguida, ele estava soluçando nos braços dela.

– Sinto tanta saudade dele, Miriam...

Ela o manteve nos braços e chorou com ele, chorou por Benjamin, pela tia Sara, pelos filhos que nunca mais teria e pelo casamento perfeito que achava que tinha. Por fim, quando todas as lágrimas tinham sido derramadas, ela sussurrou:

– Enquanto nos lembrarmos daqueles que amamos um dia, eles estarão conosco.

De repente, Judá gelou, se dando conta de que os dois estavam nus, um nos braços do outro. Mas em vez de se afastar, se deitou de barriga para cima e olhou o teto por um bom tempo.

– Lembra da primeira vez que cheguei a Troyes e do quanto eu queria ser como Ben Azzai?

– *Oui* – ela disse. Talvez o *ietzer hara* de Ben Azzai também se sentisse mais atraído pelos homens que pelas mulheres, e por isso ele preferia estudar a Torá a procriar. E por isso era tão devotado ao Rabbi Akiva e negligenciava a esposa, filha de Akiva.

– Eu acho que o meu destino é ser Ben Azzai para o papai Akiva, com a diferença de que terei cumprido a *mitsvá* da procriação.

– Tomo isso como um sinal de que o convenci a ficar em Troyes – ela disse. – Você precisa que eu o convença a não se divorciar?

Ele olhou o teto por mais tempo ainda.

– *Non*, meus filhos precisam da mãe... e o pai deles também precisa.

– Nossos filhos precisam de nós dois. – Ela ficou espantada ao saber que ele precisava dela.

Judá ficou em silêncio, e Miriam então puxou as cobertas e tentou examinar seus próprios sentimentos. Primeiro, alívio, o que era quase uma exaltação. E também ressentimento pela agonia que ele a tinha feito passar. Mas em meio a tudo isso tristeza e empatia por tudo o que ele passara. O amor que ela sentira por Benjamin era aprovado e celebrado, ao passo que o amor que ele sentira por Aaron jazia em segredo vergonhoso. Um dia lhe diria essas coisas, mas não naquela noite.

Esses pensamentos foram interrompidos quando ele se virou, olhou-a, estendeu os braços e enlaçou-a pela cintura. *Será que ele também tinha mudado de ideia quanto a não fazer mais amor?* Mas ela não havia preparado uma erva esterilizante.

– Fiquei feliz por você ter ido ao *mikve* – ele sussurrou. – Um outro benefício do casamento, além de ter alguém com quem se confidenciar, é que o casal se mantém aquecido na mesma cama, e nenhum dos dois se sente sozinho na escuridão. Não é porque não estamos usando a cama à noite que não apreciaremos a companhia um do outro.

– Eu concordo – ela disse, surpreendida pelo alívio que sentiu.

– E se eu dormir de costas para você, não vou me incomodar se você me abraçar.

– Eu me lembrarei disso.

Isso a fez pensar que sentia muita falta do calor do corpo dele contra o dela, até que de repente ele se esticou e beijou-a no rosto.

– Eu quero que você saiba que mesmo tendo amado Aaron, eu ainda a amo – ele disse. – *Bonne nuit.*

Miriam então pensou na ironia do destino. Suas duas irmãs eram apaixonadíssimas pelos maridos, mas Eliezer dividia a cama com Raquel menos da metade do ano, e Meir passava muitas noites em Troyes, deixando Joheved sozinha com as filhas em Ramerupt. Só ela parecia estar destinada a dormir toda noite com o marido. Embora pudessem viver como irmão e irmã, eles se amavam.

– *Bonne nuit,* Judá. Eu também amo você.

Mesmo tendo abdicado do ato sagrado, ela não tinha perdido a afeição do marido. Mesmo tendo que abdicar de amamentar bebês, ela teria um prazer duradouro em ensinar a Torá para os filhos. Na verdade, como não teria mais que engravidar no futuro, se aperfeiçoaria como parteira e como *mohelet*.

Miriam se aconchegou em Judá e, sentindo um hálito quente na nuca, lembrou da citação preferida do pai, extraída do *Pirkei Avot*.

> Diz Ben Zoma: quem é sábio? Aquele que aprende com todos. Quem é forte? Aquele que domina o seu *ietzer hara*. Quem é rico? Aquele que se contenta com o que tem.

Ambos tinham feito suas escolhas; ele, ser forte, e ela, ser rica.

Algumas horas depois, não foi possível precisá-las porque não havia sinos em Ramerupt, Miriam ouviu batidas leves... e insistentes à porta.

– Miriam – sussurrou Joheved.

Quando ela abriu a porta, a irmã estava com uma lamparina na mão e disse:

– O criado de Ivette está aqui. Ela entrou em trabalho de parto.

Miriam começou a se vestir.

– Pensei que só seria depois do feriado, mas pelo menos não interrompeu o nosso *seder*.

– Vou acordar o cavalariço para ele selar a égua.

– *Merci*. Os outros partos de Ivette não demoraram muito, mas levarei Alvina comigo por garantia.

Ela colocou a capa de pele, beijou Judá e sussurrou:

– Vou cavalgar até Troyes para um parto. Devo estar de volta antes do pôr do sol.

Ele murmurou algumas palavras ininteligíveis, e depois cobriu a cabeça com a coberta. Mas ela já estava no saguão.

A meia-lua iluminava ligeiramente a estrada até Troyes, se bem que Miriam sabia que sua montaria encontraria o caminho de casa mesmo no breu. O céu começava a clarear, ressaltando os muros da cidade ao longe. Os pássaros cantavam à medida que amanhecia e, com o bebê no colo, ela usufruía o esplendor da criação.

Ao redor, a folhagem nova da floresta se desdobrava para saudar o sol da primavera, e logo o Bairro Judeu de Troyes estaria ouvindo o choro de uma nova vida. Ela torceu para que fosse um menino.

Posfácio

A pergunta que todos fazem: o que é fato e o que é ficção em *As filhas de Rashi*?

Salomão ben Isaac de fato existiu, e os comentários que faz da Torá e do Talmud contêm milhares de palavras que se referem à sua vida, à sua comunidade e às suas opiniões. Tentei ser o mais historicamente fiel possível em relação a ele e, quando me vi obrigada a ser criativa, utilizei a riqueza de informações dos seus próprios escritos para permanecer fiel à personalidade dele. Contudo, a lenda de que seu nome foi inspirado no rei Salomão, porque seu *brit milá* coincidiu com a leitura da *haftará* dos Primeiros Reis 5:26, era boa boa demais para deixar passar.

Mas admito que não há qualquer evidência, nem mesmo uma única lenda, de que Judá ben Natan, o genro de Rashi, se sentia atraído por outros homens. Assim como não há evidências ou lendas que se refiram a Miriam, a filha dele, como parteira ou *mohelet*, ou que tivesse sido noiva de um outro homem antes de se casar com Judá. Por outro lado, a vida de Joheved e Meir nas terras que ele possuía em Ramerupt é descrita por Samuel, filho do casal, de modo que me senti constrangida em inventar a história.

Embora Miriam e Judá sejam figuras históricas reais, como todos da família imediata de Salomão, elaborei os personagens como arquétipos. Peço desculpas aos leitores que choraram pela morte do imaginário Benjamin, mas no tempo de Rashi os rapazes costumavam morrer em acidentes, assim como as mulheres jovens morriam em partos. Os judeus que atingiam a fase adulta geralmente casavam mais de uma vez, e então conjecturei que ao menos um membro da família de Rashi tivesse passado por essa experiência.

Eu quis ainda compartilhar com os meus leitores o papel da mulher sábia, ou parteira, versada na medicina feminina, bem como o papel das mulheres comerciantes e prestamistas. Por isso coloquei Miriam como parteira e Raquel como mercadora. Quando descobri que as mulheres da Ashkenaz medieval às vezes faziam circuncisões, não resisti em também atribuir esse ofício a Miriam. Até porque não há prova alguma de que ela não tenha sido nem parteira nem *mohelet*; pelo contrário, é bem possível que tenha sido.

Depois de ter decidido a profissão da personagem, durante anos fiz muitas pesquisas para tornar verossímeis as descrições do trabalho de parteira, do *brit milá* e do treinamento para *mohel* na Idade Média. O mesmo se deu em relação às ervas utilizadas por Miriam, aos aconselhamentos médicos de Moisés haCohen e à vida das mulheres judias em geral.

Mas... e quanto a Judá?

Nos primeiros estudos que fiz do Talmud com Rachel Adler, ela ressaltou que o ambiente da *yeshivá* era extremamente homossocial e que por vezes os estudantes com inclinação para o homossexualismo se apaixonavam pelo professor ou pelo parceiro de estudos, e que isso podia ser bem traumático. Fiquei intrigada com o fenômeno e resolvi fazer de Judá um paradigma. Mal sabia que dez anos mais tarde me tornaria parceira de estudos de Rabbi Aaron Katz, o qual me enriqueceu muito com uma perspectiva pessoal sobre o tema.

Fiquei fascinada quando pesquisei a história da homossexualidade e descobri que o termo e o conceito têm origem recente. Passando pela Grécia antiga e pela Roma antiga, e chegando até depois da Renascença, os europeus aceitavam que os homens sentissem atração sexual por qualquer pessoa bonita – fosse moça ou rapaz. Não é então de surpreender que os rapazes com mais vigor fizessem sexo uns com os outros, especialmente quando se pensa que as moças deviam se manter castas.

O sexo entre homens, conhecido como "jogar o jogo", era proibido, mas desejá-lo era normal. Esse tipo de relação sexual era considerado pecaminoso, mas o amor entre os homens era honrado. As canções e piadas da época deixam claro que se acreditava que os monges eram particularmente inclinados para tais emoções, e restaram muitas cartas de amor trocadas entre os membros do clero medieval que confirmam a crença. Aparentemente, a sociedade que mais tolerava os judeus e as mulheres instruídas também tolerava os Ganimedes.

Mas já falei o bastante sobre a orientação sexual de Judá. Como a única filha que ele teve com Miriam se chamava Alvina, optei em dar o mesmo nome para a mãe dele. Iom Tov, o filho mais velho, tornou-se um erudito em Paris, e daí a escolha da cidade como base para a família de Judá. Os outros dois filhos são menos conhecidos; portanto, torço para que os nomes escolhidos estejam corretos. O marido de Raquel se chamava de fato Eliezer ben Shemiah, mas o filho do casal, Asher, é imaginário, bem como a tia Sara.

A família de Meir se constituía claramente de senhores feudais, pois tanto a vinicultura quanto a criação de carneiros exigiam uma considerável extensão de terras. Samuel, o filho dele, casou-se com a filha de Shemaya, e como o casal só teve filhas meninas tive a ideia de colocá-la como transmissora de hemofilia (doença descrita no Talmud). O escândalo provocado pelo casamento de Josef com uma mulher muito mais jovem e pelo fato de ter deixado sua fortuna para o filho Sansão pouco antes de morrer aparece em diversas réplicas, bem como o costume de interromper os serviços. Incluí isso porque Sansão acabou se casando com uma das filhas de Meir.

Tanto o conde Thibault como sua esposa Adelaide e seus filhos são figuras históricas, e também o conde André de Ramerupt e sua esposa Alice. As lutas do papa Gregório com o rei Henrique que envolvem a reforma da Igreja Católica estão bem documentadas. As duas epidemias de 1089 dizimaram grande parte da população jovem e idosa, incluindo o conde Thibault, embora a varíola fosse uma doença quase exclusivamente infantil, ao contrário dos tempos mais modernos.

O *Machzor Vitry*, ou Manuscritos Iluminados – uma antologia de oitocentas páginas abrangendo a lei, a liturgia e os costumes judaicos que foi compilada por estudantes e discípulos de Rashi – tornou-se uma das minhas primeiras fontes de conhecimento de como a comunidade da época observava os feriados e os eventos do ciclo vital. Os capítulos sobre a *nidá* e o *brit milá* foram especialmente úteis, uma vez que descrevem a *Havdalá* e a Pessach. Uma outra fonte surpreendente foi *Urban Civilization*, livro de Irving Agus que, apesar da suavidade do título, coleta réplicas da Ashkenaz medieval, traduzidas para o inglês e organizadas por temas. Trata-se de uma verdadeira enciclopédia da vida judaica na Idade Média e tem sido fonte de inspiração para muitas cenas dos meus romances. Os remédios mágicos e medicinais usados em *As filhas de Rashi*, bem como a astrologia e a demonologia, originam-se do próprio Talmud ou de outras fontes medievais; eu nunca seria capaz de inventar coisas tão bizarras.

Já que mencionei o Talmud, as passagens citadas por mim são as seguintes: *Bava Metzia* 64a (capítulo 3), *Yevamot* 65b e *Pesachim* 108a (capítulo 6), *Yevamot* 61b (capítulo 8), *Chagigah* 14b (capítulo 9), *Berachot* 62a e *Niddah* 31b (capítulo 10), *Niddah* 31a (capítulo 14), *Avoda Zara* 27a (capítulo 16), *Shabat* 133b, *Niddah* 64b e *Nedarim* 20a (capítulo 18), *Bava Kamma* 83b (capítulo 20), *Kiddushin* 29a (capítulo 23), *Kiddushin* 82a, *Kiddushin* 29a e *Shabat* 130a (capítulo 24), *Avoda Zara* 12b e *Yevamot* 12b (capítulo 28), *Sanhedrin* 54a e *Chulin* 109a (capítulo 30), e *Sota* 11b e *Pesachim* 108b (capítulo 34). Você pode encontrar o debate dos Sábios a respeito dos dias afortunados e desafortunados no *Shabat* 129b. Lembre-se de levar em conta que todas as traduções são minhas.

Para os leitores que estiverem interessados nas minhas diversas fontes, há uma bibliografia na página da Internet www.rashidaughters.com, no link "Historical Info".

Glossário

Adar – décimo segundo mês lunar do calendário hebraico a contar de *Nissan*, mês do Êxodo, ou sexto mês a contar da festa do Ano-Novo.

Aguná – "mulher amarrada", ou seja, comprometida.

Am Haaretz – gente da terra. Palavra usada na literatura rabínica para indicar camponeses rústicos que não pagam os dízimos agrícolas e se recusam a se alimentar segundo as leis de pureza ritual.

Arayot – seções do Talmud que tratam das relações sexuais.

Ashkenaz – nome da Alemanha na Idade Média. Os ashkenazitas eram os judeus de origem alemã.

Av – quinto mês lunar do calendário hebraico a contar de *Nissan*, mês do Êxodo, ou décimo primeiro mês a contar da festa do Ano-Novo. O mês mais triste do ano porque nele o primeiro e o segundo templos foram destruídos. Corresponde ao mês de agosto.

Averah – termo hebraico que significa "pecado" cometido pelo homem contra Deus. Transgressão de um dos mandamentos.

Azmil – faca especialmente usada na circuncisão.

Baraita (plural: **baraitot**) – ensinamento tanaítico não mishnaico.

Baruch ata Adonai – bênção judaica que se traduz como "Bendito sejas Tu, ó Deus".

Baruch Dayan Emet – "Bendito seja o verdadeiro juiz." Bênção proferida pelo enlutado quando rasga as roupas.

Bashert – alma gêmea, parceiro espiritual; destino.

Ben Yochai – um dos grandes rabinos do século II que explicam no *Zohar* os segredos dos cinco livros de Moisés (a Torá), e de outros livros que compõem as Escrituras Sagradas. Ele é tido como o autor do *Zohar*.

Bênção de gomel – bênção de graças proferida depois que alguém se salva de um perigo.

Berachot – bênçãos litúrgicas.

Bet din – tribunal judaico.

Bimá – púlpito, plataforma elevada da sinagoga onde se lê a Torá.

Braises – calças curtas masculinas.

Brit milá – circuncisão ritual, realizada quando o bebê do sexo masculino completa oito dias.

Chamets – migalhas de pão fermentado.

Completas – última das sete horas canônicas, aproximadamente às 21h.

Denier – moeda de prata; uma galinha custa quatro deniers.

Disner – refeição do meio-dia, geralmente a maior do dia; almoço.

Drash – prédica ou pregação.

Edomita – não judeu europeu (termo talmúdico para "romano").

Elul – sexto mês lunar do calendário judaico.

Erusin (ou kiddushin) – compromisso matrimonial formal, que não pode ser anulado sem um divórcio, mas ainda não permite a coabitação do casal.

Gad – fundador da tribo de Gad e filho de Jacó.

Gan Eden – "Jardim do Éden."

Geena – inferno, povoado por maus espíritos e pelas almas dos mortos recentes.

Guemará – comentários e interpretações rabínicas das leis da *Mishna*.

Guet – documento de divórcio concedido pelo marido.

Haftará – leitura do Livro dos profetas que se segue à do *Sefer Torá*, no *Shabat*.

Hagadá – termo hebraico que se refere à "história de Pessach". O texto da *hagadá* contém a liturgia recitada durante o *seder*.

Halachá – tradição legalista do judaísmo que por vezes se confronta com a teologia, a ética e o folclore da Agadá.

Halitzá (ou chalitzá) – cerimônia na qual a viúva tira o sapato do cunhado e cospe diante dele. Depois disso, ela está livre para se casar com outro.

Haman – vilão do Livro de Ester que recebeu a permissão de Assuero, rei persa, para exterminar todos os judeus do império persa. Os planos de Haman não lograram êxito por causa de Ester, rainha judia, de Mordecai e das crianças que despertaram a compaixão de Deus. Quando se lê a história na sinagoga durante a festa de *Purim*, o nome de Haman é vaiado e zombado.

Hanucá (ou chanucá) – festa judaica da consagração ou das luzes celebrada no fim de dezembro, comemorativa da reconstrução do Templo de Jerusalém.

Havdalá – cerimônia que ocorre na noite de sábado para marcar o final do *shabat*.

Hazan (ou chazan) – "cantor". Funcionário da sinagoga que conduz as orações, sobretudo no *Shabat* e nas demais festividades. Também faz a leitura do *Sefer Torá* e ensina para as crianças da congregação.

Herem (ou cherem) – excomunhão, anátema. Exclusão da comunidade judaica.

Hilel – sábio do início do período rabínico, conhecido como Hilel, o Velho.

Ietzer – impulso, inclinação que tanto pode ser positiva (*ietzer hatov*) como negativa (*ietzer hara*).

Iom Kipur – Dia de Expiação.

Iom Tov – "dia bom" em hebraico.

Issachar (ou *yissachar*) – termo hebraico que significa "recompensa". Chefe de uma das tribos judaicas (de mesmo nome) que se destacava pela devoção amorosa ao estudo da Torá.

Kavaná – termo hebraico que significa "direção interior", "intenção". Vontade de realizar um ritual ou de se concentrar em oração.

Ketubá – contrato de casamento judaico, dado pelo noivo à noiva, estabelece as responsabilidades do marido durante o casamento e garante o sustento da mulher em caso de divórcio ou morte dele.

Klaf – pergaminho.

Kol Nidrei – termo aramaico que significa "todos os votos" ou "todos os juramentos". Proclamação da anulação de votos entoada em melodia melancólica.

Kosher – termo hebraico que significa "apropriado". Usado para indicar o alimento que é permitido ingerir, segundo as leis dietéticas judaicas.

Kuntres – notas e comentários explicativos do texto talmúdico.

Laudes – segunda das sete horas canônicas, aproximadamente 3 horas da manhã.

Lilit – demônio feminino que provoca a morte de recém-nascidos e mulheres em trabalho de parto; primeira mulher de Adão. De Samael, senhor das forças do mal.

Maror – termo hebraico que significa "ervas amargas". Ervas consumidas durante o *seder* de Pessach, como a raiz-forte, para lembrar a amarga escravidão dos israelitas no Egito.

Matinas – primeira hora canônica, meia-noite.

Matzá – pão não fermentado comido em Pessach.

Mazel Tov – expressão usada em ocasiões alegres, "boa sorte".

Mazikim – demônios, espíritos do mal.

Meguilá – termo hebraico que significa "rolo". Nome dado a cinco livros da Bíblia hebraica (Rute, Cântico dos cânticos, Lamentações, Ester e Eclesiastes). Houve época em que eram lidos em rolos separados escritos por escribas.

Menorá – candelabro em hebraico.

Mezuzá – pergaminho confeccionado por um escriba, contendo os dois primeiros parágrafos do *Shemá*. A *mezuzá* é colocada dentro de um estojo que depois é fixado no batente direito da porta de entrada.

Midrash – tipo de comentário rabínico que expande e explica o texto bíblico, sendo usado, em geral, para referir-se a assuntos não legais.

Mikve – piscina ou outro local com água para uso no banho ritual de purificação, especialmente pelas mulheres após o período menstrual.

Minian – *quorum* de dez judeus do sexo masculino, com mais de treze anos, que constitui a comunidade mínima necessária para atos públicos de culto e para a leitura do *Sefer Torá*.

Mishkav zachur – pecado do homossexualismo.

Mishna – a mais antiga das obras remanescentes da literatura rabínica, editada por Judá Há-Nassi e completada por membros do seu círculo após a sua morte no início do século III.

Mitsvá (pl. mitsvot) – mandamento divino; também, boa ação.

Mohel (feminino *mohelet*) – termo hebraico para quem realiza a circuncisão ritual.

Mokh – espécie de tampão usado durante e após o coito; funciona como um absorvente.

Monte Moriá – lugar em que Abraão ofereceria o seu filho Isaac para Deus.

Motzitzin – drenagem do sangue após a circuncisão para facilitar a cicatrização do ferimento.

Naphtali – uma das tribos judaicas.

Nidá – menstruação.

Nissan – primeiro mês lunar do calendário hebraico, a contar do período do Êxodo do Egito, ou o sétimo mês a contar da festa do Ano-Novo.

Nisuin – cerimônia que completa o casamento e é seguida pela coabitação.

Notzrim – palavra judaica educada para cristãos; literalmente aqueles que veneram o homem de Nazaré.

Nove de Av – o dia mais triste do ano judaico, marcado por um jejum pela destruição do primeiro e do segundo templos de Jerusalém. É um dia de semiluto.

Omer – contagem dos dias a partir do segundo dia de Pessach. Durante as sete semanas seguintes, conta-se cada dia até *Shavuot*, o qual cai no quinquagésimo dia.

Onicha – líquido perfumado extraído de conchas encontradas nas profundezas do mar Vermelho e do oceano Índico.

Parnas – líder laico da comunidade judaica.

Peixe shibuta – o Talmud contém referências a um peixe chamado *shibuta*, descrito como saboroso e popular, com carne de gosto semelhante à do porco.

Sua identificação se perdeu com o tempo, mas estudos recentes apontam para o *Barbus grypus*, um tipo de carpa.

Pessach – uma das festas de peregrinação, ou festas de colheita; Páscoa judaica.

Pidion ha-ben – termo hebraico que significa "resgate do filho".

Pirkei Avot – título de um tratado da *Mishna*, composto de máximas éticas dos rabinos do período mishnaico. "Ética dos Pais."

Priah – membrana fina entre o prepúcio e o pênis do bebê.

Prima – alvorada, terceira das sete horas canônicas, aproximadamente 6 horas da manhã.

Purim – festa que comemora a história do Livro de Ester.

Rabbenu – "nosso rabino", título de respeito dado a um judeu erudito.

Rosh Hashaná – termo hebraico que significa "cabeça do ano". Festa de Ano-Novo.

Rosh Yeshivá – líder de uma academia talmúdica.

Seder – cerimônia e refeição ritual observadas nos lares judaicos nas duas primeiras noites de Pessach.

Sefarad – Espanha.

Selichot – orações pedindo perdão.

Sexta – ou sexta hora, hora fixada para as orações.

Shabat – dia de descanso obrigatório, que se estende do anoitecer da sexta-feira à noite de sábado.

Shalom aleichem – saudação judaica assim traduzida: "Que a paz esteja convosco."

Shamai – sábio mishnaico. Construtor por profissão, Shamai travou alguns debates importantes com seu colega Hilel.

Shavuot – Pentecostes. Uma das três festas de peregrinação, ou festas da colheita.

Shehecheyanu – bênção de graças pela preservação de nossas vidas.

Shemá – o *Shemá* afirma o monoteísmo e solicita que o homem ame a Deus com todo o coração, com toda a alma e com toda a força.

Shevat – décimo primeiro mês lunar do calendário judaico a partir de Nissan, o mês do Êxodo, ou quinto mês a partir do Ano-Novo judaico.

Shivá – sete dias de luto severo em seguida à morte de um parente.

Simchat Torá – "alegria da Torá". Rituais associados ao término do ciclo anual de leitura da Torá, realizados no oitavo e nono dias de *Sucot*. Ao final das celebrações da tarde do nono dia, há a leitura da seção do Deuteronômio e da primeira seção do Gênesis pelos noivos da Torá, os quais são chamados de Noivo da Lei e Noivo do Início.

Sinar (ou ***shinar***) – vestes usadas pelas mulheres judias para cobrir as partes íntimas.

Souper – ceia; jantar.

Sucá – cabana em que os judeus vivem durante o *Sucot*, a festa da colheita.

Sucot – tabernáculos. Uma das três festas de peregrinação, ou festas da colheita.

Taanit – "jejum".

Tahará – preparo do cadáver para o enterro.

Talmid chacham – importante erudito judeu.

Tamuz – quarto mês lunar do calendário judaico a contar de *Nissan*, o mês do Êxodo, ou décimo mês a partir da festa de Ano-Novo.

Tefilin – filactérios, pequenos estojos de couro que contêm passagens bíblicas e são usados pelos homens judeus durante as orações matinais (presos ao braço esquerdo e à testa).

Tefillah (ou ***tefilá***) – "reza". A *tefilá* é fundamental na vida dos judeus porque é uma oportunidade de louvar a Deus pelo mundo criado e pelos milagres cotidianos.

Tishá Be-Av – "nove de Av".

Toseftá – segunda compilação da lei oral no período da redação da *Mishna* (cerca de 200 d.C.).

Vésperas – sexta das sete horas canônicas, aproximadamente às 18h.

Vidui – confissão. Parte de suma importância na liturgia de *Iom Kipur* que relaciona todo tipo de pecado, solicitando-se o perdão a Deus tanto pelos pecados individuais como pelos da coletividade judaica. Ao citar cada confissão, deve-se bater levemente sobre o coração com o punho direito fechado.

Yeshivá (plural: **yeshivot**) – instituições onde se estudam a Torá e o Talmud.

Yevamot (tratado) – um dos sete tratados da *Mishna*. É o primeiro dos sete porque se refere em grande parte a um preceito obrigatório: o casamento de levirato.

Zebulun – irmão de Issachar, retratado como o "homem de negócios" que sustenta os estudos da Torá do irmão.

Este livro foi impresso na Editora JPA Ltda.
Av. Brasil, 10.600 – Rio de Janeiro – RJ,
para a Editora Rocco Ltda.